To my K___ readers
Thank you for reading
— and for your many
years of support —
Best wishes

Jojo Myers

x.

한국 독자 여러분께

10년이 넘는 시간 동안 꾸준히 읽어주시고,
많은 관심과 성원을 보내주셔서 감사합니다.
여러분의 행복을 기원하겠습니다.

사랑을 담아, 조조 모예스

미 비 포 유

ME BEFORE YOU

미 비포 유
Me Before You

조조 모예스 장편소설

김선형 옮김

다산
책방

찰스에게, 사랑을 담아

차
례

미 비 포 유

9

프롤로그

2007년

샤워를 마치고 나오니 자고 있던 여자는 어느새 일어나 등에 베개를 받치고 앉아 있다. 침대 옆에 있던 여행 안내서를 대충대충 넘겨 보면서. 자기 티셔츠를 걸친 여자의 흐트러진 긴 머리칼을 보자 반사적으로 간밤의 일이 떠올랐다. 그대로 가만히 서서 순간 머릿속에 스쳐가는 장면들을 음미하며 수건으로 젖은 머리를 턴다.

여행 안내서에서 눈길을 든 여자가 입술을 동그랗게 모아 비죽 내민다. 삐죽거리는 입술이 어울리는 나이는 살짝 지났지만, 이제 갓 사귀기 시작한 사이니 예뻐 보일 따름이다.

"우리 정말로 산을 기어오르거나 협곡에 매달리는 뭐 그런 걸 해야 해? 우리 둘이 처음 제대로 된 휴가를 같이 보내는 건데, 이건 말 그대로 어디서 몸을 던지거나……." 그녀는 부르르 떨며 진저리를 치는 척한다. "플리스로 된 '기능성' 옷을 입어야 되는 일정뿐이잖아."

여자는 여행 안내서를 침대에 휙 던지고 밀크캐러멜 빛깔의 팔을 머리 위로 쭉 뻗는다. 허스키한 목소리는 두 사람이 잠을 설친 시간의 증거다. "발리의 최고급 스파는 어때? 모래사장에 누워서 호사스러운 대접을 받는 거야, 긴긴 밤 시간에는 푹 쉬고……."

"난 그런 휴가는 못 참아. 뭐든 해야 직성이 풀리거든."

"비행기에서 몸을 던지는 짓 같은 거?"

"일단 해보고 트집을 잡든 말든 해."

그녀는 얼굴을 찌푸린다. "자기는 어차피 다 할 테니까 그냥 트집 잡는 쪽으로 할래."

맨살에 닿는 셔츠는 희미한 물기로 촉촉했다. 윌은 손가락으로 제 머리카락을 쓸어 넘기고 블랙베리의 전원을 켰다. 작은 스크린에 바로 떠오르는 메시지들.

"그럼 그렇지. 난 가야겠다. 아침은 자기가 알아서 먹고 가."

침대 위로 허리를 굽혀 키스했다. 뜨끈한 체취에 진한 향기가 배어 섹시하다. 여자의 머리카락에 코를 묻고 깊이 들이마시던 윌은, 그녀가 팔로 목을 감고 침대로 잡아끌자 방금 하던 생각을 까맣게 잊는다.

"이번 주말에 떠나는 거야?"

윌은 내키지 않았지만 힘겹게 몸을 뺐다.

"이번 거래가 어떻게 되는지 봐서. 지금은 아무것도 결정된 게 없거든. 뉴욕에 좀 있어야 할 수도 있어. 그래도 목요일 저녁에 근사한 식사 같이하기로 한 약속은 지킬 거야. 레스토랑은 자기가 정하고."

윌은 문 뒤에 걸린 바이크 가죽 재킷에 손을 뻗었다.

그녀가 가늘게 실눈을 뜬다. "저녁 식사라……. 블랙베리 씨는 오셔, 안 오셔?"

"뭐라고?"

"블랙베리 씨가 계시면 내가 꼭 구스베리 양이 된 기분이란 말이야." 또 예의 뾰루퉁한 입술. "제삼자가 옆에 앉아서 계속 자기 관심을 끌려고 설치는 느낌이라고."

"무음으로 돌려놓을게."

"윌 트레이너! 전화를 꺼놓아도 되는 시간이 있긴 할 거 아냐!"

"어젯밤엔 꺼놨잖아, 안 그래?"

"그야 워낙 다급한 상황이었으니까 그렇고."

그가 씩 웃는다. "우리 이제 그걸 그렇게 부르기로 한 거야?" 가죽 재킷을 휙 잡아챈다. 그러자 마음을 온통 사로잡던 리사의 주술이 마침내 깨어진다. 바이크 재킷을 팔에 걸치고 나가면서 손으로 키스를 던져준다.

블랙베리에는 스물두 개의 메시지가 와 있었다. 첫 메시지는 뉴욕에서 새벽 3시 42분에 날아왔다. 뭔가 법률적인 문제가 생겼나 보다. 지하 주차장까지 엘리베이터를 타고 내려가며 간밤의 사태를 최대한 빨리 파악하려 애썼다.

"안녕하세요? 트레이너 씨."

경비가 비좁은 경비실에서 걸어 나왔다. 경비실은 방수 방풍 처리가 되어 있다. 이 지하에 비가 내리고 바람이 불 리 없는데도. 윌은 가끔씩 생각한다. 이 사람은 한밤중에 이런 지하에서, 폐쇄회로

TV 화면으로 절대 더러워지는 일 없는 6만 파운드짜리 자동차들의 반들반들한 범퍼를 들여다보면서 뭘 할까.

월은 가죽 재킷을 꾸역꾸역 입으며 물었다. "바깥 날씨는 어때요, 믹?"

"엉망이죠. 억수로 쏟아지고 있어요."

월이 발길을 멈춘다. "그래요? 바이크를 타고 나갈 만한 날씨가 못 돼요?"

믹이 고개를 가로저었다. "안 돼요. 공기 주입식 바람막이라도 있으면 모를까. 아니면 죽고 싶어 미치겠든지요."

월은 물끄러미 바이크를 바라보다가 가죽 재킷을 벗었다. 리사는 어떻게 생각할지 몰라도 그는 불필요한 위험을 감수하는 사람이 아니다. 바이크의 트렁크를 열어 재킷을 넣어두고 잠근 뒤 열쇠를 믹에게 던졌다. 믹이 깔끔하게 한 손으로 열쇠를 받는다.

"우리 집 문틈으로 좀 넣어줘요."

"그러죠. 택시를 잡아드릴까요?"

"아니요. 우리 둘 다 비를 맞을 필요야 없죠."

믹이 버튼을 눌러 외부와 연결된 출입문을 열어주자 월이 감사의 뜻으로 한 손을 치켜들며 밖으로 나섰다. 이른 아침 사위는 어둡고 사방에서 우레가 치고 있다. 고작 7시를 갓 지난 시각인데도 런던 도심의 교통은 벌써 빡빡하고 느리다. 옷깃을 세워 목을 덮고 휘적휘적 걸어 교차로 쪽으로 갔다. 그나마 택시를 잡기가 수월한 자리다. 도로는 물기로 반들거리고 거울 같은 차도가 회색으로 빛나고 있다.

길가에 서 있는 정장 차림의 다른 사람들을 보고 윌은 마음속으로 욕설을 뱉었다. 언제부터 런던 전체가 이렇게 일찍 일어나기 시작한 거야? 하긴 다들 같은 생각을 하고 있겠지만.

어디쯤 자리를 잡는 게 제일 좋을까 생각하는데 전화가 울렸다. 루퍼트다.

"지금 가고 있어. 택시 잡으려는 참이야." 오렌지색 등을 켠 택시가 반대편에서 다가오는 걸 보고, 아무도 못 봤기를 바라며 그쪽으로 성큼성큼 걷기 시작했다. 버스가 포효하며 지나치고 뒤를 따르던 트럭의 브레이크가 끼이익 비명을 지르는 바람에 귀가 멍멍해 루퍼트가 뭐라고 하는지 알아들을 수가 없다. "안 들려." 그는 자동차 소음을 배경으로 고함을 친다. "다시 말해봐." 잠깐 도로 한가운데 오도 가도 못하고 서자 앞뒤로 급류처럼 자동차들이 지나쳐 흘러간다. 그 와중에 번쩍이는 오렌지색 불빛을 발견한 그는 손을 치켜들며 택시 기사가 폭우를 뚫고 자기 모습을 볼 수 있기를 바랐다.

"뉴욕에 전화를 해야 해. 잠도 안 자고 널 기다리고 있어. 어제부터 너한테 연락을 했는데……."

"뭐가 문젠데?"

"법적으로 꼬인 거지. 그 사람들이 ……장의 두 조항을 질질 끌고 있…… 서명…… 서류가…….." 루퍼트의 목소리는 자동차 타이어가 물을 튀기며 지나가는 소리에 묻혀버린다.

"방금 한 말 못 들었어."

택시가 그를 봤다. 도로 반대편에서 속도를 줄이며 뿌얀 물안개를 일으켰다. 저 멀리 있는 한 남자가 잠깐 전력질주를 하다가 윌이 자기보다 먼저 닿을 거라는 걸 깨닫고 낙심하며 걸음을 늦추는 모습이 흘끗 보였다. 월은 슬그머니 승리감에 취했다.

"이봐, 비서한테 서류를 내 책상 위에다 갖다 놓으라고 말해줘." 목소리를 더 높였다. "10분이면 도착해."

길 양편을 살핀 그는 고개를 푹 숙인 후 몇 걸음 남지 않은 도로를 건너 택시 쪽으로 뛰기 시작했다. '블랙프라이어스로 갑시다'라는 말이 벌써 입술에 걸려 있다. 옷깃과 셔츠 사이로 빗물이 스며들었다. 얼마 걷지도 않았는데. 사무실에 닿을 무렵에는 쫄딱 젖을 터였다. 비서를 보내서 셔츠를 하나 갖다 달라고 해야 할지도 모르겠다.

"다른 데서 끼어들기 전에 우리가 문제를 해결해야⋯⋯."

끼이이익. 급정거 소리, 무례한 경적 소리에 눈길을 들었다. 눈앞에 반들거리는 검은 택시의 측면이 보인다. 기사는 벌써 차창을 열어놓았다. 그런데 시야의 한끝에 확실히 정체를 알 수 없는 것이, 무언가가 엄청난 속도로 달려오고 있다.

그쪽으로 돌아서는 순간, 그는 자기가 그 무언가의 길을 막고 있으며 피할 방법은 없다는 걸 깨달았다. 블랙베리가 바닥에 떨어졌다. 비명이 들리는데, 어쩌면 자기 목소리일지도 모른다. 마지막으로 본 건 가죽 장갑과 헬멧 밑의 얼굴. 남자의 눈에 떠오른 충격이 거울처럼 자기 표정을 반사하고 있다. 폭발이 일어나고 모든 게 산산조각 난다.

그리고 아무것도 남지 않았다.

1

2009년

버스 정류장에서 집까지는 158걸음이지만 서두르지 않는다면, 그러니까 플랫폼 힐 같은 신발을 신고 걷는다면 180걸음까지 늘어날 수도 있다. 모퉁이를 돌자 집이 보인다. 줄지어 늘어선 방 서너 개짜리 연립주택들 가운데 방 네 개짜리 연립주택이다. 아빠 차가 밖에 있는 걸 보니 아직 출근하지 않은 모양이다. 등 뒤 스토트폴드 성 너머로 해가 뉘엿뉘엿 지고 있었다. 성의 어두운 그림자는 녹아내리는 밀랍처럼 언덕을 따라 흘러내려 나를 집어삼킬 기세였다.

현관문을 열었다. 집 안의 온기가 에어백이 펑 터지는 듯한 기세로 후끈 덮쳐왔다. 엄마는 추위에 너무 약해서 1년 내내 난방을 틀어놓는다. 아빠는 늘 창문을 열면서 엄마 때문에 파산하겠다고 투덜거린다. 우리 집 난방비가 아프리카 소국의 GDP보다 많다나.

"애야, 너니?"

"네." 다른 옷들 사이에서 제 자리를 찾으려 용을 쓰며 재킷을 벽에 걸었다.

"어느 너냐? 루? 트리나?"

"루요."

나는 거실 안을 빼꼼 들여다보았다. 아빠는 소파에 얼굴을 처박고 두 팔을 쿠션 틈새에 깊숙이 파묻고 계셨다. 다섯 살짜리 조카 토머스가 쭈그리고 앉아 아빠를 뚫어져라 보고 있었다.

"레고 때문에." 아빠는 힘을 써서 불그죽죽한 얼굴을 돌려 나를 봤다. "아니, 조각들을 왜 이렇게 작게 만들었는지 알다가도 모르겠구나. 혹시 너 오비완 케노비의 왼팔 봤냐?"

"DVD 플레이어 위에 있을 거예요. 저 녀석이 오비완의 팔을 인디아나 존스 팔하고 바꾼 것 같던데요."

"오비한테 베이지색 팔을 달아줄 수는 없단다. 까만 팔을 찾아야 해."

"걱정 안 하셔도 돼요. 어차피 「스타워즈 에피소드 2」에서 다스 베이더한테 한 팔이 잘리지 않았나요?" 토머스를 보고 키스를 해달라며 뺨을 손가락으로 콕 짚었다. "엄마는 어디 계세요?"

"위층에."

고개를 드는데 때마침 다리미판이 삐걱거리는 익숙한 소리가 들려왔다. 우리 엄마 조세핀 클라크는 한시도 가만히 앉아 있는 법이 없다. 그건 엄마의 명예가 걸린 문제였다. 식구들이 다들 저녁을 먹는 동안에도 바깥 사다리에서 창틀을 칠하다 가끔 일손을 멈추고 우리한테 손을 흔들어주었을 정도니까.

"아빠를 생각해서 이 빌어먹을 팔 좀 찾아봐 줄래? 저 녀석 등쌀에 몇 시간째 찾고 있는데, 나도 출근 준비를 해야 하잖니."

"야간 근무세요?"

"그래. 5시 반이잖아."

시계를 흘긋 바라보았다. "4시 반인데요."

아빠는 쿠션에서 손을 빼고 손목시계를 곁눈질했다. "이 시간에 네가 왜 여기 있냐?"

나는 못 들은 척 애매하게 고개를 흔들며 부엌으로 들어갔다.

할아버지는 주방 창가 의자에 앉아 스도쿠에 골몰하고 있었다. 중풍을 앓은 할아버지에게 집중력 향상에 좋다고 방문간호사가 추천했었다. 하지만 할아버지가 생각나는 대로 아무 숫자나 써서 빈 칸을 채운다는 걸 눈치챈 사람이 정말 이 집 안에 나밖에 없는 걸까.

"할아버지." 할아버지가 고개를 들고 미소를 지었다. "홍차 한잔하실래요?" 고개를 저으시더니 입을 벌릴락 말락 했다.

"사과주스는요?" 할아버지가 고개를 끄덕였다. 냉장고 문을 열었다. "사과주스가 없네요. 다른 주스는요?" 고개를 젓는다. "물 한잔 드실래요?" 고개를 끄덕인 할아버지는 컵을 받고 뭐라고 웅얼거렸는데, 아마 고맙다는 인사였겠지.

엄마가 깔끔하게 갠 빨래가 가득 담긴 커다란 바구니를 들고 양말 한 켤레를 휘둘렀다. "이거 네 거니?"

"트리나 거 같은데요."

"그럴 거 같더라. 이상한 색깔이 됐어. 아빠의 자주색 파자마하고 같이 들어갔나 봐. 너 일찍 퇴근했구나. 어디 갈 데 있니?"

"아니요." 수돗물을 한 잔 가득 받아서 마셨다.

"패트릭이 아까 여기 들렀더라고. 휴대폰 꺼놨니?"

"네."

"휴가지를 예약하려고 한다던데. 네 아빠 말로는 TV에서 본 데가 있다면서. 네가 좋아했던 데가 어디라더라? 입소스? 칼립소스?"

"스키아토스요."

"맞다. 호텔은 아주 꼼꼼하게 따져봐야 해. 패트릭하고 아빠가 점심 때 뉴스에서 뭘 봤다나 봐. 싸구려 여행 상품의 절반이 아직 완공도 안 된 단지래. 가보기 전에는 알 길이 없단다. 여보, 홍차 한잔할래요? 루가 당신한테 차도 안 권했어요?" 엄마는 주전자를 올려놓고 나를 흘끗 올려다보았다. 딸이 아무 말도 하지 않는다는 걸 드디어 눈치챈 모양이다. "너 괜찮니? 얼굴이 엄청 창백해 보인다."

엄마는 한 손을 뻗어 내 이마를 짚었다. 내가 스물여섯이 아니라 한참 어린애인 것처럼.

"아무래도 우리 휴가 못 갈 것 같아요."

엄마의 손이 그대로 딱 멈췄다. 어릴 때처럼 엄마의 눈에 엑스레이가 장착되었다. "너 패트릭하고 무슨 문제 있니?"

"엄마, 나는……."

"간섭할 생각은 없다. 그냥, 너희 둘이 사귄 지 지지리도 오래됐잖니. 가끔 덜컹거릴 때가 있는 건 당연한 거야. 내 말은, 나랑 아빠도……."

"나 잘렸어요."

내 말이 뚝 떨어지자 침묵만 남았다. 소리가 잦아들고 난 뒤에도 그 말은 오랫동안 사라지지 않고 작은 방 안에서 지글지글 타들어 갔다.

"너 뭐 했다고?"

"프랭크가 카페 문을 닫는대요. 내일부터요." 집에 오는 길 내내 충격에 휩싸인 채 움켜쥐고 있던 눅눅한 봉투를 내밀었다. 버스 정류장에서 집까지 오는 180걸음 내내 꼭 쥐고 온 봉투였다. "석 달치 월급을 주더라고요."

그날은 여느 날과 다를 바 없이 시작되었다.

내가 아는 사람들은 하나같이 월요일 아침을 싫어했지만 나는 별로 싫지 않았다. 카페 버터드 번에 일찍 도착해서 한구석에 있는 거대한 찻주전자를 불에 올리고 우유와 빵이 잔뜩 든 궤짝들을 뒷마당에서 끌고 와 문을 열 준비를 하며 프랭크와 수다를 떠는 게 좋았다.

뽀얀 베이컨 냄새가 밴 카페의 온기가 좋았고, 문이 열리고 닫힐 때마다 스치는 찬 바람이 좋았고, 나지막한 사람들의 말소리와 조용할 때면 한구석에서 노래하는 라디오가 좋았다. 세련되거나 유행을 타는 카페는 아니었다. 벽을 뒤덮고 있는 건 언덕 위의 성 풍경이었다. 내가 일을 시작하고 나서 초콜릿 브라우니와 머핀이 추가된 것 말고는 메뉴도 변함이 없었다.

그렇지만 제일 좋은 건 손님들이었다. 나는 케브와 앤절로가 좋았다. 거의 매일 아침 들르는 배관공들이었는데 고기 원산지를 두고 프랭크를 놀리곤 했다. 민들레 부인도 좋았다. 깜짝 놀랄 정도로 새하얀 백발 탓에 붙은 별명인데, 월요일에서 목요일까지 계란 하나와 칩스를 시켜놓고 공짜로 제공되는 신문을 읽으며 홍차 두 잔을 끝까지 마시는 할머니였다. 나는 늘 그녀와 잡담을 나누어보려고 애썼다. 그게 할머니가 하루 종일 나누는 대화의 전부일지도 모른다는 생각이 들어서였다.

성까지 올라갔다 내려오는 길에 들르는 관광객들도, 방과 후에 와서 깍깍거리는 어린 학생들도, 길 건너 사무실 단골들도, 카페 메뉴의 칼로리를 속속들이 꿰고 있는 미용사 니나와 체리도 좋았다. 심지어 짜증 나는 손님들도 별로 괴롭지 않았다.

저 식탁들 너머로 시작되고 끝나는 연애도 숱하게 보았고, 이혼한 남녀가 아이들을 보내고 받는 광경도 보았으며, 요리를 도저히 하지 못하는 부모들이 미안해하면서도 마음을 놓는 모습, 계란프라이로 아침 식사를 때우는 연금생활자들의 은밀한 쾌감도 엿보았다. 온갖 인생사가 스쳐 갔으며 대다수는 나와 몇 마디라도 말을 섞었다.

프랭크는 천성이 조용한 사람이라 내가 있으면 분위기가 활발해져서 좋다고 했다. 일만 보면 여자 바텐더 비슷한 느낌이었지만 거추장스러운 알코올이 끼어 있지 않아서 좋았다.

그런데 그날, 바쁜 점심시간이 끝나고 카페가 잠시 비자 프랭크가 앞치마에 손을 닦으며 뜨거운 철판 앞에서 나왔다. 그리고 '지금은 영업을 하지 않습니다' 표지를 거리 쪽으로 돌려놓았다.

나는 눈을 들었다.

프랭크의 얼굴에 웃음기가 없었다.

"어, 이런. 내가 또 설탕 통에 소금 넣은 건 아니죠, 설마 그랬어요?"

양손으로 마른행주를 잡고 배배 꼬던 프랭크는 정말 처음 보는 불편한 얼굴을 하고 있었다. 그 순간 혹시 손님이 나에 대해 무슨 불평을 했나 생각했다. 프랭크는 날 보고 좀 앉으라고 손짓했다.

"미안해, 루이자." 이야기를 마친 뒤 프랭크는 말했다. "그런데 나는 호주로 돌아가기로 했어. 아버지 병세도 별로 좋지가 않고, 성에서도 아예 직접 매점 사업을 벌이려는 게 확실해 보이네. 벽에 공지가 붙어 있더라고."

생각해 보니 내가 진짜 입을 떡 벌리고 앉아 있었던 모양이다. 봉투를 건네며 프랭크는 다음 질문이 내 입에서 튀어나오기 전에 대답부터 해주었다. "있잖아, 공식적인 계약 같은 걸 한 적은 없지만 너를 잘 돌봐주고 싶었어. 석 달 치 월급이 들어 있어. 우리 가게는 내일부터 문을 닫을 거야."

"3개월!" 아빠는 버럭 소리를 질렀고, 엄마는 달콤한 홍차 잔을 마구삽이로 내 손에 쥐여주었다. "허, 거참, 인심 한번 후하다. 우리 딸이 지난 6년 동안 그 집에서 건장한 트로이 용사처럼 씩씩하게 일해줬는데 말이야."

"버나드." 엄마가 경고하듯 아빠를 쏘아보며 토머스에게 고갯짓을 했다. 부모님은 트리나가 퇴근할 때까지 날마다 방과 후에 토머스를 돌봐주고 있다.

"대체 앞으로 저 녀석이 무슨 일을 하고 사냐고! 하루 전에 통보하고 덜컥 잘라버리다니, 그보다는 시간을 더 줬어야지."

"뭐…… 또 다른 일자리를 구하겠지, 뭐."

"여보, 망할 일자리가 어디 있겠어. 당신도 잘 알잖아. 빌어먹을 경제 침체기란 말이야."

엄마는 잠깐 눈을 꼭 감았다. 말하기 전에 일단 마음을 가다듬으려는 것처럼.

"똑똑한 아이잖아요. 뭐든 할 일을 찾을 거야. 경력도 탄탄하고. 그렇지 않아? 프랭크가 추천서도 잘 써줄 거고."

"허, 오죽 멋지게 써주겠다. '루이자 클라크는 토스트에 버터 바르는 탁월한 능력이 있으며 낡은 찻주전자를 다루는 솜씨가 뛰어납니다'라고 써주나?"

"아빠, 딸내미를 믿어줘서 참 고맙네요."

"화가 나서 하는 말이잖니."

아빠의 불안 밑에 깔린 진짜 이유는 알고 있었다. 부모님은 내 월급에 기대 살고 있었다. 트리나가 꽃 가게에서 벌어오는 돈은 없는 거나 마찬가지였다. 엄마는 할아버지를 돌보느라 바깥일을 할 수 없었고, 할아버지의 연금 역시 안 받아도 아쉬울 것 없는 푼돈이었다. 아빠는 가구 공장에서 잘릴까 봐 늘 전전긍긍 불안해하며 살았다. 상사가 불필요한 인력이 많다고 중얼거리고 다닌 지가 벌써 몇 달째였다. 집에서는 빚이며 신용카드 돌려막기 같은 얘기가 항상 들렸다. 아빠는 2년 전 보험도 들지 않은 운전자가 사고를 내는 바람에 자동차를 폐차했는데, 안 그래도 휘청거리던 부모님의 재정은 이 사건을 계기로 폭삭 주저앉고 말았다. 내 변변찮은 주급이 생활을 떠받치는 작은 받침돌처럼 한 주 한 주 집안 식구들을 먹여 살리고 있었다.

"너무 앞서 나가지 말자고. 루도 내일 구인구직센터에 가서 일자리가 있나 보면 되고. 일단 한동안 버틸 만큼은 돈이 있으니까." 그 자리에 있는 나는 두 분 안중에도 없었다. "게다가 똑똑한 애잖아. 당신을 닮아서. 안 그래, 여보? 타이핑 강좌를 들을 수도 있을 거야. 그런 다음 사무직으로 나가도 되고."

부모님이 내가 별 볼일 없는 자격 조건으로 무슨 다른 일을 할 수 있을까 의논하시는 동안, 나는 거기 앉아 있었다. 공장 일, 기계공, 빵에 버터 바르는 사람. 그날 처음으로 울어버리고 싶은 마음이 되었다. 토머스가 커다랗고 동그란 눈으로 물끄러미 나를 바라보다가 눅눅한 비스킷 반쪽을 말없이 건네주었다.

"고마워, 토머스." 나는 소리 없이 입술만 달싹여 말하고 비스킷을 먹었다.

혹시나 했지만 역시나 그는 운동장에 있었다. 패트릭은 월요일부터 목요일까진 기차역 시간표처럼 규칙적으로 헬스클럽에 가거나 조명을 환히 밝힌 운동장 트랙을 빙글빙글 돌았다. 추워서 두 팔로 몸을 감싼 채 계단을 타고 천천히 트랙으로 내려갔다. 그에게 내 모습이 보일 만큼 가까워지자 손을 흔들었다.

"같이 뛰자." 한층 가까이 다가온 그가 숨을 헐떡거렸다. 입김이 하얀 구름이 되어 피어올랐다. "네 바퀴 더 뛰어야 해."

잠시 망설이다가 함께 달리기 시작했다. 어떤 식이든 대화를 하려면 그 수밖에 없었다. 나는 끈이 청록색인 분홍색 운동화를 신고 있었다. 그나마 신고 뛸 수 있는 유일한 신발이었다.

"올 줄 몰랐는데."

"집에 있는 게 신물이 나서. 자기랑 같이 뭐라도 할까 했지."

그가 곁눈질로 나를 살폈다. 얼굴에 난 땀이 얇은 막처럼 반들거렸다.

"자기는 최대한 빨리 다른 일자리를 찾는 게 최선이야."

"실직한 지 스물네 시간밖에 안 됐어. 힘 빼고 궁상 좀 떨면 안 돼? 아니, 그냥 오늘만이라도?"

"긍정적인 면을 봐. 어차피 거기 영영 있을 수는 없었잖아. 위로 올라가고, 앞으로 나아가야지." 패트릭은 2년 전 '스토트폴드의 젊은 기업인상'을 받았는데 그 명예에 도취되어 아직 정신을 차리지 못하고 있었다. 그 뒤로 그는 반경 60킬로미터 이내에 사는 고객들에게 퍼스널트레이닝 서비스를 제공하는 진저 피트와 동업 관계를 맺고 밴 두 대를 구입했다. 두 남자는 사무실에 화이트보드를 두고 두꺼운 검정색 마커로 추정 매출액을 끼적거리기를 즐겼다. 숫자들이 마음에 들 때까지 계속 맞추고 또 맞추곤 했다. 나는 대체 그 숫자들이 현실과 닮은 데가 손톱만큼이라도 있기나 한지 영 미덥지가 않았다.

"실직은 사람의 인생을 바꿀 수도 있어, 루." 패트릭은 시계를 흘끗 보며 기록을 확인했다. "하고 싶은 일이 뭐야? 직업훈련을 새로 받을 수도 있겠네. 너 같은 사람들을 위한 보조금도 있을걸."

"나 같은 사람들?"

"새로운 기회를 찾는 사람들 말이야. 뭐가 되고 싶은데? 미용사가 될 수도 있겠다. 너만큼 예쁘면 충분하지." 그러더니 그런 칭찬에 내가 당연히 고마워해야 한다는 듯 옆구리를 쿡 찔렀다.

"자긴 나 알잖아. 내가 꾸미는 데엔 비누, 물, 그리고 종이봉투 하나면 돼."

표정을 보니 패트릭은 답답해서 속이 터질 지경인 모양이다.

나는 뒤로 처지기 시작했다. 달리기는 질색이다. 같이 속도를 늦춰주지 않는 그가 미웠다.

"봐, 가게 점원이나 비서, 부동산 중개인……. 모르겠다. 하고 싶은 일이 뭐라도 있을 거 아니야."

하지만 정말 없었다. 나는 카페 일이 좋았다. 버터드 번에 대해서라면 모르는 게 없어 좋았고 스쳐 지나가는 사람들의 인생 이야기를 듣는 것도 좋았다. 거기서는 마음이 편했다.

"그렇다고 축 처져서 청승만 떨 수는 없잖아. 극복을 해야지. 최고의 사업가들은 바닥까지 떨어졌다가 다시 싸워 올라온다고. 제프리 아처도 그렇고. 리처드 브랜슨도 그렇잖아." 그는 내 팔을 툭툭 치며 뒤처지지 않게 독려했다.

"제프리 아처가 티 케이크 굽는 일 하다가 잘린 적이 있었겠어, 어디." 숨이 찼다. 게다가 브래지어가 달리기에 적당하지 않았다. 천천히 속도를 늦추자 두 팔이 무릎까지 축 늘어졌다.

패트릭은 돌아서서 뒤로 뛰었다. 고요하고 차가운 공기를 타고 그의 목소리가 울렸다. "일단 다 잊어버리고 푹 잔 다음, 말쑥한 정장 빼입고 구인구직센터에 가봐. 아니면 나랑 같이 일할 수 있게 훈련시켜 줄 수도 있어. 너만 좋다면. 돈이 되는 일인 건 너도 알지? 그리고 휴가 걱정은 하지 마. 비용은 내가 낼게."

나는 그를 보고 미소를 지었다.

손으로 키스를 날리는 그의 목소리가 텅 빈 운동장을 가로질러 메아리쳤다. "다시 자리 잡으면 그때 갚아."

처음으로 실업수당 신청을 했다. 45분에 걸친 개인 면접을 보고 스무 명 남짓 되는, 서로 공통점이라곤 전혀 없어 보이는 사람들과 함께 앉아 단체 면접도 봤다. 살짝 넋 나간 표정을 하고 있는 사람들이 절반이었는데 아마 내 얼굴도 마찬가지였을 거다. 나머지 절반은 여기 단골 특유의 무표정하고 만사 관심 없는 얼굴이었다. 나는 아빠가 '민간인 복장'이라고 부르는 옷을 입었다.

이런 노력의 결과, 닭고기 처리 공장 야간 교대조의 결원을 충당하는 일을 꾹 참고서 잠시 했고(덕분에 몇 주 동안 악몽을 꾸었다), '가정 에너지 상담사' 교육을 이틀 받았다. 이 교육은 한마디로 말해 노인들 혼을 쏙 빼서 에너지 공급업체를 바꾸게 하는 수작이라는 걸 일찌감치 간파한 나는 개인 상담사 셋에게 못 하겠다고 했다. 그래도 계속해 보라고 종용하기에 회사에서 시킨 몇 가지 짓거리를 말해줬더니, 그는 할 말을 잃고 그럼 우리(우리 중 한 사람은 직장이 있는 게 확실한데도 늘 '우리'라고 말했다) 다른 일을 해보자고 했다.

2주 동안은 패스트푸드 체인점에서 일했다. 근무시간도 괜찮았고 유니폼 때문에 머리에 정전기가 생기는 것도 참을 만했지만 "오늘은 어떻게 도와드릴까요?"라든가 "라지 사이즈 프렌치프라이도 함께 드릴까요?" 등 일관된 '적절한 응대법' 매뉴얼에서 벗어나지 않게 말하는 건 도저히 못 할 짓이었다. 결국 난 네 살짜리 아이와 공짜 장난감의 장단점을 논하다가 도넛 담당 여직원한테 들켜 해고되었다. 뭐라 할 말이 없다. 그 네 살짜리 여자애는 똑똑했단 말이다. 솔직히 잠자는 숲속의 공주 인형이 멍청하다는 생각을 하기도 했고.

그래서 나는 여기 앉아서 네 번째 면담을 하고 있고, 셋은 취직 '기회'가 더 있는지 알아보기 위해 모니터를 훑어보고 있는 거다. 턱없어 보이는 사람들까지 구둣주걱으로 쑤셔 넣듯 억지 취직을 시켜본 터라 늘 음침하면서도 쾌활한 면모를 잃지 않는 셋마저도 이젠 지친 기색이 목소리에 역력했다.

"어…… 예능 산업 쪽으로 생각해 본 적 있어요?"

"뭐요. 무슨 팬터마임 같은 거요?"

"사실, 그건 아니고요. 폴 댄스 추는 사람 구하는 데는 있어요. 솔직히 꽤 많네요."

나는 눈썹을 추켜올렸다. "제발 농담이라고 말해주세요."

"일주일에 서른 시간 근무예요. 팁도 쏠쏠할 겁니다. 사람 다루는 솜씨가 능숙하다고 했잖아요. 그리고…… 연극적인…… 의상을 좋아하시는 것 같고요." 그가 내 타이츠에 슬쩍 눈길을 주었다. 진초록색 타이츠에 반짝반짝 스팽글이 달려 있었다. 기분이 좀 나아질까 해서 입은 옷이었다. 토머스가 아침 식사 시간 내내 거의 쉬지도 않고 나를 보며 「인어공주」 주제가를 불러댔다.

셋은 키보드를 두들겨 뭔가 입력했다. "성인 전용 전화 응대 담당은 어때요?"

나는 그를 물끄러미 바라보았다.

그가 어깨를 으쓱했다. "사람들하고 얘기하는 게 좋다고 했잖아요."

"싫어요. 그리고 세미누드 바의 종업원도 싫고요. 마사지사도 싫어요. 웹캠 오퍼레이터도 싫고요. 이러지 말아요, 셋. 우리 아빠 심장마비 일으킬 일 말고도 내가 할 일이 뭐라도 있겠죠. 설마."

이 말에 그는 난처한 기색이 뚜렷했다. 셋이 다시 모니터를 찬찬히 들여다보더니 말했다.

"우리한테 남은 건 간병인밖에 없네요."

"할머니 할아버지들 엉덩이 닦아드리는 거 말이죠."

"안타깝지만요, 루이자. 자격 조건이 안 맞아서 할 만한 다른 일이 없어요. 다시 직업훈련을 받고 싶으면 소개를 해드릴게요. 평생교육센터에 가면 강좌들은 많아요."

"하지만 우리 전에도 이 얘기 했잖아요, 셋. 그렇게 하면 실업수당은 못 받는 거잖아요, 안 그래요?"

"일자리가 있어도 거절한 셈이니까, 그렇긴 하죠."

우리는 잠시 말없이 앉아 있었다.

"어르신들을 대하는 건 잘 못해요, 셋. 할아버지가 중풍을 앓으신 뒤로 우리 집에 같이 사시는데 그나마도 감당을 못 하는 걸요."

"아. 그러면 간병을 해본 경험이 좀 있군요."

"꼭 그런 건 아니고요. 할아버지 일은 엄마가 도맡아 하셔서."

"어머님이 일자리가 필요하실까요?"

"농담이 재밌네요."

"농담 아닙니다."

"그러면 저더러 집에 남아서 할아버지를 돌보라고요? 아뇨, 사양하겠어요. 저뿐 아니라 할아버지도 달가워하지 않으실걸요. 카페

같은 데는 하나도 자리가 없나요?"

"KFC 쪽은 한번 넣어볼 수 있어요. 거기서 더 잘 적응할지도 모르겠네요."

"치킨너깃보다는 치킨 버킷을 파는 쪽이 훨씬 보람찰 거라는 말이에요? 아닌 것 같은데요."

"글쎄요. 그럼 우리가 좀 더 먼 곳까지 살펴봐야 되겠네요."

"우리 마을에서 왕복 운행하는 버스는 네 대뿐이에요. 아시잖아요."

셋은 의자에 푹 기대앉았다. "지금 이 시점에서는 말입니다, 루이자. 건강하고 능력 있는 사람으로서 계속 수당을 받을 자격을 유지하기 위해서는……."

"일자리를 구하려고 노력하고 있다는 걸 보여줘야 한다는 말씀이죠. 알아요."

내가 얼마나 일하고 싶어 하는지를 이 남자에게 어떻게 설명해야 할까? 옛 직장을 얼마나 그리워하는지 이 남자가 짐작이나 할까? 이제까지 내게 '실업'은 추상적인 관념일 뿐이었다. 뉴스에서 무미건조한 말투로 조선소나 자동차 공장 같은 얘기를 할 때나 나오는 말이었다. 절단된 팔다리를 그리워하듯 한순간도 쉬지 않고, 반사적으로 직장을 그리워하게 될 줄은 정말 몰랐다. 돈이나 장래에 대한 불안은 당연하게 여겼다. 하지만 실직이 사람을 이토록 부적절하고 쓸모없는 존재로 만들 줄은 몰랐다. 알람 소리에 소스라쳐 잠을 깨던 예전보다도 아침에 일어나기가 더 힘들 줄은 몰랐다. 나와 공통점이 하나도 없던 카페 손님들이 보고 싶어질 줄도 몰랐다. 꼭 내 심정처럼 갈 곳 모르고 상점가를 헤매는 민들레 부인을 처음 다시 본 날은 달려가서 와락 안고 싶은 충동을 간신히 억눌러야 했다.

셋의 목소리에 백일몽에서 깨어났다.

"아하! 이 일이라면 괜찮을지도 모르겠군요."

나도 고개를 디밀고 모니터를 보려 했다.

"방금 들어온 겁니다. 바로 지금요. 간병인 자리입니다."

"말씀드렸잖아요. 저는 영 재주가……."

"노인이 아닙니다. 그리고 개인 고용이에요. 그분 자택에서 도우미 일을 하는 건데, 주소가 당신 집에서 3킬로미터 거리도 안 돼요. '장애가 있는 사람을 돌보고 말 상대를 해준다.'"

"그렇군요. 그러면 제가 그 사람 뒤를 닦……."

"제가 보기에는 뒤 닦는 일은 할 필요가 없는 것 같습니다." 셋은 모니터를 훑어보았다. "그는…… 전신마비 환자거든요. 낮 시간에 식사와 활동을 도울 사람이 필요해요. 이런 일들은 보통 환자가 어디 나가고 싶어 할 때를 위해 같이 있어주고, 환자가 혼자 할 수 없는 일들을 도와주는 겁니다. 아, 급여도 썩 괜찮아요. 최저 임금을 훨씬 상회합니다."

"아마 뒤 닦아주는 일이 포함되어 있어서 그럴 거예요."

"제가 직접 그쪽에 전화를 해서 뒤 닦아주는 일은 절대 없도록 확인하지요. 그러면 면접 보러 가실 겁니까?"

말만 들으면 진짜 질문 같았다. 그러나 우리 둘 다 답을 알고 있었다. 한숨을 쉬고, 집으로 가기 위해 가방을 챙겼다.

"이런 맙소사." 아빠가 말했다. "상상이 가? 녹슨 휠체어에 앉은 신세가 된 것만도 전생에 무슨 죄를 져서 이렇게 됐나 할 텐데, 하필 우리 루가 나타나서 말동무를 해주겠다고 하다니!"

"여보!" 엄마가 꾸짖었다.

내 등 뒤에서 할아버지가 홍차 잔에 얼굴을 박고 낄낄 웃고 있었다.

2

나는 머리가 나쁘지 않다. 이 시점에서 그걸 확실히 해두고 싶다. 그러나 월반해서 나와 같은 학년으로 올라왔다가 한 학년 위로 또 월반한 여동생하고 같이 자라다 보면, 뇌세포 쪽으로는 좀 모자란 사람인 것 같은 기분이 들지 않기가 더 어렵다.

똑똑하거나 영특한 건 무엇이든 카트리나가 나보다 먼저 했다. 나보다 18개월이나 늦게 태어났는데도 말이다. 책을 읽어도 카트리나가 나보다 먼저 읽었고, 저녁 식사 때 내가 무슨 얘기를 해도 카트리나는 이미 다 알고 있었다. 카트리나는 내가 아는 사람 중에서 유일하게 진심으로 시험을 좋아했다. 가끔은 내가 옷을 이렇게 별나게 입게 된 것도 트리나가 잘 못하는 딱 하나가 제대로 옷 맞춰 입기였기 때문은 아닐까 생각한다. 트리나는 스웨터와 청바지 스타일의 여자다. 그 애 사전에 멋을 낸다는 건 일단 청바지를 다림질하고 본다는 뜻이다.

아빠는 나를 '괴짜'라고 불렀다. 머릿속에 떠오르는 생각을 되는 대로 입 밖에 내놓는다는 이유였다. 엄마는 내가 '개성이 강하다'고

했고, 그건 내 옷차림이 당최 이해가 안 간다는 걸 기분 나쁘지 않게 에둘러 표현한 말이었다.

그러나 십 대 때 잠깐 말고는, 트리나는 물론이고 학교의 다른 여자애들 외모를 부러워한 적이 없다. 열네 살 정도까지는 소년 같은 옷차림을 더 좋아했고, 지금은 내 기분이 좋아지려고 옷을 차려입는다. 그날그날 달라지는 기분에 맞춰서 입는다. 난 굳이 점잖은 옷차림을 하려고 애쓸 이유가 없었다. 체구도 작고 검은 머리인 데다 아빠 말에 따르면 엘프 같은 얼굴을 하고 있었으니까. '엘프 같은 미인'이라는 뜻은 아니다. 못생기지는 않았지만 우아한 기품 같은 건 없는 것 같다. 패트릭은 같이 자고 싶으면 나보고 눈부시게 아름답다고 하지만, 그는 원래 속이 빤히 들여다보이는 위인이다. 우리가 사귄 지도 벌써 7년이 다 되어가고 있고.

스물여섯 살의 나는 내가 어떤 사람인지 확실히 알지 못한다. 사실 일자리를 잃을 때까지는 생각해 보지도 않았다. 아마 패트릭과 결혼해서 아이를 몇 낳고, 살던 거리에서 몇 블록 떨어진 데 살게 되겠지 생각했던 것 같다. 별스러운 옷 취향만 빼면, 키가 좀 작은 것만 빼면, 나는 길거리에서 스쳐 지나는 여느 사람들과 다를 바가 없었다. 평범한 삶을 사는 평범한 사람이었다. 내게는 그게 퍽 잘 맞았다.

"면접 보러 갈 거면 정장을 입어야지." 엄마가 고집을 부렸다. "요즘은 다들 너무 캐주얼하다니까."

"노인병 환자한테 숟가락으로 음식 떠먹이는 데 핀스트라이프 정장이 필수는 아니잖아요."

"잘난 척한다."

"정장 살 돈 없어요. 샀다가 취직 못 하면 어떡해요?"

"내 거 입으면 되잖니. 엄마가 예쁜 블라우스를 다려줄게. 제발
한 번만 그 머리를 그렇게……." 엄마가 내 머리를 가리키며 손짓
했다. 나는 보통 검은 머리를 머리 양편으로 땋은 뒤 감아올리고 다
녔다. "레아 공주처럼 하고 다니지 말고. 평범한 사람처럼 보이려고
좀 노력하란 말이야."

엄마한테 말대꾸를 해봤자 소용없다는 건 잘 알고 있었다. 너무
꽉 끼는 치마 때문에 어색한 걸음걸이로 집을 나서다 아빠를 보니
엄마한테 내 옷을 보더라도 아무 말도 하지 말라고 이미 한 소리를
들은 눈치였다.

"잘 다녀와, 우리 딸." 입가를 씰룩거리며 아빠가 말했다. "행운
을 빈다. 너 아주…… 사무적으로 보이는구나."

사실 창피스러운 건 정장이 엄마 것이라든가 1980년대 후반에 마
지막으로 유행했던 스타일이라는 게 아니라, 나한테 옷이 좀 작다는
거였다. 허리밴드가 조이다 못해 횡격막까지 가르고 들어오는 기분
이 들어서 재킷의 앞섶을 잡아당겨 여몄다. 아빠가 엄마를 두고 하
는 말처럼 진짜로 체지방은 말라깽이들한테 더 많은가 보다.

얼마 되지도 않는 거리인데 버스를 타고 가는 내내 은근히 속이
메슥거렸다. 제대로 된 취직 면접은 생전 처음이었다. 버터드 번
에 취직한 건, 트리나가 절대로 내가 하루 만에 직장을 구할 수 있
을 리 없다고 말하는 바람에 엉겁결에 내기를 했던 탓이다. 그때 나

는 곧장 카페로 걸어 들어가서 프랭크에게 혹시 일손이 하나 더 필요하지 않느냐고 물어보았다. 개업 첫날이라 정신없이 일하고 있던 프랭크는 고마움에 눈물이 앞을 가린다는 표정으로 날 보았다.

지금 와서 생각해 보니 프랭크와 돈 얘기를 한 기억도 없다. 주급을 주겠다고 하기에 좋다고 했고, 프랭크는 1년에 한 번씩, 내가 부탁했을 만한 금액보다 조금 더 후하게 월급을 올려주었다.

도대체 면접에서 사람들은 무슨 질문을 할까? 셋은 '사적인 요구'(나는 그 표현만 듣고도 몸이 부르르 떨렸다)를 처리해 주는 남자 간병인이 있다고 말했다. 보조 간병인의 임무는 '지금 이 시점에서는 좀 불분명'하다는 것이었다. 노인의 입에서 줄줄 흐르는 침을 닦으며 '홍차 드시겠어요?'라고 고래고래 외쳐 묻는 내 모습을 상상했다.

할아버지는 뇌출혈을 일으키고 회복기에 들어설 무렵부터 혼자서 아무 일도 못했다. 엄마가 전부 다 해주었다. "네 엄마는 성인이야." 아빠는 말했고, 나는 그 말을 엄마가 비명을 지르며 온 집 안을 뛰어다니지 않고도 조용히 할아버지 똥오줌을 닦아준다는 뜻으로 받아들였다. 하지만 내가 그런 사람이라고는 아무도 생각지 않았다. 할아버지가 드실 음식을 잘게 잘라드리고 홍차를 타 드렸지만 다른 일들에는 별로 소질이 없었다.

'그랜타 하우스'는 스토트폴드 성 건너편에 있었다. 중세 성벽에 닿아 있는 긴 비포장도로 쪽에 있었는데, 워낙 관광지 한가운데라 근처에 집이라곤 네 채뿐이었다. 그나마 매점이 하나 있었다. 살면서 이 집 앞을 100만 번은 지나다닌 것 같은데 제대로 본 건 처음이었다. 상상했던 것보다 훨씬 큰 집이었다. 양 문 현관이 있는 붉은 벽돌 건물로, 병원 대기실에 뒹구는 오래된 「컨트리라이프」 잡지에서나 볼 법한 저택이었다.

긴 진입로를 걸어 들어가면서 마음을 다잡았다. 창가에서 누가 날 보고 있는 건 아닐까 걱정하기 싫었다. 긴 진입로를 걷다 보면 불리한 위치에 놓이게 된다. 저절로 열등감이 들기 때문이다. 앞머리를 좀 잡아당겨 내릴까 말까 고민하고 있는데 문이 열리기에 화들짝 놀라고 말았다.

나보다 그리 나이가 많아 보이지 않는 한 여자가 현관 앞으로 나왔다. 바지 차림에 의사 가운 같은 옷을 입고 팔에는 코트와 서류철을 끼고 있었다. 여자는 나를 지나쳐 가며 예의 바르게 미소 지었다.

"와주셔서 정말 감사해요." 안에서 어떤 목소리가 말했다. "연락 드릴게요. 아." 여자의 얼굴이 나타났다. 중년이지만 아름다웠고, 정교하게 매만진 듯한 값비싼 헤어스타일을 하고 있었다. 여자가 입은 바지 정장은 우리 아빠의 한 달치 월급보다 비싸 보였다.

"클라크 씨군요."

"루이자라고 불러주세요." 나는 엄마한테 들들 볶인 대로 황급히 손을 내밀었다. "요즘 젊은 애들은 먼저 악수를 청하는 법이 없어"라고 부모님은 입 모아 말했다. "옛날에는 '안녕'이라든가 허공에 키스를 날리는 따위의 인사는 꿈도 못 꿀 일이었는데"라면서. 이 여자도 공중에 날리는 키스를 반가워할 사람처럼 보이지는 않았다.

"그래요. 네. 어서 들어와요." 부인은 인간적으로 보이는 한에서 최대한 빨리 손을 뺐지만, 오래 머무는 눈길이 느껴졌다. 벌써 나에게 점수를 매기고 있는 것처럼.

"이쪽으로 오시겠어요? 거실에서 얘기합시다. 커밀라 트레이너 라고 해요." 그날 하루만 해도 같은 말을 얼마나 여러 번 했는지가 느껴지는, 기운 없는 목소리였다.

뒤따라가 보니 마룻바닥에서 천장까지 아름다운 프랑스식 창문이 짜여진 어마어마하게 큰 방이 나왔다. 굵은 마호가니 커튼 봉에서 바닥까지 묵직한 커튼이 우아하게 드리워져 있었고, 마루에는 정교하고 장식적인 페르시아 러그가 깔려 있었다. 밀랍과 앤티크 가구 냄새가 났다. 사방에 우아한 사이드 테이블들이 널려 있었고, 반들반들 윤이 나는 상판은 장식용 함들로 뒤덮여 있었다. 트레이너 가족은 대체 찻잔을 어디에 놓는 걸까?

"그러니까, 구인구직센터 광고를 보고 오신 거 맞죠? 어서 앉으세요."

부인이 서류를 휙휙 넘기는 사이 슬쩍 방을 둘러보았다. 솔직히 집 안이 요양원 같을 줄 알았다. 보조용 호이스트°나 깨끗이 닦은 마룻바닥 같은 풍경을 예상했다. 그런데 이 집은 겁나게 값비싼 호텔 같았다. 유서 깊은 돈의 흔적이 곳곳에 배어 있었고 정성껏 관리한 비싼 물건들이 그득했다. 한쪽에 은제 사진 액자들이 놓여 있었지만 너무 멀어서 얼굴은 알아보기 힘들었다. 부인이 서류를 훑어보는 사이 나는 자리에서 들썩거리며 액자들을 좀 더 잘 보려고 애썼다.

바로 그때 들려왔다. 그 소리가. 누가 들어도 솔기가 뜯어지는 소

◇ 중량물을 달거나 감아서 올리는 기계.

리였다. 내려다보니 내 스커트 천을 맞붙인 박음질 선이 뜯겨져 너덜너덜해진 실크의 실이 보기 흉하게 비죽비죽 튀어나와 있었다. 얼굴이 화끈 달아올랐다.

"그러니까…… 클라크 씨, 전신마비 환자를 다루어본 경험이 있나요?"

나는 몸을 돌려 트레이너 부인을 똑바로 마주 보면서, 재킷으로 치마를 가리려고 최선을 다해 꿈틀댔다.

"아니요."

"간병인 생활을 오래 하셨나요?"

"어…… 제대로 해본 적은 한 번도 없어요." 그러고는 황급히 덧붙였다. 귓전에 셋의 목소리가 들리는 것만 같았다. "하지만 배우면 잘할 거라 믿습니다."

"전신마비 환자가 뭔지 아시나요?"

나는 멈칫거렸다. "어…… 휠체어에서 생활해야 하는 분을 말하나요?"

"그렇게 말할 수도 있겠네요. 그 정도가 상당히 다양하지만, 이 경우에 우리는 다리를 전혀 못 쓰고 손과 팔의 움직임이 부자유스러운 경우를 얘기하는 겁니다. 그게 클라크 씨에게 문제가 될까요?"

"저, 저보다는 그분에게 더 큰 문제겠죠." 미소를 지어보았지만 트레이너 부인의 얼굴에는 아무런 표정도 보이지 않았다. "죄송합니다. 제 말뜻은 그런 게 아니라……."

"운전할 수 있어요, 클라크 씨?"

"네."

"면허 기록은 깨끗하고요?"

나는 고개를 끄덕였다.

커밀라 트레이너가 들고 있던 목록의 한 칸에 체크 표시를 했다.

치마의 터진 구멍이 점점 커지고 있었다. 무자비하게도 내 허벅지까지 기어 올라오고 있는 게 보였다. 이런 추세라면 일어나야 할 때쯤에는 라스베이거스 쇼걸 같은 몰골이 될 것이다.

"괜찮아요?" 트레이너 부인이 빤히 바라보았다.

"그냥 약간 더워서요. 재킷을 벗어도 괜찮을까요?" 부인이 뭐라 말하기도 전에 나는 단번에 재킷을 후루룩 벗어서 허리에 묶어 스커트의 찢어진 부분을 가렸다. "너무 덥네요." 부인을 보고 웃으면서 말했다. "밖에서 들어와서 그런가 봐요."

트레이너 부인이 희미하게 멈칫하는가 싶더니 다시 서류철을 들여다보았다. "몇 살이에요?"

"스물여섯 살입니다."

"그러면 지난번 직장에서는 6년 동안 일했군요."

"네. 제 추천서 사본이 있을 거예요."

"음……." 트레이너 부인이 추천서를 들더니 실눈을 떴다. "이전 고용주가 당신이 '따뜻하고 수다스럽고 활기를 더해주는 사람'이라고 썼군요."

"네, 제가 사장님께 뒷돈을 두둑이 챙겨드렸거든요."

또 그 포커페이스.

'아, 미치겠네.'

연구 대상이 된 기분이었다. 그리 좋은 뜻은 아니다. 엄마의 블라우스가 갑자기 싸구려처럼 느껴졌다. 희미한 빛 속에서 합성섬유의 실이 반짝거렸다. 차라리 제일 수수한 바지랑 셔츠를 입고 올걸. 이 정장만 아니면 뭐라도 좋았을 텐데.

"그러면 왜 그만두는 거예요? 이렇게 좋은 평가를 받고 있는데."

"사장님이 카페를 파셨어요. 성 아래 저 밑에 있는 카페예요. 버터드 번이요. 아니, 이젠 없죠." 나는 말을 고쳤다. "저도 계속 일할 수 있었다면 좋았을 거예요."

트레이너 부인이 고개를 끄덕였다. 더 뭐라 말할 필요가 없어서일 수도 있고, 나와 같은 생각이라서 그럴 수도 있었다.

"그러면 이제 무슨 일을 하며 살고 싶어요?"

"실례지만 뭐라고 하셨죠?"

"어떤 직업을 갖고 싶다는 꿈이 있나요? 이 일을 발판으로 삼아 다른 일을 하려는 건가요? 꼭 추구하고 싶은 직업적인 욕심이 있나요?"

멍한 표정으로 부인을 바라보았다.

이건 무슨 함정 질문 같은 걸까?

"저…… 그렇게 먼 일까지 생각해 보지는 않았어요. 일자리를 잃었으니까요. 그래서……." 침을 꿀꺽 삼켰다. "그래서 다시 일하고 싶을 뿐이에요."

맥없는 답처럼 들렸다. 대체 어떤 인간이 자기가 장차 뭘 하고 싶은지도 모르고 면접을 보러 온담? 트레이너 부인의 표정을 보니 같은 생각인 모양이었다.

부인은 펜을 내려놓았다. "그러니까, 클라크 씨, 이전에 면접을 본 분이 아니라 그쪽을 뽑아야 하는 이유가 뭘까요? 그분은 다년간 전신마비 환자를 돌본 경험이 있거든요."

나는 그녀를 바라보았다. "어…… 솔직하게요? 모르겠습니다." 침묵이 대답으로 돌아왔다. 그래서 덧붙여 말했다. "그건 부인께서 결정하실 문제라고 생각해요."

"그쪽을 뽑아야 하는 이유를 하나도 말해줄 수 없다는 건가요?"

갑자기 엄마 얼굴이 눈앞에 어른거렸다. 찢어진 정장을 입고 면접에서 또 떨어진 채 집에 간다니. 생각만 해도 견딜 수가 없었다. 게다가 한 시간에 9파운드도 넘게 받을 수 있는 일자리인데.

자세를 똑바로 고쳐 앉았다.

"저…… 저는 뭐든 빨리 배우는 편입니다. 절대 앓아눕는 법이 없고, 사는 곳도 바로 성 건너편이고, 보기보다 힘도 세요. 아마 남편 분을 옮길 수도 있을 거예요."

"남편? 클라크 씨가 같이 일할 사람은 제 남편이 아니에요. 제 아들이에요."

"아드님요?" 나는 눈을 껌벅거렸다. "어…… 저는 힘든 일에 두려움이 없습니다. 온갖 사람들을 다루는 데 능숙하고…… 기가 막히게 맛있는 홍차를 끓일 수 있어요." 횡설수설하다 그만 할 말을 잃고 말았다. 부인의 아들이라니 충격이 컸다. "제 말은, 우리 아빠는 그런 게 일자리를 구할 때 큰 도움이 되진 못할 거라고 생각하세요. 하지만 제 경험으로는 사실 맛있는 홍차 한 잔만 있으면 웬만한 세상사는 해결이……."

트레이너 부인이 나를 보는 눈길이 어쩐지 좀 이상해 보였다.

"죄송합니다." 나는 방금 내가 무슨 말을 한 건지 깨닫고 황급히 주워 담았다. "제 말뜻은 절대…… 마비, 전신마비…… 저, 그, 아드님…… 문제가 홍차 한 잔으로 해결될 일이라는 건 아니었어요."

"말해두지만요, 클라크 씨. 이건 영구적인 계약이 아니에요. 최장 6개월 일해주면 됩니다. 그래서 급여가…… 그에 상응하죠. 적임자를 찾고 싶었거든요."

"믿어주세요. 닭고기 처리 공장에서 야간 교대 일을 하고 나면요, 6개월 동안 관타나모만에서 일하라고 해도 혹합니다." '아, 제발 입 좀 닥쳐라, 루이자.' 나는 입술을 깨물었다.

그러나 트레이너 부인은 듣지도 못한 눈치였다. 그녀는 서류철을 덮었다. "제 아들 윌은 2년 전 교통사고로 부상을 당했어요. 24시간 간병이 필요한데 대부분의 일은 훈련을 받은 간호사가 하게 됩니다. 최근에 제가 다시 일을 하게 되어서, 하루 종일 같이 있으면서 말동무가 되어주고 먹고 마시는 걸 도와주는, 그러니까 대체로 그 애의 수족처럼 일해주고 다치지 않게 지켜봐 줄 간병인이 필요하게 됐어요." 커밀라 트레이너는 눈길을 떨구고 자기 무릎을 바라보았다. "윌의 곁에 그런 책임을 숙지한 사람이 있어주는 건 절대적으로 중요한 일이에요."

부인의 모든 말이, 한 마디 한 마디를 또박또박 강조하는 말투까지 왠지 내가 멍청하다는 암시를 은근히 흘리는 것처럼 들렸다.

"잘 알겠어요." 나는 가방을 챙기기 시작했다.

"그러면 이 일을 해주겠어요?"

너무 뜻밖이라 처음엔 잘못 들은 줄 알았다. "네?"

"최대한 빨리 일을 시작해 주면 좋겠어요. 급여는 주급으로 드릴 게요."

나는 잠깐 뭐라 할 말을 잃었다. "저를 채용하시겠다고요? 저, 아까 그분이 아니라……."

"근무 시간이 꽤 길어요. 오전 8시에서 오후 5시까지고, 가끔은 더 늦어질 수도 있어요. 따로 점심시간은 없지만, 담당 간호사 네이선이 점심때 와서 그 애를 돌봐주면 30분의 자유 시간이 생기고요."

"의학적으로는…… 필요하신 게 없나요?"

"윌은 우리가 해줄 수 있는 모든 의학적 치료를 받고 있어요. 우리가 바라는 건 활기차고…… 명랑한 사람이에요. 그 애의 삶은…… 복잡하거든요. 그래서 중요한 거예요. 누군가 힘을 불어넣어 줘서 그 애가……." 부인의 목이 메었다. 시선은 창 바깥에 있는 무언가에 머물러 있었다. 한참 뒤에야 부인은 돌아서서 나를 보았다.

"지, 그냥 이렇게 말해두지요. 그 애의 정신 건강이 신체 건강만큼이나 중요하다고요. 이해하시겠어요?"

"그런 것 같아요. 저, 유니폼을 입어야 할까요?"

"아니요. 유니폼은 안 될 말이죠." 그녀는 내 다리를 흘긋 쳐다보았다. "좀 노출이…… 덜한 옷을 입으시면 좋겠지만요."

나는 웃옷이 돌아가 맨살이 훤히 드러난 허벅지를 보았다. "저, 죄송합니다. 옷이 뜯어졌어요. 사실 제 옷이 아니거든요."

그렇지만 이제 트레이너 부인은 내 말을 듣고 있는 것 같지 않았다. "첫 출근을 하면 무슨 일을 해야 하는지 설명해 줄게요. 지금의 윌은 같이 있기 그리 수월한 사람이 아니거든요, 클라크 씨. 이 일은 전문적인 기술도 중요하지만 마음가짐이 더 중요해요. 그러니까 내일 다시 뵐까요?"

"내일요? 제가…… 제가 내일 아드님을 만나보는 게 좋으시겠어요?"

"윌은 오늘 기분이 좋지 않아요. 차라리 내일 아침에 새롭게 시작하는 게 나을 것 같네요."

나는 바로 자리에서 일어났다. 트레이너 부인이 한시라도 빨리 나를 문밖으로 내보내고 싶은 눈치였기 때문이었다.

"알겠습니다." 내가 재킷 앞섶을 당겨 여미며 말했다. "어, 감사합니다. 내일 아침 8시에 뵐게요."

엄마는 아빠의 접시에 감자를 담아주고 있었다. 작은 식탁에 부모님, 여동생과 토머스, 할아버지, 그리고 패트릭이 둘러앉았다. 패트릭은 수요일마다 항상 저녁 식사를 하러 우리 집에 들렀다.

"아빠." 엄마가 할아버지에게 물었다. "음식을 좀 잘게 잘라드릴까요? 트리나, 할아버지 식사를 좀 잘게 잘라줄래?"

트리나가 허리를 굽히고 할아버지 접시 위의 음식을 민첩한 손길로 썰기 시작했다. 그러고는 식탁 건너편으로 가서 토머스에게도 똑같이 해주었다.

"그래서, 그 남자 상태가 얼마나 엉망이야, 루?"

"그 댁에서 우리 딸을 자기 아들 앞에 풀어놓는 걸 보니 별로 할 수 있는 일이 없는 모양이지." 아빠가 말했다. 아빠와 패트릭이 축구를 볼 수 있도록 내 등 뒤의 TV가 켜져 있었다. 가끔 둘은 밥을 먹다 말고 내 몸에 가려진 부분을 보려고 목을 쭉 뺐다. 패스가 잘 못되거나 아까운 골 미스가 나면 음식을 씹다 말고 화면만 봤다.

"훌륭한 기회 같아요. 큰 저택에서 일하게 되는 거잖아요. 집안도 좋고요. 그 집 부티 많이 나?"

우리 동네에서 '부티'라는 단어는 '반사회적행위 금지명령ASBO'을 받은 가족이 없는 집이라면 전부 해당되는 말이었다.

"그렇겠지."

"무릎 살짝 굽히고 인사하는 법을 미리 연습해 놨길 바란다." 아빠가 씩 웃었다.

"실제로 만나봤어?" 몸을 굽힌 트리나는 토머스가 팔꿈치로 쳐서 식탁 밑으로 떨어뜨릴 뻔한 주스를 가까스로 받아냈다. "그 장애인, 어떤 사람이야?"

"내일 만날 거야."

"그런데 이상하다. 날마다 언니가 종일 그 사람이랑 같이 지내야 한다니. 하루에 아홉 시간씩이나. 패트릭보다 더 오래 보겠네."

"뭐 그렇게 어려운 일은 아니야." 내가 말했다.

식탁 맞은편에 있던 패트릭은 부러 내 말을 못 들은 척했다.

"하지만 그 흔한 성추행이나 그런 걱정은 안 해도 되잖니." 아빠가 말했다.

"여보!" 엄마가 날카롭게 쏘아붙였다.

"그냥 사람들이 다들 하는 생각이니까 하는 말이야. 아마 애인한테 이보다 더 좋은 상사는 찾기 어려울 거다. 안 그러냐, 패트릭?"

식탁 너머에서 패트릭이 미소를 지었다. 패트릭은 엄마가 열심히 권하는 감자를 사양하느라 바빴다. 그는 3월 초에 있을 마라톤에 대비하기 위해 이번 달부터 탄수화물 섭취를 금하고 있었다.

"그런데 말이다. 그냥 생각나서 묻는 건데. 수화를 배워야 된다니? 그러니까, 그 사람이 의사소통을 못 하면 뭘 원하는지 어떻게 알 수 있겠어?"

"부인은 그가 말을 못 한다는 얘기는 안 했어요. 엄마."

트레이너 부인이 무슨 말을 했는지 잘 기억도 나지 않았다. 실제로 취직했다는 게 얼떨떨해서 아직도 넋이 좀 나가 있었다.

"혹시 무슨 장치 같은 걸로 말을 할지도 몰라. 그 과학자처럼. 「심슨 가족」에 나오는 사람 말이야."

"병신." 토머스가 말했다.

"아니야." 아빠가 말했다.

"스티븐 호킹." 패트릭이 말했다.

"당신들이 하는 일이 그렇지." 엄마가 토머스부터 아빠까지 힐난하듯 쏘아보며 말했다. 날카롭다 못해 스테이크도 썰릴 눈초리였다. "애한테 욕이나 가르치고."

"아니야. 어디서 저런 소리를 배우는지 모르겠네."

"병신." 토머스가 할아버지를 똑바로 쳐다보며 말했다.

트리나가 얼굴을 찌푸렸다. "목소리 변조 상자 같은 걸 통해서 말하면 좀 무서울 것 같아. 상상이 가? 물-한-잔만-갖다-줘요." 트리나가 목소리를 흉내냈다.

똑똑하기야 하지. 하지만 헛똑똑이라 애나 배고. 아빠는 가끔 투덜거렸다. 트리나는 우리 집에서 제일 먼저 대학에 갔지만, 졸업하

는 해에 토머스를 낳는 바람에 어쩔 수 없이 중퇴했다. 엄마와 아빠
는 언젠가 트리나가 우리 집에 큰돈을 벌어다 줄 거라는 희망을 버
리지 않았다. 하다못해 감시 카메라 모니터가 없는 안내 데스크 딸
린 직장에서 일한다거나. 뭐든.

"휠체어 신세를 진다고 꼭 외계인처럼 말해야 돼?" 내가 말했다.

"그렇지만 그 사람하고 아주 친밀한 사이가 되어야 할 거 아니야.
적어도 입가를 닦아주고 음료를 갖다 주고 해야 하니까."

"그래서? 그게 뭐 그렇게 어려운 일인가?"

"토머스의 기저귀를 거꾸로 채우던 어떤 여자도 그렇게 말했지."

"그건 딱 한 번이었잖아."

"두 번이야. 그리고 언니는 애 기저귀를 세 번밖에 안 갈아줬잖아."

나는 완두콩을 잔뜩 덜어 먹으며 실제 속내보다 훨씬 태평해 보
이려고 애썼다.

하지만 이미 똑같은 생각이 버스를 타고 돌아오는 길에서부터 내
머릿속에서도 윙윙 울리고 있었다. 우리가 무슨 얘기를 하게 될까?
그 사람이 고개만 굴리면서 하루 종일 나를 물끄러미 쳐다보면 어
떻게 하지? 난 겁을 먹고 도망칠까? 그 사람이 원하는 게 뭔지 도
저히 모르겠으면 어쩌지? 뭘 돌보는 데는 참담하게 재주가 없는 나
였다. 우리 집은 화분도 없고 반려동물을 기르지도 않는다. 햄스터,
대벌레, 금붕어에 이르기까지 온갖 재앙을 겪고 나서 그렇게 됐다.
게다가 그 뻣뻣한 사모님은 얼마나 자주 집에 있을까? 누가 내내
감시한다고 생각하면 기분이 썩 좋지 않았다. 왠지 트레이너 부인
이 보면 멀쩡히 일을 잘하던 사람도 갑자기 서툴러져 온갖 실수를

저지를 것 같다.

"패트릭, 자네는 이런 일을 어떻게 생각하나?"

패트릭은 찬물을 길게 죽 들이키더니 어깨를 으쓱했다.

밖에서 빗물이 창문을 때리는 소리가 짤랑거리는 식기와 포크, 나이프 소리 너머로 들릴락 말락 했다.

"돈이 쏠쏠해요, 버나드 아저씨. 어쨌든 닭고기 공장 야간 근무보다야 낫죠."

식탁에 앉은 사람들이 모두 맞다는 듯 웅얼거렸다.

"거참, 취직한 사람 앞에 두고 해준다는 덕담이 고작 격납고에서 닭 시체 잡아 빼는 일보다는 낫다니. 대단들 하세요." 내가 말했다.

"글쎄, 그사이에 너도 운동으로 몸을 만들어서 패트릭과 함께 퍼스널트레이너를 해볼 수도 있지 않니."

"몸을 만들라고요? 고마우셔라, 우리 아빠." 감자를 한 덩어리 더 먹으려고 했는데 입맛이 뚝 떨어졌다.

"그래. 안 될 건 뭐니?" 엄마가 자리에 앉을 기세였다. 다들 잠깐 동작을 멈추고 쳐다봤지만 아니나 다를까, 엄마는 다시 벌떡 일어나서 할아버지가 감자를 드실 수 있도록 도왔다. "혹시 모르니까 미래를 위해서 생각해 둘 필요는 있지. 수다 떠는 재주는 확실히 신이 네게 주신 선물이니까 말이야."

"신이 쟤한테 주신 선물은 뱃살이지." 아빠가 코웃음을 쳤다.

"저 방금 취직했거든요." 내가 말했다. "모르시는 모양인데, 지난번보다 돈도 많이 받아요."

"그렇지만 임시직이잖아." 패트릭이 끼어들었다. "아버님 말씀이

옳아. 일하면서 몸을 좀 만드는 게 좋을지도 몰라. 약간만 노력하면
훌륭한 퍼스널트레이너가 될 수 있을 거라고."

"퍼스널트레이너가 되고 싶지 않다니까. 나는 싫…… 그렇게 펄
쩍펄쩍 뛰는 게 싫다고."

나는 패트릭을 보고 입술만 달싹여 욕설을 뱉었고, 그는 씩 웃었다.

"루 언니가 원하는 건 다리를 올리고 대낮에 TV나 보면서 빨대로
노인네를 먹이는 일자리야." 트리나가 말했다.

"그래. 비실비실한 달리아 꽃병에 물을 양동이로 갈아주는 건
엄청난 정신적 육체적 노동을 요하는 일이시겠지. 안 그래, 트리
나?"

"우리는 그냥 좀 놀린 거다, 얘야." 아빠가 홍차가 든 머그잔을
들어 올렸다. "네가 취직을 하다니 정말 잘된 일이야. 벌써부터 자
랑스럽다. 아빠가 장담하는데, 그 큰 집에 네가 발을 들여놓는 순간
부터 그 집 식구들은 절대 너한테 나가라고 못 할걸."

"병신." 토머스가 말했다.

"나 아니야." 아빠는 엄마가 뭐라고 말하기도 전에 음식을 우물
우물 씹으며 말했다.

3

"여긴 별채예요. 예전에는 마구간이었지만 시설이 다 한 층에 있
으니까 여기가 본채보다 윌에게 더 잘 맞을 거라고 생각했거든요.
이곳은 필요할 때 네이선이 자고 갈 수 있게 준비한 손님방이고요.
처음에는 이래저래 사람들이 묵을 일이 꽤나 많았으니까요."

트레이너 부인은 씩씩하게 복도를 따라 걸었다. 그러면서 문간을
하나씩 지나칠 때마다 손짓으로 가리키며 뒤도 돌아보지 않고 설명
했다. 하이힐이 바닥에 부딪쳐 또각또각 소리를 냈다. 당연히 내가
잘 따라 걷겠지 하는 기대가 깔려 있었다.

"차 열쇠는 여기 있어요. 우리 자동차 보험에 이름을 올려뒀고요.
그때 준 인적 사항은 정확하겠죠? 휠체어 경사로 트랩을 작동하는
법은 네이선한테 배우면 될 거예요. 윌의 자리만 잘 잡아주면 나머
지는 기계가 다 알아서 해요. 하지만…… 지금은 그 애가 별로 어
딜 가고 싶어 하는 것 같지 않네요."

"바깥 날씨가 좀 쌀쌀하죠." 내가 말했다.

트레이너 부인은 내 말을 듣는 것 같지 않았다.

"주방에서 홍차와 커피를 끓여 마시면 돼요. 찬장은 내가 채워둬요. 화장실은 이리로 가면 돼요."

부인이 문을 열었다. 나는 화장실에 있는 하얀 금속과 플라스틱으로 된 견인기를 응시했다. 샤워기 아래에는 개방된 습식 구역이 있고 그 옆에 접힌 휠체어가 놓여 있었다. 다른 쪽 구석에 놓인 유리장 속에는 플라스틱 재질로 포장된 꾸러미들이 깔끔하게 차곡차곡 쌓여 있었다. 어디 쓰는 물건인지는 알 수 없었지만 하나같이 희미한 소독약 냄새가 났다.

트레이너 부인이 문을 닫고 돌아서더니 잠시 나를 똑바로 보았다. "했던 말이지만 한 번 더 해야겠어요. 윌 옆을 항상 누가 지켜야 한다는 게 아주 중요해요. 지난번 간병인은 자동차를 수리하러 몇 시간 동안이나 자리를 비웠는데, 윌이…… 그 여자가 없는 사이에 몸을 다쳤어요." 부인은 아직도 마음에 상흔이 남은 듯 말꼬리를 흐렸다.

"아무 데도 가지 않을게요."

"당연히…… 가끔씩 쉬는 시간이 필요할 거예요. 그저 10분이나 15분 이상 윌을 혼자 내버려두면 안 된다는 걸 확실히 해두고 싶을 뿐이에요. 피치 못할 일이 생기면 인터폰으로 연락 줘요. 내 남편 스티븐이 집에 있을지도 모르니까요. 아니면 제 휴대폰으로 전화해주세요. 휴가가 필요하다면 최대한 빨리 말해주면 고맙겠어요. 임시직을 찾기가 늘 쉬운 건 아니니까요."

"그럼요."

트레이너 부인이 거실 장을 열었다. 흡사 미리 여러 번 연습한 연

설문을 읽는 말투였다. 내 앞을 몇 명이나 되는 간병인이 거쳐 갔을
까, 하는 생각이 짧게 뇌리를 스쳤다.

"월이 다른 일을 하고 있을 때 기본적인 살림을 좀 도와주면 고맙
겠어요. 침구를 빨고 진공청소기를 돌려주고, 그런 일들 말이에요.
청소 도구는 싱크대 밑에 있어요. 항상 주위에 얼쩡거리는 걸 그 애
가 원치 않을 수도 있어요. 서로 소통하는 수준은 알아서 맞춰가야
할 거예요."

트레이너 부인이 내 옷차림을 보았다. 마치 처음 보는 것처럼. 나
는 아주 허름한 조끼 차림이었는데 아빠는 내가 그걸 입으면 꼭 에
뮤 같아 보인단다. 검고 커다란 희귀 새. 나는 웃어 보이려고 애썼
다. 어쩐지 굉장히 힘들었다.

"물론 두 사람이…… 서로 잘 지내는 걸 저도 바라죠. 월이 그쪽
을 돈 받고 일하는 직장인이 아니라 친구로 생각하게 된다면 참 좋
을 거예요."

"좋아요. 그분이…… 음…… 뭘 좋아하시나요?"

"영화를 봐요. 가끔은 라디오도 듣고, 음악도 듣고. 그 왜, 디지털
기기 같은 걸 갖고 있거든요. 그 애 손 근처에 놓아주기만 하면 보
통은 자기가 알아서 작동시켜요. 손가락은 좀 움직일 수 있거든요.
움켜쥐는 건 어려워하지만요."

아까보다 좀 기분이 밝아졌다. 음악과 영화를 좋아하는 사람이
라면 공통점을 좀 찾을 수 있지 않을까? 갑자기 나와 이 남자가 무
슨 할리우드 코미디를 보며 깔깔 웃는 모습이 눈앞에 떠올랐다. 그
가 음악을 듣는 동안 침실에서 진공청소기를 돌리는 내 모습도 그

려졌다. 어쩌면 이 일도 괜찮을지 모른다. 어쩌면 그와 친구가 될 수 있을지도 모른다.

"질문 있나요?"

"아니요."

"그럼 인사를 하러 가죠." 부인은 손목시계를 흘끗 보았다. "이제 네이선이 옷을 다 입혔을 거예요."

트레이너 부인이 문밖에서 잠시 머뭇거리다가 노크를 했다. "안에 있니? 윌, 클라크 씨가 만나러 왔어."

대답이 없었다.

"윌? 네이선?"

걸쭉한 뉴질랜드 억양이 들렸다. "옷 다 입었습니다, 트레이너 부인."

부인이 문을 밀어서 열었다. 별채의 거실은 착시를 일으킬 만큼 넓었다. 한쪽 벽 전체가 통유리 문이라 활짝 트인 정원이 내다보였다. 한쪽 구석에서는 벽난로가 조용히 이글거렸다. 낮은 베이지색 소파가 거대한 평면 TV를 바라보고 있었는데, 소파에는 양모 담요가 덮여 있었다. 실내는 세련되고 평화로웠다. 북유럽 독신남의 방 같았다.

방 한가운데에 검은 휠체어가 있었다. 등 받침과 좌석에 양털 쿠션이 대어져 있었다. 옷깃 없는 하얀 수술복을 입은 건장한 남자가 허리를 굽혀 휠체어 발판을 남자의 발 높이에 맞춰주고 있었다. 우리가 방 안으로 들어가자, 휠체어를 탄 남자가 엉망으로 흐트러진 머리카락 밑에서 나를 올려다보았다. 그 눈길이 내 시선과 마주쳤다. 잠시 무서운 정적이 흐르는가 싶더니 피마저 얼어붙을 듯 소름끼치는 신음이 들렸다. 남자는 입가를 씰룩거리더니 한 번 더 이 세상 소리 같지 않은 비명을 질렀다.

트레이너 부인이 그대로 굳어버리는 게 느껴졌다.

"윌, 그만두지 못해!"

그는 어머니 쪽으로 눈길도 주지 않았다. 또 한 번 원시적인 소리가 명치 근처 어딘가에서 흘러나왔다. 끔찍하고 듣기 괴로운 소음이었다. 나는 움찔거리지 않으려 애썼다. 남자는 쓴웃음을 지은 채, 고개를 모로 꼬아 어깨에 처박고 온통 일그러진 얼굴로 나를 노려보았다. 기괴하고, 모호한 분노가 서린 얼굴이었다. 가방을 꾹 움켜쥔 내 손등 뼈에 핏기가 가셔 새하앴다.

"윌! 제발 이러지 마!" 부인의 목소리에 날카로운 신경질이 희미하게 배어들어 있었다. "제발 부탁이야. 이러지 마."

'아, 하나님,' 나는 생각했다. '저 이 일 못 해요. 못 하겠어요.' 꿀꺽, 침을 크게 삼켰다. 남자는 아직도 나를 노려보고 있었다. 내가 뭐라도 하길 기다리는 눈치였다.

"저, 저는 루라고 해요." 어울리지 않게 부들부들 떨리는 내 목소리가 침묵을 갈랐다. 손을 내밀어야 할지 잠시 고민하다가 어차피 잡지도 못한다는 생각이 나서 그냥 힘없이 흔들기만 했다. "루이자를 줄인 애칭이죠."

그러자 놀랍게도 남자의 생김새가 말끔하게 정리되더니, 머리도 어깨 위에 반듯이 자리를 잡았다.

윌 트레이너는 찬찬히 나를 바라보았다. 희미해서 잘 보이지도 않는 미소가 순간적으로 떠올랐다 사라졌다. "안녕하세요, 클라크 씨." 그가 말했다. "제 간병인을 새로 맡으셨다고요."

네이선이 발판 조정을 마쳤다. 그러고는 일어서면서 고개를 저었다. "당신 나쁜 사람이에요, 트레이너 씨. 아주 나빠요." 네이선은 씩 웃더니 내게 두툼한 손을 내밀었고 나는 비실비실하게 그 손을 잡고서 흔들었다. 네이선은 웬만한 일에는 꿈쩍도 안 할 듯싶은 분위기를 풍기는 사내였다. "방금 보신 건 윌이 제일 잘하는 크리스티 브라운◇ 흉내랍니다. 곧 익숙해지실 겁니다. 으르렁거리기만 하지 물지는 않거든요."

트레이너 부인은 가늘고 흰 손가락으로 목에 건 십자가를 잡고 있었다. 얇은 금줄을 훑는 건 초조할 때 나오는 버릇인가 보다. 얼굴이 굳어 있었다. "그럼 모두들 친해지게 나는 이만 나가볼게요. 언제든 도움이 필요하면 인터폰으로 불러요. 네이선이 윌의 일과를 설명해 주고 장비 다루는 법도 가르쳐줄 거예요."

"저도 여기 있어요, 어머니. 없는 사람 취급하면서 말하지 않아도 된다고요. 내 두뇌가 마비된 건 아니니까. 아직은요."

"뭐, 그래. 윌, 네가 그렇게 못되게 굴 거면 클라크 씨가 아예 네이선하고 얘기를 하는 게 제일 좋겠다 싶었지." 트레이너 부인이 말하면서 아들을 보려 하지 않는다는 걸 눈치챘다. 부인은 마룻바닥만 뚫어져라 쳐다보고 있었다. "오늘은 내가 재택근무예요. 그러니

◇ Christie Brown. 1932년 아일랜드 더블린에서 태어난 작가이자 화가이자 시인. 1991년 영화화되어 큰 화제를 불러 모은 자서전 『나의 왼발My Left Foot』로 유명하다. 대니얼 데이루이스가 명연을 펼쳐 아카데미 남우주연상을 받았다.

까 점심시간에 들를 거예요, 클라크 씨."

"알겠습니다." 내 목소리가 쉬어서 꺽꺽거렸다.

트레이너 부인이 사라졌다. 우리는 또각거리는 하이힐 소리가 복도를 따라 본채로 사라지는 동안 아무 말도 없이 듣고만 있었다.

네이선이 침묵을 깼다. "윌, 가서 클라크 씨에게 약들을 좀 설명해 주고 와도 괜찮겠어요? TV 켜줄까요? 아니면 음악?"

"라디오4로 부탁해요."

"알요."

우리는 주방으로 나왔다.

"부인 말씀으로는 전신마비 환자를 다뤄본 경험이 별로 없으시다면서요?"

"네."

"좋아요. 오늘은 아주 간단한 설명만 할게요. 여기 있는 서류철에는 윌의 일상적 조치와 일과에 대해 알아야 할 것들이 다 기록되어 있어요. 비상시 전화번호들도 있고요. 시간이 날 때 읽어두는 게 좋을 겁니다. 별로 시간이 많지는 않겠지만요."

네이선이 허리띠에 묶고 있던 열쇠를 꺼내 잠겨 있는 장을 열었다. 작은 플라스틱 약상자들이 빼곡하게 들어차 있었다. "자, 이쪽은 대체로 제 담당이지만 응급 상황을 대비해서 당신도 알아둘 필요가 있어요. 벽에 저렇게 시간표가 붙어 있어서 매일 몇 시에 무슨 약을 먹는지가 나와 있습니다. 따로 뭘 더 줬다면 저기에 표시를 해야 합니다." 그는 손으로 짚어 가리켰다. "그렇지만 뭐든지 일단 트레이너 부인을 거쳐 허락을 받는 편이 나아요. 적어도 지금 단계에서는요."

"의약품을 다루게 될 줄은 몰랐어요."

"어렵지 않아요. 보통은 윌이 자기한테 필요한 걸 알고 있으니까요. 그렇지만 약을 삼킬 때 약간 도움이 필요할지도 모릅니다. 우리는 보통 여기 이 비커를 써요. 아니면 이 절구로 약을 갈아서 음료수에 넣어주든가."

나는 라벨 하나를 집어 들었다. 약국도 아닌데 약이 이렇게 많다니. 이런 걸 본 적이 있었나.

"자, 혈압약이 두 가지입니다. 이건 잠잘 때 혈압을 내리는 약, 이건 침대에서 나올 때 혈압을 올리는 약이에요. 이것들은 근육 경련을 조절하기 위해서 상당히 자주 쓰는 약입니다. 하나는 오전에, 하나는 오후에 먹여야 합니다. 작고 코팅이 되어 있어서 삼키는 게 그렇게 힘들지는 않아요. 이건 방광 발작을 위한 거고, 여기 이건 위산이 역류했을 때 쓰고요. 가끔 음식을 먹고 속이 불편하다면 필요해요. 이건 아침에 쓰는 항히스타민제고 이것들은 비강 스프레이. 하지만 대체로 내가 퇴근 전에 챙기고 가니까 걱정하실 필요 없을 거예요. 통증이 있을 때는 파라세타몰◇을 써도 돼요. 하지만 가끔 이런저런 수면제들도 먹고 있어서, 낮에는 괜히 더 짜증만 심해지게 만드는 경향이 있는지라 되도록 안 쓰려고 합니다."

그는 또 다른 병을 치켜들었다. "이것들은 2주에 한 번씩 요도의 카테터를 갈 때 쓰는 항생제예요. 제가 한참 자리를 비울 때가 아니면 안 쓰는데, 그럴 땐 명확한 지시를 내리고 갈 겁니다. 상당히 독

◇ 아세트아미노펜 계열 진통 해열제.

하거든요. 혹시라도 윌을 씻겨줄 일이 있으면, 상자에 고무장갑들이 들어 있으니 꺼내서 써요. 또 피부가 헐면 바르는 크림도 있는데, 에어매트리스를 쓰고 나서부터는 상태가 괜찮습니다."

멀뚱히 서 있는 내게 그가 주머니에서 열쇠를 하나 더 꺼내서 건네주었다. "이건 여분 열쇠입니다. 다른 사람 손에 들어가면 안 됩니다. 심지어 윌한테도 주면 안 돼요, 알았죠? 목숨을 걸고 지키세요."

"기억할 게 굉장히 많네요." 나는 이어서 하려던 말을 삼켰다.

"매뉴얼에 다 쓰여 있어요. 오늘 기억해야 할 건 저 발작 치료제뿐입니다. 전화할 일이 있으면 제 번호가 저기 있어요. 여기서 일하지 않을 때는 공부를 하니까 너무 자주 걸지 않으면 좋겠지만, 자신감이 좀 생길 때까지는 걱정 말고 언제든지 전화해요."

나는 앞에 놓인 서류철을 물끄러미 바라보았다. 공부도 못 했는데 시험부터 쳐야 하는 기분이었다.

"화장실에…… 가고 싶다고 하면 어쩌죠?" 견인기가 뇌리에 떠올랐다. "제가, 그러니까, 잘 들어 올릴 수 있을지 모르겠어요." 공황 상태에 빠져버린 나는 표정을 숨기려 애썼다.

네이선이 고개를 저었다. "그런 일은 안 해도 돼요. 카테터가 알아서 처리할 테니까. 점심시간에 제가 와서 다 갈아줄 겁니다. 몸 쓰는 일을 하라고 당신을 고용한 게 아니니까요."

"그럼 저는 여기 왜 온 거죠?"

네이선은 마룻바닥을 한참 바라보다가, 나를 보았다. "글쎄요. 윌의 기분을 좀 좋게 해주려고? 윌은…… 좀, 약간 괴팍해요. 상황이 상황이니만큼…… 이해가 되긴 하지만. 그래도 마음을 단단히 먹어야 할 겁니다. 오늘 아침의 작은 소동은 윌이 사람을 불안하게 만들려고 치는 장난이에요."

"그래서 급여가 그렇게 센 건가요?"

"아, 그럼요. 세상에 공짜는 없죠. 안 그렇습니까?" 네이선이 내 어깨를 툭툭 쳤다. 그 손길의 울림이 온몸에 전해졌다. "음, 사람은 괜찮아요. 공연히 눈치 보며 까치발로 돌아다닐 필요는 없어요." 그러더니 네이선은 잠깐 망설이다 말했다. "전 그 친구 좋아합니다."

그런 사람은 세상에 자기뿐이라는 말투였다.

네이선을 따라 다시 거실에 들어갔다. 휠체어는 창가로 옮겨져 있었고, 윌은 우리를 등지고 밖을 바라보며 라디오를 듣고 있었다.

"윌, 내 일은 끝났어요. 가기 전에 뭐 필요한 거 없어요?"

"없어요. 고마워요, 네이선."

"그럼 이제 유능한 클라크 씨의 손에 맡기고 갑니다. 점심 때 봅시다, 친구."

싹싹한 도우미가 재킷을 걸치고 일어나는 모습을 보고 있자니 점점 더 겁이 나서 죽을 것 같았다.

"그럼 두 사람, 재밌게 보내요." 네이선은 내게 한 눈을 찡긋해 인사하고는 나가버렸다.

방 한가운데 우두커니 선 나는 주머니에 손을 찔러 넣고 있었다. 뭘 해야 할지 몰랐다. 윌 트레이너는 내가 그 자리에 없는 것처럼 바깥만 물끄러미 바라보고 있었다.

"홍차 한 잔 끓여드릴까요?" 침묵이 도저히 견딜 수 없을 정도가 되자, 결국 나는 말을 하고 말았다.

"아, 맞다. 홍차를 끓여서 먹고사는 아가씨였지. 안 그래도 언제 그 재주를 자랑하고 싶어 할까 생각하던 참인데 말이죠. 고맙지만 됐어요."

"그러면 커피는요?"

"일단 지금은 따뜻한 음료는 사양입니다. 클라크 씨."

"루라고 하셔도 돼요."

"그럼 뭐가 나아집니까?"

나는 눈을 끔벅거렸다. 잠깐 입이 헤벌어졌지만 금방 다물었다. 아빠는 내가 그러면 실제보다 더 멍청해 보인다고 입버릇처럼 말했다. "어…… 뭐 제가 갖다드릴 건 없나요?"

윌은 고개를 돌려 나를 보았다. 턱에는 몇 주째 깎지 않은 수염이 덥수룩했다. 눈빛을 전혀 읽을 수가 없었다. 그는 다시 고개를 돌렸다.

"저……." 방 안을 둘러보았다. "그럼 빨랫거리가 있나 좀 볼게요."

방에서 나오는데 심장이 두방망이질을 쳤다. 안전한 부엌으로 들어오자마자 휴대폰을 꺼내 트리나에게 메시지를 보냈다.

끔찍해. 내가 싫은가 봐.

몇 초도 안 되어 답장이 왔다.

거기 간 지 한 시간밖에 안 됐잖아, 언니 겁쟁이! 엄마 아빠는 진짜로 돈 걱정이

태산이야. 정신 차리고 시급을 생각해. ♥

휴대폰 화면을 끄고 뺨을 잔뜩 부풀렸다. 화장실의 빨래 바구니를 뒤졌더니 빨랫감이 4분의 1쯤 차 있어서, 몇 분은 그나마 세탁기 작동법을 확인하며 보낼 수 있었다. 세탁기를 잘못 돌리거나 해서 윌 트레이너나 트레이너 부인한테서 멍청이 보듯 하는 그 눈길을 또 받고 싶지는 않았다. 세탁기를 돌리고 나서 당당하게 할 만한 일거리가 뭐가 있을까 머리를 쥐어짰다. 거실 장에서 진공청소기를 꺼내 복도를 오가며 밀고 방 두 개도 청소했다. 청소하는 내내 부모님이 이런 내 모습을 보면 기념사진을 찍어둬야 한다고 난리를 피우겠다는 생각을 했다. 여분의 방은 무슨 호텔방처럼 살림이 거의 없어 휑했다. 네이선이 자주 자고 가는 건 아닌가 보다. 하긴, 내가 뭐라고 그를 탓하랴.

윌 트레이너의 침실 앞에서 잠깐 망설였지만, 다른 데와 마찬가지로 청소는 해야 한다는 결론을 내렸다. 한쪽 벽에 붙박이 선반이 설치되어 있었는데 사진이 든 액자 스무 개가 군데군데 놓여 있었다.

침대 주위를 청소기로 밀면서 재빨리 사진들을 살펴보는 여유는 부려도 좋겠지. 그리스도처럼 두 팔을 쫙 펼치고 절벽에서 번지점프를 하는 남자가 있었다. 정글처럼 생긴 곳에 윌 트레이너일지 모를 남자가 있는가 하면, 술에 취한 한 무리의 사람들 사이에도 그 남자가 있었다. 다들 나비넥타이에 턱시도 재킷을 입고 서로의 어깨에 팔을 두르고 있었다.

그 남자는 스키장에도 있었다. 옆에는 검은 선글라스를 낀 긴 금발 여자가 있었다. 스키 고글을 쓴 그의 모습을 좀 더 잘 보려고 허리를 굽혔다. 사진 속의 남자는 깔끔하게 면도를 하고, 1년에 세 번씩 휴가를 다녀오는 유복한 사람들 특유의 윤기가 반지르르했다. 스키복도 떡 벌어진 근육질 어깨를 감출 수는 없었다. 사진을 조심스럽게 테이블에 다시 내려놓고 침대 뒤편을 계속 청소했다.

한참 뒤에 청소기를 끄고 줄을 말기 시작했다. 플러그를 빼려고 허리를 굽혀 손을 뻗다가, 시야각 끄트머리에서 움직임이 느껴져 쳐다봤다. 곧 소스라치게 놀란 나는 조그맣게 비명을 지르고 말았다. 윌 트레이너가 문간에서 나를 지켜보고 있었다.

"쿠르슈벨 스키장이에요. 2년 반 전이죠."

얼굴이 화끈 달아올랐다.

"죄송합니다. 저는 그저……."

"그저 내 사진들을 보고 있었을 뿐이겠죠. 저렇게 살다가 불구가 되면 얼마나 끔찍할까 생각하면서."

"아니에요." 얼굴이 새빨갛게 달아올라 미칠 듯이 화끈거렸다.

"혹시 또 호기심을 못 이기겠으면, 나머지 사진들은 맨 아래 서랍에 있으니까 봐요." 그가 말했다.

그러더니 나지막한 윙윙 소리와 함께 휠체어가 오른편으로 돌았다. 그가 사라졌다.

그날 아침은 몇 년도 넘는 세월처럼 시간이 가질 않았다. 분과 시가 이토록 끝도 없이 늘어진 적이 있었나. 어떻게든 할 일을 찾아보려 노력하되 거실 출입은 최대한 삼갔다. 겁쟁이처럼 굴고 있다는 건 알고 있지만 그게 마음에 걸리지는 않았다.

12시 반이 되자 차가운 바깥바람을 몰고서 한껏 눈썹을 추켜올린 네이선이 왔다. "별일 없어요?" 그가 말했다.

내 평생 누굴 보고 그렇게 행복했던 적이 별로 없다. "네, 괜찮아요."

"잘됐네요. 이제 30분 쉬어도 돼요. 보통 이 시간이 되면 저하고 트레이너 부인이 하는 일이 몇 가지 있거든요."

코트를 가지러 가는 발걸음이 날아갈 듯 가벼워 하마터면 뛸 뻔했다. 점심을 먹으러 외출할 계획은 없었지만, 그 집에서 벗어난다니 어찌나 마음이 놓이는지 기절할 것 같았다. 옷깃을 세운 다음 핸드백을 어깨에 걸치고 가벼운 발걸음으로 진입로를 걸었다. 정말로 가고 싶은 데라도 있는 사람처럼 나갔다. 그러나 사실은 30분 동안 주변 길거리를 어슬렁거리며 꽁꽁 싸맨 목도리에 뜨거운 입김만 구름처럼 뭉게뭉게 내뱉고 있었다.

이쪽 마을에는 카페가 하나도 없다. 버터드 번이 있었지만 이제 문을 닫았으니까. 성은 인적이 없었다. 요기를 할 만한 제일 가까운 데는 고급스러운 개스트로 펍이었는데, 내 형편에 간단한 식사는 고사하고 음료 하나라도 사 마실 수 있을지 의심스러웠다. 주차장에 서 있는 차들이 모두 최신 번호판을 단 고급 대형 승용차였다.

그랜타 하우스 쪽에서 내 모습이 보이지 않게 조심하며 성 주차장에 서서 여동생에게 전화를 걸었다. "나야."

"나 직장에서는 통화 못 하는 거 알잖아. 언니 중간에 뛰쳐나온 거 아니지?"

"아니야. 그냥 다정한 목소리가 그리울 뿐이지."

"그렇게 못됐어?"

"트리나, 그 사람이 날 미워해. 내가 무슨 고양이가 잡아온 쥐 시체라도 되는 것처럼 쳐다본다니까. 게다가 홍차도 안 마셔. 나는 그 사람 눈에 안 띄게 숨어 있어."

"믿을 수가 없다. 이런 소리를 듣고 있다는 게."

"뭐라고?"

"제발 부탁인데, 그 사람한테 말을 좀 걸어. 그야 당연히 불행하겠지. 빌어먹을 휠체어에서 오도 가도 못 하는 신세잖아. 게다가 언니가 오죽 쓸 데가 있겠어. 그냥 말을 좀 걸어보라고. 친해지라고. 그런다고 일어날 최악의 사태라고 해봐야 뭐가 있겠어?"

"몰라…… 버틸 수 있을지 모르겠어."

"난 언니가 반나절 일하고 취업 포기한다는 얘기는 엄마한테 못 해. 언니가 엄마 아빠 덕을 보길 기대할 수는 없어. 이러면 안 돼. 우리 집안 사정이 언니가 이러면 안 되게 되어 있어."

그 말이 옳다. 내 동생은 정말 밉다.

잠깐 침묵이 흘렀다. 트리나의 목소리가 어울리지 않게 어르는 말투로 변했다. 이건 진짜로 걱정스러운 징조였다. 내가 세상에서 가장 안 좋은 일을 하게 됐다는 걸 그 애마저 안다는 뜻이었다. "있잖아, 언니. 여섯 달밖에 안 되잖아. 그냥 여섯 달만 해. 이력서에 쓸 만한 경력을 만들고 나서 언니가 진짜 하고 싶은 일을 해. 그리고 아, 이렇게 생각해 봐. 적어도 닭고기 공장에서 야간 근무를 하는 것보다는 낫잖아. 안 그래?"

"닭고기 공장 야간 근무는 여기 비하면 휴일 같다니……."

"나 이제 끊는다. 이따 봐."

"오후에 어디 가고 싶으세요? 괜찮으시면 어디 드라이브라도 갈까요?"

네이선이 간 지 거의 30분이 다 되어가고 있었다. 홍차 잔을 최대한 오래 씻고 또 씻고 나자, 이 고요한 집 안에서 한 시간만 더 지냈다간 머리가 터져버릴 것 같았다.

그는 내 쪽으로 고개를 돌렸다. "어디를 생각하고 있어요?"

"모르겠어요. 그냥 시골길을 한 바퀴 돌고 올까요?" 나는 이따금 그러듯 트리나 흉내를 내고 있었다. 트리나는 완벽하게 차분하고 자신감이 넘쳐서 만만하게 보거나 함부로 대하는 사람이 없었다. 내가 듣기에도 내 말투는 사무적이면서도 씩씩했다.

"시골이라." 그는 마치 한번 고려해 보겠다는 듯 말했다. "그러면 우리가 뭘 보게 될까. 나무 몇 그루? 하늘?"

"모르겠어요. 보통 어떤 일을 하세요?"

"나는 아무것도 하지 않아요, 클라크 씨. 이제는 아무것도 못 한다고요. 앉아 있어요. 그냥 존재한다고 할까."

"글쎄요. 휠체어를 쓸 수 있도록 개조한 차가 있다는 얘기를 들었는데요."

"그런데 날마다 쓰지 않으면 차가 망가질까 봐 걱정이 돼요?"

"아니, 하지만 저는……."

"내가 외출을 해야 한다는 얘기를 하는 겁니까?"

"제 생각은 그저……."

"잠깐 드라이브를 하면 내 건강에 좋겠다 싶어요? 콧바람이라도 쐬서?"

"저는 그냥……."

"클라크 씨, 스토트폴드 전원 도로를 한 바퀴 돌아 드라이브를 한다고 내 인생이 눈에 띄게 좋아지진 않아요." 그는 고개를 돌렸다.

머리가 어깨 위에서 푹 수그러져 있어서 어디가 불편한가 걱정이 되었다. 하지만 그런 걸 물어볼 때는 아닌 것 같았다. 우리는 말없이 앉아 있었다.

"컴퓨터 갖다드릴까요?"

"왜요, 내가 가입할 만한 전신마비 환자 서포트 그룹이라도 생각해 뒀어요? 양철 바퀴 클럽 같은 거?"

나는 심호흡을 하고 당당한 목소리를 유지하려 애썼다. "좋아요. 그러니까…… 이렇게 오랫동안 같이 지내게 됐으니까, 서로를 좀 알아보는 게 어떨까요?"

그때 그 얼굴은 어쩐지 가슴이 쿵 떨어지는 데가 있었다. 윌은 눈앞의 벽을 노려보고 있었고 턱은 약한 경련으로 씰룩거렸다.

"그냥…… 다른 사람과 같이 보내기에는 굉장히 긴 시간이라서요. 하루 종일이니까." 내가 말을 이었다. "그러니까 혹시, 하시고 싶은 일이나, 좋아하시는 걸 좀 말씀해 주시면 제가……."

이번엔 정적이 고통스러웠다. 찔끔찔끔 기어드는 내 목소리가 내 귀에 들려왔다. 두 손을 어디 둬야 할지도 알 수가 없었다. 트리나 특유의 자신만만한 태도는 공중으로 휘발되어 사라져버렸다.

마침내 휠체어가 윙 소리를 냈다. 그가 천천히 돌아서더니 나를 똑바로 마주보았다.

"그쪽에 대해서 내가 아는 건 이거예요. 클라크 씨. 우리 어머니 말씀으로는 수다스럽다고 하더군요." 그 말투만 들으면 수다스럽다는 게 무슨 병명 같았다. "우리 거래를 하나 합시다. 내 근처에서는 '몹시 안 수다스러운' 사람이 되어줄 수 있나요?"

침을 꿀꺽 삼켰다. 얼굴이 활활 불타올랐다.

"좋아요." 다시 목소리를 찾은 나는 간신히 말했다. "주방에 있을게요. 뭐든 원하시는 게 있으면 불러주세요."

"언니, 벌써 포기하면 절대 안 돼."

십 대처럼 침대를 가로질러 누운 나는 다리를 벽에 쭉 기대고 있었다. 저녁 먹고 내내 방에 있었다. 나로서는 흔치 않은 일이었다. 토머스가 태어난 뒤로 토머스와 트리나가 더 큰 방을 차지하고 다락방이 내 차지가 됐는데, 어찌나 좁은지 내리 30분만 있으면 폐소공포증이 생길 것 같았다.

그래도 아래층에서 엄마와 할아버지 곁에 앉아 있기는 싫었다. 엄마는 계속 나를 불안하게 보면서 "차츰 좋아지겠지"라든가 "첫날부터 좋은 직장이 어디 있니" 같은 말들만 했다. 지난 20년 내로 험한 일이라곤 해본 적도 없으면서. 그러면 공연히 죄책감이 들었다. 내가 뭘 잘못한 것도 아닌데.

"내가 언제 그만둔다고 했어? 아, 맙소사, 트린. 생각보다 훨씬 나빠. 그 사람 진짜 너무 청승맞아."

"꼼짝달싹도 못 하잖아. 당연히 그렇겠지."

"아니, 하지만 그걸 갖고 치사하고 비열하게 군단 말이야. 내가 뭐라고 말만 하면 멍청이 보듯 한단 말이야. 아니면 두 살짜리한테 나 할 법한 말을 하고."

"언니가 눈치 없는 소리를 했나 보지. 서로 좀 익숙해지면 될 거야."

"진짜 안 그랬어. 굉장히 조심했단 말이야. '드라이브 나가실래 요?' 아니면 '홍차 한 잔 드실래요?' 그런 소리 아니면 아예 하지도 않았어."

"뭐, 그러면 처음엔 누구한테나 다 그렇게 구나 보지. 언니가 버 티고 계속 남아 있을지 확신이 생길 때까지 말이야. 잠깐 거쳐 가는 도우미들이 한두 명이었겠어."

"한방에 같이 있는 것도 싫어서 진저리를 치더라. 도저히 버틸 수 있을 것 같지가 않아. 카트리나. 진짜 자신 없어. 진심이야. 네가 거 기 있었으면 아마 이해했을 거야."

트리나는 아무 말도 없이 한참 동안 나를 물끄러미 바라만 보았 다. 그러다 벌떡 일어나더니 층계참에 누가 있나 보려는 듯 문밖을 슬쩍 살폈다.

"나 다시 대학으로 돌아가려고 해." 마침내 트리나가 말했다.

내 두뇌가 이런 급작스런 전술 전환을 파악하는 데 몇 초가 걸 렸다.

"하나님 맙소사." 내가 말했다. "하지만……."

"학비는 대출을 받을 생각이야. 토머스가 있으니까 특별 장학금 같은 것도 받을 수 있을 거야. 학교에서는 수업료를 깎아주겠다고 했어. 왜냐하면……." 동생은 약간 민망한지 어깨를 으쓱했다. "내가 뛰어난 성적을 거둘 거라고 믿는대. 경영학과에서 중퇴한 사람이 있나 봐. 다음 학기부터 받아줄 수 있대."

"토머스는 어떻게 하고?"

"캠퍼스에 어린이집이 있어. 주중에는 보조금이 나오는 기숙사 아파트에서 살다가 주말에는 웬만하면 집에 올 거야."

"아."

나를 살피는 그 애의 시선이 느껴졌다. 표정을 어째야 할지 모르겠다.

"머리를 다시 쓰고 싶어서 정말 미칠 지경이야. 꽂꽂이 일 때문에 뇌가 다 썩고 있어. 나 공부하고 싶어. 자기개발하고 싶어. 찬물에 늘 손이 어는 것도 지긋지긋해."

우리는 같이 트리나의 손을 바라보았다. 집이 열대처럼 뜨끈뜨끈한데도 언 손 특유의 분홍빛이 선했다.

"하지만⋯⋯."

"그래. 나 일 안 할 거야, 언니. 엄마한테 한 푼도 못 갖다드릴 것 같아. 어쩌면⋯⋯ 부모님한테도 손을 좀 벌려야 할지도 몰라." 이번에는 몹시 불편해 보이는 표정이다. 나를 흘끔 쳐다보는 얼굴이 미안하다고 말하는 듯했다.

아래층에서 엄마는 TV로 뭘 보는지 깔깔 소리 내어 웃고 있었다. 할아버지한테 소리를 지르는 엄마 목소리가 우리한테까지 다 들렸다. 쇼의 줄거리를 할아버지한테 설명해 주고 있었다. 그래봤자 소용없다고 우리가 입버릇처럼 말했는데도.

내 입에서는 아무 말도 나오지 않았다. 동생의 말이 지닌 의미심장한 후폭풍이 서서히, 무자비하게 실감났다. 마피아에게 처형당하는 사람처럼, 발목부터 천천히 차오르는 시멘트를 꼼짝없이 쳐다보는 기분이었다.

"언니, 나 이번엔 꼭 해야겠어. 토머스를 위해서, 우리 둘을 위해서 더 절실해. 뭐라도 되려면 복학하는 수밖에 없어. 나한테는 패트릭 같은 남자친구도 없잖아. 토머스를 낳은 뒤로 남자들이 나한테 관심을 뚝 끊었으니. 앞으로도 뭐가 생길지나 모르겠어. 그러니까 최대한 내 힘으로 해나가야 해."

내가 아무 말도 하지 않자 트리나는 덧붙여 말했다. "나와 토머스를 위해서."

나는 고개를 끄덕였다.

"제발 한 번만 봐주면 안 돼?"

이런 모습의 동생은 본 적이 없었다. 마음이 정말로 불편해졌다. 나는 고개를 들고 힘겹게 웃어 보였다. 간신히 새어 나온 목소리는 내 목소리 같지가 않았다.

"그래, 네 말대로지 뭐. 좀 익숙해지면 괜찮을 거야. 처음 며칠은 원래 다 힘들잖아. 안 그래?"

4

2주가 지나면서 정해진 일과 비슷한 게 생겨났다. 아침마다 8시에 그랜타 하우스로 출근해서 제시간에 왔다는 걸 큰 소리로 알린 뒤, 윌의 옷을 입혀주고 나온 네이선이 윌의 투약에 대해, 아니, 더 중요한 그의 기분에 대해 일러주는 말을 경청했다.

네이선이 퇴근하면 윌을 위해 라디오나 TV 프로그램을 맞춰주고 알약을 주었다. 작은 대리석 절구로 빻아줄 때도 있었다. 보통 10분쯤 지나면 그쪽에서 내가 곁에 있는 게 지겹다는 의사를 분명히 밝혔다. 이 시점이 되면 나는 별채의 집안일을 최대한 질질 끌며 했다. 더럽지도 않은 행주를 빨고 진공청소기 부품을 손에 잡히는 대로 바꿔 끼우고 창턱의 아주 작은 부분들까지 청소한 뒤 트레이너 부인의 지시대로 종교 교리를 지키듯 15분마다 어김없이 방 안에 고개를 들이밀고 확인했다. 그때마다 윌은 휠체어에 앉아 황량한 정원을 내다보고 있었다.

나중에는 물이나 체중감량을 방지한다는 파스텔색 도배풀처럼 생긴 칼로리 음료를 갖다주기도 하고 음식을 먹여주기도 했다. 그는 손은 약간 움직일 수 있지만 팔은 전혀 움직이지 못했기 때문에 포크로 한 점 한 점 먹여주어야 했다. 하루 일과 중 이게 최악이었다. 다 큰 남자한테 숟가락으로 음식을 떠먹여 주는 게 어쩐지 잘못된 일 같아서 부끄러운 마음에 몸짓도 서툴고 어색해졌다. 월도 끔찍하게 싫어해서 내가 먹여줄 때는 눈도 마주치기 싫어했다.

그러다 오후 1시 직전에 네이선이 오면 나는 당장 코트를 들고 황황히 밖으로 나가 거리를 돌아다녔다. 가끔은 성 외곽에 있는 버스 정류장에서 점심을 먹었다. 추운 데서 쭈그리고 앉아 샌드위치를 먹는 내가 처량해 보였겠지만 난 신경도 쓰이지 않았다. 하루 종일 그 집구석에서 보낼 수는 없었다.

오후에는 영화를 틀어주었다. 월은 DVD 클럽 회원이라 매일 신작 영화가 우편으로 배달되었다. 하지만 그가 함께 영화를 보자고 말하는 일은 결코 없었다. 그래서 나는 보통 주방이나 손님용 방에 가서 앉아 있었다. 책이나 잡지를 갖고 출근하기 시작했지만 일을 안 하고 있으면 이상하게 죄를 짓는 기분이라 읽을거리에 집중하기가 어려웠다. 일과가 끝날 무렵 트레이너 부인이 불쑥 나타나기도 했다. 그렇다고 부인이 내게 별말을 한 건 아니다. 그저 "별일 없나요?" 하고 물을 뿐이었는데, 그러면 적당한 대답이 "네"밖에 없었다.

부인은 월에게 뭐 필요한 건 없는지 묻고 이따금 다음 날 이런저런 일을 하면 어떻겠느냐고 제안하기도 했다. 외출을 권유하거나 안부를 물어온 친구 얘기도 했다. 그러면 월은 어김없이 단칼에 거절했다. 대놓고 무례하게 굴지나 않으면 다행이었다. 부인은 고통스러운 표정을 짓고 손가락으로 그 작은 금목걸이 줄을 만지작거리다가 다시 사라졌다.

윌의 아버지는 살집이 넉넉하고 온유해 보이는 신사로, 보통은 내가 퇴근할 때쯤 들어왔다. 파나마모자를 쓰고 크리켓 경기나 구경할 것 같은 사람이었는데, 도시에서 고소득 전문직으로 일하다가 은퇴한 뒤로는 성 관리를 관장하는 모양이었다. 내 눈에는 온후한 지주가 '손이 노는 게 싫어서' 뜬금없이 감자를 캐는 모양새나 다를 바 없었다. 그는 매일 오후 5시 정시에 퇴근해서 윌과 함께 앉아 TV를 봤다. 가끔 퇴근할 때 뉴스에 대해 뭔가 논평하는 말소리가 들리기도 했다.

그 첫 2주 동안 나는 윌 트레이너를 아주 가까이서 찬찬히 살펴보았다. 옛날의 자신과는 단 한 군데도 닮지 않은 사람이 되려고 작정한 것 같았다. 밝은 갈색 머리카락은 엉망으로 흐트러진 장발로 방치하고 수염도 턱을 다 덮을 정도로 무성하게 자라도록 내버려두었다. 피로가 쌓여서인지, 꾸준한 심신의 불편(네이선은 그의 몸이 편한 날이 거의 없다고 했다) 탓인지 회색 눈가에는 잔주름이 져 있었다. 눈에는 세상과 늘 몇 발짝 거리를 두고 사는 사람 특유의 공허한 표정이 서려 있었다. 가끔 그게 방어기제일까 궁금했다. 그런 삶에 대처하려면 그 일을 겪는 사람이 자기 자신이 아니라고 믿는 길밖에 없지 않을까.

불쌍하게 여기고 싶었다. 정말이다. 물끄러미 창밖을 바라보는 모습이 흘끗 보일 때면 세상에서 가장 슬픈 사람이라고 생각했다. 하루하루 지나면서 나는 그의 문제가 단순히 꼼짝 없이 휠체어 신세를 져야 한다든가 신체적 자유를 잃었다든가 그런 게 아니라 마치 가톨릭 기도문처럼 끝도 없이 반복되는 인간적 굴욕과 건강 문제들, 위험과 불편이라는 걸 깨닫게 되었다. 내가 윌이라도 아마 끔찍하게 불행하리라는 결론을 내렸다.

하지만 하나님 맙소사, 그 사람은 내게 얼마나 지독하게 못되게 굴었는지 모른다. 뭐라 한마디만 하면 어김없이 날선 대꾸가 날아왔다. 따뜻하냐고 물어보면 담요가 필요할 때 달라고 말할 능력은 있다고 쏘아붙였다. 영화 감상을 방해하고 싶지 않은 마음에 진공청소기 소리가 너무 시끄럽냐고 물어보면, 조용히 청소기 돌리는 법이라도 발명한 거냐고 대꾸했다. 밥을 먹여줄 때는 음식이 너무 뜨겁다, 너무 차다, 아직 다 먹지도 않았는데 다시 포크를 갖다 댄다며 불평이 이만저만이 아니었다. 하는 말이나 행동을 전부 다 꼬아 해석해서 사람을 멍청이로 만드는 데 기가 막힌 재주가 있었다.

첫 2주 동안 나는 철저한 무표정을 꽤나 능숙하게 짓게 되었다. 돌아서서 다른 방으로 사라질 때도 최대한 그와 말을 섞지 않았다. 나는 그를 미워하기 시작했다. 틀림없이 그도 그걸 알고 있었다.

놀랍게도 그립던 옛 직장이 한층 더 그리워졌다. 프랭크가 그리웠고 아침에 출근하면 나를 보고 진심으로 반가워하던 그 얼굴이 그리웠다. 손님들, 손님들과 나누던 이야기, 내 주위로 온화한 바다처럼 부드럽게 일렁이다 가라앉는 편안한 수다가 그리웠다. 아무리 값비싸고 아름다워도 이 집은 영안실처럼 고적했다. 6개월. 도저히 견딜 수 없을 때면 이 말만 숨죽여 읊조렸다. '6개월이야.'

그러던 어느 목요일이었다. 윌이 오전에 마시는 고칼로리 음료를 타고 있을 때 복도에서 트레이너 부인의 목소리가 들렸다. 하지만 이번에는 다른 사람들 목소리도 섞여 있었다. 나는 숟가락을 든 손을 멈추고 기다렸다. 여자의 말소리를 알아들을 수 있었다. 젊고 조근조근한 말씨. 그리고 남자 목소리도 들렸다.

트레이너 부인이 주방 문간에 나타나자 나는 컵을 씩씩하게 휘저으며 열심히 바쁜 척했다.

"물과 우유를 6대 4로 섞었나요?" 부인이 음료를 보며 말했다.

"네. 딸기 맛입니다."

"윌의 친구들이 찾아왔네요. 아무래도 그냥 여기 좀⋯⋯."

"네, 여기서도 할 일이 많아요." 사실 한동안 윌 근처에 가지 않아도 된다니 적잖이 안심이 되었다. 나는 컵 뚜껑을 돌려서 닫았다. "손님들께 홍차나 커피를 가져다드릴까요?"

부인이 놀란 듯 보였다. "그래요. 그러면 아주 고맙겠네요. 커피로요. 아무래도 내가⋯⋯."

부인은 긴장해서 평소보다도 더 뻣뻣했다. 불안하게 복도 쪽으로 휙휙 시선을 돌렸다. 그쪽에서 나지막하게 웅얼거리는 말소리가 들려오고 있었다. 윌을 찾아오는 손님이 그리 많지는 않은 모양이다.

"아무래도⋯⋯ 그냥 자기네끼리 있게 두는 게 좋겠어요." 눈으로는 복도 쪽을 멍하니 쳐다보고 있어도, 부인의 마음은 머나먼 데에 가 있는 듯했다.

"루퍼트. 루퍼트예요. 옛날에 같이 일하던 오랜 친구죠." 그녀가 돌연 나를 돌아보며 말했다.

뭔가 엄청나게 의미심장한 사건이라는 느낌이 스쳤다. 누구한테

든, 하물며 나한테라도 심경을 털어놓고 싶을 정도로.

"그리고 얼리샤죠. 그 애들은…… 아주 가까운 사이였어요……
잠깐이었지만. ……마실 걸 좀 갖다주면 좋겠네요. 고마워요, 클라
크 씨."

나는 잠시 머뭇거리다 문을 열었다. 두 손으로 받친 쟁반의 균형
이 깨질까 봐 조심하며 들어갔다.

"트레이너 부인께서 커피를 좀 갖다드리라고 하셔서요." 이 말과
함께 들어가 쟁반을 낮은 탁자에 놓았다. 윌의 컵을 의자 홀더에 놓
고 고개만 움직이면 닿을 수 있게 빨대 위치를 조정한 뒤 슬쩍 손님
들을 살펴보았다.

처음 눈에 들어온 건 여자였다. 긴 다리에 금발, 연한 캐러멜색
피부. 정말 우리가 같은 인류인가 의심하게 만드는 그런 유의 여자
였다. 인간 종마 같은 미모였다. 예전에도 가끔 이런 여자들을 본
적이 있다. 보덴◇ 옷을 쫙 빼입은 어린아이들 손을 꼭 붙잡고 팔짝
팔짝 언덕을 올라 성까지 올라갔다가, 카페에 들어올 때면 수정처럼
맑고 자의식이 전혀 없는 목소리를 낭랑하게 울리며 묻는 여자들.
"여보, 당신 커피 마실래요? 여기서도 마키아토 하는지 물어볼까
요?" 이 여자는 분명히 마키아토 부류였다. 머리부터 발끝까지 부와
권력과 반들반들한 잡지 책장 속에서 평생 살아온 냄새가 풍겼다.

조금 더 찬찬히 살펴보다가 나는 화들짝 소스라치게 놀랐다. 첫

◇ 영국 아동복 브랜드.

76

째, 그 여자는 윌의 스키장 사진 속 바로 그 여자였다. 둘째, 여자의 표정은 정말로 지독하게 불편해 보였다.

여자는 윌의 뺨에 키스를 한 뒤 어색한 미소를 지으며 뒷걸음을 치고 있었다. 그녀는 내가 걸치면 산짐승 같은 몰골이 될 것 같은 풍성한 갈색 양털 조끼를 입고 연회색 캐시미어 스카프를 목에 둘렀는데, 이제 그걸 불안하게 만지작거리기 시작했다.

"좋아 보이네." 그녀가 윌에게 말했다. "정말로. 윌…… 머리를 좀 길렀구나."

윌은 아무 말도 하지 않았다. 그냥 여자를 물끄러미 바라볼 뿐이었다. 늘 그렇듯 아무것도 읽을 수가 없는 표정이었다. 나만 그런 눈빛을 받는 게 아니라는 사실에 설핏 고맙기까지 했다.

"새 휠체어네, 응?" 남자는 윌의 휠체어 등받이를 톡톡 두드렸다. 턱을 앙다물고 흐뭇하게 고개를 끄덕거리는 품이 최고급 스포츠카라도 감상하는 분위기였다. "아주…… 스마트해 보이는데. 굉장히…… 하이테크인가 봐."

나는 어찌할 바를 몰랐다. 잠시 그냥 서서 왼발 오른발로 무게중심을 바꿔가며 종종거리고 있는데, 윌의 목소리가 침묵을 깨뜨렸다.

"루이자, 미안하지만 벽난로에 땔감 몇 개만 더 넣어줄래요? 불길이 좀 약한 것 같군요."

그가 내 이름을 부른 건 처음이었다.

"그럼요." 내가 말했다.

나는 벽난로 옆에서 불쏘시개로 쓸 만한 적당한 크기의 나무를 찾아 부지런히 땔감 바구니를 뒤졌다.

"아, 오늘 진짜 춥다." 여자가 말했다. "제대로 된 난로가 있으니 좋네."

나는 난로 문을 열고 빨갛게 달아오른 나무들을 쏘시개로 쿡쿡 찔렀다.

"런던보다 몇 도는 더 추운 거 같아."

"맞아. 진짜 그래." 남자가 동의했다.

"집에 화목 난로를 하나 장만할까 싶었어. 일반적인 모닥불 방식보다는 훨씬 효율적이라면서." 얼리샤는 잠깐 허리를 굽혀 난로를 살펴보는 듯했다. 마치 이런 걸 생전 처음 보는 사람처럼 말이다.

"그래, 그런 얘기 들었어." 남자가 말했다.

"알아봐야겠다. 왜 그런 거 있잖아. 꼭 해봐야지. 생각만 하다가……." 그녀는 말꼬리를 흐렸다. "커피 너무 맛있다." 잠시 아무 말도 안 하다가 그녀가 덧붙였다.

"그러니까. 요즘은 뭐 하고 지내, 윌?" 남자의 목소리는 억지로 명랑해 보이려는 느낌이 역력했다.

"별로 하는 거 없어. 웃기지."

"하지만 재활 운동 같은 거 하잖아. 잘돼가? 뭐 좀 나아지는 게 보여?"

"근일 내로 스키를 탈 수는 없을 것 같은데, 루퍼트." 윌의 말투에서 냉소가 뚝뚝 떨어졌다.

나도 모르게 피식 웃어버릴 뻔했다. 이게 바로 내가 아는 윌이었다. 나는 난로에 쌓인 재를 쓸기 시작했다. 그들이 다 나를 주시하고 있는 것 같은 느낌이 들었다. 침묵이 부담스러웠다. 행여 내 스웨터 상표가 삐져나온 건 아닐까 확인하고 싶은 충동을 꾹 눌러 참 았다.

"그런데⋯⋯." 월이 마침내 말했다. "어쩌다 이렇게 황송한 행차를 하셨나? 어디 보자. 8개월 만인가?"

"아, 알아. 미안해. 그저⋯⋯ 지독하게 바빴어. 첼시에서 새로 일거리가 생겨서. 사샤 골드스타인의 부티크 매니저가 되었어. 사샤기억 나? 주말 근무도 얼마나 많이 했다고. 토요일에는 진짜 말도못 하게 바빠. 시간을 내기가 너무 어려웠어." 얼리샤의 목소리가파작파작 부서질 듯 과민해졌다. "한두 번 전화는 걸었어. 어머니가말씀 안 하셨어?"

"르윈스에서도 정신이 하나도 없었어. 너도 어떤지 잘 알잖아,월. ⋯⋯우리 새 파트너를 구했어. 뉴욕에서 온 친구인데. 베인스라고. 댄 베인스. 혹시 어디서 마주친 적 없어?"

"없어."

"빌어먹을 인간이 하루 24시간 일만 하는 것 같아. 게다가 다른사람들도 다 자기처럼 그러는 줄 알더라고." 편안한 주제를 찾아서마음을 놓은 남자의 안도감이 그 목소리에서 손에 잡힐 듯 생생하게 느껴졌다. "왜 그 양키식 직장 윤리 있잖아. 점심시간 오래 쓰지말고 음담패설도 그만하고⋯⋯. 월, 정말로 전반적인 분위기가 딴판이 됐어."

"왜 아니겠어."

"아, 맙소사. 그렇다니까. '출석 지상주의'라고 대문짝만 하게 쓰여 있어. 가끔은 의자에서 엉덩이도 떼면 안 될 것 같은 기분이 든

다니까."

방 안의 공기가 단번에 빨려나간 것처럼 싸악 사라지는 것만 같았다. 누군가 헛기침을 했다.

나는 벌떡 일어나서 손을 청바지에 닦았다. "저, 가서 땔나무 좀 더 갖고 올게요." 대충 윌이 있는 쪽으로 주워섬긴 나는 바구니를 집어 들고 도망쳐 나왔다.

바깥은 아리도록 추웠지만 그래도 최대한 시간을 끌며 땔나무를 골랐다. 그 방에 다시 들어가느니 차라리 동상으로 손가락 한두 개쯤 절단하는 편이 낫다 싶었으니까. 하지만 해도 해도 너무 추웠다. 재봉 일을 할 때 쓰는 검지가 제일 먼저 파랗게 변하는 바람에 결국 패배를 인정해야만 했다. 한껏 느릿느릿하게 땔나무 바구니를 짊어지고 별채 건물로 발을 들여놓은 나는 천천히 복도를 걸었다. 거실에 다 왔을 무렵 살짝 열린 문틈으로 여자의 목소리가 새어 나왔다.

"사실 윌. 우리가 여기 온 데는 또 다른 이유가 있어." 그 여자가 말하고 있었다. "우리…… 네게 알려줄 소식이 있어."

나는 양손으로 땔나무 바구니를 으스러져라 붙잡고 문간에서 머뭇거렸다.

"내 생각에, 아니 우리 생각인데, 그래도 네게 알려주는 게 옳은 일인 것 같아……. 하지만 저, 그러니까 말이야. 루퍼트와 나는 결혼하기로 했어."

나는 얼어붙은 듯이 섰다. 그리고 과연 인기척 없이 뒤돌아 갈 수 있을까를 계산했다.

여자가 추레한 변명을 이어갔다. "그러니까, 너한테 좀 충격일 거라는 건 알아. 사실 나한테도 약간은 충격이었어. 우리, 그러니까 그건, 아니, 그 일은 한참 지난 뒤에…….”

팔이 쑤셔오기 시작했다. 어떻게 할까 고민하면서 바구니를 내려다보았다.

“그러니까, 너와 내가…… 우리가…… 너도 알잖아.”

또 육중한 침묵.

“월, 제발 뭐라고 말 좀 해봐.”

“축하해.” 마침내 그가 입을 열었다.

“네가 무슨 생각 하는지 알아. 하지만 우리 둘 다 이럴 생각은 아니었어. 정말이야. 아주 오랫동안 우리는 그냥 친구 사이였어. 서로 걱정해 주는 친구 있잖아. 그저 루퍼트는 네가 사고를 당한 뒤에 내게 누구보다 큰 힘이 되어주었고…….”

“대단한 일 하셨네.”

“제발 이러지 마. 이러면 너무 괴로워. 너한테 얘기하는 게 얼마나 무서웠는지 몰라. 우리 둘 다 그랬어.”

“그래 보이는군.” 윌이 쌀쌀맞게 말했다.

루퍼트의 목소리가 끼어들었다. “이봐, 우리 둘 다 너를 걱정하니까 이런 얘기를 해주는 거야. 다른 사람한테서 이 얘기를 듣게 하고 싶지는 않았어. 하지만 살 사람은 살아야 하잖아. 너도 알아야 했어. 어쨌든 2년이나 됐잖아.”

침묵이 이어졌다. 차마 더는 듣고 싶지 않아 조심스럽게 문 앞에서 돌아서려 했다. 힘이 들어서 끙, 소리가 절로 나왔다. 그러나 루퍼트의 언성이 한층 높아져서 여전히 다 들렸다.

"이봐, 이러지 말라고. 끔찍하게 힘들 거라는 건 알아……. 이 모든 일이 말이야. 하지만 리사를 아끼는 마음이 조금이라도 있다면 잘 살기를 바라야지."

"뭐라고 말 좀 해봐, 윌. 부탁이야."

그의 얼굴이 눈앞에 선히 그려졌다. 전혀 읽을 수 없는 표정을 고수하면서도 아득한 어떤 경멸을 담은 윌의 얼굴이. 안 봐도 본 것 같았다.

"축하한다고." 마침내, 그가 말했다. "너희는 둘 다 틀림없이 행복할 테니까."

그때 얼리샤가 알아듣기 힘든 소리로 뭐라 항변하기 시작했지만 루퍼트가 말허리를 잘랐다. "됐어, 리사. 아무래도 우리 이제 가야겠어. 윌, 네 축복을 바라고 온 건 아니야. 예의를 차리려고 온 거야. 리사는, 글쎄, 우리 둘 다 그냥…… 너도 알아야 한다고 생각했어. 미안해, 친구. 나는…… 진심으로 네 상황이 좋아지기를 바라. 그리고 좀, 그러니까…… 좀 상황이 안정되면 연락하고 지내면 좋겠어."

발소리가 들려서 나는 방금 막 들어왔다는 듯 땔감 바구니 위로 허리를 굽혔다. 복도에서 인기척이 들리더니 얼리샤가 내 앞에 나타났다. 당장이라도 울음을 터뜨릴 듯 눈가가 빨갛게 충혈되어 있었다.

"화장실 좀 쓸 수 있을까요?" 목멘 소리로 그녀가 말했다.

나는 천천히 손가락을 들어 말없이 화장실이 있는 쪽을 가리켜 보였다.

여자가 매섭게 노려보는 걸로 봐서 아마 내 감정이 얼굴에 다 드러난 모양이다. 나는 감정을 숨기는 데는 항상 젬병이었다.

"그쪽이 무슨 생각 하는지 알아요." 잠시 뒤 그녀가 말했다. "하지만 난 노력했어요. 정말로 노력했다고요. 몇 달 동안이나. 하지만 그이가 나를 밀쳐냈단 말이에요." 여자는 턱이 딱딱하게 굳어 있었다. 이상할 정도로 격분한 얼굴이었다. "진심으로 내가 여기 있는 걸 싫어했어요. 아주 명확하게 의사를 표명했다고요."

여자는 내가 무슨 말을 하기를 기다리는 눈치였다.

"사실 저와는 아무 상관없는 일이에요." 한참 있다가 내가 말했다.

우리 둘 다 서로 마주 보고 서 있었다.

"이봐요, 아무리 도와주고 싶어도 도움받기를 싫어하면 어쩔 수 없잖아요."

그러더니 가버렸다.

두 사람이 탄 차가 진입로를 타고 사라지는 소리를 들으며 조금 기다렸다가, 주방으로 들어섰다. 차를 마실 생각도 없으면서 주전자에 물을 끓였다. 벌써 다 읽은 잡지를 휘휘 넘겨보았다. 그러다 마지못해 복도로 다시 돌아가서 땔감 바구니를 들어 낑낑거리며 거실로 날랐다. 들어가면서 일부러 문턱에 바구니를 찧어 월한테 내가 들어간다는 사실을 알렸다.

"저, 혹시 제가 뭐……." 말을 꺼냈다.

그렇지만 아무도 없었다. 방은 텅 비어 있었다.

바로 그때였다, 와장창 소리가 들린 건. 복도로 달려 나갔더니 또 한 번 소리가 났다. 이윽고 유리가 박살 나는 소리가 들렸다. 월의 침실에서 나는 소리였다. '아, 하나님, 제발 자해한 건 아니라고 해줘요.' 나는 공황 상태에 빠졌다. 트레이너 부인의 경고가 머리를 드릴로 뚫고 파고들어 왔다. 내가 그를 혼자 둔 지 15분이 넘었는데.

복도를 달려가다 미끄러지듯 문간에 멈춰 서서 두 손으로 문틀을 붙잡았다. 윌은 방 한가운데 있었다. 휠체어에 몸을 꼿꼿이 세우고 앉아 팔걸이에 가로로 지팡이 하나를 올려놓았는데, 왼쪽으로 50센티미터쯤 튀어나와 있었다. 마상 시합 때 쓰는 장검처럼. 긴 선반에는 사진이 한 장도 남아 있지 않았다. 값비싼 액자들이 산산조각 난채 온 방바닥에 흩어져 있었고, 카펫에는 반짝이는 유리 파편들이 징처럼 박혀 있었다. 무릎 위에도 유리 조각과 박살 난 나무 액자 파편들이 우수수 쌓여 있었다. 그 파괴의 현장을 찬찬히 살펴보고 그가 다친 데가 없다는 걸 깨닫고 나자 미칠 듯하던 심장박동이 서서히 진정되기 시작했다. 윌은 심하게 숨을 헐떡이고 있었다. 뭘 했는지 몰라도 굉장히 힘이 들었던 모양이었다.

휠체어가 돌아서더니 유리 조각을 밟아 바스러뜨렸다. 그 눈길이 나와 마주쳤다. 한없이 지친 눈빛이었다. 어디 감히 동정 따위 할 테면 해보라고 도전하는 듯했다.

나는 윌의 허벅지를 내려다보고 주변의 마룻바닥을 살폈다. 파손된 물건들 사이에서 하필이면 얼리샤와 함께 찍은 사진이 눈에 들어왔다. 사진은 휘어진 은제 액자에 가려 잘 보이지 않았다.

나는 침을 꿀꺽 삼키고 물끄러미 사진을 바라보다가 천천히 고개를 들어 그의 눈을 보았다. 내가 기억하는 한 가장 길고도 긴 몇 초였다.

"이 물건도 펑크가 나나요?" 그러다 내가 휠체어를 고갯짓으로 가리키며 물었다. "아무리 봐도 잭°을 어디 받쳐야 할지 모르겠어서요."

그가 눈을 커다랗게 떴다. 한순간 내가 드디어 큰 사고를 쳤구나 생각했다. 하지만 보일락 말락 희미하기 짝이 없는 미소가 그 얼굴에 스쳤다.

"움직이지 마세요." 내가 말했다. "진공청소기를 가져올게요."

지팡이가 떨어지는 소리가 났다. 방에서 나갈 때 미안하다는 소리를 들은 것 같기도 했다.

킹스헤드 술집은 목요일 저녁엔 언제나 붐볐고 구석진 자리에는 더 사람이 많았다. 나는 패트릭과 이름이 '죽돌이'인 듯한 사내 사이에 끼어 짜부라진 채, 머리 위 서까래에 박아둔 경마용 마구 장식들과 들보에 붙어 있는 성의 사진들을 이따금 올려다보며 주변에서 흘러가는 대화에 눈곱만한 관심이라도 있긴 한 것처럼 보이려고 애썼다. 이야기는 대체로 체지방 비율과 탄수화물을 근육에 축적하는 방법을 중심으로 돌아가고 있었다.

2주마다 한 번씩 열리는 '헤일스버리 트라이애슬론 테러즈' 모임은 술집 주인의 악몽이라는 게 내 지론이었다. 술 마시는 사람은 나밖에 없었고 외로운 내 감자칩 봉지는 테이블 위에 텅 빈 채 구겨져 있었다. 다른 사람들은 다 생수를 홀짝이거나 다이어트 음료에 든

◇ jack. 무거운 것을 쉽게 수직으로 들어 올리게 도와주는 기중기의 한 종류. 가옥의 토대나 자동차를 들어 올려 하부를 수리하거나 타이어 따위를 교환할 때에 쓰인다.

감미료 비율을 따졌다. 결국 시킨 음식이라는 게, 드레싱 한 방울 묻지 않은 잎사귀와 껍질이 붙어 있지 않은 치킨이 함께 뒹구는 샐러드였다. 내가 감자칩을 계속 시켜 먹은 건 순전히 다들 먹고 싶으면서 아닌 척하는 꼴을 보고 싶어서였다.

차마 재미있다고 말하긴 힘들지만, 내 늘어난 근무 시간과 빡빡한 패트릭의 트레이닝 시간표를 감안할 때 이 모임이 우리가 제대로 만날 수 있는 그나마 몇 안 되는 기회 중 하나였다. 패트릭은 바깥의 지독한 강추위에도 불구하고 근육질의 허벅지에 반바지만 걸친 차림으로 내 옆에 앉아 있었다. 이 클럽 멤버들 사이에서는 최대한 헐벗고 옷을 덜 입는 게 명예의 배지였다. 남자들은 마르고 탄탄한 몸매에 듣도 보도 못한 값비싼 스포츠 장비들을 겹겹이 걸치고 있었다. 죄다 알고 보면 '속건성' 기능이 보강되었다거나, 공기보다 가벼운 중량 등 특수 기능을 자랑하는 것들이었다. '스커드미사일'이라든가 '트릭' 같은 별명으로 서로 부르며 여기저기 신체 부위를 내보이며 부상이나 근육 모양을 자랑했다. 여자들은 화장기가 전혀 없는 얼굴에 영하의 날씨에도 수백 미터씩 조깅할 생각밖에 없는 사람들 특유의 붉은 혈색을 하고 있었다. 그 여자들이 나를 보는 시선에서는 희미한 반감이 느껴졌다. 아니, 어쩌면 몰이해일지도 모른다. 내 근육 대 체지방 비율을 가늠해 보고 한심하다고 생각했으리라.

"끔찍하더라." 일행 전원한테서 살기 어린 눈총을 받지 않고 치즈케이크 한 조각을 더 시킬 수는 없을까 궁리하면서 나는 패트릭에게 말했다. "애인하고 제일 친한 친구라니."

"그 여자를 욕할 수는 없지." 그가 말했다. "내 경추 아래가 마비

되어도 자기가 도망가지 않고 남아 있겠다는 얘기는 설마 아니지?"

"당연히 남아 있지."

"아니, 안 그럴걸. 그리고 나도 그런 기대는 안 할 거야."

"글쎄, 자기는 아마 기대할걸."

"하지만 자기가 남아 있는 게 싫을 거야. 날 동정해서 옆에 있는 건 싫을 것 같아."

"동정심이라고 누가 그래? 어차피 마음속은 지금이랑 똑같은 자기일 텐데."

"아니, 그렇지 않을 거야. 나는 절대로 같은 사람일 수 없을 거야." 그는 콧잔등을 찡그렸다. "살고 싶지도 않을 거야. 아무리 하찮은 일이더라도 다른 사람에게 의존해야 하다니. 모르는 사람이 엉덩이를 닦아주고······."

패트릭은 윌의 운명을 골똘히 생각하는 눈치였다. "세상에. 그 모든 일을 다 못 한다고 생각하면······." 그는 고개를 가로저었다. "달리지도 못하고, 사이클링도 못 하고." 그러더니 방금 뭔가 떠오른 것처럼 나를 보고 말하는 것이었다. "섹스도 못 하고."

"당연히 섹스는 할 수 있지. 그냥 여자가 위로 올라가면 되잖아."

"그러면 우리는 망했다. 내가 짜부라지겠네."

"네네, 웃기세요."

"게다가 경추마비라고 하면 내 생각엔······ 어, 그게 제대로 작동하지 않을 것 같은데."

얼리샤가 떠올랐다. '노력했다고요'라고 그녀는 말했다. '정말로 노력했어요. 몇 달 동안이나.'

"어떤 사람들은 될 거야. 아무튼, 그러니까…… 상상력을 발휘하면 이런 문제는 어떻게든 돌아갈 길이 있을 거라고."

"하." 패트릭이 물을 한 모금 홀짝거렸다. "어디 내일 가서 어디물어보지 그래. 봐, 자기도 그 사람이 끔찍하게 싫다고 했잖아. 그럼 아마 사고 전에도 끔찍한 인간이었겠지. 그게 그 여자가 남자를찬 진짜 이유 아닐까. 그런 생각은 해봤어?"

"모르겠어……." 나는 사진을 떠올렸다. "두 사람은 진짜 행복한 연인처럼 보였어." 그렇지만 사진이 무엇을 입증할 수 있단 말인가? 우리 집에 있는 사진 속에서도 나는 마치 패트릭이 방금 나를불타는 건물 속에서 꺼내준 은인이라도 되는 것처럼 그를 보고 환히 웃고 있지만, 그때 나는 그를 '병신 머저리'라고 불렀고 그는 이말에 진심으로 '제길, 꺼져버려'라고 대꾸하지 않았던가.

패트릭은 곧 흥미를 잃었다. "어이, 짐. 그 신형 경량 바이크 구경해 봤어? 쓸 만해?"

나는 그가 화제를 바꾸도록 내버려두고 얼리샤가 한 말을 곰곰생각했다. 윌이 그녀를 밀쳐내는 모습을 아주 잘 상상할 수 있었다. 그렇지만 사랑한다면 끝까지 곁에 있어줘야 하는 게 아닐까? 우울증을 극복할 수 있도록 도와주면서? 아플 때나 건강할 때나, 뭐 그런 거?

"한 잔 더 할래?"

"보드카 토닉. 슬림 라인 토닉으로 마실래."

패트릭은 어깨를 으쓱하더니 바로 갔다.

고용주의 뒷담화를 했다고 생각하니 슬며시 죄책감이 느껴졌다.

특히나 그는 이런 일을 늘 견디며 살아간다는 게 실감 나서 더 그랬다. 그 삶의 지극히 내밀한 부분들을 두고 이런저런 억측을 하지 않기가 정말로 어려웠다. 패트릭이 팔꿈치로 나를 쿡쿡 찔렀다.

"나 큰 걸 좀 치러볼까 해."

"큰 거 뭐?"

"트라이애슬론. 익스트림 바이킹 대회. 자전거로 120킬로미터, 달리기로 30킬로미터, 그리고 영하의 노르딕해에서 기분 좋게 오래오래 수영을 하는 거지."

바이킹 트라이애슬론 대회는 경외심으로 떠받들어졌다. 출전 선수는 먼 나라로 파견되어 특히나 잔인했던 전쟁을 겪은 참전 용사처럼 부상을 자랑스럽게 달고 다녔다. 그는 기대에 차서 입맛까지 다셨다. 나는 남자친구를 보면서 저 인간이 혹시 외계인 아닐까 생각했다. 텔레마케팅 일을 하고 주유소만 들르면 무조건 초콜릿 바를 몇 개씩 쟁이던 그때 그 남자가 훨씬 좋았다는 생각마저 잠깐 스쳤다.

"자기, 그걸 하겠다고?"

"왜 안 돼? 지금 내 몸 컨디션이 최상인데."

무슨 훈련을 얼마나 더 하고 싶은 걸까 생각했다. 체중과 거리, 피트니스와 지구력에 대한 한도 끝도 없는 대화들. 요즘 내가 말할 때 패트릭이 집중해 들어주면 감지덕지인데.

"자기도 같이할 수 있어." 우리 둘 다 진심으로 하는 말이 아니라는 걸 알았다.

"자기가 알아서 해." 내가 말했다. "한번 도전해 보든가."

그런 다음 나는 치즈케이크를 주문했다.

전날의 사건들 덕분에 그랜타 하우스에 해빙기가 올 거라 생각했
었는지는 잘 모르겠다. 하지만 행여 그랬다면 완전히 착각이었다.
윌을 보자마자 나는 활짝 웃으며 명랑하게 "안녕하세요" 하고 인사
를 했지만 그는 창밖을 보던 눈길을 돌리기도 귀찮다는 기색이었다.
"오늘은 안 좋아요." 네이선이 내 어깨를 스치고 지나쳐 코트를
가지러 가며 말했다.
지저분하게 구름이 낮게 깔린 그런 아침이었다. 치졸하게 침을
뱉듯 창유리에 빗물이 튀었다. 영영 다시는 해가 뜰 것 같지 않았
다. 윌이 악화되었다 해도 사실 놀랄 일은 아니었다. 이런 날에는
나조차 침울해진다. 아침 잔일들을 시작하면서 대수로운 일이 아니
라고 내내 스스로를 타일렀다. 반드시 윗사람을 좋아할 필요는 없
잖아. 안 그래? 안 좋아하는 사람들이 얼마나 많은데. 사진들은 전
날 내가 넣어둔 그대로 맨 아래 서랍에 차곡차곡 쌓여 있었다. 마룻
바닥에 쭈그리고 앉아서 사진들을 늘어놓고 정리하기 시작했다. 그
리고 고칠 만한 액자가 있는지 보았다. 나는 물건을 고치는 재주가
있었다. 더구나 시간을 죽이기엔 꽤 쓸모 있는 일거리 같았다.
10분쯤 그러고 있는데, 윌의 전동 휠체어가 점잖게 윙윙거리는
인기척이 들려와 소스라쳤다.
그가 거기 문간에 앉아서 나를 바라보고 있었다. 눈 밑에 시커먼
그늘이 드리워져 있었다. 네이선이 말해준 적이 있다. 가끔은, 아예
잠을 못 이룰 때가 있다고. 도저히 박차고 일어날 수 없는 침대에

묶인 채 누워서 어두컴컴한 생각들에 둘러싸여 새벽의 시간을 보내야 하다니, 어떤 기분일지 상상도 하기 싫었다.

"혹시 고쳐 쓸 만한 액자가 있나 싶어서요." 나는 액자 하나를 치켜들면서 말했다. 그가 번지점프를 하는 사진이었다. 애써 쾌활한 표정을 지었다.

'그 애한테는 활기찬 사람, 긍정적인 사람이 필요해요.'

"어째서요?"

나는 눈을 끔벅였다. "저, 몇 개는 버리지 않고 쓸 만할 것 같아서요. 제가 좀 고쳐봐도 괜찮다면, 목공용 풀을 좀 가져왔는데요. 아예 액자를 갈고 싶으시면 점심시간에 시내에 들러서 구할 수 있는지 알아볼게요. 아니면 혹시 같이 외출을 하고 싶으시면……."

"누가 그걸 고치라고 했습니까?"

그 눈길은 한 치도 물러섬이 없었다.

'어, 어떡하지.'

"저…… 그저 도움이 됐으면 해서."

"내가 어제 한 짓거리를 고치고 싶은 거겠죠."

"저는……."

"이거 알아요, 루이자? 제발 딱 한 번만, 내가 뭘 원하는지 누가 좀 정신 차리고 알아먹어 주면 정말 좋겠군요. 그 사진들을 박살 낸 건 사고가 아닙니다. 과격하게 실내디자인을 바꿔보려고 했던 것도 아니고요. 진짜로 그 사진들을 보기가 싫어서 그런 거예요."

나는 벌떡 일어났다. "죄송합니다. 제 생각은 그런 게……."

"나보다 더 잘 안다고 생각했겠죠. 다들 나한테 뭐가 필요한지 나보다 더 잘 안다고 생각해. '저 빌어먹을 사진들을 다시 붙여야겠다. 불쌍한 병자한테 뭐든 볼거리를 줘야지.' 누가 와서 뒤지게 고맙게도 날 다시 꺼내주기 전까지 침대에 꼼짝없이 갇혀 있어야 하는데, 저놈의 망할 사진들이 날 뚫어져라 노려보는 게 싫단 말입니다. 알아들었어요? 이걸 해결할 비책을 그 머리로 생각해 낼 수 있을 것 같아요?"

난 마른침을 꿀꺽 삼켰다. "그 여자 분의 사진을 걸 생각은 아니었어요. 그렇게 멍청하지는 않아요. 저는 그저 기분이 나아지실……."

"아, 제기랄." 그는 꼴도 보기 싫다는 듯 고개를 돌리며 폐부를 찌르는 목소리로 말했다. "내 앞에서 심리치료 따위는 넣어둬요. 그냥 가서 그놈의 홍차를 안 끓일 때는 당신의 그 빌어먹을 가십 잡지를 읽든 뭘 하든 맘대로 하라고요."

양볼에 불이 붙은 듯 화끈거렸다. 힘겹게 좁은 복도를 따라가는 그를 보다가, 무슨 짓인지 미처 깨닫기도 전에 그만 내 목소리가 먼저 튀어나와 버렸다.

"개망나니처럼 행동하실 필요는 없잖아요."

말들이 고요한 허공에 낭랑하게 울려 퍼졌다.

휠체어가 정지했다. 한참 침묵이 이어지더니, 그가 천천히 돌아서서 나를 똑바로 마주보았다. 손으로는 작은 조이스틱을 잡고 있었다.

"뭐라고 했죠?"

나는 그를 똑바로 보았다. 가슴이 터질 듯 두방망이질했다. "친구분들께서 똥보다 못한 대접을 받았다고 쳐요. 좋아요. 그들은 그런 대접을 받아 마땅한 사람들일지도 모르죠. 하지만 저는 날마다 여기 오면서 할 일에 최선을 다할 뿐이에요. 그러니까 다른 모든 사람의 인생을 불쾌하게 만드시더라도 제 인생은 건드리지 않으시면 정말 고맙겠어요."

월의 눈이 살짝 커졌다. 그는 한 박자 쉬고 다시 말했다. "그러면 내가 그쪽이 여기 안 오는 게 좋겠다고 한다면?"

"그쪽이 저를 고용하신 건 아니잖아요. 전 당신 어머니가 고용한 사람이에요. 그리고 트레이너 부인께서 이젠 오지 말라고 하지 않는 이상 절대 안 나가요. 특별히 그쪽 걱정이 돼서도 아니고, 이 멍청한 일이 좋아서도 아니고, 그쪽 인생을 좌지우지하고 싶어서도 아니에요. 그냥 돈이 필요해서예요. 알았어요? 전 진짜로 돈이 필요하다고요."

월 트레이너의 표정은 겉으로 보기에는 별로 달라지지 않았지만 왠지 놀라움이 엿보인다는 생각이 들었다. 누가 자기 말에 토를 다는 일이 굉장히 낯선 일이라는 듯.

'아, 망했다.' 방금 내가 무슨 짓을 했는지 깨달은 나는 생각했다. '이번에는 진짜로 사고를 쳤구나.'

그러나 월은 잠시 나를 물끄러미 바라보았다. 내가 눈길을 피하지 않자 또 재수 없는 소리를 하려는 듯 작은 한숨을 내쉬었다.

"알았어요." 그는 이렇게 말하고는 휠체어를 빙글 돌렸다. "사진들이나 맨 밑 서랍에 다 넣어둬요. 알겠죠? 전부 다."

그러고는 나지막한 윙윙 소리와 함께 사라졌다.

5

투석기로 발사된 돌덩이처럼 완전히 다른 삶 속에 처박히게 되면, 아니 적어도 얼굴이 유리창에 닿아 짜부라질 정도로 심하게 등 떠밀려 남의 인생 속으로 들어가게 되면, 나는 과연 어떤 사람인가를 다시 생각해 볼 수밖에 없게 된다. 다른 사람들에게 나는 어떤 모습으로 보일까.

나는 우리 부모님에게 4주밖에 안 되는 짧은 시간에 예전보다 약간 더 흥미로운 존재가 되었다. 이제 나는 부모님께 전혀 다른 세상과의 접점이 되었다. 특히 우리 엄마는 동물학자가 새롭고 낯선 생물과 그 서식지를 철저히 조사하듯이 그랜타 하우스와 그 집안의 버릇에 대해 날마다 질문 공세를 퍼부었다. "트레이너 부인은 끼니 때마다 리넨 냅킨을 쓰니?"라든가 "그 집도 우리처럼 날마다 진공청소기로 청소하는 것 같니?" 또는 "감자는 어떻게 요리해 먹던?" 같은 질문들 말이다.

엄마는 내게 아침마다 구체적인 지령을 내렸다. 화장지는 어떤 브랜드를 쓰는지, 이불 홑청이 폴리에스테르와 면 혼방인지 알아보라는 것이었다. 대부분은 내가 정확히 기억하질 못했기 때문에 엄마는 크게 낙심했다. 엄마는 내심 돈 많은 사람들은 돼지처럼 산다는 확신을 품고 있었다. 내가 여섯 살 때 인기 많은 친구의 어머니가 '먼지 난다'고 우리를 거실에서 놀지 못하게 했다는 얘기를 들려준 이후로 흔들리지 않은 믿음이었다.

내가 집에 와서 "네, 개는 확실히 부엌에서 밥을 먹어도 되나 봐요"라든가 "아니요, 트레이너 씨네 식구들은 엄마처럼 날마다 현관 층계를 박박 닦지 않아요"라고 보고하면 엄마는 입을 굳게 앙다물고 아빠를 흘겨보았다. 그리고 내가 방금 한 말로 상류층의 칠칠맞지 않은 생활방식에 대한 엄마의 의심이 모두 입증된 양 조용히 만족감에 젖어 고개를 끄덕이곤 했다.

부모님이 내 수입에 생계를 의탁하고 있다는 것, 아니면 내가 이 일을 좋아하지 않는다는 사실을 두 분 다 안다는 것. 이 말은 즉 집에서 내가 약간 더 존중을 받는다는 의미기도 했다. 그래봤자 별로 대단한 건 아니다. 아빠는 나를 '비계 엉덩이'라고 부르기를 그만두고 엄마는 내가 집에 올 때에 맞춰 홍차 한 잔을 준비해 주는 정도일 뿐.

패트릭과 동생은 전과 다를 바가 없었다. 나는 여전히 만만한 놀림감이자 안아주거나 키스해 주거나 뾰루퉁하게 삐치는 대상이었다. 나는 예전과 다름없이, 트리나의 말에 따르면 자선 가게에서 레슬링 시합을 한판 벌이고 나온 사람마냥 입고 다녔다.

그랜타 하우스 사람들이 나를 어떻게 생각하는지는 전혀 알 수가 없었다. 윌은 도무지 속을 읽을 수 없었다. 네이선에게는 그저 거쳐 가는 수많은 간병인들 중 하나에 불과할 터였다. 친절하게 대해주지만 거리감이 느껴졌다. 내가 오래 버틸지 아닐지 아직 확신이 없어서 그런다는 느낌이 들었다. 트레이너 씨는 복도에서 마주치면 정중하게 고개인사를 하고 이따금 출퇴근은 괜찮으냐, 잘 적응하고 있느냐 물어보기도 했다. 하지만 다른 데서 마주치면 과연 알아보기나 할지 의심스러웠다.

그러나 트레이너 부인은, 아, 정말…… 트레이너 부인에게는 내가 이 지구상에서 제일 멍청하고 무책임한 인간임이 분명했다.

사진 액자가 문제의 발단이었다. 그 집에서는 그 무엇도 트레이너 부인의 눈길을 피할 수 없었다. 그리고 액자들이 박살 났다는 건 대지진에 버금가는 엄청난 일이라는 사실을 애초에 미리 눈치챘어야 했다. 부인은 내가 정확히 얼마나 긴 시간 동안 윌을 혼자 두었는지, 어떤 계기로 촉발된 행동인지, 얼마나 신속하게 청소를 했는지 꼬치꼬치 따져 물었다. 대놓고 비난하지는 않았지만(워낙 고고하셔서 언성을 높이는 법도 없다) 내 대답에 느릿느릿 눈을 껌벅이는 모습과 내가 말할 때 조그맣게 '으흠' 하고 내는 소리로 내가 알아야 할 건 다 알려주었다. 네이선한테 부인이 치안판사라는 얘기를 들었을 때 나는 하나도 놀랍지 않았다.

부인은 내가 다음에는 그렇게 오래 윌을 혼자 내버려두지 않았으면 좋겠다고 했다. 아무리 상황이 어색하더라도 말이죠, 으흠? 그리고 혹시 먼지를 털 때는 사고로 물건들이 마루에 떨어지지 않도록 안쪽에 잘 세워두는 게 좋겠네요, 으흠? 부인은 사고라고 믿고 싶은 모양이었다. 그녀는 내가 최고급 머저리가 된 기분이 들게 만들었다. 덕분에 나는 그녀가 근처에 있으면 진짜로 최고급 머저리가 되어버렸다. 물건을 마룻바닥에 방금 떨어뜨렸거나 전자레인지 버튼과 씨름하고 있을 때 딱 들어오고, 밖에서 땔나무를 모아서 다시 들어오는 순간 꼭 내가 굉장히 오래 자리를 비우기라도 한 것처럼 마뜩찮은 표정으로 문간을 지키고 있었다.

이상하게도 나는 윌의 무례함보다 그녀의 태도가 훨씬 더 신경 쓰였다. 대놓고 뭐가 문제냐고 따지고 싶은 충동에 시달린 적도 두세 번 있다. '전문적인 기술이 아니라 제 태도 때문에 고용하는 거라고 하셨잖아요.' 나는 따지고 싶었다. '자, 이것 보세요. 날이면 날마다 이렇게 쾌활하게 일하고 있잖아요. 원하시는 대로 기운이 뻗친다고요. 그런데 대체 뭐가 문제죠?'

그러나 커밀라 트레이너는 대놓고 그런 말을 할 수 있는 여자가 아니었다. 게다가 그 집에서는 아무도 직설적인 얘기를 안 하는 눈치였다.

"바로 전에 여기서 일했던 릴리는 프라이팬 하나로 야채 두 개를 요리하는 상당히 훌륭한 재주가 있었답니다"는 '너는 일을 너무 지저분하게 늘어놓고 하는구나'라는 뜻이었다.

"너도 홍차 생각이 날 것 같구나, 윌"이라고 하면, '너한테 대체 무슨 말을 해야 할지 모르겠다'라는 뜻이었다.

트레이너 부인은 그런 말을 특유의 어디가 좀 아픈 듯한 표정으로 또박또박 발음하며 가녀린 손가락으로 십자가가 달린 목걸이 줄을 위아래로 훑었다. 감정을 꾹꾹 눌러 담아 너무나도 절제되어 있었다. 그녀에 비하면 우리 엄마는 오지 오스본°이었다. 나는 모르는

◇ 헤비메탈 밴드 블랙 사바스의 리드보컬.

척 예의 바르게 미소를 지으며 돈 받고 하는 일만 열심히 했다.

적어도 그러려고 애썼다.

"대체 왜 내 포크에다 은근슬쩍 당근을 올려놓으려고 하는 겁니까?"

나는 접시를 내려다보았다. TV의 여자 앵커를 보면서 나도 똑같은 색깔로 염색하면 어떨까 생각하던 참이었다.

"어? 안 그랬는데요."

"그랬어요. 으깨서 소스에다 숨기려고 했잖아요. 내가 봤어요."

얼굴이 붉어졌다. 그가 옳았다. 나는 앉아서 월에게 음식을 먹이고 있었고 우리 둘 다 멍하니 정오 뉴스를 보고 있었다. 그의 어머니는 내게 접시에 세 가지 야채를 꼭 올려놓으라고 말했다. 아무리 월이 야채는 싫다고 분명하게 말했더라도 말이다. 아마 내가 준비하도록 지시받은 식사 중에 영양학적인 균형이 한 치라도 어긋난 음식이라곤 하나도 없었을 것이다.

"왜 몰래 나한테 당근을 먹이려는 겁니까?"

"전 아니에요."

"그럼 음식에 당근이 안 들었다 이겁니까?"

나는 아주 작은 당근 조각들을 빤히 쳐다보았다. "어…….."

그는 눈썹을 한껏 치켜올린 채 기다리고 있었다.

"어, 그러니까 제가 생각하기에 야채들이 몸에 좋을 거 같아서가 아닐까요?"

어느 정도는 트레이너 부인의 뜻을 따르기 위해서, 또 어느 정도는 그냥 습관의 힘이었다. 토머스한테 밥을 먹이는 일이 너무 몸에 배어 있었던 것이다. 토머스한테 야채를 먹이기 위해서는 야채를 다 으깨서 감자 밑에 숨기거나 파스타 조각 속에 몰래 넣어두어야 했다. 아주 작은 한 조각이라도 그 애 몸속으로 들어가면 소소한 승리를 거둔 것처럼 느껴졌다.

"그러니까 이 얘기를 좀 똑바로 해둡시다. 당근 한 숟가락이 내 몸에 더 들어가면 내 삶의 질이 나아질 거라고 생각해요?"

그가 말하는 걸 들으니까 정말이지 굉장히 멍청한 생각 같았다. 하지만 윌의 말이나 행동에 기죽지 않는 게 몹시 중요하다는 걸 그간의 경험으로 배운 터였다.

"그쪽의 요점은 알겠어요." 나는 평온하게 말했다. "다시는 안 그럴게요."

그러자 뜬금없이 윌 트레이너가 웃음을 터뜨렸다. 전혀 뜻밖인 것처럼, 몰아쉬는 한숨처럼 터져 나온 웃음이었다.

"아, 미치겠네." 그는 고개를 저었다.

나는 멀뚱하게 쳐다보았다.

"그거 말고 내 음식에다 몰래 넣은 게 또 뭐가 있습니까? 아니면 이제는 '터널을 열어요, 삶은 양배추를 실은 열차 씨께서 빨간 역에 도착해야 하니까요'라고 말할 건가요?"

잠시 난 그 말을 생각해 보았다. "아니요." 나는 정색했다. "저는 포크 씨 아니면 상대 안 해요. 포크 씨는 열차 씨랑 전혀 다르게 생겼다고요."

토머스가 몇 달 전 아주 단호하게 내게 그렇게 말했었다.

"우리 어머니가 이러라고 시키던가요?"

"아뇨. 이봐요. 뭘. 미안해요. 나는 그냥…… 별생각 없었어요."

"그게 뭐 한두 번 있는 일입니까."

"알았어요. 좋아요, 빌어먹을 당근은 치울게요. 진짜 그렇게 비위가 상하신다면야."

"빌어먹을 당근 때문에 짜증이 나는 게 아니에요. 식기를 포크 씨라고 부르는 미친 여자가 은근슬쩍 내게 먹이려 한다는 게 문제지."

"농담이었어요. 저, 당근 갖다놓고 올게요. 그리고……."

그는 고개를 돌려버렸다. "다른 건 먹기 싫어요. 그냥 홍차 한 잔만 줘요." 내가 방에서 나가는데 등 뒤에서 그가 외쳤다. "거기다 몰래 호박 같은 거 갈아 넣지 말고."

내가 설거지를 마치려는데 네이선이 들어왔다. "오늘은 기분이 좋은가 보네요." 머그잔을 건네자 그가 말했다.

"그래요?" 나는 주방에서 샌드위치를 먹고 있었다. 바깥이 지독하게 추웠고, 요즘은 왠지 이 집 안도 전만큼 살벌하게 느껴지지 않았다.

"당신이 자기한테 독을 먹이려 했다던데요. 하지만 그 말투가, 그 왜 있잖아요. 괜찮았어요."

나는 이 얘기에 이상하리만큼 기분이 좋았지만 그런 마음을 숨기려 애쓰며 말했다.

"네, 뭐……."

"요즘은 말도 좀 많아졌어요. 몇 주 동안 거의 한 마디도 안 하던 시절도 있었는데, 요 며칠은 확실히 수다도 좀 떨고 싶어 하더라고요."

그 망할 휘파람을 당장 뚝 그치지 않으면 휠체어로 확 처버리겠다고 말하던 윌이 떠올랐다. "그 사람이 생각하는 수다는 내 생각이랑 좀 다른 것 같던데요."

"그래요? 크리켓 얘기를 좀 했어요. 그런데 말이죠……." 네이선이 목소리를 낮췄다. "트레이너 부인이 그쪽이 잘하고 있냐고 묻더라고요. 일을 아주 잘하는 것 같다고 대답하긴 했지만, 그런 걸 묻는 게 아닌 듯했어요. 어제는 둘이 웃는 소리가 들리더라면서."

전날 저녁을 돌이켜 보았다. "나를 비웃었던 거예요." 페스토가 뭔지 모른다고 했더니 윌이 그렇게 재밌어했다. 나는 그날 저녁 식사가 '초록색 그레이비에 비빈 파스타'라고 윌에게 말했다.

"아, 부인은 그런 건 관심 없어요. 어쨌든 윌이 웃는 건 진짜 오랜만이니까요."

사실이었다. 윌과 나는 좀 더 수월하게 함께 지내는 법을 터득한 것 같았다. 그건 대체로 그가 나한테 무례하게 굴고, 나도 가끔씩 무례한 대꾸를 하는 식으로 돌아갔다. 그가 트집을 잡으면 나도 그렇게 중요한 일이면 예의 바르게 부탁해 보시라고 되받아쳤다. 그는 내게 욕을 하거나 골칫덩이라고 투덜거렸고, 그러면 나는 어디 한번 그 골칫덩이 없이 살아보시라고 대꾸했다. 약간 억지스러워도 우리 둘 다에게 잘 맞는 방법 같았다. 가끔은 집 안에 자기한테 무례하게 굴고 말에 토를 달고 정말 못됐다고 말해주는 사람이 있어서 마음이 놓이는 것처럼 보이기도 했다. 사고가 난 뒤로 주변 사람들이 다 노심초사 전전긍긍했을 테니까. 네이선만 예외였던 모양이다. 윌은 네이선에게는 존중하는 태도로 대했다. 어차피 쌀쌀맞은 소리를 해봤자 귓등으로도 듣지 않았을 남자다. 네이선은 인간의 모습을 한 장갑차 같았다.

"앞으로도 계속 농담을 걸면 잘 받아줘요. 네?"

나는 내 머그잔을 싱크대에 놓았다. "그건 별로 어려울 것 같지 않네요."

달라진 집 안 공기 말고 또 하나의 커다란 변화는 윌이 혼자 있게 나가달라는 말을 전처럼 자주 하지 않는다는 것이었다. 심지어 한두 번인가는 오후에 같이 영화라도 보겠냐고 묻기까지 했다. 영화가 「터미네이터」일 때는 나도 "나쁠 거 없죠"라고 했지만(「터미네이터」 시리즈를 다 봤는데도 말이다) 자막이 달린 프랑스 영화를 보여주었을 때는 DVD 커버만 슬쩍 보고 이건 사양하겠다고 했다.

"왜죠?"

나는 어깨를 으쓱했다. "자막 나오는 영화는 싫어요."

"그건 마치 배우들이 나오는 영화는 싫다는 얘기나 마찬가지라고요. 말도 안 되는 소리 말아요. 대체 뭐가 마음에 안 든다는 겁니까? 영화 보면서 심지어 글자까지 읽어야 한다는 사실?"

"그냥 외국 영화를 별로 안 좋아해요."

"망할 「시골 영웅」 말고는 다 외국 영화였어요. 할리우드가 무슨 버밍엄 교외라도 되는 줄 압니까?"

"안 웃겨요."

내가 자막 있는 영화를 본 적이 없다고 솔직하게 말했더니 그는 황당해했다. 그렇지만 저녁 시간에는 부모님이 리모컨을 장악하고 계시고 패트릭은 외국 영화를 보느니 차라리 크로셰 뜨기 야간 수업에 나갈 사람이다. 제일 가까운 시내 멀티플렉스 영화관에선 최신 총싸움 영화나 로맨틱코미디만 상영했고 후드 둘러쓰고 야유를 일삼는 애들이 들끓어서 동네 사람들은 아예 발길을 끊었다.

"이 영화는 봐야 해요, 루이자. 아니, 이 영화를 보라고 내가 명령을 해야겠다." 윌은 휠체어를 다시 돌리더니, 의자를 가리키며 고갯짓을 했다. "저기. 저기 앉아요. 끝날 때까지 꼼짝도 하지 말고. 외국 영화를 한 편도 본 적이 없다니. 이런 세상에." 그는 중얼거렸다.

옛날 영화였다. 프랑스 시골의 저택을 물려받은 곱사등이에 대한 내용이었다. 윌 말로는 유명한 책을 원작으로 했다는데 나는 솔직히 어디서 들어본 적도 없었다. 처음 20분 동안은 자막 때문에 짜증이 나는 데다, 화장실에 가고 싶었지만 그렇게 말하면 윌이 싫어할까 봐 정신이 좀 산만했다.

그런데 뭔가 달라졌다. 소리를 들으면서 글까지 읽는 게 힘들다는 생각도 어느새 사라졌고, 윌에게 약을 먹일 시간도 까맣게 잊었으며, 트레이너 부인이 땡땡이친다고 생각하면 어쩌나 걱정도 하지 않았고, 그저 부주의한 이웃들에게 속아 넘어가는 불쌍한 남자와 가족 걱정에 초조해서 어쩔 줄 몰랐다. 곱사등이 남자가 죽었을 때는 소리 없이 울며 소매로 줄줄 흐르는 콧물을 닦고 있었다.

"그러니까." 윌이 내 곁에 나타나 짓궂게 나를 흘끔 바라보며 말했다. "하나도 재미가 없으셨다?"

고개를 든 나는 바깥이 벌써 어두워졌다는 사실을 깨닫고 깜짝 놀랐다. "이제 신나서 뻐기실 거죠?" 이 말을 불쑥 내뱉고 휴지를 찾았다.

"조금요. 그저 이렇게 무르익고 성숙한…… 몇 살이죠?"

"스물여섯이요."

"스물여섯이 될 때까지 자막 있는 영화를 한 편도 못 봤다는 사실에 경악했을 뿐이라고요."

휴지를 봤더니 내 얼굴에는 마스카라가 하나도 남아 있지 않은 것 같았다. "그게 필수 과목인 줄 몰랐네요." 내가 투덜거렸다.

"좋아요. 그러면 루이자 클라크, 영화를 안 보면 보통 뭐 해요?

나는 거칠게 휴지를 뭉쳤다. "여기 안 오면 뭐 하는지 알고 싶다고요?"

"서로를 좀 더 잘 알아야 한다고 말한 건 그쪽이잖아요. 그러니까 말해봐요. 그쪽 얘기 좀 해보라고요."

그는 이런 식으로 놀리는 건지 아닌지 확실히 알 수가 없는 말투를 썼다. 나는 되갚을 기회만 노리고 있었다. "왜요?" 내가 말했다. "갑자기 왜 알고 싶어졌대요?"

"아, 진짜 왜 이래. 그쪽 사교 생활이 무슨 국가 기밀이라도 됩니까?" 그가 약간 짜증스럽다는 낯빛을 비쳤다.

"모르겠어요……." 내가 말했다. "펍에 술 마시러 가고요. TV도 좀 보고. 남자친구가 달리기할 때 가서 구경하기도 해요. 별로 특별할 거 없죠, 뭐."

"남자친구가 달리기하는 걸 구경한다."

"그래요."

"하지만 직접 뛰지는 않고."

"네. 난 별로……." 나는 가슴을 내려다보았다. "원래 그런 체질이 아니라."

그 말에 그는 미소를 지었다.

"그리고 다른 건요?"

"무슨 뜻이에요? 다른 거라니?"

"취미? 여행? 즐겨 가는 장소?"

그는 학교 진로상담 선생 같은 말투를 썼다.

"사실 취미가 별로 없어요. 책은 좀 읽어요. 옷을 좋아하고."

"간편한 대답이군요." 그가 건조한 말투로 말했다.

"물어본 건 그쪽이라고요. 전 별로 취미를 즐기는 사람은 아니라서요." 내 목소리가 이상하게 방어적으로 굴고 있었다. "별로 하는일이 없어요. 알았어요? 일하고 나서 집에 가요."

"집은 어디예요?"

"성 반대편이요. 렌프루 로드."

그는 전혀 모르겠다는 얼굴이었다. 당연히 모를 수밖에. 성 양편 사람들은 왕래가 별로 없다. "마찻길 길가에 있어요. 맥도날드 근처요."

그는 고개를 끄덕였다. 하지만 진짜로 알아들었는지는 영 의심스러웠다.

"휴가 때는요?"

"남자친구 패트릭하고 스페인에 가본 적 있어요." 그러고는 덧붙였다. "어렸을 때는 사실 도싯에밖에 못 가봤어요. 아니면 텐비나. 우리 숙모님이 텐비에 사시거든요."

"그러면 원하는 게 뭐예요?"

"내가 원하는 뭐요?"

"인생에서?"

나는 눈을 껌벅거렸다. "그건 좀 깊은 얘기네요, 그렇죠?"

"그냥 전반적으로요. 정신분석을 해보라는 얘기는 아니에요. 그냥, 하고 싶은 게 뭐예요? 결혼? 아이를 낳고 키우는 거? 꿈꾸는 직업은? 세계여행?"

한참 동안 아무 말도 오가지 않았다.

대답을 입 밖에 내기도 전부터 나는 그가 실망할 걸 알고 있었다.

"몰라요. 진짜로 생각해 본 적이 없어요."

금요일에 우리는 병원에 갔다. 그날 아침 출근하기 전까지 월의 검진에 대해 몰랐던 게 천만다행이었다. 안 그랬으면 월을 차에 태우고 병원까지 운전할 일을 걱정하느라 밤새 한숨도 못 잤을 테니까. 운전은 당연히 할 줄 안다. 그렇지만 운전을 할 줄 안다는 말은 내가 프랑스어를 할 줄 안다는 말과 같다. 물론, 시험은 다 보고 합격도 했다. 그렇지만 그 후 운전 실력을 발휘하는 건 1년에 한 번 있을까 말까 한 일이었다. 월과 휠체어를 개조한 미니밴에 싣고 옆 동네까지 안전하게 갔다 와야 한다니, 극도의 공포에 시달리지 않을 수 없었다.

지난 몇 주 동안은 근무 시간에 제발 집 밖으로 탈출할 일이 있기만을 빌었다. 지금은 집 안에만 있게 해주면 무슨 일이든 할 수 있었다. 나는 건강 관련 할 일들이 들어 있는 서류철에서('운송', '보험', '장애인 생활', '진료 예약'으로 나뉘어 있는 커다랗고 뚱뚱한 바인더였다.) 월의 병원 진찰권을 찾았다. 진찰권을 꼭 쥐고 날짜가 오늘인지 확인했다. 윌이 틀렸기를 바라는 마음도 조금은 있었다.

"어머니도 오세요?"

"아니요. 병원 검진 때는 원래 안 오십니다."

놀라움을 감출 수가 없었다. 아들의 치료에 대해서라면 아무리 작은 일이라도 전부 직접 챙기고 싶어 하는 줄 알았는데.

"전에는 오셨죠." 윌이 말했다. "하지만 이제 서로 그러지 않기로 약속을 했어요."

"네이선은 오나요?"

나는 그 앞에 무릎을 꿇고 앉아 있었다. 너무 불안한 나머지 점심 식사를 먹여주다가 그만 그의 무릎에다 좀 흘렸고, 그걸 닦아주려고 애쓰다가 이제는 바지까지 흥건하게 적셔버렸다. 윌은 별말 없이 그저 이제 미안하다는 말 좀 제발 그만하라는 얘기만 했다. 그래도 안달복달 어쩔 줄 모르는 내 기분은 나아지지 않았다.

"왜요?"

"별거 아니에요."

겁이 나 죽겠는 속내를 들키기는 싫었다. 보통 오전에는 청소를 하며 보내는데, 그날은 휠체어용 경사로 트랩 조작법을 읽고 또 읽었다. 하지만 그를 들어 올리는 일을 순전히 나 혼자 책임져야 한다는 건 여전히 무섭기만 했다.

"말 좀 해봐요, 클라크. 대체 뭐가 문젭니까?"

"좋아요. 그러니까…… 그저 처음이니까 트랩 작동하는 법을 아는 사람이 같이 있어주면 좋을 거 같아서요."

"나 말고 말이죠." 그가 말했다.

"그런 뜻이 아니에요."

"내가 내 몸 돌보는 데 관해서 하나도 아는 게 없을 것 같아서요?"

"휠체어 트랩을 직접 작동하세요?" 나는 대담하게 말했다. "정확히 어떻게 해야 하는지 말해주실 수 있는 거죠. 그렇죠?"

그는 나를 물끄러미 바라보았다, 눈높이를 나와 맞춘 채. 처음에는 시비를 걸려 했는지 몰라도 이젠 마음을 바꾼 게 틀림없었다. "하긴 일리 있는 얘기군요. 그래요. 네이선이 올 겁니다. 꽤 쓸모 있게 부릴 수 있는 여분의 손길이죠. 더구나 네이선이 같이 있으면 그쪽이 그렇게 난리법석을 치지도 않을 거 같고."

"난리법석은 안 쳤어요." 내가 항변했다.

"오죽하시겠어요." 그는 눈을 깔고 자기 무릎을 슬쩍 보았다. 나는 아직도 행주로 박박 닦고 있었다. 파스타 소스는 지워졌지만 옷은 흠뻑 젖었다. "이런, 그럼 나는 오줌싸개 꼴로 병원에 가는 겁니까?"

"다 안 끝났어요." 나는 헤어드라이어의 전원을 꽂고 노즐을 그의 사타구니 쪽으로 향했다.

뜨거운 바람이 바지에 불어닥치자 그는 눈썹을 추켜올렸다.

"아, 그래요." 내가 말했다. "저도 금요일 오후에 이러고 싶지는 않았다고요."

"진짜 긴장했군요, 맞죠?"

그가 나를 찬찬히 살피고 있다는 게 느껴졌다.

"세상에. 기분 풀어요, 클라크. 거시기에다 뒤지게 뜨거운 바람을 맞고 있는 사람은 내 쪽이잖아요."

나는 별 반응을 보이지 않았다. 시끄럽게 윙윙거리는 드라이어 소음을 뚫고 그의 목소리가 들렸다.

"이러지 말아요. 뭐 최악의 사태가 일어나 봤자 그게 무슨 대수겠어요? 그래봤자 내가 휠체어 신세가 되는 정도?"

멍청하게 들릴지 몰라도, 나는 웃음을 터뜨리지 않을 수 없었다. 월로서는 정말 내 기분을 달래주려고 최선을 다한 거였으니까.

우리가 탈 미니밴은 밖에서 보면 보통 사람들을 태우고 다니는 차량으로 보였지만, 뒷좌석 문을 열면 측면에서 경사로가 펼쳐져서 땅으로 내려왔다. 네이선이 지켜보는 가운데 나는 월의 야외용 휠체어를 경사로와 90도 각도로 놓은 뒤 고정용 브레이크를 확인하고 천천히 자동차로 올라가도록 작동시켰다. 네이선이 반대쪽 좌석에 타고 월에게 벨트를 채워준 뒤 휠체어를 고정했다. 나는 운전석에 타고 덜덜 떨리는 손을 진정시키려 애쓰며, 핸드브레이크를 풀고 천천히 진입로를 타 병원으로 달리기 시작했다.

집에서 멀어지니 어쩐지 월이 움츠러드는 듯 보였다. 바깥 날씨가 쌀쌀해서 네이선과 내가 월을 스카프와 두꺼운 코트로 꽁꽁 싸맸지만, 사위가 훨씬 광활해지자 상대적으로 위축되었는지 월은 말수도 적어지고 턱도 앙다물고 있었다. 룸미러로 그를 뻔질나게 쳐다보아야 했다. 네이선이 있는데도 왠지 휠체어가 고정장치에서 풀려버릴 것만 같아 무서웠다. 그는 그때마다 도무지 꿰뚫어 볼 수 없는 표정으로 창밖을 내다보고 있었다. 시동이 꺼지거나 내가 몇 번씩 브레이크를 너무 세게 밟아도 약간 움찔할 뿐, 내가 해결할 때까지 가만히 기다렸다.

병원에 도착할 무렵에는 정말로 식은땀이 다 났다. 후진하는 게 너무 무서워서 제일 넓은 자리를 찾아 병원 주차장을 세 바퀴나 빙빙 도는 바람에 두 남자가 시시각각 인내심을 잃어가는 게 피부로 느껴졌다. 그러고 나서야 간신히 주차할 수 있었다. 네이선의 도움을 받아 윌의 휠체어를 미니밴 밖 아스팔트 포장도로에 내려놓았다. "잘했어요." 네이선이 차에서 내리면서 등을 툭툭 쳐주었지만 빈말 같기만 했다.

세상에는 휠체어를 탄 사람과 같이 다니지 않으면 눈에 들어오지 않는 것들이 있다. 하나는 대부분의 도로포장 상태가 얼마나 거지같은가 하는 실감이다. 여기저기 푹푹 파인 데를 엉망진창으로 땜질해 놓았거나 아예 울퉁불퉁했다. 휠체어를 타고 가는 윌 곁에서 걷다 보니 고르지 못한 이음새가 나올 때마다 그가 얼마나 고통스럽게 소스라치는지, 장애물을 조심스럽게 돌아가야 하는 일이 얼마나 잦은지 눈여겨볼 수밖에 없었다. 네이선은 모르는 척 태연하게 굴었지만 그 역시 윌을 주시하고 있었다. 윌의 어두운 얼굴은 결연해 보였다.

또 하나는 사려 깊은 운전자가 별로 없다는 사실이다. 진출입로를 아예 막고 주차를 하거나 너무 빽빽하게 차를 붙여놓아서 휠체어가 도로를 건널 공간이 아예 없는 경우가 허다했다. 충격을 받은 나는 뭔가 무례한 말을 쪽지에 갈겨 와이퍼에 꽂아놓고 싶은 충동마저 일었지만 네이선과 윌은 이골이 난 눈치였다. 네이선이 길을 건널 만한 적당한 지점을 찾고 우리 둘이 힘을 합쳐 휠체어를 들어

올렸다 내리고서야 간신히 길을 건널 수 있었다.

월은 집에서 나온 뒤로 단 한 마디도 하지 않았다.

병원 자체는 번쩍번쩍한 저층 건물로, 순백의 접수 대기실은 차라리 모더니즘 양식의 호텔 같았다. 아마도 사보험의 힘을 말해주는 증거일 것이다. 월이 접수 직원에게 자기 이름을 말하는 동안 물러서 있다가 월과 네이선을 따라 긴 복도를 걸어갔다. 네이선은 커다란 배낭을 메고 있었다. 그 안에는 컵부터 여분의 옷가지까지, 이 짧은 나들이 동안 월에게 혹시 필요할지 모를 물품들이 들어 있었다. 그날 아침 내 앞에서 가방을 꾸리며 그는 일어날 수 있는 일들을 하나하나 상세하게 설명해 주었다. "이런 일을 그렇게 자주 하지 않아도 된다는 게 우리한테는 참 다행인 것 같죠?" 공포에 질린 내 얼굴을 보고는 그렇게 말했었다.

진찰하는 데까지 따라 들어가지는 않았다. 네이선과 나는 진료실 밖 편안한 의자에 앉아 있었다. 병원 냄새도 없고 창턱에 놓인 화병에는 생화가 꽂혀 있었다. 아무 꽃이나 갖다 꽂은 게 아니었다. 이름도 모를 거대하고 이국적인 꽃들이 미니멀리즘적인 화병에 절묘하게 꽂혀 있었다.

"저 안에서 뭐 하는 거예요?" 30분쯤 그러고 앉아 있다가 내가 물었다.

네이선은 읽던 책에서 눈길을 들었다. "그냥 6개월마다 한 번씩 정기적으로 진찰을 받는 거예요."

"뭐, 좀 좋아지는지 보게요?"

네이선은 책을 내려놓았다. "월은 더 좋아지지 않아요. 척수외상이거든요."

"하지만 물리치료도 하고 이것저것 치료를 하잖아요."

"그건 몸 상태를 유지하기 위해서예요. 근육위축이 오지 않게 하고, 뼈가 뒤틀리지 않도록 하고, 다리에 울혈이 생기지 않게 하고…… 그런 거죠."

다시 말을 시작한 네이선의 목소리는 부드러웠다. 내가 혹시 실망할까 봐 걱정하는 사람처럼. "윌은 다시 걷지 못할 거예요, 루이자. 그런 일은 할리우드 영화에서나 일어나는 일이죠. 우리가 하는 일은 최대한 통증을 줄이고 지금 그나마 갖고 있는 운동 능력을 잃지 않게 하는 것뿐이에요."

"네이선 씨가 시키면 이런 걸 하나요? 물리치료 같은 거 말이에요. 내가 해보라고 하면 다 하기 싫어하는 것 같던데요."

네이선은 콧잔등을 찡그렸다. "하긴 하는데, 마음은 딴 데 있는 것 같아요. 제가 처음 왔을 때는 결심이 대단했어요. 재활치료도 상당한 진척을 보았고. 하지만 1년 정도 차도가 없었으니, 할 가치가 있는 일이라고 믿기가 힘들겠지요."

"계속 시도해야 한다고 생각하세요?"

네이선은 땅바닥을 물끄러미 내려다보았다. "솔직히 말할까요? 윌은 C5-6 전신마비 환자예요. 그 말은 대충 여기서부터 제대로 움직이는 게 없다는 얘깁니다." 그는 한 손을 가슴 위쪽에 대어 보였다. "척수외상은 아직 치료법이 없어요."

진찰실 문을 물끄러미 바라보았다. 겨울 햇살을 받으며 여기까지 운전해 오는 동안 윌의 얼굴을, 스키장에서 휴가를 보내며 활짝 웃던 그 남자의 얼굴을 생각했다. "그렇지만 별별 의학적 발전이 다 일어나고 있잖아요. 안 그래요? 제 말은…… 여기 같은 병원이라면…… 항상 치료법을 개발해 내고 있을 거 아니에요."

"아주 좋은 병원이죠." 그는 차분하게 말했다.

"살아 있는 한 그래도 희망이 있다는 말이죠?"

네이선은 나를 한 번 보고는 다시 책으로 눈길을 돌렸다. "그럼요." 그가 말했다.

네이선의 말대로 3시 45분에 커피를 마시러 갔다. 이런 진찰은 한참 걸릴 수도 있으니까, 자기가 자릴 지키는 사이를 틈타 갔다 오라고 했다. 나는 접수 대기실에서 가판대의 잡지를 훑어보면서 초콜릿 바를 아껴 먹었다.

어찌 보면 예견된 일이지만 다시 복도를 찾아 들어오다 길을 잃었다. 간호사들 몇 사람을 붙들고 길을 물었는데, 그중 둘은 내가 찾는 곳이 이 병원에 있는지도 몰랐다. 간신히 돌아왔을 때, 손에 든 커피는 싸늘하게 식고 복도는 텅 비어 있었다. 가까이 다가가자 진찰실 문이 활짝 열려 있는 게 보였다. 밖에서 머뭇거리는데 또 윌을 혼자 뒀다고 꾸짖는 트레이너 부인의 목소리가 귓전에 선하게 울렸다. 내가 또 사고를 쳤구나.

"그러면 석 달 뒤에 뵙지요, 트레이너 씨." 말소리가 들렸다. "발작방지제는 양을 조절했고 테스트 결과는 전화로 알려드리도록 하겠습니다. 아마 월요일쯤 나올 겁니다."

윌의 목소리가 들려왔다. "아래층 약국에서 사면 됩니까?"

"예. 여기 있습니다. 그쪽에서 아마 이것도 좀 더 줄 거예요."

여자 목소리다. "저 서류철은 제가 가져가도 되겠죠?"

이제 금방 나올 때가 되었다는 생각이 들었다. 문에 노크를 하자 누군가 들어오라고 대답했다. 두 쌍의 눈동자가 내 쪽으로 휙 돌았다.

"미안해요." 의사가 의자에서 벌떡 일어나며 말했다. "물리치료 사인 줄 알고 그만."

"저는 윌 씨의…… 도우미예요." 나는 문을 꼭 붙잡은 채 말했다. 휠체어에 앉은 윌이 한껏 몸을 사렸고 네이선이 그의 셔츠를 끌어내렸다. "죄송해요. 끝나신 줄 알았어요."

"1분만 나가 있어줄래요, 루이자?" 윌의 목소리가 방 안을 싸늘하게 갈랐다.

죄송하다고 중얼거리며 물러나는데 얼굴이 타는 듯 화끈거렸다.

그 몸은 마르고 흉터투성이였지만 내가 그토록 충격을 받은 건 윌의 벗은 몸을 보았기 때문이 아니었다. 왠지 모르게 짜증 섞인 의사의 표정, 트레이너 부인이 내게 허구한 날 던지는 눈길과 닮은 그 표정 탓도 아니었다.

그게 아니라 윌의 양 손목을 가로질러 그어진 소름 끼치는 검붉은 줄 때문이었다. 아무리 네이선이 재빨리 윌의 소매를 내려도 감출 수 없었던, 톱니처럼 거칠고 긴 그 흉터 때문이었다.

6

급작스럽게 폭설이 쏟아졌다. 집을 나설 때만 해도 청명한 파란 하늘이었는데 30분 뒤에 지나치는 성의 풍광은 두껍고 하얀 생크림을 잔뜩 바른 케이크 같았다.

진입로를 터덜터덜 걸어가는데 발소리도 나지 않았다. 발가락에는 이미 감각이 없고 얇은 중국식 비단 코트만 걸친 온몸이 덜덜 떨렸다. 영원처럼 까마득한 회색 구름 속에서 튀어나와 소용돌이치는 하얗고 도톰한 눈송이들이 그랜타 하우스를 뒤덮고 소리를 싹 지워버리는 바람에 온 세상이 부자연스러울 정도로 느리게 돌아가는 듯 느껴졌다. 목도리를 추어올려 코까지 덮었다. 발레리나 스타일 플랫슈즈와 벨벳 미니드레스보다는 좀 더 실용적인 옷을 입고 올걸 그랬다고 후회했다.

놀랍게도 문을 열어준 사람은 네이선이 아니라 윌의 아버지였다. "그 애는 침대에 있어요." 트레이너 씨는 윌의 침실로 시선을 줬다가 말을 이었다. "상태가 별로 좋지가 못해요. 의사를 부를까 말까 고민하던 참이지 뭐요."

"네이선은 어디 있나요?"

"오늘 오전은 쉰답니다. 아니, 하필이면 오늘 같은 날 말이오. 빌어먹을 간호사는 왔다 가는 데 딱 6초 걸립디다. 이런 식으로 눈이 계속 내리면 나중에 어떻게 해야 할지 모르겠소." 그는 이런 일들이 어디 사람 마음대로 되느냐는 식으로 어깨를 으쓱하더니, 복도를 따라 총총 사라졌다. 책임을 떠넘기게 되어 안도한 기색이 역력했다. "저 애한테 뭐가 필요한지는 아시죠?" 어깨 너머로 그가 크게 외쳤다.

코트와 구두를 벗고 월의 주방으로 갔다. 달력에 표시된 일정을 보고 트레이너 부인이 법정에 가 있다는 걸 알았다. 젖은 양말을 벗어 라디에이터 위에 널어두었다. 깨끗하게 빨아놓은 월의 양말 한 켤레가 바구니에 있기에 그걸 신었다. 내 발에는 너무 커서 우스꽝스러웠지만 발이 따뜻하고 보송보송하니까 천국 같았다.

소리쳐 불렀지만 월은 대답이 없었다. 잠시 후 마실 것을 타서 조용히 노크한 다음 문을 살짝 열어 들여다봤다. 침침한 불빛에 이불을 덮은 형체를 간신히 알아볼 수 있었다. 그는 깊이 잠들어 있었다. 나는 물러나서 문을 닫고 그날 아침의 일거리들을 하나씩 해치우기 시작했다.

우리 엄마는 깨끗하게 정리된 집을 보면 거의 육체적인 쾌감을 느끼는 것 같았다. 나는 벌써 한 달째 청소를 하고 있었지만 여전히 청소의 매력을 알 수가 없었다. 살면서 언제 어느 때라도 다른 사람이 대신 청소를 해준다면 무조건 환영할 터였다.

그러나 오늘 같은 날, 월이 침대에서 나오지 않고 바깥세상이 멈

춰버린 것만 같은 이런 날은, 별채 한쪽 끝에서 다른 쪽 끝까지 쓸
고 닦고 있으니 명상의 기쁨 같은 게 느껴졌다. 먼지를 털고 마른걸
레질을 하는 동안 방마다 라디오를 들고 다녔다. 윌이 깨지 않도록
볼륨은 낮게 틀었다. 간헐적으로 고개를 디밀고 그가 숨을 쉬는지
확인했지만, 오후 1시가 되어도 일어나지 않자 조금 마음이 불안해
지기 시작했다.

땔감 바구니를 채워두며 보니 그새 눈이 20센티미터 정도 쌓였
다. 새로 마실 걸 타서 들고 윌의 방문을 두드렸다. 이번에는 큰 소
리로 두드렸다.

"네……." 나 때문에 잠을 깼는지 살짝 쉰 목소리였다.

"저예요." 아무 답이 없기에 다시 말했다. "루이자예요. 들어가도
될까요?"

"그럼 내가 뭐 베일 휘감고 춤이라도 추고 있겠어요?"

커튼이 드리운 방은 여전히 그늘져 있었다. 들어가면서 눈이 차
차 어둠에 적응하게 두었다. 윌의 몸은 한 팔이 몸을 받치고 일어나
려는 것처럼 앞으로 구부러져 있었다. 아까 내가 들어와 보았을 때
와 똑같이. 그가 혼자 돌아누울 수도 없는 몸이라는 걸 쉽사리 잊곤
했다. 머리카락이 한쪽으로 뻗쳐 있었고 얇은 이불이 단정하게 몸
을 감싸고 있었다. 세수도 안 한 남자의 따뜻한 체취. 불쾌하지는
않지만 일의 연장선상에서 흠칫 놀라게 된다.

"어떻게 해드릴까요? 뭐 좀 마시고 싶어요?"

"자세를 바꿔야겠어요."

서랍장 위에 음료를 놓고 침대로 걸어갔다. "어…… 제가 뭘 어

떻게 하면 될까요?"

월은 침 삼키는 것조차 고통스러운 듯 천천히 침을 목구멍 뒤로 넘겼다. "날 들어서 몸을 좀 돌려줘요. 그리고 침대 등받이를 올려주면 좋겠어요. 여기……." 그는 날 보면서 좀 더 가까이 오라고 고갯짓을 했다. "팔을 내 몸 밑에 넣고, 양손을 내 등 뒤에서 깍지 낀 다음에 잡아당겨요. 등을 침대에 받치고 해야 허리에 무리가 가지 않을 거예요."

약간 기분이 이상해지지 않았다면 거짓말이다. 그를 껴안자 체취가 코를 가득 채웠다. 내 살에 닿는 그 피부가 따끈했다. 그 남자의 귀를 핥고 조근조근 깨물 생각이 아니고서야 이렇게 바싹 붙을 일은 없으리라. 그 생각에 나는 당황하다 못해 잠시 이성을 잃었고, 어떻게든 정신을 똑바로 차리려고 안간힘을 썼다.

"왜요?"

"아무것도 아니에요." 심호흡을 하고 양손을 깍지 낀 후 단단히 붙잡았다는 느낌이 들 때까지 자세를 조정했다. 그는 내 생각보다 가슴팍이 넓었고 굉장히 무거웠다. 셋까지 센 뒤 힘차게 뒤로 몸을 젖혔다.

"젠장!" 그가 소리쳤다.

"왜요?" 하마터면 손을 놓고 그를 떨어뜨릴 뻔했다.

"당신 손이 얼음장 같아요."

"네. 어, 그쪽도 침대에서 나와 보면 바깥세상에는 눈이 내리고 있다는 걸 알게 될 거라고요."

반은 농담으로 한 말인데, 그러고 보니 티셔츠 아래 살갗이 뜨거왔다. 몸속 깊은 데서 올라오는 고열이었다. 베개를 받쳐 자세를 조정하는데 그가 작게 앓는 소리를 내서 나는 최대한 천천히, 부드럽게 움직이려고 애썼다. 머리와 어깨를 받쳐 올릴 리모컨을 윌이 손으로 가리켜 보였다. "그래도 너무 올리지는 말아요." 그가 웅얼거렸다. "약간 어지러워."

그가 어렴풋이 싫은 소리를 냈지만 나는 아랑곳없이 침대 맡 등을 켜고 안색을 살폈다. "윌, 괜찮아요?" 두 번을 연거푸 묻고 나서야 대답을 들을 수 있었다.

"최고의 컨디션은 아니네요."

"진통제 필요해요?"

"네……. 강력한 걸로."

"그럼 파라세타몰을 좀 드릴까요?"

그는 한숨을 내쉬며 시원한 베개로 등을 받친 채 누웠다.

컵을 가져다준 나는 약을 삼키는 그를 지켜보았다.

"고마워요." 얼마 뒤 내뱉은 그의 말에 마음이 갑자기 불편해졌다.

윌은 단 한 번도 내게 고맙다는 인사를 한 적이 없었다.

그는 눈을 감았다. 난 한참을 그대로 문간에 서서 바라보고 있었다. 가슴이 티셔츠 밑에서 들썩거렸고 입은 살짝 벌어져 있었다. 숨이 밭았다. 다른 날보다 호흡이 훨씬 힘들어 보였다. 그러나 휠체어를 타지 않은 모습은 처음 보는 거였기에, 나로서는 그게 누워 있어서 몸이 눌린 탓인지 아닌지 알 길이 없었다.

"가요." 그가 불쑥 말을 뱉었다.

나는 방에서 나왔다.

*

엄마가 12시 20분에 보낸 문자에는 이런 지시가 적혀 있었다. "출발하기 전에 꼭 전화해라." 어쩌려는 생각인지 알 수가 없다. 썰매와 세인트버나드를 대동한 아빠라도 보내려는 걸까?

라디오에 나오는 지역 뉴스를 들었다. 고속도로 대혼잡, 열차 운행 중단, 임시휴교. 모두가 돌연한 눈 폭풍이 동반한 후유증이었다. 월의 방으로 돌아가 한번 더 기척을 살폈다. 안색이 영 마음에 걸렸다. 창백한 데다 양 뺨에 열꽃이 피어 번들거렸다. "월?" 나직하게 불렀다. 미동도 없었다.

"월?"

희미한 공포가 덮쳐오기 시작했다. 두 번 더 그의 이름을 불렀다, 큰 소리로. 아무 반응이 없었다. 허리를 굽혀 그의 몸에 바짝 붙었다. 얼굴에는 눈에 띄는 움직임이 없었다. 가슴에서도 보이지 않았다. 숨결. 숨결이 느껴져야 하는데. 얼굴에 내 얼굴을 바짝 붙이고 숨결을 느끼려 했다. 하지만 아무래도 찾을 수 없어 한 손을 내밀어 그 얼굴을 부드럽게 건드렸다.

그가 움찔하면서 번쩍 눈을 떴다. 내 눈과 불과 몇 센티미터 거리에서.

"죄송해요." 화들짝 놀라 물러서며 내가 말했다.

그는 눈을 깜박이며, 어디 먼 데 갔다 온 사람처럼 방 안을 휘휘 둘러보았다.

"저 루예요." 내가 누군지 못 알아봤을까 봐 말했다.

월의 표정을 보니 약간 짜증이 서려 있었다. "압니다."

"수프 좀 드릴까요?"

"아니, 됐어요. 고마워요." 그는 눈을 감았다.

"진통제 더 드릴까요?"

윌의 광대뼈가 땀으로 희미하게 번들거렸다. 손을 내밀어 보니 이불이 뜨끈하고 땀에 젖어 축축했다. 마음이 불안했다.

"제가 뭐 해드릴 일이 없나요? 그러니까, 네이선이 못 오면 말이에요."

"아니, 난 괜찮아요." 그는 중얼거리더니 다시 눈을 감았다.

열심히 서류철을 뒤지며 무언가 빠뜨린 게 없는지 찾아내려 했다. 의약품 장을 열어보았다. 켜켜이 쌓인 고무장갑과 붕대 상자들을 보고 있자니 난 그걸로 뭘 어떻게 해야 하는지 전혀 모른다는 게 여실히 느껴졌다. 인터폰을 눌러 윌의 아버지와 연락을 취해 보려 했지만 벨 소리는 텅 빈 집 안에서 사라져 버렸다. 별채 문 너머로 허허로이 울리는 메아리만 들렸다.

트레이너 부인에게 전화를 걸려는 순간 뒷문이 열리고 두툼한 옷을 잔뜩 껴입은 네이선이 들어왔다. 양모 목도리와 모자에 머리를 파묻은 곰 같은 몰골이었다. 싸늘한 바깥 공기 한 자락과 가볍게 휘날리는 눈송이가 그를 따라 들어왔다.

갑자기 온 집 안이 꿈처럼 몽롱한 상태에서 확 깨어난 기분이었다.

"아, 오셔서 정말 다행이에요. 윌이 좋지 않아요. 오전 내내 잠만 잤고 제대로 뭘 마시지도 못했어요. 대체 뭘 어떻게 해야 할지 알 수가 없어서요."

네이선이 어깨를 털며 코트를 벗었다. "여기까지 줄곧 걸어왔습니다. 버스 운행이 중단되어서."

난 네이선이 마실 차를 끓이기 시작했고 그는 윌을 살피러 갔다.

주전자의 물이 미처 끓기도 전에 네이선이 다시 나타났다. "몸이 불덩이 같아요. 저런 상태가 얼마나 오래됐습니까?"

"오전 내내요. 몸이 뜨겁다고 생각하긴 했는데 그냥 자겠다고 해서."

"세상에. 아침 내내? 혼자서 체온을 조절할 수 없는 몸이라는 걸 몰랐단 말입니까?" 그는 나를 밀치고 지나가 의약품 장을 뒤지기 시작했다. "항생제. 강력한 거." 네이선은 약병 하나를 움켜쥐더니 한 알을 절구에 넣고 맹렬하게 빻기 시작했다.

나는 뒤에서 안절부절못하고 어슬렁거렸다. "파라세타몰을 줬어요."

"아예 M&M 초콜릿을 주지 그랬습니까."

"몰랐어요. 아무도 말해준 적이 없어서. 제가 몸을 꽁꽁 감싸줬는데."

"빌어먹을 서류철에 다 있어요. 봐요. 윌은 우리처럼 땀을 흘리지 못한단 말입니다. 사실 다친 부위 아래로는 땀이 아예 나지 않아요. 그 말은 약간만 감기가 들어도 체온이 주체할 수 없이 올라간다는 뜻이죠. 가서 선풍기 찾아와요. 몸이 좀 식을 때까지 방 안에 틀어놓게. 젖은 수건도요. 뒷목을 받쳐줘야 하니까. 눈이 그칠 때까지는 도저히 병원에 데리고 갈 수가 없어요. 빌어먹을 왕진 간호사 같으니라고. 이런 건 아침에 잡아냈어야 되는 건데."

이렇게 까칠한 네이선은 처음이었다. 이젠 내게 말도 하기 싫은 눈치였다.

나는 달려가서 선풍기를 찾아왔다.

윌의 체온이 허용될 수준으로 내려갈 때까지 무려 40분이 걸렸다. 초강력 해열제가 효과를 발휘하길 기다리면서 네이선의 지시대로 그의 이마와 목에 젖은 수건을 대어주었다. 우리는 그의 옷을 벗긴 다음 가슴을 얇은 면포로 덮고 선풍기를 틀어주었다. 소매가 없으니 팔의 흉터가 선명하게 드러났다. 우리 모두 흉터는 아예 눈에 보이지도 않는 척을 했다.

윌은 이 모든 법석을 침묵으로 견뎌냈다. 오로지 네이선의 질문에만 '네' 아니면 '아니요'로 대답할 뿐이었고, 그나마도 잘 들리지 않아서 자기가 무슨 말을 하는지 알고 있기는 한가 싶을 때도 있었다. 밝은 빛 아래서 보니 끔찍하게 병색이 완연한 얼굴이라 그런 걸 놓친 나 자신이 한심스럽기 짝이 없었다. 나는 죄송하다는 말을 하도 뇌까려서 결국 네이선에게 이제 좀 짜증이 나려고 한다는 핀잔을 듣고야 말았다.

"자, 지금부터 내가 하는 걸 잘 봐야 해요. 나중에 혼자 하게 될 수도 있으니까요."

난 이의를 제기할 자격도 없다고 느꼈다. 그러나 네이선이 윌의 파자마 하의를 허리께까지 내려 복부의 맨살을 훤히 드러낸 후, 조심스레 배에 꽂힌 작은 튜브를 둘러싼 거즈 붕대를 벗기고 부드럽게 튜브를 닦은 다음 다시 붕대를 감는 과정을 움찔거리지 않고 지켜보는 건 힘든 일이었다. 네이선은 침대에 걸린 주머니를 가는 법을 가르쳐주면서 어째서 주머니가 항상 윌의 몸보다 아래에 있어야 하는지 설명해 주었다. 나는 몹시 사무적인 태도로 그 뜨끈한 액체가 든 주머니를 들고 방을 나왔다. 그러고는 스스로에게 놀랐다. 윌이 나를 제대로 지켜보지 않은 게 천만다행으로 느껴졌다. 윌의 가시 돋친 독설이 무서워서가 아니라, 내가 그의 내밀한 루틴을 지켜본다면 왠지 그 역시 부끄럽고 민망해할 거라는 느낌이 들어서였다.

"이제 됐습니다." 네이선이 말했다. 한 시간이 지난 뒤에야 드디어 윌은 깨끗한 면 침대보 위에 누워 꾸벅꾸벅 졸 수 있었다. 안색이 딱히 좋진 않았지만 무섭게 아파 보이지도 않았다.

"잠을 좀 자게 둬요. 하지만 두세 시간 지나면 깨워서 최대한 물을 많이 마시게 해요. 5시에는 해열제를 더 먹여야 하고요. 알겠죠? 마지막 한 시간 동안은 또 열이 오르겠지만 5시 전에는 약을 먹이면 안 됩니다."

전부 다 수첩에 받아 적었다. 하나라도 잘못할까 봐 두려웠다.

"우리가 방금 한 일을 똑같이 되풀이해야 할 거예요. 오늘 저녁에. 괜찮겠어요?" 네이선은 이누이트족처럼 꽁꽁 껴입고 눈 속으로 나섰다. "서류철 잘 읽어봐요. 그리고 절대 겁에 질려서 정신을 놓으면 안 됩니다. 문제가 있으면 그냥 나한테 전화를 걸어요. 찬찬히 다 설명해 줄 테니까. 꼭 와야 한다면 다시 돌아오죠, 뭐."

네이선이 떠난 후로는 줄곧 윌의 방을 지켰다. 너무 무서워서 안 그럴 수가 없었다. 윌의 옛 삶이 남긴 흔적인지 방 한구석에 독서등이 달린 낡은 가죽 의자가 있었다. 책장에서 단편소설집 한 권을 뽑아 들고 거기 웅크리고 앉았다.

그 방 안은 이상할 정도로 평화로웠다. 커튼 틈새로 보이는 온통 하얀 눈으로 뒤덮인 바깥세상은 고적하고 아름다웠다. 방 안은 따뜻하고 조용했으며, 이따금 중앙난방 장치에서 나는 틱틱거리고 쉿쉿 하는 소리에 잠깐씩 생각의 흐름이 끊길 뿐이었다. 책을 읽으며 간간이 눈길을 들어 평화롭게 잠든 윌을 살펴보았다. 그러다가 이렇게 고요한 데 앉아서 아무것도 안 하고 앉아 있는 시간을 평생 한 번도 가져본 적이 없다는 사실을 문득 깨달았다. 우리 집 같은 데서 자라다 보면 정적이 낯설 수밖에 없다. 끊임없는 진공청소기 소리, 빵빵 틀어대는 TV 소리, 그리고 새된 비명들. TV가 꺼져 있는 흔치 않은 순간이 오면 아빠가 낡은 엘비스 프레슬리 레코드를 최고 볼륨으로 틀어대곤 했다. 카페 역시 시끄러운 소음이 끊일 날이 없었다.

여기서는 내 마음속 생각들을 들을 수 있었다. 심장소리마저 들릴 듯했다. 그게 너무 좋아서 깜짝 놀랐다.

5시에 내 휴대폰에 문자가 왔다. 윌이 뒤척이는 바람에 퍼뜩 의자에서 일어난 나는 행여 단잠을 깨울까 노심초사하며 서둘러 내용을 확인했다.

기차 편이 없네요. 오늘 밤에 자고 가줄 수 있을까요?
네이선은 안 된다고 하네요. 커밀라 트레이너.

깊이 생각도 해보지 않고 답장을 쓰기 시작했다.

그럼요

부모님께 전화를 걸어 자고 가겠다고 말씀드렸다. 엄마는 안심한 눈치였다. 자고 가면 수당을 받을 수 있다고 했더니 심지어 기뻐서 어쩔 줄 몰라 했다.

"지금 그 얘기 들었어, 버나드?" 손으로 수화기를 반쯤 막고 엄마가 말했다. "이제 자고 가기만 해도 돈을 준대."

아빠의 탄성이 내게도 들려왔다. "찬미 예수님, 우리 딸이 꿈의 직장을 찾았네."

패트릭에게도 문자를 보냈다. 밤새 야근을 해달라고 하니 나중에 연락하겠다는 내용이었다. 몇 초도 되지 않아 답이 왔다.

오늘 밤에는 크로스컨트리 스노 러닝을 하러 갈 거야.
노르웨이를 대비한 멋진 훈련이지! ♥

어떻게 사람이 조끼하고 바지만 입은 채 영하의 기온을 뚫고 달리러 가면서 저렇게 흥분할 수 있을지 의아할 따름이었다.

윌은 곤히 잤다. 나는 혼자 밥을 좀 해 먹고 혹시 나중에 윌이 먹고 싶어 할 때를 대비해서 수프를 해동해 두었다. 그리고 몸이 좀 나아지면 거실로 나오고 싶을지도 모르니까 벽난로의 불도 지펴두었다. 단편을 하나 더 읽으면서 내 돈 주고 책을 사서 읽은 지 얼마나 오래되었나 생각했다. 어렸을 때는 책 읽기를 좋아했지만 그 이후로는 잡지 말고 책을 읽은 기억이 없다. 책은 트리나가 읽었다.

그래서 나는 책을 집어 들기만 해도 남의 영역을 침범한 기분이 들었다. 트리나가 토머스를 데리고 대학에 가게 되니 눈앞에서 사라질 거라는 생각이 새삼 떠올랐다. 하지만 그래서 기쁜지, 슬픈지, 아니면 이도 저도 아닌 복잡한 감정인지 아직도 알 수가 없었다.

네이선이 7시에 전화했다. 내가 자고 간다니까 마음이 놓이는 모양이었다.

"네이선, 트레이너 씨한테 연락이 안 돼요. 집 전화로도 걸어봤는데 곧장 자동응답기로 연결되더라고요."

"네, 뭐, 지금 집에 안 계세요."

"나가셨다고요?"

밤새 이 집에 윌과 단둘이 있어야 한다는 생각에 퍼뜩 본능적인 공포가 덮쳤다. 뭔가 초보적인 실수를 저질러 윌을 위험에 빠뜨릴까 두려웠다. "그럼 트레이너 부인께 전화를 드릴까요?"

수화기 반대편에서 짤막한 침묵이 이어졌다. "아니, 안 그러는 편이 좋겠어요."

"하지만……."

"이봐요, 루. 그러니까 그분은 종종…… 부인이 시내에서 외박할 때면 종종 어디 다른 데 가시곤 해요."

내가 그 말뜻을 제대로 알아듣는 데는 족히 1~2분이 걸렸다.

"아."

"그냥 루가 거기 있으니까 잘된 거예요. 그러면 돼요. 확실히 윌의 상태가 나아졌다는 거죠? 그럼 내가 아침에 눈뜨자마자 갈게요."

보통 사람의 시간이 있고 환자의 시간이 따로 있다. 시간은 정체되거나 슬그머니 사라져 버리고 삶은, 진짜 삶은 한 발짝 떨어져 멀찌감치 존재하는 것처럼 느껴진다. 나는 TV를 좀 보다가, 밥을 먹고, 부엌을 치우고, 정적에 휩싸인 별채에서 하릴없이 배회했다. 한참이 지나서야 다시 윌의 방 안으로 들어가 보았다.

문을 닫자 그가 몸을 뒤척이더니 고개를 반쯤 들었다. "지금 몇 시쯤 됐나요, 클라크?" 베개에 목소리가 살짝 묻혔다.

"8시 15분이에요."

그는 고개를 푹 떨구더니 힘겹게 말했다. "마실 거 한 잔 줄래요?"

지금의 말투에는 날카로운 데가, 모난 데가 하나도 없었다. 심하게 앓으면서 드디어 무장을 해제하고 여린 속내를 보여주는 것 같았다. 마실 걸 갖다준 뒤 침대 맡의 불을 켜주었다. 내가 어렸을 때 엄마가 해줬듯이 침대 옆에 걸터앉아 이마를 짚어보았다. 아직 약간 뜨끈하긴 했지만 전과는 비교도 되지 않았다.

"손이 차서 좋네요."

"아까는 싫다고 했잖아요."

"그랬어요?" 그는 정말 놀란 기색이었다.

"수프 좀 드실래요?"

"아니요."

"자세는 편해요?"

얼마나 힘들까 짐작도 가지 않는다. 겉으로 드러내는 것보다 훨씬 더 힘들 텐데.

"반대편으로 눕고 싶어요. 그냥 좀 몸을 굴려줘요. 일어나 앉게 해줄 필요는 없고."

나는 침대 위로 올라가서 최대한 부드럽게 윌을 돌려 눕혀주었다. 이제 불길한 발열은 없었다. 이불을 덮고 한참 누워 있던 몸의 자연스러운 온기뿐이었다.

"또 뭐 해드릴 거 없어요?"

"집에 가야 하는 거 아니에요?"

"괜찮아요. 자고 갈 거예요."

바깥은 마지막으로 머무르던 어스름 빛마저 꺼진 지 오래였다. 눈이 아직도 내리고 있었다. 창밖을 보니 현관의 조명이 닿는 곳에서는 눈발이 연한 황금빛으로 우수에 젖은 듯 반짝이고 있었다. 우리는 평화로운 정적에 휩싸여 홀린 듯이 내리는 눈을 바라보았다.

"뭐 하나 물어봐도 돼요?" 마침내 내가 물었다. 이불 위로 나와 있는 손이 눈에 들어왔다. 저렇게 평범하고 강인해 보이는 손이 전혀 쓸모가 없다는 게, 너무나도 이상하게 느껴졌다.

"그럴 거 같더라니."

"어떻게 된 거예요?" 손목의 흉터가 뇌리를 떠나지 않았다. 그렇지만 그것만은 도저히 대놓고 물을 수 없었다.

그가 눈을 떴다. "어쩌다 이렇게 됐냐고요?"

내가 고개를 끄덕이자 그는 다시 눈을 감았다. "오토바이 사고였어요. 내가 낸 건 아니고. 난 그냥 죄 없는 행인이었죠."

"스키나 번지점프 같은 것 때문일 줄 알았어요."

"다들 그러죠. 신의 소소한 장난이랄까. 우리 집 앞에서 길을 건

너고 있었어요. 여기 말고." 그가 말했다. "런던의 내 집."

나는 책장의 책들을 물끄러미 바라보았다. 소설과 손때 묻은 펭귄북스 문고판들 사이로 경영학 서적들이 있었다. 『기업법』, 『인수합병』. 내가 모르는 이름들이 붙은 인명부.

"일을 계속할 수 있는 길이 아예 없었던 거예요?"

"전혀. 아파트도, 휴가도, 삶도……. 내 전 여자친구는 전에 만났죠?" 울컥 갈라지는 목소리는 회한을 감추지 못했다. "그래도 감지덕지겠죠. 한동안은 아예 목숨을 부지하지도 못할 거라고들 생각했으니까."

"싫어요? 그러니까 여기 사는 게?"

"그래요."

"다시 런던에서 살 수 있는 방법이 전혀 없을까요?"

"이렇게는 안 되겠죠."

"그렇지만 상태가 호전될 수도 있잖아요. 네이선 말로는 이런 외상 분야에서는 새로운 발견들이 쏟아져 나오고 있다던데요."

윌은 다시 눈을 감았다.

나는 잠시 기다리다가, 그의 머리를 받친 베개를 바로잡아 주고 가슴께의 이불을 잘 덮어주었다. "미안해요." 똑바로 앉으면서 내가 말했다. "너무 꼬치꼬치 물었죠. 이제 나갈까요?"

"아니. 잠깐 여기 있어요. 나랑 얘기 좀 합시다." 그는 침을 꿀꺽 삼켰다. 다시 뜬 그의 눈이 스르르 올라오더니 내 시선과 마주쳤다. 견딜 수 없이 피로한 모습이었다. "뭐 기분 좋은 얘기 좀 해봐요."

나는 잠시 머뭇거리다가 그의 옆에 있는 베개에 몸을 기댔다. 우리는 암흑이나 다름없는 방 안에서 빛을 받아 반짝이다 칠흑 같은 어둠 속으로 금세 사라지는 눈송이들을 지켜보며 앉아 있었다.

"있잖아요……. 저도 어렸을 때 아빠한테 그런 얘기를 해달라고 자주 졸랐거든요." 그리고, 마음먹고 이렇게 말했다. "그런데 그럴 때 아빠가 뭐라고 하셨는지 얘기하면 아마 나보고 미쳤다고 할걸요."

"나보다 더요?"

"내가 악몽을 꾸거나 슬프거나 겁에 질렸을 때, 아빠는 노래를 불러주셨어요……." 나는 소리 내어 웃기 시작했다. "아, 도저히 못하겠다."

"해봐요."

"「몰라홍키 송」을 불러주셨어요."

"뭐요?"

"「몰라홍키 송」이요. 다들 아는 줄 알았는데."

"내 말 믿어요, 클라크." 그가 중얼거렸다. "「몰라홍키 송」이라니 생전 처음 듣는 소리예요."

나는 깊이 숨을 들이쉬고 눈을 꼭 감은 채 노래를 부르기 시작했다.

나-나-나-몰라홍키-나라-라-라-라에
사-라-라-라-랄-고 싶어-라-라-라
나-나-나-나-태어난-나라-라-라-라-라
나-나-나-정든-밴조를-타-타-타며
사-라-라-라-랄-고 싶어-라-라-라-라

"이런 맙소사."

나는 한 번 더 심호흡을 했다.

나-나-나-밴조를 수-수-수리하러-가-가-갔네

고-고-고-고칠-수-있나-보-자-자-자

줄-줄-줄이-나-나-나-나갔다네-네-네

더는-쓸-랄-랄-라-수가-없다네-네-네

잠깐 침묵이 흘렀다.

"당신 정신 나갔어. 집안 식구들이 다 제정신이 아니야."

"그래도 효과가 있었다고요."

"게다가 차마 못 들어줄 음치군요. 아버님 노래는 좀 나았길 바랄
뿐입니다."

"그러니까 지금 하는 말씀이, '고마워요, 클라크 씨. 내 기분을 띄
워줘서' 뭐 이런 거죠?"

"하긴 그동안 내가 받았던 심리치료들보다는 훨씬 말이 되는 것
같기도 하고. 좋아요, 클라크. 뭐 또 다른 얘기 해봐요. 노래는 안
들어가는 걸로."

나는 잠시 생각에 잠겼다.

"어…… 알았어요. 저, 지난번에 내 구두 봤죠?"

"안 볼 수가 없더군요."

"어, 우리 엄마는 별난 구두를 좋아하는 내 취향이 세 살 때로 거
슬러 올라간다고 하세요. 엄마가 밝은 터키석 색 반짝이 고무장화

를 사 주셨대요. 그 당시에는 정말 흔치 않던 거예요. 애들은 보통 초록색 장화나, 운이 좋으면 빨간색 장화만 신었거든요. 그런데 엄마가 그걸 사 들고 집에 온 날부터 내가 죽어도 벗지 않겠다고 했대요. 여름 내내 잘 때도 신고 목욕할 때도 신고 어린이집에도 신고 다녔대요. 내가 제일 좋아하던 옷차림이 그 장화에 꿀벌 타이츠를 신는 거였대요."

"꿀벌 타이츠?"

"까만색과 노란색 줄무늬요."

"거참 눈부시게 아름답겠군요."

"말이 좀 심하시네요?"

"뭐, 사실이잖아요. 말만 들어도 흉물인데."

"그쪽 보기엔 흉물일지 몰라도 말이죠. 윌 트레이너. 놀라운 사실은, 여자들이 다 남자들 보기 좋으라고 옷을 차려입는 건 아니라는 거죠."

"말도 안 되는 소리."

"진짜예요."

"여자들의 일거수일투족은 다 남자를 염두에 둔 거예요. 사람은 다 섹스를 염두에 두고 행동한다고요. 『붉은 여왕』 안 읽어봤어요?"

"대체 무슨 소린지 듣고도 모르겠네요. 하지만 어디 한번 꼬셔보자고 그쪽 침대에 앉아서 「몰라홍키 송」을 불러준 게 아니라는 건 확실히 말해줄 수 있어요. 게다가 세 살 때는, 진짜로, 진짜로 다리에 줄무늬가 있는 게 좋았단 말이에요."

하루 종일 나를 움켜쥐고 있던 불안은 윌이 한 마디 한 마디 할 때마다 서서히 썰물처럼 멀어져갔다. 이젠 불쌍한 전신마비 환자를 혼자 책임지고 있는 기분이 아니었다. 본래의 내 모습 그대로, 좀 심하게 냉소적인 남자 곁에 앉아 수다를 떨고 있을 뿐.

"그런데 그 눈부시게 아름다운 반짝이 장화는 어떻게 됐어요?"

"엄마가 결국 갖다 버렸어요. 내가 지독한 무좀에 걸렸거든요."

"아, 즐겁기 짝이 없다, 진짜."

"게다가 타이츠까지 갖다 버린 거 있죠."

"왜요?"

"끝까지 말 안 해주시더라고요. 하지만 어린 맘에 얼마나 상심했는지 몰라요. 그렇게 마음에 꼭 드는 타이츠가 두 번 다시는 없었어요. 요즘은 그런 걸 안 만들더라고요. 만드는 데가 있더라도 어른용은 없고."

"어허, 거참 희한한 일이죠."

"아, 진짜 사람 놀리는 데 일가견이 있어. 뭔가를 그렇게 아껴본 적이 없단 말이에요?"

방 안이 어둠으로 뒤덮여 이제 그의 얼굴도 잘 보이지 않았다. 머리 위의 조명을 켤 수도 있었지만 왠지 그러고 싶지 않았다. 금세 방금 무슨 말을 했는지 알아차린 나는 아차, 하고 후회했다.

"왜 없겠어요." 그가 조용히 말했다. "그럼요. 나도 그래본 적 있어요."

우리는 한참 더 이야기를 나눴고, 월은 꾸벅꾸벅 졸다 잠들었다. 나는 그 옆에 누워 쌕쌕 숨 쉬는 그를 물끄러미 바라보면서, 이러다 월이 잠에서 깨어 이렇게 그를, 덥수룩하게 자란 그의 장발과 피로에 찌든 눈과 삐죽삐죽 돋아난 수염을 빤히 쳐다보고 있는 걸 보면 뭐라고 할까 생각했다. 하지만 꼼짝달싹도 할 수가 없었다. 시간을 초월한 섬처럼 사위가 초현실적으로 변했다. 이 집 안에 사람이라 곤 나뿐이었다. 그를 혼자 두고 나가기가 아직도 무서웠다.

11시가 좀 넘자 그가 다시 식은땀을 흘리기 시작하면서 숨소리가 받아졌다. 그래서 잠을 깨워 해열제를 먹였다. 고맙다고 중얼거렸 을 뿐 다른 말은 없었다. 나는 이불 시트와 베갯잇을 갈아주고, 한 참 후 그가 겨우 다시 잠들자 나는 비로소 30센티미터쯤 사이를 두 고 누워, 오래도록 잠 못 이루다, 간신히 잠들었다.

내 이름을 부르는 소리에 잠이 깼다. 학교에서 책상에 엎드려 잠 이 들었는데, 선생님이 내 이름을 계속 부르며 칠판을 두드리고 있 었다. 빨리 정신을 차리지 않고 계속 이렇게 자면 선생님이 반항한 다고 오해할 줄 뻔히 알면서도, 도저히 책상에서 고개를 들 수가 없 었다.

"루이자."

"으으으음."

"루이자."

책상이 말도 못하게 보드라웠다. 눈을 떴다. 씩씩거리는 말소리 가 내 머리 위에서 들려왔다. 또박또박 힘을 줘서, '루이자'라고.

나는 침대에 누워 있었다. 눈을 껌벅이며 시야의 초점을 맞췄더 니 나를 내려다보는 커밀라 트레이너의 얼굴이 보였다. 묵직한 울 코트 차림에 어깨에는 핸드백을 걸치고 있었다.

"루이자."

화들짝 놀라 벌떡 일어났다. 내 옆에는 월이 이불을 덮고 잠들어 있었다. 입을 살짝 벌리고 적당한 각도로 구부린 팔꿈치를 몸 앞으로 모으고 있었다. 빛이 창문으로 스며들어 와 시리고 맑은 아침을 알리고 있었다.

"아."

"지금 뭘 하고 있는 거예요?"

뭔가 끔찍하게 나쁜 짓을 하다 걸린 것 같은 기분이었다. 얼굴을 비비며 애써 생각을 추슬렀다. 왜 내가 여기 있지? 뭐라고 얘기를 해야 하지?

"월의 침대에서 뭘 하고 있는 거예요?"

"월이……." 내가 조용히 말했다. "월이 몸이 좋지 않아서요. 그냥, 옆에서 잘 지켜봐야 할 것 같아서……."

"무슨 얘기예요? 몸이 좋지 않았다니? 이봐요. 복도로 좀 나와 보세요." 휘적휘적 방을 나가는 품새를 보니 당장 따라오라는 게 틀림없었다.

옷매무새를 가다듬으려 애쓰며 뒤를 따랐다. 메이크업이 온 얼굴에 번졌을 것만 같은, 지독하게 나쁜 기분에 휩싸였다.

내가 나가자 커밀라는 월의 침실 방문을 닫았다.

그녀 앞에 서서 흐트러진 머리를 만지며 생각을 정리했다. "월의 체온이 높았어요. 네이선이 왔을 때 알아냈는데, 저는 체온 조절에 대한 걸 몰라서 계속 옆에서 지켜봐야겠다고 생각했어요. 네이선이 잘 보라고 했거든요……." 목소리가 쉬어서 잘 나오지 않았다. 입에서 지금 말이 되는 문장이 나오고 있는지조차 자신이 없었다.

"왜 나한테 전화 안 했어요? 아프면 당장 전화를 했어야죠. 아니면 남편을 부르든가."

돌연 뇌의 시냅스가 딸깍 맞춰진 느낌이었다. '트레이너 씨. 아, 맞다. 이런.' 나는 시계를 흘끗 올려다보았다. 8시 15분 전이었다.

"저는…… 네이선이 그러지 말라고…….."

"이봐요, 루이자. 이게 엄청나게 어려운 일도 아니잖아요. 방에서 같이 자줘야 할 만큼 윌이 아프면 나한테 연락을 먼저 취했어야 한다는 거예요."

"네."

나는 땅바닥만 바라보며 눈을 껌벅거렸다.

"왜 전화를 안 했는지 이해가 안 돼요. 남편에게 연락하긴 했나요?"

'네이선이 아무 말도 하지 말라고 했는데.'

"저는……."

그 순간 별채의 문이 열렸다. 트레이너 씨가 팔 밑에 신문을 끼고 나타났다. "무사히 돌아왔군!" 그는 어깨의 눈을 털며 아내를 보고 말했다. "신문이랑 우유 좀 사러 다녀왔는데 죽는 줄 알았네. 길이 아주 위험천만이야. 빙판을 피하려고 핸스퍼드 코너까지 빙 돌아갔다니까."

그녀는 남편을 바라보았다. 그가 전날과 똑같은 셔츠와 스웨터 차림이라는 걸 혹시 눈치챈 걸까.

"윌이 간밤에 아팠다는 거 알았어요, 당신?"

그는 나를 똑바로 쳐다보았다. 나는 눈길을 떨구고 발치만 바라보았다. 태어나서 이렇게 불편한 기분은 처음이었다.

"나한테 연락했었소, 루이자? 미안해요. 소리를 전혀 못 들었군. 아무래도 인터폰이 무음으로 되어 있었던 모양이야. 요즘 내가 놓치고 못 보는 경우가 왕왕 있어서. 어젯밤은 나도 몸이 영 좋지가 않았다오. 불이 팍 나가듯 정신없이 잤지 뭐요."

나는 아직도 윌의 양말을 신고 있었다. 물끄러미 양말을 바라보며 트레이너 부인이 이것도 트집을 잡지 않을까 생각했다.

하지만 부인은 정신이 딴 데 팔린 듯 멍한 얼굴이었다. "집까지 오는 길이 얼마나 멀었는지 몰라. 아무래도…… 그건 알아서 해요. 하지만 이런 일이 또 있으면 당장 전화를 해줘요. 알겠죠?"

트레이너 씨 쪽을 보고 싶지가 않았다. "네." 이 말과 함께 나는 부엌으로 사라졌다.

7

하룻밤 자고 나자 봄이 왔다. 겨울은 박대받은 손님처럼 어깨를 으쓱하고는 코트를 걸쳐 입고 작별 인사조차 없이 훌쩍 자취를 감춘 듯했다. 만물에 초록빛이 더해졌고 거리는 물빛 머금은 햇살에 흠뻑 젖었으며 별안간 공기가 향기로워졌다. 바람을 타고 이름 모를 기분 좋은 꽃향기가 풍겨왔고 부드러운 하루의 배경음악처럼 새들이 노래했다.

하지만 나는 그런 줄도 몰랐다. 전날 밤에는 패트릭의 집에서 잤다. 강화된 체력 단련 일정 때문에 거의 일주일 만에 처음 만난 셈인데, 목욕소금 반 팩을 털어 넣은 욕조 속에 40분이나 들어앉아 있더니 기운이 다 빠졌다며 내게 말도 제대로 못 했다. 나는 그 등을 어루만지며 진짜로 흔치 않은 유혹을 시도해 보았지만, 그는 파리 쫓듯 팔을 휘휘 저으며 진짜로 피곤하다고 중얼거렸다. 네 시간이 지난 후에도 나는 여전히 눈을 말똥말똥 뜨고 불만스럽게 그의 집 천장을 쳐다보며 누워 있었다.

패트릭과 내가 만난 건, 내가 가졌던 유일한 다른 직업인 미용사

훈련을 받고 있을 때였다. 헤일즈버리의 유일한 남녀 공용 미용실인 '커팅 에지'에서였다. 그는 원장인 서맨사가 한창 바쁠 때 들어와서 4번 자리에 앉았다. 그래서 내가 그에게 '그의 평생은 물론이고 전 인류 역사상 최악의 헤어 커트'를 해주게 되었다. 석 달 뒤, 자기 머리를 만지작거릴 줄 안다고 해서 다른 사람 머리를 만지는 데 재주가 있는 게 아니라는 사실을 깨달은 나는 미용실을 그만두고 프랭크의 카페에 취직했다.

우리가 데이트를 하기 시작했을 때 패트릭은 영업 일을 하고 있었고 그가 제일 좋아하는 것들은 순서대로 맥주, 초콜릿, 스포츠, 그리고 섹스(이야기 말고 그냥 섹스)로 정리될 수 있었다. 우리 둘이 함께하던 만족스러운 데이트는 이 네 가지를 모두 망라했다. 그는 핸섬하다기보다는 평범한 외모였고 엉덩이는 나보다 펑퍼짐했지만 그래도 나는 좋았다. 든든해서 좋았고, 꼭 껴안고 있을 때의 느낌도 좋았다. 아버지를 여의고 홀로 남은 어머니를 대하는 태도도 좋았다. 보호자처럼 보살피며 어르는 태도였다. 게다가 그 집의 네 형제자매들은 TV 시리즈 「월튼네 사람들」 같았다. 진심으로 서로를 아끼는 것처럼 보였다. 첫 데이트 때 내 머릿속 작은 목소리가 속삭였다. "이 남자라면 절대 네게 상처를 주지 않을 거야"라고. 그 뒤로 7년간 그는 이를 의심하게 할 만한 어떤 일도 하지 않았다.

그러다가 그만 마라톤 맨으로 변해버렸다.

내가 폭 안겨도 이제 패트릭의 배는 포근하게 들어가지 않았다. 널판처럼 딱딱하고 무자비한 물건이 되었다. 그는 셔츠를 올리고 복근이 얼마나 딱딱한지 보여주겠다며 배를 퍽퍽 치는 짓을 자주

했다. 얼굴은 매끄럽게 깎이고 그을렸다. 허벅지는 탄탄한 근육 덩어리였다. 그 자체로만 보면 상당히 섹시했을지도 모른다. 그가 섹스를 원했더라면 말이다. 사실 우리 관계는 한 달에 두 번으로 줄었고 게다가 나는 먼저 청하는 타입이 아니었다.

패트릭의 몸이 좋아질수록, 그가 자기 몸매에 점점 집착하게 될수록, 오히려 내 몸에는 관심이 없어진다고 느꼈다. 한두 번인가 이제는 나한테 끌리지 않는 거 아니냐고 물었던 적이 있다. 하지만 패트릭의 대답은 굉장히 단호했다. "자기는 정말 아름다워." 그는 입버릇처럼 말했다. "내가 너무 녹초가 돼서 그래. 아무튼 난 자기가 살을 빼기를 바라진 않아. 클럽의 여자들은 전부 다 합쳐놔도 제대로 된 젖가슴 하나 만들까 말까 하다니까." 나는 아니, 어떻게 그렇게 복잡한 공식을 산출해 냈느냐고 묻고 싶었지만 그나마 제법 친절한 칭찬 같아서 아무 말도 하지 않았다.

나는 그가 하는 일에 관심을 갖고 싶었다. 정말로 그러고 싶었다. 트라이애슬론 테러즈 모임에도 나가고 다른 여자들과 수다도 떨어보려 애썼다. 그러나 곧 내가 어울리지 않는 이질적 존재라는 걸 깨달았다. 나 같은 여자친구는 아무도 없었다. 다들 아예 혼자이거나 자기 못지않게 인상적인 몸매를 한 여자들과 사귀고 있었다. 커플들은 서로를 독려했고 스판덱스 반바지 차림으로 보낼 주말 계획을 짰으며 손을 잡고 트라이애슬론을 마친 사진을 지갑 속에 넣고 다니거나 공동으로 딴 메달을 자랑했다. 말도 못 할 지경이었다.

그렇다고 내가 무슨 섹스에 환장한 여자도 아니었다. 우리는 어차피 아주 오래된 연인이었으니까. 다만 내 마음속 어떤 뒤틀린 한 조각이 나 자신의 매력을 의심하기 시작했을 뿐이다.

패트릭은 내가 그의 말로는 '창의적인' 옷차림을 하고 다녀도 싫은 내색을 한 적이 없다. 그러나 그가 전적으로 내게 '충실'하지 않는다면? 패트릭의 직업, 패트릭의 사교 생활 전체가 이제 육체의 통제 중심으로 돌아가고 있었다. 육체를 길들이고 축소하고 다듬고. 타이트한 운동복 차림의 엉덩이들만 보다가 갑자기 내 엉덩이가 부족해 보이면 어떻게 하지? 보기 좋게 관능적이라고 믿어왔던 내 굴곡진 몸매가 깐깐한 그의 눈에 팅팅 불어 보이면 어떻게 하지?

트레이너 부인이 들어와서 윌과 나에게 야외로 나가라고 명령하다시피 했을 때, 바로 이런 생각들이 내 머릿속에서 지저분하게 웅웅거리고 있었다. "청소업자들을 불러서 봄 대청소를 하라고 했어요. 그러니까 청소하는 동안은 둘이 나가서 맑은 날씨나 즐기고 와요."

윌이 보일락 말락 눈썹을 치켜들면서 나와 눈을 마주쳤다. "사실 이건 부탁이 아닌 거죠, 어머니?"

"바깥 공기를 좀 쐬는 게 좋겠다고 생각했을 뿐이야." 부인이 말했다. "경사로는 설치해 놨다. 루이자, 혹시 차 좀 끓여서 갖고 나갈 수 있을까요?"

딱히 부당한 제안은 아니었다. 정원은 아름다웠다. 기온이 조금 올라갔다고 갑자기 만물이 조금씩 더 짙은 초록빛을 띠기로 작정이라도 한 모양이었다. 뜬금없는 수선화가 빼꼼 싹을 틔웠고 노랗게 익은 구근이 곧 피어날 꽃을 알리고 있었다. 갈색 나뭇가지에서 꽃봉오리들이 터져 나왔고, 다년초는 시커멓고 축축한 흙을 헤치고 조심스럽게 고개를 디밀고 있었다. 내가 문을 열었고, 우리는 함께 밖으로 나섰다. 윌은 요크석◇이 깔린 길에서 벗어나지 않게 휠체어를 움직였다. 그가 쿠션이 깔린 하얗고 우아한 철제 벤치 쪽을 손짓해 가리켰고, 나는 한동안 그 자리에 앉아 있었다. 우리는 고개를 들어 나른한 햇빛을 받으며 관목 울타리 속에서 지저귀는 제비 소리를 들었다.

"무슨 일 있어요?"

"무슨 말씀이세요?"

"말이 없어서."

"조용히 있으면 좋겠다고 했잖아요."

"이렇게까지는 아니죠. 괜히 걱정되잖아요."

"난 괜찮아요." 그러고는 덧붙였다. "그냥 남자친구 문제죠, 뭐. 꼭 알고 싶으시다면 말이지만."

"아, 달리는 사나이."

혹시 날 놀리는 건가 보려고 감았던 눈을 떴다.

"뭐가 문제예요?" 그가 말했다. "어허. 이러지 말고 이 윌 아저씨한테 다 털어놔 봐요."

"싫어요."

"우리 어머니는 앞으로도 한 시간은 더 청소기를 저 안에서 미친 듯이 돌릴 거예요. 아마 무슨 얘기든 하긴 해야 할 겁니다."

나는 애써 반듯이 허리를 펴고 앉아 그를 똑바로 보았다. 집에서 쓰는 휠체어에는 사람들 눈높이에서 이야기를 나눌 수 있도록 좌석

◇ 요크셔 지방에서 생산되는 내구성 높은 사암.

미 비포 유   143

을 올리는 컨트롤 버튼이 달려 있었다. 현기증을 유발하는 경우가 많아서 잘 쓰지 않는 기능인데, 그가 지금 쓰고 있었다. 심지어 내가 올려다봐야 했다.

나는 코트로 몸을 꼭 감싸고 곁눈으로 그를 바라보았다. "좋아요, 어디 말해봐요. 뭐가 알고 싶으세요?"

"두 사람 사귄 지 얼마나 됐어요?"

"6년 좀 넘었어요."

그는 놀란 눈치였다. "굉장히 긴 시간인데요."

"그래요. 뭐, 그렇죠."

나는 몸을 기울여 담요를 다시 잘 덮어줬다. 따사로웠던 그 햇살은 기만적이었다. 이룰 수 없는 약속들을 던지고 있었으니까.

"그 사람 직업이 뭐예요?"

"퍼스널트레이너요."

"그래서 달리기를 하는 거군요."

"네. 그래서 달리기를 하죠."

"어떤 사람인데요? 불편하지 않으면 세 마디 정도로 요약해 봐요."

나는 생각에 잠겼다. "긍정적이고, 의리가 있고, 체지방률에 심하게 집착하고."

"여섯 마디나 되잖아요."

"그러면 세 마디는 공짜로 얻었다 쳐요. 그럼 그 여자는 어떤 사람이에요?"

"누구?"

"얼리샤?" 나는 그가 나를 보던 것처럼 똑바로 그를 보았다. 그는 깊이 숨을 몰아쉬더니 고개를 들어 커다란 활엽수를 바라보았다. 머리카락이 흘러내려 그 눈을 덮었다. 내가 대신 앞머리를 한쪽으로 쓸어주고 싶은 충동을 억눌러야 했다.

"아름답고, 섹시하고, 유지비가 많이 들고, 놀라울 정도로 정서가 불안하고."

"그런 사람이 불안할 일이 뭐가 있대요?" 나도 모르게 그 말이 입 밖으로 튀어나와 버렸다.

그는 이제 거의 재밌어 죽겠다는 얼굴이 되었다. "상상도 못 할걸요." 그가 말했다. "그런 여자들은 너무나 오랫동안 외모를 가꾸는데 큰 투자를 해서 달리 가진 게 하나도 없거든요. 아니, 이렇게 말하면 너무 가혹하겠다. 손재주는 좋으니까. 옷이나 실내장식 같은 물건들, 그런 걸 아름답게 보이게 하는 재주가 있어요."

나는 다이아몬드 광산처럼 깊은 지갑만 있다면 세상 누구든 그런 걸 아름답게 보이게 할 수 있다는 말을 하고 싶은 걸 꾹 참았다.

"그 사람이 방 안에서 물건 몇 가지만 옮겨도 완전히 딴판으로 달라 보였어요. 어떻게 그렇게 하는지 끝내 비결을 알 수가 없었죠." 그는 집 쪽을 고갯짓으로 가리켰다. "내가 처음 이 집으로 들어왔을 때, 저 별채도 그 사람이 꾸민 거예요."

나는 어느새 완벽한 디자인의 거실을 속으로 품평하고 있었다. 예전에는 감탄스럽기만 했는데, 이젠 복잡한 심경이 되어버렸다.

"얼마나 사귀었어요?"

"8~9개월쯤."

"그렇게 오래 사귄 건 아니네요."

"나한테는 오래였어요."

"어떻게 만났어요?"

"디너파티에서요. 진짜 한심하기 짝이 없는 디너파티였죠. 그쪽은요?"

"미용실에서요. 미용사였거든요. 그 사람은 손님이었고."

"하, 당신이 그 친구의 특별한 주말 보너스였군."

아마 내가 어리둥절한 표정을 지었는지 그가 고개를 가로젓더니 부드럽게 말했다. "신경 쓰지 말아요. 별말 아니니까."

집 안에서 둔탁하게 윙윙거리는 진공청소기 소리가 들려왔다. 청소 회사에서 네 명의 여자가 파견되었는데, 모두 똑같은 가운을 맞춰 입고 있었다. 저 작은 별채에서 네 사람이 두 시간 동안이나 할 일이 뭐가 있을까 궁금했다.

"그분 그리워요?"

윌은 아득히 먼 데 있는 뭔가를 바라보고 있는 것 같았다.

"전엔 그랬죠." 그가 나를 바라보았다. 목소리는 무미건조했다. "그렇지만 계속 생각해 봤는데, 루퍼트하고 참 잘 어울리는 것 같아요."

나는 고개를 끄덕였다. "말도 안 되게 호사스러운 결혼식을 올릴 테고, 거치적거리는 아이들을 두셋 낳은 다음에 전원주택을 사들이고 5년도 안 되어 남자는 자기 비서하고 놀아나겠죠."

"아마 그 말이 맞을 거예요."

나는 슬슬 발동을 걸고 진짜 주제를 이야기하기 시작했다. "그리고 그분은 이유도 모르는 채 항상 삐쳐서 진짜 한심한 디너파티에서 남편을 헐뜯는 바람에 친구들을 다 민망하게 만들겠죠. 그렇지만 남자는 거액의 위자료가 겁나서 차마 헤어질 생각을 못 할 거예요."

월이 고개를 돌리고 나를 보았다.

"그리고 부부는 6주에 한 번씩 섹스를 할 테고 남편은 아이들이 예뻐 죽으면서도 실제로 애들을 키우는 데 필요한 일들은 다 나 몰라라 할 거예요. 그리고 그분의 헤어스타일은 항상 완벽하겠지만 이런 식으로 뾰루퉁한 얼굴을 하고 다닐 테고요." 나는 입술을 동그랗게 모았다. "절대 본심을 말하지 않으면서 미친 듯이 필라테스를 하는 버릇을 들이거나 개나 말을 키우거나 승마 선생을 남몰래 사모하게 될 거예요. 그리고 남편 분은 마흔 살이 되자마자 조깅을 하기 시작할 테고 할리 데이비슨을 한 대 살지도 모르지만, 그분은 그걸 경멸하겠죠. 날마다 남편은 직장에 출근해서 사무실의 젊은 여자들을 볼 테고. 그 여자들이 술집에서 주말에 뭘 했는지, 어디로 가서 신나게 놀았는지 그런 얘기를 들으면서 어쩐지, 그런데 확실히 왜인지도 모르면서, 인생이 엿같다고 느낄 거예요."

나는 돌아보았다.

월이 빤히 쳐다보고 있었다.

"미안해요." 잠시 뒤 내가 말했다. "어디서 나온 헛소리인지 모르겠네요."

"그 달리는 사나이가 좀 안됐다는 생각이 아주, 아주 조금 들기 시작하는데요."

"아, 그 사람 탓은 아니에요." 내가 말했다. "카페에서 몇 년 동안 일하다 보니 이렇게 됐어요. 별별 걸 다 보고 듣게 되거든요. 사람들이 행동하는 패턴이 있어요. 아마 무슨 일들이 일어나는지 들으면 놀라실걸요."

"그래서 결혼을 안 한 거예요?"

나는 눈을 껌벅였다. "그런 거 같아요."

사실은 청혼을 받지 못했다고 말하고 싶진 않았다.

우리가 별로 한 일이 없다고 생각할 수도 있겠다. 그러나 사실 월과 함께 보내는 나날은 하루하루가 미묘하게 달랐다. 월의 기분에 따라서, 그리고 더 중요하게는 통증이 얼마나 심한지에 따라서. 어떤 날은 출근해서 앙다문 턱을 보자마자 나와, 아니 누구와도 말할 기분이 아니라는 걸 알 수 있었다. 그럴 때면 나는 별채를 돌아다니며 분주하게 일했고 말이 떨어지기 전에 필요한 걸 알아서 미리미리 대령하려고 애썼다. 사사건건 물어보며 그를 귀찮게 하지 않도록.

통증을 유발하는 원인은 별의별 것들이 다 있었다. 일단 근육 손실로 인한 전반적 통증. 네이선이 최선을 다해 물리치료를 했지만 그의 몸을 떠받치기에는 근육이 턱도 없이 모자랐다. 소화불량으로 인한 복통, 어깨 통증, 방광 감염으로 인한 통증. 모두가 최선을 다했지만 피할 수 없는 통증들이었다. 회복기 초에 진통제를 과다 복용하는 바람에 생긴 위궤양도 있었다. 그 시절에는 진통제를 과자처럼 입에 털어 넣었던 모양이다.

아주 가끔은, 똑같은 자세로 너무 오래 앉아 있어서 욕창이 생기기도 했다. 한두 번인가는 욕창을 낫게 하려고 월을 침대 밖으로 못 나오게 한 적도 있다. 그러나 윌은 누워 있는 걸 끔찍하게 싫어했다. 누워서 라디오를 듣는 그의 눈빛은 적나라한 분노로 번들거렸다. 윌은 두통도 있었다. 분노와 좌절감의 부작용일 거라고 나는 생각했다. 정신적 에너지가 그렇게 솟구치는 사람인데, 아무 데도 쏟을 데가 없었다. 반드시 어딘가에 쌓일 수밖에 없다.

하지만 그 무엇보다 사람을 무기력하게 만드는 건 손발이 불타는 듯한 고열이었다. 무자비하게 쿵쿵 박동하는 신열이 오르면, 윌은 어디에도 집중을 하지 못했다. 나는 괴로움을 덜어주고 싶은 마음에 찬 물그릇에 손발을 담가주거나 차가운 천을 감아주었다. 윌의 턱에 노끈 같은 근육이 꼬였다가 풀려 사라지기도 했고, 가끔은 아예 사람 자체가 먼 데로 사라지고 없는 느낌이 들었다. 윌이 고열에 대처하는 유일한 방법은 제 몸에서 이탈해 멀리멀리 떠나버리는 것뿐인 듯했다. 나는 윌의 생활에 필요한 육체적인 요구 사항들에 놀라우리만큼 빨리 적응했다. 쓸 수도 없고 느낌도 없는 사지가 그렇게 심한 고통을 준다는 건 너무 억울한 일이었다.

이 모든 것에도 불구하고 윌은 불평하지 않았다. 통증에 괴로워하고 있다는 사실 그 자체를 알아차리는 데 몇 주나 걸린 것도 바로 그래서였다. 이제 나는 눈가에 잔뜩 힘을 준 표정, 침묵, 피부 속 깊은 곳으로 후퇴해 버리는 느낌을 다 해독할 수 있었다. 그는 그냥 "찬물 좀 갖다줄래요, 루이자?"나 "진통제를 먹을 때가 된 것 같아요"처럼 간단한 청을 했다. 통증이 너무 심할 때면 낯빛이 정말로 하얗게 질려 회반죽처럼 변했다. 그런 날이 최악이었다.

그러나 그렇지 않은 날이면 우리는 서로를 꽤나 잘 참아냈다. 처음과 달리 이제는 내가 말을 걸어도 비위가 상해 죽을 지경이 되지는 않는 눈치였다. 오늘은 통증이 없는 날 같았다. 트레이너 부인이 나와서 청소부들이 20분 더 있을 거라는 이야기를 해주었을 때, 나는 마실 거리를 좀 더 준비해 나왔다. 우리는 함께 천천히 정원을 돌며 산책을 했다. 윌은 산책로를 벗어나지 않았고 나는 새틴 구두가 축축한 풀밭에서 시커멓게 물드는 걸 바라보았다.

"구두 취향이 참 흥미로우십니다." 윌이 말했다.

새틴 구두는 에메랄드그린색이었다. 자선 가게에서 찾아낸 거였다. 패트릭은 그 구두를 신으면 내가 꼭 레프러콘◇ 드래그 퀸처럼 보인다고 했다.

"뭐랄까, 옷차림이 이 동네 사람 같지가 않아요. 다음에는 어떤 정신 나간 조합을 입고 오나 기대가 된다니까요."

"그러면 '이 동네' 사람들은 옷차림이 어떤데요?"

그는 길 위에 있는 나뭇가지를 피하기 위해 고개를 약간 왼편으로 틀었다.

"플리스 재킷. 아니, 우리 어머니와 같이 어울리는 부류라면 예거나 휘슬스에서 나오는 옷 같은 걸 입죠." 그는 나를 쳐다보았다. "어디서 그렇게 이국적인 옷들을 산 거죠? 여기 말고 어디 다른 데서 살았던 거예요?"

"그런 적 없는데요."

"뭐라고요? 그럼 줄곧 여기서만 살았단 말이에요? 직장은 어디

◇ 아일랜드 신화에 등장하는 요정. 수염이 나고 초록색 정장을 입은 남성으로 묘사된다.

였는데요?"

"이 동네요." 난 그를 돌아보며 방어적으로 팔짱을 끼었다. "왜요? 뭐가 그렇게 이상해요?"

"너무 좁은 동네잖아요. 제약도 많고. 게다가 성 말고는 중요한 게 없고." 우리는 산책로 위에서 발길을 멈추고 저 멀리 성을 바라보았다. 괴상한 돔 모양 언덕 위에 우뚝 서 있는 성의 모습은 더할 나위 없이 완벽했다. 꼭 어린아이가 그린 그림처럼. "난 항상 여기는 사람들이 돌아올 곳이라고 생각했죠. 만사에 지쳤을 때. 아니면 다른 데 갈 만큼 상상력이 충분하지 못할 때."

"거참 고마운 말씀이시네요."

"이곳 자체로는 잘못된 데가 없지요. 하지만…… 제기랄, 솔직히 역동적이라고 말하긴 힘들잖아요? 아이디어가 충만하지도 않고 흥미로운 사람들이 있는 것도 아니고 그렇다고 기회가 많기를 하나. 여기서는 기념품 가게에서 철도 모형을 다른 각도에서 찍은 식탁 매트를 팔기 시작하면 그걸 전복적이라고 할 겁니다."

나도 모르게 깔깔 웃음을 터뜨리지 않을 수가 없었다. 바로 지난주 지역 신문에 정확히 그런 내용을 다룬 기사가 실렸었다.

"클라크. 그쪽은 스물여섯 살이잖아요. 바깥세상을 제 것처럼 휘젓고 다니고 술집에서 사고도 치고 그 희한한 옷을 쫓아다니는 남자들한테도 자랑하고 다녀야……."

"난 여기서 행복해요."

"글쎄, 그러면 안 된다니까요."

"사람들에게 이래라저래라 하는 거 좋아하죠?"

"내 말이 맞다는 확신이 있을 때만요." 그가 말했다. "음료수 위치 좀 조정해 줄래요? 입술이 닿지를 않는데."

수월하게 입에 닿도록 빨대를 돌려주고 그가 차를 마시는 동안 기다렸다. 살짝 도는 한기에 그의 귓불 끝이 분홍빛으로 물들어 있었다.

윌이 쓴웃음을 지었다. "이런, 세상에. 홍차 타는 걸로 먹고사는 사람이 뭐 이렇게 더럽게 맛없게 만드나."

"그쪽 입맛이 레즈비언 홍차에 워낙 맛 들여서 그렇다고요. 랍상 소우총이니 뭐니 허브 티 같은 거."

"레즈비언 홍차!" 그는 하마터면 목이 멜 뻔했다. "뭐, 그래도 그게 계단 광택제 같은 물건보다는 낫단 말이요. 제길. 숟가락을 꽂으면 아주 빳빳하게 서 있겠네."

"그러니까 심지어 내가 타는 차까지 틀려먹었다 이거죠." 나는 그를 마주 보며 건너편 벤치에 앉았다. "그러면 내 일거수일투족에 그렇게 꼬박꼬박 토를 달면서 자기한텐 아무 말도 못 하게 하는 건 옳은 일인지 어디 말해보시죠?"

"해봐요, 그럼. 루이자 클라크. 어디 의견을 토로해 보시라고."

"그쪽에 대해서요?"

그는 연극하듯이 땅이 꺼져라 한숨을 쉬었다. "아니, 나한테 무슨 선택의 여지라도 있나?"

"머리 좀 자르면 좋겠네요. 무슨 노숙자 같은 몰골이라고요."

"그 말투는 꼭 우리 어머니 같네요."

"뭐, 매우 지독하게 한심한 꼬락서니인 건 사실이니까요. 적어도 면도라도 할 수는 있잖아요. 얼굴이 그렇게 털이 북슬북슬한데 가렵지도 않아요?"

그는 나를 곁눈질로 흘겨보았다.

"가렵구나. 그렇죠? 내 그럴 줄 알았어. 좋았어. 오늘 오후에 내가 싹 다 깎아버려야지."

"아니, 안 돼요."

"할 거예요. 내 의견을 물어봤잖아요. 이게 대답이에요. 그쪽은 그냥 가만히 있으면 돼요."

"내가 싫다고 하면?"

"그래도 할지도 몰라요. 수염이 더 길면 거기 낀 음식 찌꺼기를 내가 손으로 뽑아내게 될 거라고요. 솔직히 말해서 그런 일이 생기면 직장에서 과도한 스트레스를 준 혐의로 내가 그쪽을 고소할 거예요."

그러자 내 말이 재미있다는 듯 그가 미소를 지었다. 좀 슬프게 들리는 말일지 몰라도 윌의 미소는 너무나 희귀해서, 가끔 웃음을 띠게 만들고 나면 어질어질 날아갈 듯 황홀한 자긍심이 느껴졌다.

"저, 클라크. 뭐 하나 좀 해줄래요?"

"뭔데요?"

"귀 좀 대신 긁어줄래요? 아주 돌아버리겠어요."

"그러면 머리 자르게 해줄 거예요? 그냥 약간만 다듬는 정도라도?"

"괜히 운을 시험하지 말아요."

"쉿, 나 불안하게 하면 안 돼요. 가위질을 그리 잘하는 편이 아니니까."

욕실 수납장에서 면도기와 셰이빙 폼을 찾아냈다. 한참 쓰지 않은 듯 소독 면포 꾸러미와 탈지면 뒤에 처박혀 있었다. 윌에게 욕실로 들어오라고 하고 세면대에 따뜻한 물을 받아서 목 받침을 약간 뒤로 젖힌 뒤 턱에다 따뜻하게 적신 부드러운 천을 올렸다.

"이건 뭐예요? 이발소 차렸어요? 이 천은 어디다 쓰려고?"

"몰라요." 나는 솔직히 털어놓았다. "영화 보니까 이렇게 하더라고요. 아기 낳을 때 뜨거운 물하고 수건을 준비하는 거랑 비슷한 거예요."

입매는 보이지 않았지만 그의 눈가에 웃을 때 생기는 희미한 주름이 잡혔다. 늘 그렇게 해주고 싶었다. 그 사람이 행복했으면 싶었다. 뭔가에 쫓기듯 경계심 그득한 표정이 사라지게 해주고 싶었다. 나는 주절주절 떠들었다. 농담도 했다. 콧노래를 부르기 시작했다. 그가 다시 침울한 표정으로 돌아가기 전의 찰나를 붙잡기 위해서라면 못 할 일이 없었다.

소매를 걷고 셰이빙 폼 거품을 턱부터 귀밑까지 꼼꼼히 발랐다. 그리고 칼날을 대려다 망설였다. "이제까지 다리털밖에 깎은 적이 없다는 얘기를 지금 하는 게 좋을까요?"

그는 눈을 감더니 편안히 고개를 젖혔다. 면도날로 그의 피부를 부드럽게 훑어 내려가기 시작했다. 조용한 침묵을 깨는 건 오로지 세면대 물에 내가 면도날을 헹굴 때마다 참방이는 물소리뿐이었다. 아무 말 없이 수염을 깎으면서 윌 트레이너의 얼굴을 찬찬히 살펴보았다. 나이에 어울리지 않게 깊이 팬, 때 이른 주름들. 옆얼굴에 흐트러진 머리칼을 쓸어주다 의미심장한 꿰맨 흉터를 보았다. 사고

때 생긴 게 틀림없었다. 잠 못 이룬 숱한 밤을 말해주는 자줏빛 그늘. 소리 없는 통증을 증언하는 미간의 주름. 그의 맨살에서는 따뜻하고 달콤한 어떤 냄새가 솔솔 풍겼다. 셰이빙 폼의 향, 그리고 오로지 윌에게서만 나는 독특한 향, 그 차분하면서도 고급스러운 체취가 풍겨왔다. 윌의 얼굴이 차츰 드러나기 시작했을 때는, 얼리샤 같은 여자의 마음을 사로잡는 것쯤은 얼마나 쉬웠을지 이해하게 되었다.

잠시나마 그가 평화로워 보인다는 사실에 힘을 얻어 천천히, 조심스럽게 손을 놀렸다. 윌에게 사람의 손길이 닿을 때라고는 무슨 의학적 처치나 치료를 할 때뿐이라는 생각이 퍼뜩 들어서, 가볍게 손가락이 그 살갗에 머물게 두었다. 네이선이나 의사가 그를 다룰 때처럼 비인간적이고 사무적인 손짓이라면 정말 하기 싫었다.

이상하리만큼 친밀한 감각이었다, 윌을 면도해 주는 일은. 차츰 나는 깨달았다. 휠체어가 장애물이 될 거라고, 장애 때문에 어떤 종류의 육감적인 관계도 스며 들어올 수 없을 거라고 내가 지레짐작하고 있었다는 걸. 그런데 이상하게도 그렇지가 않았다. 이렇게 다른 사람과 바싹 붙어서, 손길이 닿을 때마다 팽팽하게 긴장하는 살갗을 느끼면서, 그가 뱉은 숨을 들이마시면서, 얼굴과 얼굴이 기껏 몇 센티미터 떨어져 있는 이런 상황에서 살짝이나마 평정심을 잃지 않기란 불가능했다. 반대편 귀까지 수염을 다 깎았을 무렵에는, 보이지 않는 경계표지를 넘어서 버린 듯 기분이 어색해졌다.

어쩌면 윌도 피부에 닿는 내 손길의 압력이 미묘하게 달라진 걸 느꼈으리라. 어쩌면 그냥 그가 남달리 주변 사람들의 기분에 민감한지도 모른다. 아무튼 그는 눈을 떴다. 그리고 어느새 내 눈을 똑바로 바라보고 있었다.

짧은 침묵이 흐르고, 그가 말했다. 정색을 하고서. "제발 내 눈썹을 싹 다 밀어버렸다는 말은 하지 말아요."

"한쪽밖에 안 밀었어요." 내가 말했다. 몸을 돌려 면도날을 헹구면서, 다시 돌아서야 할 때쯤에는 뺨의 홍조가 제발 사라져 있기만을 바랐다. "다 됐어요." 한참 있다 내가 말했다.

"머리는 어떻게 하고요?" 그가 물었다.

"정말로 내가 깎아도 돼요?"

"그러고 싶으면."

"날 못 믿는 줄 알았는데."

월은 할 수 있는 한 힘껏 어깨를 으쓱했다. 보일락 말락 움찔하는 정도였지만. "앞으로 한두 주 정도 찡얼거리는 소리를 안 들어도 된다면, 그 정도는 저렴한 대가지 싶은데."

"아, 세상에나. 어머님이 진짜 좋아하시겠어요." 나는 엉뚱한 데 묻은 셰이빙 크림을 닦아주며 말했다.

"아, 뭐. 그렇다고 너무 풀이 죽지는 맙시다, 우리."

우리는 거실에서 머리를 깎았다. 내가 불을 지폈고, 함께 볼 영화를 틀었다. 미국 스릴러 영화였다. 그리고 나는 그의 어깨에 수건을 둘렀다. 솜씨가 좀 녹슬었을지도 모른다고 미리 경고하고 "그래도 설마 지금보다 형편없는 몰골이 될 리야 없잖아요" 했다.

"아이고, 참 고맙습니다." 월이 말했다.

나는 머리를 깎기 시작했다. 그의 머리칼이 내 손가락 사이로 미끄러지는 동안 전에 배운 기초 기술을 기억해 내려 애썼다. 영화를 보는 윌은 느긋했고, 심지어 흡족한 듯 보였다. 간간이 그는 내게 영화 얘기를 했다. 주연배우가 나온 다른 영화는 뭐가 있다는 둥, 처음에 그 영화를 본 게 어디라는 둥. 그러면 나는 토머스가 자기 장난감을 보여줄 때처럼 막연히 관심이 있다는 듯 추임새를 넣어주었지만 사실은 머리를 망치면 안 된다는 생각에 온 정신을 쏟고 있었다. 마침내 제일 흉한 머리칼을 잘라낸 나는 빙글 돌아서 앞모습을 살폈다.

"어때요?" 윌이 DVD를 일시정지했다.

나는 허리를 폈다. "얼굴이 이렇게 많이 보이니까 좋은지 나쁜지 잘 모르겠어요. 왠지 좀 심란한데요."

"썰렁하네." 느낌이 어떤지 보려는 것처럼 고개를 좌우로 흔들며 그가 말했다.

"잠깐만요. 거울 두 개를 가져올게요. 그러면 잘 보일 거예요. 하지만 움직이면 안 돼요. 아직 조금 더 다듬어야 하니까. 아무래도 한쪽 귀를 썰어내야 할 거 같기도 하고."

침실로 들어가 서랍을 뒤지고 있는데 문소리가 났다. 두 사람의 거침없는 발소리와 함께, 트레이너 부인의 불안한 목소리가 들렸다.

"조지나, 제발 그러지 마."

거실로 이어지는 문이 덜컥 열렸다. 나는 거울을 들고 방에서 뛰쳐나왔다. 또 있어야 할 자리에 없었다고 한 소리 듣기는 싫었다. 트레이너 부인은 양손을 입가에 올린 채 거실 문간에 서 있었다. 보이진 않지만 뭔가 대치 국면을 지켜보는 게 틀림없었다.

"이따위로 이기적인 인간은 진짜 본 적도 없어!" 젊은 여자가 고함을 질렀다. "도저히 믿을 수가 없어. 전에도 자기밖에 몰랐지만 지금은 더 나빠."

"조지나." 내가 다가가려 하자 트레이너 부인의 눈길이 섬광처럼 내 쪽으로 번득였다. "제발 그만해."

나는 여자 뒤쪽으로 갔다. 어깨에 수건을 두르고 휠체어 바퀴에 부드러운 갈색 머리카락들이 잘려 흩어져 있는 꼴로, 윌은 젊은 여자를 똑바로 마주 보고 있었다. 그녀는 치렁치렁한 검은 머리칼을 아무렇게나 묶어 올린 모습이었다. 그을린 피부에 비싼 청바지와 스웨이드 부츠를 신고 있었다. 얼리샤처럼 이목구비가 반듯하고 치아는 치약 광고마냥 놀랍도록 새하앴다. 내가 그걸 본 건 그 여자가 머리끝까지 화가 치밀어 빨갛다 못해 시커멓게 변한 얼굴로 윌을 향해 계속 씩씩대고 있었기 때문이다. "난 못 믿겠어. 그딴 생각을 했다니 그것부터가 말이 안 돼. 어떻게……."

"안 돼. 제발, 조지나." 트레이너 부인의 목소리가 날카롭게 올라갔다. "지금은 때가 아니야."

윌은 무표정한 얼굴로 정면 어딘가를 똑바로 노려보고 있었다.

"어, 윌? 뭐 도와드릴 일 있어요?" 내가 차분하게 말했다.

"당신은 뭐야?" 여자가 휙 돌아서며 말했다. 그때 나는 여자의 두 눈에 눈물이 가득 고여 있다는 걸 알았다.

"조지나." 윌이 말했다. "이분은 루이자 클라크 씨야. 유료로 동무 노릇을 해주는 데다 파격적으로 창의적인 미용사지. 루이자,

내 여동생 조지나예요. 아무래도 나한테 고래고래 악을 쓰려고 호주에서 여기까지 날아온 모양인데 말이죠."

"느물거리지 마." 조지나가 말했다. "엄마가 얘기했어. 엄마가 전부 말해줬단 말이야!"

아무도 꼼짝도 하지 않았다.

"말씀 나누시게 잠깐 자리를 비워드릴까요?"

"그게 좋겠네요." 소파 팔걸이에 놓인 트레이너 부인의 주먹 쥔 손등은 핏기가 싹 가셔 하얗기만 했다.

나는 슬그머니 방에서 빠져나왔다.

"아니. 루이자, 차라리 지금 좀 쉬면서 점심이라도 먹고 오는 게 좋겠어요."

아무래도 버스 정류장에서 끼니를 때우는 날인가 보다. 주방에서 샌드위치를 챙겨 코트를 주섬주섬 걸쳐 입고 뒷길로 나왔다.

나오는데 집 안에서 비명에 가까운 조지나 트레이너의 목소리가 들려왔다. "생각이나 해봤어? 오빠, 이게 오빠 혼자만의 문제가 아닐지도 모른다고 생각이나 했냐고!"

정확히 30분 뒤 돌아와 보니 집 안은 고요했다. 네이선이 주방에서 머그잔을 헹구고 있었다.

그가 나를 보고 돌아섰다. "잘 있었어요?"

"갔어요?"

"누구?"

"여동생?"

그는 내 뒤를 흘끔 쳐다보았다. "아, 그게 동생이에요? 네, 갔어요. 내가 막 도착하는데 차를 타고 휭하니 떠나더군요. 무슨 집안싸움이라도 났었나 봐요?"

"몰라요." 내가 말했다. "윌의 머리를 잘라주고 있었는데 그 여자가 들어와서 갑자기 막 몰아세우기 시작했거든요. 그래서 또 다른 여자친구인가 했죠."

네이선이 어깨를 으쓱했다. 속사정을 안다 해도 남의 집안일에 끼어드는 취미는 없는 사람이었다.

"하지만 오늘 좀 말이 없네요. 그나저나 면도 멀끔하게 잘했던데요. 무성하던 뒷머리도 시원하게 깎아버리니 좋고."

나는 다시 거실로 들어갔다. 윌은 앉아서 TV를 물끄러미 바라보고 있었다. 내가 나갈 때 정지해 둔 화면에 그대로 멈춰 있었다.

"다시 재생할까요?"

아예 내 말을 듣는 것 같지도 않았다. 어깨 위 머리가 푹 꺼지고 아까의 느긋하던 표정은 베일에 덮였다. 윌은 다시 마음을 닫고 내가 침투할 수 없는 장벽 너머로 꼭꼭 숨어버렸다.

윌은 그제야 거기 있는 나를 보았다는 듯 눈을 껌벅거렸다. "좋죠." 그가 말했다.

빨래 바구니를 들고 복도를 지나가다, 살짝 열린 별채 문틈 사이로 트레이너 부인과 딸의 말소리가 긴 복도를 따라 숨죽인 파동으로 전달되었다. 윌의 여동생이 조용히 흐느껴 울고 있었다. 그 목소리에 서렸던 분노는 이제 사라지고 없었다. 심지어 어린애처럼 칭얼거리고 있었다.

"뭔가 방법이 있을 거예요. 의학이 발전할 수도 있잖아요. 미국으로 오빠 데리고 가면 안 돼요? 미국에서는 늘 뭔가 발전이 있잖아."

"아버지가 진전이 있는지 늘 세심하게 살피고 계신단다. 하지만 없어…… 아무것도…… 구체적인 건."

"오빠는 너무…… 달라졌어. 세상에 좋은 건 하나도 보지 않기로 결심한 사람 같아요."

"처음부터 그랬단다, 조지나. 네가 집에 막 왔던 때를 생각하고 봐서 그럴 거야. 그때까지는, 내 생각에 그때는 아직…… 단단히 작정하고 있었던 것 같아. 뭔가 변화가 있으리라 믿었으니까."

그렇게 사적인 대화를 엿듣다 보니 어쩐지 불편한 기분이 되어버렸다. 하지만 이상하게 마음이 끌려 더 가까이 다가갔다. 나도 모르게 문을 향해 조심조심 걷고 있었다. 양말을 신은 발이라 소리가 나지 않았다.

"애야, 아빠와 내가 너한테 말하지 않았던 거야. 네 마음을 아프게 하고 싶지 않았어. 그렇지만 그 애는……." 부인은 적당한 말을 찾지 못해 한참 망설였다. "윌은…… 자살하려 했어."

"뭐라고요?"

"아빠가 발견하셨단다. 지난 12월에. 정말, 정말 끔찍했어."

이미 짐작했던 바를 확인했을 뿐이지만, 그래도 온몸의 피가 싸악 빠져나가는 느낌이었다. 숨죽여 우는 소리와 위로의 속삭임이 들려왔다. 또 한번 오랜 침묵이 흘렀다. 그리고 슬픔으로 잔뜩 목이 멘 조지나가 다시 말했다.

"그 여자는……?"

"그래. 루이자는 그런 일이 다시 일어나지 않도록 고용한 거야."

나는 발길을 딱 멈췄다. 복도 반대편 끝, 화장실 쪽에서 나지막하게 웅얼거리는 네이선과 윌의 목소리가 들려왔다. 겨우 몇 미터도 안 되는 거리에서 진행되는 대화를 까맣게 모른 채로. 한 발짝 더 문에 다가섰다. 손목의 흉터를 본 순간부터 나는 알았다. 모든 게 이해가 되었다. 윌을 혼자 두지 말아야 한다는 트레이너 부인의 과도한 불안감, 내 존재에 대한 윌의 적개심, 상당히 긴 시간 동안 별로 쓸모 있는 일을 한다는 느낌이 들지 않았던 것도. 나는 아기를 보는 보모였는데 정작 나는 그 사실을 모르고 윌은 알았다. 그래서 나를 그토록 미워했던 것이다.

문손잡이를 잡으며 부드럽게 닫아야겠다고 생각했다. 네이선이 무엇을 얼마나 알고 있을까 궁금했다. 윌이 지금은 그때보다 행복한지 궁금했다. 이기적이지만, 나는 윌이 그토록 싫어했던 게 나 자체가 아니라 자기를 감시하려고 고용한 사람이라는 걸 깨닫고 희미한 안도감을 느꼈다.

"엄마가 못 하게 해야 해요. 오빠를 말려야 해요."

"우리가 결정할 일이 아니야."

"아니, 맞아요. 오빠가 엄마 아빠를 끌어들이면 그때는 우리 선택이 돼요." 조지나가 항변했다.

손잡이를 잡은 내 손이 가만히 굳어버렸다.

"더군다나 엄마가 동의한다니 그럴 수는 없잖아. 엄마 종교는? 그동안 엄마가 해온 그 모든 일은? 지난번에 오빠를 살려낸 건 대체 무슨 의미가 있는데?"

트레이너 부인의 목소리가 의식적으로 차분하게 가라앉았다. "말이 너무 심하구나."

"하지만 엄마가 데리고 갈 거라고 했잖아요. 어떻게······."

"내가 거절하면, 누군가 다른 사람한테 부탁할 거라는 생각은, 한순간도 해보지 않은 거니?"

"하지만 디그니타스 병원°이라니? 그건 그냥 잘못이야. 오빠가 힘들다는 건 알지만, 그렇게 되면 엄마 아빠가 폐인이 될 거야. 안 봐도 안다고요. 어떤 심정이 될지 생각해 봐요! 사람들이 동네방네 떠들어대면 어떻게 해요! 엄마 직장은! 두 분의 평판은 어떻게 될 거냐고! 오빠도 틀림없이 다 알 거야. 그런 부탁을 하는 것부터가 이기적이야. 어떻게 오빠가 그래? 어쩌면 이럴 수가 있어? 엄마는 어떻게 이런 짓을 해?" 그녀는 다시 흐느껴 울기 시작했다.

"조지나······."

"그렇게 보지 마요. 나도 오빠가 걱정돼. 엄마. 진심이야. 우리 오빠니까 사랑한다고. 그렇지만 이건 못 참겠어. 생각만 해도 견딜 수가 없어. 이런 부탁을 하는 오빠도 나쁘고, 말한다고 들어주는 엄마도 나빠. 엄마가 이 일을 해서 망가지는 건 정말로 오빠 목숨 하나가 아니란 말이야."

나는 창에서 한 발짝 뒤로 물러섰다. 귓전에 피가 쏠려 쿵쿵거리는 바람에 트레이너 부인의 대답은 잘 들리지도 않았다.

◇ 스위스에 위치한 안락사 지원 병원.

"6개월이야, 조지나. 우리한테 6개월의 말미를 주겠다고 약속했어. 그게 지금이야. 다시는 이 얘기를 입 밖에 꺼내지 마라. 다른 사람 앞에서는 말할 것도 없고. 그리고 우리는……." 부인은 숨을 깊이 몰아쉬었다. "우리는 그냥 그사이에 무슨 일이 생겨서 오빠가 마음을 바꾸기를 바라야만 하는 거란다."

8

커밀라

아들을 죽이는 데 공범이 되려 했던 건 아니다.

이 단어들을 읽고 있는 것만도 참 이상하다. 타블로이드 신문에 나 나올 법한 얘기 같다.

나는 이런 일을 당할 부류의 인간이 아니었다. 아니, 적어도 나 는 아니라고 생각했었다. 내 삶은 꽤 틀이 잘 잡혀 있었다. 요즘 기 준으로 보면 평범한 삶이다. 결혼한 지 어느새 37년이 되어가고, 두 아이를 다 키웠으며, 직업을 고수했고, 학교나 학부모 모임에도 열 심히 참여했으며 아이들이 더는 나를 필요로 하지 않자 벤치로 물 러났다.

치안판사가 된 지도 이제 11년이 다 되어간다. 법정에서 인생사 가 흘러가는 모습을 지켜봐 왔다. 법정 출두 기일에 시간 맞춰 나오 지 못할 정도로 정신을 못 차리는 답 없는 부랑아들, 상습범죄자들, 얼굴이 분노로 굳은 청년들과 지치고 빚에 시달리는 어머니들. 똑같은 얼굴들이 똑같은 실수를 저지르고 또 저지르는 걸 보면서 평정심과 이해심을 유지하기란 쉬운 일이 아니다. 가끔은 조급증이 말투에 배어나는 게 내 귀에도 들렸다. 이상할 정도로 기운이 쭉 빠질 때가 있었다, 책임감 있게 살아가려는 시도조차 노골적으로 거부하는 인간들 때문에.

그리고 작은 우리 동네. 아름다운 성과 2급 문화유산으로 등재된 숱한 건물들과 그림 같은 전원의 가도街道들에도 불구하고, 작은 우리 동네 역시 그런 병폐에서 벗어나 있는 건 아니었다. 동네 광장은 술을 마시는 십 대들을 품어주고, 동화 같은 초가집은 아내와 아이를 쥐어패는 남편들의 소리가 새어 나가지 않도록 막아준다. 가끔은 북해 제국을 세운 크누트 대왕이라도 되는 양 슬그머니 다가드는 혼돈과 파괴 앞에서 헛된 선전포고나 하고 있는 기분이 되기도 한다. 그러나 나는 내 일을 사랑했다. 이 일을 한 건 질서와 윤리를 믿었기 때문이다. 유행이 지난 사고방식일지 몰라도, 옳고 그름이 있다고 믿었다.

힘든 시기는 정원 덕분에 넘겼다. 아이들이 다 커가면서 정원 가꾸기에 강박적으로 집착한 적이 있다. 누가 어떤 식물을 손가락으로 가리켜 물으면 거의 전부 라틴어 학명을 댈 수 있었다. 웃기지만, 학교 다닐 때는 라틴어를 배운 적도 없다. 내가 다닌 곳은 사립 여학교로 요리와 자수 같은 현모양처 수업에 초점을 맞추었다. 그렇지만 화초의 라틴어 학명은 이상하게 딱 한 번만 들으면 영원히 기억할 수 있었다. Helleborus niger, Eremurus Stenophyllus, Athyrium niponicum. 학교에서는 꿈도 못 꾸던 유창한 실력으로 줄

줄 읊을 수 있었다.

정원의 진정한 가치를 알려면 나이가 좀 들어야 한다고들 하는데, 진실이 담긴 말 같다. 아마도 위대한 삶의 순환 고리 때문이겠지. 황량하고 쓸쓸한 겨울을 지나고도 새로 싹을 틔우는 식물들의 부단한 낙관주의를 보면 어쩐지 기적 같다. 매년 다른 식물의 모습을 보는 기쁨도 있고, 자연이 정원 구석구석을 한껏 활용해 아름다움을 뽐내는 것도 경이롭다. 어떤 때에는, 이를테면 나의 결혼생활에 생각지도 못했던 사람들까지 연루되어 괴로웠을 때, 그럴 때 정원이 피난처가 되어주고 기쁨을 주었다.

하지만 솔직히 말해서, 그저 골칫거리일 때도 있었다. 화단에 새로 꾸민 꽃들이 풍성하게 자라지 못한다든가, 가지런히 심은 아름다운 식물들이 밤새 음흉한 짐승에게 짓밟혀 만신창이가 되기라도 하면 실망감이 이만저만이 아니었다. 그러나 이러저러한 불만들과 화초를 보살피는 수고, 오후 내내 잡초를 솎느라 쑤시는 관절이며 도저히 깔끔하게 관리할 수 없는 손톱에도 불구하고 나는 정원을 사랑했다. 야외의 관능적 쾌감과 향기가, 손가락에 닿는 흙의 감촉이 좋았고, 살아 있는 생명체가 빛나는 모습을 보면 마음이 충만하게 차올랐고, 그 덧없는 아름다움에 속절없이 매료되었다.

월이 사고를 당하고 1년은 정원 일을 하지 않았다. 시간이 없어서만은 아니었다. 물론 한도 끝도 없이 긴 시간을 병원에서 보내야 했고, 차를 타고 병원에 왔다 갔다 하는 일과 진찰도 보통 오래 걸리는 일이 아니었다. 인정에 호소해 6개월 휴가를 받았지만 시간은 턱없이 모자랐다.

하지만 그보다는, 갑자기 모든 것이 다 무의미하게 느껴졌다. 그래서 정원사한테 돈을 주고 깔끔하게 다듬어 달라고만 하고 1년이 다 지나도록 눈길 한번 제대로 주지 않았던 것 같다.

그러다 윌을 집으로 데리고 왔을 때, 별채 수리를 끝내고 준비를 마쳤을 때에야 비로소 다시 정원을 아름답게 가꾸어야 할 이유를 찾았다. 내 아들이 바라보고 있을 만한 무언가를 만들어주어야 했다. 그 애에게 소리 없이 말해주어야 했다. 지금과 달라질 수 있다고. 자라나든 시들어 죽어가든 삶은 계속된다고. 우리 모두 그 위대한 순환 고리의 일부라고. 오로지 신만이 이해할 수 있는 어떤 패턴이 있다고. 물론 내가 직접 그런 말을 할 수는 없었다. 윌과 나는 원래 서로 많은 이야기를 나눌 수 있는 사이가 아니었다. 그러나 나는 보여주고 싶었다. 세상에는 더 큰 뜻이 있고, 더 밝은 미래가 있다고. 뭐랄까, 말 없는 약속을 해주고 싶었다.

스티븐이 모닥불을 살리고 있었다. 불쏘시개로 반쯤 타다 만 땔나무들을 쿡쿡 찌르며 반짝거리는 불꽃들을 굴뚝 위로 날리다가 새 땔나무를 한가운데 던져 넣었다. 늘 그러듯 한 발 물러서서 불길이 치솟는 모습을 조용히 흡족한 표정으로 지켜보며 코듀로이 바지에 손을 털었다. 내가 방으로 들어가자 그가 돌아섰다. 나는 술잔을 내밀었다.

"고마워요. 조지나는 좀 진정했어요?"

"아닌 것 같아요."

"어떻게 하고 있어요?"

"위층에서 TV를 보고 있나 봐요. 혼자 있고 싶은 것 같아요. 내려오라고 했는데."

"좀 있으면 괜찮아질 거요. 아마 시차 때문에 힘들기도 할 거고."

"그랬으면 좋겠어요. 지금은 우리한테 화가 많이 나 있어서."

우리는 침묵 속에서 모닥불을 바라보며 서 있었다. 방 안은 어둡고 고요했으며, 창유리가 바람과 비를 받아 부드럽게 달가닥거리고 있었다.

"날씨가 더럽게 나쁘네."

"그러게요."

개가 어슬렁어슬렁 방 안으로 들어오더니 한숨을 내쉬며 모닥불 앞에 풀썩 쓰러져 드러누운 채 우리 둘을 사랑이 가득 담긴 눈길로 바라보았다.

"당신 생각은 어때요?" 그가 말했다. "머리 깎은 거."

"모르겠어요. 좋은 징조면 좋겠어요."

"이 루이자라는 아가씨, 성격이 보통 아닌 것 같지요?"

남편이 혼자 설핏 미소를 짓는 모습을 보고 나도 모르게 이런 생각을 해버렸다. '설마 그 여자까지······.' 그러다 머릿속에서 황급히 지워버렸다.

"네. 그래요. 그런 것 같아요."

"적임자인 것 같아요?"

대답하기 전에 술을 한 모금 마셨다. 진 두 눈금에 레몬 한 조각, 그리고 토닉 잔뜩. "어떻게 알겠어요? 이젠 뭐가 옳고 그른지도 전혀 분간이 안 되는 걸요."

"그 애가 좋아해요. 그 아가씨를 좋아하는 게 틀림없어. 지난번에 뉴스를 보며 말을 나눴는데 두 번이나 그 아가씨 얘기를 하더군. 그런 일은 한 번도 없었어요."

"그래요, 뭐. 별로 큰 기대를 걸고 싶지 않아요."

"뭐 꼭 그럴 필요가 있나?"

스티븐이 모닥불에서 눈길을 돌렸다. 내 얼굴을 찬찬히 뜯어보는 눈길이 느껴졌다. 아마 눈가에 새로 잡힌 주름이나 요즘 초조함에 찌들어 얄팍하게 앙다문 내 입매를 보고 있으리라. 그는 작은 금 십자가를 바라보았다. 요즘은 항시 목에 걸고 다녔다. 남편이 그런 식으로 날 보면 기분이 좋지 않았다. 누군가 다른 여자와 비교되는 느낌을 떨칠 수 없었다.

"그저 현실적으로 생각했을 뿐이에요."

"당신 말투가 이미 다 정해진 일이라는 것처럼 들려서."

"난 내 아들을 잘 아니까요."

"우리 아들."

"그래요. 우리 아들." '하지만 당신은 그 애를 키울 때 옆에 있어주지 않았잖아. 마음을 주지 않았잖아. 껍데기밖에 없는 당신한테 그 애는 그렇게 잘 보이려고 애썼는데.'

"녀석이 마음을 돌릴 거요." 스티븐이 말했다. "아직 갈 길이 한참 멀어요."

우리는 그렇게 서 있었다. 천천히 길게 술 한 모금을 마시는데, 모닥불 온기에 대조되어 얼음이 싸늘하게 닿아왔다.

"계속 생각하는 건데……." 벽난로를 물끄러미 바라보다 내가 말했다. "내가 뭔가 놓치고 있다는 생각을 떨칠 수가 없어요."

남편은 여전히 나를 지켜보고 있었다. 따가운 시선이 줄곧 느껴졌지만, 눈을 들어 마주 보지는 않았다. 아마 그랬다면 남편은 내게 손을 내밀었을지도 모른다. 하지만 우린 이미 너무 멀어져 버렸다는 생각을 했다.

스티븐은 술을 마셨다. "사람은 할 수 있는 일밖에 못 하는 거예요, 여보."

"나도 잘 알아요. 하지만 그걸로는 턱없이 모자라잖아요?"

남편은 다시 모닥불로 시선을 돌리더니 쓸데없이 땔나무를 쿡쿡 쑤셨다. 한참 후 나는 말없이 돌아서서 방을 나왔다.

그는 내가 나갈 줄 알고 있었다는 눈치였다.

윌이 처음 자기 소망을 밝혔을 때는 내가 못 알아들어서 두 번이나 다시 말해야 했다. 내가 뭔가 잘못 들은 줄 알았다. 무슨 말인지 이해가 되자 차라리 침착해진 나는 터무니없는 소리 집어치우라고 하고는 곧장 방에서 나가버렸다. 휠체어에 앉은 윌을 두고 쌩하니 나가버릴 수 있다니. 불공평하리만치 내게 유리했다. 별채와 본채 사이에는 계단이 두 개 있어서 네이선의 도움 없이는 그 애가 건너올 수 없었다. 별채 문을 꼭 닫고서 복도에 서 있는데 아들의 차분한 말소리가 귓전에 계속 윙윙 울렸다. 수십 분을 그대로 꼼짝도 않고 서 있었다.

그 애는 집요했다. 윌은 원래 그랬다. 지고는 못 배기는 성격이었다. 내가 보러 들어갈 때마다 계속 졸라대는 바람에 날마다 그 애를 보러 가려면 마음을 다잡아야 할 지경이 되었다. '이렇게 살고 싶지는 않아요, 어머니. 이건 내가 선택한 삶이 아니에요. 회복될 가망이 없으니까, 내가 적당하다고 생각되는 방식으로 끝내달라는 부탁은 철저히 합리적이란 말입니다.' 윌의 말을 듣고 있자면 사업상 회의를 할 때 어땠을지 훤히 눈앞에 그려졌다. 그 애를 오만방자한 부자로 만들어준 그 경력도 다 이해가 되었다. 어쨌든 윌은 자기 의견을 끝내 관철하는 데 익숙한 사람이었다. 내게 자기 미래를 좌우할 힘이 있다는 사실 자체를 못 견뎌했다. 내가 어쩌다 보니 다시 '어미 노릇'을 하게 되었다는 것도.

그래서 윌은 자살 기도로 결국 내 동의를 얻어냈다. 종교 때문에 반대한 건 아니다. 물론 우리 윌이 절망에 빠져 지옥으로 떨어진다고 생각하면 끔찍하긴 했지만 말이다. 나는 하나님이, 자비로우신 하나님이, 우리 고통을 이해하고 죄를 용서해 주실 거라 믿는 편을 택했다.

종교 때문이 아니다. 엄마가 되어보지 않으면 누구도 절대로 이해할 수 없는 엄마의 마음이란 게 있기 때문이다. 내 눈앞의 이 사람은, 이 잘나빠진, 수염도 안 깎고 악취를 풍기는, 이 고집불통 내자식은, 주차 딱지나 받고 더러운 구두를 신고 다니고 연애 관계도 복잡한 어른 남자가 결코 아니다. 내 눈에는 아이가 이제까지 살며 보여준 모든 모습이 하나로 합쳐져 보인단 말이다.

윌을 보면 눈물이 차오를 만큼 벅찬 사랑으로 품에 안았던 아기가 보였다. 내가 또 하나의 인간을 창조했다니 도저히 믿기지 않았던, 그런 마음으로 처음 만난 아기가. 아장아장 걸음마를 배우며 내 손을 잡으려 손을 뻗던 꼬마가 보였고, 학교에서 괴롭힘을 당하고 분노로 눈물범벅이 되어 흐느끼던 소년이 보였다. 그 여린 속내가, 그 사랑이, 지나간 모든 시간이 주마등처럼 스쳤다. 그런데 윌이 나에게 죽여달라고 부탁한 건, 바로 그 모든 것이다. 다 큰 남자만이 아닌 그 어린 소년, 그 모든 사랑, 그 모든 지난 일까지를, 다 죽여 없애달라고 한 것이다.

그런데 1월 22일. 내가 법정에 붙들려 끝없이 출두하는 좀도둑과 무보험 운전자들, 흐느끼고 분노하는 이혼 부부들을 상대하고 있던 그날. 스티븐이 별채로 들어갔다가 의식을 잃고 쓰러진 윌을 발견했다. 머리는 팔걸이에 축 늘어져 있었고, 휠체어 주위에 시커멓고 끈적끈적한 피가 흥건한 바다를 이루고 있었다. 윌은 별채 뒤쪽 로비에서 1센티미터도 못 되게 튀어나와 있던 녹슨 못을 하나 찾아냈고, 못에 제 손목을 푹 찌른 채로 후진과 전진을 반복해 살점이 리본처럼 잘게 썰려 있었다. 통증으로 반쯤 넋이 나간 상태였을 텐데, 어떤 각오로 그렇게까지 했는지 나로서는 지금까지도 도저히 상상할 수가 없다. 의사들은 20분만 늦었어도 죽었을 거라고 말했다.

의사들은 참으로 교묘하게 우회적인 표현을 썼다. "살려달라는 외침은 아니었지요."

윌이 살아날 거라는 말을 병원에서 들었을 때, 나는 바깥 정원으로 나와서 미친 듯이 패악을 떨었다. 하나님을 향해, 자연을 향해, 우리 가족을 이런 밑바닥까지 떨어뜨린 운명을 향해. 그 실체는 몰라도 아무튼 그 운명을 향해 격렬하게 분노했다. 지금 돌이켜 생각하면 완전히 미친년처럼 보였으리라. 추운 그날 저녁 나는 정원에 서서 커다란 브랜디 병을 집어 던지며 고래고래 악을 써댔다. 내 목소리가 공기를 가르고 성벽에 부딪혀 멀리멀리 메아리쳐 퍼져갔다. 사방 모든 게 움직이고 휘어지고 자라나고 번식하는데 내 아들은, 내 목숨이나 다름없는, 카리스마 넘치는 아름다운 청년이, 이런…… 한 덩이 나무토막에 불과하다는 사실에 미치도록 분노가 치밀었다. 꼼짝도 못 하고 시든 채 피범벅이 된 내 아들. 화초의 아름다움은 음탕한 모욕처럼 느껴졌다. 비명을 지르고 고함을 치고 욕설을 퍼부었다. 아는 줄도 몰랐던 험한 말들이 쏟아져 나왔다. 그러고 있는데 스티븐이 정원으로 나와 내 옆에 서서 어깨에 손을 얹고, 내가 다시 조용해질 때까지 기다렸다.

그는, 그러니까, 이해하지 못했던 거다. 그때까지도 전혀 모르고 있었다. 윌이 다시 시도하리라는 걸. 우리 삶이 끝없는 망보기로 점철될 거라는 걸. 다음번을 기다리며, 다음엔 또 얼마나 끔찍한 자해를 하게 될까 기다려야 한다는 걸. 우리는 그 애의 눈으로 세상을 보아야만 했다. 잠재적인 독극물. 날카로운 물체들. 그 빌어먹을 오토바이 운전자가 시작한 일을 그 애가 스스로 끝내겠다고. 머리를 쥐어짜 찾아낼 온갖 창의적인 방법들을 미리 궁리하며 살아야 했다. 우리 삶은 쪼그라들어 사라지고 오로지 그 한 가지 행위를 중심으로 돌아갈 터였다. 게다가 우월한 고지는 그 애가 점하고 있었다. 그 애는 그것 말고는 생각할 게 하나도 없었으니까. 안 그런가?

2주 뒤, 나는 윌에게 "알겠다"고 말했다.

그럴 수밖에 없었다.

달리 내가 뭘 어떻게 할 수 있단 말인가?

9

그날 밤은 한잠도 이루지 못했다. 작은 궤짝 같은 방에 뜬눈으로 누워 천장을 물끄러미 바라보며 방금 알게 된 사실에 근거해 지난 두 달 간의 일을 재구성해 보았다. 모든 게 모양을 바꾸고 조각조각 바스러졌다가 다른 곳에 자리를 잡아, 이젠 내가 잘 알아볼 수도 없는 무늬로 변해버린 것 같았다.

사기당한 기분이었다. 무슨 일이 일어나는지 갈피도 잡지 못하고 돌아가는 멍청한 부속품이 된 것 같았다. 윌에게 야채를 먹이려 한다거나 머리를 깎아주려고 한다거나, 그의 기분을 조금이라도 낫게 해주겠다고 소소한 일들을 찾아서 그토록 애썼던 나를 그들은 내심 비웃고 있을 것 같았다.

아까 엿들은 대화를 머릿속에서 생각하고 또 생각하며, 다르게 해석할 길을 찾아 헤맸다. 내가 오해했다는 확증을 찾으려고 안간힘을 썼다. 그러나 디그니타스 병원은 잠깐 휴양하러 떠날 곳이 아니다. 커밀라 트레이너가 아들한테 그런 짓을 할 생각을 했다는 행위 자체가 믿기지 않았다. 물론 차가운 사람이라고 생각했고, 근처에 있으면 어색하고 불편했다. 우리 엄마가 우리를 안아주었듯, 말하자면 온 힘을 다해서 좋아 죽겠다는 듯, 제발 놓아달라고 애원하며 몸을 뒤틀어 댈 때까지, 그렇게 아들을 안아주는 모습은 상상이 가지 않았다. 솔직히 말하자면, 나는 그냥 상류층 사람들은 자식들한테 그렇게 하나 보다 생각하고 말았다. 윌이 빌려준 책 『추운 기후의 사랑Love in a Cold Climate』을 방금 읽은 참이기도 했으니까. 하지만 아무리 그래도 아들의 죽음에 적극적으로, 자발적으로 공모하다니?

돌이켜 보니 부인의 행동은 더 싸늘하게 느껴졌고 왠지 일거수일투족에서 불길한 의도가 읽혔다. 나는 부인에게도 화가 났고 윌에게도 화가 났다. 그딴 겉치레에 나를 끌어들였다는 사실이 너무 화가 났다. 어떻게 하면 조금이라도 그가 살기 나은 환경을 만들어줄 수 있을까, 어떻게 하면 그를 좀 더 편하게 아니 행복하게 해줄 수 있을까 고민했던 시간들 때문에 화가 치밀었다. 그러다 화가 가라앉으면 슬퍼졌다. 딸을 위로하려다 살짝 울컥하던 목소리가 떠오르면 부인이 너무나 불쌍해서 깊은 슬픔에 빠져들었다. 나는 알았다. 부인에게 닥친 그 기가 막힌 처지를.

하지만 대체로 나는 공포에 질려 있었다. 이제 알아버린 진실이 뇌리에 박혀 나를 괴롭혔다. 죽음으로 이어질 나날을 무의미하게 흘려보내고 있을 뿐임을 알면서도 어떻게 하루하루를 살아갈 수 있을까? 내 이 손가락으로 따뜻하고 살아 있는 피부를 느꼈는데, 그 남자가 어떻게 스스로 삶을 끝내겠다는 선택을 할 수가 있단 말인가? 대체 어떻게, 모두가 암묵적으로 동의한 가운데, 겨우 6개월의 시간이 흐른 뒤면 그 따스한 피부가 땅속에 묻혀 썩어가게 된다는 걸까?

아무한테도 말할 수가 없었다. 어떻게 보면 그게 최악이었다. 이 제 나는 트레이너 가족과 공범이었다. 속이 메슥거리고 기운이 없어서, 패트릭에게 전화를 걸어 몸이 좋지 않으니 그냥 집에 있겠다고 했다. "괜찮아, 나는 10킬로미터를 뛰고 있어"라고 그는 말했다. 목소리만 들어도 그는 딴 데 정신이 팔려 있었다. 마음은 이미 저 멀리 어딘가로 가서 무슨 전설적인 트랙을 밟고 달리는 모양이었다.

나는 저녁 식사도 먹기 싫다고 했다. 침대에 누워 있다 보니 생각이 시커멓게 굳어버렸다. 생각의 무게를 감당 못 할 지경이 되자 나는 아래층으로 내려와 할아버지 건너편에서 말없이 TV를 보았다. 우리 집에서 나한테 이것저것 따져 묻지 않을 단 한 사람이었다. 할아버지는 제일 좋아하는 팔걸이의자에 앉아 유리처럼 번들거리는 눈으로 열심히 스크린을 들여다보고 계셨다. 정말 보고 계시는 건지, 아니면 마음은 아예 다른 데로 가버렸는지 아무리 봐도 늘 알 수가 없었다.

"정말 뭐 안 갖다줘도 되겠어?" 어느새 엄마가 홍차 한 잔을 들고 내 곁에 와 있었다. 우리 집안 정설에 따르면 세상에 홍차 한 잔으로 나아지지 않을 일은 하나도 없다.

"네, 배 안 고파요. 고마워요, 엄마."

나는 엄마가 아빠에게 흘끗 던지는 눈길을 보았다. 나중에 따로 이야기를 나누며 트레이너 집안에서 나한테 일을 너무 많이 시킨다는 둥, 그런 환자를 돌보는 스트레스가 갈수록 너무 심해진다는 둥 몰래 투덜거릴 게 분명했다. 다 나한테 이 일을 맡으라고 종용한 우리 잘못이라고 자책할 것도 알았다.

그 생각이 옳다고 믿게 둘 수밖에 없었다.

역설적이지만 다음 날 월은 상태가 아주 좋았다. 보기 드물게 말이 많고, 고집을 세우고, 호전적으로 시비도 걸어왔다. 지난 어느 날보다도 말이 많았다. 스파링이라도 하고 싶은데 내가 장단을 맞춰주지 않아 실망한 것 같았다.

"그러면 대충 하다 만 이 일은 언제 끝낼 겁니까?"

나는 거실을 정돈하고 있었다. 납작해진 소파 쿠션을 통통하게 만들다가 눈길을 들었다. "뭐를요?"

"내 머리 말이에요. 반밖에 안 깎았잖습니까. 무슨 빅토리아 시대 고아 같잖아요." 내 손재주가 더 잘 보이도록 그가 고개를 돌렸다. "이게 그쪽이 생각하는 대안적 스타일이라면 얘기가 다르지만."

"제가 계속 깎으면 좋겠어요?"

"글쎄요, 즐거워하는 것 같던데. 게다가 정신병원 환자 꼴을 벗어날 수 있다면 그것도 괜찮겠죠."

나는 말없이 수건과 가위를 가져왔다.

"네이선은 확실히 좋아하더군요. 이제야 좀 사람 같아 보인다고." 월이 말했다. "물론 옛날 얼굴을 되찾았으니 이제 날마다 면도를 해야 한다는 사실을 지적하긴 했죠."

"아." 내가 말했다.

"해줄 수 있는 거죠? 주말에는 패셔너블하게 수염을 좀 참고 살아야 하겠지만."

그에게 아무 말도 할 수가 없었다. 심지어 눈이 마주치는 것도 힘들었다. 남자친구가 바람을 피웠다는 걸 알아버린 느낌이었다. 이상하게도, 그가 나를 배신한 기분이었다.

"클라크?"

"으응?"

"오늘 또 사람 불안하게 조용한데요. '수다스럽다 못해 꼭 짚어말할 수 없이 사람 짜증나게 만드는' 그 사람은 어디 갔어요?"

"미안해요."

"또 그 달리는 사나이 때문이에요? 이번엔 또 무슨 짓을 했어요? 아예 도망가 버린 건 아니죠?"

"아니에요."

검지와 중지로 부드러운 윌의 머리카락 한 갈래를 잡고 가위를 들어 삐져나온 부분을 자르려 했다. 하지만 가위는 손안에서 가만히 멎어버렸다. 거기서는 어떻게 할까? 주사를 놓을까? 약을 줄까? 아니면 그냥 방 안에 넣고 어마어마한 양의 레이저를 쏠까?

"피곤해 보여요. 아까 들어왔을 때는 말하지 말아야지 했는데. 아니, 세상에. 얼굴 꼴이 그게 뭡니까?"

"아."

사지를 움직이지도 못하는 사람의 자살을 어떻게 돕는다는 걸까? 나도 모르게 물끄러미 그의 손목에 난 흉터를 바라보고 있게 되는 것이었다. 항상 긴 소매로 덮고 있는 그 흉터를. 처음 몇 주 동안은 남들보다 추위를 많이 타서 그런 줄 알았다. 그것도 거짓말이었다.

"클라크?"

내가 그의 등 뒤에 서 있어서 다행이었다. 얼굴을 보여주고 싶지 않았다.

그는 잠시 망설였다. 긴 머리카락으로 덮여 있던 목덜미는 다른 데 보다도 더 파리했다. 부드럽고 하얗고 이상할 정도로 여려 보였다.

"있잖아요, 동생 일은 미안해요. 그 애는…… 그 애는 지금 굉장히 화가 난 상태지만, 그렇다고 무례하게 굴어도 되는 건 아니지요. 걔는 가끔 너무 직설적일 때가 있어요. 얼마나 사람 기분을 더럽게 만드는지 잘 몰라서 그래요." 잠시 말을 끊더니, "그래서 호주에서 사는 걸 좋아하나 봅니다."

"거기서는 사람들이 서로 진실을 털어놓는다, 그 말이에요?"

"뭐라고요?"

"아무것도 아니에요. 고개 좀 들어봐요."

나는 쓱싹쓱싹 자르고 빗으로 빗으며 정연하게 머리를 깎았다. 비어져 나온 머리카락 하나 남기지 않은 채 뒷머리를 깔끔하게 다듬고 잘라내었더니, 그의 발치에 떨어져 흩어진 부드러운 머리칼들만 남았다.

날이 저물 때쯤은 생각이 명확하게 정리되었다. 윌이 아버지와 TV를 보는 사이 나는 프린터에서 A4용지 한 장을, 주방 창문 옆 필통에서 펜을 꺼내어 하고 싶은 말을 적었다. 종이를 접어 봉투를 찾아서 넣은 다음 윌의 어머니 이름을 적어 주방 테이블 위에 놓아두었다.

밤이 되어 퇴근하는데 월이 아버지와 이야기를 나누고 있었다. 아니, 껄껄 웃고 있었다. 나는 어깨에 핸드백을 둘러멘 채 복도에서 발길을 멈추고 귀를 기울였다. 왜 웃는 걸까? 제 목숨을 제 손으로 앗을 일이 채 몇 주 앞으로 닥쳤는데, 대체 어떤 일에 기쁨을 느낄 수 있을까?

"저 퇴근해요." 문밖에서 큰 소리로 말하고 걷기 시작했다.

"어이, 클라크……." 그가 말을 걸어왔지만 나는 이미 밖으로 나와 문을 닫아버렸다.

버스에서는 부모님한테 뭐라고 말해야 하나 길지도 않은 시간 내내 고민했다. 아무리 봐도 흠잡을 데 없이 점잖고 보수도 훌륭한 일자리인데, 관뒀다고 하면 부모님은 길길이 화를 내겠지. 처음의 충격이 지나면 엄마는 괴로운 표정으로 나 대신 변명을 늘어놓으리라. 어차피 처음부터 너무 힘든 일이었다면서. 아빠는 틀림없이 왜너는 동생처럼 못 하느냐고 하겠지. 자주 듣는 말이다. 임신해서 인생을 망치고 재정과 육아를 다 가족에게 내맡긴 건 내가 아닌데. 우리 집 안에서 그런 말은 금지였다. 엄마 말마따나, 그러면 토머스의 탄생이 축복이 아니라는 얘기가 되니까. 세상 모든 아기는 다 축복이다. 아무리 입에다 '병신'을 달고 사는 아기라도. 그 아이의 존재 때문에 바깥에 나가 생활비를 벌 수 있는 인력의 절반이 제대로 취직도 못 한다 하더라도.

그렇다고 사실대로 다 말할 수도 없다. 월과 그 집안사람들에게 빚진 건 하나도 없지만, 온 동네 사람들의 호기심 섞인 시선에 시달리게 할 수는 없었다.

버스에서 내려 언덕길을 내려오는 내내 이 모든 생각이 머릿속에서 뒤엉켜 빙글빙글 돌고 있었다.

몇 사람이 웅성웅성 우리 집 주위에 모여 서 있었다. 무슨 큰일이 났나 덜컥 겁이 나 발길을 재촉했다. 그런데 현관 앞에서 구경하는 부모님이 눈에 들어와 우리 집 일은 아니라는 걸 깨달았다. 우리 동네 부부 생활의 특징이라고 할 법한, 허구한 날 벌어지는 소소한 전쟁일 뿐이었다.

옆집 남자가 충실한 남편이 못 된다는 거야 이 동네에서는 뉴스거리도 아니었다. 그러나 집 앞 정원에서 벌어지는 난리 통을 보아하니 정작 아내는 금시초문이었던 모양이다.

"내가 무슨 망할 바보천치인 줄 알았냐? 그 여자가 당신 티셔츠를 입고 있었다고! 당신 생일날 내가 준 그 티셔츠 말이야!"

"여보…… 딤프나…… 당신이 생각하는 그런 게 아니야."

"네놈 먹인다고 지랄 맞은 스카치 에그°를 사러 갔었단 말이야! 그런데 거기서 떡하니, 그걸 입고 있더라고! 철판처럼 뻔뻔스러운 면상으로! 난 스카치 에그를 좋아하지도 않는데!"

다시 느릿하게 걸으며 구경꾼들을 헤치고 우리 집 현관까지 가다가 옆집 남자가 날아오는 DVD 플레이어를 피해 주저앉는 꼴을 보았다. 다음에는 구두 한 켤레가 날아왔다.

"얼마나 저러고 있었어요?"

앞치마를 정갈하게 허리에 맨 엄마가 팔짱을 풀고는 시계를 내려

◇ 삶은 달걀을 다진 고기에 싸서 빵가루를 입혀 튀긴 영국 요리.

다 보았다. "한 45분은 족히 됐겠는데. 여보, 한 45분 됐죠?"

"시간을 언제부터 재느냐에 따라 다르겠지. 여자가 옷을 내던진 때부터? 아니면 저 친구가 돌아와서 그걸 발견한 때부터?"

"집에 돌아왔을 때부터라고 하면."

아빠는 잠시 생각하는 듯했다. "그러면 30분 정도겠네. 처음 15분 동안 창밖으로 살림살이를 엄청 내던졌거든."

"이번에 정말 리처드가 쫓겨나면 네 아빠가 블랙앤드데커 청소기를 노려보겠다는구나."

사람들이 더 모여들었지만 여자의 기세는 누그러질 기미를 보이지 않았다. 오히려 관객들이 많아지자 더 기세가 등등해졌다.

"이 더러운 책들도 다 그 여자한테나 갖다줘." 악을 쓰며 여자가 잡지책들을 소나기처럼 창밖으로 쏟았다.

그러자 군중들이 약간 환호성을 올렸다.

"일요일 오후 절반을 화장실에 앉아서 저걸 보고 앉았으면 어디 그 여자가 퍽도 좋아하겠다, 엉?" 여자는 안으로 사라졌다가 다시 창가에 나타나 빈자리도 얼마 남지 않은 마당에다 빨래 바구니를 몽땅 털어 비웠다. "네놈 더러운 속옷들도 가져가고. 날마다 이걸 빨면서도 네놈이, 뭐지? 그래, 화끈한 남자라고 생각해 줄지 한번 보자, 이놈아!"

리처드는 잔디밭으로 떨어지는 물건들을 한 팔 가득 주워 올렸으나 다 헛된 일이었다. 창문을 보며 뭐라고 소리를 질렀지만, 시끌벅적한 소리며 야유에 묻혀 알아들을 수가 없었다. CD 컬렉션과 비디오 게임들은 상당히 인기가 좋았던 반면, 더러운 빨래를 주우려고 나서는 사람은 없었다.

콰쾅! 리처드의 스테레오가 길바닥에 충돌하자 잠시 사람들이 숨을 죽였다.

남자는 도저히 못 믿겠다는 듯 위를 보았다. "이 미친 쌍년아!"

"성병에 사시까지 있는 정비 공장 흉물하고 잔 게 누군데 날보고 미친 쌍년이래?"

엄마가 아빠를 돌아보았다. "홍차 한잔할까? 약간 쌀쌀해지는 거 같네."

아빠는 옆집에서 눈길을 떼지 않았다. "그거 좋은 생각이야, 여보. 고마워."

엄마가 집 안으로 들어가는 그때 난 그 차를 보았다. 너무 뜻밖이라 처음엔 잘못 본 줄 알았다. 트레이너 부인의 메르세데스 벤츠. 네이비블루 색깔에 차체가 낮고 점잖게 생긴 차였다. 부인은 차를 세우고 인도에서 벌어지는 소동을 내다보며 잠시 망설이다 차 밖으로 나왔다. 부인은 서서 여러 집들을 둘러보았는데, 주소를 확인하는 눈치였다. 그러다 나를 보았다.

슬쩍 물러나 아빠가 어디 가느냐고 묻기 전에 재빨리 길로 내려섰다. 트레이너 부인이 폭동을 일으킨 농부들을 구경하는 마리 앙투아네트처럼 주위의 혼돈을 응시하고 있었다.

"부부싸움이에요." 내가 말했다.

구경하던 걸 들켜 부끄럽다는 듯 부인이 눈길을 거두었다. "그렇군요."

"저 사람들 기준으로 보면 굉장히 건설적인 분쟁이에요. 결혼 생활 상담을 받고 있었거든요."

부인의 우아한 울 정장과 진주와 고급스러운 헤어스타일은 체인점 스타일의 온갖 원색 트레이닝 바지와 싸구려 직물들이 난무하는 우리 동네에서 눈에 확 띨 수밖에 없었다. 부인은 빳빳하게 굳은 모습이었다. 집에 와서 욀 곁에서 잠든 나를 보았던 그날보다 더 심했다. 커밀라 트레이너가 보고 싶어질 일은 없겠다고 내 마음속 아득히 깊은 곳에서 새삼 절감했다.

"잠깐 얘기 나눌 수 있을까요?" 시끄러운 환호성 때문에 부인이 어쩔 수 없이 언성을 높였다.

나는 구경꾼들을 흘끔 바라보고 등 뒤의 집을 살폈다. 트레이너 부인을 우리 집 거실로 안내한다니 상상도 할 수 없었다. 장난감 기차들이 널브러져 있고 할아버지는 TV 앞에서 나직하게 코를 골고 있을 테고 엄마는 아빠 양말 냄새를 지우려고 탈취제를 뿌려댈 것이며 토머스가 불쑥 튀어나와 처음 본 손님한테 '병신'이라고 중얼거릴 것이다.

"어…… 지금은 때가 좋지 않은데요."

"내 차 안에서 얘기하면 안 될까요? 그냥 5분이면 돼요, 루이자. 그 정도는 해줄 수 있잖아요?"

이웃 두서너 명이 자동차에 타는 내 쪽을 흘긋거렸다. 옆집 부부가 오늘의 핫뉴스가 되어준 게 내게는 행운이었다. 자칫 내가 오늘의 화두가 될 뻔했다. 우리 동네에서 값비싼 차에 탄다는 건 딱 두 가지 의미였다. 풋볼 선수 애인을 잡았거나, 평상복 차림의 경찰한테 체포되거나.

숨죽인 탁 소리와 함께 문이 닫히자 돌연 정적이 내려앉았다. 차에서는 가죽 냄새가 났다. 실내에는 나와 트레이너 부인 말고는 아무것도 없었다. 사탕 껍데기도, 진흙도, 잃어버린 장난감도, 석 달 전 흘린 우유 냄새를 덮으려고 매달아 놓은 방향제도 없었다.

"월하고 잘 지내는 줄 알았는데요." 아무도 없는 앞만 똑바로 바라보며 부인이 말했다. 내가 아무 말도 하지 않자 다시 물었다. "돈이 문제가 되나요?"

"아니요."

"점심시간이 더 길면 좋겠어요? 나도 약간 짧다고 생각하긴 했어요. 혹시 그렇다면 네이선한테 부탁……."

"근무시간 때문은 아닙니다. 돈 문제도 아니고요."

"그럼……."

"정말로 하고 싶지가……."

"이봐요. 그렇게 당장 그만둔다고 사표를 내던져 놓고 대체 뭐가 문제인지 물어보지도 못하게 하면 어떡해요."

나는 깊은 숨을 몰아쉬었다. "말씀하시는 걸 어쩌다 듣게 됐어요. 따님하고. 어젯밤에. 그리고 저는…… 저는 그 일에 끼어들고 싶지 않습니다."

"아."

우리는 침묵 속에 앉아 있었다. 그리섬 씨는 이제 현관문을 때려부숴서라도 집 안에 쳐들어갈 기세였고, 부인은 손에 잡히는 물건을 마구잡이로 남편 머리통을 향해 던지고 있었다. 두루마리 화장지, 탐폰 상자, 화장실 청소 솔, 샴푸. 발사되는 미사일의 종류를 보아하니 지금은 화장실에 있는 모양이었다.

"제발, 그만두지 말아요." 트레이너 부인이 조용히 말했다. "윌은 당신과 있을 때 편해 보여요. 한동안 못 본 모습이에요. 나는…… 우리가 다른 사람을 찾아도 다시 그렇게 되긴 굉장히 어려울 거예요."

"하지만, 조력자살을 하는 곳으로 데리고 가실 생각이잖아요. 디그니타스 병원 말이에요."

"아니요. 그 짓을 못 하게 할 수만 있다면 뭐든 할 거예요."

"뭘요, 기도 같은 거요?"

부인은 우리 엄마가 봤다면 '꼰대' 같다고 했을 표정으로 나를 보았다. "지금쯤은 당신도 틀림없이 알 텐데요. 윌이 스스로 마음을 닫아버리려고 작정하면 어쩔 도리가 없다는 걸요."

"저도 이젠 다 알아요." 내가 말했다. "그러니까 6개월의 말미가 끝나기 전에 윌이 저질러버리지 못하도록 제가 옆에서 지켜야 하는 거죠. 그렇죠? 제 말이 틀렸나요?"

"아니, 그런 게 아니에요."

"그래서 제 자격 조건 따위 신경도 안 쓰신 거잖아요."

"밝고 명랑하고 좀 다른 사람이라고 생각했어요. 간호사처럼 보이지도 않고. 남들과 행동도 전혀 달랐지요. 그래서…… 같이 있어주면 윌 기분이 좋아질지도 모른다고 생각했어요. 그리고 정말 그랬잖아요. 정말로 당신 때문에 윌이 기운을 차렸어요, 루이자. 어제그 끔찍한 수염을 걷어낸 애 얼굴을 보니까……. 당신처럼 윌의 마음을 열어줄 사람이 별로 없어요."

"차라리 제가 맡은 일은 사실상 자살을 못 하게 감시하는 일이라고, 처음부터 말해주셨다면 공평했을 텐데요."

커밀라 트레이너가 한숨을 내뱉었다. 말이 안 통하는 바보한테 예의 바르게 설명을 해줘야 할 때나 내는 소리였다. 자기 말 한 마디 한 마디가 상대에게 머저리가 된 기분을 느끼게 한다는 걸 스스로도 아는지 궁금했다. 일부러 갈고닦은 기술이 아닐까 싶기도 했다. 내가 남에게 열등감을 느끼게 만들 일은 영영 없겠지.

"처음 당신을 만났을 때는 정말로 자살을 못 하게 감시할 사람이 필요했는지도 몰라요. 그렇지만 윌은 자기가 뱉은 말에 끝까지 책임을 질 게 분명해요. 나한테 6개월의 말미를 약속했으니까 그 시간은 줄 거예요. 우리한테는 이 시간이 필요해요, 루이자. 그 애가 뭔가 '가능성'이 있다고 생각하게 만들려면 이 시간이 꼭 필요하다고요. 그 애가 계획한 대로는 아니더라도, 즐길 만한 삶이 있다는 생각을 심어줄 희망이 있어요."

"하지만 다 거짓말뿐이잖아요. 나한테도 거짓말을 하셨고 다들 서로 거짓말만 하고 있잖아요."

부인은 내 말을 듣는 것 같지 않았다. 고개를 돌려 나를 보더니 핸드백에서 수표책을 꺼냈다. 벌써 펜을 꺼내 손에 쥐고 있었다.

"이봐요, 원하는 게 뭐죠? 급여는 두 배로 올려줄게요. 원하는 액수를 말해봐요."

"부인의 돈은 필요 없습니다."

"자동차나, 특전, 보너스는……."

"싫어요."

"그렇다면…… 마음을 바꾸려면 내가 어떻게 해야 할까요?"

"죄송합니다."

차에서 내리려 했다. 부인이 번개처럼 손을 뻗었다. 그 손이 내 팔에 얹혔다. 낯선 손길이 방사능을 내뿜고 있었다. 우리 둘 다 그녀의 손을 빤히 쳐다보았다.

"계약서에 서명했잖아요, 클라크 씨." 그녀가 말했다. "직접 서명한 계약서를 통해 6개월 동안 근무하겠다고 약속했어요. 계산대로라면 아직 두 달밖에 일하지 않았고요. 단순하게 계약서상의 의무를 이행해 달라고 청하는 겁니다."

그녀의 목소리가 바스러질 듯 위태로웠다. 트레이너 부인의 손을 내려다보니 떨고 있었다.

부인이 침을 꿀꺽 삼켰다. "부탁입니다."

부모님이 현관에서 보고 있었다. 양손으로 고이 머그잔을 들고 있는 엄마와 아빠 단둘만이 옆집의 떠들썩한 극에서 눈길을 돌리고 있었다. 내가 알아차렸다는 눈치를 챈 부모님은 어색하게 돌아섰다. 이제 보니 아빠는 페인트 얼룩이 묻은 체크무늬 슬리퍼를 신고 있었다.

나는 차문 손잡이를 밀었다. "트레이너 부인, 전 정말이지 그걸 옆에서 지켜볼 수 없어요……. 너무 이상한 일이에요. 이 일에 끼고 싶지 않습니다."

"생각만 해봐요. 내일은 부활절 이틀 전이에요. 정 시간이 필요하다면 윌한테는 당신이 가족 모임에 갔다고 말하겠어요. 주말까지 쉬고 생각을 좀 해봐요. 하지만 부탁이에요. 돌아와 주세요. 돌아와서 그 애를 도와줘요."

나는 뒤도 돌아보지 않고 집 안으로 들어와 거실에 앉아서 멍하니 TV를 바라보았다. 뒤따라 들어온 부모님은 내 눈치를 살피며 서로 눈길을 교환하더니 날 보지 않는 척했다.

거의 11분이 지난 뒤에야 마침내 트레이너 부인의 차가 시동을 걸고 출발하는 소리가 들렸다.

동생은 집에 들어오고 5분도 되지 않아 시비를 걸어왔다. 천둥처럼 쿵쾅거리며 계단을 올라와서 방문을 왈칵 열어젖혔다.

"그래, 들어와라." 내가 말했다. 나는 침대에 누워 두 다리를 벽에 쭉 기댄 채 천장을 물끄러미 바라보고 있었다. 타이츠와 파란 스팽글 반바지 차림이었지만, 반바지는 보기 싫게 축 늘어져 허벅지가 다 드러나 있었다.

카트리나가 문간에 섰다. "사실이야?"

"옆집 딤프나 그리섬이 드디어 하등 쓸데없고 바람이나 피우는 머저리 남편을 쫓아낸 거 말이라면······."

"잔꾀 쓰지 마. 언니 일자리 말이야."

나는 엄지발가락으로 벽지의 패턴을 훑었다. "그래, 사표 냈어. 그래, 엄마하고 아빠가 별로 좋아하지 않는 것도 알아. 그래, 그래. 네가 무슨 소리를 하려는지 모르지만 다 맞아."

그 애는 조심스럽게 문을 닫고 들어와 내 침대 끄트머리에 무겁게 털썩 주저앉더니 걸쭉하게 욕을 했다. "지랄. 언니 말을 어떻게 믿냐."

그러더니 내 다리를 확 밀쳤다. 그 바람에 벽을 타고 다리가 미끄러져 눕다시피 한 자세가 되었다. 나는 손으로 짚고 몸을 일으켰다.

"아우."

동생의 얼굴은 붉으락푸르락했다. "언니 말 못 믿어. 엄마는 걱정에 넋이 다 나가셨어. 아빠는 아닌 척하시지만 마찬가지고. 두 분 생활비는 어쩌라고? 아빠가 벌써 직장 때문에 패닉상태인 거 알잖아. 완벽한 직장을 대체 왜 때려치우려고 하는 건데?"

"나한테 설교하지 마, 트리나."

"글쎄, 누가 하긴 해야 한다고! 언니는 다른 데 어딜 가도 그런 돈 절대 못 받아. 게다가 이력서에서도 얼마나 꼬락서니가 안 좋겠냐고?"

"야, 넌 너 자신하고 네가 원하는 것 말고는 안중에도 없으면서 아닌 척 좀 하지 마."

"뭐라고?"

"내가 무슨 일을 하든 신경 안 쓰잖아, 너는. 그냥 혼자만 나가서 그 잘나고 고고하신 경력을 되살리면 장땡이지. 너한테 나는 어차피 집안 잔고나 떠받치고 애 봐주는 데나 쓸모 있지 무슨 필요가 있겠니. 다른 가족도 마찬가지고." 얼마나 치사하고 못된 소리인지 알고 있었지만 도저히 참을 수가 없었다. 어쨌든 우리 식구를 이런 궁상까지 몰아넣은 건 동생 문제 때문이었으니까. 몇 년째 쌓여가던 원망이 내 몸에서 배어나 뚝뚝 흐르기 시작했다. "우리 모두 끔찍하게 싫어하는 일이라도 참고 해야만 한다잖아. 꼬마 카트리나의 그 망할 야심 때문에 말야."

"내 생각해서 이러는 건 아니야."

"아니라고?"

"그래. 몇 달 만에 처음 일자리 제의를 받았는데 한군데 진득하게 붙어 있질 못하는 언니 얘기를 하는 거라고."

"넌 내 일에 대해서 아무것도 몰라. 알긴 아니?"

"최저임금보다 훨씬 많이 준다는 건 알아. 그 이상 뭘 더 알아야 하는데."

"인생에서 돈만 중요한 줄 아니?"

"그래? 어디 아래층에 내려가서 엄마 아빠한테 그렇게 말해보시지."

"몇 년 동안 한 푼도 안 내고 얹혀 산 주제에 어디 감히 나한테 지랄 맞은 훈계야, 훈계가."

"토머스 때문에 낼 돈이 없는 건 언니도 알잖아."

마구잡이로 동생을 문밖으로 밀치기 시작했다. 개한테 마지막으로 손찌검을 한 게 언제인지 기억도 나지 않지만, 지금은 누구한테든 온 힘을 다해 주먹을 날리고 싶어 미칠 것만 같았다. 그 애가 내 앞에 자꾸 그렇게 얼쩡거리고 있으면 내가 무슨 짓을 하게 될지 몰라 무서웠다. "제발 그냥 꺼져, 트리나. 알았어? 나 좀 혼자 있게 꺼지란 말이야."

동생의 면전에 대고 문을 쾅 닫았다. 마침내 천천히 발길을 돌려 층계를 내려가는 발소리가 들렸을 때, 부모님께 뭐라 말할지 따위는 아예 생각조차 않기로 했다. 온 식구가 이 사태를 계기로 다시 한번 나라는 아이는 쓸모 있는 일이라고는 할 능력이 없는 참담한 실패작이라고 확신한대도 어쩔 수 없었다. 구인구직센터에 세상에서 가장 보수가 좋은 일용 노동직을 그만두는 이유를 어떻게 해명할지도 생각하지 않기로 했다. 닭고기 처리 공장도, 그 공장 깊숙한 곳 어딘가에는 아직도 내 이름이 새겨진 작업복과 위생모가 있을 거라는 생각도 지금은 덮어두기로 했다.

똑바로 누워 월을 생각했다. 그의 분노와 슬픔을 생각했다. 월의 어머니가 했던 말을 곱씹으며 생각했다. 내가 그의 마음에 닿을 수 있던 유일한 사람이었다는 얘기. 눈발이 창밖에서 황금빛으로 날리던 그날 밤 「몰라홍키 송」을 듣고 웃음을 참으려 애쓰던 그를 생각했다. 따스한 살갗과 부드러운 머리카락, 그 손, 살아 있는 사람, 내가 꿈도 꿀 수 없을 만큼 똑똑하고 재미있는 사람, 아직도 스스로 목숨을 끊기보다는 훨씬 더 나은 미래를 꿈꿀 수 있는 사람의 그 손을 생각했다. 그러다 결국 머리를 베개에 묻고 울었다. 내 인생이 갑자기, 전에는 상상조차 못 한 지경으로 어둡고 복잡해졌다는 느낌이 덮쳐왔다. 돌아갈 수 있다면 얼마나 좋을까. 제일 큰 걱정이 고작 프랭크와 내가 주문한 첼시 번의 양이 충분할까에 그쳤던 그 시절로 돌아가고 싶어 나는 울었다.

문을 두드리는 소리가 났다.

나는 코를 풀었다. "꺼져, 카트리나."

"미안해, 언니."

나는 문을 노려보았다.

트리나가 입술을 열쇠 구멍에 바짝 대고 있어서 그런지 목소리가 뭉개져서 들렸다. "와인 가져왔어. 언니, 제발 문 좀 열어줘. 안 그러면 엄마가 내 목소리를 들을 거야. 스웨터 안에서 지금 머그잔이 두 개나 툭 튀어나와 있는데, 우리가 2층에서 술 마시면 엄마가 난리 난리 치는 거 알지?"

나는 침대에서 기어 내려와 문을 열었다.

트리나가 눈물범벅이 된 내 얼굴을 흘깃 보더니 재빨리 침실 문을 닫고 들어왔다. "좋아." 스크루 마개를 돌려 딴 와인을 머그잔에 따라주며 그 애가 말했다. "진짜로 대체 뭐가 어떻게 된 거야?"

나는 동생을 무섭게 노려보았다. "지금부터 내가 해주는 말 아무한테도 하면 안 돼. 아빠도 안 돼. 특히 엄마는 절대 안 돼."

그리고 나는 동생에게 털어놓았다.

누군가에게 말하지 않고는 견딜 수 없었다.

동생을 싫어할 이유는 한두 가지가 아니었다. 몇 년 전이라면 아예 목록을 작성해 보여줄 수도 있었을 거다. 내 머리는 어깨 아래로 내려오기만 하면 끝이 다 갈라지는데 동생 머리는 길고 튼튼한 생머리라는 게 너무 미웠다. 무슨 얘기를 해도 이미 그 애는 다 알고 있어서 미웠다. 학창시절 내내 선생님들이 속삭이는 목소리로 네 동생은 정말 똑똑하다고 말해주곤 했는데, 그게 마치 나는 영원히 그 애 그림자에 가려져 살아야 한다는 뜻처럼 들려서 너무 싫었다. 동생이 아빠 없는 아이를 키우느라 훨씬 큰 침실을 차지하는 바람에 스물여섯 살 나이에 반쪽짜리 다락방에 갇혀 살아야 하는 것도 싫었다. 하지만 가끔 살다 보면 그 애가 내 동생이라 정말 다행일 때도 오곤 한다.

카트리나는 호들갑을 떨고 비명을 질러대는 애가 아니다. 충격받은 표정을 하지도 않고 엄마 아빠한테 말씀드려야 한다고 종용하지도 않았다. 말없이 훌쩍 나가버리는 바람에 뒤에 남은 나만 나쁜 짓을 한 기분에 사로잡히게 만드는 일도 절대 없었다.

동생은 술을 단숨에 들이켰다. "맙소사."

"내 말이."

"법적으로는 정당해. 그 사람들이 아들을 막을 도리가 없어."

"알아."

"제기랄. 내 머리로는 도저히 상상도 못 하겠다."

그 얘기를 해주는 동안에 벌써 술을 두 잔이나 비웠기 때문에, 이제 뺨이 화끈화끈 달아오르는 느낌이 들었다.

"그 사람을 두고 떠난다는 생각만 해도 끔찍해. 하지만 이 일에 낄 수는 없어, 트리나. 난 못 해."

"으음." 그 애는 생각을 하고 있었다. 내 동생한테는 정말로 '생각에 잠긴 표정'이라는 게 있다. 걔가 그런 얼굴을 하면 상대가 말도 못 걸고 기다리게 된다. 반면 내가 '생각에 잠긴 표정'을 하면 화장실에 가고 싶은 얼굴이 된다고 아빠는 놀려댔다.

"어떻게 해야 할지 모르겠어." 내가 말했다.

동생이 고개를 들어 나를 올려다보았다. 갑자기 표정이 환하게 밝아져 있었다. "간단한 일이야."

"간단하다라."

그 애가 우리 잔을 다시 채웠다. "어라, 벌써 다 마셨네. 그래. 간단해. 그 사람들 돈 많지?"

"그 사람들 돈은 받고 싶지 않아. 급여 인상을 제안하긴 했지만, 그건 중요한 게 아니야."

"입 닥치고 가만있어 봐. 언니한테 쓸 거 아니니까. 이 바보. 자기네 돈이 있을 거 아냐. 그리고 윌도 사고로 더럽게 많은 보험금을 받았을 거야. 언니는 그 사람들한테 가서 예산이 필요하다고 하고 그 돈을 써. 그리고, 얼마더라? 남은 넉 달을 활용하는 거야. 윌 트레이너의 마음을 돌리는 거지."

"뭐라고?"

"언니가 그 사람 마음을 돌리라고. 언니 말로는 그 사람, 대부분의 시간을 방 안에서 보낸다면서. 맞아? 그러면 일단 작은 것부터 시작하는 거야. 그리고 언니가 그 사람과 같이 돌아다닐 수 있게 되면 그에게 해줄 수 있는 멋진 일들을 생각해 내. 살고 싶은 마음이 들게 할 수 있는 일들 말이야. 모험이라든가 외국 여행, 돌고래들과 함께 수영하기 등. 뭐든지. 그리고 언니가 그냥 하는 거야. 내가 도와줄 수 있어. 인터넷에서 찾아줄게. 그 사람이 할 만한 환상적인 일들을 틀림없이 생각해 낼 수 있을 거야. 정말로 행복한 마음이 들 만한 일."

나는 동생을 물끄러미 바라보았다.

"카트리나……."

"그래, 알아." 내 입가에 미소가 번지자 카트리나가 씩 웃었다. "내가 원래 빌어먹을 천재잖아."

10

그들은 좀 놀란 눈치였다. 아니, 그건 사실 약한 표현이다. 트레이너 부인은 대경실색했다가 약간 심란해하더니 기분을 전혀 읽을 수 없는 무표정으로 얼굴을 착 닫아버렸다. 소파 위 그 옆자리에서 몸을 작게 웅크린 채 앉아 있던 딸은 무섭게 노려보기만 했다. 바람만 바뀌어도 폭발할 거라고 엄마가 내게 엄포를 놓을 때 짓던, 위험천만한 표정. 내가 바라던 열렬한 호응과는 상당히 거리가 있었다.

"그런데 정확히 뭘 하고 싶다는 거죠?"

"아직은 몰라요. 제 동생이 검색에는 일가견이 있어서요. 전신마비 환자들한테 가능한 활동을 찾고 있어요. 그렇지만 저는 여러분이 따라주실지 그 의향부터 알고 싶었습니다."

우리는 그 집 거실에 있었다. 면접 때와 똑같은 방이었지만, 트레이너 부인과 딸이 소파에 앉아 있고 침을 줄줄 흘리는 늙은 개가 사이에 웅크리고 있다는 게 달랐다. 트레이너 씨는 벽난로 옆에 서 있었다. 나는 프렌치 페전트 스타일°의 인디고 데님 재킷에 미니드레스를 입고 워커 부츠를 신고 있었다. 지금 생각해 보니, 내 계획을 강조하려면 좀 더 전문적으로 보이는 옷차림을 골랐어야 했나 싶기도 했다.

"잠깐 정리 좀 해보죠." 커밀라 트레이너가 앞으로 몸을 기울였다. "윌을 집 밖으로 데리고 나가고 싶다는 거죠."

"그래요."

"그리고 '모험'을 하게 해주고 싶다." 부인이 말하니 무슨 무면허 불법시술처럼 들렸다.

"네. 말씀드린 대로 아직 뭘 할 수 있을지는 확실치 않습니다. 우선은 가까운 동네에서 할 수 있는 일들이 있을 거예요. 그리고 조만간 더 멀리 나갈 수 있다면 좋겠지요."

"외국으로 나간다는 얘기를 하는 건가요?"

"해외요?" 나는 눈을 깜박거렸다. "그보다는 펍 같은 곳을 생각했는데요. 아니면 쇼 같은 거나요."

"윌은 지난 2년간 이 집 밖으로 나가본 적이 없어요. 병원 진찰이 있을 때를 제외하면 말이에요."

"네, 그래서…… 제가 설득을 해볼까 합니다."

"그리고 그쪽도 당연히 이 모든 모험을 오빠와 함께하겠다는 얘기겠죠?" 조지나 트레이너가 말했다.

"뭐 대단한 걸 하겠다는 얘기가 아니에요. 솔직히, 일단 집 밖으

◇ 등이나 가슴에 주름 또는 장식 스모킹을 넣어 낙낙하게 만드는 스타일.

로 데리고 나가는 정도를 말하는 거예요. 성 주위를 산책한다든가 펍에 갔다 온다든가. 나중에 플로리다에 가서 돌고래들과 수영이라도 하게 된다면 멋진 일이겠지요. 하지만 사실 저는 그냥 윌이 집 밖으로 나가서 다른 생각을 좀 하게 된다면 그것만도 좋겠어요." 혼자서 윌을 책임지고 병원에 다녀오는 것만으로도 식은땀이 나더라는 말은 굳이 덧붙이지 않았다. 해외로 데리고 나간다니. 그건 마라톤 풀코스를 뛰라는 말 같았다.

"나는 근사한 아이디어라고 생각해요." 트레이너 씨가 말했다. "윌이 좀 나다니면 정말 좋을 것 같아요. 밤낮으로 처박혀서 사방 벽만 보고 있는 게 뭐가 좋겠소."

"우리도 외출을 시켜보려고 했잖아요. 스티븐." 트레이너 부인이 말했다. "우리가 방구석에서 썩고 있으라고 처박아 둔 건 아니란 말이에요. 저도 죽도록 노력했어요."

"알아요, 여보. 하지만 우리 노력이 대단한 성공을 거둔 건 아니잖아요. 안 그래요? 여기 루이자가 윌이 시도할 준비가 되어 있는 일들을 생각해 내기만 한다면 그건 확실히 좋은 일 아니요?"

"그래요. 여기서 중요한 건 '시도할 준비가 되어 있는'이라는 부분이겠군요."

"그냥 아이디어일 뿐이에요." 내가 말했다. 갑자기 짜증이 솟구쳤다. 그녀가 무슨 생각을 하는지 알 수 있었다. "그게 싫으시다면……."

"……그만두겠다고요?" 부인은 나를 똑바로 보았다.

나는 눈길을 피하지 않았다. 더는 그 여자가 두렵지 않았다. 나보다 하등 나을 것 없는 사람이라는 걸 알았다. 아무것도 안 하고 눈앞에서 아들이 죽는 꼴을 보고 있을 위인이었다.

"그래요. 아마 그렇겠죠."

"그러니까 협박이 맞네."

"조지나!"

"뭐, 괜히 말 빙빙 돌리지 말자고요, 아빠."

나는 조금 더 허리를 꼿꼿이 폈다. "아뇨. 협박이 아니에요. 내가 참여할 준비가 된 일의 선을 정하는 겁니다. 난 가만히 앉아서 조용히 시간이 흐르길 기다릴 수는 없어요. 그러다 윌이…… 어…….'' 말꼬리를 흐렸다.

우리는 모두 손에 든 홍차 잔을 물끄러미 내려다보았다.

"아까도 말했지만……." 트레이너 씨가 단호하게 말했다. "나는 굉장히 좋은 아이디어라고 생각해요. 윌의 동의를 얻어내기만 한다면 해로울 게 전혀 없다고 생각하고. 그 애가 휴가를 떠난다니 생각만 해도 기분이 좋아요. 그저…… 우리가 뭘 해줘야 할지만 얘기해주면 좋겠소."

"그러고 보니 생각이 났어요." 트레이너 부인이 딸의 어깨에 한 손을 올렸다. "네가 같이 휴가를 떠나주지 않겠니, 조지나?"

"저는 괜찮습니다." 진심이었다. 내가 윌을 데리고 휴가를 간다니. TV 퀴즈 쇼에 나가 우승하는 것 못지않게 희박한 확률이었다.

조지나 트레이너는 앉은 자리에서 불편하게 몸을 뒤척였다.

"못 해요. 나 2주 뒤에 새 직장에서 일을 시작하는 거 아시잖아요. 일단 시작하면 영국에는 한참 못 올 거예요."

"호주로 돌아간다고?"

"그렇게 놀란 척하지 마세요. 잠깐 들르러 온 거라고 말씀드렸잖아요."

"나는 그저, 최근 상황으로 봐서…… 좀 더 오래 머물 줄 알았다." 커밀라 트레이너는 딸을 노려보았다. 윌이 아무리 무례하게 굴어도 그런 눈으로 쳐다본 적은 없었다.

"정말 좋은 직장이에요, 엄마. 지난 2년간 이 자리를 목표로 그렇게 열심히 일했단 말이에요." 조지나는 아버지 쪽을 흘긋 쳐다보았다. "윌 오빠의 정신상태 때문에 내 인생 전체를 보류할 수는 없잖아요."

긴 침묵이 이어졌다.

"억울해요. 내가 휠체어 신세가 됐다 해도 오빠한테 모든 계획을 유보하라고 하실 건가요?"

트레이너 부인은 딸을 쳐다보지도 않았다. 나는 시선을 떨구고 내가 쓴 목록의 첫 문단을 읽고 또 읽었다.

"나도 내 삶이 있어요." 그 말은 마치 항변처럼 튀어나왔다.

"나중에 때를 봐서 다시 얘기하자." 트레이너 씨의 손이 딸의 어깨를 짚고 부드럽게 힘을 주었다.

"그래요." 트레이너 부인이 앞에 놓인 서류를 뒤적거리기 시작했다. "그렇다면 좋아요. 이렇게 하기로 합시다. 그쪽이 계획하고 있는 걸 전부 알려주면 좋겠어요." 나를 올려다보며 말했다. "비용은 제가 정산하고, 가능하다면 내가 시간을 비워두고 같이 갈 수 있도록 미리 스케줄을 알려주세요."

"그건 안 돼."

우리는 모두 트레이너 씨를 쳐다보았다. 그는 개의 머리를 쓰다듬고 있었고 표정도 부드러웠지만, 목소리만은 단호했다. "안 돼요. 당신이 가면 안 될 것 같소, 커밀라. 윌이 혼자 할 수 있게 허락해야 해요."

"윌은 혼자 못 해요, 스티븐. 윌이 어딜 간다고 하면 생각해야 할 게 한두 가지가 아니란 말이에요. 굉장히 복잡한 문제예요. 정말로 이런 일을 다 맡길 수는……."

"아니, 여보." 그가 다시 한번 말했다. "네이선이 도와줄 수 있고, 루이자가 알아서 다 잘할 거요."

"하지만……."

"윌이 어른 남자가 된 기분을 느낄 수 있게 해줘야 해요. 어머니가 항상 곁에 있으면, 그건 뭐, 동생도 마찬가지지. 그건 절대 그럴 수가 없어요."

그때 잠깐 트레이너 부인이 안됐다는 생각을 했다. 여전히 특유의 도도한 얼굴이었지만 마음속 깊은 곳에서는 약간 당황했다는 걸 알 수 있었다. 남편이 대체 무슨 생각으로 이러는 걸까 정확히 이해할 수 없다는 듯이. 부인의 손이 십자가 목걸이로 올라갔다.

"윌의 안전은 책임지겠습니다." 내가 말했다. "그리고 우리가 계획하는 일은 전부 미리 넉넉한 시간을 두고 알려드리겠습니다."

트레이너 부인이 턱에 얼마나 힘을 줬는지 턱뼈 바로 아래의 잔근육이 다 보였다. 그 순간 그녀가 정말로 나를 미워하는 게 아닐까 싶었다.

"저도 윌이 살고자 하면 좋겠어요." 마침내, 내가 말했다.

"그건 우리도 다 알고 있어요." 트레이너 씨가 말했다. "그리고 결심해 주어서 고마워요. 이렇게 분별 있게 행동해 주는 것도." 그 분별이 윌하고 상관이 있는 건지, 아니면 전혀 다른 맥락인지 알 수가 없었다. 그 말과 함께 그는 일어섰다. 나는 그게 나가라는 신호라는 걸 알아챘다. 조지나와 그 어머니는 아직도 소파에 앉아 아무 말이 없었다. 내가 방에서 나가면 훨씬 더 많은 얘기들이 오가리라는 걸 알 수 있었다.

"그럼 알겠습니다." 내가 말했다. "생각을 정리하는 대로 문서를 작성하겠습니다. 조만간에요. 시간이 별로 많지……."

트레이너 씨가 내 어깨를 툭툭 두드렸다.

"알아요. 생각이 나면 우리한테 말해줘요."

트리나는 손을 호호 불며 자기도 모르게 제자리걸음을 하듯 발을 동동거리고 있었다. 내 진녹색 베레모를 쓰고 있었는데, 짜증나게도 나보다 훨씬 더 잘 어울렸다. 내 쪽으로 바짝 다가붙더니 방금 주머니에서 꺼낸 목록을 내게 건네주었다.

"3번은 지워야 할지도 모르겠어. 아니면 좀 날씨가 따뜻해질 때까지 보류하든가."

나는 목록을 체크했다. "전신마비 환자 농구? 농구를 좋아하는지도 잘 모르겠는데!"

"그건 중요한 게 아니야. 와, 미치겠다. 여기 진짜 춥네." 동생은 베레모를 귀까지 푹 눌러썼다. "중요한 건 뭐가 가능할지 알아볼 기회를 준다는 거지. 자기만큼 상태가 안 좋은 다른 사람들이 스포츠며 여타 여러 가지를 하고 산다는 것도 알게 되고."

"난 잘 모르겠어. 컵도 하나 못 드는데. 이 사람들은 아마 하지 마비 환자일 거야. 팔도 못 쓰는데 공을 어떻게 던지니?"

"언니는 지금 핵심을 놓치고 있다니까. 실제로 그 사람이 뭘 할 필요는 없다고. 그냥 시각을 넓혀줘야 되는 거잖아. 안 그래? 우리는 다른 장애인들이 뭘 하고 있는지 보게 해주려는 거야."

"네가 그렇다면 그런 거겠지."

모여선 사람들 속에서 나지막한 웅성거림이 들려왔다. 달리기 선수들의 모습이 나타난 모양이었다. 까치발을 하면 간신히 보일 정도였다. 저 멀리 골짜기 아래, 3킬로미터 정도 되는 거리에서 추위를 뚫고 축축하게 젖은 회색 길로 영차영차 올라오는 올록볼록한 하얀 점들 한 무리가 보였다. 손목시계를 슬쩍 봤다. 참으로 적절하게도 '바람의 언덕'이라는 이름이 붙은 기슭에서 거의 40분 동안 서 있었던 참이라 발에 감각이 없었다.

"내가 이 근처에서 가능한 활동을 알아봤어. 언니가 너무 멀리까지 운전하고 싶지 않다면, 2~3주 후에 스포츠센터에서 경기가 있어. 심지어 돈을 걸 수도 있대."

"내기?"

"그러면 직접 뛰지 않아도 약간 더 경기에 몰입할 수 있으니까. 아, 저기, 저기 있다. 우리 있는 데까지 오는 데 얼마나 걸릴까?"

우리는 결승선 옆에 서 있었다. 우리 머리 위로 '봄맞이 트라이애슬론 대회 결승선'이라고 쓰여 있는 현수막이 쌀쌀한 바람에 시들

시들 펄럭거리고 있었다.

"몰라. 20분쯤? 더 걸릴려나? 비상식량으로 초콜릿 바 가져온 게 있는데 혹시 너도 먹을 거야?" 주머니에 손을 넣자 한 손으로 든 목록이 펄럭거리는 걸 막을 수가 없었다. "그래서, 뭐 생각해 낸 다른 거 또 있니?"

"나중엔 좀 더 멀리 가고 싶다고 했잖아. 그치?" 그녀는 내 손가락을 가리켰다. "자기가 큰 거 먹고."

"그럼 이거 먹어. 그 가족들은 내가 무임승차한다고 생각할 것 같아."

"뭐라고? 겨우 그까짓 며칠 좀 데리고 외출한다고? 지랄. 노력해 줘서 고맙다고는 못 할망정. 자기네들은 노력하는 것 같지도 않구먼."

트리나는 초콜릿 바의 다른 쪽 조각을 받았다. "아무튼, 5번. 5번일 거야. 그게 온라인으로 수강할 수 있는 강좌야. 그러니까, 머리에 막대기 같은 장치를 달면 그걸로 키보드를 칠 수 있대. 온라인에는 전신마비 환자 그룹들이 엄청나게 많더라. 그렇게 하면 새 친구를 엄청 많이 사귈 수 있을걸. 굳이 집 밖으로 나가지 않아도 된다는 뜻이지. 채팅방에서 몇 사람하고 얘기도 나눠봤어. 사람들이 괜찮던데. 사실 굉장히……." 트리나는 어깨를 으쓱했다. "정상적으로 보였어."

우리는 아무 말도 없이 초콜릿 바를 먹으며, 비참한 꼬락서니의 주자들 한 무리가 가까워지는 모습을 지켜보고 있었다. 패트릭은 보이지 않았다. 나는 늘 그를 잘 못 알아봤다. 패트릭의 얼굴은 사람들 속에 섞이자마자 금세 사라져 분간이 되지 않았다.

트리나가 종이 쪼가리를 손으로 가리켰다.

"아무튼, 문화면을 잘 봐. 여기 장애인들을 위한 특별 콘서트가 있어. 언니가 그 사람 굉장히 교양 있다고 했지? 뭐, 거기 앉아만 있으면 음악의 세상으로 빠져들 수 있잖아. 중요한 건 자기 안에서 빠져나오는 거니까, 그치? 나 일하는 데서 콧수염 데릭이 그 얘기를 해주더라고. 장애가 정말 심한 사람들이 좀 시끄럽게 소리를 지를 때가 있기는 하다던데, 그래도 틀림없이 좋아할 거야."

나는 미간에 주름을 잡았다. "나는 잘 모르겠다, 트리나."

"'문화'라는 말이 나오니까 언니가 그냥 겁을 먹은 거야. 언니는 그 사람하고 같이 앉아 있기만 하면 돼. 그리고 주머니에 손 넣고 부시럭거리지만 말고. 아니, 좀 더 짜릿한 걸 원하면 말이야……." 그 애는 나를 보고 씩 웃었다. "스트립 클럽도 하나 있어. 그러려면 런던으로 그를 데려가야 하지만."

"날 고용한 사람을 데리고 스트리퍼를 보러 가라고?"

"뭐, 다른 건 다 언니가 해준다면서. 청소도 하고 밥도 먹여주고 등등. 그 사람이 약간 흥분할 때 옆에 좀 있어주면 어때."

"트리나!"

"틀림없이 그런 게 아쉬울 거야. 언니가 대신 돈 좀 꽂아주면서 랩 댄스◇를 보여줄 수도 있지."

우리 주위의 몇 사람이 고개를 휙 돌려 우리를 보았다. 내 동생은

◇ 관객의 무릎 위에 앉아 추는 선정적인 춤.

깔깔 웃어대고 있었다. 원래 그런 식으로 섹스 얘기를 할 수 있는 아이였다. 무슨 여흥거리처럼. 아무런 의미도 없다는 듯이.

"그런가 하면 더 거창한 여행들도 있어. 언니가 뭘 하고 싶은지는 모르겠지만 루아르에서 와인 테이스팅을 해볼 수도 있지. 시작치고 너무 과하지도 않고."

"전신마비 환자가 술에 취해도 될까?"

"몰라. 그 사람한테 물어봐."

나는 목록을 보며 얼굴을 찌푸렸다. "그러니까, 돌아가서 트레이너 가족들한테 자살 충동에 시달리는 전신마비 환자한테 술을 먹이고 그 사람들 돈을 스트리퍼와 랩 댄스에 갖다 쓰고 나서 그 사람 휠체어를 밀고 장애인 올림픽에 출전할 거라고 말하라고?"

트리나는 내 손에서 목록을 홱 빼앗아 갔다. "아니, 그럼 더 기발한 걸 직접 생각해 내시든가."

"그냥 내 생각에는…… 모르겠다." 나는 코를 문질렀다. "솔직히 말해서, 좀 자신 없고 겁이 나. 정원에 나가자고 설득하기도 힘든 걸."

"언니, 그런 기백으로 뭘 하겠다는 거야. 안 그래? 어, 저기 봐! 온다. 우리 웃는 얼굴을 하는 게 좋겠는데."

"힘내, 패트릭!" 나는 힘없이 외쳤다. 그는 나를 보지 못했다. 번개처럼 결승선을 향해서 지나쳐 갔다.

트리나는 자기가 만든 '활동 목록'을 보고 내가 마땅히 보여야 할 열의를 보여주지 않자 이틀 동안 나와 말도 섞지 않았다. 부모님은 눈치도 못 챘다. 내가 일을 계속하기로 했다는 말에 굉장히 기뻐했을 뿐이다. 가구 공장 경영진이 주말에 회의를 소집했는데, 아빠는 자신이 명예퇴직자 명단에 오를 거라 확신했다. 마흔이 넘은 나이에도 잘리지 않은 사람은 여태 없었다.

"살림을 도와줘서 얼마나 고마운지 모른다, 애야." 엄마가 내게 이 말을 하도 자주 해서 이젠 좀 불편할 지경이었다.

이상한 일주일이었다. 트리나는 학교 갈 준비를 하며 짐을 꾸리기 시작했고, 나는 날마다 몰래 위층으로 올라가서 그 애가 가져가겠다고 내놓은 내 물건은 없나 짐 가방들을 살펴봐야 했다. 내 옷들은 대체로 무사했지만 지금까지 내가 찾아낸 것만 해도 헤어드라이어, 가짜 프라다 선글라스, 그리고 내가 제일 아끼는 레몬 무늬 빨래가방이 있었다. 갖고 가서 따져봤자 동생은 어깨를 으쓱하면서 "뭐, 언니는 한 번도 안 썼잖아"라고 대꾸할 게 뻔했다. 그러면 됐다는 듯이.

트리나는 원래 그랬다. 뭐든 누릴 자격이 있다고 생각했다. 심지어 토머스를 낳고도 자신이 집안의 귀여운 막내라는 인식을 버린 적이 없다. 전 세계가 자기를 중심으로 돌아간다는 생각이 뿌리 깊게 박혀 있었다. 어렸을 때, 트리나가 내 물건을 갖고 싶다고 심하게 땡깡을 부리면 엄마는 그냥 주라고 나한테 애걸했다. 그래야 집안이 평온하다면서. 그 뒤로도 거의 20년이 지났지만 본질적으로 변한 건 하나도 없다. 우리는 트리나가 외출할 수 있도록 토머스를 돌봐주었고, 트리나가 걱정하지 않도록 토머스에게 밥을 먹여줬으며, '토머스 때문에 그런 걸 포기해야 하는 게 불쌍해서' 생일과 크리스마스에는 트리나에게만 특별히 멋진 선물들을 사주었다. 사실 트리나는 빌어먹을 내 레몬 무늬 빨래가방 같은 거 없이도 잘 살 수 있단 말이다. 나는 다음과 같은 쪽지를 써서 문 앞에 붙여 놓았다. '내 물건은 내 거야. 꺼져.' 트리나는 쪽지를 찢어버렸다. 그리고 엄마한테 언니만큼 유치한 사람은 처음 봤다고, 토머스 새끼손가락이 차라리 나보다 더 철이 들었다고 일렀다.

하지만 그 덕분에 나는 생각을 좀 하게 됐다. 어느 날 밤, 트리나가 야간 강좌를 들으러 간 사이, 나는 부엌에서 다림질할 아빠 셔츠를 고르고 있는 엄마 옆에 앉았다.

"엄마……."

"왜 그러니?"

"트리나가 대학에 가고 나면 그 방을 내가 써도 될까?"

엄마는 반쯤 갠 셔츠를 가슴에 꼭 붙든 채로 잠시 멈칫했다. "모르겠다. 그런 생각은 안 해봐서."

"내 말은, 그 애하고 토머스가 여기 살 게 아니면 나도 좀 제대로 된 침실에서 살아도 되겠다 싶어서. 걔네들이 대학 가고 나면 여기를 비워두는 게 바보 같지 않나?"

엄마는 고개를 끄덕이더니, 셔츠를 조심스럽게 빨래 바구니에 다시 담았다. "네 말이 맞는 것 같구나."

"그리고 원래 그 방은 내 거라야 하잖아. 내가 첫째니까. 그 애가 토머스를 낳는 바람에 다 차지한 거고."

엄마는 내 말이 옳다는 걸 알았다. "그건 그래. 내가 트리나하고 얘기를 좀 해볼게."

미 비포 유   209

지금 생각하니 동생한테 먼저 말하는 게 더 나았을 것 같다.

세 시간 뒤 트리나가 천둥벼락이 한꺼번에 치는 표정을 하고 거실로 쿵쾅쿵쾅 뛰어 들어왔다.

"그렇게 빨리 내 무덤에 뛰어드시겠다?"

의자에서 주무시던 할아버지가 소스라쳐 일어나다 반사적으로 가슴을 부여잡았다.

TV를 보던 나는 눈을 들었다. "무슨 소리 하는 거니?"

"주말에 나하고 토머스는 어디 있으라는 거야? 우리 둘이 같이 다락방에 들어갈 수는 없잖아. 침대 두 개 놓을 만한 공간도 없는데."

"맞아. 나는 거기 5년 동안 처박혀 살았어." 내가 아주 조금은 잘못했는지도 모르겠다는 생각에, 의도보다 가시 돋친 말이 튀어나왔다.

"언니한테 내 방 못 줘. 그건 공평하지 않아."

"넌 어차피 여기서 살지도 않을 거잖아!"

"그렇지만 필요하단 말이야! 나하고 토머스가 어떻게 다락방에 들어가느냐고. 아빠, 언니한테 말 좀 해줘요!"

아빠의 턱이 옷깃 속 어디 깊은 데로 쑥 떨어졌다. 두 팔은 가슴 앞에서 팔짱을 끼었다. 아빠는 우리가 싸우면 질색하며 대체로 엄마한테 교통정리를 맡기는 편이었다. "좀 진정들 해라, 애들아." 아빠가 말했다.

"어쩐지 떠날 수 있게 열심히 나서서 도와주더라."

"뭐라고? 그러니까 나보고 일 그만두지 말고 재정적으로 지원해

달라고 애원할 때는 언제고 이제 와서 그게 다 음흉한 내 잔꾀다 이 거야?"

"언니는 정말 이중인격자야."

"카트리나, 진정해라." 엄마가 문간에 나타났다. 고무장갑에서 흐르는 거품이 거실 카펫에 뚝뚝 떨어지고 있었다. "차분하게 할 수도 있는 얘기야. 너희들 때문에 할아버지가 흥분하시면 어떡하니."

카트리나의 얼굴이 잔뜩 부었다. 어렸을 때 갖고 싶은 걸 못 갖게 하면 짓던 표정이었다. "언니는 내가 가버렸으면 좋겠나 봐. 당장이라도 쫓아내고 싶은 거지. 나는 살면서 그나마 뭐라도 하고 있으니까 질투가 나시겠지. 그래서 내가 다시 집에 돌아오는 걸 어렵게 만들려는 거고."

"네가 주말에 돌아올 거라는 보장이 어디 있어." 나는 상처받은 마음에 악을 썼다. "나도 찬장 말고 방 같은 방에 살고 싶어. 그리고 넌 멍청하게 애를 가졌다는 이유로 제일 좋은 방을 내내 차지하고 살았잖아."

"루이자!" 엄마가 말했다.

"그래, 뭐, 언니가 제대로 된 직업도 못 구할 정도로 돌대가리가 아니었으면 지금쯤은 독립했겠지. 언니도 나이는 먹을 만큼 먹었어. 아니, 뭐가 문제야? 드디어 패트릭이 영영 청혼하지 않을 거라는 사실을 깨달은 거야?"

"그만들 둬!" 우레 같은 아빠의 호통 소리가 침묵을 갈랐다. "도저히 더는 못 들어주겠다! 트리나, 부엌으로 가. 루, 제자리에 앉아서 입 다물어. 너희들이 그러잖아도 내 인생에 스트레스는 충분해.

서로 발정 난 고양이처럼 달려드는 소리를 도저히 더는 못 들어주겠
다."

"그 멍청한 목록 건을 내가 도와줄 거라고 생각하면 그거야말로
오산이지." 엄마가 내게 씩씩거리는 트리나를 억지로 떼어내 데려
갔다.

"됐어. 어차피 네 도움 따위는 필요 없어. 이 뻔뻔스러운 무임승
차 인생 같으니." 나는 말해버리고 나서 아빠가 내 머리를 향해 던
진《라디오 타임스》잡지를 피해 재빨리 엎드렸다.

토요일 아침에는 도서관에 갔다. 학생 때 이후로는 처음이었다.
7학년 때 잃어버리고 반납하지 않은 주디 블룸 책을 기억하고 있을
까 봐 무서워서 못 갔다. 빅토리아식 줄기둥을 지나 문으로 들어가
면 공무원의 끈끈이 손이 나를 잡아채 3853파운드의 벌금을 요구할
것만 같았다.

도서관은 내 기억과는 전혀 달랐다. 장서의 절반은 CD나 DVD
로 대체된 것 같았고, 거대한 책장에는 오디오북이 가득 꽂혀 있었
다. 축하 카드들이 진열된 스탠드도 있었다. 게다가 조용하지도 않
았다. 노래하고 박수치는 소리가 어린이 책 코너에서 흘러나왔다.
엄마와 아기 모임이 한창 진행 중이었다. 사람들은 잡지를 읽으며
나직하게 잡담을 나누었다. 노인들이 공짜 신문을 깔고 누워 자던
구역은 없어지고 대신 컴퓨터들이 놓인 커다란 타원형 테이블이 있
었다. 조심스럽게 자리에 앉으면서 아무도 보지 않기를 바랐다. 컴
퓨터는 책과 마찬가지로 동생의 전담 영역이었다. 다행히도 도서관

은 나 같은 사람들이 느끼는 두려움을 미리 예상한 모양이었다. 사서가 내 자리로 와서 카드 한 장과 지시 사항이 인쇄되어 코팅된 종이 한 장을 건네주었다. 어깨 너머로 내가 뭘 하는지 들여다보지도 않고, 그냥 도움이 필요하면 책상으로 찾아오라며 중얼거렸을 뿐이었다. 그러자 다시 나와 다리가 흔들거리는 의자와 텅 빈 모니터만 남았다.

몇 년 동안 내가 만져본 컴퓨터라고는 패트릭의 것뿐이었다. 사실 그는 컴퓨터를 피트니스 계획을 다운로드하거나 아마존에서 스포츠 테크닉 책을 주문하는 용도로만 썼다. 거기서 뭔가 다른 걸 하더라도 난 정말 뭔지 알고 싶지 않다. 하지만 나는 사서의 지시를 잘 따랐고, 단계마다 두 번씩 확인했다. 그랬더니 놀랍게도, 그대로 됐다. 되는 정도가 아니라 쉬웠다!

네 시간 뒤 목록의 첫머리가 작성되었다.

더욱이 아무도 주디 블룸 책 얘기를 꺼내지 않았다. 뭐, 물론 동생의 도서관 대출증을 빌려 쓰긴 했지만 말이다.

집으로 오는 길에 문구점에 들러 벽에 붙이는 달력을 하나 샀다. 사무실에서나 쓰는, 직원들의 휴가 기간을 유성펜으로 써 넣는 종류의 달력이었다. 우리 집의 내 작은 방에서 달력을 꺼내 조심조심 문 뒤에 핀으로 고정하고 트레이너 씨네 집에서 일을 시작한 날짜에 표시를 했다. 벌써 오래전이 된 2월 초였다. 그리고 날짜를 세어 그날, 8월 12일에 표시를 했다. 이제 채 넉 달도 남지 않았다. 한 발 물러서서 한참을 물끄러미 바라보았다. 그 작고 까만 동그라미가 육중한 사건의 무게를 조금이라도 떠맡게 하려고 애썼다. 가만히 보고 있자니, 내가 하겠다고 나선 일의 실체가 무엇인지 실감됐다.

작고 하얀 네모 칸들을 한 사람이 평생 느낄 행복과 만족과 기쁨과 쾌락을 주는 일들로 채워 넣어야 했다. 무기력한 팔다리 탓에 혼자서는 어떤 일도 일으킬 수 없는 남자 대신 내가 좋은 경험을 생각해 내고 현실로 옮겨야 했다. 외출하고 여행하고 손님을 받고 점심을 먹고 콘서트를 즐기며 채워 넣을 네모 칸은 이제 겨우 4개월도 남지 않았다. 현실적인 실행 방법을 생각해 내고, 실패하지 않도록 사전 조사도 철저히 해야 했다.

그 다음에는 정말로 그 일들을 하자고 윌을 설득해야 했다.

달력을 뚫어져라 쳐다보던 내 손에 들린 펜이 가만히 멎었다. 작은 달력 한 장에 갑자기 태산 같은 부담이 덜컥 지워졌다.

윌 트레이너에게 살아야 할 이유가 있다고 설득하는 데 주어진 시간은 117일이었다.

11

철새가 도래한다거나 조수가 달라져서 계절의 변화를 알 수 있는 곳들도 있다. 여기, 우리 작은 마을에서는 관광객의 귀환으로 계절의 변화를 안다. 처음에는 조심스레 몇 사람씩 똑똑 방울져 떨어진다. 원색 방수 코트 차림에 여행 안내서와 내셔널트러스트[◇] 회원권을 손에 꼭 쥐고 기차나 자동차에서 삼삼오오 내린다. 그러다 공기가 따뜻해지고 봄이 완연해지면, 씩씩대며 트림하는 관광버스들이 벌컥 게워내듯 관광객을 우르르 쏟아내 대로를 꽉꽉 채운다. 미국인들, 일본인들, 단체로 온 외국 학생들이 성 내부 여기저기로 흩어진다.

겨울 몇 달 동안은 여는 가게가 몇 없었다. 돈 많은 가게 주인들은 길고 황량한 겨울을 이용해 외국의 별장으로 사라졌고, 의욕이 있으면 성탄절 행사를 주최하거나 성내에서 캐럴 콘서트나 공예 축제를 열어 최대한 이문을 챙겼다. 하지만 기온이 점점 올라가면 성

◇ National Trust. 영국에서 시작한 자연보호와 사적 보존을 위한 민간단체.

주차장에는 차량이 즐비하게 늘어서고 동네 음식점에는 점심 주문이 급격히 늘어난다. 날씨 맑은 일요일이 몇 번 지나면 우리는 어느새 졸린 시골 마을에서 전통적인 영국 관광지로 변모해 있다.

예년보다 조금 일찍부터 어슬렁거리는 관광객들을 헤치며 언덕을 올라갔다. 네오프렌 원단으로 만들어진 배낭과 손때 묻은 여행 책자들을 꼭 쥔 관광객들의 카메라는 봄날 성에서 보낸 추억을 포착할 각을 딱 잡고 있었다. 가끔 눈 맞추고 웃어주고, 카메라를 내미는 사람들의 사진을 찍어주기도 했다. 관광철을 두고 불평하는 동네 사람들도 있었다. 차도 막히고 공공 화장실에는 사람들이 넘치고 버터드 번 카페에서 이상한 음식을 주문하는 사람들도 있으니까. "초밥 안 팔아요? 하다못해 캘리포니아롤도 없나요?" 같은 주문이었다. 하지만 나는 안 그랬다. 외지의 바람이 좋았고, 우리 동네와 아득하게 먼 곳의 삶을 일별하는 게 좋았다. 억양을 듣고 출신을 짐작하거나, 넥스트의 카탈로그는 본 적도 없고 막스 앤드 스펜서에서 다섯 개들이 팬티 세트를 사지도 않는 사람들의 옷차림을 구경하는 것도 좋았다.

"신나 보이는데요." 복도에 가방을 던지는데 윌이 말했다. 무슨 도전장이라도 던지는 말투였다.

"오늘이니까요."

"뭐가요?"

"우리 외출요. 네이선하고 같이 경마 보러 가요."

윌과 네이선이 서로를 쳐다보았다. 하마터면 웃음을 터뜨릴 뻔했다. 날씨를 확인하고 너무나 마음이 놓여서 기분이 좋았다. 해가 떴으니 다 잘될 게 분명했다.

"경마?"

"넵. 평지 경주인데 어디서 하더라……." 나는 주머니에서 수첩을 꺼내 들었다. "롱필드에서 해요. 지금 떠나면 세 번째 경주에 맞춰서 도착할 수 있어요. 그리고 제가 '맨오맨'에다가 5파운드 걸어놨으니까 빨리 움직이는 게 좋겠네요."

"경마라."

"네. 네이선이 한 번도 안 가봤대요."

이날의 행사를 위해 나는 파란 퀼트 미니드레스를 입고 테두리에 말 무늬가 그려져 있는 스카프를 목에 둘러 묶고 가죽 승마 부츠를 신었다.

윌은 찬찬히 나를 살펴보더니 휠체어를 후진해서 돌려 네이선을 더 잘 볼 수 있는 자리로 갔다. "오랫동안 꿈꿔왔던 일이 이거라는 겁니까, 네이선?"

나는 네이선을 노려보며 눈빛으로 마구 경고를 보냈다.

"으으에." 네이선이 환한 미소를 지었다. "그래요. 맞다니까요. 조랑말들을 좀 보러 갑시다."

물론 네이선에게는 미리 다 수를 써두었다. 금요일에 전화를 걸어 네이선의 손을 좀 빌리려면 어느 요일이 좋겠냐고 물었다. 트레이너 가족이 네이선의 초과수당을 지불하기로 했다. 윌의 여동생이 호주로 돌아간지라 누구든 좀 '분별 있는' 사람이 나와 동행하기를 원했던 것 같다. 사실 일요일까지는 나도 우리가 같이 할 만한 일이 뭐가 있을지 마음을 정하지 못했다. 하지만 경마는 시작으로는 더할 나위 없는 것 같았다. 멋진 외출이고, 차로 30분도 안 걸리는 데고.

"내가 가기 싫다고 하면 어떻게 되는 겁니까?"

"그러면 저한테 40파운드의 빚을 지시는 거죠." 내가 말했다.

"40파운드? 어떻게 계산이 그렇게 되죠?"

"제가 딸 돈까지 계산해야죠. 8 대 1의 확률로 5파운드를 걸었거든요." 내가 어깨를 으쓱했다. "'맨오맨' 우승은 따놓은 당상이라구요."

내가 그의 허를 찌른 게 틀림없었다.

네이선이 손바닥으로 무릎을 탁탁 쳤다. "아주 재밌을 것 같군요. 날씨도 딱 좋고. 점심 도시락을 좀 쌀까요?"

"아니에요." 내가 말했다. "맛있는 레스토랑이 있어요. 내 말이 1등으로 들어오면 점심은 제가 쏠게요."

"그럼 그쪽은 경마장에 자주 가봤겠군요?" 윌이 말했다.

우리는 윌의 입에서 무슨 다른 말이 나오기 전에 그를 코트로 꽁꽁 감싸 여몄고, 나는 밖으로 달려 나가 차를 후진시켰다.

미리 계획을 다 짜놓았단 말이다. 우리는 맑고 화창한 날에 경마장에 도착한다. 윤기가 반지르르하고 다리가 튼튼한 종마들이 있을 테고, 윤기 흐르는 원색 비단 유니폼을 멋지게 차려입은 기수들이 비스듬한 각도로 질주하며 스쳐 지나가겠지. 브라스밴드도 한두 팀쯤 있을 테고. 스탠드는 환호하는 사람들로 가득할 것이고. 우리는 자리를 찾아 앉아서 승리의 마권을 흔들어 댈 테다. 윌의 경쟁심이 발동할 테고, 결국 승률을 계산해서 반드시 네이선이나 나보다 더 많은 돈을 따고 말 테지. 난 전부 다 생각해 두었다. 그러다 말 구경이 지겨워지면 호평 일색인 경마장 식당으로 가서 최고급 식사를 즐기면 된다.

하지만 아빠의 충고를 귀담아 들었어야 했다. "현실이 기대에 못 미치는 경우를 구구절절 실감할 때가 언제인지 알아?" 아빠는 입버릇처럼 말했다. "신나는 가족 소풍을 한번 계획해 보면 알게 될 걸."

경마장 주차장에서부터 말썽이 시작되었다. 가는 길은 순탄했고, 이제는 내게도 시속 30킬로미터 이상으로 달려도 윌의 휠체어가 뒤집어지는 일이 없을 거라는 자신감이 좀 붙었다. 도서관에서 미리 찾아둔 길로 운전해 가는 내내 쉬지도 않고 주거니 받거니 수다를 떨었다. 파란 하늘이 아름답다는 둥 시골 풍경이 멋지다는 둥 길이 하나도 안 막힌다는 둥. 경마장 앞에 줄을 선 인파는 보이지 않았고, 솔직히 경마장 자체도 내 상상보다는 좀 허름했지만 주차장만큼은 뚜렷하게 표시되어 있었다.

그러나 아무도 내게 주차장이 풀밭이니 주의하라는 얘기는 해주지 않았다. 그것도 축축한 겨울 내내 차바퀴에 온통 짓밟힌 잔디밭이었다. 빈자리를 찾아 후진 주차를 했는데 어렵지는 않았다. 주차장은 반도 차지 않았으니까. 그런데 트랩을 내리자마자 네이선이 근심스러운 표정을 했다.

"땅이 너무 부드러워요." 그가 말했다. "휠체어가 푹 빠질 겁니다."

스탠드 쪽을 살폈다. "저 진입로까지만 가면 괜찮지 않을까요?"

"이 휠체어는 엄청나게 무거워요. 게다가 저기까지 10미터는 되어 보이는데요."

"설마. 괜찮겠죠. 어디 약간 젖은 땅도 못 견디는 휠체어를 만들었겠어요."

윌의 휠체어를 조심스럽게 내렸지만 바퀴가 진흙에 몇 센티미터 깊이로 빠지고 말았다.

윌은 아무 말도 하지 않았다. 불편한 얼굴이었다. 그는 지난 30분간 차에서도 입을 다물다시피 하고 있었다. "이런, 우리 수동으로 밀고 가요. 우리 둘이서 저 진입로까지는 충분히 갈 수 있을 거예요."

우리는 윌을 뒤로 기울였다. 한쪽 손잡이는 내가 잡고 네이선이 반대편 손잡이를 잡은 뒤 진입로 쪽으로 끌었다. 진척은 더뎠다. 팔도 너무 아팠거니와 깨끗했던 내 부츠에 두껍게 진흙이 달라붙는 바람에 내가 자꾸 멈춰 선 탓이었다. 마침내 진입로에 도착했을 때, 윌의 담요가 반쯤 미끄러지더니 바퀴에 끼어버렸다. 결국 한쪽 귀퉁이가 찢어진 담요는 진흙투성이가 되어버렸다.

"걱정 말아요." 윌이 건조하게 말했다. "기껏해야 캐시미어에 불과하니까."

나는 못 들은 척했다. "됐어요. 해냈어요. 이제 재밌는 부분만 남았네요."

아, 그렇다. 재미있는 대목. 경마장에 1인용 십자 회전문이 있을 줄 누가 생각이나 했단 말인가? 별로 군중을 통제할 필요도 없어 보이는데? 경마 팬들 한 무리가 한목소리로 구호를 외치며 '찰리스

달링'이 다시 3위 자리에 복귀하지 않으면 폭동을 일으키겠다고 협박을 해댈 리도 없는데? 난동을 피우는 카우걸들을 장내에 가둬놓거나 못 들어오게 막아야 할 일도 없어 보이는데? 십자 회전문과 윌의 휠체어를 번갈아 바라보던 네이선과 나는 서로의 얼굴을 마주 보았다.

네이선이 매표소로 가서 그 안에 있는 여자한테 우리의 곤경을 털어놓았다. 여자는 머리를 모로 꼬고 윌을 보더니 스탠드 끄트머리를 우리에게 손으로 가리켜 보였다.

"장애인 출입문은 저쪽입니다." 여자가 '장애인'을 어찌나 또박또박 말하는지 발음 경연 대회라도 나온 사람 같았다. 200미터는 족히 되는 거리였다. 가까스로 진입로에 올라서자 파란 하늘이 갑자기 자취를 감추더니 진눈깨비를 동반한 돌풍이 불기 시작했다. 당연히 우산이 있을 리가 없었다. 나는 지치지도 않고 명랑하게 떠들어댔다. 이게 얼마나 웃기는 일이냐, 얼마나 황당한지 모르겠다. 심지어 내 귀에조차 내 목소리가 신경질적이고 짜증스럽게 들리기 시작했다.

"클라크." 윌이 결국 한마디 하고야 말았다. "제발 진정해요, 네? 지금 아주 사람 피곤하게 하고 있다고요."

우리는 스탠드석 표를 샀다. 다 왔다는 생각에 마음이 놓이다 못해 쓰러질 것 같은 기분으로 윌의 휠체어를 밀고 메인스탠드 측면의 차양이 드리운 자리로 갔다. 네이선이 윌이 마실 것을 챙기는 사이 함께 경마를 즐길 객석 사람들을 살필 시간이 좀 생겼다.

이따금 비가 후드득 내리다 말다 했지만 사실 스탠드 아래쪽은 상당히 쾌적했다. 우리 위쪽에 있는 전면 유리로 된 발코니에서 정장 차림의 남자들이 결혼식 예복 차림의 여자들에게 샴페인 잔을 건네주고 있었다. 따뜻하고 아늑해 보이는 그 자리가 소위 '프리미어 구역'일 거라 짐작했다. 매표소 안내판에 적힌 천문학적인 숫자 옆에 그렇게 쓰여 있었다. 빨간 끈이 달린 작은 배지가 특별석을 표시하고 있었다. 우리의 파란 배지를 다른 색으로 바꿀 수 있을까 잠깐 생각해 봤지만, 휠체어를 탄 사람들은 우리뿐이니 너무 눈에 띌 것 같아 그만두었다.

우리 옆으로는, 휴대용 술병을 든 트위드재킷 차림의 남자들과 커피 텀블러를 든 말쑥한 패딩 코트 차림의 여자들이 스탠드를 따라 뜨문뜨문 앉아 있었다. 좀 더 일상적인 행색이었고, 우리처럼 파란 배지를 달고 있었다. 그리고 계급 체제의 패러디처럼 줄무늬 폴로셔츠 차림의 남자들 한 무리가 맥주 캔을 움켜쥔 채 다 같이 놀러 나온 행색으로 퍼레이드 링을 빙 둘러서 있었다. 박박 깎은 머리를 보니 어디 군대 소속인 것 같기도 했다. 가끔 가다 목 놓아 노래를 부르기도 하고 서로 박치기를 한다거나 목에 팔을 두른다거나 하면서 시끌벅적하게 서로 몸을 부딪치기도 했다. 화장실에 가려고 그들 곁을 지나치는데 내 짧은 치마를 보고 휘파람을 불어대길래 등 뒤로 가운뎃손가락을 치켜들었다. 하지만 곧 말 예닐곱 마리가 나와 돌아다니기 시작하자 그들은 내게 흥미를 잃고 장인처럼 절묘하게 스탠드에 녹아들어 다음 경주를 기다렸다.

다음 순간 주위 사람들이 갑자기 활기를 띠며 환호하고 말들이 게이트에서 뛰쳐나왔다. 나는 그만 벌떡 일어나고 말았다. 선 채로 스쳐 지나가는 경주마들에 넋을 빼앗긴 채 멍하니 바라볼 수밖에 없었다. 물결치듯 흐르는 말들의 꼬리, 화려한 복색을 한 기수들이 미친 듯이 말을 독려하는 모습, 다 같이 자리를 빼앗기지 않으려 온 힘을 다해 겨루는 광경을 보니 벅차게 솟구치는 흥분을 도저히 억누를 수 없었다. 승자가 결승선을 통과하는데 환호성을 참기란 불가능에 가까웠다.

우리는 시스터우드 컵을 보고, 다음에는 메이든 스테이크스°를 보았다. 네이선은 작은 단발 경기에 돈을 걸어 6파운드를 땄다. 윌은 절대 돈을 걸지 않겠다고 했다. 경주는 다 구경했지만 그는 상의 옷깃을 높이 올리고 머리를 푹 파묻은 채 말이 없었다. 방 안에서만 너무 오래 지냈으니 당연히 기분이 이상할 거라는 생각이 스쳤지만, 그냥 모른 체 지나치기로 마음먹었다.

"대체 경주를 몇 개나 봐야 그 오랜 꿈을 실현했다고 칠 겁니까?"

"심술부리지 마요. 무슨 일이든 한 번은 해봐야 한다잖아요."

"경마는 '근친상간과 모리스 댄싱°°만 빼고' 다 해봐야 하는 일의 범주에 들어가나 보군요."

"항상 나보고 시야를 넓히라고 잔소리를 했잖아요. 자기도 좋으면서." 내가 말했다. "괜히 아닌 척하지 마세요."

그리고 말들이 출발했다. 맨오맨은 노란 다이아몬드 모양이 수놓인 자주색 비단을 두르고 있었다. 하얀 레일을 돌며 온몸을 쭉 뻗고 질주하는 말을 지켜보았다. 기수의 다리가 펌프질하듯 움직였고 말

◇ 한 번도 달려본 적이 없는 말들이 상금을 걸고 경쟁을 펼치는 경주.
◇◇ 남성들이 전설에 나오는 인물로 분장하고 춤을 추는 영국 민속무용.

의 목을 잡은 두 팔이 앞뒤로 정신없이 허공을 내저었다.

"힘내, 이놈아!" 네이선이 자기도 모르게 몰입해서 외쳤다. 그는 주먹을 꽉 쥔 채 트랙 저 멀리로 질주해 달려가는 흐릿한 한 무리의 짐승들에서 눈을 떼지 못했다.

"힘내라, 맨오맨!" 내가 외쳤다. "너한테 스테이크 턱이 달렸단 말이야!" 하지만 코를 벌름거리며 귀를 머리에 바짝 붙인 채 자리를 사수하려던 말의 악전고투는 수포로 돌아갔다. 내 심장도 쿵 떨어졌다. 마지막 200미터에 들어섰을 때, 내 외침도 차츰 잦아들었다. "좋아요, 커피로 해요." 내가 말했다. "커피 정도로 타협해도 되죠?"

내 주위 사람들이 우레 같은 함성을 지르며 벌떡 일어났다. 우리에게서 두 자리 건너 앉은 여자애가 다 쉰 목으로 비명을 질러대며 펄쩍펄쩍 뛰었다. 그때 아래를 내려다본 나는 윌의 눈이 꼭 감겨 있고 양미간 사이에는 희미하게 주름이 잡혀 있는 걸 보았다. 나는 내키지 않는 마음으로 트랙에서 눈을 돌려 무릎을 꿇고 앉았다.

"괜찮아요, 윌?" 바짝 다가가서 물었다. "뭐 필요한 거 있어요?"

"스카치." 그가 말했다. "큰 잔으로."

그는 눈을 들어 나와 시선을 맞췄다. 넌더리가 난다는 표정이었다.

"우리 점심 먹어요." 나는 네이선에게 말했다.

네 발 달린 사기꾼 맨오맨은 한심하게도 6등으로 결승선을 통과했다. 또 한 번 환호성이 울렸고 아나운서의 목소리가 스피커를 통해 울려 퍼졌다. "신사 숙녀 여러분, '러브 미 레이디'가 압도적인 차이로 1위에 올랐으며, 그 뒤를 '윈터 선'이 따르고 '배리 러블'이

2마신馬身 차이로 3위로 들어왔습니다."

나는 윌의 휠체어를 밀면서 다른 사람은 안중에도 없는 사람들을 헤쳐 나왔다. 내가 두 번씩 비켜달라고 해도 들은 척도 않던 사람들의 발을 일부러 휠체어 바퀴로 쿵쿵 찧었다.

우리가 엘리베이터에 타자마자 윌의 목소리가 들렸다. "클라크, 그쪽이 나한테 40파운드 빚진 걸로 생각하면 되는 거죠?"

레스토랑은 최근에 리모델링했고, TV에 출연하는 유명 요리사가 총책임을 맡고 있었다. 셰프의 얼굴이 그려진 포스터들이 경마장 안팎을 도배하고 있었다. 미리 메뉴는 살펴보고 왔다.

"대표 요리는 오렌지 소스를 곁들인 오리고기라는데요." 나는 두 남자에게 말했다. "70년대 복고풍인가 봐요."

"그쪽 옷차림하고 잘 맞겠네." 윌이 말했다.

추위도 피하고 사람들과도 멀어지자 윌의 기분이 조금은 나아진 눈치였다. 자기만의 외로운 세상으로 숨어드는 대신 주변을 둘러보기 시작했다. 내 위장은 뜨끈뜨끈하고 든든한 점심 식사를 고대하며 요동치기 시작했다. 윌의 어머니가 '금일봉'으로 준 금액은 80파운드나 되었다. 내가 먹은 건 내 돈으로 내고 부인에게 영수증을 제출하기로 마음먹었기에, 거리낌 없이 뭐든 먹고 싶은 대로 주문할 수 있었다. 복고풍 오리구이건 뭐건 걱정 없다.

"네이선, 외식 좋아해요?" 내가 물었다.

"사실 맥주 사서 집으로 싸 들고 가서 먹는 걸 더 좋아하죠." 네이선이 말했다. "하지만 오늘은 좋네요."

"마지막으로 외식한 게 언제예요, 윌?" 내가 말했다.

윌과 네이선이 서로 바라보았다. "내가 온 뒤로는 한 번도 없죠." 네이선이 말했다.

"희한하게도 나는 모르는 사람들 앞에서 누가 내게 숟가락으로 음식을 떠먹여 주는 게 썩 좋지 않더라고요."

"그러면 사람들을 등지고 먹을 수 있는 자리를 잡아야겠네요." 내가 말했다. 이런 반응은 미리 예상했었다. "행여 유명한 연예인이 라도 오면, 그때 후회해 봤자 소용없고요."

"암요. 이 시즌이면 진흙투성이 3류 경마장에 스타들이 득시글거리겠죠."

"괜히 남들 좋은 기분 망치지 말아요, 윌 트레이너." 엘리베이터 문이 열렸다. "내가 마지막으로 외식을 한 데가 어디냐면, 헤일즈버리의 유일한 실내 볼링장에서 네 살짜리의 생일파티를 했을 때라구요. 밀가루 반죽 범벅이 아닌 건 아예 찾아볼 수도 없었어요. 애들까지 포함해서요."

우리는 카펫이 깔린 복도를 따라 휠체어를 밀었다. 한쪽 벽면을 전부 차지하는 유리벽 너머에 레스토랑이 있었다. 빈 테이블이 꽤 많아 보였다.

"안녕하세요." 내가 프런트로 다가가서 말했다. "세 명이에요." '제발 윌은 보지 말아요. 제발 어색하고 민망한 기분이 들지 않게 해줘요. 이 식사를 즐기는 게 얼마나 중요한 일인지 몰라요.' 나는 여자에게 소리 없이 애원했다.

"배지를 보여주세요." 그녀가 말했다.

"뭐라고요?"

"프리미어 구역 배지 갖고 계시죠?"

멍하니 그녀를 바라보았다.

"이 식당은 특별석 배지를 가진 분들만 이용하실 수 있습니다."

어깨 너머로 윌과 네이선을 흘끗 보았다. 둘은 우리 말소리를 듣지 못한 채, 기대에 차서 기다리고 있었다. 네이선이 윌의 코트를 벗겨주고 있었다.

"어…… 우리가 원하는 식당에서 식사를 할 수 없다는 얘기는 못 들었는데요. 파란 배지는 갖고 있어요."

여자는 미소를 지으며 말했다. "죄송합니다. 특별석 배지 소유자만 이용하실 수 있습니다. 저희 홍보물에 전부 명시되어 있는데요."

나는 깊이 숨을 들이쉬었다. "좋아요. 다른 식당 있나요?"

"편안하게 식사를 하실 수 있는 '웨잉 룸'은 안타깝게도 지금 리모델링 공사 중입니다. 그렇지만 스탠드를 따라 매점이 있는데, 거기 가시면 간단히 요기를 하실 수 있을 겁니다." 여자는 축 처진 내 표정을 보고 덧붙였다. "피그 인 어 포크는 꽤 맛있어요. 햄버거 빵 사이에 구운 돼지고기를 끼운 건데, 사과 소스도 뿌려주고요."

"매점이란 말이죠."

"네."

나는 허리를 기울여 그녀에게 바짝 다가섰다. "부탁이에요. 진짜 힘들게 여기까지 온 건데, 저기 있는 저희 친구한테는 추위가 좋지 않아요. 이 안에 있는 테이블을 잡을 수 있는 길이 전혀 없을까요? 그냥 따뜻한 데로 데리고 들어갈 수만 있으면 돼요. 오늘 하루를 즐기는 게 정말로 중요하단 말이에요."

여자는 콧등을 찡그렸다. "정말 죄송합니다. 제가 규칙을 위반하고 멋대로 할 만한 직위가 아니라서요. 그렇지만 아래층에 가시면 장애인 좌석이 있는데, 거기 문을 닫고 들어가실 수 있어요. 트랙이 보이지는 않지만 꽤 아늑하거든요. 난방도 되고 필요한 건 다 있어요. 그 안에서 식사를 하실 수 있을 거예요."

나는 여자를 노려보았다. 정강이로부터 빳빳한 긴장이 몸을 타고 올라왔다. 나는 여자의 이름표를 찬찬히 뜯어보았다. "샤론." 내가 말했다. "테이블에 공석이 훨씬 많잖아요. 자리를 반 이상 남겨두는 것보다는 더 많은 사람들이 식사를 하는 편이 훨씬 좋지 않나요? 규정집에 적힌 케케묵은 계급주의적 규칙에 집착하는 것보다는?"

간접조명에 여자의 미소가 희번덕거렸다. "부인, 상황은 이미 설명을 드렸습니다. 저희가 규칙을 묵살하고 요구를 들어드린다면, 다른 분들께도 다 그렇게 해야 해서요."

"그렇지만 말이 안 되잖아요." 내가 말했다. "비 오는 월요일 점심시간인데요. 테이블도 비었잖아요. 우리는 돈 내고 식사를 하고 싶다고요. 제대로 된 값진 식사를 냅킨도 있고 다 있는 데서 하고 싶단 말이에요. 아무리 아늑해도 전망도 없는 대기실 같은 데 앉아서 돼지고기 샌드위치를 먹을 수는 없어요."

식사를 하던 다른 손님들이 문간에서 벌어지는 공방에 호기심이 생겼는지 자꾸 돌아보기 시작했다. 월과 네이선도 뭔가 문제가 있다는 걸 알아챘다.

"그러셨으면 특별석 배지를 사셨어야지요."

"좋아요." 나는 핸드백을 들고 지갑을 찾아 뒤적이기 시작했다. "특별석 배지가 얼마죠?" 휴지며 너덜너덜한 버스표, 그리고 토머스가 공짜로 얻은 장난감 자동차들이 튀어나왔다. 지금 그런 건 신경도 쓰이지 않았다. 레스토랑에서 월에게 근사한 점심을 대접하고야 말 작정이었다. "자, 얼마나 되는데요? 10파운드? 아니면 20파운드 더?" 나는 지폐 한 주먹을 그녀에게 내밀었다.

여자는 내 손을 내려다보았다. "죄송합니다. 여기서는 배지를 팔지 않습니다. 여기는 레스토랑이에요. 다시 매표소로 돌아가셔야 합니다."

"경주 코스 반대편에 있는 거기 말인가요."

"그래요."

우리는 서로 뚫어져라 노려보았다.

월의 목소리가 끼어들었다. "루이자, 갑시다."

갑자기 눈물이 그렁그렁 차올랐다. "아뇨." 내가 말했다. "이건 말도 안 돼. 우리가 여기까지 어떻게 왔는데. 여기 있으면 제가 가서 특별석 배지를 사 가지고 올게요. 그리고 우리 식사해요."

"루이자, 나 배 안 고파요."

"식사를 하고 나면 다 괜찮아질 거예요. 경마도 구경하고요. 괜찮을 거예요."

네이선이 앞으로 나와 내 팔을 잡았다. "루이자, 내 생각엔 월이 진짜로 그냥 집에 가고 싶은 것 같아요."

이제 온 식당이 우리를 주목하고 있었다. 식사하는 사람들의 시선이 우리를 훑어보고 내게 머물렀다가 월에게로 옮겨갔고, 곧 희미한 연민이나 혐오로 흐려졌다. 최악의 실패자가 된 기분이었다. 여자를 올려다보았다. 적어도 그 여자는 막상 윌이 입을 열어 직접 말을 하자 살짝 부끄러운 표정을 지을 만큼의 양심은 있었다.

"고맙군요." 내가 여자에게 말했다. "이렇게 뒤지게 환대해 주셔서 아주 고맙습니다그래."

"클라크……." 윌의 목소리는 경고를 담고 있었다.

"어찌나 융통성이 있어주시는지 진짜 고맙네요. 아는 사람들한테 다 추천해 드리겠어요."

"루이자!"

나는 가방을 움켜쥐고 팔 밑에 탁 끼웠다.

"꼬마 자동차를 두고 가셨어요." 네이선이 열어준 문으로 쌩하니 나가는데 등 뒤로 여자가 소리쳤다.

"왜요. 그것도 망할 배지가 있어야 되나요?" 나는 대꾸하고 뒤따라 엘리베이터에 탔다.

우리는 말없이 하강했다. 엘리베이터가 내려가는 짧은 시간 동안 분노로 부들부들 떨리는 손을 멈추느라 안간힘을 써야 했다.

우리는 바삭하게 구운 돼지고기와 사과 소스가 든 샌드위치 세 개를 주문했고 줄무늬 차양 밑에 앉아서 먹었다. 나는 윌과 눈높이를 맞추려고 작은 휴지통을 깔고 앉아서, 한 입 크기로 고기를 떼어 먹여주었다. 필요하면 손가락으로 잘게 찢어주기도 했다. 카운터 뒤에서 서빙하는 여자 둘은 우리 쪽을 쳐다보지 않는 척했다. 곁눈질로 윌을 계속 지켜보다 가끔씩 우리가 안 보고 있다 싶으면 자기네들끼리 속살거리는 게 뻔히 보이는데. '저 남자 불쌍하다.' 여자들이 하는 말이 귀에 선히 들리는 듯했다. '저렇게 살면 얼마나 끔찍할까.' 윌은 지금 어떤 기분일지 너무 깊이 생각하지 않으려 애를 썼다.

비는 그쳤지만 바람이 쌩한 경마장이 갑자기 황량해 보였다. 갈색과 초록색 땅바닥에 사람들이 버리고 간 마권들이 어지럽게 널려 있고, 풍경도 단조롭고 허허로웠다. 비가 와서 주차장에 차가 눈에 띄게 적어졌다. 저 멀리서 또 다른 경주가 진행되고 있는지 우레 같은 발굽소리가 스치고 일그러진 장내 방송 소리가 들려왔다.

"아무래도 돌아가야겠어요." 네이선이 입가를 닦으며 말했다. "뭐, 다 좋고 재미도 있었지만 길 막히는 시간은 피하는 게 좋겠죠?"

"그래요." 내가 대답하면서 종이 냅킨을 구겨 휴지통에 던졌다. 윌은 3분의 1 정도 남은 샌드위치가 먹기 싫다며 고개를 흔들었다.

"맛이 없대요?" 네이선이 휠체어를 밀고 풀밭을 건너가는데, 아까 그 여자가 물었다.

"글쎄요. 곁들이로 쓸데없는 호기심을 처바르지 않았다면 훨씬 맛있게 먹었을지도요." 이 말과 함께 나는 남은 음식을 세차게 휴지통에 처넣었다.

그렇지만 자동차까지 가서 휠체어를 다시 올리는 건 말처럼 쉬운 일이 아니었다. 경마장에서 우리가 함께 보낸 몇 시간 동안 내내 차들이 드나들어 주차장이 진흙 바다였다. 네이선도 힘이 장사인 데다 나도 전력을 보탰지만 풀밭 건너 자동차까지 반도 못 갔다. 마지막 몇 인치를 남기고 바퀴가 못 버티고 끽끽 헛돌았다. 나와 네이선의 발이 진흙탕에 줄줄 미끄러지고 신발은 진흙 범벅이 되었다.

"이래서는 될 리가 없어." 윌이 말했다.

"아무래도 도움이 필요할 것 같은데요." 네이선이 말했다. "내 힘으로는 다시 스탠드로 올리기도 힘들겠어요. 꿈쩍도 안 하니."

윌이 땅이 꺼져라 한숨을 쉬었다. 진절머리가 난다는 그 표정은 내가 본 것 중에서도 가장 심했다.

"내 힘으로 앞좌석에 앉혀 줄 수는 있을 것 같아요, 윌. 좌석을 약간 뒤로 젖히기만 한다면 말이죠. 그다음에 루이자하고 내가 휠체어를 갖고 갈 수 있을지 한번 봅시다."

윌의 목소리가 악문 이빨 틈으로 흘러나왔다. "소방차가 와서 견인하는 꼬라지까지 갈 수는 없어."

"미안해요, 친구." 네이선이 말했다. "하지만 루하고 나 두 사람 힘으로는 도저히 안 돼요. 자, 루. 나보다 당신이 예쁘니까 가서 도와줄 사람들 좀 불러와요."

윌은 눈을 꼭 감고 턱이 으스러져라 이를 악물었고, 나는 스탠드를 향해 달리기 시작했다.

낯선 사람을 대하는 게 능숙하진 않지만 그때는 절박하다 못해 무서울 게 없었다. 나는 스탠드에 무리 지어 앉아 있는 사람들을 찾아다니며 몇 분만 손을 좀 빌려달라고 부탁했다. 그들은 내가 무슨 덫이라도 놓고 있는 듯 나와 내 옷차림을 훑어보았다.

"우리는 지금 다음 경주를 기다리고 있단 말입니다." 사람들은 이렇게 말했다. 아니면 "미안해요." 아니면 "2시 반 이후까지 기다려줘야 되겠는데요. 지금 이 경주에 걸었거든요."

심지어 기수 한두 명을 멱살이라도 잡고서 끌고 갈까 생각했었다. 그렇지만 울타리 가까이 가서 보니 기수들은 나보다 더 덩치가 작았다.

퍼레이드 링에 도착했을 무렵에는 온몸이 꾹꾹 억누른 분노로 이글거리고 있었다. 그때쯤에는 미소도 사라지고 험상궂게 땍땍거렸던 것 같다. 그리고 거기서, 마침내, 이렇게 기쁠 수가. 아까 본 줄무늬 폴로셔츠의 남자들을 만났다. 셔츠 등판에 '마키의 최후의 보루'라고 쓰여 있었고 하나같이 맥주 캔을 움켜쥐고 있었다. 내가 다가가자 그들은 또 환호성을 올렸고, 난 가운뎃손가락을 치켜들고 싶은 충동을 억눌러야 했다.

"아가쒸, 웃어봐요. 특별한, 내 칭구가 총각인 마지막 주말이늬까." 한 사람이 햄 덩어리만 한 주먹으로 내 어깨를 쿵 치면서 새는 발음으로 중얼거렸다.

"오늘 월요일이에요." 나는 움찔거리지 않으려고 애쓰면서 손을 떼어냈다.

"농담이겠쥐. 벌써 월요일이라고?" 그는 비틀거리며 뒤로 물러섰다.

"사실은요." 내가 말했다. "좀 도와달라고 부탁드리러 왔어요."

"우리 애기 부탁은 뭐든지 들어줘야죠." 이 말에 음탕한 윙크가 따라왔다.

그 친구들이 물풀처럼 흐물흐물하게 그를 둘러싸고 흔들거렸다.

"아니, 정말이에요. 제 친구를 좀 도와주시면 좋겠어요. 저기 주차장에 있거든요."

"미안하쥐마 누굴 도울 상항이 아니라서."

"어이, 일어나. 다음 경주라고, 마키. 여기다 돈 걸었어?"

그들은 벌써 흥미를 잃고 트랙 쪽으로 돌아서고 있었다. 어깨 너머로 흘끔 주차장을 보자 축 처진 윌의 모습이 보였다. 네이선이 휠체어를 밀어보려고 헛수고를 하고 있었다. 나는 집에 돌아가서 윌의 부모님에게 우리가 윌의 어마어마하게 비싼 휠체어를 주차장에 처박아 두고 왔다고 말씀드리는 내 모습을 떠올렸다. 그리고 그때 문신을 보았다.

"저 사람 군인이에요." 나는 큰 소리로 외쳤다. "전역 군인."

남자들이 한 사람씩 고개를 돌렸다.

"부상을 당했어요. 이라크에서. 우리는 그저 하루 외출해서 즐거운 시간을 보내게 해주고 싶었을 뿐인데. 아무도 우리를 도와주려 하지 않네요." 이 말을 하는데 눈물이 차올랐다.

"어디 있어요?"

"주차장에요. 정말 수많은 사람들에게 부탁했는데 전혀 도와주려 하지 않았어요."

"어이, 다들 가자고. 이런 걸 참고 볼 수는 없지." 남자들이 비뚤비뚤 휘청거리며 줄지어 나를 따라왔다. 우리가 갔을 때, 네이선은 윌의 옆을 지키고 서 있었다. 네이선이 담요를 한 장 더 꺼내 어깨를 감싸주었는데도 윌은 추위에 떨며 머리를 코트 옷깃에 푹 파묻고 있었다.

"이 아주 친절한 신사분들께서 도와주시겠대요." 내가 말했다.

네이선은 맥주 캔들을 뚫어져라 쳐다보았다. 솔직히 아무리 열심히 봐도 그들에게서 빛나는 기사 갑옷을 찾기란 쉽지 않았다.

"어디까지 모셔다 드릴깝쇼?" 한 사람이 말했다.

다른 사람들이 월을 에워싸고 고개를 끄덕여 인사를 했다. 한 사람이 월에게 맥주를 권했는데, 그는 월이 맥주 캔을 잡을 수 없다는 명백한 사실을 알아볼 눈치가 없었다.

네이선은 우리 차 쪽을 손짓해 가리켰다. "결국은 차로 돌아가야죠. 하지만 그러려면 일단 스탠드까지 휠체어를 옮겨놓고 자동차를 후진해서 그쪽으로 가야 됩니다."

"그럴 필요 없어요." 한 사람이 네이선의 등을 철썩 치며 말했다. "우리가 차까지 모셔다 드릴 수 있지. 안 그래?"

그들이 옳다며 합창을 했다. 그러더니 월의 휠체어를 둘러싸고 자리를 잡았다.

나는 불편하게 몸을 들썩였다. "글쎄요…… 들고 가시기엔 좀 먼 거리인데……." 그러다 용기 내어 말했다. "그리고 휠체어는 굉장히 무거워요."

남자들은 말도 못 하게 만취해 있었다. 맥주도 제대로 못 들고 있을 정도였다. 누가 떨어뜨린 깡통이 바닥으로 떨어졌다.

"걱정 마, 아가씨. 군인 동지를 위해서는 못 할 일이 없다. 안 그런가, 제군들?"

"동지, 우리는 절대 여기 버리고 가지 않을 거요. 동지를 버리고 갈 수는 없다. 안 그런가?"

나는 어리둥절한 네이선의 얼굴에 대고 맹렬하게 고개를 흔들었다. 월이 뭐라 말할 것 같지는 않았다. 그저 침울한 표정을 짓고 있을 뿐. 하지만 그 남자들이 휠체어 주위를 에워싸고 함성을 지르며 윌을 벌떡 들어 올리자 막막한 불안이 드러났다.

"어느 연대에 계셨소?"

미소를 지으려 애쓰며 기억을 뒤져 명칭을 찾아내려 애썼다. "소총⋯⋯." 내가 말했다. "11소총연대요."

"11소총연대는 모르겠는데." 한 사람이 말했다.

"새로 생긴 연대예요." 내가 말을 더듬었다. "극비로. 이라크에 본부가 있고요."

남자들의 운동화가 진흙에 미끄러지자 나는 심장이 쿵 떨어지는 줄 알았다. 윌의 휠체어가 무슨 승용차처럼 땅에서 10여 센티미터 높이에 떠 있었다. 네이선이 달려가 윌의 가방을 챙기고, 우리보다 앞서 가서 자동차 문을 열어주었다.

"그 친구들은 캐터릭에서 훈련했나?"

"바로 그거래요." 내가 말했다. 그러고는 얼른 말을 돌렸다. "그러니까, 어느 분이 결혼하시는 거예요?"

마키와 친구들을 간신히 떼어냈을 무렵에는 벌써 전화번호까지 다 교환한 뒤였다. 호주머니를 뒤져 40파운드를 모아 윌의 재활비용으로 쓰라고 하기에 그보다 우리를 위한 건배를 들어달라며 간신히 말렸다. 한 명 한 명에게 모두 키스해 주어야 했다. 마지막에는 담배 냄새 때문에 어질어질했다. 그들이 다시 스탠드로 사라질 때까지 손을 흔들어 인사를 했고, 네이선은 날 차 안에 태우려고 경적까지 울려야 했다.

"그래도 도움이 됐죠?" 나는 시동을 걸면서 환하게 말했다.

"키 큰 자식이 들고 있던 맥주를 통째로 내 오른쪽 다리에 쏟았어요." 윌이 말했다. "몸에서 양조장 같은 냄새가 나네."

"말도 안 돼." 간신히 차를 빼 정문으로 가는데 네이선이 말했다. "저것 봐. 바로 저기, 스탠드 바로 옆에 장애인 구역이 저렇게 멀쩡하게 있었다니. 게다가 전부 아스팔트 포장이 되어 있어요."

윌은 그 뒤로 별말이 없었다. 네이선을 집에 내려주며 인사를 하고 나서는 다시 입을 꾹 다물었고, 나는 어느 길로 돌아가야 할지 고민했다. 기온이 뚝 떨어져서 성을 찾는 인파도 눈에 띄게 줄어 있었다. 별채 밖에 차를 세웠다.

윌의 휠체어를 내리고 안으로 데리고 들어가서 따뜻한 음료를 타주었다. 새 구두를 신기고 바지를 갈아입히고 맥주로 얼룩진 바지는 세탁기에 넣은 다음 윌의 몸이 따뜻해지도록 화목 난로에 불을 피웠다. TV를 켜고 커튼을 내려 방 안을 아늑한 분위기로 만들었다. 차가운 바람을 맞으며 밖에서 보낸 시간에 비해 아늑하다고 해야겠지만. 거실에서 나란히 앉아 홍차를 마시다 그제야 그가 말이 없다는 걸 깨달았다. 피곤해서가 아니라, TV를 보고 싶어서가 아니라, 다른 이유였다. 그냥 나와 말을 섞기 싫었던 거다.

"어…… 무슨 문제 있어요?" 지역 뉴스에 대해 내가 세 번째로 토를 달았는데도 아무런 반응이 없기에 물었다.

"어디 한번 직접 말해보지 그래요, 클라크."

"뭐라고요?"

"글쎄, 나에 대해서는 아주 만물박사이신 것 같아서. 뭐가 문젠지 어디 말해봐요."

나는 그를 빤히 쳐다보았다. "미안해요." 한참 있다가 결국 이렇게 말했다. "오늘 일은 계획대로 잘되지 않았어요. 하지만 그저 기분 좋은 외출을 하려 했을 뿐이에요. 당신이 즐거워할 줄 알았어요."

왜 그렇게 작정하고 심술을 부렸느냐고, 조금이라도 즐거워하길 바라며 내가 감내한 봉변들은 꿈에도 생각 못 하느냐고, 재미있게 보내려고 애써보기나 했느냐고 말하고 싶었지만 말하지 않았다. 그 멍청한 배지를 사라고 허락해 주기만 했어도 어쩌면 맛있는 점심 식사를 했을 거고 다른 일들은 다 잊었을 거라고, 말하고 싶었지만 말하지 않았다.

"내 말이 그겁니다."

"뭐라고요?"

"아, 당신도 다른 사람들이랑 다를 게 하나도 없다고."

"그게 무슨 뜻이에요?"

"귀찮아도 나한테 물어봤더라면 말이에요, 클라크. 딱 한 번만 이 소위 즐거운 소풍 계획에 대해 나와 의논을 했더라면, 내가 얘기해 줬을 겁니다. 말을 싫어하고, 경마도 싫어한다고. 원래 싫어했어요. 하지만 나한테는 묻지도 않았지. 나한테 시키고 싶은 일을 혼자 정하고 강행했잖아요. 다른 사람들이 했던 것처럼. 나 대신 결정을 해준 거지."

나는 침을 꿀꺽 삼켰다.

"그럴 생각이 아니……."

"하지만 그랬어요."

윌은 휠체어를 빙글 돌려 나를 등졌다. 그렇게 1~2분간 침묵이 지속되자 나는 그게 나가라는 뜻이라는 걸 깨달았다.

12

내가 겁대가리 없이 천방지축으로 살다가 뚝 그친 날이 언제인지 정확히 말해줄 수 있다.

거의 7년 전의 일이다. 7월 막바지의 나른한 무더위에 축축 처지던 어느 날. 성을 둘러싼 좁은 길에 관광객들이 빽빽이 들어차 배회하는 발소리와 언덕마루에 항상 늘어서 있는 아이스크림 트럭들의 종소리가 찰랑이던 어느 날이었다.

한 달 전 할머니가 오랜 투병 끝에 돌아가셨기에, 그해 여름에는 얇은 슬픔의 베일이 둘러쳐져 있었다. 무슨 일을 해도 그 베일이 우리를 부드럽게 옥죄어 나와 여동생은 극적인 감정 표현을 자제했고 짤막한 휴가나 외출 약속을 취소했다. 엄마는 허구한 날 세면대를 꼭 붙들고서, 허리를 빳빳이 세우고 눈물을 참으려 애썼다. 아빠는 날마다 우울하고 결연한 표정으로 출근했고, 더위에 번들거리는 얼굴로 녹초가 되어 퇴근해서는 맥주 한 캔을 따지 않으면 제대로 말도 못 했다. 동생은 대학에서 한 학년을 보내고 집에 돌아와 있었지만 머릿속에서는 이미 손바닥만 한 우리 마을을 떠나고 없었다. 나는 스무 살이었고 그때부터 석 달도 못 되어 패트릭을 만나게 될 터였다. 우리는 흔치 않게 철저한 자유를 만끽할 수 있는 여름을 즐기고 있었다. 재정적 부담도 없고, 부채도 없고, 남한테 저당 잡힌 시간도 없고. 시간이 남아돌아 화장도 연습하고, 아빠를 움찔 놀라게 할 하이힐도 신어 보면서, 나는 내 자신이 어떤 사람인가를 파악해 나가고 있었다.

옷은 평범하게 입었다. 그 시절에는. 아니, 동네의 다른 여자애들과 비슷하게 입었다고 해야겠다. 어깨에 찰랑거리는 긴 머리, 인디고 청바지, 우리의 조그만 허리와 봉긋한 가슴이 돋보이게 딱 붙는 티셔츠. 우리는 몇 시간씩 공들여 립글로스를 완벽하게 바르고 원하는 컬러의 스모키 아이섀도를 정확하게 찾아냈다. 뭘 입어도 예뻐 보이는 나이였는데도, 있지도 않은 셀룰라이트며 보이지도 않는 피부의 흠결을 두고 궁시렁거리며 몇 시간씩 흘려보냈다.

그리고 내겐 아이디어들이 있었다. 하고 싶은 일들. 학교에서 알던 남자애 하나는 세계 일주를 하고 돌아오더니 어쩐지 거리감이 느껴지고 속을 알 수 없는 사람이 되었다. 프랑스어 연강 시간에 침으로 풍선을 만들어 불던 찌질이와는 아예 다른 사람 같았다. 나는 충동적으로 호주행 저가 항공편을 끊어두고 같이 갈 사람을 찾고 있었다. 여행을 하고 나서 그 남자애가 얻은 이국적인 분위기, 미지의 향기가 나는 좋았다. 그 애가 몰고 온 더 넓은 세상의 산들바람이 불어닥쳤는데, 그건 이상하리만치 유혹적이었다. 여기 사람들은 나에 대해 모르는 게 없었다. 내 동생 같은 덤까지 있으면, 아무것도 잊을 수 없었다.

그날은 금요일이었다. 학교 다닐 때 친했던 여자애들과 하루 종일 성 주차장에 서서 성에서 열리는 공예 축제에 온 방문객들을 안내하는 일을 했다. 그날 하루는 끝없는 폭소와 차갑고 보글거리는 탄산음료, 파란 하늘, 성탑에서 번득이는 햇살로 기억에 꼭꼭 새겨졌다. 그날 내게 웃어주지 않은 손님은 내 기억에 단 한 사람도 없었다. 떼를 지어 명랑하게 깔깔 웃어대고 있는 소녀들을 보고 미소를 참는 것도 꽤나 힘든 일이다. 우리는 30파운드를 받았고, 주최 측은 결과에 몹시 만족해서 보너스로 5파운드를 모두에게 지급했다. 우리는 관광 안내소 근처의 더 먼 주차장에서 일하는 남자애들 몇 명과 술에 취하는 걸로 축하를 대신했다. 말도 청산유수고 럭비 셔츠 차림에 헝클어진 듯 매만진 머리까지 멀끔한 차림새였다. 한 명은 에드라는 이름이었고, 둘은 대학생이었는데 어느 학교인지는 기억나지 않는다. 그들 역시나 우리처럼 휴가철을 맞아 돈을 벌러 왔다고 했다. 일주일의 안내 일을 끝내고 주머니에 현금이 두둑했던 그들은 우리 돈이 다 떨어지자 머리칼을 쓸어 넘기며 서로의 무릎 위에 앉아 비명을 질러대고 농담을 하고 '부티난다'고 칭찬해 주는 현지 여자애들의 술값을 기꺼이 대신 내주었다. 그들은 아예 딴 세상의 언어를 구사했다. 갭 이어며 남아메리카에서 보낸 여름휴가, 태국 배낭여행, 내년에 해외 인턴십을 나갈 사람이 누구라는 둥 그런 얘기들을 했다. 이야기를 들으며 술을 마시는데 여동생이 우리가 뻗어 있던 맥주 파티 장소를 찾아왔던 기억이 난다. 그 애는 세상에서 제일 낡아빠진 후드를 입고 화장기도 전혀 없는 얼굴이었는데, 난 동생과 만나기로 했던 걸 아예 까맣게 잊고 있었다. 난 아무래도 서른 남짓 돼서야 집에 들어갈 것 같다고 엄마 아빠에게 전해달라고 말했다. 그때는 왠지 그 말이 배꼽이 빠지도록 웃겼다. 그 애는 눈썹을 추켜올리더니, 태어나서 이렇게 짜증 나는 인간은 처음 본다는 듯 휘적휘적 가버렸다.

레드라이언 펍이 문을 닫자 우리는 다 같이 성의 미로 한가운데 가서 앉았다. 누군가 먼저 어찌어찌 문을 타 넘어 들어갔고, 우리 모두 성 한가운데까지 길을 찾아 들어가 독한 사과주를 마셨는데 누군가 마리화나를 나눠주었다. 별들을 물끄러미 바라보던 것, 그 무한한 심연 속으로 내가 녹아 사라져 버리는 듯하던 기분, 마치 내가 거대한 배의 갑판에 누워 있는 것처럼 주변의 땅이 부드럽게 일렁거리고 흔들리던 느낌이 기억난다. 누군가 기타를 연주하고 있었다. 나는 그때 분홍색 공단 구두를 신고 있었다. 나는 그 구두를 벗어 길게 자란 풀밭 속 어딘가로 차버리고는 다시는 찾으러 돌아가지 않았다. 그때는 내가 우주의 지배자라고 생각했었다.

30분쯤 흐른 후 나는 다른 여자애들이 다 가버리고 없다는 걸 깨달았다.

한참 뒤에, 밤하늘의 구름이 별들을 다 가리고 나서도 한참이 지난 뒤에야, 내 여동생이 미로 한가운데에서 말없이 덜덜 떨고 있던 나를 찾아냈다. 내가 말했듯이 그 애는 굉장히 똑똑하다. 어쨌든 나보다는 훨씬 똑똑하다.

내가 아는 사람 중에서 미로에서 안전히 출구를 찾아낼 수 있는 건 내 동생뿐이었다.

"이 말 들으면 아마 웃지 않고 못 배길 걸요. 나 도서관에 회원 가입했어요."

월은 CD 컬렉션을 살펴보고 있었다. 휠체어를 빙글 돌린 그는 내가 컵 홀더에 음료를 놓아주는 동안 얌전히 기다렸다. "정말요? 지금 읽고 있는 책이 뭔데요?"

"아, 별로 점잖은 책은 아니에요. 안 좋아할걸요. 그냥 여자랑 남자랑 만나서 연애하는 얘기죠, 뭐. 하지만 재미있어요."

"지난번에 보니까 내 플래너리 오코너를 읽고 있던데." 그는 음료를 한 모금 마셨다. "내가 아플 때."

"단편집요? 그걸 알아봤다니 믿을 수가 없네요."

"보지 않을 수가 없던데요. 옆에다 놓고 갔잖아요. 난 그걸 집어들 수가 없는데 말이죠."

"아."

"그러니까 쓰레기 같은 책은 읽지 말아요. 오코너 단편집을 집에 가져가서 읽어요."

나는 싫다고 말하려다가 왜 싫은 건지 잘 모르겠다는 생각이 들었다. "좋아요. 다 읽고 나면 도로 갖고 올게요."

"음악 좀 틀어줄래요, 클라크?"

"뭐가 좋아요?"

그는 대강의 위치를 턱으로 가리키며 말해주었고, 나는 찾을 때까지 CD를 넘겼다.

"앨버트 교향악단에서 수석 바이올린 연주자로 있는 친구가 있어요. 다음 주에 이 근처에 연주를 하러 온다고 전화를 했더라고요.

이 음악이에요. 알고 있어요?"

"클래식 음악은 전혀 몰라요. 내 말은, 가끔 아빠가 우연히 클래식 FM에 채널을 맞출 때가 있지만……."

"한 번도 콘서트에 가본 적 없어요?"

"네."

윌은 진심으로 충격을 받은 얼굴이었다.

"어, 웨스트 라이프 콘서트는 한 번 가본 적 있어요. 하지만 그것도 쳐줘야 할지 모르겠네요. 여동생이 가자고 했거든요. 스물두 살 생일 때 로비 윌리엄스를 보러 가려고 했지만 식중독에 걸려서 못 갔어요."

윌은 특유의 그 표정을 지었다. 윌이 그런 얼굴을 하면 내가 꼭 몇 년 동안 남의 집 지하실에 감금되어 산 사람 같다.

"가야 해요. 그 친구가 나한테 표를 준다고 했거든. 진짜 좋을 거예요. 어머니 모시고 가요."

나는 웃음을 터뜨리고 고개를 저었다. "그건 안 될걸요. 우리 엄마는 나들이를 거의 안 하시거든요. 그리고 그런 음악은 나한테 어울리지도 않고."

"자막 있는 영화가 그쪽 취향이 아니었던 것처럼?"

나는 그를 보고 얼굴을 찡그렸다. "내가 무슨 그쪽의 개과천선 프로젝트인 줄 알아요, 윌? 이건 「마이 페어 레이디」◇가 아니라구요."

"「피그말리온」."

"뭐라고요?"

◇ 언어학자 교수가 오드리 헵번이 분한 빈민가 여인을 교육시켜 우아하고 세련된 귀부인으로 만들어놓는 과정에서 사랑에 빠지는 이야기를 담은 영화.

"당신이 말하는 연극. 「피그말리온」이라고요. 「마이 페어 레이디」는 원작에서 파생해 나온 근본 없는 각색일 뿐이고."

나는 그를 무섭게 노려보았다. 전혀 효과가 없었다. CD를 틀었다. 돌아섰더니 그는 여전히 고개를 절레절레 흔들고 있었다.

"당신만큼 고집 센 꼰대는 처음 봤어요, 클라크."

"뭐예요? 내가요?"

"혼자서 '난 이런 이런 사람이 아니다'라고 정해둔 뒤 온갖 경험들을 아예 막아놓고 있잖아요."

"하지만 진짜 아닌걸요."

"어떻게 알아요? 아무것도 안 해보고, 아무 데도 안 가봤는데. 자기가 어떤 사람인지 어렴풋하게나마 알 길이 없었는데?"

어떻게 해야 이 남자가 나 같은 사람의 기분을 조금이라도 헤아려 줄 수 있을까? 아예 이해할 생각도 없는 그가 서운하고 원망스러워서 토라지고 싶었다.

"해봐요. 마음을 열어요."

"싫어요."

"왜?"

"불편할 테니까. 왠지…… 왠지…… 사람들이 다 알 것 같단 말이에요."

"누가? 뭘 알아요?"

"다른 사람들이 다 알아챌 거예요. 내가 어울리지 않는다는 걸."

"내 기분은 어떻겠어요?"

우리는 서로를 쳐다보았다.

"클라크. 요즘 나는 어디를 가든, 사람들이 다 내가 못 올 데를 온 것처럼 쳐다봐요."

음악이 시작되자 우리는 아무 말도 없이 앉아 있었다. 윌의 아버지는 복도에서 통화 중이었는데, 한풀 꺾인 웃음소리가 아득히 먼 데서 나는 것처럼 별채로 스며들어 왔다. '장애인 출입문은 저쪽입니다.' 경마장의 여자는 그렇게 말했다. 꼭 그가 별종인 것처럼.

나는 CD 커버를 물끄러미 바라보았다. "같이 가주면 갈게요."

"하지만 혼자서는 가지 않겠다."

"절대로."

그가 이 말을 곱씹는 사이 우리는 그냥 앉아 있었다. "빌어먹을, 진짜 사람 귀찮게 만드는 데 뭐가 있어."

"그거야 그쪽한테 날마다 듣는 말이라서요."

이번에는 아무 계획도 세우지 않았다. 아무 기대도 품지 않았다. 경마장 대참사 이후로 윌이 별채 밖으로 나갈 마음을 완전히 버리지 않기만을 조용히 바라고 있었다. 바이올리니스트 친구는 약속대로 공짜 티켓과 함께 공연장 정보와 팸플릿을 보내주었다. 차로 40분 거리였다. 나는 내 몫의 숙제를 했다. 미리 장애인 주차장 위치를 확인하고 공연장에 전화해서 윌의 휠체어를 좌석까지 옮기는 최적의 경로도 알아보았다. 공연장에서는 우리 자리를 맨 앞줄에 잡아주고, 윌 옆에 접이의자를 놓아 내 자리를 만들어주겠다고 했다.

"사실은 그 자리가 제일 좋은 자리예요." 매표소의 여직원이 쾌활하게 말했다. "왠지 모르겠는데 오케스트라에 가까운 피트석은 훨씬 감동이 크거든요. 저도 가끔 거기 앉고 싶어질 때가 있어요."

직원은 심지어 주차장에 직원이 마중을 나와 좌석까지 안내해 드리는 게 좋으냐고 묻기까지 했다. 윌이 유별나게 군다고 싫어할까 봐 고맙다고 인사하고 사양했다.

저녁이 가까워오자 누가 더 초조해졌는지 잘 모르겠다. 윌이었는지 나였는지. 지난번 외출의 대실패가 내 의식에 뼈저리게 남아 있었다. 별채를 열너덧 번씩 들락거리며 우리가 언제 어디 가서 정확히 뭘 할 건지 꼬치꼬치 따지는 트레이너 부인도 별반 도움이 되지 못했다.

부인은 콘서트가 끝나고 윌이 밤마다 거쳐야 할 루틴에 시간이 꽤 걸린다고 했다. 누구 도와줄 사람이 한 명 꼭 같이 있어야 안심이 되겠다면서. 트레이너 씨는 그날 밤 외출 약속이 있었다. "최소한 시간 반은 걸려요." 부인이 말했다.

"그리고 말도 못 하게 지겨워요." 윌이 말했다.

나는 그가 콘서트에 가지 않을 핑계를 찾고 있다는 걸 깨달았다. "제가 할게요. 뭘 어떻게 해야 하는지 윌한테 배우면 되잖아요. 전 남아서 도와드려도 괜찮아요." 그 말을 내뱉고 나서야 방금 뭘 하겠다고 한 건지 비로소 실감했다.

"어, 거참. 우리 둘 다 학수고대할 사태가 발발했군요." 어머니가 나가자 윌이 퉁명스럽게 말했다. "일단 그쪽은 내 등짝을 원 없이 보게 될 테고, 나는 사람 맨살만 보면 기함을 하는 사람이 몸을 닦아주는 걸 참아야 하니."

"맨살에 기함하지는 않아요."

"클라크, 그쪽만큼 사람 몸을 불편해하는 사람은 내가 본 적이 없어요."

"그럼 어머니한테 해달라고 해요." 나는 지지 않고 쏘아붙였다.

"암요. 그래야 외출의 매혹이 한층 더해지겠지."

그러고 나니 이번엔 입고 갈 옷이 문제였다. 뭘 입어야 할지 알 수가 없었다.

경마장에는 완전히 잘못 차려입고 갔었다. 이번에도 그러지 않으리라는 보장이 어디 있지? 그래서 어떤 옷이 제일 좋겠느냐고 윌에게 물어봤더니 나를 미친 사람처럼 쳐다보았다.

"불이 다 꺼질 거예요." 윌이 차근차근 설명했다. "아무도 그쪽을 보지 않을걸요. 음악에 집중하고 있을 테니."

"여자에 대해서는 털끝만큼도 아는 게 없군요." 내가 말했다.

결국 네 가지 다른 의상을 골라 아빠의 낡은 슈트 케이스에 전부 차곡차곡 챙겨 넣고 버스를 탔다. 그나마 갈 마음을 다잡으려면 그 길뿐이었다.

네이선이 티타임 휴식 시간인 5시 반에 맞춰 왔고, 그가 윌을 돌보는 사이 나는 욕실로 가서 준비했다. 제일 먼저 가장 '예술적'이라고 생각되는 옷을 입어봤다. 거대한 호박 구슬이 주렁주렁 달린 초록색 스모크 드레스였다. 콘서트에 가는 사람들은 예술가 기질이 다분하고 화려할 거라는 상상을 했기 때문이다. 거실로 들어서자 윌과 네이선이 둘 다 물끄러미 쳐다보았다.

"안 돼요." 윌이 단칼에 잘라 말했다.

"우리 어머니가 입을 것 같은 옷인데요." 네이선이 말했다.

"아니, 어머님이 가수 나나 무스쿠리라는 말을 여태껏 왜 안 해줬어요?" 윌이 말했다.

다시 욕실로 사라지는 내 귀에 두 사람이 킬킬 웃어대는 소리가 들려왔다.

두 번째 의상은 단정 그 자체인 검은 드레스로, 바이어스컷에 하얀 칼라와 커프스가 달려 있었다. 내가 직접 지은 옷이었다. 시크하면서도 파리지앵 같은 멋이 있다고 나는 생각했다.

"당장 아이스크림을 서빙할 것 같아요." 윌이 말했다.

"아니, 윌. 말이 심하잖아요. 그래도 메이드복 치고는 아주 근사한데요." 네이선이 고개를 끄덕거렸다. "낮에 일하러 올 때 얼마든지 입어요. 진짜로."

"다음엔 루한테 테이블 먼지를 털라고 할 기센데."

"아, 말이 나왔으니 말인데 사실 좀 먼지가 쌓이긴 했어요."

"내일은 두 분 홍차에 주방 세제가 들어갈 줄 알아요." 내가 말했다.

세 번째 옷은 짙은 빨간색 새틴으로 만든 빈티지드레스였다. 지금보다 검소하던 세대에 만든 옷이라 제발 제발 지퍼가 허리 위로 올라가길 마음속으로 기도해야 했지만, 입기만 하면 1950년대 영화배우 같은 실루엣이 나왔다. '확실한 효과'를 볼 수 있는 드레스라서, 입으면 어쩔 수 없이 기분이 좋아지는 그런 옷이었다. 은색 볼레로를 어깨에 걸치고 가슴골을 가리기 위해 회색 실크 스카프를 목에 두른 뒤 어울리는 색의 립스틱을 바르고 거실로 나왔다.

"쿠궁!" 네이선이 탄성을 올렸다.

윌의 시선이 내 드레스를 머리에서 발끝까지 훑었다. 바로 그때 나는 그가 셔츠와 양복으로 갈아입었다는 사실을 깨달았다. 깨끗하게 면도를 하고 머리도 깔끔하게 다듬어서 놀랄 만큼 잘생겨 보였다. 나도 모르게 그를 보고 환하게 웃었다. 그 모습이 멋져서라기보다. 그렇게까지 노력했다는 게 중요했다.

"그거네요." 윌의 목소리가 무표정하고 이상하리만큼 계산되어 있었다. 네크라인을 정리하려고 손을 내리는데 그가 말했다. "하지만 재킷은 벗어요."

그가 옳았다. 어딘가 이상하다는 걸 나도 알고 있었기에 재킷을 벗고 조심스럽게 개어 의자 뒤에 놓았다.

"그리고 스카프도."

나도 모르게 손이 목으로 올라갔다. "스카프요? 왜요?"

"안 어울려요. 그리고 뭘 가리려고 애쓰는 사람처럼 보여요."

"하지만 사실…… 안 그러면 가슴이 너무 드러나는 걸요."

"그래서요?" 윌이 어깨를 으쓱했다. "이봐요, 클라크. 그런 옷은 무조건 당당하게 입어야 돼요. 마음뿐 아니라 몸으로도 채워야 한다고요."

"여자한테 빌어먹을 드레스 입는 법을 설교하는 남자는 그쪽밖에 없을 거예요, 윌 트레이너."

하지만 나는 스카프를 풀었다.

네이선이 윌의 가방을 챙기러 갔다. 어찌나 비싸게 생색을 내시는지 모르겠다는 얘기를 어떻게 할까 한참 고민하다가 뒤돌아본 나는, 여전히 그가 나를 보고 있다는 걸 깨달았다.

"멋져요, 클라크." 윌이 말했다. "정말로."

윌을 대할 때 보통 사람들(커밀라 트레이너라면 틀림없이 '노동계급'이라고 불렀을 사람들)의 반응에는 몇 가지 기본적인 공통점이 있었다. 대부분은 뚫어져라 쳐다본다. 어떤 사람은 불쌍하다는 듯 미소를 짓거나 동정을 표하거나 대체 무슨 일이 있었던 거냐고 내 귀에 대고 과장되게 속삭여 묻기도 한다. "M16 소총과 좀 불미스러운 시비가 붙었죠"라고 대답한 뒤 반응을 보고 싶은 마음이 굴뚝같을 때가 한두 번이 아니었지만 절대 그러지 않았다.

그리고 중산층의 특징이 있다. 그들은 안 보는 척하면서 본다. 예의를 알아서 대놓고 뚫어져라 쳐다보지는 않는다. 대신 이상한 짓을 한다. 시야 안에서 윌을 포착하고 있으면서 절대 제대로 '보지 않으려' 결연히 애쓴다. 윌이 지나가는 찰나 그들의 눈길이 그 방향으로 번득인다. 심지어 다른 사람들과 이야기를 나누고 있다가도 그런다. 하지만 그를 화제로 삼지는 않는다. 무례한 짓이니까.

심포니 홀 로비로 들어가자 한 손에 핸드백과 프로그램을 들고 다른 손에는 진 토닉을 든 말쑥한 사람들이 삼삼오오 모여 서 있었다. 우리가 나타나자 바로 이런 반응이 부드러운 잔물결처럼 일렁이며 객석까지 뒤따라왔다. 윌도 알아챘는지는 모르겠다. 가끔은 윌로서도 이런 사태에 대처하려면 아예 아무것도 안 보이고 안 들리는 척 행동하는 수밖에 없겠다 생각했다.

우리는 좌석에 앉았다. 좌석 중앙 맨 앞줄에는 우리 둘밖에 없었다. 우리 오른편에는 휠체어를 탄 남자가 한 사람 더 있었는데, 양 옆에 대동한 두 여자와 명랑하게 수다를 떨고 있었다. 나는 그들을 보며 윌도 그 사람들을 의식하면 좋겠다고 생각했다. 하지만 윌은 남들 눈에 보이지 않기를 바라는 듯 어깨에 머리를 푹 파묻고 앞만 똑바로 응시했다.

'아무래도 잘될 것 같지가 않아.' 마음속 작은 목소리가 말했다.

"뭐 필요한 거 있어요?" 내가 속삭였다.

"아니요." 그는 고개를 젓더니 침을 꿀꺽 삼켰다. "사실, 있어요. 칼라 밑에서 뭐가 날 쿡쿡 찌르고 있어요."

나는 허리를 굽히고 손가락으로 칼라 안쪽을 훑었다. 나일론 태그가 남아 있었다. 잡아 뗄 생각으로 태그를 꺼냈지만, 아무리 해도 떨어지지 않았다.

"새 셔츠네요. 진짜 이게 그렇게 신경이 쓰여요?"

"그게 아니라면 재미로 한번 말해본 거겠죠?"

"가방에 가위가 없을까요?"

"몰라요, 클라크. 믿거나 말거나 내가 직접 가방을 싸는 일이 거의 없어서 말예요."

가위는 없었다. 뒤를 흘깃 바라보니 아직 관객들이 중얼거리면서 프로그램을 훑어보거나 좌석을 찾아 앉고 있었다. 윌이 편하게 음악에 집중하지 못하면, 외출은 헛짓거리다. 두 번째 참사는 감당할 수 없다.

"꼼짝 말아요." 내가 말했다.

"아니, 왜……."

그가 미처 말을 마치기도 전에 나는 몸을 내밀어 그 목에 닿은 칼

미 비포 유　　　253

라를 뒤집어서 짜증 나는 태그를 앞니로 물었다. 이가 단단히 맞물리는 데 몇 초쯤 걸렸다. 나는 눈을 꼭 감고 이 남자의 청결한 체취를, 내 피부에 닿는 그 살갗의 촉감을, 내 이 황당무계한 짓거리를 모른 척하려 애썼다. 드디어 태그가 떨어져 나오는 느낌이 들었다. 고개를 젖히고 감았던 눈을 떴다. 떨어져 나온 태그를 문 채로 승리감에 젖었다.

"됐다!" 나는 물고 있던 태그를 잡고 객석에 다 보이도록 휙휙 흔들었다.

윌이 물끄러미 보고 있었다.

"왜요?"

앉은 자리에서 몸을 돌려 뒤를 보니 관객들이 갑자기 프로그램에 머리를 처박고 엄청나게 재미있다는 듯 들여다보고 있었다. 나는 다시 돌아앉아 윌을 보았다.

"아, 뭐 어때요. 아니, 여자가 남자 셔츠 물어뜯는 걸 처음 본 것도 아니고 왜들 저러지?"

이 말에 잠깐 윌의 말문이 막힌 모양이다. 윌은 절레절레 머리를 흔들며, 황당한 듯 두세 번 눈을 껌벅거렸다. 새빨갛게 물든 그 목덜미를 보니 웃음이 났다.

나는 치마 매무새를 반듯하게 고쳤다. "아무튼 말이죠. 이게 바지 속에 있지 않았다는 사실에 우리 둘 다 감사해야 한다고요."

그가 미처 뭐라 대꾸하기 전에 디너재킷과 칵테일드레스를 차려 입은 오케스트라 단원들이 들어왔다. 관객들이 숨을 죽였다. 나도 모르게 흥분감에 가슴이 설렜다. 손을 무릎에 올리고 의자에 반듯하게 앉았다. 조율을 시작하자 공연장이 하나의 소리로 가득 찼다. 이제까지 들어본 중 가장 생생하게 살아 있는, 3차원의 소리였다. 살갗의 솜털이 바짝 서고 숨이 턱 막혀왔다.

나를 곁눈질로 살피는 월의 얼굴에 지난 몇 초간의 즐거운 흥분이 아직 서려 있었다. '좋아요.' 표정으로 그가 말하고 있었다. '우리 오늘 밤은 즐겁게 보내요.'

지휘자가 앞으로 나와 단상을 두 번 톡톡 두드리자 거대한 침묵이 내리깔렸다. 그 침묵에, 한껏 기대에 차 있는 객석을 체감할 수 있었다. 이윽고 지휘자가 지휘봉을 내리자 별안간 만물이 순수한 소리로 화했다. 음악은 실체적 사물처럼 감각되었다. 내 귀에만 머무는 게 아니라 온몸을 타고 또 온 사방에서 나를 에워싸고 흐르며 온 감각이 진동하게 만들었다. 피부가 따끔거리고 손바닥이 축축하게 젖었다. 월은 이런 건 전혀 설명해 주지 않았다. 따분할 거라고 생각했었다. 그러나 태어나서 들어본, 가장 아름다운 소리였다.

그리고 음악으로 인해 내 상상력이 뜻밖의 일들을 하기 시작했다. 객석에 앉아 있는 동안 수년간 생각조차 않았던 것들이 떠올랐다. 해묵은 감정들이 파도처럼 덮쳐왔고, 새로운 착상과 생각이 술술 이끌려 나왔다. 인지능력 자체가 쭉쭉 늘어나 원래의 모습을 알아볼 수조차 없이 변했다. 감당하기 어려운 자극이었지만, 멈추기를 바라지는 않았다. 그대로 영원히 앉아 있고 싶었다. 몰래 월을 바라보았다. 황홀감에 휩싸인 표정이, 그 자신을 잊은 듯했다. 갑자기 그를 보기가 겁나 눈을 돌렸다. 어쩌면 지금 그가 느낄지 모르는 감정들이 두려워졌다. 심연처럼 깊은 상실, 두려움의 바닥이 무서워졌다. 지금까지 윌 트레이너가 살아온 인생은 나의 경험을 까마 득히 넘어선다. 내가 뭔데 그런 사람에게 살고 싶은 마음을 가져야 한다고 이러저러한 말을 늘어놓는단 말인가?

윌의 친구가 공연 후 백스테이지로 와서 만나달라고 쪽지를 전해 왔지만, 윌은 싫다고 했다. 한번 졸라보긴 했지만 악문 턱을 보니 꿈쩍할 기미도 없었다. 그를 탓할 수는 없다. 옛 직장 동료였던 루 퍼트가 그날 그를 바라보던 시선을 기억하고 있다. 동정과 혐오, 깊 숙한 마음 한편 어딘가 자기는 이런 운명의 장난을 피했다는 깊은 안도가 뒤섞인 눈길. 그런 만남을 참고 견디는 데도 한계가 있다.

객석이 텅 빌 때까지 기다렸다가 휠체어를 밀고 엘리베이터로 주 차장까지 내려가서 무탈하게 윌을 차에 태웠다. 나는 말을 많이 하 지 않았다. 머릿속에 음악의 여운이 울리고 있는데, 그게 희미해지는 게 아쉬웠다. 계속 음악을 돌이켜 생각하고 또 생각했다. 온전히 자 기 연주에 몰입해 모든 걸 잊은 듯 보이던 윌의 친구처럼 말이다. 음 악이 꼭꼭 잠가둔 감정들을 풀어내 작곡가조차 예상치 못한 곳으로 사람을 떠나보낼 수 있음을 예전엔 미처 몰랐다. 어디를 가나 잔향이 따라다니듯 음악은 주변 공기에 깊은 인상을 새겼다. 객석에 앉아 있 던 한참 동안, 심지어 윌이 내 곁에 있다는 것조차 까맣게 잊었었다.

우리는 별채 옆에 주차했다. 우리 앞 담장 너머로, 환한 보름달 빛에 흠뻑 젖은 성채가 언덕마루에 버티고 서서 엄숙하게 우리를 내려다보고 있었다.

"그런데도 그쪽이 클래식 음악 취향이 아니다."

나는 룸미러를 들여다보았다. 윌은 미소를 짓고 있었다.

"하나도 재미가 없었어요."

"딱 보니 그런 것 같더군."

"특히 마지막 부분이 싫었어요. 바이올린이 혼자서 노래를 부르던 부분."

"그 부분이 하나도 좋지 않다는 태가 나더라고요. 어찌나 진저리를 치는지 눈가에 눈물이 고이는 것 같더란 말이지."

윌에게 웃음으로 답했다. "정말로 좋았어요. 클래식 음악이 전부 다 그렇게 좋을지는 모르겠지만, 오늘은 환상적이었어요." 나는 코를 비볐다. "고마워요. 데려가 줘서 정말 고마웠어요."

우리는 말없이 앉아서 성채를 응시했다. 보통 밤이 되면 요새 담장을 빙 둘러 점점이 설치된 오렌지색 형광등이 켜져서 온 성채를 밝혔다. 하지만 오늘 밤은 보름달이 휘영청 밝아 성채가 이 세상 것 같지 않은 푸른빛에 흠뻑 젖어 있었다.

"저기서는 어떤 음악을 연주했을까요?" 내가 말했다. "뭐든 들었을 거 아니에요."

"성에서? 중세음악이죠. 루트나 현악. 내 취향은 아니지만 몇 장 있으니까 빌려줄 수 있어요. 온전히 체험하고 싶으면 이어폰으로 들으면서 성채 주변을 산책해도 되고요."

"아니요. 진짜 성에 가고 싶은 건 아니에요."

"가까운 데 있으면 원래 그렇죠."

우리는 조금 더 앉아서 탁탁거리다 조용해지는 엔진 소리에 귀를 기울였다.

"자, 됐어요." 나는 벨트를 풀며 말했다. "이제 안으로 들어가야 죠. 저녁 일과가 기다리고 있으니까."

"잠깐만 기다려요, 클라크."

앉은 채로 몸을 돌렸다. 윌의 얼굴이 그늘져 정확히 표정을 알아 볼 수 없었다.

"그냥 좀 있어요. 잠깐만."

"괜찮아요?" 나도 모르게 눈길을 내리깔고 휠체어를 살폈다. 혹시 그의 몸이 어디 끼었거나 내가 뭘 잘못했을까 봐 덜컥 겁이 났다.

"난 괜찮아요. 그저……."

창백한 달빛이 어두운 양복 상의에 대조되어 두드러져 보였다.

"그냥 아직은 들어가고 싶지 않아서 그래요. 그냥 앉아서 아무 생 각 없이……." 그는 말을 삼켰다.

어슴푸레한 어둠 속에서 봐도, 얼마나 힘겹게 하는 말인지 알 수 있었다.

"그저…… 빨간 드레스를 입은 여자를 데리고 콘서트에 다녀온 남자로 있고 싶어요. 그냥 몇 분만 더."

나는 잡고 있던 문손잡이를 놓았다.

"그래요."

눈을 감고 머리를 등받이에 기대었다. 그렇게 우리는 한참 더 거 기 함께 앉아 있었다. 달빛 젖은 언덕 위 성채의 그림자에 반쯤 가 려진 채, 기억 속 음악에 빠져든 두 사람으로.

동생과 나는 그날 밤 미로에서 무슨 일이 있었는지 제대로 입 밖에 내어 얘기하지 않았다. 형용할 단어가 있기는 했을까. 동생이 잠깐 나를 꼭 안아주었고, 옷을 찾아 헤매는 나를 도와 또 한참을 헤맸고, 풀밭 속에 던진 구두를 찾는다고 헛수고를 하다가 결국 나는 구두 따위 못 찾아도 상관없다고 말해버렸다. 찾았대도 다시는 신지 않았을 것이다. 그리고 우리는 천천히 집으로 걸어 내려왔다. 나는 맨발로, 그 애는 내 팔짱을 꼭 낀 채로. 동생이 일곱 살 때, 절대로 동생을 놓치면 안 된다고 엄마가 신신당부를 했던 그때 이후로는 그렇게 걸어본 적이 없었다.

집에 다 온 우리는 현관문 앞에서 마주 보고 섰다. 동생이 물티슈로 내 머리와 눈을 닦아주고 나서, 우리는 문을 열고 아무 일 없다는 듯 들어갔다.

아빠는 아직 자지 않고 축구 경기를 보고 있었다. "너희 좀 늦게 다닌다." 아빠가 외쳤다. "금요일이라는 건 알지만, 그래도 말이야……."

"알았어요, 아빠." 우리는 합창하며 대꾸했다.

그때는 할아버지가 지금 쓰는 방이 내 방이었다. 재빨리 위층으로 올라가서, 동생 입에서 뭐라 말이 나오기 전에 문을 닫고 들어가버렸다.

그 다음 주에 나는 머리칼을 다 싹둑싹둑 잘라버렸다. 비행기표도 취소했다. 학창 시절 친구들과 다시는 어울려 놀지 않았다. 엄마는 자기 슬픔에 매몰되어 눈치도 못 챘고, 아빠는 문 잠그고 방에 틀어박히는 내 새로운 버릇을 '여자들 문제'로 치부했다. 나는 내가 어떤 사람인지를 마침내 알아냈다. 낯선 사람들과 어울려 깔깔 웃으며 술을 마셔대는 여자애와는 아주 다른 사람이었다. 은근히 야한 옷은 절대 입지 않는 사람이었다. 적어도 레드라이언 펍에 다니는 남자들이 매력적이라 여길 만한 옷만은 피했다.

삶은 정상으로 돌아왔다. 미용실에 취직했다 카페 일자리를 구한 뒤로는 다 지난 일로 넘겼다. 그날 이후로 나는 5000번도 넘게 성을 지나쳐 걸었다.

그러나 그 뒤로는 한 번도 미로에 가지 않았다.

13

패트릭은 트랙 끝에서 제자리뛰기를 했다. 새 나이키 티셔츠와 반바지가 땀에 젖은 팔다리에 살짝 들러붙어 있었다. 나는 그날 밤 트라이애슬론 테러즈 모임은 아무래도 빠져야겠다는 말을 하러 잠깐 들렀다. 네이선이 휴가를 내서 그 대신 내가 밤의 루틴까지 챙기게 되었다.

"벌써 모임을 세 번이나 빠지는 건데."

"그래?" 나는 손가락을 꼽아보았다. "그런 것 같네."

"다음 주에는 꼭 나와야 돼. 익스트림 바이킹 대회 여행 계획을 짤 거거든. 그리고 자기 생일날 뭐 하고 싶은지 말 안 해줬는데." 패트릭은 스트레칭을 시작했다. 다리를 높이 들고 가슴에 무릎을 붙였다. "영화 보러 가면 어때? 저녁을 거하게 먹고 싶지는 않아서. 훈련 중이라서 말이야."

"아, 엄마하고 아빠가 특별한 저녁 식사를 준비하고 계셔."

패트릭이 뒤꿈치를 잡고 무릎이 땅을 향하게 했다. 근육밖에 없어서 다리 모양이 이상해지고 있다는 걸 알아챌 수밖에 없었다.

"그건 데이트라고 하긴 좀 그렇잖아. 그치?"

"뭐, 멀티플렉스 영화관이라고 다른가. 아무튼 어쩔 수 없어, 패트릭. 엄마 기분이 요즘 좀 처져 있거든."

그 전 주말에 트리나가 이사를 나갔다. 내 레몬 빨래가방은 두고 갔다. 엄마는 이만저만 상심한 게 아니었다. 트리나가 처음 대학 간다고 떠났을 때보다 심했다. 토머스가 없으니 손발이 잘린 듯 허전해했다. 아기 때부터 거실 바닥에 어질러져 있던 장난감들은 상자에 차곡차곡 정리해 치워두었다. 초콜릿 바나 작은 팩에 든 음료도 찬장에서 사라졌다. 3시 15분만 되면 아이를 데리러 학교에 갔는데, 그럴 일도 없어졌다. 그때가 엄마에겐 그나마 유일하게 집 밖 공기를 쐬는 시간이었다. 이제는 일주일에 한 번 아빠와 슈퍼마켓에 장을 보러 갈 뿐, 엄마는 아무 데도 가지 않았다.

엄마는 사흘 동안 길 잃은 사람처럼 정처 없이 집 안을 돌아다니다가, 할아버지마저 겁먹을 만큼 무시무시한 기세로 봄맞이 대청소에 착수했다. 할아버지는 자기가 앉아 있는 의자 밑을 진공청소기로 밀어대거나 어깨를 총채로 터는 엄마에게 이빨 없는 잇몸을 드러내며 항의했다. 트리나는 토머스가 안정될 때까지 첫 몇 주는 집에 올 수 없다고 말하고 갔다. 매일 밤 트리나의 전화를 받고 나면 엄마는 30분씩 방에 처박혀 엉엉 울었다.

"요새는 날마다 퇴근이 늦어지더라. 자기 얼굴을 거의 못 보는 것 같아."

"뭐, 그러는 자기는 허구한 날 훈련만 하잖아. 보수가 두둑해, 패트릭. 초과수당은 거절하기가 어렵더라고."

이건 패트릭도 시비를 걸 수 없는 논리다.

나는 평생 번 것보다 더 많은 돈을 벌고 있었다. 부모님 용돈을 두 배로 늘리고도 남아서 매달 저축을 했는데 그러고도 쓸 돈이 남았다. 돈이 모이는 한 가지 이유를 들자면, 근무 시간이 워낙 길어서 상점이 여는 시간에는 그랜타 하우스에서 멀리 갈 수 없었다. 또 다른 이유는 단순했다. 돈을 쓰고 싶은 마음이 별로 없었다. 짬이 나면 도서관에서 인터넷 검색을 하며 보냈다.

그 컴퓨터로 가닿을 수 있는 크나큰 세상이 있었다. 한 겹씩 한 층씩 다가온 세상이 사이렌을 울리며 나를 부르고 있었다.

시작은 감사 편지 한 장이었다. 콘서트에 다녀오고 이삼일이 지났을 즈음, 바이올리니스트 친구에게 편지를 써서 고맙다는 인사를 하자고 윌에게 말했다.

"들어오는 길에 괜찮은 카드를 한 장 샀어요." 내가 말했다. "하고 싶은 말을 불러주면 내가 적을게요. 심지어 집에서 제일 좋은 펜도 갖고 왔다니까요."

"난 싫어요." 윌이 말했다.

"뭐라고요?"

"들었잖아요."

"싫다고요? 그 사람이 맨 앞줄 표를 줬는데도요? 자기 입으로 환상적이었다고 했잖아요. 적어도 고맙다고 인사는 해야죠."

앙다문 윌의 턱은 요지부동이었다.

나는 펜을 내려놓았다. "사람들한테 받는 데 워낙 익숙해서 인사 따위는 할 필요도 없다는 얘기예요?"

"클라크, 당신은 남한테 의지해서 자기가 할 말을 받아쓰게 하는 게 사람을 얼마나 초라하게 만드는지 모르겠지. '누구를 대신해 씁니다'라는 구절은…… 굴욕적이에요."

"그래요? 하지만 아예 입 싹 씻는 것보다야 훨씬 나을걸요." 나는 투덜거렸다. "어쨌든 나는 인사를 해야겠어요. 정말로 이렇게 치졸하게 나온다면 그쪽 이름은 안 쓸게요."

나는 카드를 써서 부쳤다. 그리고 더는 말을 꺼내지 않았다. 하지만 그날 저녁, 윌의 말이 뇌리를 떠나지 않고 윙윙 울리는 바람에 나도 모르게 발길을 돌려 도서관으로 갔다. 윌이 직접 글을 쓸 수 있는 보조 장치를 검색했다. 한 시간도 못 되어 세 개나 찾았다. 음성 인식 소프트웨어 하나, 눈 깜박임으로 작동하는 소프트웨어 하나, 그리고 동생이 전에 말했던 머리에 쓰고 키보드를 칠 수 있는 장치 하나.

예상대로 윌은 머리에 쓰는 장치를 보자마자 코웃음을 쳤지만, 음성 인식 소프트웨어는 쓸 만할지도 모르겠다며 인심을 썼다. 일주일도 지나지 않아 네이선의 도움을 받아 윌의 컴퓨터에 소프트웨어를 설치하고 컴퓨터 트레이를 휠체어에 고정시키는 작업까지 마쳤다. 그러자 이제 다른 사람이 그 대신 타이핑할 필요가 없어졌다. 윌도 처음에는 좀 어색해하길래 무슨 말이든 일단 '편지 받으세요, 클라크 씨'로 시작하라고 가르쳐줬더니 금세 극복하는 눈치였다.

심지어 트레이너 부인도 트집 잡을 거리를 찾지 못했다. "유용하게 쓸 만한 장비가 또 있으면요……." 부인은 정말 곧이곧대로 좋아해도 되는지 아직 잘 모르겠다는 듯 입을 꾹 다물고 말했다. "꼭 우리한테 말해주세요." 사흘 뒤, 출근하러 집을 나서는데 집배원이 편지 한 장을 전해주었다. 먼 친척이 일찌감치 생일 카드를 보냈나 보다 생각하고 버스 안에서 편지를 뜯어보았다. 컴퓨터로 프린트한 내용은 다음과 같았다.

친애하는 클라크,

이건 내가 구제불능으로 이기적인 머저리가 아니라는 걸 보여주기 위해서 쓰는 거예요. 또한 당신의 노고를 높이 평가하는 바입니다.

고마워요.

-윌

내가 어찌나 크게 폭소를 터뜨렸는지 버스 운전사가 혹시 로또에 당첨되었느냐고 물어보았다.

몇 년째 옷들은 다 바깥 복도의 행거에 걸어놓고 궤짝 같은 다락방에 처박혀 살던 내게 트리나의 침실은 궁전 같았다. 그 방에서 보낸 첫날 밤에는 두 팔을 쫙 펼치고 빙글빙글 돌며, 양쪽 벽에 손이 닿지 않는 기분을 호사스럽게 음미했다. 나는 DIY 상점에서 페인트와 새 블라인드를 샀다. 침대 맡 조명과 선반도 몇 개 새로 장만해 직접 조립하고 설치했다. 그런 일이 능숙해서가 아니라 내가 할 수 있는지 알고 싶어서였다.

나는 방을 다시 꾸미기 시작했다. 밤마다 집에 돌아와 한 시간씩 페인트칠을 했다. 주말이 되자 아빠마저 내 솜씨가 썩 좋다고 인정했다. 아빠는 내가 한 마름질을 한참 살펴보고 내가 손수 설치한 블라인드를 만지작거리더니 내 어깨에 손을 얹고 말했다. "취직하더니 우리 딸내미가 사람 됐구나, 루."

새 이불보와 깔개, 커다란 쿠션들도 샀다. 언젠가 누가 놀러 와서 편하게 뒹굴고 싶을지도 모르니까. 달력은 새 방문 뒤에 다시 붙였다. 그건 나만 보는 달력이었다. 어차피 누가 봐도 진정한 의미를 알아챌 리 없었다.

날마다 일하러 가면서 윌을 또 데리고 갈 데가 있을까 그 생각만 했다. 전체적인 계획 같은 건 없었다. 그저 날마다 그를 밖으로 데리고 나가서 행복하게 해줘야겠다는 생각뿐이었다. 이따금 유달리 힘든 날들이 있었다. 윌의 팔다리가 불에 델 듯 뜨거워지기도 하고, 가엾게도 뭔가에 감염되어 꼼짝없이 침대에 누운 채 고열에 시달리기도 했다. 하지만 좋은 날이면 하루에도 몇 번씩 데리고 나가 봄날 햇볕을 쬐게 해줄 수 있었다. 윌이 제일 싫어하는 것 중 하나가 낯선 사람들의 동정이라는 걸 깨달은 후로는, 근처의 풍경이 아름다운 장소로 차를 몰고 가 단둘이 한두 시간씩 보내곤 했다. 내가 피크닉 도시락을 쌌다. 우리는 너른 들판을 앞두고 앉아 산들바람과 별채 밖으로 나왔다는 사실만으로도 즐거워했다.

"남자친구가 당신을 만나보고 싶대요." 어느 날 오후 그가 먹을 수 있도록 치즈와 피클 샌드위치를 잘게 쪼개며 말했다.

마을 밖으로 차를 타고 몇 킬로미터를 달려 야산에 올라왔더니, 맞은편 골짜기 너머로 성채가 보였다. 성채와 우리 사이에 양들이 노니는 들판이 가로놓여 있었다.

"왜요?"

"이렇게 날마다 밤늦게까지 나와 지내는 사람이 누군지 궁금하대요."

이상하게도, 윌은 이 말에 굉장히 신이 난 눈치였다.

"마라톤 맨."

"우리 부모님도 그러신 거 같아요."

"여자가 부모님을 만나달라고 하면 난 불안해지던데. 어머니는 요즘 어떻게 지내세요?"

"똑같죠, 뭐."

"아버님 직장은? 무슨 소식 있어요?"

"아니요. 드디어 다음 주에 통보해 준대요. 아무튼 부모님께서 금요일 제 생일 파티에 손님으로 초대하면 어떠냐고 하시던데요? 그냥 편한 자리예요. 다 가족들이고. 하지만 괜찮아요……. 어차피 오고 싶지 않을 거라고 말씀드렸어요."

"내가 안 갈 거라고 누가 그래요?"

"낯선 사람들 싫어하잖아요. 사람들 앞에서 밥 먹는 것도 싫어하고. 또 내 남자친구는 이야기만 들어도 싫어하고. 생각할 거리도 없는 일인데요. 내가 보기엔."

이제 나도 그에 대해 웬만한 건 알았다. 윌이 뭘 하게 만들려면, 어차피 안 할 거 다 안다고 도발하는 게 최선이었다. 고집스러운 청개구리 같은 면이 있어서 그러면 도저히 못 배겼으니까.

윌은 곰곰이 생각에 잠겼다. "아니, 생일 파티에는 갈래요. 딴 건 몰라도. 어머니가 잠시나마 마음을 쏟을 일이 생길 테니까."

"정말요? 세상에, 엄마한테 말씀드리면 당장 오늘 밤부터 쓸고 닦고 광을 내기 시작하실걸요."

"진짜 친엄마 맞아요? 무슨 유전적인 유사성 같은 게 좀 있어야 되는 거 아닙니까? 샌드위치 좀 줘요, 클라크. 피클 좀 더 넣어서."

내 말은 반만 농담이었다. 엄마는 전신마비 환자를 손님으로 받는다는 생각에 그만 머리가 완전히 핑글핑글 돌아버리고 말았다. 냅다 손으로 얼굴을 감싸더니 윌이 지금 몇 분 안에 도착할 것처럼 서랍장을 정리하기 시작했다.

"하지만 화장실에 가고 싶다고 하면 어떻게 하니? 1층에 화장실이 없는데. 아빠가 2층까지 짊어지고 가진 못할 것 같고. 내가 도와줄 수는 있지만…… 손을 어디다 둬야 할지 좀 걱정이 되는구나. 패트릭이 해줄까?"

"그런 쪽으로는 엄마가 걱정하실 필요가 없어요. 진짜로."

"식사는 어떻게 해? 다 갈아줘야 하는 걸까? 못 먹는 거 있니?"

"아뇨. 그냥 집어 먹을 때 도움이 좀 필요할 뿐이에요."

"그런 건 누가 해주니?"

"제가 하죠. 맘 편하게 생각해요, 엄마. 좋은 사람이에요. 엄마 마음에 들 거예요."

그래서 결국 약속이 잡혔다. 네이선이 윌을 데려다주고 두 시간 뒤에 와서 다시 집으로 데려가 밤 시간 루틴을 챙겨주기로 했다. 내가 해주겠다고 나섰지만, 둘 다 나는 생일이니까 '머리 풀고' 아무 일도 하지 말아야 한다고 우겼다. 우리 부모님을 만나본 적이 없으니까 할 수 있는 얘기다.

1분 1초도 어김없는 7시 반 정각에 집 문을 열자 윌과 네이선이 있었다. 윌은 말쑥한 정장과 셔츠를 입고 있었다. 그런 노력을 해준 걸 기뻐해야 할지, 이제 오늘 밤 두 시간 내내 그렇게 말쑥하게 차려 입지 못해 걱정이 늘어질 엄마 생각을 해줘야 할지 알 수가 없었다.

"어이, 안녕하쇼."

아빠가 내 등 뒤 복도에서 나타났다. "아하, 진입로는 괜찮았소, 젊은이들?" 아빠는 오후 내내 바깥 층계에다 임시 경사로를 만들었다.

네이선이 조심스럽게 휠체어를 밀고 우리 집의 좁은 복도로 들어왔다. "좋습니다." 내가 문을 닫는데 네이선이 말했다. "아주 훌륭해요. 웬만한 병원 경사로보다 훨씬 나은데요."

"버나드 클라크요." 아빠가 손을 뻗어 네이선과 악수를 했다. 그러고는 윌을 향해 팔을 내밀다가 갑자기 덮친 민망함에 손을 획 뺐다. "버나드요. 미안해요. 어…… 어떻게 인사를 해야 할지…… 악수를 할 수가……." 아빠는 말을 더듬기 시작하셨다.

"절을 하시면 되죠, 뭐."

빤히 쳐다보던 아빠는 윌이 농담을 했다는 걸 깨닫자 마음이 놓인 나머지 소탈하게 웃음을 터뜨렸다. "그렇군. 절이라. 좋은 생각이오. 하!"

덕분에 분위기가 급격히 자연스러워졌다. 네이선은 손짓과 윙크를 던지며 떠났다. 내가 윌의 휠체어를 밀고 주방으로 들어갔다. 엄마는 다행히도 커다란 오븐 접시를 들고 있어서 아빠 같은 걱정은 덜었다.

"엄마, 윌이에요. 윌, 우리 엄마 조세핀이에요."

"그냥 조시라고 불러요." 엄마는 팔꿈치까지 오는 오븐 장갑을 낀 채 그를 보고 환한 미소를 지었다. "드디어 만나게 되다니 정말 반갑네요, 윌."

"반갑습니다. 저한테 신경 쓰지 마시고 하시던 일 편히 하세요."

엄마는 그릇을 내려놓고 손으로 머리카락을 쓸었는데, 이건 항상 좋은 징조였다. 오븐 장갑을 먼저 벗을 생각을 못 한 게 안타까운 일이지만.

"미안해요. 로스트치킨이라서. 타이밍이 제일 중요하잖아요."

"천만에요." 윌이 말했다. "전 요리는 못 하지만 맛있는 음식은 정말 좋아합니다. 그래서 오늘 밤을 학수고대했어요."

"그러니까……." 아빠가 냉장고를 열었다. "이건 어떻게 하면 되지? 윌, 맥주 마실 때 무슨 특별한…… 컵을 쓰는 거요?"

나는 윌에게 아빠라면 아마 휠체어보다 맞춤 맥주 컵부터 먼저 특수 제작했을 거라고 말해주었다.

"우선순위를 확실히 해야지." 아빠가 말했다. 나는 윌의 가방을 뒤져 컵을 찾아냈다.

"맥주 좋습니다. 고맙습니다."

윌은 맥주를 한 모금 마셨다. 부엌에 서 있다 보니 문득 1980년대식 벽지에 군데군데 우그러진 부엌장이 있는 비좁고 허름한 우리 집이 마음에 걸리기 시작했다. 윌의 집은 우아한 가구와 아름다운 장식품이 계산된 간격으로 놓여 있다. 우리 집은 살림살이의 90퍼센트가 동네 싸구려 잡화점에서 장만한 꼬락서니였다. 벽에 있는 빈

자리는 귀퉁이를 접은 토머스의 그림들이 온통 뒤덮었다. 눈치는 챘겠지만 윌은 아무 내색하지 않았다. 윌과 아빠는 곧 공통의 화제를 찾아냈다. 바로 내가 전반적으로 얼마나 쓸모없는지에 대한 얘기였다. 괜찮다. 둘이 행복하다면 됐지.

"글쎄 말이지, 한번은 우리 딸내미가 후진을 하다가 우체통을 박고는 우체통이 왜 거기 있냐고 난리였지 뭐요……."

"제 경사로 트랩 내리는 걸 한번 보셔야 해요. 어찌나 패기 넘치는지 가끔 보면 차에서 스키 묘기 프로그램을 찍는 것 같아요. 기겁한다니까요……."

아빠가 폭소를 터뜨렸다.

그러라고 두고 거실로 나왔다. 엄마가 안절부절 뒤따라 나왔다. 엄마는 유리컵들을 받친 쟁반을 식탁에 놓고 흘끗 시계를 보았다. "패트릭은 어디 있대?"

"훈련하고 곧장 온다고 했는데요." 내가 말했다. "아마 좀 늦어지나 봐요."

"네 생일인데 좀 미루면 안 된다니? 더 늦으면 치킨 요리가 맛이 없어질 텐데."

"엄마, 괜찮을 거예요."

엄마가 쟁반을 전부 잘 내려놓을 때까지 기다렸다가 슬쩍 팔을 둘러 꼭 안았다. 엄마는 불안해서 몸이 딱딱하게 굳어 있었다. 갑자기 안쓰러운 마음이 물밀듯 덮쳐왔다. 우리 엄마 노릇이 쉬울 리가 없다.

"정말이야. 괜찮을 거예요."

엄마는 나와 떨어져 내 정수리에 키스를 해주고는 앞치마에 손을 훔쳤다. "네 동생이 여기 있었으면 좋겠구나. 그 애 없이 축하 파티를 한다니 왠지 뭔가 잘못된 거 같아."

내 마음은 전혀 그렇지 않았다. 이번만큼은 모두의 주목을 한 몸에 끄는 기분이라 썩 즐거웠다. 유치한 소리지만 진심이다. 월과 아빠가 내 얘기를 나누며 웃고 있는 게 좋았다. 식사 메뉴가 로스트치킨부터 초콜릿 무스까지 하나같이 내가 좋아하는 것들이라 너무 좋았다. 과거의 나를 굳이 상기시켜 주는 동생의 목소리 없이, 앞으로 내가 되고 싶은 사람이 될 수 있어서 좋았다.

초인종이 울리자 엄마가 양손을 파닥거렸다. "왔구나. 루, 서빙을 시작하려무나."

패트릭은 운동의 여파로 아직까지 상기되어 있었다. "생일 축하해, 자기." 그가 허리를 굽혀 내게 키스하며 말했다. 남자용 스킨과 데오드란트, 갓 샤워한 따뜻한 피부의 향기가 풍겼다.

"곧장 들어가는 게 좋겠어." 거실 쪽을 가리키며 고갯짓을 했다. "엄마가 요리 타이밍 때문에 신경쇠약 일보 직전이셔."

"아." 그는 시계를 흘끗 보았다. "미안해. 시간 가는 줄 몰랐네."

"하지만 자기 시간이면 1분도 안 놓치셨겠지, 응?"

"뭐라고?"

"아무것도 아니야."

아빠는 미리 커다란 접이식 테이블을 거실로 옮겨두었다. 내가 지시한 대로 소파도 반대편 벽에 붙여 월이 출입하는 데 지장이 없게 해두었다. 윌은 휠체어를 조작해 내가 가리키는 자리로 갔다. 그리고 휠체어 높이를 조금 올리고 다른 사람들과 눈높이를 맞추었다. 나는 윌의 왼편에 앉고 패트릭은 맞은편에 앉았다. 패트릭과 윌이 고개를 끄덕여 할아버지께 인사를 드렸다. 패트릭에게는 악수를 하지 말라고 내가 미리 일러두었다. 자리에 앉는 그사이에도 윌이 패트릭을 찬찬히 뜯어보는 눈길이 느껴졌다. 아주 잠깐이지만, 윌이 내 남자친구한테도 부모님을 대하듯 친절할까 궁금해졌다.

윌은 내 쪽으로 고개를 기울였다. "휠체어 뒤쪽에 보면 만찬을 위한 작은 선물이 있어요."

나는 몸을 뒤로 젖히고 손을 아래로 뻗어 윌의 가방을 잡았다. 가방을 당겨 올려보니 로랑 페리에 샴페인이 한 병 나왔다.

"생일이라면 무조건 샴페인을 마셔야 합니다." 윌이 말했다.

"어머, 저것 좀 봐." 엄마가 접시들을 들고 들어오며 말했다. "멋져라! 하지만 우리 집엔 샴페인 잔이 하나도 없는데."

"이 컵이면 충분합니다." 윌이 말했다.

"제가 따지요." 패트릭이 병을 잡더니 철사를 풀고 엄지손가락을 코르크 밑에 넣었다. 윌이 자기가 생각했던 것과 딴판인 듯 계속 곁눈질로 살피고 있었다.

"그렇게 하면 사방에 튈 겁니다." 윌이 팔을 2센티미터쯤 들어 올리며 애매하게 손짓했다. "코르크를 잡고 술병을 돌리는 쪽이 안전할걸요."

"샴페인 전문가시구만." 아빠가 말했다. "그렇지, 술병을 돌리는 거구먼? 그런 방법이 있는지 몰랐군!"

"전 알았습니다." 패트릭이 말했다. "어차피 그러려고 했어요."

샴페인 뚜껑을 무사히 열고 술을 따른 뒤에 내 생일을 위한 축배가 잇달았다. 할아버지는 "주목, 주목!"으로 추정되는 말을 큰 소리로 외쳤다.

내가 일어나 고개 숙여 인사했다. 자선 가게에서 산 1960년대 풍의 노란 A라인 원피스를 입고 있었다. 누가 라벨을 잘라버리긴 했지만 비바 브랜드의 정품일 수도 있다고 주인이 그랬다.

"올해는 우리 루가 마침내 철이 들고 어른이 되기를 빈다." 아빠가 말했다. "이 말은 꼭 해야겠네요, 윌. 같이 일하게 되면서 우리 루가, 정말로 허물을 벗고 성장한 것 같아요."

"얼마나 기특한지 몰라요." 엄마가 말했다. "그리고 고맙고. 그러니까 애한테 일자리를 주어서 말이에요."

"감사야 제가 할 일이지요." 윌이 말했다. 그는 곁눈으로 슬쩍 나를 보았다.

"루를 위해서." 아빠가 말했다. "그리고 루의 성공이 계속되기를."

"그리고 여기 없는 가족들을 위해서도요." 엄마가 말했다.

"세상에나." 내가 말했다. "생일이 좀 더 자주 있어야 될 거 같아요. 다른 날은 여러분이 보통 저를 구박하기 바쁘잖아요."

사람들은 이야기를 나누기 시작했다. 아빠가 또 뭔가 내 얘기를 하며 엄마와 함께 큰 소리로 웃었다. 두 분이 함께 웃는 모습을 보니 좋았다. 지난 몇 주간 아빠는 너무나 초췌해 보였고 엄마는 진짜 자아는 딴 데 가버린 듯 퀭한 눈으로 넋이 나가 있었다. 이 순간들을 찬찬히 음미하고 싶었다. 짧은 순간, 각자의 괴로움을 잊고 서로 농담을 나누고 가족애를 느끼는 지금을 만끽하고 싶었다. 아주 잠깐이지만 토머스가 있어도 좋았겠다는 생각마저 들었다. 아니, 심지어 트리나까지도.

상념에 젖은 나머지 패트릭의 표정을 제때 알아차리지 못했다. 나는 할아버지에게 뭔가 말하며 윌에게 음식을 먹여주고 있었다. 손가락으로 훈제 연어 한 조각을 접어 윌의 입술에 놓아주었는데, 요즘 별생각 없이 일상적으로 하는 일이라 패트릭의 얼굴에 떠오른 충격을 보고서야 그게 얼마나 내밀한 몸짓인지 알았다.

윌이 아빠에게 뭐라고 말하는 사이 나는 패트릭을 노려보며 그만하라고 눈치를 주었다. 패트릭 왼편에서 할아버지가 즐겁게 식탐을 부리며 접시 위의 음식을 집어 먹고 있었다. 우리가 '할아버지의 식사 소음'이라고 부르는, 작은 신음과 기뻐서 웅얼거리는 소리를 내면서.

"연어가 맛있습니다." 윌이 엄마에게 말했다. "정말 향이 좋은데요."

"우리가 날마다 먹는 음식은 아니지요." 엄마가 미소를 지었다. "하지만 오늘은 정말 특별한 요리를 만들고 싶었답니다."

'그만 쳐다보라고.' 나는 소리 없이 패트릭에게 말했다.

패트릭이 그제야 내 눈길을 받더니 고개를 돌렸다. 머리끝까지 화가 치민 얼굴이었다.

윌에게 연어를 한 조각 더 먹여주고, 빵을 슬쩍 쳐다보기에 빵도 좀 주었다. 그 순간 나는 깨달았다. 윌의 필요를 파악하는 데 능숙해진 나머지 이제는 눈빛만 봐도 윌이 원하는 게 뭔지 알 수 있었다.

"그런데요, 패트릭." 내가 불편해하는 기색을 감지했는지 몰라도 윌이 말을 걸었다. "루이자한테 퍼스널트레이너 일을 하신다고 들었습니다. 어떤 일인가요?"

그 질문만은 하지 않기를 진심으로 바랐다. 패트릭은 영업용 장광설 모드로 들어가서 개인적 동기부여며 건강한 육체가 건강한 정신을 만든다는 둥 그런 소리를 늘어놓기 시작했다. 그러다 은근슬쩍 익스트림 바이킹 대회 훈련 스케줄로 넘어가더니 북해의 온도며 마라톤을 완주하기 위한 체지방률, 각 훈련을 하기에 제일 좋은 시간을 떠들어댔다. 보통은 대충 듣는 척만 하고 딴생각을 하지만, 내 옆에 윌을 앉혀놓은 지금은 참 예의도 없다는 생각뿐이었다. 다른 생각이 들지 않았다. 왜 대충 둘러대고 끝내지 못하는 거지?

"사실, 루한테서 오신다는 얘기를 듣고, 제 책들을 좀 보고 추천해 드릴 만한 운동이 있나 봐야겠다고 생각했죠."

마시던 샴페인이 목에 걸려 사레가 들렸다. "그건 굉장히 전문적인 분야잖아, 패트릭. 자기가 적임자는 아닐걸."

"전문적 분야도 할 수 있어. 스포츠 부상도 다룬단 말이야. 의학적 훈련도 받았어요."

"발목을 삔 게 아니잖아, 팻. 그건 아니지."

"2~3년 전에 제가 같이 일했던 사람이 하반신마비 환자에게 운동을 시켜줬어요. 이젠 거의 회복됐다고 하더군요. 트라이애슬론도 하고 그렇답니다."

"멋지네." 우리 엄마가 말했다.

"그 사람이 캐나다의 새로운 연구에 대해 가르쳐주었는데, 근육

276

을 훈련해서 이전의 활동을 기억하게 만들 수 있다더군요. 날마다 계속 충분히 움직이면 근육도 뇌의 시냅스처럼 기능이 돌아온다고 해요. 우리가 진짜 좋은 훈련 프로그램을 짜서 돌리면, 장담하지만 근육 기억에 차이가 느껴질 겁니다. 아무튼, 루 말로는 옛날에는 굉장히 익스트림스포츠를 즐기던 분이셨다고요."

"패트릭." 나는 큰 소리로 말했다. "당신 아무것도 모르잖아."

"나는 그저……."

"어쨌든 하지 마. 제발."

테이블은 쥐죽은 듯 고요해졌다. 아빠는 헛기침을 하며 잠시 자리를 비웠다. 할아버지는 눈치를 보며 조용히 식탁을 둘러보았다.

엄마는 "다들 빵을 더 먹어요"라고 권하며 일어서려다가 마음을 바꾼 눈치였다.

패트릭은 다시 입을 열고 죄 없이 박해받는 순례자처럼 억울한 눈치를 희미하게 내비쳤다. "그저 연구가 도움이 될 것 같아서 한 말이야. 하지만 이제 더는 말 안 할게."

윌이 내리깐 눈을 들더니 속내를 읽을 수 없는 얼굴로 예의 바르게 웃었다. "꼭 마음에 잘 새겨두겠습니다."

나는 테이블에서 도망치고 싶어서 접시를 치우려고 일어섰다. 하지만 엄마가 자리에 앉으라면서 나를 꾸짖었다.

"너는 생일이잖니." 절대 일을 시킬 수 없다는 엄마의 말투가 단호했다. "버나드, 여보. 가서 치킨 좀 가져와요."

나머지 식사는 별일 없이 지나갔다. 부모님은 윌의 매력에 홀딱 넘어간 기색이었다. 패트릭은 훨씬 떨떠름해했다. 패트릭과 윌은 거의 말을 섞지 않았다. 엄마가 구운 감자를 내오던 즈음에는 나도 걱정을 놓아버렸다. 아빠는 여느 때처럼 남은 감자를 다 슬쩍하려 한 뒤 월에게 별별 걸 다 물어보았다. 옛날의 삶에 대해서, 심지어 사고 얘기도 물어보았지만 말을 돌리지 않고 똑바로 대답해 주는 월은 편안해 보였다. 내게는 해주지 않은 이야기들도 꽤 많이 듣고 알게 되었다. 예를 들자면 옛날에 그가 하던 일은, 말투는 겸손해도 굉장히 중요한 일 같았다. 회사를 사고팔면서 그 과정에서 차익을 확보하는 일이었다고 한다. 월이 '차익'이라고 생각한 액수가 수억 대를 훌쩍 넘는다는 걸 아빠는 몇 번의 시도 끝에 결국 알아내고 말았다. 나도 모르게 월을 물끄러미 바라보았다. 내가 알던 남자의 모습과 지금 이야기하는 피도 눈물도 없는 도시의 엘리트를 겹쳐보려 했다. 아빠가 지금 다니는 가구 공장을 인수하려는 회사의 이름을 대자, 월은 거의 변명조로 고개를 끄덕이며 그렇다고, 아는 사람들이라고 말했다. 자기도 아마 달려들었을 거라고. 월의 말투로 봐서는 그 인수가 아빠의 일자리에는 별로 좋을 것 같지 않았다.

엄마는 월에게 시종일관 상냥했고, 부산하게 법석을 떨며 그를 챙겼다. 엄마가 미소 짓는 모습을 보며 나는 문득 깨달았다. 식사가 진행되면서 언젠가부터 월은 그냥 엄마의 식탁에 손님으로 온 말쑥한 청년이 되었다. 패트릭의 심사가 뒤틀릴 만도 했다.

"생일 케이크?" 엄마가 접시를 치우기 시작하자 할아버지가 말씀하셨다.

너무나 또렷하고, 너무나 깜짝 놀랄 만한 말이라 아빠와 나는 충격을 받아 서로를 바라보았다. 식탁에 앉은 사람들이 전부 조용해졌다.

"아니에요." 내가 테이블을 돌아가서 할아버지에게 키스를 했다. "아니에요, 할아버지. 죄송해요. 하지만 초콜릿 무스가 있어요. 좋아하시잖아요."

할아버지는 내 말에 알았다는 듯 고개를 주억거렸다. 엄마는 환하게 웃었다. 이보다 더 좋은 선물이 어디 있을까.

초콜릿 무스가 나올 무렵, 예쁜 티슈페이퍼로 포장된 전화번호부 크기의 커다란 사각형 선물상자도 함께 식탁에 올라왔다.

"선물인가요?" 패트릭이 말했다. "자. 여기 내 선물도 있어." 그는 나를 보고 미소를 지으며 선물을 식탁 위에 올려놓았다.

나도 애써 미소로 답했다. 어쨌든, 지금은 말다툼을 할 때가 아니다.

"자, 어서." 아빠가 말했다. "뜯어보렴."

부모님의 선물을 먼저 뜯어보았다. 찢어지지 않도록 조심스럽게 포장지를 벗겨냈다. 사진 앨범이었는데, 매 장마다 내 삶의 1년 동안 나온 사진 한 장씩이 붙어 있었다. 아기였을 때의 나, 볼살이 통통한 얼굴로 심각한 표정을 짓고 있는 트리나와 나, 헤어클립을 잔뜩 머리에 꽂고 오버사이즈 스커트를 입은 초등학교 입학식 때의 나. 최근으로 오자 나와 패트릭의 사진이 한 장 있었다. 그 사진 속의 나는 진짜로 패트릭에게 꺼져버리라고 소리를 지르고 있었다. 그리고 새 직장으로 처음 출근하던 날 회색 치마를 입은 내 모습이 있었다. 그 사이에 토머스가 찍은 우리 가족사진과 엄마가 보관해둔 내가 수학여행 갔을 때 엄마한테 보낸 편지들이 있었다. 비뚤배뚤한 어린아이 글씨체로 해변에서 보낸 하루라든가 아이스크림을 잃어버린 일. 도둑처럼 다 훔쳐 먹는 갈매기들 이야기가 써져 있었다. 나는 길고 검은 머리를 뒤로 넘긴 여자의 사진 앞에서 잠시 손길을 멈칫했지만 그 페이지를 넘겼다.

"나도 좀 봐도 될까?" 윌이 말했다.

"올해가…… 그렇게 썩 좋지는 못했어요." 내가 윌 앞에 앨범을 놓고 페이지를 넘겨주는 사이 엄마가 윌에게 말했다. "물론 다들 건강하지만 말이지요. 하지만, 왜 있잖아요, 사정이 워낙 이렇다 보니. 그런데 할아버지가 낮에 TV를 보시다가 선물을 직접 만드는 프로를 본 거예요. 그때 생각했죠……. 뭔가…… 의미 있는 선물이 될 거 같아서."

"정말 그래요, 엄마." 내 눈에 눈물이 그렁그렁 고였다. "아주 마음에 들어요. 고마워요."

"할아버지가 사진 몇 장을 손수 고르셨단다."

"아름답습니다." 윌이 말했다.

"정말 너무 좋아요." 내가 다시 한번 말했다.

엄마와 아빠가 서로의 얼굴을 보며 지은 그 한없는 안도의 표정이 그렇게 서글플 수가 없었다.

"자, 다음엔 내 선물." 패트릭이 작은 상자를 테이블 위로 밀었다. 천천히 상자를 여는데, 혹시 약혼반지일지도 모른다는 생각이 뇌리를 스쳐 막연하게 겁이 덜컥 났다. 아직 마음의 준비가 되지 않았는데. 간신히 내 방을 마련했단 말이야. 작은 상자를 열자, 짙은 남색 벨벳 천 위에 작은 별 모양 펜던트가 달린 얇은 금목걸이가 놓여 있었다. 다정하고 섬세했지만, 나와는 전혀 어울리지 않았다. 나는 절대 그런 목걸이를 걸지 않는다. 걸어본 적도 없다.

한참 바라보며 뭐라 말해야 하나 머릿속으로 궁리했다. "예쁘네." 이렇게 말하자 그가 테이블 위로 허리를 굽히고 내 목에 목걸이를 걸어주었다.

"마음에 든다니 다행이야." 패트릭은 이렇게 말하며 내 입술에 키스했다. 우리 부모님 앞에서는 절대 그런 키스를 하지 않으면서.

윌은 속을 읽을 수 없는 표정으로 나를 바라보았다.

"자, 이제 우리도 푸딩을 먹어야겠군." 아빠가 말했다. "분위기가 너무 뜨거워지기 전에 말이야." 아빠는 자기 농담에 너털웃음을 터뜨렸다. 샴페인 때문에 기분이 하늘 끝까지 날아오른 모양이었다.

"내 가방에도 선물이 하나 있긴 한데요." 윌이 조용히 말했다. "휠체어 뒤에 있는 가방이요. 오렌지색 포장."

나는 윌의 배낭에서 선물을 꺼냈다.

엄마가 손에 서빙 스푼을 든 채로 멈춰 섰다. "루한테 선물을 갖고 왔어요, 윌? 아니 어쩌면 이렇게 친절할 수가. 마음 씀씀이가 정말 고맙지 않아요, 버나드?"

"그러게 말이야."

포장지에는 원색의 치파오 무늬가 그려져 있었다. 보자마자 아껴두어야겠다는 생각이 들었다. 저 무늬를 써서 뭔가 걸치고 다닐 만한 걸 만들 수도 있겠다. 리본을 푼 뒤 훗날 쓰려고 따로 챙겨두었다. 포장지를 벗기고 얇은 속포장지까지 뜯자, 기이할 정도로 낯익은 검은색과 노란색 줄무늬가 나를 빤히 노려보고 있는 게 아닌가.

정말이었다. 내 손에 검은색과 노란색 줄무늬 타이츠가 들려 있었다. 성인용 사이즈에 불투명한 양모 재질이었는데, 어찌나 부드러운지 손가락 사이로 미끄러질 것만 같았다.

"세상에, 믿기지가 않네요." 내가 말했다. 벌써 깔깔 웃음이 터져 나왔다. 기쁨에 벅찬, 뜻밖에 터져 나온 그런 웃음. "아, 맙소사! 이걸 대체 어디서 구했어요?"

"주문 제작을 했죠. 새로 산 음성 인식 소프트웨어로 그 여자한테 하나하나 내가 직접 주문했다는 걸 알면 아마 뿌듯할 겁니다."

"타이츠?" 아빠와 패트릭이 한목소리로 말했다.

"하지만 세상에서 최고로 좋은 타이츠란 말이에요."

우리 엄마가 타이츠를 쳐다보았다. "있잖니, 루. 아무래도 네가 아주 어렸을 때 딱 저렇게 생긴 타이츠가 분명 있었던 것 같구나."

윌과 나는 의미심장한 눈빛을 교환했다.

환하게 비어져 나오는 웃음을 멈출 도리가 없었다. "지금 당장 입어볼래요." 내가 말했다.

"이런 세상에. 벌집에 들어간 꼬맹이 같은 꼬라지가 되겠구만." 아빠가 고개를 휘휘 저었다.

"오, 버나드. 저 애 생일이잖아요. 당연히 입고 싶은 건 뭐든지 맘대로 입어봐야죠."

나는 밖으로 달려 나가 복도에서 타이츠를 입었다. 발끝을 뾰족하게 내밀고 그 황당한 몰골에 찬탄했다. 내 평생 이렇게 행복해지는 선물은 처음이다.

나는 다시 걸어 들어갔다. 윌이 조그맣게 환호성을 올렸다. 할아버지가 테이블에 머리를 찧으셨다. 엄마와 아빠는 폭소를 터뜨렸다.

패트릭은 그냥 물끄러미 바라만 봤다.

"얼마나, 얼마나 좋은지 도저히 말로 표현할 생각도 못 하겠어요." 내가 말했다. "고마워요. 정말 고마워요." 나는 한 손을 내밀어 그의 어깨에 얹었다. "진심이에요."

"그 안에 카드도 들어 있어요." 윌이 말했다. "나중에 열어봐요."

우리 부모님은 윌이 떠나고 난 뒤에 온통 호들갑을 떨었다.

술에 잔뜩 취한 아빠는 윌에게 나를 고용해 줘서 고맙다는 말을 계속 되풀이하면서 꼭 다시 오겠다는 약속을 끝내 받아냈다. "직장에서 잘리면 내가 한번 찾아갈 테니 축구 경기라도 같이 봅시다."

"그러시면 저야 좋죠." 윌이 말했다. 윌이 축구 경기를 보는 모습은 본 적도 없는데.

우리 엄마는 남은 초콜릿 무스를 밀폐용기에 싸서 억지로 떠안겼다. "아까 보니까 아주 잘 먹던데 갖고 가요."

"참 반듯한 신사야." 엄마 아빠는 윌이 가고 난 뒤에도 족히 한시간 내내 감탄을 금치 못했다. "진짜 점잖은 신사구먼."

패트릭이 주머니에 손을 깊이 찔러 넣은 채 복도로 나왔다. 아마 윌의 손을 잡고서 흔들고 싶은 충동을 참으려고 그랬던 것 같다. 하긴, 그나마 좋게 봐줘서 나온 결론이다.

"만나서 반가웠습니다, 패트릭." 윌이 말했다. "그리고…… 조언 고마웠습니다."

"아, 그저 내 여자친구 일에 도움이 되길 바란 거죠." 그가 말했다. "그게 답니다." '내'라는 말에 놓칠 수 없는 방점이 찍혀 있었다.

"뭐, 아무튼 정말 운 좋으신 줄 아셔야 합니다." 네이선이 휠체어를 밀고 나가려는데 윌이 한마디를 던졌다. "침상 목욕 솜씨가 얼마나 훌륭한지 몰라요." 윌이 그 말을 얼마나 번개같이 내뱉었는지, 문이 닫히고 나서도 한참 뒤에야 패트릭은 무슨 말을 들은 건지 깨달았다.

"침상 목욕을 시켜준다는 얘기는 한 적 없잖아."

우리는 패트릭의 집으로 갔다. 마을 변두리에 신축된 아파트였다. '주상복합의 생활양식'을 내세워 광고했지만 전망은 아울렛이 고작이었고 높이도 3층밖에 되지 않았다.

"그게 무슨 말이야? 고추라도 닦아줘?"

"고추 닦아주는 거 아니야." 나는 패트릭의 집에 두고 다니는 유일한 내 살림인 클렌저를 들고서 거침없는 손놀림으로 휙휙 화장을 지우기 시작했다.

"방금 그렇다고 그가 말했잖아."

"자기를 놀리는 거야. 자기가 그 사람한테 옛날에는 익스트림스포츠를 즐기시지 않았느냐고 한도 끝도 없이 말하는데, 나라도 그랬겠다."

"그러면 자기가 해주는 일은 뭐야? 자세한 건 말해준 적 없잖아."

"가끔은 몸을 닦아주기도 하지만 속옷이 있는 데까지만이야."

패트릭의 눈길에 오만 감정이 담겨 있었다. 한참 뒤에야 눈길을 거두고 양말을 벗어서는 빨래 바구니에 휙 던졌다. "자기 일은 원래 그런 게 아니잖아. 의료 행위는 안 할 거라며. 신체 접촉도 없고.

원래 요구 사항에는 없는 거잖아." 그는 불현듯 뭔가 생각해 냈다. "자기 소송을 걸 수도 있어. 업무 내용을 멋대로 변경하면 '준해고' 라던가, 뭐 그런 거에 해당할걸?"

"말도 안 되는 소리 마. 내가 그 일을 하는 건 네이선이 항상 옆에 있을 수 없으니까 그런 거고. 윌한테는 중개소에서 파견 나온, 알지도 못하는 사람이 몸을 만지는 게 세상에서 제일 끔찍한 일이란 말이야. 게다가 이젠 익숙해져서 괜찮아. 정말로 전혀 기분 나쁘지 않아."

어떻게 설명해야 할까? 한 사람의 몸이 이토록 친숙해질 수 있다는 사실을. 나는 이제 민첩하고도 전문적인 손길로 튜브를 갈아줄 수 있고, 하던 대화를 술술 이어가면서도 벗은 상반신을 부드러운 스펀지로 닦아줄 수 있었다. 심지어 윌의 흉터를 봐도 소스라치지 않았다. 한참 동안은 그걸 볼 때마다 그가 언제라도 자살할지 모른다는 불안감만 들었다. 하지만 이제 그는 그냥 윌이었다. 사람 돌아 버리게 만드는, 짓궂은, 총명한, 재미있는 윌. 잘난 척하며 일라이 자 둘리틀을 교육하는 히긴스 교수° 역할 놀이를 즐기는 윌. 그 몸은 이제 당연한 일부에 지나지 않았다. 우리가 이야기를 나누다가 가끔씩 중간에 처리하고 지나가야 할 일 같은 것. 그러니까 윌에게서 그나마 재미없는 부분 정도가 되었다고 해야 할 것 같다.

"도저히 믿을 수가 없군……. 우리가 함께 지낸 세월이 얼만데…… 그렇게 오랫동안 나는 근처에도 못 오게 했으면서…… 무슨 생판 남한테 그렇게 사적으로 들러붙어서……."

◇ 영화 「마이 페어 레이디」의 주인공들.

"이 얘기는 그만하면 안 돼, 패트릭? 내 생일이란 말이야."

"내가 시작한 게 아니잖아. 침상 목욕이니 뭐니 하는 거 전부다."

"그 사람이 잘생겨서 이러는 거야?" 내가 따졌다. "그래서 그래? 그 사람이, 그러니까 진짜 식물인간 같은 몰골이었으면 자기가 받아들이기가 훨씬 쉬웠겠지?"

"그러니까 자기도 그 남자가 잘생겼다고 생각한다 이거군."

드레스를 머리 위로 벗고 조심스럽게 스타킹을 벗어 내렸다. 그나마 남아 있던 좋은 기분의 찌꺼기마저 싹 다 휘발되어 사라져 버렸다.

"자기가 이러는 걸 난 이해를 못 하겠다. 그 사람한테 질투를 하다니 믿을 수가 없어."

"누가 질투를 해." 턱없는 소리를 한다는 듯한 말투였다. "병신한테 어떻게 질투를 하나?"

패트릭은 그날 밤 나와 사랑을 나누었다. '사랑을 나누었다'는 말은 어폐가 있을지 모르겠다. 우리는 섹스를 했다. 자기 기교와 힘과 정력을 과시하려 작정한 듯 끝도 없이 이어지는 마라톤 같은 섹스였다. 나를 샹들리에에 매달아 둘 수 있었다면 아마 그렇게 했을 것이다. 몇 달 동안 별거나 다름없이 지내다가 그렇게 간절한 욕망의 대상이 된다는 건, 패트릭의 관심을 온전히 끌 수 있다는 건, 나쁘지 않았다. 그렇지만 마음 한구석에서는 이 모든 일이 어쩐지 실감나지 않았다. 거리감이 느껴졌다. 결국 나 때문이 아니라는 생각이 들었다. 난 진실을 일찌감치 파악했다. 이 작은 쇼는 윌한테 과시하기 위한 짓이었다.

"어땠어, 응?" 패트릭이 나를 안자 땀에 젖은 우리의 살갗이 살짝 들러붙었다. 그가 내 이마에 키스를 했다.

"좋았어." 내가 말했다.

"사랑해, 자기."

그리고 만족감에 젖은 그는 돌아누워 머리 위로 한 손을 올리더니 몇 분도 못 되어 잠들어 버렸다.

나는 도저히 잠이 오지 않아 침대에서 나와 아래층으로 가서 내 가방을 주워 들었다. 가방 안을 뒤적거리며 플래너리 오코너의 단편집을 찾았다. 책을 꺼내는데 봉투가 툭 떨어졌다.

한참을 물끄러미 바라보았다. 윌의 카드였다. 식탁에서 뜯어보지 않았던 건, 봉투에서 예상과 달리 폭신폭신한 감촉이 느껴졌기 때문이다. 카드를 조심스레 봉투에서 빼고 열어보았다. 안에는 빳빳한 50파운드 지폐가 열 장 들어 있었다. 보면서도 믿을 수 없어 두 번이나 세어보았다. 카드 안에는 이렇게 쓰어 있었다.

생일 보너스예요.
괜히 호들갑 떨지 말아요. 법적인 의무니까. W.

14

5월은 이상한 달이었다. 신문과 TV는 온통 소위 '죽을 권리'로 도배되었다. 퇴행성질병을 앓고 있는 어떤 여자는 고통이 너무 심해질 경우 남편이 자기와 함께 디그니타스 병원을 찾더라도 법적인 보호를 받을 수 있도록 명시해 달라고 청원을 냈다. 부상으로 영구적 장애를 얻게 된 어느 젊은 축구 선수는 부모님께 디그니타스로 데려가 달라고 애원한 끝에 뜻대로 스위스의 모처에서 숨을 거뒀다. 경찰이 출동했다. 상원에서도 논쟁이 시작되었다.

뉴스를 보며 조력자살을 반대하는 측의 주장을 경청하고 철학자들의 견해도 찬찬히 읽어보았지만, 나로서는 어떤 입장을 취해야 할지 잘 판단이 서지 않았다. 기묘할 정도로 윌과는 무관하게 느껴졌다.

그사이 우리는 차츰 외출을 늘려가고 있었다. 그리고 윌이 감당할 수 있는 여행의 거리도 차츰차츰 늘어나고 있었다. 우리는 시내 극장으로 가서 모리스 댄서들의 춤을 구경했다. 윌은 댄서들의 발에 달린 방울이며 손에 든 손수건을 보고도 표정에 별 변화가 없었지만, 정색하고 있는 게 힘들긴 했는지 얼굴이 살짝 분홍색으로 물들었다. 하루는 근처의 장대한 저택 영지에서 벌어진 야외 콘서트에 가기도 했다. 나보다는 윌의 취향이었다. 또 멀티플렉스 영화관에도 갔는데, 하필 보게 된 영화가 불치병에 걸린 젊은 여자 이야기였다.

그러나 윌도 헤드라인을 주시하고 있다는 걸 나는 알고 있었다. 새 소프트웨어를 구입한 뒤 컴퓨터를 더 많이 쓰기 시작했다. 트랙패드에서 엄지를 끌어 마우스 커서를 움직일 줄도 알게 되었다. 그렇게 고생한 덕에 당일 신문을 온라인으로 읽을 수 있었다. 하루는 아침에 홍차를 갖다주려 들어갔다가 그 젊은 축구 선수에 대한 기사를 읽는 모습을 보았다. 자기 손으로 목숨을 끊기 위해 구체적으로 행한 조치를 단계별로 상세히 다룬 심층보도였다. 윌은 내가 등 뒤에 서 있다는 걸 깨닫고 화면을 껐다. 그 작은 움직임에 왠지 명치에 울컥 아픈 덩어리가 맺혔다. 30분이 넘도록 사라지지 않았다.

나도 도서관에 가서 관련 기사를 찾아 읽었다. 얼마 전부터 신문을 찾아 읽기 시작했다. 어느 쪽 주장이 더 깊이가 있는지 파악하려 애썼다. 얼기설기 뼈대만 갖춘 사실의 형태로 환원하면 정보는 별로 쓸모가 없다는 걸, 언젠가부터 알게 되었다.

축구 선수의 부모는 타블로이드 신문들에 물리고 뜯겨 너덜너덜해졌다. '그들은 어떻게 아들을 죽였나?' 헤드라인들이 고래고래 악을 썼다. 나 역시 똑같은 감정을 느끼지 않을 수 없었다. 리오 매키너니는 스물네 살이었다. 부상 후 3년간 투병 생활을 했다. 윌보다 그렇게 오래 버틴 것도 아니었다. 더 이상 살 이유가 없다고 결정해 버리기에는 너무 젊은 나이가 아니었을까? 그러다가 나는 윌이 읽던 기사를 보았다. 사설이 아니라 젊은이의 인생에 실제로 무슨 일이 일어났는지를 세밀하게 취재해 작성한 기사였다. 기자는 축구 선수의 부모와 연락이 닿은 모양이었다.

리오는 세 살 때부터 축구를 했다고 한다. 일생이 곧 축구였다. 태클이 잘못 들어오는 바람에 '100만 번에 한 번' 있을까 말까 한 사고를 당해 부상을 입었다. 아들을 격려하고 아직도 살아갈 가치가 있다는 느낌을 찾게 해주기 위해 안 해본 일이 없다고 했다. 그러나 리오는 우울증에 빠져들었다.

축구는커녕 타인의 도움 없이는 움직이지도 못했고 심지어 가끔은 혼자 호흡할 능력조차 없어지던 그는 축구 선수였다. 세상 그 무엇에서도 기쁨을 찾지 못했다. 삶은 고통스러웠고 감염으로 점철되었으며 끊임없이 타인의 손길에 의지해야 했다. 친구들을 그리워했지만 끝까지 만나지는 않았다. 여자친구에게는 이별을 통보했다. 매일 부모에게 살고 싶지 않다고 말했다. 계획했던 삶의 반만도 못한 삶임에도 남들이 살아가고 있는 모습을 지켜보는 걸 견딜 수가 없다고, 마치 고문 같다고 말했다 한다.

리오는 단식으로 자살하려다 두 번이나 입원했으며, 집에 돌아와서는 제발 잠들었을 때 베개로 질식시켜 죽여달라고 애원했단다. 그 대목을 읽던 나는, 도서관에 앉아서 손바닥으로 눈알을 꾹 눌렀다. 그리고 흐느껴 울지 않고도 숨을 쉴 수 있을 때까지 참고 또 참았다.

아빠는 결국 실직했다. 하지만 굉장히 의연하게 받아들였다. 그날 오후 집에 돌아와 셔츠와 양복 차림으로 갈아입고는 바로 다음 버스를 타고 시내로 나가서 구인구직센터에 등록을 했다.

아빠는 이미 오래전부터 무슨 일이든 할 각오가 되어 있다고 엄마에게 말해왔단다. 다년간의 경험을 갖춘 숙련된 장인임에도 불구하고. "지금 우리가 까탈스럽게 굴 때는 아닌 것 같아." 아빠는 엄마의 항변을 묵살하며 말했다.

하지만 나한테도 구직은 어려웠는데, 평생 한 가지 일만 해온 55세의 남자가 일자리를 구하는 건 훨씬 더 어려웠다. 심지어 창고지기나 경비원으로 취직할 수도 없더라고, 여기저기서 면접을 보고 온 아빠는 낙심한 말투로 말했다. 차라리 믿음이 안 가도 코딱지가 코에 덕지덕지 붙은 일흔 살 노인을 고용하는 편이 낫다고 했단다. 정부에서 임금을 지원해 주기 때문이다. 하지만 검증된 경력을 가진 성인 남자는 오히려 곤란했다.

2주 정도 여기저기 거절을 당하고 다닌 끝에 아빠와 엄마는 일단 고비를 넘기려면 연금 신청을 해야 한다는 현실을 인정했다. 저녁마다 세탁기를 같이 쓰는 사람이 몇이나 되는지, 그리고 마지막으로 출국을 한 게 언제였는지(아빠는 아마 1988년이었을 거라고 추정했다) 따위를 묻는, 도저히 이해할 수 없는 50장짜리 서류 양식을 붙잡고 씨름하기 시작했다. 월의 생일 보너스를 부엌 찬장의 현금 깡통에 넣었다. 유사시 쓸 돈이 약간 있다는 걸 알면 부모님 기분이 조금 나아질까 싶어서였다.

다음 날 아침에 일어났을 때, 돈은 다시 봉투에 담긴 채 내 방문

아래에 밀어 넣어져 있었다.

관광객들이 찾아오며 마을이 북적거리기 시작했다. 트레이너 씨가 점점 더 자주 집을 비웠다. 성을 찾는 방문객이 많아질수록 그의 근무시간도 늘어났다. 어느 목요일 오후 시내에서 트레이너 씨를 본 적이 있다. 세탁소에 들렀다가 집으로 가던 길이었다. 대수로울 것 없는 모습이었지만, 그가 팔을 두르고 있던 빨간 머리 여자는 누가 봐도 트레이너 부인이 아니었다. 나를 본 그는 뜨거운 감자라도 되는 것처럼 황급히 여자를 밀쳐버렸다.

나는 고개를 돌리고 상점 진열장을 구경하는 척했다. 내가 봤다는 걸 알게 해야 하는지 아니면 모르는 척을 해야 하는지 판단이 서지 않았다. 나중에도 그 생각은 하지 않으려고 굉장히 애를 썼다.

아빠가 실직한 그 주 금요일, 윌이 초대장을 하나 받았다. 얼리샤와 루퍼트의 결혼식 청첩장이었다. 뭐, 엄밀하게 말하자면 청첩장의 발송인은 얼리샤의 부모인 티머시 듀어 대령 부부 이름으로 되어 있었다. 루퍼트 프레시웰과 딸의 결혼을 축하해 주러 와달라고 윌을 초청한 거다. 묵직한 양피지 봉투에 넣어져 배달된 청첩장에는 예식 일정과 함께 하객들이 선물해 줄 수 있는 물품 목록이 두툼하게 접혀 동봉되어 있었다. 내가 들어본 적도 없는 상점 이름들이 즐비했다.

"배짱 한번 두둑하네요." 금박 글씨에 테두리도 금박으로 장식된 두꺼운 카드를 찬찬히 살피며 내가 말했다. "갖다 버릴까요?"

"맘대로 해요." 윌은 무관심을 작정한 모습이 어떤 건지를 온몸으로 보여주고 있었다.

나는 목록을 빤히 들여다보았다. "아니, 대체 쿠스쿠스 기계가 뭐예요?"

어쩌면 윌이 휙 고개를 돌리고 컴퓨터 트랙패드를 분주하게 조작하던 속도와 연관이 있을지도 모른다. 어쩌면 윌의 말투가 마음에 걸렸는지도 모르겠다. 아무튼, 무슨 이유에선지 나는 청첩장을 버리지 않았다. 조심스레 주방의 서류철에 끼워 보관해 두었다.

윌은 내게 또 다른 단편집을 주었다. 아마존에서 주문한 그 책과 함께 매트 리들리의 『붉은 여왕』도 주었다. 내가 좋아하는 유의 책이 아니란 걸 난 알았다. "심지어 소설도 아니잖아요." 뒤표지를 읽어보고 나서 말했다.

"그래서요?" 윌이 대꾸했다. "사람이 좀 도전도 하고 그래봐요."

그래서 읽어보았다. 진짜 유전학에 무슨 관심이 있어서가 아니라, 안 읽으면 윌이 계속 물고 늘어질 텐데 생각만 해도 끔찍했다. 요즘은 그런 식이었다. 알고 보면 사람을 윽박지르는 재주가 있다. 게다가 진짜 짜증나는 건, 읽은 부분까지 내용을 쪽지 시험 보듯 따져 물었다는 거다. 순전히 내가 실제로 읽는지 확인하기 위해서였다.

"아니, 그쪽이 내 선생님도 아니잖아요."

"천만다행이지 뭡니까." 그는 진심으로 감정을 실어 말했다.

이 책은 온통 생존을 위한 투쟁 이야기를 하고 있었다. 사실 꽤 읽을 만해서 깜짝 놀랐다. 여자가 남자를 고르는 건 사랑해서가 아니라고 주장했다. 어떤 종이든 암컷은 가장 강력한 수컷을 선택하는데, 자손에게 최고의 기회를 주고 싶어서다. 암컷의 의지와는 무관하다. 자연의 법칙이 원래 그럴 뿐이다.

나는 동의할 수 없었다. 이런 논증이 마음에 들지 않았다. 저자가 내게 설득시키려는 내용에는 불편한 저의가 깔려 있었다. 저자의 눈으로 보면 월은 육체적으로 약하고 훼손된 존재였다. 따라서 생물학적으로 무의미했다. 무가치한 삶이 되어버린다.

오후 내내 월이 하도 그 얘기를 줄곧 떠들어대기에, 못 참고 말대꾸를 해버렸다. "이 매트 리들리라는 작자가 고려하지 않은 요소가 하나 있다고요." 내가 말했다.

월은 컴퓨터 모니터를 쳐다보다 고개를 들었다. "아하, 그래요?"

"유전적으로 우월한 수컷이 사실 알고 보니 머저리 천치면 어떡하고요?"

5월의 셋째 주 토요일에 트리나와 토머스가 집에 왔다. 엄마는 애들이 아직 집 앞 거리를 반도 못 온 시점부터 이미 문밖을 나가 정원 진입로에 서서 기다렸다. 엄마는 토머스를 꽉 껴안고 못 본 사이 키가 몇 센티나 더 컸다고 거듭 말했다. 토머스는 많이 달라지고 너무 어른스러워져서, 꼬마인데도 제법 남자 태가 났다. 트리나는 머리를 싹둑 잘라 묘하게 세련되어 보였다. 못 보던 재킷을 걸치고 스트랩샌들을 신고 있었다. 치사하게도 나는 돈이 어디서 났나 생각하게 된다.

"그래서 가보니 어때?" 엄마가 토머스를 데리고 정원을 거닐며 작은 연못의 개구리들을 구경시켜 주는 사이 내가 물었다. 아빠는 할아버지와 축구 시합을 보다가 득점 기회가 또 날아가자 낙심한 나머지 외마디 비명을 올렸다.

"멋져. 진짜 좋아. 내 말은, 물론 토머스를 돌봐줄 사람이 없는 건 힘들지. 게다가 애가 어린이집에 적응하는 데 꽤 오래 걸렸어." 트리나가 내게 몸을 기울였다. "엄마한테는 절대 말하면 안 돼. 토머스가 잘 지내고 있다고 했단 말이야."

"하지만 공부하는 게 좋은가 보구나."

트리나의 얼굴이 활짝 피었다. "최고야. 다시 머리를 쓰는 기쁨을 도저히 말로 표현할 수가 없어. 까마득하게 오랫동안 내 안에 커다란 한 덩어리가 없어진 것처럼 휑했는데…… 다시 찾은 기분이야. 너무 공부벌레 같은 소리 같아?"

고개를 저었다. 진심으로 잘됐다고 생각했다. 그 애에게 도서관과 컴퓨터와 그간 윌을 위해서 했던 일들 이야기를 하고 싶었다. 그러나 지금은 동생이 빛나는 순간이어야 한다고 생각했다. 우리는 얼룩덜룩 비치는 햇살 아래 접이식 의자에 앉아서 머그잔의 홍차를 홀짝거렸다. 동생 손가락이 예쁜 색깔들로 알록달록하다는 것도 알아차렸다.

"엄마가 너희들을 보고 싶어 하셔." 내가 말했다.

"이제는 웬만하면 주말마다 올 거야. 그저…… 루 언니, 토머스가 적응할 시간을 갖게 하기 위해서만은 아니었어. 내가 이 모든 것으로부터 조금 떨어져 있는 시간이 필요해서 그랬어. 그냥 다른 사람이 될 시간을 좀 갖고 싶었어."

그 애는 실제로 좀 다른 사람 같아 보였다. 이상했다. 집을 떠난 지 겨우 몇 주밖에 안 됐는데, 익숙하던 느낌이 이렇게나 싹 사라질 수 있다니. 변화해 가는 트리나는 확실히 내가 잘 알지 못하는 어떤 사람이 되어 있었다. 묘하게도, 혼자 뒤처지는 기분이 들었다.

"엄마가 그러는데 언니의 그 장애인 남자가 저녁 식사에 왔었다면서."

"그 사람은 내 장애인 남자가 아니야. 그 사람 이름은 윌이야."

"미안해. 윌이라고. 그러니까 잘되고 있는 거야? 그러니까 전에, 그 살기 위한 버킷리스트 말야."

"그럭저럭. 나들이가 성공적일 때도 있고 아닐 때도 있고 그래." 나는 경마장 대참사 사건과 뜻밖의 성공을 거둔 바이올린 연주회 이야기를 해주었다. 둘만의 소풍 이야기도 해주었다. 내 생일 파티 얘기를 듣더니 트리나는 웃음을 터뜨렸다.

"언니 생각에는……." 그 애가 뭐라고 표현해야 제일 좋을까 고민한다는 걸 알 수 있었다. "언니가 이길 것 같아?"

그게 무슨 시합도 아닌데.

나는 인동덩굴 줄기를 하나 뽑아 들고서 잎을 뜯기 시작했다. "모르겠어. 아무래도 지금보다 고단수가 되어야 할 거 같아." 나는 해외로 나간다고 했더니 트레이너 부인이 뭐라고 했는지 말해주었다.

"하여간 언니가 바이올린 연주회에 갔다니 믿을 수가 없어. 세상에 다른 사람도 아니고 언니가!"

"좋았어."

동생은 한쪽 눈썹을 추켜올렸다.

"아니, 정말로, 좋았어. 뭐랄까…… 감정을 흔들었어."

트리나는 나를 찬찬히 바라보았다. "엄마는 그가 진짜 좋은 사람

296

이라고 하더라."

"진짜 좋은 사람이야."

"게다가 잘생겼고."

"경추 외상을 당했다고 사람이 노트르담의 꼽추처럼 변하는 건 아니야." 그런데 그렇게 됐다니 끔찍하게 아깝다는 말 따위는 제발, 제발 하지 말아줘. 나는 말없이 애원했다.

내 동생은 그보다는 영특한 사람이었나 보다. "아무튼. 엄마는 확실히 놀란 것 같아. 노트르담의 꼽추를 각오하고 계셨던 모양이지."

"그게 문제야, 트리나." 나는 남은 홍차를 화단에 쏟아버렸다. "사람들은 항상 그러거든."

그날 밤 저녁 식사 때의 엄마는 아주 쾌활했다. 트리나가 좋아하는 라자냐를 요리했고 토머스에게도 늦게까지 깨어 있어도 된다고 특별히 허락했다. 우리는 먹고 말하고 큰 소리로 웃어대면서 안전한 이야기만 했다. 축구라든가 내 일, 트리나와 같이 공부하는 학생들에 대해. 엄마는 트리나에게 정말 혼자 사는 게 괜찮으냐고, 토머스한테 필요한 건 없냐고 아마 수백 번 물어봤을 것이다. 트리나에게 뭘 해줄 만큼 살림이 넉넉하지도 않으면서. 부모님이 파산 상태라는 말을 동생에게 미리 해두기를 잘했다. 동생은 우아하고도 확고한 말투로 "아니, 괜찮아요"라고 대답했다. 진실인지 알아봐야겠다는 생각이 든 건 한참 나중의 일이다.

그날 밤 우는 소리가 나서 한밤에 잠을 깼다. 다락방의 토머스였다. 트리나가 달래고 어르는 소리, 불이 켜졌다 꺼지는 소리, 침대

자리를 다시 잡는 소리가 들렸다. 나는 어둠 속에 누운 채 블라인드 사이로 비쳐 들어온 가로등 불빛이 새로 페인트칠한 천장에 맺혀 있는 모습을 바라보며, 울음소리가 그치기를 기다렸다. 하지만 아까와 똑같이 울어대는 소리가 새벽 2시에 다시 시작되었다. 이번에는 복도를 까치발로 걷는 엄마 발소리가 들렸고, 중얼중얼하는 대화가 이어졌다. 그러다 드디어 토머스가 다시 조용해졌다.

새벽 4시에 끼이익 하고 방문이 열리는 소리에 잠에서 깼다. 졸음에 겨워 눈을 끔뻑이며 불빛 쪽을 바라보았다. 토머스의 실루엣이 문간에 서 있었다. 벙벙한 잠옷이 다리를 느슨하게 휘감고 있었으며 담요가 바닥에 반쯤 끌리고 있었다. 아이의 얼굴은 보이지 않았지만, 불안하게 서 있는 품이 다음에 어찌해야 할지 몰라 하는 눈치였다.

"이리 와, 토머스." 내가 속삭였다. 타박타박 내게로 다가오는 아이는 아직 잠이 덜 깨 반쯤 눈을 감고 있었다. 발걸음은 머뭇머뭇, 엄지는 입에 물고, 애지중지하는 담요를 옆구리에 꼭 끼고 있었다. 내가 이불을 열어젖히자 토머스는 내 옆으로 기어 올라와 부스스한 머리를 다른 베개에 푹 파묻고서 태아처럼 몸을 동그랗게 말았다. 이불을 끌어 덮어주고 누웠다. 아이를 가만히 보며, 어쩜 저리 금세 깊이도 잠들지, 하고 탄복했다.

"잘 자, 우리 아기." 속삭여 주고 이마에 키스했다. 그러자 통통한 작은 손이 살며시 기어 나와 내 티셔츠 자락을 덥석 쥐었다. 어디 멀리 가버리지 않는다는 확인이라도 받겠다는 듯이.

"이제까지 가본 곳 중에서 제일 좋은 데가 어디였어요?"

우리는 갑자기 내린 비를 피할 만한 데에 앉아서, 소나기가 그치면 성 뒤쪽의 정원을 산책하려고 기다리고 있었다. 윌은 성 본채 쪽으로 가는 건 별로 좋아하지 않았다. 입을 떡 벌리고 구경할 사람들이 너무 많았다. 하지만 야채 텃밭은 찾는 사람이 많지 않았다. 성의 숨겨진 보물이었다. 호젓한 과수원과 과실수 정원을 가르는 꿀빛 자갈길은 윌의 휠체어도 쾌적하게 다닐 수 있었다.

"어떤 점에서? 그런데 그게 뭐예요?"

나는 보온병에서 수프를 좀 따라 그의 입술에 대어주었다. "토마토요."

"알았어요. 이런, 엄청 뜨거운데. 잠깐만요." 윌은 실눈을 뜨고 먼 곳을 바라보았다. "서른 살 때 킬리만자로산을 등반했어요. 진짜 굉장했죠."

"얼마나 높아요?"

"우후루피크까지는 5700미터를 약간 넘죠. 그러고 보니 마지막 300미터는 거의 기다시피 했어요. 고도가 그렇게 높으면 충격이 크거든요."

"추웠어요?"

"아니……." 윌은 나를 보고 웃었다. "에베레스트산 같은 곳은 그렇지 않아요. 적어도 내가 갔을 때는 안 그랬어요." 그 시선이 저 멀리 흘러갔다. 잠시 추억에 잠겨 만사를 잊은 듯이. "아름다웠어요. 아프리카의 지붕이라고들 하잖아요. 위에 올라가면, 정말로 세상 끝이 보일 것만 같아요."

월은 잠시 말이 없었다. 지금 그는 어디에 있는 걸까 생각하며 지켜보았다. 우리끼리 이런 얘기를 나눌 때면, 월은 우리 반의 그 남자아이처럼 변했다. 멀리 모험을 떠나면서 우리와 거리가 생겨버렸던 그 남자애.

"또 좋았던 데는 어디예요?"

"모리셔스의 트루도두스만요. 사랑스러운 사람들, 아름다운 해변, 멋진 다이빙. 음…… 케냐의 차보 국립공원도. 온통 붉은 흙과 야생동물 천지였어요. 요세미티. 그건 캘리포니아에 있어요. 암벽이 어찌나 높은지 사람 두뇌로는 그 스케일을 가늠할 수 없지요."

그는 암벽등반을 하다가 산에서 하룻밤을 보낸 이야기를 해주었다. 수백 미터 상공의 암반 위에서 어떻게 슬리핑 백 안에 들어간 몸을 쪼그려서 암벽에 붙어 잤는지도 설명해 주었다. 잠을 자다가 돌아눕기라도 하면 그대로 사고가 일어나기 때문이란다.

"지금 방금 한 얘기는 내가 꾸는 최악의 악몽이랑 똑같아요."

"대도시도 좋아해요. 시드니는 정말 너무 좋았죠. 노던준주. 아이슬란드. 거기 공항에서 멀지 않은 곳에 화산 온천물로 목욕할 수 있는 장소가 있어요. 굉장히 이상한, 핵폭탄이 터진 듯한 풍경이에요. 아, 그리고 중국 횡단 드라이브도. 사천성에서 이틀 달려서 도착한 데가 있었는데, 동네 사람들이 백인을 본 적이 없어서 날 보더니 막 침을 뱉었어요."

"안 가본 데가 있기나 해요?"

그는 수프를 한 모금 더 마셨다. "북한?" 그러더니 곰곰이 생각했다. "아, 디즈니랜드에는 한 번도 못 가봤어요. 그것도 쳐주나? 심지어 파리 디즈니랜드도 못 가봤네."

"나는 딱 한 번 호주로 가는 비행기 예약을 한 적이 있어요. 하지만 결국 가지 않았죠."

윌은 놀란 눈으로 날 바라보았다.

"이런저런 일이 있었어요. 괜찮아요. 아마 언젠가 갈 날이 있겠죠."

"'아마'가 아니에요. 당신은 여기를 벗어나서 멀리 떠나야 해요, 클라크. 남은 평생을 이 빌어먹을 식탁 깔개나 파는 동네에 처박혀서 살지 않겠다고 약속해 줘요."

"약속이요? 왜요?" 나는 가벼운 목소리로 말하려고 애썼다. "어디 가세요?"

"그저…… 당신이 이 동네에서 영원히 살 거라고 생각하면 견딜 수가 없어요." 윌은 침을 꿀꺽 삼켰다. "지나치게 똑똑한 사람이니까. 지나치게 흥미진진하고." 윌은 내게서 눈을 돌렸다. "인생은 한 번밖에 못 살아요. 단 한 번의 삶을 최대한 충만하게 사는 게 인간의 의무예요."

"좋아요." 나는 조심스레 말했다. "그러면 내가 어디로 가야 할지 말해줘요. 어디든 갈 수 있다면 어디로 가고 싶어요?"

"지금 당장?"

"지금 당장요. 킬리만자로라는 얘기는 하면 안 돼요. 내가 간다는 게 상상이 되는 곳이라야 해요."

굳었던 얼굴이 풀리면, 윌은 아예 다른 사람처럼 보였다. 이제 그 얼굴에 미소가 아로새겨지고 눈가가 즐거움으로 자글자글해졌다. "파리요. 르 마레의 노천카페에 앉아서 커피를 마시고 무염버터와 딸기잼을 바른 따뜻한 크루아상 한 접시를 먹고 싶어요."

"르 마레?"

"파리 중심가에 있는 작은 구역이에요. 자갈길과 다 쓰러져 가는 아파트 건물들과 게이들과 정통파 유태인들과 왕년에 브리지트 바르도 같은 미모를 자랑하던 나이 지긋한 여자들로 가득 찬 곳이죠. 파리에서 묵으려면 거기밖에 없지."

나는 고개를 돌려 윌의 얼굴을 똑바로 마주 보고 언성을 낮췄다. "우리 갈 수 있어요." 나는 말했다. "유로스타를 타면 돼요. 수월할 거예요. 심지어 네이선한테 동행을 부탁할 필요도 없을 것 같아요. 전 한 번도 파리에 가본 적이 없어요. 가면 너무 좋을 것 같아요. 진심으로 가고 싶어요. 특히 어디서 뭘 해야 하는지 잘 아는 사람이랑 같이요. 어때요, 윌?"

그 카페에 앉아 있는 내 모습은 그릴 수 있었다. 나는 거기, 그 테이블에 앉아 있다. 아마 멋진 상점에서 새로 산 프랑스 구두를 기분 좋게 바라보면서 찬탄하고 있을 거야. 아니면 파리지앵 레드 빛깔을 바른 손톱으로 페이스트리를 집어먹고 있겠지. 커피 맛이 느껴지고 옆 테이블에서 피우는 골루아즈 담배 향이 코끝에 닿았다.

"싫어요."

"……뭐라고요?" 그 노천카페의 테이블을 억지로 두고 떠나오는 데 잠깐의 시간이 필요했다.

"싫단 말입니다."

"하지만 방금 가고 싶다고……."

"이해를 못 하는군요, 클라크. 이, 이 물건에 앉은 채로 가고 싶지는 않아요." 윌은 휠체어를 손짓으로 가리켰다. 목소리가 툭 떨어졌다. "파리에 간다면 나 자신으로, 옛날의 내 모습으로 가고 싶어요. 제일 좋아하는 옷을 입고 카페 의자에 편하게 기대어 앉아 있고 싶어요. 지나치는 예쁜 프랑스 여자들이 거기 앉은 다른 남자들한테처럼 내게도 은근한 눈길을 주길 바란다고요. 내가 어마어마하게 확대시킨 빌어먹을 유아차에 앉은 남자라는 걸 깨닫자마자 황급하게 눈길을 돌리는 게 아니라."

"하지만 한번 해볼 수 있잖아요." 내가 용기를 냈다. "그렇다고 반드시 꼭……."

"아니, 아니. 우리는 못 가요. 왜냐하면 난 지금 이 순간 눈만 감아도 프랑 부르주아 거리에 앉아 있는 기분이 어떤지 너무나 잘 알 수 있기 때문이에요. 손에 담배를 끼우고 차갑고 긴 유리잔에 담긴 클레멘타인 주스를 앞에 두고, 누군가가 주문한 튀긴 스테이크가 요리되고 있고, 저 멀리에서 모터 달린 자전거 소리가 들려오고. 그 감각을 나는 속속들이 알고 있어요."

윌은 침을 삼켰다. "이 빌어먹을 장치에 앉은 채로 거기 가는 순간, 그 모든 기억들은, 그 감각들은 싹 씻겨나갈 겁니다. 테이블에 앉으려고 악전고투한 기억, 파리의 인도를 올라갔다 내려갔다 하느라 고생한 기억, 승차 거부를 하는 택시 운전사들, 그리고 프랑스 소켓으로는 충전할 수 없는 빌어먹을 휠체어 배터리팩 따위의 기억에 다 쓸려 지워져 버릴 거라고요. 알겠어요?"

그 목소리는 이제 딱딱하게 굳어버렸다. 나는 보온병 뚜껑을 돌려서 닫았다. 그러면서 아주 꼼꼼하게 내 구두를 뜯어보았다. 윌에게 내 표정을 보여주기 싫었다.

"알았어요." 내가 말했다.

"그럼 됐어요." 윌이 깊은 숨을 들이쉬었다.

저 밑에서 관광버스 한 대가 정차하더니 성문 밖에 또 한 무리의 관광객들을 콸콸 토해냈다. 차례로 내려 순순히 일렬로 줄을 서고 다른 시대의 폐허를 구경할 마음의 준비를 마친 다음 낡은 요새로 들어가는 관광객들을, 우리는 말없이 지켜보았다.

내가 약간 풀 죽었다는 걸 윌이 알아챘을지도 모르겠다. 그는 내 쪽으로 살짝 고개를 갸웃했다. 표정이 부드럽게 누그러져 있었다. "자, 클라크, 비가 그친 것 같은데. 오늘 오후에는 우리 어디로 가볼까. 성의 미로?"

"싫어요." 내 생각보다 훨씬 빨리 그 말이 튀어나와 버렸다. 나를 본 윌이 순간적인 내 표정을 놓치지 않았다.

"폐소공포증 있어요?"

"비슷해요." 나는 소지품을 챙기기 시작했다. "그냥 집으로 돌아가요."

다음 주말에는 한밤중에 물을 가지러 아래층으로 내려갔다. 그간 불면증에 시달리던 참이었다. 침대에 누워 소용돌이처럼 휘몰아치는 내 생각들과 씨름하는 것보다는 차라리 일어나는 게 그나마 낫다는 걸 알게 되었다.

밤에 깨어 있기는 싫었다. 성채 저 건너편의 윌은 지금 깨어 있을까, 생각하지 않을 수가 없었다. 내 상상력은 계속 그의 머릿속을 파고들어 가려 했다. 내가 가기에는 너무나 어두컴컴한 곳인데.

이것이 진실이다. 내 노력은 제자리걸음만 치고 있었다. 시간이 소진되고 있었다. 기껏 파리까지 여행을 가자는 정도도 설득할 수 없다. 게다가 월이 말해준 이유는 반박하기 어려웠다. 조금만 더 긴 여행을 떠나보자는 내 말을 번번이 거절할 때마다 그는 언제나 타당한 이유를 내놓았다. 왜 이렇게 절박하게 함께 여행을 떠나고 싶어 하는지 진짜 이유를 말하지 않는 한, 내가 쓸 수 있는 지렛대는 없다시피 했다.

거실을 지나는데 소리가 들렸다. 헛기침, 아니면 탄성. 되돌아가서 문간에 선 후 부드럽게 문을 밀어 열었다. 거실 바닥에 소파 쿠션들이 임시로 만든 잠자리처럼 배치되어 있었고 그 위에 부모님이 누워 있었다. 손님용 퀼트 이불을 덮고, 머리를 가스난로와 나란히 둔 채로. 어슴푸레한 불빛 속에서 우리는 서로를 가만히 보았다. 컵을 든 내 손이 미동도 하지 않았다.

"거…… 거기서 뭐 하고 계세요?"

엄마가 팔꿈치로 땅을 짚고 몸을 일으켰다. "쉬잇, 언성 높이지 마라. 우리는……." 엄마는 아빠를 바라보았다. "그냥 변화를 좀 주고 싶어서."

"뭐라고요?"

"변화를 주고 싶었다고." 엄마가 도와달라는 눈빛으로 아빠를 바라보았다.

"트리나한테 우리 침대를 쓰라고 했다." 아빠가 말했다. 아빠는 어깨가 찢어진 낡은 파란 티셔츠를 걸치고 있었는데, 머리가 한쪽으로 삐죽 삐쳐 있었다. "트리나하고 토머스가 아무래도 다락방에서 잠을 잘 못 자더구나. 그래서 우리 침실을 쓰라고 했다."

"하지만 여기서 주무실 수는 없어요! 너무 불편하잖아요."

"우리는 괜찮아, 얘야." 아빠가 말했다. "정말이야."

그러고는 사태를 이해하려 애쓰며 멍하니 선 나를 보며 다시 말했다. "그냥 주말에만 그러는 거야. 그렇다고 네가 다락방에서 잘 수도 없잖니. 넌 잠을 잘 자야 하니까. 아무래도……." 아빠는 침을 삼켰다. "네가 아무래도 우리 집에서 유일하게 돈을 벌어오는 사람이고 하니."

커다란 몸집을 축 늘어뜨린 아빠는 내 눈을 보지 못했다.

"어서 가서 자라, 루. 어서. 우리는 괜찮아." 엄마가 새를 쫓듯 나를 몰아냈다.

다시 층계를 걸어 올라갔다. 맨발로 카펫을 밟으니 발소리가 나지 않았다. 아래층에서 짧게 중얼거리던 대화가 희미하게 뇌리에 남았다.

엄마와 아빠 침실 앞에서 머뭇거리는데, 아까는 들리지 않던 소리가 들렸다. 토머스가 코를 골며 자고 있었다. 천천히 층계참을 건너 내 방에 돌아와 조심스레 문을 닫았다. 과분하게 넓은 내 침대에 누워 창밖 나트륨등의 불빛을 동틀 무렵까지 보고 있었다. 그제야 마침내, 다행스럽게도, 몇 시간쯤 소중한 단잠에 들 수 있었다.

내 달력에는 79일이 남아 있었다. 다시 마음이 불안해지기 시작했다.

나만 그런 게 아니었다.

트레이너 부인이 어느 점심시간에 네이선이 와서 월을 맡을 때까지 기다리고 있다가, 내게 본채로 따라오라고 말했다. 그러더니 거실에 나를 앉힌 뒤 상황이 어떠냐고 물었다.

"요즘은 외출을 훨씬 많이 하고 있기는 해요." 내가 말했다.

부인은 동의하듯 고개를 끄덕였다.

"전보다 훨씬 말수도 많아졌어요."

"루한테는 그럴지도요." 부인은 반쯤 웃다 말았는데, 사실 웃는 것도 아니었다. "해외여행 얘기는 해봤어요?"

"아직 못 했어요. 할 거예요. 그저…… 아드님이 어떤 분인지 잘 아시잖아요."

"난 다 괜찮아요." 부인이 말했다. "어디든 가고 싶다면 가요. 우리가 열렬히 그쪽 아이디어를 지지하고 나선 건 아니지만, 우리도 그간 얘기를 많이 나누었고 또 우리 둘 다 마음이……."

우리는 거기까지 얘기하고 말없이 앉아 있었다. 부인은 찻잔에 커피를 따라 내어두었다. 한 모금을 마셨다. 무릎 위에 찻잔 받침을 얌전히 놓아두고 있으면 늘 예순 살쯤 되어버린 느낌이 들었다.

"그러니까, 월 말로는 그쪽 집에 갔었다고요?"

"네, 제 생일이었어요. 부모님께서 특별히 저녁 식사를 준비하셔서요."

"어땠어요?"

"좋았어요. 정말 좋았어요. 우리 엄마한테 정말 다정하게 대해줬어요." 그때 생각이 나서 나도 모르게 미소가 배시시 비어져 나왔다. "제 동생과 조카가 먼 데로 이사 가서 좀 상심하고 계셨거든요. 애들이 너무 보고 싶어서. 그런데…… 윌은 우리 엄마가 잠시 그리움을 잊게 해주고 싶었나 봐요."

트레이너 부인은 놀란 눈치였다. "……꽤 깊은 배려였네요."

"엄마도 그렇게 생각하셨어요."

부인은 커피를 저었다.

"윌이 우리와 마지막으로 저녁을 같이 먹겠다고 한 게 언제인지 기억도 안 나는데."

부인은 조금 더 탐문을 했다. 물론 직접적인 질문은 결코 하지 않았다. 그건 원래 그녀의 방식이 아니었다. 어차피 나도 원하는 답을 줄 수 없었다. 윌이 조금 더 행복한 날이 있기는 했다. 그런 날이면 별 소란 없이 나와 외출해 주고, 날 놀리고, 내게 지적 자극을 주었다. 얼핏 별채 밖 세상에 조금은 더 애착을 갖게 된 것처럼 보이기도 했다. 하지만 내가 뭘 진짜로 알고 있을까? 윌과 함께 있으면서 나는 광막하기 짝이 없는 그 내면의 어두운 뒷면을 체감할 수 있었다. 내가 슬쩍 훔쳐보는 것조차 허락하지 않는 그만의 세상이 있었다. 지난 몇 주에 걸쳐 그 부분이 점점 더 커지고 있다는 불편한 느낌이 들었다.

"전보다는 행복해 보여요." 부인이 말했다. 흡사 자기 불안감을 달래려고 하는 말 같았다.

"저도 그렇게 생각합니다."

"그건 아주……." 부인의 눈빛이 나를 향해 번뜩였다. "……보람차다고 해야 할까요. 옛날 모습을 조금이나마 되찾아 가는 걸 보게 되다니요. 이 모든 발전이 다 그쪽 덕분이라는 걸 잘 알아요."

"전부 제가 한 건 아니에요."

"나는 그 애 마음을 열 수가 없어요. 근처에도 갈 수가 없어요."

부인은 무릎 위에 찻잔과 받침을 올려놓았다.

"독특한 애였어요, 뭘 말이에요. 사춘기가 되면서부터 그 애 눈에 비친 나는 항상 뭔가를 잘못하고 있는 것 같더라고요. 그런데 그게 뭔지는 한 번도 확실히 알아낸 적이 없어요." 부인은 소리 내어 웃어보려 했지만, 그건 웃음이라 할 수가 없었다. 그녀는 힐끔 나를 바라보곤 다시 눈을 돌렸다.

나는 커피를 마시는 척했지만, 사실 찻잔에 커피는 남아 있지 않았다.

"어머니하고 사이가 좋아요, 루이자?"

"네." 말하자마자 바로 덧붙였다. "하지만 전 동생 때문에 미치겠고요."

트레이너 부인이 창밖을 내다보았다. 애지중지 아끼는 정원이 꽃을 틔우기 시작해 연하고 고급스러운 분홍, 보라, 파랑의 꽃송이들이 어우러져 있었다.

"우리한텐 고작 두 달 반밖에 없어요." 그녀는 나를 보지도 않고 말했다.

커피 잔을 테이블에 놓았다. 쨍그랑 소리가 나지 않도록 최대한 조심스럽게. "최선을 다하고 있어요, 트레이너 부인."

"알아요, 루이자." 부인이 고개를 끄덕였다.

나는 방에서 나왔다.

5월 22일 리오 매키너니는 스위스의 어느 아파트 침실에서 제일 아끼던 축구팀 유니폼을 입고 부모가 지켜보는 가운데 세상을 떠났다. 남동생은 동행을 거부했지만 형이 누구보다 사랑받고 지지받았다는 성명을 발표했다. 레오는 오후 3시 47분에 인체에 치명적인 바르비투르산염을 마셨고 부모의 증언에 따르면 몇 분 만에 깊은 잠에 빠져드는 것처럼 보였다고 한다. 오후 4시가 조금 지난 시각에 리오는 이 모든 절차를 지켜본 관찰자에 의해 사망 선고를 받았다. 혹시나 있을 수 있는 일말의 과실을 방지하기 위해 비디오카메라도 설치되어 있었다.

"평화로워 보였어요." 리오의 모친이 한 말이 인용되어 있었다. "우리로서는 붙잡고 매달릴 것이 그것밖에 없었어요."

리오의 부모는 경찰 취조를 세 번 받았고 박해와 협박에 맞닥뜨렸다. 증오의 편지들이 자택에 배달되었다. 어머니는 실제 나이보다 거의 스무 살은 더 늙어 보였다. 그렇지만 그 표정에는 뭔가 다른 감정도 언뜻 비쳤다. 비탄과 분노와 불안과 피로감 말고도, 깊고 깊은 안도감이 읽혔다.

"드디어 다시 리오다운 모습이 되었더군요."

15

"자, 말해봐요, 클라크. 오늘 저녁에는 또 어떤 흥미진진한 이벤트를 준비해 두셨는지?"

우리는 정원에 있었다. 네이선이 재활치료를 하느라 그의 무릎을 부드럽게 들어 가슴께까지 올렸다 내렸다 하는 사이, 윌은 담요를 깔고 누워 일광욕이라도 하듯 두 팔을 쫙 펼친 채 하늘의 태양을 바라보고 있었다. 나는 두 사람 옆 풀밭에 앉아 샌드위치를 먹고 있었다. 이제 점심시간에도 밖으로 나가는 일이 거의 없었다.

"왜요?"

"호기심이죠, 뭐. 여기 없을 때는 시간을 어떻게 보내는지 궁금해서요."

"뭐…… 오늘 밤에는 잠깐 고난도 무예를 연마하고요. 헬리콥터를 타고 몬테카를로로 날아가서 저녁 식사를 할 거예요. 돌아오는 길에 칸에서 칵테일 한잔할지도 모르겠네요. 아, 새벽 2시쯤 하늘을 봐주시면 제가 집에 오는 길에 손을 흔들어드릴게요." 내가 말하면서 샌드위치 빵을 벗겨 속을 확인했다. "십중팔구 읽던 책이나 다

읽겠죠 뭐."

윌은 네이선을 슬쩍 올려보았다. "10파운드." 윌이 씩 웃었다.

네이선이 자기 호주머니에 손을 넣었다. "백발백중이네."

나는 그들을 빤히 쳐다보았다. "뭐가요?" 네이선이 윌의 손에 돈을 쥐여주는 걸 보고 물었다.

"책을 읽을 거라고 하더라고요. 나는 루가 TV를 볼 거라고 했는데. 윌이 맨날 이겨요."

샌드위치가 입술 앞에서 딱 멈춰 섰다. "맨날? 내 인생이 얼마나 지루한지를 두고 두 분이 지금 내기를 하시는 거예요?"

"우리는 그런 표현을 쓰진 않았는데." 윌이 말했다. 눈빛에 스치는 희미한 죄책감은 다른 말을 하고 있었지만.

나는 똑바로 일어나 앉았다. "어디 정리 좀 해보죠. 두 분이서 금요일에 내가 집에서 책을 읽을지 TV를 볼지 내기하고 진짜 돈을 걸었단 말이에요?"

"아니에요." 윌이 말했다. "사실 트랙으로 마라톤 맨을 만나러 갈 거라는 데에도 걸었어요."

네이선이 윌의 다리를 놓았다. 그러더니 윌의 팔을 똑바로 잡아당기고 손목 위를 마사지하기 시작했다.

"내가 사실은 뭔가 전혀 다른 일을 한다고 하면요?"

"그렇지만 그런 일 없잖아요." 네이선이 말했다.

"아무래도 그 돈은 내가 가져야겠어요." 나는 윌의 손에서 10파운드 지폐를 휙 낚아챘다. "왜냐하면 오늘 밤에는 두 분이 틀렸으니까."

"책 읽을 거라면서요!" 윌이 항의했다.

"이제 이 돈이 생겼으니까, 영화를 보러 갈래요." 나는 10파운드 지폐를 살랑살랑 흔들며 말했다. "자, 봐요. 비의도적 결과의 법칙인지 뭔지 그런 거죠."

나는 벌떡 일어서서 돈을 호주머니에 챙기고 남은 샌드위치를 갈색 종이봉투에 쑤셔 넣었다. 그들에게 등을 돌리고 걸어갈 때까지만 해도 미소를 짓고 있었지만 이상하게도, 바로 떠오르는 타당한 이유도 없이, 눈시울이 따가워지더니 눈물이 고이기 시작했다.

그날 아침 그랜타 하우스로 출근하기 전에 나는 한 시간 동안이나 달력을 끼고 씨름했었다. 어떤 날은 그냥 침대에 앉은 채로, 손에 마커를 든 채로 멍하니 달력을 보며, 윌을 데려갈 곳이 어디가 있을까 머리를 쥐어짰다. 윌을 더 멀리 데리고 나갈 수 있다는 확신도 아직 서지 않았고, 네이선이 도와준다 해도 하룻밤 외박은 버겁게 느껴졌다.

지역신문을 훑고 축구 경기며 마을 행사들을 대충 살펴봤지만, 경마장 참사 이후로는 윌의 휠체어가 풀밭에 처박힐까 봐 무서웠다. 사람이 너무 많으면 윌이 무방비로 노출된 기분을 느낄까 봐 또 걱정이었다. 말과 관련된 활동은 모조리 배제해야 했는데, 우리 지역에서는 그게 야외 활동에서 놀랄 만큼 지분을 차지하고 있었다. 패트릭이 뛰는 걸 윌이 보고 싶어 할 리가 없고, 크리켓과 럭비에도 반응이 싸늘했다. 새 아이디어가 도저히 생각나지 않아서 어딘가 마비된 느낌이 드는 날들도 있었다.

아마 윌과 네이선이 옳을지 모른다. 나는 아마 지루한 사람일지도 모르겠다. 윌에게 살고 싶다는 욕망을 불태워 줄 일들을 생각해

내는 일에 세상에서 둘도 없는 부적격자일지도 모르겠다.

책 아니면 TV.

그렇게 표현하면, 달리 생각하기가 정말 어려워진다.

네이선이 퇴근하고 나서 윌이 주방으로 나를 찾아왔다. 나는 작은 테이블에 앉아 저녁 식사에 쓸 감자 껍질을 벗기고 있었는데, 문간에서 휠체어가 멈추는 소리를 듣고도 눈을 들지 않았다. 그가 나를 한참 뚫어져라 쳐다보는 바람에 결국 내 귓불이 발갛게 달아오르고 말았다.

"있잖아요." 나는 마침내 말했다. "저 아까 하마터면 굉장히 못되게 굴 뻔했어요. 어차피 다들 아무것도 안 하면서 왜 나한테만 그러느냐고 할 뻔했어요."

"네이선도 뭐, 내가 춤추러 나갈 거라는 확률에는 큰돈을 걸지 않을 것 같은데요." 윌이 말했다.

"농담이라는 건 알아요." 기다란 감자 껍질 한 조각을 버리며 하던 말을 계속했다. "하지만 덕분에 정말 형편없는 인간이 된 기분이 들었어요. 내 따분한 인생을 놓고 도박을 하더라도 꼭 나한테 알릴 필요까지는 없잖아요? 네이선과 둘만의 사적인 농담 정도로 할 수도 있었잖아요?"

윌은 꽤 오랫동안 말이 없었다. 한참 후 고개를 들었을 때, 윌은 나를 지켜보고 있었다. "미안해요." 그가 말했다.

"미안한 얼굴이 아닌데요."

"뭐…… 좋아요. 어쩌면 당신이 듣기를 바랐는지도 몰라요. 당신이 지금 무슨 일을 하고 있는지 재고할 계기를 주고 싶었어요."

"뭐 말이에요? 내 인생을 그냥 흘려보내고 있다고요……?"

"사실, 그 말이에요."

"세상에. 윌, 제발 나한테 이래라저래라 그만해요. TV 보는 게 좋다고 하면 어떡할래요? 책이나 읽지 다른 건 별로 하고 싶지도 않다면 어쩔 거예요?" 내 언성이 높아져 새된 비명으로 변해가고 있었다. "일 마치고 집에 가면 피곤하다면 어떻게 할래요? 날마다 열광적인 활동으로 꽉꽉 채울 필요가 없다면요?"

"하지만 언젠가는 후회할 날이 올지도 몰라요." 그는 조용히 말했다. "내가 당신이라면 뭘 하고 싶은지 알아요?"

나는 감자 칼을 내려놓았다. "어차피 말해줄 거면서요, 뭐."

"그래요. 그것도 아주 뻔뻔스럽고 당당하게 말해줄 겁니다. 나라면 야간학교에 다닐 거예요. 재봉사든 패션 디자이너든 뭐든 당신이 가장 사랑하는 무언가와 관련된 직업교육을 받을 거예요." 윌은 내 미니드레스를 손짓으로 가리켰다. 1960년대 문화에서 영감을 받은 에밀리오 푸치 스타일의 드레스로, 한때 할아버지 방 커튼이었던 천을 재활용해 만든 옷이었다.

아빠는 이 옷을 처음 보고 내게 손가락질하며 고함을 쳤다. "루, 제발, 제발 정신 좀 차려라!" 그리고 넉넉잡아 5분간은 웃음을 그치지 못했다.

"나라면 돈이 많이 안 들면서 할 수 있는 일을 찾을 거예요. 헬스 강좌, 수영, 자원봉사, 뭐든지. 음악을 배우거나 남의 개를 산책시키거나, 아니면……."

"알았어요. 알았어요. 요점을 알아들었다고요." 나는 짜증을 냈다. "하지만 난 당신이 아니란 말이에요, 윌."

"얼마나 다행입니까."

우리는 한참 그렇게 앉아 있었다. 윌이 휠체어를 밀고 들어와 의자 높이를 올리자, 우리는 테이블을 사이에 두고 마주 보게 되었다.

"좋아요." 내가 말했다. "그러면 윌은 퇴근하면 뭘 했어요? 뭘 그렇게 대단히 가치 있는 일을 했는데요?"

"글쎄, 퇴근하면 남는 시간이 별로 없었지만 날마다 뭐든 하려고 애는 썼죠. 실내 암벽센터에서 암벽등반을 하고, 스쿼시도 치고, 콘서트도 가고, 새로 생긴 레스토랑에도 가보고……."

"돈이 있다면 하기 쉬운 일들이네요." 나는 항변했다.

"달리기도 했어요. 그래요, 진짜로." 내가 눈썹을 치켜올리자 윌이 말했다. "그리고 언젠가 가보게 될 곳들을 생각하며 새로운 언어를 배우려고 노력했죠. 친구들도 만났어요. 아니, 친구들이라고 생각했던 사람들인가……." 윌은 잠시 망설였다. "그리고 여행을 계획했죠. 한 번도 안 가본 곳들이나 죽도록 무서운 곳, 내 한계까지 나를 밀어붙일 일들을 찾았어요. 해협을 헤엄쳐 건넌 적도 있어요. 패러글라이딩도 하러 갔고, 산맥을 등반해서 스키를 타고 내려온 적도 있지요. 그래요……." 말을 끊으려는 내 입을 미리 막으며, 그가 말했다. "……나도 이런 일들에 돈이 필요하다는 걸 알고 있지만, 그렇지 않은 것도 많아요. 게다가 내가 어떻게 돈을 벌었는지 알아요?"

"도시에서 사람들 호주머니를 탈탈 털어서?"

"나를 행복하게 해줄 만한 일이 뭔지 찾고, 하고 싶은 일을 파악하고, 그 두 가지 일을 가능하게 해줄 직업을 가질 수 있도록 훈련받은 겁니다."

"말만 들으면 참 간단해 보이네요."

"간단해요. 문제는, 굉장히 힘들다는 겁니다. 그런데 사람들은 그렇게 많은 노력을 하고 싶지 않은 거죠."

나는 감자 손질을 끝냈다. 껍질은 쓰레기통에 버리고 냄비는 나중에 쓸 수 있도록 스토브에 올려두었다. 그런 다음 돌아서서 테이블을 짚고 폴짝 뛰어올라 월을 마주 보고 앉아서 다리를 달랑거렸다.

"대단한 삶을 살았네요. 그렇죠?"

"네, 그래요." 그는 약간 더 바짝 다가오더니 거의 내 눈높이에 닿을 정도로 휠체어 높이를 올렸다. "그래서 당신을 보면 화가 납니다, 클라크. 왜냐하면 내 눈에는 다 보이는데…… 이 모든 재능과 이 모든……" 그는 어깨를 으쓱했다. "에너지와 총명함, 그리고……."

"잠재력이라는 말은 하지 마세요."

"……잠재력도. 그래요. 잠재력. 난 당신이 이처럼 왜소한 삶에 만족하며 살아가는 모습을 죽어도 못 보겠어요. 전부 합쳐봤자 8킬로미터 반경 안에서 모든 사건이 일어나는 이런 삶, 당신에게 놀라움을 주고, 노력하게 만들고, 머리가 펑펑 돌다 못해 밤에 잠도 안 오게 만들 사람 하나 없는 이따위 삶 말입니다."

"그러니까 나는 당신 줄 감자 껍질을 깎는 것보다 훨씬 중요한 일을 해야 되는 사람이라고, 그런 얘기를 지금 이런 식으로 하는 거예요?"

"저 바깥에는 드넓은 세상이 있다는 얘기를 하는 겁니다. 물론 그
전에 나한테 감자 요리를 좀 해주면 굉장히 고맙겠지요." 그는 나를
보고 웃었고, 어쩔 수 없이 나도 따라 웃었다.

"혹시……" 난 말머리를 꺼내다가 입을 다물었다.

"말해봐요."

"그래서 더…… 이 삶에 적응하기 힘들 거라고 생각하는 건가
요? 내 말은, 그런 일들을 하던 사람이니까."

"차라리 그러지 않았다면 좋았을 거라고 생각하느냐, 이겁니까?"

"그저 그랬다면 지금 좀 더 수월했을까 묻는 거예요. 더 소소한
삶을 살았더라면. 그러니까 이런, 이딴 삶 말이에요."

"나는 결코, 결코 내가 한 일들을 후회하지 않을 거예요. 이 장치
에 붙들려 있다 보면, 날마다 할 수 있는 일이라고는 대체로 기억 속
장소들을 다시 찾는 것뿐이니까." 월은 미소를 지었다. 힘겨워 보이
는, 굳은 미소였다. "차라리 미니마트에서 보이는 성의 풍경이나 로
터리 아래 늘어서 있는 어여쁜 상점들을 회상하는 게 낫지 않았겠냐
고 묻는 거라면, 아니에요. 내 삶은 이대로 괜찮아요. 고맙지만."

나는 테이블에서 스르르 미끄러져 내려왔다. 정확히 어쩌다 이렇
게 됐는지 몰라도, 이번에도 또다시, 논쟁에서 궁지에 몰린 기분이
었다. 개수대의 도마에 손을 뻗었다.

"그리고 루, 미안해요. 그 돈내기는."

"아, 뭐." 난 돌아서서 개수대에서 도마를 씻기 시작했다. "그런
다고 10파운드를 돌려줄 줄 알았다면 오산이에요."

이틀 뒤 윌은 감염으로 병원에 입원하게 됐다. 예방조치라고. 말은 그렇게 했지만 윌이 극심한 고통에 시달리고 있다는 건 누가 봐도 알 수 있었다. 아예 감각이 없는 전신마비 환자들도 있지만, 윌의 경우 온도에는 무감해도 가슴 아래로는 통증과 피부감각이 살아 있었다. 나는 두 번인가 찾아가서 들을 음악과 맛있는 먹을 것을 갖다주고 곁에 있고 싶다 했지만, 내가 도움은커녕 방해만 된다는 이상한 느낌이 들었다. 병원에서는 윌이 이목을 끌고 싶어 하지 않는다는 것도 꽤 빨리 깨달았다. 윌은 내게 집에 가서 혼자만의 시간을 좀 가지라고 했다.

1년 전만 해도 며칠 쉬는 날을 아무렇게나 써버렸을 것이다. 가게들을 구경하러 다니거나 패트릭을 찾아가 점심이나 같이 먹었겠지. 낮 시간에 TV를 보고 막연하게 옷장이나 정리하겠다며 뒤적거렸을 수도 있다. 잠도 많이 잤을 것이다.

그런데 지금은 이상할 정도로 불안하고 갈 곳을 잃은 기분이 들었다. 아침에 일찍 일어날 이유가, 하루를 살아낼 목적이 있을 때가 좋았다.

아침나절 내내 고심한 끝에 빈 시간을 유용하게 쓸 길을 찾았다. 나는 도서관에 가서 조사를 시작했다. 전신마비 환자에 관한 웹사이트를 최대한 많이 찾아내서, 윌의 상태가 호전되면 내가 할 일이 뭐가 있을까 고민했다. 목록을 작성하고 각 활동에 필요할 장비나 준비물을 옆에 적어 넣었다.

경추 부상자들의 온라인 커뮤니티를 찾아낸 나는 세상에는 윌과 똑같은 수천 명의 남녀가 살고 있다는 걸 알았다. 런던, 시드니, 밴

쿠버, 아니면 바로 옆 동네에 숨어서 살아가고 있었다. 친구나 가족들의 도움을 받으며 사는 이들도 있지만 가슴 아프게도 혼자인 이들도 있었다.

이런 커뮤니티에 관심을 보인 간병인은 나 말고도 많았다. 애인이 다시 밖으로 나갈 자신감을 찾게 해줄 방법을 묻는 여자친구들도 있었고, 최신 의료 장비 관련 자문을 구하는 남편들도 있었다. 모래사장이나 오프로드를 달리는 휠체어 광고도 있고, 인공지능 호이스트나 공기 주입식 목욕 보조 기구들도 소개되어 있었다.

그들은 커뮤니티에서 암호를 썼다. 나는 SCI는 척수손상Spinal Cord Injury, AB는 신체 기능 원활Able-Bodied, UTI는 요로감염Urinary Tract Infection을 뜻한다는 걸 알아냈다. C4-5 경추 부상은 대체로는 팔이나 상체를 쓸 수 있는 C11-12보다 훨씬 심각하다는 것도 알게 되었다. 사랑과 상실의 이야기, 어린 자식은 물론 장애가 있는 배우자까지 돌보느라 고군분투하는 사람들의 이야기가 있었다. 남편이 자기를 그만 때렸으면 좋겠다고 기도했는데 정말로 그렇게 되는 바람에 죄책감을 느끼는 아내도 있었다. 불구가 된 아내와 이혼하고 싶지만 동네 사람들이 어떻게 반응할까 두렵다는 남편도 있었다. 피로와 절망, 블랙 유머가 난무했다. 소변이 담긴 카테터가 터지는 농담. 남들이 좋은 뜻으로 저지르는 머저리 짓들. 술에 취해 일으킨 사고들. 휠체어에서 떨어진 얘기가 흔한 주제 같았다. 그리고 자살에 대한 논의도 있었다. 자살을 원하는 사람들. 좀 더 시간을 갖고 생각해 보라고, 삶을 다른 시각에서 바라보는 법을 배워보라고 격려해 주는 사람들. 타래를 하나씩 읽어나가다 보니 왠지 월의 머릿속이 어떻게 돌아가는지에 대한 은밀한 통찰을 얻은 기분이 들었다.

나는 심호흡을 하고 메시지를 타이핑했다.

안녕하세요. 저는 35세 C5-6 전신마비 환자의 친구/간병인입니다. 예전에 굉장히 성공적이고 활동적인 삶을 살던 사람이라서 새로운 삶에 적응하는 데 큰 어려움을 겪고 있어요. 사실 저는 그가 더 살고 싶은 마음이 없다는 걸 알게 되어, 그 마음을 돌리려고 노력하고 있습니다. 제가 어떻게 하면 될지 아시는 분이 계시면 말씀 좀 해주세요. 그가 즐길 수 있는 활동이나, 생각을 바꿀 수 있도록 제가 할 수 있는 일이 있을까요? 어떤 충고든 달게 받겠습니다.

나는 '바쁜 꿀벌'이라는 닉네임을 쓰기로 했다. 의자에 앉아 엄지를 잘근잘근 깨물다가 마침내 '입력' 버튼을 눌렀다.

다음 날 아침 컴퓨터 앞에 앉았더니 내 글에 답변이 열네 개나 달려 있었다. 나는 커뮤니티에 접속해서 눈을 껌벅이며 그 이름들을, 밤과 낮에 걸쳐 전 세계의 사람들이 보내온 반응들을 쳐다보았다. 첫 번째 답변은 다음과 같았다.

안녕하세요, 꿀벌 님.

우리 커뮤니티에 오신 걸 환영해요. 자신을 위해 길을 찾고 있는 사람이 있으니 그 사실 자체에서 친구분이 크나큰 위로를 얻을 거라 믿습니다.

'그건 잘 모르겠어요.' 나는 생각했다.

여기에 있는 우리 중 대부분은 살아오면서 어느 순간 엄청난 고비를 겪었습니다. 어쩌면 친구분은 바로 이 고비에 맞닥뜨렸을지도 몰라요. 친구분이 님을 밀어내지 않도록 하세요. 긍정적인 마음을 잃지 마세요. 그리고 이 세상에 왔다가 떠나는 때를 정하는 건 친구분이 아니라 오로지 주님이라는 사실을 친구분께 알려주세요. 주님은 친구 분의 삶을 바꾸기로 결정하셨으니, 오로지 주님의 지혜만이…….

나는 대충 훑어보고 다음 답변으로 넘어갔다.

꿀벌 님,
대놓고 말할 수밖에 없네요. 전신마비 환자의 삶이란 거지 같습니다. 그분이 좀 신나게 살았다면 아마 훨씬 더 힘들 겁니다. 나를 도와준 건 이런 것들이었어요. 싫더라도 많은 사람들과 어울리는 것. 좋은 음식. 좋은 의사들. 좋은 약들. 필요할 때는 우울증 약도요. 지금 어디 계신지 말해주진 않았지만, 친구분을 설득해서 다른 SCI 동호회 사람들과 이런 저런 얘기를 나누게 하면 도움이 될 수도 있어요. 저도 처음에는 굉장히 꺼렸지만요. 마음 한구석에서는 내가 진짜 전신마비 환자라는 걸 인정하고 싶지 않았던 것 같기도 하네요. 하지만 세상에 그런 사람이 자기 혼자만이 아니라는 걸 알면 꽤 도움이 됩니다.
아, 그리고 「잠수종과 나비」 같은 영화는 절대 보여주지 마세요! 완전 기분 축축 처진다니까요!
잘되고 있는지 우리한테 알려줘요.
행운을 빌며, 리치

「잠수종과 나비」를 검색해 봤다. '갑자기 온몸이 마비된 남자가 바깥세상과 소통하려 노력하는 이야기'라고 쓰여 있었다. 영화 제목을 수첩에 적으면서도 월이 못 보게 하려고 하는 건지, 기억해 뒀다 내가 보려고 하는 건지 알 수 없는 마음이었다.

다음 두 개의 답변은 제칠일안식일교도에게서 온 것과 월을 성적으로 기분 좋게 해주는 일은 계약 조건에 없지 않느냐고 말하는 남자한테서 온 것이었다. 난 얼굴이 벌게진 채 황급히 스크롤을 내렸다. 혹시 누군가 뒤에서 화면을 훔쳐볼까 봐 무섭기까지 했다. 그러다 다음 답변에서 한참을 머뭇거렸다.

안녕하세요, 분주한 꿀벌 님.

친구분/환자/누구든 꼭 마음을 바꿔야 한다고 생각하는 이유가 뭔가요? 품위 있게 죽는 법을 알게 된다면, 또 내가 죽으면 가족이 상심해 폐인이 되리라는 사실을 모른다면, 난 꼭 그렇게 할 겁니다. 휠체어 신세가 된 지 8년째인데 내 삶은 끊임없는 굴욕과 좌절의 연속입니다. 정말로 그 사람 입장이 되어 생각할 수 있나요? 도움 없이는 배변조차 못 하는 게 어떤 기분인지 알아요? 앞으로도 영원히, 영원히, 침대에서 벗어나지 못하고 도와줄 사람이 없으면 먹지도 입지도, 바깥세상과 소통하지도 못하는 게 어떤 건지 알아요? 다시는 섹스를 할 수 없다는 건요? 욕창과 병과 심지어 호흡기까지 달 가능성은요? 좋은 분 같고 또 좋은 뜻으로 하는 일이라는 걸 알아요. 하지만 다음 주에 그를 돌보게 되는 사람은 당신이 아닐 수도 있습니다. 그 사람을 우울하게 만들고 심지어 별로 좋아하지도 않는 간병인이 올 수도 있어요. 그것 역시 다른 모든 일이 그렇듯 당신 마음대로 되는 일이 아니에요. 우리 SCI들은 마음대로 되는 일이 거의 없다는 걸 잘 압니다. 우리를 먹여주고 입혀주고 씻겨주고 약을 주는 사람이 누가 될지도 역시 우리 맘대로 할 수 없지요. 그걸 잘 아는 채로 산다는 건 굉장히 힘든 일입니다.

그래서 나는 질문 자체가 틀렸다고 생각해요. AB들이 뭐라고 우리한테 삶을 이렇게 저렇게 살라고 간섭하나요? 친구분이 살고 있는 삶 자체가 잘못되었다면, 질문은 오히려 "어떻게 하면 그 삶을 끝낼 수 있도록 도와줄까?"가 되어야 하지 않을까요?

행운을 빕니다.

G포스, 미주리, 미국

나는 그 메시지를 물끄러미 바라보았다. 내 손가락들은 키보드 위에서 잠시 멎어버렸다. 그러고는 스크롤을 내렸다. 다음 몇 개의 답변은 다른 전신마비 환자들이 단 것이었다. 희망이 없다고 말한 G포스를 비난하고, 자기네들은 미래로 나아갈 힘을 찾았다고 주장하고, 자기들의 삶 역시 살 가치가 있다고 말하고들 있었다. 잠깐 논쟁도 오가는 것 같았지만 월과는 상관없어 보이는 얘기였다.

그렇게 커뮤니티의 논의는 질질 늘어지다 결국 다시 내 요청으로 돌아갔다. 항우울증 치료제나 마사지를 제안하고, 기적적인 치유담이나 자기 삶이 어떻게 새로운 가치를 얻게 되었는지를 말하는 회원들도 있었다. 몇 가지 실용적인 제안도 있었다. 와인 테이스팅, 음악, 예술, 장애인용 특수 키보드.

버밍엄에 사는 그레이스31은 이렇게 썼다. "파트너죠. 그 사람도 사랑이 있다면 계속 살아갈 희망을 가질지 몰라요. 사랑이 없었다면 아마 저는 이미 수도 없이 절망했을 거예요."

그 말이 도서관을 나온 뒤에도 오랫동안 내 머릿속에 메아리쳤다.

월은 목요일에 퇴원했다. 내가 개조한 전용차로 마중 나가 집으로 데리고 왔다. 월은 창백하고 피로한 얼굴로 오는 내내 조용히 창밖만 보고 있었다.

"그런 데서는 잠을 전혀 잘 수가 없어요." 괜찮은 거냐고 물었더니 그가 대답했다. "항상 옆 침대에 끙끙 앓는 사람들이 있거든요."

주말 동안은 기운을 좀 차릴 시간을 줄 테지만, 그 뒤로는 줄줄이 외출 계획이 잡혀 있다고 나는 말했다. 충고를 받아들여 새로운 것들을 시도해 보려는 거니까 꼭 같이 가줘야겠다고. 강조점이 미묘하게 달라진 셈인데, 나와 동행하게 만들려면 이 방법뿐이었다.

사실 나는 2~3주에 걸친 구체적인 일정을 짜두고 있었다. 각각의 활동을 검은 마커로 내 달력에 표시해 두었다. 빨간 펜으로는 미리 취해둘 조치를 쓰고 초록색 펜으로는 필요한 도구나 장비들을 적어두었다. 문 뒤를 볼 때마다 살짝 흥분감이 일렁였다. 내가 이렇게 치밀하게 준비할 줄 안다는 게 뿌듯하기도 했지만, 이 중에 월이 세상을 보는 시선을 바꾸어줄 계기가 진짜 있을지도 모른다는 기대가 들었기 때문이기도 했다.

화랑 방문은 20분이 채 안 걸렸다. 제대로 된 주차 장소를 찾아 그 구역을 세 번이나 도는 시간까지 다 포함해서였다. 월은 화랑에 들어가 문을 닫자마자 작품이 하나같이 형편없다고 말했다. 이유를 물었지만 그는 내 눈에 안 보이면 도저히 설명해 줄 수가 없다는 말만 했다. 직원이 엘리베이터가 고장 났다고 미안한 말투로 변명하는 바람에 영화관도 포기했다. 수영을 하러 간다거나 등등 다른 실패한 건수들은 훨씬 오랜 시간과 준비가 들었다. 미리 수영장에 전화해 두고 네이선의 초과 근무도 예약하며 그렇게 결국 가긴 갔는데, 스포츠센터 주차장에서 윌이 절대 안 들어간다고 고집을 부렸다. 침묵 속에서 뜨거운 초콜릿 음료만 마시고 그냥 돌아왔다.

다음 주 수요일 저녁, 우리는 옛날에 윌이 뉴욕에서 본 적이 있다던 가수의 공연에 갔다. 그건 좋았다.

그리고 다음 날은 와인 테이스팅을 하러 갔다. 한 포도 농장의 와인 전문점에서 개최한 프로모션 행사였다. 절대 윌을 취하게 하지 않겠다고 네이선에게 약속을 하고 가야 했다. 나는 윌이 냄새를 맡을 수 있도록 잔을 하나씩 들어줬는데, 그는 맛도 보기 전에 뭔지 다 알아맞혔다. 윌이 컵에 술을 뱉기에 너무 우스워서 코웃음이 나는 걸 애써 참고 있는데 윌이 눈썹을 찌푸리더니 날 쳐다보며 어린 애도 아니고 뭐 이렇게 아는 게 하나도 없냐고 말했다. 상점 주인은 휠체어 탄 남자가 가게에서 돌아다니니까 처음엔 묘하게 정신이 사나운 눈치더니 나중에는 굉장히 깊은 감명을 받았다. 오후 시간이 무르익자 주인은 아예 자리를 잡고 앉아 다른 술병들을 따주면서 윌과 포도 품종이며 산지를 논했다. 나는 정처 없이 서성거리며 라벨들을 구경했는데 솔직히 말해서 좀 지루했다.

"어서 와봐요, 클라크. 교육을 받아야지." 윌이 곁에 와서 앉으라고 손짓하며 말했다.

"안 돼요. 침을 뱉는 건 무례한 짓이라고 엄마한테 배웠단 말이에요."

두 남자는 내가 미친 사람인 것처럼 서로 눈빛을 교환했다. 하지만 월은 술을 전부 다 뱉지는 않았다. 나는 찬찬히 지켜보았다. 그날 오후 내내 월은 수상쩍게 말이 많았다. 웃기도 잘하고 평소보다 시비도 열심히 걸어왔다.

그러고 집에 오는 길에 우리는 평소에는 지나칠 일 없는 마을을 통과했다. 길이 막혀 꼼짝도 못 하고 앉아 있는데, 슬쩍 보니 '타투와 피어싱'이라는 간판이 보였다.

"난 늘 타투가 그렇게 하고 싶더라고요." 내가 말했다.

월 앞에서 그런 소리를 그냥 막 하면 안 된다는 걸 알았어야 하는데. 월은 의미 없는 수다나 허튼소리라곤 모르는 사람이었다. 당장내가 왜 타투를 하지 않았는지 따져 물었다.

"아…… 모르겠어요. 사람들이 다들 뭐라고 할까 싶어서."

"왜요? 사람들이 뭐라고 하는데요?"

"아빠는 문신이라면 질색을 하세요."

"다시 묻는데, 대체 몇 살이라고 했죠?"

"패트릭도 질색해요."

"그러는 자기는 당신이 싫어하는 짓을 절대 안 하는 모양이지?"

"폐소공포증이 도질지도 몰라요. 다 새겼는데 마음이 바뀌면 어떻게 해요?"

"그러면 레이저로 지우면 되죠. 안 그래요?"

나는 거울에 비친 그를 보았다. 아주 신이 난 눈빛이었다.

"그럼 한번 말해봐요." 그가 말했다. "어떤 걸 하고 싶은데요?"

나도 어느새 웃고 있었다. "뱀은 싫어요. 누구 이름도 싫어요."

"'엄마'라고 쓴 하트 모양 배너까지는 기대 안 했어요."

"웃지 않는다고 약속해 줄래요?"

"나 웃음 못 참는 거 알잖아요. 아, 이런. 설마 산스크리트어 속담 같은 건 아니죠? '나를 죽이지 못한 시련이라면 나를 강하게 만들 뿐이다' 뭐 이런 거?"

"아니에요. 꿀벌을 새기고 싶어요. 까망 노랑 작은 꿀벌. 난 꿀벌을 정말 좋아하거든요."

월은 완벽하게 합리적인 선택이라는 듯 고개를 끄덕였다.

"그러면 어디다 새기고 싶어요? 내가 물어봐도 되나?"

나는 어깨를 으쓱했다. "몰라요. 어깨? 골반?"

"차 세워요." 그가 말했다.

"왜요, 괜찮아요?"

"그냥 차 세워요. 저기 자리 있다. 봐요, 왼쪽에."

자동차를 갓길에 세우고 뒷자리의 그를 흘끗 쳐다보았다. "어서 가요." 그가 말했다. "우리 오늘 할 일 없잖아요."

"어딜 가요?"

"타투 새기는 가게."

나는 웃음을 터뜨렸다. "아이고, 왜 아니겠어요."

"안 될 건 뭔데요?"

"아까 술 뱉지 않고 다 마셨구나?"

"내 질문에 대답 안 했어요."

나는 돌아앉았다. 그는 진심이었다.

"그냥 막 가서 타투를 어떻게 해요. 이렇게 갑자기."

"안 될 건 뭔데요?"

"왜냐하면……."

"왜냐하면 남자친구가 안 된다고 하니까. 스물일곱이나 됐는데도 착한 딸이니까. 너무 무서워서. 이러지 말아요, 클라크. 좀 삶을 살아봐요. 대체 발목 잡는 게 뭐가 있다고 이래요?"

나는 길 저 아래 있는 타투숍을 빤히 쳐다보았다. 약간 더러워 보이는 유리창에는 커다란 하트 모양 네온사인이 걸려 있었고, 앤젤리나 졸리와 미키 루크의 사진이 든 액자들이 몇 개 있었다.

머릿속으로 한참 계산하고 있는데 불쑥 윌의 목소리가 치고 들어왔다. "좋아요. 당신이 하면 나도 할게요."

나는 홱 돌아보았다. "타투를 하겠다고요?"

"그렇게 해서 당신이 딱 한 번이라도 그 답답한 틀에서 빠져나오게 만들 수만 있다면야."

나는 시동을 껐다. 탁탁거리며 엔진이 멎는 소리를 들으며 우리는 앉아 있었다. 옆 도로에 줄지어 서 있는 차들이 둔탁하게 드릉드릉거리는 소리가 들려왔다.

"절대 안 지워진다던데."

"'절대'는 아닐걸요."

"패트릭이 끔찍하게 싫어할 거예요."

"아까도 그 말 했잖아요."

"더러운 바늘 때문에 간염에 걸릴지도 몰라요. 그러고는 천천히, 끔찍하게, 고통스럽게 죽겠죠." 나는 윌을 돌아보았다. "지금은 타투 작업 안 해줄 거예요. 지금 당장은요."

"안 될 수도 있죠. 하지만 어디 한번 가서 확인해 봅시다."

두 시간 뒤 우리는 타투숍에서 나왔다. 날아갈 듯 홀가분해진 나는 골반 위 덜 마른 잉크 위에 반창고를 붙이고 있었다. 타투이스트 말로는 크기가 작아서 한 번만 해도 윤곽선 그리기와 색칠까지 다 할 수 있다고 했고, 그래서 그렇게 됐다. 다 끝났다. 타투를 했다. 아니, 틀림없이 패트릭 입에서 나올 표현을 빌자면, 평생 남을 흉터가 생겼다. 하얀 드레싱 밑에는 통통하고 작은 꿀벌이 앉아 있었다. 우리가 들어갔을 때 타투이스트가 건네준 링 바인더에 코팅된 그림들 중에서 선별한 이미지였다. 나는 흥분하다 못해 거의 히스테리 상태가 되었다. 내가 하도 못 참고 타투 자리를 흘끔흘끔 자꾸 돌아봐서 윌이 제발 그러지 말라고, 그러다 어디 한군데 탈구되겠다고 말렸다.

윌은 참 이상하게도 그 가게 안에서 느긋하고 행복해 보였다. 그들은 그를 슥 한번 쳐다보고 말았다. 전신마비 환자를 몇 번 다뤄본 적이 있다고 하더니, 정말 그를 힘 하나 안 들이고 다루었다. 그들은 바늘로 찌르면 통증을 느낀다는 윌의 말에 놀랐다. 그러고는 6주 전 한 전신마비 환자에게 실제 로봇 다리 같은 착시를 일으키는 문신을 한쪽 다리에 쫙 새겨줬다는 얘기를 했다.

한 귀에 볼트 나사를 낀 타투이스트는 윌을 옆방으로 데리고 갔고, 나를 맡은 타투이스트의 도움을 받아 특별한 침상에 눕혔다. 그래서 열린 문틈으로 윌의 종아리만 보였다. 윙윙거리는 타투 기계

소리 속에서 두 남자가 중얼거리며 웃어대는 소리가 들려왔고, 소염제 냄새가 날카롭게 내 코를 찔렀다.

바늘이 처음 살갗을 찔렀을 때 나는 입술을 꼭 깨물면서 윌한테 비명 소리를 들려주지는 않겠다고 마음을 다잡았다. 뭘 새기고 있는 건지 궁금해서 옆방 둘의 대화를 엿들으려 안간힘을 썼다.

"윌 트레이너, 나쁜 친구랑 같이 다니다가 나까지 물들게 생겼잖아요." 나는 자동차 문을 열고 트랩을 내리며 말했다. 나도 모르게 배시시 웃음이 났다.

"보여줘요."

나는 길거리를 슬쩍 살피고 돌아서서 골반에 붙은 반창고를 살짝 뗐다.

"멋진데요, 꼬마 꿀벌. 마음에 들어요. 정말로."

"이제 남은 평생 부모님 앞에서 돌아다닐 때는 배 바지를 입어야 돼요." 나는 그가 휠체어를 타고 트랩에 오르는 걸 도와주고 높이를 올렸다. "그쪽도 조심해요. 당신 어머님께서 당신도 타투를 했다는 걸 알게 되면……."

"임대주택 출신 여자 때문에 탈선했다고 일러줘야지."

"좋아요. 그럼 트레이너, 당신 것도 보여줘요."

반쪽짜리 미소를 지으며 그는 나를 차분하게 응시했다. "어차피 집에 가면 당신이 반창고를 갈아줘야 할 텐데."

"암요. 그게 뭐 새삼스러운 일이라고. 어서요. 보여줄 때까지 운전하지 않을 거예요."

"그럼 내 셔츠 걷어봐요. 오른쪽. 당신이 볼 때 오른쪽."

나는 앞좌석 사이로 몸을 뻗어 셔츠를 걷고 그 밑의 작은 거즈를 떼어냈다. 거기, 윌의 하얀 피부에서 도드라지는 까만색으로, 흑백 줄무늬의 먹물 사각형이 있었다. 하도 작아서 두 번 다시 보고 나서야 알아볼 수 있었다.

Best before: 19 March 2007

(유통기한: 2007년 3월 19일까지)

나는 타투를 노려보았다. 웃음이 좀 나다 말았는데, 눈에는 눈물이 고이고 있었다. "이거 혹시……."

"내가 사고 당한 날짜 맞아요." 그는 눈을 들어 하늘을 보았다. "아, 미치겠네. 제발 질척거리지 맙시다, 클라크. 웃자고 한 거니까."

"웃겨요. 정말 거지 같이 웃겨요."

"네이선이 아주 재미있어할 겁니다. 아, 진짜, 그런 표정 하지 말라니까. 내가 뭐 완벽한 몸을 망치고 있는 것도 아니잖아요."

윌의 셔츠를 다시 내려주고 돌아앉아서 시동을 걸었다. 이게 무슨 뜻인지 알 수가 없었다. 이제 자기 상태와 타협하려는 걸까? 아니면 자기 몸에 대한 경멸을 드러내는 또 다른 방식일까?

"어이, 클라크, 부탁 좀 합시다." 막 차를 출발시키려 하는데 그가 말했다. "배낭에서 뭐 좀 꺼내줘요. 지퍼 달린 주머니에서."

나는 룸미러로 윌을 슬쩍 보고 핸드브레이크를 다시 걸었다. 그의 말대로 앞좌석에서 뒤로 몸을 뻗어 가방에 손을 넣고 뒤적거렸다.

"진통제가 필요한 거예요?" 내 얼굴이 그와 불과 몇 센티미터밖에 떨어져 있지 않았다. 퇴원한 뒤로 그에게 이렇게 혈색이 도는 건 처음 봤다. "내 가방에도 좀 있는데⋯⋯."

"아니, 계속 찾아봐요."

나는 종이 한 장을 꺼내 다시 앉았다. 곱게 접은 10파운드 지폐였다.

"거기 있네. 비상금 10파운드."

"그래서요?"

"당신 거예요."

"뭐 때문에?"

"그 타투." 그는 나를 보고 씩 웃었다. "그 타투숍의 의자에 앉기 바로 전까지는, 당신이 진짜 할 거라고는 생각 못 했거든."

16

에둘러 갈 길이 없었다. 잠자리 배치가 이래서는 안 된다. 트리나가 올 때마다 침대 차지하기 전쟁이 벌어졌다. 금요일 밤 저녁을 먹고 나면 엄마와 아빠는 안방을 내주려 했고, 그러면 트리나는 한참 동안 부모님한테 아니다, 괜찮다, 전혀 불편하지 않다 하다가 토머스가 익숙한 방에서 자는 쪽이 훨씬 좋다는 얘기를 듣고야 수락했다. 부모님은 그래야 모두가 밤새 잠을 푹 잘 수 있다고 말했다.

그러나 엄마와 아빠가 아래층에서 자려면 쓰시던 퀼트 이불과 베개 심지어 이불 홑청까지 가지고 내려가야 했다. 잠자리의 분위기가 딱 조성되지 않으면 엄마는 제대로 잠을 이루지 못하기 때문이다. 그래서 저녁을 먹고 나면 엄마와 트리나는 엄마 아빠의 이불보를 새로 갈고 토머스가 사고 칠 때를 대비해 매트리스 보호 깔개까지 씌웠다. 아침이면 이부자리를 개어 거실 한쪽에 놓아두었는데, 그러면 토머스가 이불더미에 풍덩 뛰어들어 놀다가 식탁 의자들 사이에 홑청을 묶어 천막을 만들곤 했다.

할아버지는 당신 방을 쓰라고 내놓으셨지만 아무도 받겠다고 나서지 않았다. 할아버지 방은 누렇게 변해가는 잡지와 잎담배 냄새가 났고, 그걸 없애려면 주말 내내 청소를 해도 모자랐다. 나는 다 내 탓이라는 죄책감을 느끼다 말다 했지만 그래도 내 방은 절대 내놓지 않겠다고 각오를 다졌다. 창문 하나 없는 그 숨 막히는 다락방은 내게 쫓아내야 할 악령 같은 존재가 되어버렸다. 다시 거기서 자다니. 생각만 해도 가슴이 턱 막혔다. 나는 스물일곱이다. 이 집의 생계를 떠맡은 사람이다. 옷장과 별다르지 않은 방에서 자기 싫었다.

한번은 주말에 내가 패트릭네 집에 가서 자겠다고 했더니 모두가 남몰래 안도하는 눈치였다. 그렇지만 토머스는 내가 없는 사이 끈적거리는 손으로 내 새 블라인드에 얼룩을 찍어놓았고 새 이불보에다가는 매직으로 그림을 그려버렸다. 그래서 엄마 아빠는 트리나와 토머스를 두 분 침실로 보내고 두 분이 내 방에서 자는 게 낫겠다고 했다.

어차피 이불 홑청을 다 벗기고 빨고 해야 하는 마당에 주말 밤에 내가 패트릭네 집에 가서 잔들 큰 차이가 없다는 걸 엄마는 인정했다.

게다가 패트릭도 문제였다. 패트릭은 이제 완전히 강박증에 사로잡혀 오로지 익스트림 바이킹 대회만을 위해 먹고, 마시고, 살고, 숨을 쉬었다. 가구도 별로 없고 흠 없이 깨끗하던 그의 아파트는 온통 훈련 일정과 다이어트 시트로 도배되어 있었다. 새 경량 자전거가 아예 복도 전체를 차지하고 살고 있었는데, 내가 손만 대도 난리를 쳤다. 혹시라도 내가 그 미세하게 균형 잡힌 경량 레이스 기능을 훼손할까 무섭다며.

게다가 패트릭은 집에 잘 들어오지도 않았다. 금요일이나 토요일 밤에도 집에 없기 일쑤였다. 우리는 그의 훈련과 내 근무시간 때문에 함께 보내는 시간이 훨씬 줄어든 상황에 익숙해졌다. 나는 마라톤 연습에 따라가서 정해진 숫자를 채울 때까지 그가 트랙을 돌고 돌고 돌고 돌고 또 도는 걸 구경할 수도 있었고, 아니면 그의 집에 있는 거대한 가죽 소파 한구석에 쭈그리고 앉아 혼자 TV를 볼 수도 있었다. 냉장고에 음식이라곤 찾아볼 수 없었다. 기껏해야 칠면조 가슴살 덩어리와 개구리 알 같은 점도를 지닌 고약한 에너지 드링크가 고작이었다. 트리나와 나는 그걸 한번 먹어봤다가 아이들처럼 과장스럽게 켁켁거리며 다 뱉어버렸다.

진실을 털어놓자면 나는 패트릭의 아파트가 싫었다. 패트릭은 1년 전에 그 집을 샀다. 어머니가 이제는 자기 없이 혼자 사셔도 괜찮을 것 같다면서 산 집이다. 사업도 잘되고 하니 우리 중 한 사람은 재테크를 좀 해야 되지 않겠느냐고 했다. 내 생각에 아마 그게 우리가 동거를 할 건지 말 건지 논의해 볼 계기였던 것 같다. 영문은 모르겠지만 그런 일은 일어나지 않았다. 그리고 우리는 둘 다 조금이라도 불편해질 얘기를 먼저 꺼내는 성격이 아니었다. 그 결과, 그렇게 오래 사귄 사이임에도 그 아파트에는 내 물건이 하나도 없었다. 그에게 터놓고 말할 수는 없었지만, 아무리 지정 주차장과 성채가 잘 보이는 전망이 있대도 영혼도 없고 특징도 없는 그런 집에 사느니 덜그럭거리고 쩔그렁거려도 차라리 우리 집이 좋았다.

게다가 거기 있으면 좀 외로웠다.

"난 훈련 일정에 충실해야 한단 말이야, 자기야." 내가 말을 걸면 패트릭은 입버릇처럼 말했다. "지금 이 단계에서 내가 40킬로미터보다 조금이라도 덜 뛰면, 절대로 정해진 일정을 따라갈 수 없을 거야." 그러고는 정강이에 댄 부목이 어떤지를 알려주거나 물파스를 좀 건네달라고 요청했다.

훈련을 하지 않을 때는 팀 멤버들과 끝도 없는 회의를 하면서 장비를 비교하고 여행 계획을 확인했다. 그들 가운데 앉아 있으면 외국말로 떠드는 사람들하고 같이 있는 기분이었다. 무슨 소리인지 한마디도 알아들을 수 없었고, 굳이 열심히 듣고 싶은 마음도 들지 않았다.

그런데 7주 뒤에 나는 그들을 따라 노르웨이로 가게 되어 있었다. 트레이너 가족에게 휴가를 신청하지 못했다는 얘기를 패트릭에게 어떻게 말해야 할지 모르겠다. 어떻게 휴가를 달라고 하겠는가? 한창 익스트림 바이킹 대회가 진행 중일 때는 내 계약 기간이 일주일도 남지 않았을 것이다. 좀 더 빨리 이런 문제를 해결하지 않은 건 잘못이지만, 솔직히 말하자면 내 안중에는 오로지 윌과 째깍째깍 흘러가는 시간 밖에 없었다. 그 밖의 일들은 제대로 뇌리에 새겨지지도 않았다.

이 모든 사태에서 가장 큰 아이러니는 내가 패트릭의 아파트에서 심지어 잠도 잘 못 잔다는 거다. 뭐가 문제인지 모르지만 거기서 자고 출근하면, 유리병에 갇혀 소리를 지르다 나온 것 같은 기분에다 두 눈을 주먹으로 한 대씩 얻어맞은 몰골이 되었다. 나는 컨실러를 회칠하듯 되는 대로 치덕치덕 다크서클에 처바르기 시작했다.

"요즘 대체 무슨 일이에요, 클라크?" 윌이 물었다.

눈을 떴다. 그가 바로 내 곁에 와서 고개를 갸웃거리며 찬찬히 날 관찰하고 있었다. 한참을 그러고 있었는지도 모르겠다. 혹시 침이라도 흘렸을까 봐 자동으로 손이 입가에 갔다.

내가 보기로 했던 영화는 이제 천천히 올라가는 엔딩크레디트로 변해 있었다.

"아무것도 아니에요. 죄송해요. 여기가 좀 따뜻해서." 팔을 짚고 몸을 일으켰다.

"사흘 동안 곯아떨어진 게 벌써 두 번째예요." 그는 내 얼굴을 살폈다. "게다가 얼굴이 말이 아니라고요."

그래서 그에게 말했다. 동생과 잠자리 문제를. 아빠의 얼굴을 보면 '한식구가 편하게 잠잘 자리 하나 못 마련해 주는 사람이 됐구나' 하는 절망감이 느껴져서 도저히 시끄럽게 굴 수가 없다는 이야기도 했다.

"아직 일자리를 못 구하셨어요?"

"네. 아무래도 연세 때문인 것 같아요. 하지만 그런 얘기는 서로 하지도 않아요. 그냥……." 나는 어깨를 으쓱해 보였다. "다들 너무 불편해지니까."

윌은 그날 오후 내내 뭔가 깊은 생각에 잠겨 있었다. 설거지를 하고 나서 마실 걸 들고 가는데 그가 휠체어를 빙글 돌려 나를 마주 보았다.

"아주 간단한 문제예요." 그는 우리가 그동안 계속 이야기를 나누고 있던 것처럼 말했다. "주말에 여기서 자면 되잖아요. 지금 놀고 있는 방도 하나 있고. 그 방도 쓸모가 생기면 좋죠."

손에 컵을 든 채 그대로 멈췄다. "그럴 수는 없어요."

"왜 안 돼요? 여기서 자더라도 초과근무수당은 안 줄 건데."

나는 컵을 그의 홀더에 놓아주었다. "하지만 어머님이 뭐라고 생각하시겠어요?"

"뭐라고 생각하실지 나는 전혀 모르겠는데."

내가 곤란한 표정을 지었는지 그가 덧붙였다. "괜찮아요. 나는 택시에서도 안전한 남자니까."

"뭐라고요?"

"내가 무슨 음흉한 속셈이라도 있어서 당신을 유혹할까 봐 걱정이 되면 확 플러그를 뽑아버리면 되잖아요."

"그걸 농담이라고 해요?"

"진심이에요. 생각해 봐요. 비상시에 가동할 예비 대책으로 생각해 둬요. 생각보다 빨리 상황이 바뀔지도 몰라요. 동생도 매 주말마다 집에 와서 보내는 걸 탐탁찮게 생각할지도 모르고. 또 동생이 누굴 만나게 될지도 모르잖아요. 백만 가지 변수가 있단 말입니다."

'하지만 두 달 후에는 당신이 여기 없을지도 모르잖아요.' 나는 소리 없이 그에게 말해버렸고, 바로 그런 생각을 한 자신이 미워졌다.

"그런데 궁금한 게 있어요." 그는 방에서 나가면서 말했다. "마라톤 맨은 왜 자기 아파트에서 자라는 소리를 안 하는 거예요?"

"아, 그러라고 했어요." 내가 말했다.

그는 나를 바라보았다. 뭔가 더 할 말이 있는 것 같은 얼굴로.

미 비포 유

하지만 생각을 고쳐먹은 모양이었다. "아무튼." 그는 어깨를 으쓱했다. "제안은 유효해요."

"지난번에 시내에서 우리 아버지 봤죠?"

"아, 네." 나는 빨래를 널고 있었다. 빨랫줄 자체가 트레이너 부인이 '주방의 정원'이라고 부르는 곳 안에 숨겨져 있었다. 빨래처럼 세속적인 물건이 허브 화단의 전망을 망치는 걸 용납할 수 없었던 모양이다. 반면 우리 엄마는 하얀 빨래를 자긍심의 상징처럼 당당하게 널었다. 그건 이웃들에게 던지는 도전장이었다. 어디 이걸 한번 이겨보시지! 아빠는 회전식 빨래 건조대까지 앞마당에 내놓으려는 엄마를 간신히 말렸다.

"당신한테서 무슨 말 들은 거 없냐고 나한테 묻더군요."

"아." 나는 애써 아무렇지도 않은 표정을 했다. 하지만 대답을 기다리는 눈치여서 이렇게 말했다. "없잖아요."

"아버지가 다른 사람과 같이 있던가요?"

마지막 빨래집게를 보관용 가방에 넣고 가방을 돌돌 만 다음 텅빈 빨래 바구니에 넣었다. 그러고는 돌아서서 윌을 보았다.

"그래요."

"여자군요."

"그래요."

"빨간 머리?"

"네."

윌은 잠시 생각에 잠겼다.

"미리 말씀을 드렸어야 했던 일이라면 죄송해요." 내가 말했다.

"하지만…… 하지만 제가 상관할 일이 아닌 것 같아서."

"그리고 사실 꺼내기 쉬운 얘기도 아니죠."

"그래요."

"위안이 될지 모르겠지만, 클라크. 이번이 처음은 아니에요." 그는 이렇게 말하고는 다시 집 안으로 들어갔다.

날이면 날마다, 그가 TV를 보거나 다른 일에 몰두해 있을 때면 나는 컴퓨터 앞에 앉아 '윌을 행복하게 만들' 마술 같은 이벤트를 생각해 내려 고심했다. 그러나 시간이 지나면서 우리가 못 하는 일들, 우리가 갈 수 없는 곳들의 목록이 우리가 할 수 있다고 내가 믿는 것들의 목록을 압도하기 시작했다. 처음으로 못 하는 일들 목록이 할 수 있는 일 목록보다 길어지던 날, 나는 다시 커뮤니티에 들어가서 조언을 구했다.

"하!" 리치가 말했다. "드디어 우리의 세상에 들어온 걸 환영해요, 꿀벌님."

이어진 대화들에서 나는 휠체어에 앉은 채로 술에 취하면 어떤 위험이 따르는지 알게 되었다. 카테터와 관련된 대참사도 있을 수 있고 갓길에서 떨어지거나 다른 술 취한 사람들이 남의 집으로 데려다주는 일도 있었다. 어딜 가나 전신마비 환자가 아닌 사람들은 별 도움이 되지 않는다는 사실을 배웠는데 특히 파리는 이 지구상에서 휠체어에 가장 불리한 도시라고 했다. 이 사실은 정말 실망스러웠다. 내 마음속 아주 작은 낙관적인 한 자락은 여전히 언젠가 우리가 그곳에 함께 갈 수 있기를 바라고 있었기 때문이다.

나는 새로운 목록을 작성하기 시작했다. 전신마비 환자와 함께 할 수 없는 일들.

지하철 타기. 대부분의 지하철역에는 엘리베이터가 없다. 택시비를 내기 싫다면 런던의 절반에서 할 수 있는 활동들을 모두 배제해야 한다. 내가 차를 몰고 런던을 돌아다닌다는 건 말도 안 되고.

수영. 도와줄 사람이 없고 수온이 비자발적 오한을 몇 분 내에 멈출 수 있을 만큼 따뜻하지 않다면 불가능하다. 심지어 장애인 탈의실도 수영장 호이스트가 없다면 별로 쓸모가 없다. 윌이 수영장 호이스트에 매달리겠다고 할 리도 없지만.

영화관. 맨 앞줄 자리를 확보하지 못한다면, 또 윌의 경련이 경미하지 않다면 영화관도 갈 수 없다. 히치콕의 고전 스릴러 「이창」을 볼 때는 윌의 무릎이 급작스럽게 경련을 일으키는 바람에 사방으로 튄 팝콘을 주워 담느라고 적어도 20분 동안은 네 발로 기어 다녀야 했다.

해변에 가기. 휠체어를 '광폭 타이어'로 개조하지 않는다면 불가능. 윌의 휠체어는 개조하지 않았다.

쇼핑하러 가기. 상점이 전부 법률로 규정된 경사로를 제대로 설치하고 있지 않다면 불가능. 성채 주변의 많은 상점들은 건물 상황 때문에 경사로를 설치할 자리가 없다고 핑계를 댔다. 게다가 어떤 상점 말은 진실이었다.

아무 데나. 너무 덥거나, 너무 추우면 아무 데도 못 간다. 체온의 문제다.

즉흥적으로는 아무 데도 못 간다. 가방도 꾸려야 하고, 경로도 접근 가능성 여부를 두세 번씩 확인해야 하니까.

외식. 남이 먹여준다는 사실을 의식해야 하거나, 카테터를 교체해야 하는 상황인데 식당 화장실이 계단을 내려가야 나온다면 외식도 할 수 없다.

경사로가 없는 친구네 집에 놀러 가기. 대부분의 집에는 층계가 있고 경사로가 없다. 윌은 어차피 만나고 싶은 사람도 없다고 했다.

폭우가 쏟아질 때 비탈진 곳 어디든. 브레이크가 항상 안전한 건 아니고, 그 휠체어는 내가 붙잡기에는 너무 무겁다.

술 취한 사람들이 있을 만한 데. 술주정뱅이들은 윌이 무슨 자석이나 되는 것처럼 들러붙었다. 쭈그리고 앉아서 술 냄새를 그의 온몸에 풍기고 눈을 크고 동그랗게 뜨면서 동정하는 척한다. 가끔은 정말로 휠체어를 밀고 어딘가 가려고도 한다.

군중이 모이는 곳도 못 간다. 이 말은, 여름이 다가오면서 성채 주변 나들이를 하는 것도 점점 어려워졌다는 뜻이다. 우리가 갈 수 있다고 생각했던 장소들 중 절반(축제, 야외극장, 콘서트)은 배제해야 했다.

아이디어를 찾아 고군분투하다가 커뮤니티의 전신마비 환자들에게 세상에서 제일 하고 싶은 일이 뭐냐고 물어보면, 거의 예외 없이 '섹스를 하고 싶다'는 대답이 돌아왔다. 그 부분에 대해서는 알고 싶지도 않던 세세한 사항까지 굉장히 많이 알게 되었다.

하지만 본질적으로 큰 도움을 받을 수는 없었다. 8주밖에 안 남았는데 아이디어가 고갈되어 가고 있었다.

빨랫줄 밑에서 이야기를 나누고 이삼일 뒤에 집에 갔더니 아빠가 복도에 서 있었다. 그것만도 이상한 일인데 잘 다린 셔츠를 입고 면도를 하고 복도 가득 올드스파이스 애프터셰이브 향을 풍기고 있었다. 지난 몇 주 동안 아빠는 할아버지의 말동무가 되어준다는 핑계로 낮 시간 내내 소파에 늘어져 있었는데. 아빠가 그 애프터셰이브를 1974년 이후로 계속 갖고 있었을 거라 확신해 마지않는다.

"왔구나."

나는 문을 닫으며 말했다. "저 왔어요."

피곤하고 마음도 불안했다. 버스를 타고 집까지 오는 길에 내내 여행사와 통화를 하면서 윌을 데리고 갈 만한 곳에 대해 상담했지만, 해결책이 나오지 않았다.

"오늘 네가 홍차를 직접 타 마셔도 되겠니?"

"그럼요. 근데 왜요?" 나는 빈 옷걸이에 코트를 걸었다. 트리나와 토머스의 코트들이 다 없어져서 옷걸이가 휑했다.

"네 엄마와 외식을 하러 가려고 한다."

나는 잠깐 머릿속으로 계산을 했다. "제가 혹시 엄마 생신을 놓쳤어요?"

"아니, 축하를 하려고." 아빠는 무슨 비밀이라도 털어놓듯이 목소리를 낮추었다. "취직을 했단다."

"진짜요?" 그러고 보니 내게도 보였다. 아빠의 온몸이 훨씬 가벼워져 있었다. 반듯이 어깨를 펴고 서서 웃는 아빠는 몇 살은 더 젊어 보였다.

"아빠, 정말 멋진 일이에요."

"안다. 네 엄마도 아주 좋아 죽는구나. 그리고 있잖니, 트리나도 가고 할아버지도 그렇고 이래저래 지난 몇 달 동안 워낙 네 엄마가 힘들었잖아. 그래서 오늘 밤에 데리고 나가서 외식도 하고 좀 호강을 시켜주려고 해."

"그런데 어떤 일자리예요?"

"관리책임자가 될 거야. 저 위 성에서."

나는 눈을 껌벅거렸다. "하지만 그건……."

"트레이너 씨지. 맞다. 나한테 전화를 하시더니 사람을 구한다고 하더라. 그리고 네 친구, 윌 말이다. 그 사람이 내가 지금 일자리를 찾고 있다고 했대. 오늘 오후에 가서 내가 이러이러한 일을 할 수 있다 했더니 한 달 동안 시험적으로 채용하겠다더라. 토요일부터 시작이란다."

"윌 아버지 밑에서 일하신다고요?"

"뭐, 일단 한 달 해보자고 했는데 정해진 절차에는 따라야 한다더라. 그렇지만 내가 안 될 이유는 없는 것 같다 하더라고."

"그거, 정말 잘됐네요." 내가 말했다. 이 소식에 이상하게도 휘청, 평형감각이 흔들렸다. "사실 거기에 일자리가 있는 줄도 몰랐네요."

"나도 몰랐지. 하지만 정말 잘된 일이야. 일의 품격을 이해하는 분이시더라고, 루. 내가 참나무 얘기를 했더니 전임자가 한 일을 좀 보여주시더라. 아마 봐도 못 믿을 거다. 충격이었어. 그러더니 내가 한 작업이 아주 감명 깊었다지 뭐냐."

이렇게 활기찬 아빠는 몇 달 만에 처음이었다.

엄마가 어느새 아빠 옆에 와서 서 있었다. 립스틱을 바르고 제일 좋은 하이힐을 신고서. "그리고 밴도 있어. 아빠 전용 밴을 준대. 보수도 좋아, 루. 가구 공장에서 받던 급여보다 더 되더라고."

엄마는 세계를 정복한 영웅이라도 보듯 아빠를 올려다보았다. 고개를 돌려 나를 본 엄마의 표정에는, 너도 그렇게 하라는 지시가 담겨 있었다. 엄마의 표정은 수백만 가지 메시지를 담을 수 있다. 지금 그 얼굴은 아빠가 이 순간을 만끽하게 해야 한다고 말했다.

"정말 대단해요, 아빠. 굉장해요." 앞으로 나서서 아빠를 꼭 안아 드렸다.

"뭐, 사실 네가 감사해야 할 사람은 윌이지. 거참 멋진 친구 아니냐. 나를 생각해 줬다니 진짜 뒤지게 고맙지 뭐냐."

두 분이 집에서 나가는 소리를 귀 기울여 들었다. 엄마가 복도 거울을 보며 호들갑을 떠는 소리. 정말 예쁘다고. 지금 그 모습 그대로 훌륭하다고 아빠가 엄마를 몇 번이나 안심시키는 소리. 아빠가 열쇠, 지갑, 동전을 챙기며 호주머니를 토닥거리는 소리가 들리는가 하면 짤막하게 터져 나오는 웃음소리도 들렸다. 문이 쾅, 소리를 내며 닫혔다. 부릉부릉 차 소리가 멀어져갔다. 이제 할아버지 방에서 나는 아득한 TV 소리만 남았다. 나는 계단에 앉았다. 그리고 휴대폰을 꺼내 윌의 번호를 눌렀다.

전화를 받을 때까지 시간이 꽤 걸렸다. 핸즈프리 장치로 가서 엄지로 버튼을 누르는 그의 모습을 머릿속에 그려보았다.

"여보세요?"

"당신이 한 일인가요?"

잠깐 침묵이 이어졌다. "클라크, 당신이에요?"

"우리 아빠를 취직시켜 주셨죠?"

윌은 약간 숨이 밭은 듯 말했다. 멍해진 머리로 잘 앉아 있는 걸까 걱정했다.

"좋아할 줄 알았는데."

"좋아요. 그냥…… 모르겠어요. 기분이 이상해요."

"그럴 필요 없어요. 아버님은 일자리가 필요했잖아요. 우리 아버지도 숙련된 관리자가 필요했어요."

"정말로요?" 도저히 내 목소리에 배어나오는 회의를 지울 수가 없었다.

"뭐가요?"

"지난번에 저한테 물어봤던 일과 정말 상관이 없는 건가요? 아버님과 다른 여자분?"

긴 침묵이 이어졌다. 거실에 혼자 앉아 프렌치 윈도우 너머로 밖을 물끄러미 보고 있을 그의 모습이 눈에 선했다.

한참 후 들려온 윌의 목소리는 신중했다.

"내가 우리 아버지를 협박해서 당신 아버님께 일자리를 주게 만들었다고 생각하는 거예요?"

그렇게 말하니 황당하기 짝이 없는 얘기다.

"미안해요. 모르겠어요. 그냥 이상해서요. 타이밍도 너무 잘 맞아 떨어지고. 너무 편리하잖아요."

"그러면 그냥 좋아해요, 클라크. 좋은 소식이잖아요. 아버님은 아주 잘하실 겁니다. 그리고 이 얘기는 사실……." 그는 망설였다.

"사실 뭐요?"

"……어느 날 당신이 부모님 생계를 걱정할 필요 없이 훨훨 떠나가서 날개를 펼칠 수 있다는 뜻이에요."

주먹으로 한 대 맞은 기분이었다. 폐 속의 공기가 모조리 빠져나갔다.

"루?"

"네?"

"무섭게 왜 말이 없어요?"

"저는……." 나는 말을 삼켰다. "미안해요. 다른 데 잠시 정신이 팔려서. 할아버지가 절 부르고 계세요. 하지만 네, 고마워요……. 아버지에 대해 말씀을 잘해주셔서." 전화를 끊을 수밖에 없었다. 밑도 끝도 없이 어디서 어마어마하게 큰 덩어리 하나가 치밀어 올라 목구멍을 꽉 막아버리는 바람에 무슨 말을 더 할 자신이 없었기 때문이다.

나는 펍까지 걸어갔다. 꽃향기가 대기에 짙게 배어 있었고, 길에서 지나치는 사람들은 나를 보고 웃어주었다. 하지만 도저히 미소로 받아줄 수가 없었다. 집 안에서 내 생각에 갇힌 채 앉아 있진 못하겠다는 것만 알았다. 맥줏집에는 트라이애슬론 테러즈 회원들이 전부 모여 있었다. 테이블 두 개를 얼룩덜룩 그늘진 한구석으로 밀어놓고 앉아서 잔근육이 도드라지는 분홍빛 팔다리들을 밖으로 내놓고 있었다. 몇몇이 예의바르게 고개 숙여 인사했지만 여자들은 아무도 인사를 하지 않았다. 패트릭이 일어나서 자기 곁에 좁은 자리를 만들어주었다. 트리나가 있었으면 얼마나 좋을까 하고 바라는 내 마음을 그제야 알아차렸다.

"자기가 올 줄은 몰랐는데. 뭐 마실래?"

"좀 있다가." 나는 정말이지 그냥 앉아서 패트릭의 어깨에 머리를 기대고 싶었다. 옛날 같은 기분으로 돌아가고 싶었다. 정상적이고 별 고민 없던 시절로. 죽음을 생각하고 싶지 않았다.

"오늘 내 최고 기록을 깼어. 24킬로미터를 겨우 79분 20초 만에 주파했다니까."

"굉장하네."

"이제 연료가 활활 타오르는 모양이네. 안 그래, 패트릭?" 누군가 말했다.

패트릭은 양 주먹을 다 쥐고 입으로 엔진 소리를 냈다.

"정말 대단해. 진짜로." 나는 그를 위해 기쁜 티를 내려 애썼다.

술을 한 잔 마시고, 또 마셨다. 기록을 냈다는 둥 무릎이 까졌다는 둥 수영 시합이 벌어졌다는 둥 그런 얘기들을 들었다. 그러다 관심을 끊고 펍의 다른 사람들을 구경하며 어떤 삶을 살고 있을까 생각하기 시작했다. 저들 모두 각자의 삶에서 크나큰 사건들을 겪고 있겠지. 사랑하는 아기를 잃은 적도 있을 테고, 어두운 비밀도, 환희도 비극도 있겠지. 저들이 의연하게 대처할 수 있다면, 그래서 이렇게 볕 좋은 저녁을 그저 즐기고 있다면, 분명 나 또한 그래야겠지.

얼마 후 패트릭에게 아빠 일자리 얘기를 했다. 그의 얼굴에 떠오른 표정이 아까 내 얼굴과 비슷하지 않았을까. 패트릭이 내 말을 제대로 알아들었는지 잘 알 수가 없어서 같은 말을 한 번 더 해야 했다.

"그거…… 참 아늑하기 짝이 없네. 식구들이 다 그 친구 밑에서 일한다니."

그때 나는 말해주고 싶었다. 얼마나 말하고 싶었는지 모른다. 이모든 일이 거의 다 윌을 살려두고자 하는 내 분투와 얽히고설켜 있다고. 윌이 내 자유를 돈으로 사주려고 애쓸 때마다 얼마나 겁이 나는지 다 털어놓고 싶었다. 하지만 말해서는 안 된다는 걸 알았다. 할 수 있을 때 남은 일을 끝마치는 게 먼저다.

"어…… 그게 다가 아니야. 내가 좋다면, 손님방에서 지내도 좋다고 했어. 집에서 침대 문제로 난리라니까 그 대책으로."

패트릭은 나를 바라보았다. "거기 가서 살겠다는 얘기야?"

"그럴까 봐. 괜찮은 제안이야, 팻. 우리 집 사정이 지금 어떤지 자기도 알잖아. 자기는 집에 없고. 자기 집에 가는 걸 나도 좋아하지만…… 뭐, 솔직히 말해서 우리 집처럼 편안하지가 않아."

그는 여전히 나를 노려보고 있었다. "그럼 자기 집으로 해."

"뭐?"

"짐 싸서 들어오라고. 자기 집 하라고. 자기 살림 차리라고. 옷도다 가져오라고. 이제 우리가 같이 살 때도 됐어."

나중에야, 나중에 다시 돌이켜 생각해 봤을 때에야, 그때 그 말을 하던 그의 표정이 사실 정말로 기분 나빠 보였다는 걸 알아챘다. 여자친구를 곁에 두지 않고는 살 수 없다는 걸 드디어 깨닫고 서로의 인생을 행복하게 결합하자고 말하는 남자의 얼굴이 아니었다. 오히려 패트릭은 선수 칠 기회를 놓친 사람처럼 보였다.

"정말로 내가 살러 들어가면 좋겠어?"

"그래, 물론이지." 그는 귓불을 손으로 비볐다. "내 말은, 결혼을 하자거나 그런 건 아니야. 하지만 말은 되잖아. 안 그래?"

"너무너무 낭만적이시라 내가 미치겠어요."

"진심이야, 루. 때가 됐어. 이미 까마득히 오래전에 때가 됐는지도 모르지만 내가 계속 이런저런 일로 정신이 없었잖아. 들어와. 좋을 거야." 그는 나를 껴안았다. "정말로 좋을 거야."

우리 주위의 트라이애슬론 테러즈 회원들이 외교적으로 자기네들끼리 수다를 떨기 시작했다. 원하던 사진을 얻은 일본 관광객 한 무리가 작은 환호성을 올렸다. 새들이 노래했고 해가 툭 떨어졌고 세상이 돌았다. 나도 그 세상의 일부가 되고 싶었다. 소리 없는 방에 처박혀 휠체어를 탄 한 남자를 죽도록 걱정하고 싶지 않았다.

"그래." 내가 말했다. "좋을 거 같아."

17

간병인 일에서 가장 나쁜 점은 보통 사람들이 생각하는 것과 다를지도 모르겠다. 이것저것 들어 올리고 청소를 하는 일도 아니고, 아득하지만 항상 코끝에 느껴지는 소독약 냄새도 아니다. 심지어 다들 내가 다른 직업을 가질 만큼 똑똑하지 못해서 이 일을 하고 있다고 여긴다는 사실조차 최악은 아니었다. 진짜 문제는 하루 종일 누군가와 딱 달라붙어서 시간을 보내다 보면 시시각각 변하는 환자의 기분에서 벗어날 길이 없다는 사실이다. 자기 자신의 기분에서도.

월은 처음으로 내가 앞으로의 계획을 말해준 이후 오전 내내 멀찌감치 떨어져 거리를 유지하고 있었다. 제삼자가 보고 짚어낼 수 있는 그런 게 아니었다. 농담도 적어지고, 아무렇지 않은 일상적 대화마저 줄어든 그런 느낌이다. 조간신문 내용에 대한 질문도 하지 않았다.

"그게…… 당신이 원하는 거예요?" 눈빛은 흔들렸지만 그 표정에는 아무 감정도 드러나지 않았다.

나는 어깨를 으쓱했다. 그러고는 좀 더 힘차게 고개를 끄덕였다.

내 대답이 왠지 유치할 정도로 무심하다는 느낌이 들었다. "사실, 이제 때가 되긴 했어요." 내가 말했다. "내 말은, 스물일곱이나 됐잖아요."

그는 내 얼굴을 찬찬히 살폈다. 입 언저리가 어쩐지 단단하게 굳어 있었다.

돌연 못 견딜 정도의 피로감이 엄습했다. 미안하다고 사과하고 싶은 충동이 왈칵 들었지만 뭐가 미안한지 알 수가 없었다.

그는 살짝 고개를 끄덕이며 미소를 띠었다. "다 잘 해결됐다니 기쁘군요." 윌은 이 말만 남긴 채 휠체어를 밀고 주방으로 들어갔다.

나는 그에게 정말로 서운해지기 시작했다. 지금처럼 남한테 혹독한 평가를 받는 기분은 정말 처음이었다. 그는 남자친구에게 정착하기로 결심한 내게 흥미를 잃은 느낌이었다. 더는 그가 애지중지 키우는 프로젝트가 될 자격이 없다는 듯이. 어떤 말도 직접 할 수는 없었지만 윌이 나한테 싸늘하게 구는 만큼 나도 그렇게 굴었다.

솔직히, 녹초가 되도록 힘들었다.

오후에 누군가 뒷문을 노크했다. 설거지하다 말고 손도 못 말린 채 황급히 복도로 나와 문을 열어주니 어두운색 정장을 입고 서류 가방을 든 남자가 서 있었다.

"아, 아니요. 저흰 불교예요." 나는 남자가 항변하려 입을 여는 순간 단호하게 문을 쾅 닫아버렸다.

2주 전 여호와의증인 신도 두 사람이 와서 뒷문에서 윌을 15분 동안 인질로 잡고 있었던 적이 있다. 그사이 윌은 떨어져 나간 도어 매트 위로 휠체어를 후진시키려 안간힘을 썼지만 허사였다. 마침내 내가 문을 닫자 그들은 문에 설치된 편지함을 열고서 '그 누구보다 바로 당신'이야말로 사후의 삶을 고대하는 게 어떤 마음인지 잘 알 거라며 소리를 질러댔다.

"저, 트레이너 씨를 뵈러 왔는데요." 남자가 이렇게 말하자 나는 경계를 풀지 않고 문을 열었다. 그랜타 하우스에서 지낸 시간을 통틀어 뒷문으로 윌을 만나러 온 사람은 단 한 명도 없었다.

"들여보내 줘요." 윌이 내 뒤에 나타나서 말했다. "내가 와달라고 부탁했어요." 아직 내가 거기 서 있자 그가 덧붙여 말했다. "괜찮아요, 클라크…… 내 친구니까."

남자는 문지방을 넘어 들어와 손을 내밀고 나와 악수를 했다. "마이클 롤러라고 합니다."

뭔가 다른 말도 하려는 것 같았는데, 윌이 우리 사이로 휠체어를 밀고 들어와 대화를 훌륭하게 끊어버렸다.

"우리는 거실에 있을 거예요. 커피 좀 타 주고 잠깐 나가 있어줄래요?"

"어…… 알겠어요."

롤러 씨가 나를 보고 약간 어색하게 웃더니 거실로 윌을 따라 들어갔다. 몇 분 뒤 쟁반에 커피를 받쳐 들어갔더니 두 사람은 크리켓 얘기를 하고 있었다. 레그며 런이며 그런 대화가 계속 이어지는 바람에 굳이 곁을 지킬 이유가 없다고 판단했다. 나는 치마에서 보이지 않는 먼지를 털어내며 일어서서 말했다. "그럼 두 분이 대화 나누시게 전 나가보겠습니다."

"고마워요, 루이자."

"다른 건 정말 필요 없으세요? 비스킷이라든가?"

"됐어요, 고마워요, 루이자."

윌은 절대 나를 루이자라고 부르는 법이 없다. 저렇게 나를 쫓아내지도 않았다.

롤러 씨는 무려 한 시간 가까이 머물렀다. 이런저런 잔일을 하고 난 나는 부엌에서 빈둥거리다 용기 내어 대화를 엿들어 볼까 말까 고민을 했다. 하지만 용기가 나지 않았다. 앉아서 버번 크림 위스키 두 잔을 마시고 손톱을 물어뜯고 조근조근한 말소리를 들으며, 윌은 어째서 이 남자에게 정문으로 들어오지 말라고 했을까를 열다섯 번도 넘게 생각했다.

의사나 컨설턴트처럼 보이지는 않았다. 재정 자문 담당일지도 모르지만 어쩐지 분위기가 좀 달랐다. 물리치료사도, 가끔 오는 심리상담사도 아니고, 영양사는 더욱이 아니다. 잠깐 들러서 윌의 변덕스러운 요구들을 살피고 가는 숱한 지방공무원은 더더욱 아니었다. 그런 사람들은 2킬로미터 밖에서도 알아볼 수 있다. 기운이라고는 하나도 없어 보이지만 결연하게 명랑한 태도를 갖추고 쾌활한 말씨를 쓴다. 어두운 모직 옷을 걸치고 점잖은 구두를 신고 서류철과 온갖 장비들이 든 상자들을 먼지투성이 회사 차에 잔뜩 싣고 다닌다. 하지만 롤러 씨는 네이비블루 BMW를 몰고 왔다. 반짝이는 5시리즈는 지방 공무원이 몰고 다닐 만한 차가 아니다.

드디어 롤러 씨가 나왔다. 서류 가방을 닫고 상의를 한쪽 팔에 걸치고 있었다. 이제 어색한 느낌은 사라지고 없었다.

황급히 복도로 나왔다.

"아, 화장실이 어딘지 좀 가르쳐주시겠습니까?"

말없이 화장실 쪽을 손으로 가리켜 보인 나는 거기 서서 그가 나올 때까지 초조하게 안달복달하고 있었다.

"좋습니다. 일단 이거면 되겠습니다."

"고마워요, 마이클." 윌은 나를 보지도 않았다. "소식 기다리겠습니다."

"주말쯤 연락드리겠습니다." 롤러 씨가 말했다.

"편지보다는 메일이 편합니다. 적어도 지금은요."

"네, 물론이지요."

나는 뒷문을 열고 손님을 보냈다. 그리고 윌이 다시 거실로 사라지자, 안뜰까지 롤러 씨를 쫓아가서 가볍게 물었다. "그러니까……
갈 길이 머신가 봐요?"

정장이 근사했다. 재단과 양장에서 날카로운 도회적 감각이 느껴졌다. 몇 수인지 몰라도 재질을 보니 적잖은 돈이 들었을 옷이다.

"안타깝지만 런던까지 가야 합니다. 길이 그렇게 막히지 않기만을 바라야죠."

해가 중천에 높이 떠 있어서 실눈을 뜨고 그를 보아야 했다.

"그러니까…… 어…… 런던 어디에 계시는 거예요?"

"리젠트 스트리트요."

"아, 그 리젠트 스트리트 말이군요? 멋지네요."

"그래요. 별로 나쁜 곳은 아니죠. 맞아요. 커피 잘 마셨습니다. 미스……."

"클라크. 루이자 클라크라고 해요."

그러자 그가 한순간 발길을 멈추고 나를 바라보았다. 혹시 그의 정체를 파악해 보려는 서툰 시도가 탄로 난 게 아닐까 걱정되었다.

"아, 클라크 씨." 롤러 씨는 재빨리 다시 직업적인 미소를 띠고 말했다. "아무튼 고맙습니다." 그는 신중하게 서류 가방을 뒷좌석에 놓더니 차에 타고 가버렸다.

그날 밤, 퇴근하는 길에 도서관에 들렀다. 패트릭의 컴퓨터를 쓸 수도 있었지만 왠지 아직도 컴퓨터를 써도 되냐는 허락을 받아야 할 것 같아 도서관이 훨씬 편했다. 터미널에 앉아 '마이클 롤러'와 '리젠트 스트리트, 런던'을 검색창에 쳐 넣었다. '아는 게 힘이라고 했죠, 윌?' 마음속으로 그에게 말했다.

3290개의 결과가 나왔지만, 제일 상단에 뜬 결과 세 개는 바로 그 거리에 위치한 '마이클 롤러, 법조인, 유언장 작성, 유언 검인 및 위임 전문'이었다. 몇 분간 모니터를 쳐다보고 있다가 그 이름을 다시 쳐 넣었다. 이번에는 이미지를 검색했는데, 아니나 다를까. 어떤 원탁에 검은 정장 차림으로 앉아 있는 그 사람이 떴다. 유언과 유언 검인 전문 변호사 마이클 롤러. 윌과 한 시간을 함께 보낸 바로 그 남자.

그날 밤 패트릭의 집으로 이사했다. 내가 퇴근한 뒤부터 패트릭이 다시 트랙으로 돌아가야 하는 시간까지 비는 90분 동안 이사를 마쳤다. 집에서 쓰던 침대와 새 블라인드만 두고 나머지 짐을 전부 다 가지고 왔다. 패트릭이 자기 차로 나를 데리러 왔다. 나는 살림을 쓰레기봉지에 담았다. 두 번 왔다 갔다 했더니 다락방에 있는 교과서들을 제외한 내 살림이 전부 그의 집으로 옮겨졌다.

엄마는 울었다. 엄마가 나를 쫓아내는 기분이란다.

"제발 이러지 마, 여보. 이제 저 애도 자기 인생을 살아야지. 스물 일곱 살이나 되었잖아." 아빠가 엄마를 달랬다.

"아직 나한테는 애기라고요." 그러면서 엄마는 프루트케이크 두 캔과 청소용품이 잔뜩 담긴 토트백을 억지로 떠안겼다.

뭐라 해야 할지 알 수가 없었다. 난 프루트케이크를 좋아하지도 않는데.

패트릭의 아파트에서 내 살림 놓을 자리를 찾는 건 놀랄 만큼 쉬웠다. 어차피 패트릭에게는 살림이랄 게 없다시피 했고, 나 역시 궤짝 같은 방에서 몇 년이나 살다 보니 가진 게 거의 없었으니까. 딱 한 번 내 CD 컬렉션을 두고 약간의 의견충돌이 있었다. 패트릭은 내 CD 등에다 스티커를 붙이고 알파벳 순서로 정리하지 않으면 자기 CD들과 섞을 수 없다고 했다.

"마음 편하게 지내." 내가 손님도 아닌데 패트릭은 거듭 그렇게 말했다. 우리는 불안했고, 이상하게 같이 있으면 첫 데이트를 나온 사이처럼 어색했다. 내가 짐을 푸는 동안 그가 홍차를 갖다주며 말했다. "이거 자기 머그잔으로 쓰면 될 것 같아." 그는 주방에 뭐가 어디 있는지 보여주며 몇 번씩 말했다. "하지만 자기 물건은 맘대로 아무 데나 놔. 난 괜찮으니까."

그는 서랍 두 개와 손님방 옷장을 비워두었다. 다른 서랍 두 개는 운동복들로 빼곡했다. 라이크라와 플리스만으로 저렇게 다양한 옷이 나올 줄이야. 내 화려한 원색 옷들을 다 채워 넣어도 서랍 속 공간은 잔뜩 남아돌았고, 옷장 안 철사 옷걸이들은 서글프게 짤랑거렸다.

"옷장을 채우려면 옷들을 한참 더 사야 할까 봐." 나는 그걸 바라보며 말했다.

그는 불안하게 웃었다. "저건 뭐야?"

패트릭이 내 달력을 보더니 손님방 한쪽 벽에 붙여주었다. 초록색으로 아이디어가 쓰여 있고 실제로 계획한 행사는 검은색으로 표시되어 있었다. 음악, 와인 테이스팅처럼 잘된 일은 옆에 스마일 표시를 그려놓았다. 경마, 화랑처럼 잘 안 된 건 빈칸으로 두었다. 향후 2주 동안은 별로 표시된 게 없었다. 윌이 근처는 이제 지겹다고 했지만, 그렇다고 더 멀리 나가자는 내 말을 들어줄 것 같지도 않았기 때문이다. 나는 패트릭을 슬쩍 처다보았다. 그가 8월 12일이라는 날짜를 눈여겨보고 있다는 걸 알았다. 까만색 느낌표에다 박박 밑줄까지 그어두었다.

"어…… 그냥 일 때문에 적어둔 거야."

"그쪽에서 계약을 갱신해 주지 않을 것 같아?"

"모르겠어."

펜 뚜껑을 연 패트릭은 다음 달 날짜를 보더니 끼적거렸다. '새 일자리를 찾을 것.'

"그래야 만약의 사태에 대비를 하지." 그는 이렇게 말하며 내게 키스하고 나갔다.

조심스럽게 화장실에 내 크림들을 늘어놓고 면도기, 로션과 탐폰을 깔끔하게 정리해 거울장에 넣었다. 손님방의 창문 밑 바닥을 따라 책들 몇 권을 가지런히 놓았다. 윌이 내게 주려고 아마존에서 주문한 책도 있었다. 패트릭은 여유가 좀 생기면 책장을 마련해 주겠다고 약속했다.

그가 달리기를 하러 떠난 뒤, 나는 산업단지 너머에 있는 성을 바라보며 앉아 입속으로 소리 없이 '집'이라는 말을 되뇌어 연습했다.

나는 비밀을 품고 있는 데는 정말 한심하게 재주가 없다. 트리나는 내가 거짓말을 하고자 마음먹는 순간 코를 만진다고 했다. 보면 뻔히 알 수 있다면서. 부모님은 아직도 내가 학교를 빼먹겠다고 혼자 쓴 결석계 얘기를 농담 삼아 꺼내신다. "친애하는 트로브리지 선생님. 오늘 수업에서 루이자 클라크를 빼주시기 바랍니다. 왜냐하면 저는 생리통에 약하기 때문입니다." 아빠는 나를 혼쭐내야 하는 입장이었는데, 웃음을 참고 정색할 수가 없어서 정말 힘들었다고 털어놓았다.

가족들에게 윌의 계획을 비밀로 하는 거야 그래도 괜찮았다. 부모님 몰래 비밀을 갖는 거야 어쨌든 성장하면서 누구나 거치는 거니까. 하지만 불안감을 온전히 혼자 겪어내는 건 완전히 다른 문제였다.

그 뒤로 두세 밤은 윌의 꿍꿍이를 알아내려 애쓰다 흘러갔다. 그를 말리기 위해 내가 할 수 있는 일이 뭘까. 패트릭과 수다를 떨고 부엌에서 같이 요리를 하면서도 뇌리에서는 그런 생각들이 정신없이 스쳐갔다. 나는 패트릭에 대해 완전히 새로운 것들을 알게 되었다. 이를테면 칠면조 가슴살로 할 수 있는 요리를 수백 가지는 안다든가. 밤이면 사랑을 나눴다. 왠지 우리의 자유를 전적으로 만끽하려면 꼭 해야 할 일 같은 느낌이 들었다. 그리고 패트릭은 내가 윌과 그렇게 오랜 시간 육체적으로 가깝게 지내는 게, 자신한테 되갚아야 할 빚이라도 되는 듯 굴었다. 그러나 패트릭이 곯아떨어지는 순간 나는 다시 상념에 빠졌다.

겨우 7주 남짓 남았다.

윌은 계획을 세우고 있었다. 나는 계획이 없는데.

그다음 주에 윌은 내가 딴 데 정신을 팔고 있다는 걸 눈치챘겠지만, 아무 말도 하지 않았다. 우리는 날마다 하는 일과를 건성으로 치렀다. 시골길로 짧은 드라이브를 하고, 그의 식사를 챙겨주고, 집 안에 있을 때면 시중을 들어주었다. 윌도 이제 마라톤 맨에 대한 농담은 하지 않았다.

나는 그가 최근에 추천해 준 책 이야기를 했다. 우리는 『잉글리시 페이션트』(난 이 책이 너무 좋았다)와 스웨덴 스릴러 소설(별로였다)을 읽은 참이었다. 우리는 서로 잔뜩 눈치를 살피며 과하게 예의를 차렸다. 그의 독설과 심술이 그리웠다. 그게 없으니 내 머리 위에 몰려와 있는 이 거대한 위기감이 커져갈 뿐이었다.

네이선은 우리 둘을 관찰했다. 새로 발견된 생물종이라도 보는 눈길이었다.

"두 사람 싸웠어요?" 하루는 장을 봐온 먹거리를 꺼내 정리하는데 그가 물었다.

"윌한테 물어봐요." 내가 말했다.

"똑같은 말을 하던데요."

네이선은 나를 곁눈으로 흘긋 보더니 화장실에 들어가서 윌의 약품 장을 열었다.

한편, 나는 마이클 롤러가 찾아온 뒤 사흘을 참고 참다 결국 트레이너 부인에게 전화를 걸고 말았다. 집 밖 어딘가에서 만날 수 있으면 좋겠다고 했더니 성 안에 새로 생긴 작은 카페에서 만나자고 했다. 아이러니하게도 나를 실업자로 만든 바로 그 카페였다.

버터드 번보다 훨씬 말쑥했다. 하얗게 처리한 오크로 장식한 실내에 목제 테이블과 의자들이 놓여 있었다. 진짜 야채가 가득 든 홈메이드 수프와 화려한 케이크를 팔았다. 평범한 커피는 사고 싶어도 살 수가 없었다. 라테, 카푸치노와 마키아토뿐이었다. 건설 현장 인부나 미용실 여자들은 하나도 없었다. 홍차를 우리며 앉아 있자니 민들레 부인이 궁금해졌다. 민들레 부인은 여기에 오전 내내 죽치고 앉아 편안히 신문을 읽을 수 있을까.

"루이자, 늦어서 미안해요." 커밀라 트레이너가 성큼성큼 걸어 들어왔다. 한 팔에 핸드백을 끼고 회색 실크 셔츠와 감색 바지를 입고 있었다.

벌떡 일어나려다 애써 참았다. 이 여자와 이야기하면 어김없이 면접 보는 기분이 되어버린다.

"법정에서 일이 길어져서요."

"죄송해요, 일하시는데 불러내서. 그러니까 저는…… 저, 나중에 드리면 안 될 얘기 같아서요."

그녀는 한 손을 치켜들고 웨이트리스를 보며 뭐라 입만 달싹거려 말했다. 그러자 몇 초도 안 되어 카푸치노가 나왔다. 부인은 앉아서 나를 마주 보았다. 그 눈길을 받으면 내 속이 투명해지는 느낌이다.

"윌이 집으로 변호사를 불렀어요." 내가 말했다. "제가 알아봤더니 유언과 검인 전문이었어요." 더 부드럽게 이야기를 꺼낼 길이 없었다.

부인은 나한테 얼굴을 한 방 맞은 표정을 했다. 나는 뒤늦게야 깨달았다. 이번에는 좋은 소식을 들을지도 모른다고 기대하고 왔던 거다.

"변호사요? 확실한가요?"

"인터넷에서 찾아봤어요. 리젠트 스트리트에 사무실이 있어요. 런던요." 하나 마나 한 소리를 덧붙였다. "이름은 마이클 롤러예요."

부인은 여전히 무슨 말인지 잘 모르겠다는 듯, 세차게 눈을 깜박거렸다. "윌이 이런 얘기를 했어요?"

"아니요. 그는 제가 알기를 원치 않았던 것 같아요. 제가…… 이름을 여쭤보고 검색했어요."

커피가 나왔다. 웨이트리스가 앞에 놓아주고 갔지만 트레이너 부인은 커피가 나온 줄도 모르는 눈치였다.

"뭐 또 필요한 것 없으세요?" 웨이트리스가 물었다.

"아니에요. 고마워요."

"오늘의 스페셜 메뉴는 당근케이크입니다. 여기서 직접 만드는 거예요. 맛있는 버터크림 필링……."

"됐어요." 트레이너 부인의 목소리가 날카로웠다. "고마워요."

여자는 한참 그대로 서서 기분 나쁘다는 티를 내더니, 한 손에 든 주문서를 보란 듯 흔들어대며 총총 가버렸다.

"죄송합니다." 내가 말했다. "전에 뭐든 중요한 일이 있으면 알려달라고 말씀하셔서. 말씀을 드려야 할까 고민하느라 밤에 잠도 잘 못 잤어요."

부인은 핏기가 싹 가신 얼굴이었다.

그 기분을 나는 안다.

"그 애는 어때요? 혹시…… 혹시 다른 아이디어 없어요? 나들이 라든가?"

"열의를 보이지 않네요." 파리 이야기도 하고 내가 작성한 목록 얘기도 해주었다.

말하는 내내 부인의 마음은 나를 앞질러 가고 있었다. 계산하고, 정황을 파악하고.

"어디든 좋아요." 마침내 부인은 말했다. "돈은 댈게요. 원하는 여행은 뭐든지 해요. 그쪽 비용까지 다 댈 테니까. 네이선도. 그냥, 그냥 그 애 동의만 얻어내 줘요."

나는 고개를 끄덕였다.

"혹시 또 다른 생각이 나면…… 그냥 시간만이라도 벌 수 있게 해줘요. 당연히 6개월이 지나도 급여는 드릴 거고요."

"그건…… 그건 사실 문제가 아니에요."

우리는 말없이 각자의 상념에 잠긴 채 커피를 비웠다. 이따금 슬 며시 부인을 살펴보던 나는, 완벽하던 헤어스타일에 이제 흰머리가 희끗희끗하며 눈에도 나만큼 짙은 다크서클이 드리워져 있음을 알 았다. 다 털어놓았는데도, 한없이 고조된 내 불안감을 던져버렸는 데도, 내 기분은 하나도 나아지지 않았다. 하지만 내게 다른 선택의 여지가 있었나? 하루가 지나면 판돈은 그만큼 커졌다. 2시를 알리 는 시계 소리에 부인이 화들짝 정신을 차렸다.

"돌아가 봐야겠어요. 혹시…… 혹시 뭐라도 생각나면 말해줘요,

루이자. 이런 얘기는 별채 밖에서 하는 게 좋을 것 같네요."

나는 일어섰다. "아." 내가 말했다. "새 전화번호를 드릴게요. 얼마 전에 이사를 했거든요." 그녀가 펜을 찾아 핸드백으로 손을 넣는데 내가 덧붙였다. "패트릭네 집으로 들어갔어요……. 제 남자친구요."

어째서 부인이 이 소식에 그렇게 놀랐는지 모르겠다. 부인은 화들짝 놀라며 내게 펜을 건네주었다.

"남자친구가 있는 줄은 몰랐네요."

"미리 말씀을 드려야 하는 일인 줄 몰랐어요."

부인은 한 손으로 테이블을 짚고 서 있었다. "윌은 지난번에 당신이…… 별채로 아예 들어와 살게 될지도 모른다고 하던데. 주말쯤에요."

나는 패트릭의 집 번호를 적었다.

"어, 하지만 패트릭네 집으로 들어가는 게 모두에게 훨씬 깔끔할 것 같아서요." 쪽지를 건네주었다. "하지만 집이 멀지는 않아요. 산업단지 바로 옆이니까요. 근무시간에는 영향이 없을 겁니다. 정시에 출퇴근할 거고요."

우리는 그렇게 서 있었다. 트레이너 부인은 굉장히 마음이 어지러워 보였다. 손으로 머리칼을 쓸어 올리고 목걸이를 손으로 잡아당기는 품이 그랬다. 그러더니 결국 못 참겠다는 듯 불쑥 이런 말을 내뱉었다. "조금만 기다려주는 게 그렇게 힘들었어요? 그저 몇 주인데?"

"실례지만, 무슨 말씀이세요?"

"윌은…… 윌은 당신을 정말 좋아하는 것 같아요." 부인은 입술을 깨물었다. "이러면…… 이러면 아무래도 도움이 될 것 같지 않은데."

"잠깐만요. 지금 제가 남자친구와 동거하지 말았어야 한다는 말씀을 하시는 건가요?"

"그저 타이밍이 좋지 않다는 얘기예요. 윌은 굉장히 상처받기 쉬운 입장이에요. 우리 모두 그 애한테 낙관적인 생각을 심어주려 최선을 다하고 있는데…… 당신이 이러면…….."

"제가 뭘요?" 웨이트리스가 주문서를 가만히 손에 들고서 우리를 쳐다보고 있었다. "제가 뭘 어쨌는데요? 감히 직장 밖에서 제 인생을 살아서요?"

부인은 언성을 낮췄다. "루이자, 난 지금 할 수 있는 일은 다 하고 있어요. 이…… 이 일을 막기 위해서. 우리 앞에 놓인 일을 당신도 알잖아요. 그리고 내 말은 그저, 그 애가 당신을 아주 좋아하니까, 그렇게 그 애 눈앞에서…… 대놓고 행복…… 행복을 과시하기 전에 조금만, 조금만 기다려줄 수는 없었느냐는 얘기예요."

지금 내가 무슨 말을 듣고 있는 건지 믿기지가 않았다. 얼굴이 화끈 달아올라서 말하기 전에 심호흡부터 했다.

"감히 어떻게 제가 부러 윌의 감정을 다치게 한다는 그런 소리를 하시죠? 전 할 수 있는 모든 일을 다 했어요." 나는 씩씩거렸다. "생각나는 일은 전부 다 했다고요. 아이디어를 찾고 밖으로 데리고 나가고 말을 걸어주고 책을 읽어주고 돌봐줬단 말이에요." 내 마지막 말은 가슴에서 폭발하듯 터져 나왔다. "더러운 뒤처리도

다 하고. 빌어먹을 카테터도 갈아줬어요. 그 사람을 웃게 만들었단 말이에요. 당신네 빌어먹을 가족들보다 내가 훨씬 더 많은 일을 해 줬다고요."

트레이너 부인은 미동도 없이 서 있었다. 그러더니 몸을 꼿꼿이 펴고 핸드백을 팔 밑에 꼈다.

"얘기 끝난 것 같네요, 클라크 씨."

"네, 네, 트레이너 부인. 그런 것 같군요."

그녀는 돌아서서 재빨리 카페 밖으로 나갔다. 문이 쾅 소리를 내며 닫힌 순간, 나는 내 몸이 벌벌 떨리고 있다는 걸 깨달았다.

트레이너 부인과의 대화는 그 후로도 연이틀 동안 내 머릿속에서 계속 쨍그랑거렸다. 그 말이, 내가 '윌의 눈앞에서 행복을 과시했다'는 말이 귓전에서 떠나지 않았다. 윌이 내 행동에 영향을 받을 사람이라고 생각해 본 적은 단 한 번도 없었다. 패트릭과 동거하겠다고 했을 때 윌이 탐탁지 않아 했던 건, 나한테 무슨 감정이 있어서라기보다는 패트릭이 마음에 들지 않아서인 줄 알았다. 더 중요한 사실은, 내가 그렇게 날아갈 듯 행복해 보였을 리도 없다는 거다.

집에 와서도 불안감을 떨칠 수가 없었다. 약한 전류가 내 몸을 관통하며 내 일거수일투족에 흘러드는 기분이었다. 그래서 패트릭에게 물었다. "내 방을 동생한테 내줄 필요가 없었더라도 우리가 이렇게 했을까?"

그는 좀 모자라는 사람을 보듯 나를 보았다. 그러더니 몸을 기울여 나를 바짝 당겨 안더니 정수리에 키스를 해준 후 나를 내려다보왔다. "자기 꼭 이 잠옷을 입어야겠어? 난 자기가 이거 입는 거 진짜 싫더라."

"편해."

"꼭 우리 엄마 옷 같아."

"자기 보기 좋으라고 밤마다 코르셋에 스타킹을 신고 잘 수는 없잖아. 그리고 자기 내 질문에 아직 대답 안 해줬어."

"몰라. 아마도 그랬겠지. 그랬을 거야."

"하지만 우리 사이에 그런 얘기는 그동안 없었잖아. 안 그래?"

"루, 대부분의 사람들이 동거를 하는 이유는 그쪽이 합리적이라 그래. 사랑을 하면서도 재정적 실용적 이익을 따질 순 있는 거잖아."

"난 그냥…… 나 때문에 자기가 어쩔 수 없이 이렇게 됐다는 생각을 할까 봐 그러지. 자기가 나 때문에 마지못해 끌려온 느낌이면 싫어."

그는 한숨을 쉬더니 돌아누웠다. "왜 여자들은 지나간 일을 꼬치꼬치 따져서 결국 문제를 만들지? 난 자기를 사랑하고, 자기는 날 사랑하고. 우리가 사귄 지 7년이 다 되어가는데 자기네 집에는 더 이상 남는 방이 없고. 사실 굉장히 간단한 일이잖아."

하지만 내 기분은 그리 간단하지가 않았다.

내가 기대할 기회조차도 없이 그저 삶을 살아버린 기분이었다.

그 주 금요일에는 종일 비가 내렸다. 열대처럼 따뜻하고 묵직한 폭우가 폭포수처럼 쏟아져 하수구가 부글거리고 화초 줄기들이 간절히 애원하듯 허리를 굽혔다. 윌은 산책을 못 나가게 된 강아지처럼 하염없이 창밖만 바라보았다. 네이선이 머리에 비닐봉지를 둘러 쓰고 왔다가 갔다. 윌은 펭귄에 대한 다큐멘터리를 한 편 보더니 나중에 컴퓨터를 켰다. 나는 내내 바삐 돌아다니며 최대한 말을 적게 섞으려고 애썼다. 우리 사이가 불편하다는 게 너무나 날카롭게 느껴져서, 줄곧 같은 방에 있다 보면 상황이 더 나빠졌다.

이제야 청소가 마음에 위안이 되는 이유를 알 것 같았다. 걸레질을 하고 창문을 닦고 이불 홑청을 갈았다. 소용돌이처럼 쉬지 않고 핑글핑글 일하며 돌아다녔다. 먼지 한 점도 내 눈을 피할 수 없었고, 찻잔 자국 하나도 내 세밀한 주의를 벗어날 수 없었다. 엄마가 가르쳐준 비결대로 키친타월에 식초를 적셔 욕실 수도꼭지에 낀 물때를 벗겨내고 있는데, 윌의 휠체어 소리가 바로 등 뒤에서 들렸다.

"지금 뭐 해요?"

나는 욕조 안으로 깊숙이 허리를 굽힌 채 돌아보지도 않았다. "이 집 물때를 벗기고 있잖아요."

날 지켜보는 시선이 따갑게 느껴졌다.

"다시 말해봐요." 한 박자 쉬고, 그가 말했다.

"뭐라고요?"

"지금 한 말 다시 해보라고요."

나는 허리를 펴고 일어섰다. "왜요, 청력에 문제가 생겼어요? 이 집 수도꼭지에 낀 물때를 벗기고 있다고요."

"아니, 자기가 무슨 소리를 하고 있는지 스스로 좀 들어보라고 한 거예요. 우리 집 수도꼭지 물때를 벗길 이유가 없잖아요, 클라크. 우리 어머니는 알아보지도 못할 테고, 난 신경도 안 쓸 테고. 덕분에 무슨 피시 앤드 칩스 가게처럼 목욕탕에 온통 식초 냄새가 진동하잖아요. 게다가, 나 밖에 나가고 싶어요."

나는 얼굴에 들러붙은 머리카락을 쓸어 넘겼다. 사실이었다. 공기 중에 커다란 대구튀김 냄새가 둥둥 떠다니고 있었다.

"어서요. 이제야 비가 그쳤단 말이에요. 내가 아버지한테 얘기를 해뒀어요. 5시에 관광객들이 다 나가면 성 안에 들어갈 수 있는 열쇠를 준다고 했어요."

성 안을 산책하며 둘이서 예의를 차리면서 대화할 생각에 신나진 않았지만, 별채를 벗어난다는 건 꽤 마음이 동했다.

"좋아요. 5분만 여유를 주세요. 손에서 식초 냄새를 좀 없애고 갈게요."

나 같은 사람의 성장배경과 윌 같은 사람의 성장배경이 초래하는 가장 큰 차이점은, 아마 그는 응당 받을 대접을 받는 것처럼 만사를 가볍게 여긴다는 것이리라. 윌처럼 자랐다면, 그러니까 부유한 부모 슬하의 좋은 집에서 성장해서 좋은 학교에 다니고 자연스레 고급 식당에 다니며 살았다면, 자기도 모르게 좋은 일들은 응당 제때 일어나는 것이며 세상에서 자신의 위치는 남보다 우월하다고 여기게 된다.

윌은 어린 시절에 늘 이 텅 빈 성채 안으로 도망쳐 숨곤 했다고 말했다. 아버지는 아무것도 만지지 말라면서 아들을 믿고 성채 안을 배회하게 해주셨단다. 마지막 관광객이 떠나는 오후 5시가 지나면, 정원사들이 나무들을 다듬고 가꾸기 시작하고 청소부들이 쓰레기통을 비우고 다 먹은 음료수 팩이나 쓰레기를 치우기 시작할 때면 성채 전체가 그의 놀이터였다. 이런 얘기를 들으면서 나는 생각했다. 트리나와 나한테 그렇게 자유롭게 단둘이서 성내를 돌아다녀도 된다고 허락해 줬다면, 우리는 꿈같은 현실에 들뜨다 못해 어질어질해져서 공중에 마구 주먹질을 했을 텐데.

"여자와 첫 키스를 한 것도 바로 저 도개교 앞에서였어요." 자갈길을 따라 산책을 하고 있는데, 윌이 속도를 찬찬히 늦추며 다리 쪽을 바라보았다.

"이 성이 내 거라고 그 여자한테 말했어요?"

"아니요. 아무래도 그럴걸 그랬나 봐요. 일주일 뒤에 날 차고 미니마트에서 일하는 남자한테 갔거든요."

나는 깜짝 놀라 돌아서 그를 보았다. "설마 테리 롤런즈요? 뒤로 넘긴 검은 머리에 팔꿈치까지 타투를 한?"

윌이 한쪽 눈썹을 추켜올렸다. "맞아, 그 사람이에요."

"있잖아요, 그 사람 아직도 거기서 일해요. 미니마트 말예요. 이 얘길 들으면 기분이 좀 좋아질지 모르겠네요."

"뭐, 그 친구가 지금 내 꼬락서니를 보고 크게 질투할 거 같지도 않은데." 윌이 이렇게 말했다. 나는 다시 입을 다물었다.

이쪽에서 보는 성은 낯설었다. 저 멀리 생뚱맞게 보이는 정원사를 빼면 사람이라고는 우리 둘뿐이었다. 관광객들의 억양이며 생경한 삶에 늘 정신이 팔려 있다가 그제야 비로소, 아마 처음으로 나는 성을 제대로 보고 있었다. 그리고 그 역사의 한 자락을 온몸으로 실감했다. 견고한 장벽들은 800년이 넘는 시간 동안 그 자리에 버티고 서 있었다. 숱한 사람들이 태어나고 죽고, 숱한 가슴들이 벅차오르고 무너졌으리라. 사위가 이토록 고요하니 말소리는 물론이고 자갈길을 밟는 내 발소리까지 다 들릴 것만 같았다.

"좋아요, 우리 진실 게임해요." 내가 말했다. "여기 돌아다니면서 놀다가 남몰래 용맹한 왕자님 흉내를 내본 적 있어요?"

월은 곁눈질로 나를 슬쩍 보았다. "솔직하게요?"

"당연하죠."

"그래요. 심지어 그레이트홀 벽에서 장검을 하나 훔쳐본 적도 있어요. 끔찍하게 무겁더군요. 다시 스탠드에 올려놓지 못할까 봐 무서워서 죽는 줄 알았어요."

우리는 언덕 마루에 올랐다. 해자를 앞둔 이 자리에서는 옛 성의 경계를 표시하는 무너진 벽까지 시원하게 펼쳐진 너른 풀밭을 내려다볼 수 있었다. 그 너머에 시내가 있었다. 네온사인과 늘어선 자동차들, 소읍 특유의 분주한 러시아워. 이 위에 있으니 새소리와 부드럽게 윙윙대는 월의 휠체어 소리 말고는 고적했다.

그는 잠깐 휠체어를 정지시키더니 빙글 돌려 초지를 내다볼 수 있는 자리를 잡았다. "우리가 한 번도 만난 적이 없다는 게 놀라워요." 그가 말했다. "어렸을 때 말이에요. 우리 삶의 궤적도 어디쯤에서는 겹쳤을 텐데."

"그럴 리가 없잖아요? 사실 우리는 비슷한 무리에서 활동하지 않았으니까. 그리고 어차피 그쪽이 장검을 휘두르며 유아차를 타던 시절에 나는 아마 갓난아기였을 거예요."

"아, 자꾸 잊어버리네. 난 당신한테 대면 완전 영감탱이지."

"여덟 살 연상이면 충분히 '나이 많은 남자' 축에 들 자격이 있죠." 내가 말했다. "심지어 우리 아빠는 내가 십 대 때도 '나이 많은 남자'와는 절대 데이트를 못 하게 했어요."

"자기 소유의 성이 있어도?"

"뭐, 물론 그렇다면야 상황이 좀 달라졌겠죠?"

풀잎의 달콤한 향취가 피어올라 산책하는 우리 주변을 가득 채웠다. 윌의 휠체어는 길바닥에 고인 맑은 물웅덩이를 스치며 씩씩 소리를 냈다. 왠지 안심이 되었다. 우리 대화는 예전 같지 않았지만, 어쩌면 다 내가 자초한 일인지도 모른다. 트레이너 부인이 옳았다. 다른 사람들이 자기 삶을 살아가는 모습을 지켜보는 건 윌에게 언제나 힘든 일일 테니까. 다음부터는 내 행동이 그의 삶에 어떤 영향을 끼칠지 좀 더 신중하게 생각해야겠다고 속으로 다짐했다. 이제화도 나지 않았다.

"우리 미로에 들어갑시다. 안 가본 지 진짜 오래됐어요."

혼자만의 생각 속에 빠져 있던 나는 화들짝 정신을 차렸다. "아, 아니, 싫어요." 흘긋 뒤돌아본 나는 퍼뜩 우리가 어디 있는지를 깨달았다.

"왜요. 길 잃을까 봐 겁이 나요? 이러지 말아요, 클라크. 도전이 될 거예요. 미로에 들어가는 길을 잘 외워뒀다가 거꾸로 돌아 나오면 돼요. 내가 시간 재줄게요. 옛날에 허구한 날 이러고 놀았어요."

등 뒤에 있는 집 쪽을 다시 돌아보았다. "나 정말 마음이 내키지 않아요." 생각만 해도 배가 딱딱하게 뭉쳤다.

"아, 또 안전한 데서만 머물고 싶구나."

"그런 게 아니에요."

"걱정 말아요. 그럼 그냥 지루한 산책을 하다가 지루하고 작은 별
채로 돌아갑시다."

농담이라는 건 나도 알았다. 하지만 가끔은 그 말투가 정말 마음
이 쓰였다. 엄마 아빠를, 대단한 삶을 사는 내 동생을 생각했다. 내
몫으로 주어진 건 소소한 삶이었다. 내 야망은 치졸했다.

나는 다시 미로에 눈길을 주었다. 어두컴컴하고, 빽빽한, 네모난
덤불 울타리를 바라보았다. 수년에 걸쳐 괜한 짓을 했을지도 모른
다. 어차피 다 끝난 일인데. 이제 다 잊고 내 삶을 살아가야 하는데.

"어느 쪽으로 돌았는지 기억하고, 나올 때는 거꾸로 돌아와요. 보
기보다 어렵지 않아요. 정말로."

미처 생각조차 할 여유도 없이 그를 오솔길에 두고 돌아섰다. 심
호흡을 하고 '보호자 동반 없이 어린이 입장 금지'라는 경고 표지판
을 지나쳐 아직도 빗물에 반짝이는 시커멓고 축축한 덤불 울타리
사이로 씩씩하게 성큼성큼 들어갔다.

'그렇게 나쁘진 않아, 그렇게 나쁘지는 않다고.' 나도 모르게 입속
으로 중얼거리고 있었다. '그냥 오래된 덤불 울타리가 한 뭉텅이 있
는 것뿐이야.' 나는 오른쪽으로 돌았다. 그다음에 덤불숲 사이로 빈
틈이 나오자 왼쪽으로 돌았다. 또 우회전, 좌회전, 그리고 머릿속으
로 내가 돌아온 길을 거꾸로 짚어보았다. '오른쪽, 왼쪽, 빈틈. 오른
쪽, 왼쪽.'

심장박동 수가 올라가기 시작했는지 귓전에서 혈류가 쿵쿵거리
는 소리가 들렸다. 억지로 마음을 돌려 덤불숲 건너편에서 시계를

내려다보고 있을 월을 생각하려고 애썼다. 그냥 바보 같은 테스트일 뿐이다. 나는 더 이상 세상 물정 모르는 어린 소녀가 아니다. 스물일곱 살이다. 나는 남자친구와 동거를 하고 있다. 책임이 막중한 일을 하고 있다. 나는 전혀 다른 사람이다.

돌아서 직진하고 다시 돌았다.

그런데 바로 그때, 청천벽력처럼, 담즙이 치솟듯 공포가 마음속에서 치밀어 올랐다. 덤불숲 끝에서 달려가는 남자를 본 것 같았다. 머릿속 상상일 뿐이라고 스스로를 타일렀지만, 마음을 달래려다 보니 그만 돌아가는 길을 잊고 말았다. 우회전, 좌회전, 빈틈, 우회전. 우회전? 내가 그럼 길을 잘못 돌아왔나? 숨이 목에서 턱턱 걸렸다. 억지로 앞으로 앞으로 나아갔지만, 완전히 길을 잃었다는 자각만 선명해졌다. 발길을 멈추고 사방을 돌아보며 그림자 방향을 살폈다. 어느 쪽이 서쪽인지 파악하려 했다.

거기 서 있는데, 도저히 못 하겠다는 생각이 덮쳐왔다. 더는 이 안에서 버틸 수가 없었다. 홱 돌아서 남쪽으로 보이는 방향으로 걷기 시작했다. 나가고 싶었다. 나는 스물일곱 살이다. 괜찮다. 그렇지만 귓가에는 그들의 목소리가, 야유가, 비웃는 웃음소리가 생생하게 들려왔다. 덤불숲에 난 틈으로 들쑥날쑥 번개처럼 달리는 그들의 모습이 보이고, 하이힐을 신고 술에 취해 휘청거리는 내 두 다리가 느껴졌다. 몸을 가누지 못해 울타리 쪽으로 쓰러졌을 때, 사정없이 찔러대던 덤불숲의 감촉도 느껴졌다.

"나 이제 나가고 싶어요." 난 그들에게 말했다. 발음이 새서 뭉개진 소리로. "이만하면 됐어, 신물이 나요."

그런데 다들 어느새 사라지고 없었다. 미로는 고적했다. 덤불숲 건너편에서 그들일지 모르는 아득한 속삭임만 들려올 뿐. 아니, 어쩌면 바람에 낙엽이 떨어지는 소리였을지도 모른다.

"이제 나가고 싶다니까요." 그렇게 말했다. 내가 들어도 내 말소리는 불분명했다. 하늘을 올려다보았는데 순간 머리 위의 광활한 하늘, 총총히 별이 박힌 검은 공간이 보여 균형을 잃고 휘청거렸다. 그러다 풀썩 쓰러지는 순간 누군가 내 허리를 덥석 잡았다. 검은 머리의 청년이었다. 아프리카에 갔다 왔다던 그 남자.

"아직 못 가." 그가 말했다. "그러면 게임이 엉망이 되잖아."

나는 그 순간 알아버렸다. 허리를 붙잡은 손. 그 감촉만으로도 알 수 있었다. 어떤 균형이 깨졌다. 행동을 제어하던 무언가가 이미 휘발되어 사라져 버렸다. 그래서 나는 깔깔 소리 내어 웃으며 장난인 것처럼 그 손을 밀쳤다. 내가 아는 걸 그도 알게 하고 싶지 않았다. 나는 그가 소리쳐 친구들을 부르는 소리를 들었다. 그래서 그를 밀치고 냅다 뛰기 시작했다. 싸워서라도 나가려 했지만, 발이 축축한 풀 속에 푹푹 빠졌다. 사방에서 그들 목소리가 들렸다. 고조된 목소리. 보이지 않는 몸. 공포가 덮쳐 숨이 목에서 턱턱 메었다. 방향감각을 완전히 잃어 내가 어디에 있는지조차 알 수 없었다. 키 큰 덤불숲들은 너울거리며 나를 향해 낙하하고 있었다. 계속 달렸다. 모퉁이를 두 팔로 헤쳐 길을 찾으며, 발이 걸려 넘어지며, 틈새가 보이면 숨어들면서, 그들의 목소리로부터 도망치려 발버둥을 쳤다. 그러나 출구는 끝까지 나타나지 않았다. 어느 쪽으로 돌아도 또 끝없이 펼쳐진 덤불 울타리, 또 다른 경멸의 목소리만 들려왔다.

비틀거리며 빈틈을 찾아 들어간 순간, 잠깐 동안 나는 자유가 코 앞이라는 기쁨에 찼다. 하지만 곧 다시 한가운데에, 처음 출발했던 그 자리에 돌아왔다는 걸 깨달았다. 그들 모두가 거기 서 있는 모습을 보고 현기증이 나 휘청거렸다. 그냥 나를 기다리고 있었던 것만 같았다.

"여기 왔네." 손으로 내 팔을 붙잡으며 하나가 말했다. "이 여자는 같이 놀아줄 거라고 내가 그랬지. 자, 루루, 나한테 키스 한 번만 해주면 나가는 길을 가르쳐주지." 그 목소리는 부드럽고 나긋나긋했다.

"우리 모두에게 키스를 해주면 다 같이 출구로 데려가주지."

그들의 얼굴이 흐릿하게 번져 뭉개졌다.

"나는 그냥…… 그냥……."

"어서, 루. 나 좋아하지, 안 그래? 저녁 내내 내 무릎 위에 앉아 있었잖아. 한 번만 키스해 줘. 그게 뭐가 그렇게 어렵냐?"

킬킬거리는 웃음소리가 들렸다.

"그러면 나가는 길 가르쳐줄 거예요?" 하다못해 내 귀에도 한심하게 들리는 말.

"딱 한 번만." 그가 다가들었다.

내 입술에 겹쳐진 그의 입술이 느껴졌다. 한 손이 내 허벅지를 꽉 움켜쥐고 있었다.

그가 입술을 떼었을 때는 숨소리의 톤이 달라져 있었다. "자, 이 제 제이크 차례야."

그때 내가 뭐라고 했는지는 기억나지 않는다. 누군가 내 팔을 붙잡았다. 웃음소리가 들렸고, 머리카락을 붙잡는 손길이 느껴졌고, 또 다른 입술이 내 입술에 포개지더니 집요하게 범하고 들어왔고, 그리고…….

"윌…….."

나는 이제 혼자 쭈그리고 앉아 흐느껴 울고 있었다. "윌." 나는 그 이름을 부르고 또 불렀다. 갈라진 내 목소리가 가슴께 어디쯤에서 나오고 있었다. 덤불 너머, 저 멀리 어딘가에서 그의 목소리가 들렸다.

"루이자? 루이자. 어디 있어요? 왜 그래요?"

나는 최대한 덤불숲 아래 한쪽 구석에 깊이 기어들어 가 있었다. 눈물에 앞이 흐려져 잘 보이지도 않았다. 두 팔로 온몸을 꼭 감쌌다. 난 나갈 수 없다. 영원히 여기 처박혀 있게 될 터였다. 아무도 날 찾지 못할 테지.

"윌…….."

"어디……?"

그런데 그가 나타났다. 바로 내 앞에.

"미안해요." 온통 일그러진 얼굴로 올려다보며 내가 말했다. "미안해요. 나 도저히…… 못 하겠어요."

그는 손을 몇 센티미터 들어올렸다. 아마 최대치였으리라. "이런 세상에, 대체……? 이리 와요, 클라크." 그는 내 앞으로 다가오더니 답답한 얼굴로 자기 팔을 내려다보았다. "이 뒤질 물건은 쓸모라고는 하나도 없군……. 괜찮아요. 그냥 숨을 쉬어요. 이리 와요. 그냥 숨만 쉬어요. 천천히."

눈시울을 훔쳤다. 월을 보니 공포심이 차츰 잦아들었다. 일어나서 휘청거리다가 얼굴을 가다듬으려 애썼다. "미안해요. 대체……어떻게 된 건지 모르겠어요."

"폐소공포증 있어요?" 내 얼굴에서 겨우 몇 센티미터 거리까지바짝 다가붙은 그 얼굴에 또렷한 근심이 새겨져 있었다. "들어가고싶지 않다는 걸 알긴 알았는데, 그냥…… 난 또 당신이 그저…… ."

나는 눈을 꼭 감았다. "이제 나가고 싶어요."

"내 손 꼭 잡아요. 우리 밖으로 나갑시다."

그는 몇 분도 안 되어 나를 데리고 나왔다. 미로는 속속들이 알고있다고, 같이 걸으며 그가 말했다. 그 차분한 목소리는 믿음을 주었다. 어렸을 때 혼자 길을 외우는 데 도전했었다고 했다. 그 손을 꼭잡고 깍지를 낀 채 따뜻한 온기에서 위로를 느꼈다. 얼마나 입구에가까운 데서 내내 헤맸는지를 알고 나니 내가 바보 같았다.

우리는 바로 바깥에 있는 벤치에서 잠시 멈춰 섰다. 나는 휠체어뒤쪽 가방을 뒤져 휴지를 찾았다. 우리는 말없이 거기 앉아 있었다. 그의 곁에 바짝 붙은 나는 벤치 끄트머리에 앉았다. 우리 둘은 내딸꾹질이 멎기를 기다렸다.

월은 몰래 곁눈질로 나를 살피면서 앉아 있었다.

"그래서……?" 한참 뒤에야 그가 물었다. 아마 그쯤에야 내가 다시 울고불고 하지 않고도 말을 할 수 있을 것처럼 보였나 보다. "어떻게 된 건지 털어놓고 싶어요?"

나는 손에 쥔 휴지를 비틀었다. "말 못 하겠어요."

그는 입을 다물었다.

나는 말을 삼키고 황급히 덧붙였다. "당신 때문이 아니에요. 아무한테도 말한 적이 없어요……. 그건…… 그건 바보 같은 얘기예요. 그리고 아주 오래전의 일이고. 도저히…… 내가……."

내게 머무는 눈길을 느낀 나는 윌이 쳐다보지 않기를 바랐다. 손 떨림이 멈추질 않았다. 배 속에는 수백만 개의 응어리가 들어찬 기분이었다.

고개를 저으며 말로는 차마 못 할 일들이 있다고 전하려 애썼다. 다시 손을 잡고 싶었지만 도저히 그럴 수 있을 것 같지가 않았다. 그 눈길을 의식할 수밖에 없었다. 그가 던지는 말없는 질문들이 생생하게 들려왔다.

저 밑에서, 자동차 두 대가 성문 근처에 정차했다. 두 사람이 내렸다. 여기서는 누군지 알아볼 수가 없었다. 그들은 포옹을 했다. 무슨 이야기를 나누는지 몇 분간 그렇게 서 있다가 각자 자기 자동차로 돌아가서 반대 방향으로 차를 몰고 사라졌다. 두 사람을 보기는 했지만 아무 생각도 할 수 없었다. 마음이 얼어붙은 것 같았다. 이제 무슨 일을 하고 무슨 말을 해야 할지 아무것도 알 수가 없었다.

"좋아요. 이러면 어때요?" 윌이 먼저 입을 열었다. 내가 돌아봤지만, 그는 나를 보고 있지 않았다. "내가 아무한테도 절대 하지 않는 이야기를 해줄게요. 괜찮아요?"

"좋아요." 나는 손에 쥔 휴지를 공처럼 뭉치고, 다음 말을 기다렸다.

그는 깊이 숨을 몰아쉬었다.

"이러다가 결국 어떻게 될까 정말로, 정말로 무서울 때가 있어요." 그는 그 말이 우리 사이 허공에 머물다 가라앉도록 기다렸다가, 나지막하고 차분한 목소리로 이어 말했다. "사람들은 대체로 나처럼 되는 게 살면서 일어날 수 있는 최악의 사태라고 생각한다는 걸 알아요. 그렇지만 더 나빠질 수도 있어요. 혼자 숨을 쉴 수 없는 지경이 될 수도 있고, 말도 못 하게 될지도 몰라요. 순환계에 문제가 생기면 팔다리를 잘라내야 한다는 뜻이죠. 무한정 입원하게 될 수도 있어요. 지금도 사실 산다고 하기엔 형편없는 삶이지만, 얼마나 더 나빠질 수 있는지를 생각하면…… 어떤 밤에는 침대에 누워 있다가 진짜로 숨이 안 쉬어지기도 해요." 그는 침을 꿀꺽 삼켰다. "그리고 이런 거 알아요? 아무도 그런 얘기를 듣고 싶어 하지 않는다는 거. 아무도 두렵다든가, 아프다든가, 어떤 멍청하고 뜬금없는 감염으로 죽게 될까 무섭다는 얘기는 다들 싫어해요. 다시는 섹스를 할 수 없고 다시는 제 손으로 만든 요리를 먹을 수 없고 절대 자기 자식을 안아볼 수 없게 되면 기분이 어떨지. 그런 걸 알고 싶어 하는 사람은 아무도 없어요. 이 휠체어에 이렇게 앉아 있다 보면 가끔 죽도록 답답해져서, 이렇게 또 하루를 살아야 한다는 생각만 해도 미친 사람처럼 울부짖고 싶어진다는 걸 알고 싶어 하는 사람은 아무도 없단 말입니다. 우리 어머니는 실낱같은 희망에 매달려 살고 있고, 아직도 우리 아버지를 사랑하는 나를 용서 못 해요. 동생은 이번에도 또 나 때문에 자기가 뒷전이 됐다는 사실 때문에 날 원망하고 있지만…… 내가 불구가 됐다는 얘기는, 어렸을 때부터 죽 그래왔던 것처럼 나를 제대로 미워할 수도 없다는 뜻이죠. 우리 아버지는 그냥 이 모든 게 싹 다 없어지면 좋겠다고 생각할 뿐이고요. 궁극적으로, 그 사람들은 다 밝은 면만 보고 싶어 하는 거죠. 그래서 내가 긍정적으로 생각해 줘야 하는 거고."

그는 잠시 말이 없었다. "그 사람들 입장에서는 재앙에도 정말로 밝은 면이 있다는 믿음이 꼭 필요한 거죠."

나는 어둠을 바라보며 눈을 깜박였다. 그러고는 조용히 물었다. "나도 그래요?"

"클라크, 당신은." 그는 내 손을 내려다보았다. "내가 이 빌어먹을 의자 신세가 된 뒤로 처음으로 말이 통한다고 생각한 단 한 사람이에요."

그래서 나도 그에게 털어놓았다.

아까 미로에서 나를 데리고 나와준 그 손, 그 손을 꼭 잡고 내 발치만 뚫어져라 바라보면서 심호흡을 한 뒤 그날 밤 있었던 일을 전부 다 말해주었다. 그들이 나를 보고 얼마나 비웃었는지, 내가 취해서 제정신이 아니라며 얼마나 놀렸는지. 그러다 내가 의식을 잃었는데 나중에 여동생이 내게 차라리 잘된 일이라고, 그놈들이 무슨 짓을 했는지 다 기억하지 못하는 게 내게는 잘된 일이라고 했던 것도. 그렇지만 미지의 그 30분이 이후 나를 얼마나 악몽처럼 따라다니며 괴롭혔는지도 말했다. 있잖아요, 내가 다 채워 넣었어요. 그들의 웃음소리, 몸뚱어리들과 말들로 내가 다 채워 넣었다고요. 나의 치욕으로 꽉꽉 채워 넣었어요. 나는 그에게 다 말했다. 조금이라도 마을을 벗어나 나가보려고 하면 늘 그들의 얼굴이 눈앞에 떠올랐다고. 패트릭과 엄마와 아빠와 이 소소한 삶이 아무리 문제도 많고 한계로 가득 차 있어도 내게는 충분하고도 남았다고. 왜냐하면 안전한 느낌이 들게 해주었으니까.

이야기를 끝냈을 즈음에는 하늘이 어두워져 있었다. 내 휴대폰에는 우리의 행방을 묻는 메시지가 열네 개나 와 있었다.

"당신 잘못이 아니었다는 얘기는 굳이 내가 해줄 필요도 없는 거죠?" 그는 조용하게 말했다.

우리 머리 위로 하늘이 가없이, 무한하게 펼쳐져 있었다.

나는 손에 쥔 손수건을 뒤틀었다. "글쎄요. 난 아직도…… 책임이 있다고 느껴요. 잘난 척하려고 술을 너무 많이 마셨어요. 끔찍하게 애교를 떨었어요. 나는……."

"아니에요. 책임은 그들에게 있는 겁니다."

아무도 그런 말을 내게 소리 내어 말해주지 않았다. 심지어 연민에 찬 트리나의 표정도 암묵적으로 날 비난하고 있었다. '그러니까, 술에 취해서 그렇게 알지도 못하는 남자들 앞에서 멍청하게 굴면…….'

그의 손가락이 내 손가락을 힘주어 잡았다. 희미한 움직임이었지만, 분명히 느낄 수 있었다.

"루이자. 당신 잘못이 아니에요."

그때 나는 울었다. 흐느껴 울진 않았다, 이번에는. 눈물이 소리 없이 흘러나왔지만 그 눈물은 또 다른 무언가가 내 몸에서 지금 빠져나가고 있다고 말해주었다. 죄책감. 두려움. 아직 나로서는 형용할 말을 찾지 못한 몇 가지 다른 것들. 난 머리를 부드럽게 그의 어깨에 기댔고 그도 고개를 기울여 내 머리에 기대왔다.

"루이자, 내 말 듣고 있어요?"

나는 중얼중얼 그렇다고 말했다.

"그러면 좋은 얘기 하나 해줄게요." 이 말을 하고 나서 그는 잠시 기다렸다. 내가 반드시 주목해서 들어야 한다는 듯이. "어떤 실수들은…… 유달리 커다란 후유증을 남기죠. 그렇지만 당신은 그날 밤 일이 당신이라는 사람을 규정하도록 내버려두지 않아도 돼요."

내 쪽으로 더욱 기울어지는 윌의 머리가 느껴졌다.

"그런 일이 없도록, 클라크 당신이 선택하면 돼요."

그때 내게서 빠져나온 한숨은 길었고, 온몸이 부르르 떨릴 정도로 깊었다. 우리는 침묵 속에서 거기 그렇게 앉아, 그가 한 말이 온전히 의미를 갖도록 곱씹었다. 밤새도록 그렇게 머물러 있을 수 있었다. 발치에 있는 나머지 세상을 내려다보며 윌의 따뜻한 손길을 내 손안에 품었다. 내 최악의 모습이 천천히 썰물처럼 빠져나가기 시작하는 걸 느끼며.

"돌아가는 게 좋겠어요." 마침내 그가 말했다. "집에서 수색대를 부르기 전에."

나는 그의 손을 놓고 약간 아쉬운 마음으로, 살갗을 쓸고 가는 시원한 산들바람을 맞고 섰다. 대단한 호사라도 누리듯 두 팔을 머리 위로 높이 쭉 뻗었다. 밤공기 속에서 손가락을 쫙 펼치고 몇 주, 몇 달, 아니 몇 년에 걸친 긴장을 살짝 풀며 깊은숨을 내쉬었다.

내 밑으로 마을 불빛이 깜박이고 있었다. 우리 발밑 시커먼 시골 벌판 한가운데에 빛이 동그랗게 옹기종기 모여 있었다. 나는 돌아서서 그를 보았다. "윌?"

"응?"

어슴푸레한 빛에 잘 보이지도 않았지만, 그가 날 바라보고 있다는 건 알았다. "고마워요. 날 구하러 와줘서 고마워요."

그는 고개를 가로젓더니 휠체어를 돌려 산책로로 향했다.

18

"디즈니랜드가 좋을 겁니다."

"말했잖아요. 테마파크는 무조건 안 된다고."

"그 말을 하신 건 압니다만. 그냥 단순히 롤러코스터하고 빙글빙글 도는 찻잔만 있는 게 아니란 말입니다. 플로리다에 가면 영화 스튜디오도 있고 사이언스센터도 있어요. 사실 굉장히 교육적이기도 하고요."

"서른다섯 살짜리 전직 CEO한테 교육이 필요할 것 같지는 않은데요."

"사방에 장애인 화장실도 있어요. 직원들도 기가 막히게 배려가 깊고요. 그렇게 큰 곤란은 없을 겁니다."

"이제 장애인들이 탈 수 있는 놀이기구도 있다고 하시겠네요. 안 그래요?"

"못 타는 사람이 없죠. 플로리다에 한번 가보시죠, 클라크 씨? 마음에 안 들면 시월드°로 가면 되잖아요. 게다가 날씨도 얼마나 좋은

◇ SeaWorld. 미국에 있는 해양 테마 놀이공원.

데요."

"윌하고 범고래가 싸우면 누구 꼴이 더 볼만할지는 안 봐도 뻔하네요."

그는 내 말은 듣는 척도 안 했다. "디즈니랜드는 장애인 처우에 있어서는 최고 수준의 회사란 말입니다. 임종을 앞둔 사람들을 위해 소원을 들어주는 활동을 얼마나 많이 하는지 아십니까?"

"윌은 임종을 앞둔 사람이 아니에요." 여행사와 통화를 마치고 수화기를 내려놓으려는데 때마침 윌이 들어왔다. 나는 허둥지둥 수화기를 붙잡고 제자리에 도로 놓으려 법석을 떨면서 수첩을 탁 소리가 나도록 덮었다.

"괜찮아요, 클라크?"

"좋아요." 나는 환하게 미소를 지었다.

"됐어요. 그럴싸한 드레스 있어요?"

"뭐라고요?"

"토요일에 뭐 해요?"

그는 기대에 찬 눈으로 기다리고 있었다. 내 머릿속은 아직도 범고래와 여행사 직원을 싸움 붙이느라 바쁜데.

"어…… 별일 없어요. 패트릭이 하루 종일 나가서 트레이닝을 하니까. 왜요?"

그는 몇 초 기다렸다가 그 말을 던졌다. 나를 놀라게 하는 일에 쾌감이라도 느끼는 사람처럼.

"우리, 결혼식에 갑시다."

나중에 다시 생각해 봐도, 얼리샤와 루퍼트의 결혼식에 대해서 월이 왜 마음을 고쳐먹었는지는 끝내 확실히 알 수가 없었다. 타고난 반항기가 이 결정에 어마어마한 역할을 했으리라는 의심이 들었다. 아무도 그가 올 거라 기대하지 않았다. 특히나 당사자인 얼리샤와 루퍼트는 더욱. 하지만 지난 두세 달 동안 그 여자는 월에게 상처를 줄 수 있는 힘을 잃어버린 것 같았다.

우리는 네이선의 도움 없이도 잘 다녀올 수 있을 거라고 합의를 봤다. 나는 미리 전화를 걸어서 결혼식장 천막이 월의 휠체어에 적합할지 물어보았다. 우리가 초대를 거절하지 않았다는 사실을 깨달은 얼리샤의 목소리에 어찌나 당황한 기색이 역력했던지, 그 올록볼록 도드라진 초대장은 정말 겉치레로 보낸 거구나 싶어서 충격을 받았다.

"아…… 저…… 천막까지 올라오는 길에 아주 작은 층계가 하나 있는데요. 음, 천막 설치하는 사람들이 경사로를 설치할 수 있다고 말했던 것 같네요……." 그녀는 말꼬리를 흐렸다.

"그러면 정말 좋겠네요. 고맙습니다." 내가 말했다. "그날 뵐게요."

우리는 온라인으로 결혼 선물을 골랐다. 월은 은제 액자 하나에 120파운드나 쓰고 '지독한 흉물'이라면서 꽃병에 60파운드나 지불했다. 별로 좋아하지도 않는 사람을 위한 선물에 그렇게 큰돈을 선뜻 쓴다는 게 내게는 충격이었지만, 이 사람들의 금전 감각이 좀 다르다는 사실은 트레이너 가에서 일한 지 몇 주 안 되어 알았다. 네 자릿수의 수표 정도는 별생각 없이 쓸 수 있는 사람들이었다. 한번은 월이 주방 테이블에 놓아둔 통장 잔고를 본 적이 있었다. 우리 집을 두 번

사고도 남을 돈이 들어 있었다. 그것도 현금 계좌에만.

나는 빨간 드레스를 입기로 했다. 윌이 좋아하는 옷이라는 것도 알고 있었지만 그런 자리에 자신 있게 입고 나갈 만한 드레스가 그 것밖에 없기도 했다. 그날은 소소하게 윌의 기분을 북돋아 줄 모든 걸 동원할 필요가 있었다. 상류사회의 결혼식에 간다는 사실 자체가 내게 얼마나 두려운 일인지 윌은 전혀 몰랐다. 하물며 '도우미'라니. 시끌시끌한 말소리, 우리 쪽으로 쏟아질 호기심 어린 눈길들을 생각하면 차라리 종일 패트릭이 트랙을 빙글빙글 도는 걸 구경하고 싶었다. 그런 걸 신경 쓰는 것 자체가 내가 사람이 모자라서 그런지도 모르지만, 그래도 어쩔 수 없었다. 손님들이 우리 둘을 깔볼 거라는 생각만 하면 벌써부터 위장이 꼬였다.

윌에게는 아무 말 안 했지만, 그가 상처받을 것도 겁이 났다. 옛 애인의 결혼식에 간다니. 아무리 상황이 좋다 해도 자학이나 다름 없는데 심지어 옛 친구들과 동료들이 전부 모여 있을 공식 연회에 참석하겠다니. 이건 우울의 나락을 예약해 둔 거나 마찬가지다. 출발 전날 그런 얘기를 넌지시 해봤지만 윌은 아무렇지 않게 넘겨버렸다.

"내가 그런 걱정을 안 하는 마당에 당신이 하면 안 되지, 클라크." 그가 말했다.

나는 트리나에게 전화해서 이 얘기를 했다.

"혹시 휠체어에 탄저균이나 폭약 같은 거 숨겨두지 않았는지 꼭 확인해 봐." 그 애 입에서는 이따위 소리밖에 안 나온다.

"정말로 집을 떠나 제대로 나들이하는 건 이번이 처음인데, 보나마나 빌어먹을 만큼 대참사일 거라니까."

"혹시 죽는 것보다 더 나쁜 게 있다는 걸 새삼스레 깨닫고 싶은 걸까?"

"그걸 농담이라고 하냐?"

"알았어. 재밌게 지내. 아, 그리고 그 빨간 드레스 입지 마. 가슴골이 훤히 다 보인단 말이야."

결혼식 당일 아침은 화창하고도 향기롭게 시작되었다. 나는 내심 그럴 줄 알고 있었다. 얼리샤 같은 여자들은 항상 삶이 원하는 대로 풀리는 법이다. 날씨의 신들에게 누군가가 미리 잘 좀 봐달라고 전화를 했겠지.

"그건 진짜 놀랄 만큼 신랄한 생각인데, 클라크." 내가 이 얘기를 해줬더니 윌이 말했다.

"네. 뭐. 워낙 좋은 선생한테 배웠어야죠."

네이선이 일찍부터 와서 윌의 채비를 도와주었다. 그래야 우리가 9시 전에 출발할 수 있었다. 차로 두 시간 거리였다. 나는 어느 휴게소에서 정차할지까지 미리 다 짜두었다. 신중하게 경로를 계획해야 최고의 시설을 이용할 수 있다. 나는 화장실에서 준비를 했다. 새로 면도한 다리 위로 스타킹을 끌어올리고 화장을 했다가 고고하신 상류층 하객들께서 나를 콜걸 같은 몰골로 볼까 봐 다시 박박 문질러 지웠다. 목에 스카프를 두를 수는 없었지만 그래도 노출이 너무 심하다는 느낌이 들 때 쓰려고 숄은 하나 챙겨 왔다.

"나쁘지 않죠, 네?" 네이선이 한 걸음 물러서자 까만 정장에 수레

국화처럼 파란 셔츠를 입고 넥타이를 맨 윌의 모습이 나타났다. 깨끗하게 면도하자 얼굴에 희미하게 그을린 흔적이 드러났다. 셔츠 덕분에 두 눈이 유달리 생기 넘치게 빛났다. 별안간 그의 눈에 햇빛 조각들이 담겨 반짝였다.

"나쁘지 않네요." 내가 말했다. 묘하게도, 진짜로 그가 얼마나 잘생겨 보이는지 말로 표현하고 싶지 않았다. "그 여자가 보면 그 허세에 전 비계 덩어리하고 결혼하는 게 후회스럽겠는데요."

윌은 눈을 들어 하늘을 보았다. "네이선, 우리 짐 다 챙겼어요?"

"넵, 출발 준비 완료입니다." 그는 윌을 돌아보았다. "신부 들러리들하고 키스하고 껴안으면서 노닥거리기 없기예요."

"윌을 뭘로 보시는 거예요." 내가 말했다. "다들 파이 껍질 같은 칼라를 하고 말똥 냄새를 풍길 텐데."

윌의 부모가 나와서 배웅을 했다. 방금 말다툼을 하다 나온 눈치였다. 트레이너 부인이 남편한테서 어찌나 멀찍이 떨어져 있는지 흡사 서로 다른 나라 사람 같았다. 내가 차를 후진해서 윌을 태우러 올 때까지, 트레이너 부인은 결연하게 낀 팔짱을 풀지 않았다.

"너무 술에 취하지는 않게 해줘요, 루이자." 부인이 윌의 어깨에서 있지도 않은 보푸라기를 털어내며 말했다.

"왜요?" 윌이 말했다. "어차피 운전도 안 하는데."

"네 말이 맞다, 윌." 아버지가 말했다. "나도 늘 독한 술 한두 잔은 걸쳐야 결혼식이 끝날 때까지 버티겠더라."

"당신은 심지어 자기 결혼식 때도 그랬죠." 트레이너 부인이 입안으로 웅얼거리더니, 좀 더 잘 들리게 윌에게 말했다. "우리 아들,

진짜 근사하다." 그러더니 무릎을 꿇고 윌의 바짓단을 매만져 주었다. "정말로. 아주 멋있어."

"아가씨도 멋져요." 트레이너 씨가 운전석에서 내려서는 나를 보고 칭찬해 주었다. "시선을 아주 확 끌겠는데요. 한번 빙글 돌아봐요, 루이자."

윌이 휠체어를 돌렸다. "지금 그럴 시간 없어요, 아버지. 클라크, 출발합시다. 신부 입장 다음에 휠체어를 타고 들어가면 모양새가 영 안 좋을 거예요."

나는 천만다행이라고 생각하며 자동차에 올라탔다. 윌의 휠체어를 단단히 뒷좌석에 고정시키고, 말쑥한 정장 상의가 주름지지 않도록 조수석에 깔끔하게 걸쳐놓은 뒤 우리는 드디어 출발했다.

얼리샤네 본가가 어떻게 생겼는지 난 가보지 않고도 다 알 수 있었다. 실제로도 내 상상 속의 모습과 너무나 똑같았기 때문에 나는 차의 속도를 줄이며 웃음을 터뜨렸다. 윌은 왜 그러느냐고 물었다. 커다란 조지아풍 건물로, 키 큰 유리창들은 군데군데 폭포수처럼 떨어지는 연한 등꽃들에 가려져 있었으며 진입로는 캐러멜빛 돌바닥이었다. 대령의 저택으로 딱이었다. 그 집에서 보낸 얼리샤의 성장기도 눈에 선했다. 금발을 깔끔하게 양 갈래로 땋고 잔디밭에서 처음 선물받은 통통한 조랑말을 탔겠지.

점잖은 제복 외투를 입은 두 남자가 차량들을 저택과 인접한 교회 사이의 들판으로 안내하고 있었다. 나는 차창을 내렸다. "교회 옆에 주차장 있나요?"

"하객들은 이쪽입니다, 마담."

"네, 근데 우리는 휠체어가 있어서요. 여기 풀밭에서는 바퀴가 빠질 것 같아요." 내가 말했다. "바로 교회 옆에 차를 대야겠는데요. 아, 저기, 저기로 갈게요."

남자들은 서로 쳐다보더니 뭐라고 중얼거리며 얘기를 나누었다. 뭐라고 다른 말이 나오기 전에 차를 몰고 가서 교회 바로 옆 호젓한 자리에 주차했다. 자, 이제 시작이야. 마음속으로 되뇐 다음 시동을 끄면서 거울에 비친 윌과 눈을 마주쳤다.

"마음 푹 놔요, 클라크. 다 괜찮을 거니까." 그가 말했다.

"저는 완전 느긋해요. 왜 안 그렇다고 생각해요?"

"당신은 기가 찰 정도로 속이 뻔히 들여다보여요. 게다가 운전하면서 손톱을 네 개나 잘근잘근 씹어 없애던데."

"그러니까…… 우리 오늘 어떻게 하고 나오는 거예요?"

윌은 내 시선이 닿는 곳을 따라갔다. "솔직하게?"

"네, 알아야겠어요. 그리고 제발 '충격과 공포' 같은 소리는 하지 마세요. 뭐 끔찍한 일을 계획하고 있어요?"

윌이 날 똑바로 쳐다보았다. 깊이를 가늠할 수 없는, 파랗고 파란 눈. 내 배 속에 살랑거리는 나비들이 구름 지어 날아와 앉았다.

"우리는 믿기지 않을 정도로 예의 바르게 굴고 나올 거예요, 클라크."

나비들의 날개가 내 갈비뼈 속에 갇혀버린 듯, 미친 듯이 파닥이기 시작했다. 뭐라 말하려 했지만 윌이 먼저 말했다.

"이봐요, 우린 그냥 재밌게 즐길 수만 있다면 뭐든지 하는 겁니다." 그가 말했다.

재미. 옛 애인의 결혼식에 가는 게 치과 치료만큼도 아프지 않다는 듯. 그렇지만 윌이 선택했다. 윌의 날이었다. 심호흡을 하고 정신을 차리려 애썼다.

"딱 한 가지 안 되는 게 있어요." 나는 어깨에 두른 숄 매무새를 한 번 더 고쳤다. 아마 열네 번쯤 그랬나.

"뭔데요?"

"크리스티 브라운 시늉만은 못 참아요. 나 처음 봤을 때처럼 크리스티 브라운 흉내를 내면 이 잘나빠진 인간들 사이에 남겨놓은 채로 나 혼자 차 몰고 집으로 가버릴 거예요."

윌이 휠체어를 돌려 교회 쪽으로 가면서 중얼거리는 소리가 들렸다. "에이, 분위기 깨기는."

결혼식이 끝날 때까지 별사건 없이 잘 앉아 있었다. 그럴 줄 알았지만 얼리샤는 황당할 정도로 예뻤다. 윤나는 피부는 연한 캐러멜색이었고 바이어스 재단된 오프화이트 실크 웨딩드레스는 늘씬한 몸매를 휘감고 살랑거렸다. 사뿐사뿐 식장으로 걸어 들어오는 그 모습을 물끄러미 쳐다보며 포토샵으로 매만진 포스터에서나 볼 수 있는 저런 외모로 산다는 건 어떤 기분일까, 저렇게 키가 훤칠하고 다리가 길면 어떨까 생각했다. 혹시 보정 속옷을 입은 건지 궁금하기도 했다. 물론 그럴 리 없지만. 그녀라면 레이스로 된 손바닥만한 속옷을 걸칠 것이다. 보정 따위는 필요하지도 않은 여자들을 위한, 내 주급보다 더 비싼 속옷 말이다.

목사가 중얼중얼 설교를 질질 끌고 작은 발레슈즈를 신은 신부

들러리들이 의자에서 들썩거리는 사이, 나는 두리번거리며 다른 하객들을 구경했다. 여자들이 어쩌면 그렇게 하나같이 반짝반짝한 잡지의 한 페이지에서 튀어나온 것처럼 보이는지. 드레스 색깔에 정확하게 맞춘 구두들은 다 처음 꺼내 신은 듯했다. 젊은 여자들은 완벽하게 매니큐어를 칠한 발톱에 10센티미터 높이의 힐을 신고 우아하게 서 있었다. 나이가 좀 지긋한 여자들은 키튼 힐을 신고 각이 잡힌 정장을 입고 있었다. 네모로 딱 떨어지는 어깨에 보색으로 실크 라인이 들어간 정장 차림을 하고, 중력의 법칙을 묵살하는 듯한 모자들을 쓰고 있었다.

남자들 구경은 그만큼의 재미는 없었지만 대체로 모두 월한테서 가끔 풍기곤 하는 그 특유의 분위기가 흘렀다. 부와 지위의 분위기. 인생이 당연히 자신한테 유리하게 돌아갈 거라 믿는 호기. 어떤 회사를 경영하고 어떤 세상에 살고 있을까 궁금했다. 저 사람들 눈에 나 같은 사람, 자기 아이들을 돌봐주거나 레스토랑에서 서빙을 하는 나 같은 사람들이 과연 보이기나 할까. '사업파트너들을 위해 폴댄스를 췄을 수도 있었어.' 구인구직센터에서 했던 면접이 기억나 마음속으로 중얼거렸다. 내가 다녀본 결혼식들은 누가 가석방 조건을 어길까 봐 신랑과 신부의 가족들을 따로 앉혔는데.

그러고 나서 결혼식은 끝났다. 월은 벌써 교회 출구 쪽으로 돌아나가고 있었다. 꼿꼿하고 이상할 정도로 기품 있는 뒤통수를 바라보며 괜히 온 건 아닌지 묻고 싶어졌다. 그 여자한테 아직도 감정이 있는 거냐고. 겉보기엔 어떨지 몰라도, 당신은 저 어리석은 캐러멜색 피부의 여자한테 너무 아까운 남자라고 말해주고 싶었다. 그리고…… 모르겠다. 또 무슨 말을 하고 싶었는지.

뭐든 좋아지게 해주고 싶었다.

"괜찮아요?" 뒤따라가서 물었다.

요는, 원래 그가 있어야 할 자리였으니까.

월은 두세 번 눈을 깜박거렸다. "괜찮아요." 그러더니 작은 한숨을 토했다. 그동안 숨을 참고 있던 사람처럼. 그리고 나를 올려다보았다. "자, 어서요, 가서 술이나 한잔 걸칩시다."

연회장은 사방 벽을 둘러친 정원에 마련되어 있었다. 연철 현관에 연분홍빛 화환들이 온통 뒤엉켜 주렁주렁 매달려 있었다. 맨 끝에 위치한 바는 벌써 북적북적했다. 그래서 나는 월에게 가서 마실 걸 갖고 올 테니 밖에서 기다리는 게 좋겠다고 했다. 하얀 리넨 식탁보를 씌운 테이블들 사이를 이리저리 헤치고 지나갔다. 이렇게 유리잔과 은식기가 많이 놓인 테이블은 생전 처음 봤다. 의자 등받이에는 패션쇼에 나오는 것처럼 금박이 칠해져 있었고, 프리지어와 백합이 꽂힌 장식물마다 하얀 등잔이 걸려 있었다. 꽃향기로 가득한 공기는 텁텁하다 못해 숨이 막혔다.

"핌스 칵테일 한잔하시겠습니까?" 내 차례가 되어 앞으로 나서자 바 매니저가 물었다.

"어……." 주위를 돌아보고 음료가 이것밖에 없다는 걸 깨달았다. "아, 좋아요. 두 잔 부탁해요."

그가 나를 보고 미소를 지었다. "물론 조금 있다가 다른 술들도 나올 거예요. 하지만 듀어 부인께서 다들 시작은 핌스로 했으면 하고 바라셔서요." 그는 은근히 내게 함께 음모를 꾸미는 사람 같은 표정을 던졌다. 한쪽 눈썹을 살짝 치켜올려 솔직한 생각을 말하면서.

나는 핑크 레모네이드를 물끄러미 쳐다보았다. 아빠는 돈 많은 사람들이 제일 지독하다고 입버릇처럼 말했는데, 결혼식 연회를 시작하면서 제대로 된 술도 안 내놓다니 진짜 놀라웠다. "뭐, 그럼 할 수 없죠." 나는 그의 손에서 잔을 받았다.

윌을 찾았을 때는 벌써 어떤 사람이 그와 이야기를 나누고 있었다. 젊고 안경을 쓴 남자는 한 팔로 윌의 휠체어 팔걸이를 짚은 채 구부정하니 서 있었다. 이제 해가 중천에 높이 떠올라 눈이 부셨다. 두 사람 모습을 잘 보려면 실눈을 떠야 했다. 챙 넓은 모자를 그렇게 많이들 쓰고 있는 이유를 이제야 알겠다.

"이렇게 돌아다니는 모습을 다시 보니 너무 좋아요, 윌." 안경 쓴 남자가 말하고 있었다. "안 계시니까 사무실이 예전 같지가 않습니다. 이렇게 말하면 안 되지만…… 아무튼 달라요. 그냥 다르더라구요."

그는 젊은 회계사처럼 보였다. 양복을 입고 있어야 편한 부류였다.

"친절한 얘기 고마운데."

"정말 느낌이 이상했어요. 꼭 선배님이 벼랑에서 툭 떨어진 것처럼. 엊그제만 해도 만사를 진두지휘하고 계셨는데, 하루아침에……."

내가 거기 서 있다는 걸 깨달은 그가 눈길을 들었다. "아." 그가 말했는데, 난 그 시선이 내 가슴에 머문다는 걸 눈치챘다. "안녕하세요."

"루이자 클라크. 여기는 프레디 더원트."

나는 윌의 술잔을 홀더에 놓아준 뒤 젊은 남자의 손을 잡고 악수를 했다.

그는 시선의 높이를 조정했다. "아." 그는 다시 말했다. "그리고……."

"전 윌의 친구예요." 내가 말했다. 정확히 왜 그랬는지는 잘 모르겠지만, 손을 가볍게 윌의 어깨에 놓았다.

"이거, 선배님 인생이 나쁘기만 한 건 아닌데요." 프레디 더윈트가 약간 헛기침처럼 들리는 웃음소리를 냈다. 말하면서 얼굴을 좀 붉히는 것 같기도 했다. "아무튼…… 저도 가서 사람들하고 어울려야겠어요. 아시잖아요. 이런 자리는 인맥을 넓히는 기회란 걸요. 하지만 만나 봬서 반가웠습니다, 윌. 정말로. 그리고…… 반가웠습니다, 클라크 씨."

"사람 좋아 보이는데요." 돌아서서 걸어 나오며 내가 말했다. 윌의 어깨를 짚고 있던 손을 들어 핌스를 길게 한 모금 마셨다. 솔직히 보기보다 훨씬 맛있었다. 오이가 있다는 게 좀 걸렸지만.

"그래요. 괜찮은 녀석이죠."

"그럼 그렇게 어색하지 않았겠군요."

"그래요." 윌의 눈이 반짝거리며 올라와 내 시선을 맞췄다. "그래요, 클라크. 전혀 어색하지 않았어요."

프레디 더윈트와 어울리는 모습에 홀가분해졌는지, 그때부터 몇 시간에 걸쳐 예닐곱 명쯤이 다가와 윌에게 인사를 했다. 어떤 사람들은 악수의 딜레마에서 면죄부라도 받으려는 듯 멀찌감치 떨어져서 있었고, 바지를 걷어가면서 윌의 발치에 쭈그리고 앉는 사람들도 있었다. 나는 윌 옆에 서서 되도록 말을 아꼈다. 그런데 두 남자가 다가오는 모습에 윌이 살짝 굳었다.

시가를 들고 있는 덩치 크고 우락부락한 남자는 막상 윌 앞에 서니 무슨 말을 해야 할지 몰라 어쩔 줄 모르는 것 같았다. 그러더니 결국 한다는 말이 "거참 멋진 결혼식이군. 안 그런가? 신부가 아주 아름답다는 생각이 들더군." 얼리샤의 과거 연애사를 모르는 모양이라고 나는 짐작했다.

과거에 사업상 경쟁자였으리라 짐작되는 또 한 사람은 좀 더 사교적인 말씨를 썼지만, 사람을 똑바로 응시하는 눈길과 윌의 상태에 대한 직설적인 질문들로 윌을 긴장시켰다. 이빨을 드러낼 때만 노리며 마주 보고 빙빙 도는 개 두 마리 같았다.

"내가 옛날에 다니던 회사에 새로 온 CEO예요." 남자가 마침내 손을 흔들며 떠나자 윌이 말했다. "내가 다시 회사를 장악할 음모라도 꾸밀까 봐, 확실히 해두고 싶었던 것 같군요."

정원을 떠다니듯 사뿐사뿐 돌아다니며 허공에 키스를 하고 감탄사를 날리는 모습이 지상의 존재 같지 않게 아름다웠던 얼리샤는 끝까지 우리 쪽으로 오지 않았다.

나는 윌이 핌스 두 잔을 싹 비우는 걸 보면서 속으로 기뻐했다.

점심 식사는 4시에 나왔다. 점심을 서빙하기에는 좀 별난 시간이라고 생각했지만 윌 말대로 이건 결혼식이었다. 어차피 시간은 쭉쭉 늘어나니 아예 의미가 없어진 듯한 느낌이었다. 한도 끝도 없이 이어지는 음료와 갈 곳 잃고 헤매는 대화들 속에서 시간의 흐름은 흐릿하게 뭉개졌다. 무더위 때문인지 분위기 때문인지 모르겠지만, 테이블을 찾아 앉았을 때는 만취한 기분이었다. 나는 왼편에 앉은 어르신을 보고 앞뒤가 안 맞는 소리를 횡설수설 늘어놓다가, 진짜로 술에 취했을지 모른다는 생각이 퍼뜩 뇌리를 스쳤다.

"그 핌스인지 하는 음료에 알코올이 들어 있어요?" 장하게도 소금 통에 든 걸 모조리 허벅지에 쏟고 나서 윌에게 물었다.

"와인 한 잔 분량하고 거의 비슷할걸요."

나는 경악한 나머지 윌을 멀뚱멀뚱 바라보았다. 둘로 보였다. "거짓말이죠. 속에 과일이 들어 있었단 말이에요! 그러니까 무알코올 음료라는 뜻이잖아요. 어떻게 당신을 집까지 운전해서 데리고 돌아가죠?"

"참 대단한 간병인이셔." 그가 말했다. 한쪽 눈썹을 치켜뜨며. "아무리 어머니한테 일러바치지도 않고 감싸줘 봤자 소용이 없다니까."

그날 하루를 맞아 윌이 보여준 태도가 너무 놀라워서 나는 말을 잃었다. 무뚝뚝한 윌, 냉소적인 윌, 기껏해야 말없는 윌이 될 거라고 생각했었다. 하지만 윌은 누구에게나 친절하고 상냥했다. 심지어 점심 때 수프가 나왔는데도 전혀 기가 꺾이지 않았다. 그는 수프를 빵으로 바꿔주실 분이 있느냐고 정중하게 물었고, 식탁 저 끝에 있던 여자들 둘이 자기네들은 '밀가루 음식은 못 먹는다'며 롤빵을 그에게 던지다시피 주었다.

내가 불안해하며 어떻게 술을 깰까 고민할수록 윌은 오히려 명랑하고 태평해졌다. 그 오른편에 앉은 연세가 꽤 드신 여성분은 장애인 인권 캠페인을 벌인 적이 있는 전직 국회의원이었다. 윌과 일말의 거리낌도 없이 편안하게 대화를 나누었던 몇 안 되는 사람 중 하나였다. 심지어 대화 중에 윌에게 고기말이 요리를 먹여주기도 했다. 잠깐 그녀가 일어나서 자리를 비웠을 때, 윌은 그녀가 킬리만자로를 등반한 전력도 있는 여자라고 말해주었다. "샌드위치 도시락을 싸서 노새를 타고 있는 모습이 눈앞에 선히 그려지잖아요. 낡은 장화처럼 터프한 사람."

하지만 나는 왼쪽 옆자리 운이 그렇게 좋지 못했다. 그는 대략 4분 정도를 할애해 내가 자기한테 흥미로운 이야기를 해줄 가능성이 제로라는 걸 금세 파악했다. 내가 누군지, 어디 사는지, 거기 자신이 아는 사람이 있는지 등 간단하기 짝이 없는 퀴즈들이었다. 그는 자기 왼편 여자 쪽으로 아예 몸을 돌리고, 내가 혼자서 남은 점심을 꾸역꾸역 먹게 방치했다. 어느 순간, 진짜로 민망한 기분이 들기 시작했을 무렵, 윌의 손이 옆자리 휠체어에서 스르르 미끄러져 내 팔을 붙잡았다. 내가 눈을 들었더니 그가 나를 보고 윙크를 했다. 난 그의 손을 잡고 꼭 힘을 주었다. 내 마음을 읽어주어서 정말 고마웠다. 그러자 윌은 휠체어를 15센티미터 정도 뒤로 빼고는 내가 메리 롤린슨과 대화할 수 있도록 비켜주었다.

"그러니까 윌 말로는 아가씨가 보호자라고요." 사람을 꿰뚫어 보는 듯한 파란 눈에 피부 관리 따위는 신경도 쓰지 않으며 살아온 인생이 보이는 주름이 패어 있었다.

"노력은 하고 있어요." 내가 그를 흘긋 쳐다보며 말했다.

"원래도 이 분야 일을 했나요?"

"아니요. 전에는…… 카페에서 일했어요." 내가 이 결혼식에서 다른 사람한테 과연 그런 말을 할 수 있었을까. 잘 모르겠다. 하지만 메리 롤린슨은 호의적으로 고개를 끄덕였다.

"항상 꽤 재밌을 것 같은 일이라고 생각했어요. 사람을 좋아하고 좀 시끄러운 사람이면 말이에요. 내가 그렇거든요."

나는 윌의 팔을 다시 휠체어로 올려주었다. "제가 루이자에게 좀 다른 일을 해보라고 권유하고 있습니다. 생각의 지평을 넓힐 수 있도록 말입니다."

"어떤 걸 생각하고 있어요?" 그녀가 내게 물었다.

"아직 모르는 것 같아요." 윌이 말했다. "루이자는 내가 본 이들 중에서 가장 똑똑한 사람인데, 아무리 말해줘도 자기 잠재력을 보질 못하더라구요."

메리 롤린슨이 윌을 날카롭게 쏘아보았다. "아기 돌보듯 그러지 말아요. 알아서 대답할 능력이 충분히 있는 분인데."

나는 눈을 껌벅거리고 있었다.

"누구보다 잘 아는 사람이 왜 그래요." 메리 롤린슨이 다시 말했다.

윌은 뭔가 말을 꺼내려다가 입을 다물었다. 테이블을 물끄러미 바라보며 고개를 절레절레 흔들었지만, 얼굴에는 미소를 띠고 있었다.

"자, 루이자. 지금 이 일은 어마어마한 정신력을 요할 거예요. 게다가 이 젊은 청년이 그렇게 다루기 수월한 고객은 아닐 것 같고."

"그 말씀엔 진심으로 동의해요."

"하지만 가능성을 봐야 한다는 점에서는 윌의 말이 확실히 옳아요.

여기 제 명함이 있어요. 저는 직업 재훈련을 권장하는 자선단체의 상임이사로 있습니다. 혹시 앞으로 뭔가 다른 일을 하고 싶어지게 될지도 모르잖아요?"

"저는 월하고 함께 일하는 게 아주 좋아요. 하지만 감사합니다."

막무가내로 쥐여준 명함을 받아들었다. 이런 여자가 내가 살면서 무슨 일을 하게 될지에 일말의 관심이라도 가져주다니. 신기해서 얼떨떨했다. 하지만 명함을 받아들면서도 사기꾼이 된 기분이었다. 배우고 싶은 게 뭔지 알게 된다 해도 내가 이 일을 포기할 수 있을 리가 없는데. 내가 새로운 직업교육에 어울리는 사람일까. 게다가 지금은 월을 살게 하는 것이 가장 중요한 일이었다. 나만의 생각에 골몰해 둘이 내 옆에서 나누는 이야기를 잠깐 놓쳤다.

"……그래도, 고비를 넘었다니 아주 다행이네요. 그렇게 극적으로 삶을 다시 정비하고 새로운 기대에 맞춰가는 건 끔찍하게 힘든 일일 텐데요."

나는 남은 연어 찜 요리를 물끄러미 바라보았다. 누가 월에게 그렇게 말하는 건 들어본 적이 없었다.

월은 테이블을 보고 얼굴을 찌푸리더니, 다시 메리를 돌아보았다. "아직 고비를 넘은 건지는 잘 모르겠습니다." 그는 조용히 말했다.

메리는 잠시 그를 찬찬히 바라보더니 내 쪽으로 시선을 던졌다.

내 얼굴에 속내가 다 드러난 게 아닐까 걱정스러웠다.

"무슨 일이든 시간이 필요해요, 월." 그녀는 잠시 월의 팔에 손을 얹었다. "여러분 세대는 그 사실을 받아들이고 적응하는 일을 우리보다 훨씬 더 힘들어하는 것 같더군요. 모두들 만사가 곧이곧대로 돌아갈 거라 예상하면서 자랐으니까요. 다들 자기가 선택한 인생을 살게 될 거라 기대하지요. 특히 윌처럼 성공을 거둔 사람은 더 그렇고. 하지만 시간이 걸린답니다."

"롤린슨 부인…… 메리, 난 회복을 기대하지 않아요." 윌이 말했다.

"신체적인 걸 말하는 게 아니에요. 새로운 삶을 진심으로 받아들인다는 뜻에서 한 말이지."

윌이 그다음에 뭐라고 할까 기다리는데 유리잔을 숟가락으로 요란하게 두드리는 소리가 들려왔다. 장내는 축하 연설을 기대하며 숨을 죽였다.

뭐라고들 하는지 제대로 듣지도 않았다. 잔뜩 부풀린 펭귄 같은 남자들이 끝도 없이 한 명씩 일어나서 내가 알지도 못하는 사람들과 장소들의 이름을 읊어대며 예의 바른 웃음을 끌어냈다. 오목한 은제 접시에 담겨 테이블 위에 올라온 다크초콜릿 트러플을 씹어먹으며 커피를 연거푸 세 잔이나 마시는 바람에, 술이 취한 데다 가슴이 벌렁거리고 신경까지 바짝 예민해졌다. 반면 윌은 차분함의 표상 같았다. 가만히 앉아서 하객들이 옛 애인에게 갈채를 보내는 모습을 지켜보고, 얼마나 완벽하게 멋진 여자인지를 끝없이 주절주절 읊어대는 루퍼트의 말을 경청했다. 아무도 그를 알아봤다는 내색을 하지 않았다. 그의 감정을 배려한 처사인지 아니면 거기 있는 그의 존재 자체가 약간 창피스러워서 그런 건지는 모르겠다. 이따금 메리 롤린슨이 몸을 기울여 윌의 귓전에 뭐라고 말하면 그는 동의한다는 듯 살짝 고개를 끄덕이곤 했다.

축하 연설이 드디어 끝나자, 스태프들이 우르르 몰려나와 사람들이 춤을 출 수 있도록 연회장 중앙을 비우기 시작했다. 윌이 내 쪽으로 고개를 기울였다. "메리가 그러는데 저 위에 아주 좋은 호텔이 있대요. 거기 전화해서 하룻밤 자고 갈 수 있을지 알아봐요."

"뭐라고요?"

메리는 냅킨에 호텔 이름과 전화번호를 적어 건네주었다.

"걱정 말아요, 클라크." 그는 메리의 귀에 들리지 않게 조용히 말했다. "돈은 내가 낼 테니까. 어서요. 그래야 술 취해서 어떡하나 하는 걱정을 덜지. 내 가방에서 신용카드 좀 꺼내 가요. 틀림없이 카드 번호를 물어볼 겁니다."

카드를 받고, 휴대폰을 찾아 들고, 멀찌감치 정원 한구석으로 갔다. 객실 두 개는 예약이 가능하다고 했다. 하나는 싱글이고 또 하나는 1층의 더블이었다. 아, 그리고 장애인 접근이 용이하다고 했다. "딱 좋네요." 이 말을 하고 나서 그쪽에서 가격을 말했다. 그때 나도 모르게 탄식하는 소리를 내지 않으려고 침을 꿀꺽 삼켜야 했다. 나는 윌의 신용카드 번호를 일러주었는데, 번호만 읽는 건데도 약간 속이 메슥거렸다.

"어떻게 됐어요?" 내가 다시 나타나자 그가 물었다.

"그러기로 했어요. 하지만……." 나는 방 두 개에 숙박비가 얼마나 되는지 말해주었다.

"괜찮아요." 그가 말했다. "이제 남자친구한테 전화를 해서 하룻밤 외근한다고 말하고, 술 한 잔 더 마셔요. 아니, 아예 여섯 잔쯤 더 하지. 얼리샤 아버지 돈으로 당신이 쓰러질만큼 술을 마시는 걸 보면 진짜 말도 못 하게 기분이 좋을 것 같으니까."

그래서 난 하라는 대로 했다.

그날 밤 뭔가 사건이 일어났다. 해가 이울자 우리의 작은 테이블도 아까만큼 눈에 띄지 않았다. 압도적인 꽃향기는 바람에 살짝 희석되었고, 음악과 와인과 춤은 우리가 이 세상에서 가장 어울리지 않는 장소에 있다는 걸 알려주었다. 그래도 우리는 우리 자신을 즐기기 시작했다. 그렇게 느긋하고 태평한 모습의 윌은 처음이었다. 그는 나와 메리 사이에 샌드위치처럼 낀 채 수다를 떨고 웃었다. 그렇게 잠깐이나마 행복해하는 그 모습이, 안 그랬다면 곁눈질로 훔쳐보거나 불쌍하게 쳐다봤을 인간들을 힘차게 튕겨냈다. 윌은 내게 숄을 벗어 던지고 당당히 앉으라고 했다. 나는 그의 양복 상의를 벗겨주고 넥타이를 느슨하게 풀어주었다. 우리는 춤추는 사람들을 보며 낄낄 웃지 않으려고 꽤나 애써야 했다. 고고하신 상류사회 여러분이 춤추는 몰골을 보자마자 내 마음이 얼마나 한없이 편해졌는지 말로는 다할 수도 없다. 남자들은 전기 처형이라도 당하는 꼴이었고 여자들은 뾰족한 손끝으로 하늘의 별들을 쿡쿡 찔렀는데, 하다못해 빙글빙글 한 번 도는 모습도 끔찍하게 자의식에 차 있었다.

메리 롤린슨이 "아이고 맙소사"를 내뱉은 게 한두 번이 아니다. 메리는 고개를 돌려 나를 보았다. 술이 한 잔 더 들어갈 때마다 말발도 점점 화려해졌다.

"나가서 한번 신나게 뽐내고 들어올 생각 없어요, 루이자?"

"저런, 전혀요."

"무지하게 현명한 거예요. 빌어먹을 '영 파머스 클럽'에서 봤던 디스코가 훨씬 나은 거 같네."

9시에 네이선에게서 문자 메시지가 왔다.

괜찮아요?

답을 보냈다.

네. 멋져요, 정말. 믿거나 말거나. 윌 기분이 굉장히 좋아요.

정말이었다. 뭐라고 했는지 메리의 말에 박장대소하는 그를 지켜보고 있자니, 뭔가 속이 이상해지면서 명치에 딴딴하게 응어리가 맺혔다. 잘될지도 모른다. 좋은 사람들에게 둘러싸여 '휠체어에 탄 남자'나 증후군 덩어리, 연민의 대상, 그 무엇도 아닌 윌 본연의 모습으로 살 수 있게 되기만 한다면 그도 행복할 수 있다.

그러다 밤 10시가 되자 느린 음악이 시작되었다. 우리는 하객들의 예의 바른 박수를 받으며 루퍼트가 얼리샤를 댄스플로어로 데리고 나가는 광경을 보았다. 우아했던 올림머리는 이미 처지기 시작했고, 정말 부축이 필요한 사람처럼 남편의 목에 팔을 두르고 있었다. 루퍼트의 팔이 얼리샤의 몸을 감싸안고 손을 오목한 등골에 대었다. 아름답고 부유한 여자지만, 어쩐지 안됐다는 생각이 들었다. 자기가 잃어버린 게 무엇인지 깨달았을 때는 이미 너무 늦었겠지.

노래가 반쯤 진행되자 다른 커플들이 플로어로 나와서 신혼부부를 가렸다. 간병인 수당 얘기를 하는 메리한테 잠깐 정신이 팔려 있다 퍼뜩 눈을 들어보니 하얀 드레스를 입은 흡사 슈퍼모델 같은 얼리샤가 코앞에 있었다. 심장이 입 밖으로 튀어나올 뻔했다.

얼리샤는 메리에게 고개 숙여 인사하면서, 음악 소리에 윌이 자기 말을 못 들을까 봐 허리를 살짝 굽혔다. 이렇게 오기까지 마음의 준비를 해야 했는지 얼굴이 좀 굳어 있었다.

"와줘서 고마워, 윌. 정말이야." 얼리샤는 내 쪽을 슬쩍 곁눈질했지만 별말은 하지 않았다.

"내가 고맙지." 윌이 편안하게 말을 받았다. "아름다운데, 얼리샤. 아주 멋진 날이야."

찰나의 놀라움이 그녀의 얼굴을 스쳤다. 그리고 희미한 그리움도. "정말? 정말 그렇게 생각해? 나는 정말이지…… 내 말은, 하고 싶은 말이 너무 많은데……."

"아니야." 윌이 말했다. "정말로 그럴 필요 없어. 루이자 기억해?"

"그럼."

짧은 침묵이 흘렀다.

뒤에 멀찌감치 떨어져서 우리 모두를 경계하는 눈빛으로 바라보고 있는 루퍼트가 보였다. 얼리샤는 어깨 너머로 남편을 보고 손을 흔들다 말았다.

"뭐, 아무튼 고마워, 윌. 이렇게 와주다니 역시 자기는 슈퍼스타야. 그리고 선물……."

"거울."

"맞아. 나 그 거울 정말 마음에 들었어." 얼리샤는 다시 돌아서서 남편에게 갔고, 루퍼트는 아내의 팔을 잡고 어디론가 데리고 가버렸다.

우리는 댄스플로어를 가로질러 걸어가는 두 사람을 보았다.

"선물은 거울이 아니었잖아요."

"알아요."

두 사람은 여전히 뭔가 얘기하고 있었고, 루퍼트의 눈길이 슬쩍 슬쩍 다시 우리 쪽을 향했다. 윌이 단순히 호의로 참석했다는 걸 못 믿겠다는 눈치였다. 하긴, 나도 믿기지 않았는데.

"그래서…… 그래서 기분 나빠요?" 내가 그에게 말했다.

윌은 그들에게서 눈길을 거두었다. "아니요." 그리고 나를 보고 미소를 지었다. 미소는 술기운에 살짝 비뚤어져 있었는데, 눈빛은 슬펐고 많은 생각이 서려 있었다.

그런데 바로 그때, 다음 댄스를 준비하느라 플로어가 잠깐 비었을 때, 나도 모르게 내가 이런 소리를 하고 있었다.

"어때요, 윌? 한 바퀴 돌아볼래요?"

"뭐라고요?"

"어서요. 이 빌어먹을 멍청이들한테 씹을 안줏거리를 만들어주자구요."

"아, 좋네." 메리가 유리잔을 치켜들며 말했다. "빌어먹을. 진짜 멋질 거 같아."

"어서요. 느린 곡이 나오는 동안 해요. 그런 걸 타고 펄쩍펄쩍 뛰진 못할 거 같아서 그래요."

나는 윌에게 선택권을 주지 않았다. 조심스럽게 윌의 무릎에 앉아 두 팔로 그 목을 감싸고 균형을 잡았다. 윌은 거절할 수 있을까 살피려는 듯 내 눈을 잠시 들여다보았다. 하지만 놀랍게도, 다음 순간 플로어로 휠체어를 밀고 나가더니 미러볼의 반짝이는 불빛 아래에서 천천히 작은 원을 그리며 돌기 시작했다.

날카로운 자의식과 경미한 히스테리가 동시에 덮쳐왔다. 앉아 있는 각도 때문에 드레스가 허벅지 절반쯤까지 말려 올라가 있다.

"그대로 둬요." 윌이 내 귓가에 중얼거렸다.

"하지만……."

"됐어요, 클라크. 지금 와서 날 실망시키면 되나요."

눈을 감고 그의 목에 팔을 둘러 안았다. 그 뺨에 내 뺨을 꼭 맞대고, 애프터셰이브의 상쾌한 시트러스 향기를 들이마셨다. 윌이 음악에 맞춰 콧노래를 부르는 게 느껴졌다.

"이제 다들 경악을 금치 못하고 있나?" 윌이 말했다. 한 눈을 살그머니 뜨고 희미한 조명 쪽을 바라보았다.

두세 사람은 격려하듯 미소를 보냈지만, 대부분은 어떻게 생각해야 할지 곤란해하는 얼굴이었다. 메리는 술잔을 들어 우리에게 경의를 표했다. 그때 우리를 멀뚱멀뚱 바라보는 얼리샤가 보였다. 얼굴이 잠깐 무너져 내렸다. 나한테 들켰다는 걸 알아챈 얼리샤는 돌아서서 루퍼트에게 뭐라고 내뱉었다. 루퍼트는 우리가 뭔가 수치스러운 짓이라도 저지른 듯 고개를 절레절레 흔들었다.

내 얼굴에 짓궂은 미소가 슬그머니 퍼져나갔다. "아, 말도 말아요." 내가 말했다.

"하, 더 가까이 다가와요. 당신한테서 환상적인 향이 나는데."

"그쪽도 그래요. 하지만 이렇게 계속 왼쪽으로만 돌면 내가 다 토해버릴지도 몰라요."

윌이 방향을 바꾸었다. 두 팔로 그 목을 꼭 감고, 살짝 물러나서 그 얼굴을 보았다. 이제 자의식 따위는 사라지고 없었다. 윌은 눈을 깔고 내 가슴을 보았다. 솔직히, 내가 그런 자세를 취하고 있는 한 그로서는 달리 쳐다볼 데도 없었다. 가슴골을 바라보던 윌은 눈을 들고 눈썹을 휙 치켜떴다. "그런데 말이죠. 내가 휠체어 신세가 아니었다면 가슴을 나한테 이렇게까지 바짝 붙여주는 일은 없었을 테죠?"

나는 눈길을 피하지 않고 똑바로 맞받았다.

"그쪽이 휠체어 신세가 되지 않았다면 내 가슴 따위에는 눈길도 주지 않았을걸요."

"뭐라고요? 설마 그럴 리가."

"아뇨. 끝도 없이 긴 다리와 부풀린 헤어스타일을 한 키 큰 금발 여자들을 쳐다보느라고 너무 바빴을 거예요. 몇십 발자국 떨어진 데서도 돈이 두둑한 통장 냄새를 맡을 수 있는 여자들 말이에요. 게다가 나는 여기 있지도 않았을 테고요. 저기서 술을 서빙하고 있었을 수는 있겠네요. 투명인간들 중의 한 사람으로."

그는 눈을 껌벅거렸다.

"어때요? 내 말이 맞죠, 네?"

윌은 저 멀리 바 쪽을 슬쩍 보더니 다시 나를 바라보았다. "그래요. 하지만 변명을 좀 하자면, 클라크. 그때 난 바보 천치였어요."

내가 너무 크게 웃음을 터뜨리는 바람에 우리를 바라보는 사람들이 아까보다 많아졌다.

애써 정색하려 했다. "미안해요." 입안으로 웅얼거렸다. "내가 좀 흥분해서 정신이 이상해진 거 같아요."

"혹시 이거 알아요?"

밤새도록 그 얼굴을 바라볼 수도 있었다. 눈가에 잔주름이 지는 특유의 웃음. 목이 어깨로 이어지는 그 지점. "뭔데요?"

"가끔은 말이에요, 클라크. 이 세상에서 나로 하여금 아침에 눈을 뜨고 싶다는 생각이 들게 만드는 건 오로지 당신뿐이라는 거."

"그러면 우리 어디론가 가요." 내가 하고 싶은 말이 뭔지 생각도 하기 전에, 입 밖으로 그 말이 냅다 튀어나와 버렸다.

"뭐라고요?"

"어디로 떠나요, 우리. 일주일쯤 아무 생각 없이 즐겨요. 당신하고 나하고. 아무도 없는 데서. 이런……."

그는 기다렸다. "바보 천치들?"

"……바보 천치들이 하나도 없는 데서. 좋다고 말해줘요, 윌. 어서요."

내 눈을 마주한 그의 시선이 떠나지 않았다.

내가 그에게 뭘 말하려 했는지 모르겠다. 다 어디서 나온 소리인지도 모르겠다. 다만 그날 밤 대답을 얻어내지 못한다면, 총총한 별들과 프리지어 꽃과 웃음소리와 메리가 있는 그날 밤이 아니라면, 내게는 가망이 없다는 것만 알고 있었다.

"제발."

대답을 기다리는 몇 초가 영원 같았다.

"그럽시다." 그가 대답했다.

19

네이선

그들은 우리가 모를 거라 생각했다. 둘은 다음 날 점심때가 되어서야 결혼식장에서 돌아왔다. 트레이너 부인은 너무 화가 나서 말도 잘 못했다.

"전화라도 해줄 수 있었잖니."

부인은 그들이 무사히 돌아오기만 바라며 밤새 별채에 머물렀다. 아침 8시에 내가 온 뒤에도 타일 바른 문밖 복도를 서성이는 발소리가 내내 멎지 않았다.

"전화를 해도 열여덟 번은 했고 문자도 했다. 듀어 저택에 어찌어찌 연락이 닿았는데 그제야 누가 '휠체어를 탄 남자'가 호텔에 갔다고 말해주더구나. 둘이 고속도로에서 끔찍한 사고를 당하진 않았다는 걸 그제야 알았어."

"휠체어를 탄 남자라? 멋진데요." 윌이 한마디 했다.

하지만 전혀 개의치 않는 눈치였다. 윌은 느긋하고 태평한 태도로, 유머로 숙취를 웃어넘기려 했다. 하지만 통증이 상당하다는 예감이 왔다. 그의 어머니가 루이자를 야단치자, 월의 웃음기가 싹 사라졌다. 덥석 끼어들어 할 말이 있으면 자기한테 하라고, 외박을 하자는 건 자기 결정이었다고, 루이자는 자기가 하자는 대로 따라준 것뿐이라고 두둔했다.

"그리고 어머니, 엄밀히 따지자면 저는 서른다섯 살짜리 성인 남자고 호텔에서 하룻밤 자고 오겠다는 걸 누구한테 보고하고 말고 할 필요는 없습니다. 그게 부모라 해도요."

부인은 두 사람 모두를 무섭게 노려보다 '상식적인 예의' 어쩌고 하는 말을 내뱉더니 방에서 나가버렸다.

루이자는 조금 동요한 기색이었지만 벌써 월이 그녀에게 다가가 뭐라고 나지막이 속삭이고 있었다. 그 순간 나는 보고 말았다. 루이자는 얼굴을 살짝 분홍빛으로 물들이며 웃었다. 웃어서는 안 된다는 걸 잘 알면서도 터져 나오는 그런 웃음. 은밀한 공모를 말해주는 웃음이었다. 그러더니 월은 루이자를 보고 이제 가서 편히 쉬라고 말했다. 집으로 가요. 옷 갈아입고. 한잠 말고 마흔 잠쯤 푹 자고.

"벌거벗고 행진하고 온 태가 역력한데 그런 사람을 끌고 내가 성 안을 산책할 수는 없잖아요." 그가 말했다.

"벌거벗고 행진이요?" 나는 목소리에서 놀라움을 감출 길이 없었다.

"그런 거 아니에요." 루이자가 스카프로 나를 살짝 때리더니 코트를 들고 나갈 채비를 했다.

"차 가지고 가요." 그가 외쳤다. "올 때 편하게 오게."

윌의 눈길이 뒷문까지 계속 그 뒤를 좇아가는 걸 나는 지켜보았다. 그 눈빛 하나만 믿고 돈내기를 걸 수도 있었다.

루이자가 가고 나서 윌은 바람이 빠진 듯 조금 늘어졌다. 어머니와 루이자가 모두 갈 때까지 버틴 모양이다. 아까부터 유심히 보고 있던 나는 미소가 사라진 윌의 안색이 영 마음에 들지 않았다. 피부에는 희미한 반점이 생겼고, 아무도 안 본다 싶으면 두세 번 몸을 움찔거리기도 했다. 여기서 봐도 살갗에 돋은 소름이 보였다. 내 머릿속에서 작은 종소리가 아득하지만 날카롭게 경계경보를 울려댔다.

"기분 괜찮아요, 윌?"

"괜찮아요. 호들갑 떨지 말아요."

"어디가 아픈지 말 좀 해볼래요?"

그러자 그는 약간 체념한 표정을 지었다. 내가 속을 빤히 들여다보고 있다는 걸 안다는 듯이. 우리는 함께 일한 지 오래된 사이다.

"좋아요. 두통이 약간 있어요. 그리고 어…… 튜브를 갈아야 해요. 아무래도 최대한 빨리."

윌을 휠체어에서 침대로 옮긴 다음 장비를 챙기기 시작했다. "오늘 아침에 루가 몇 시에 갈아줬어요?"

"안 했어요." 그가 움찔했다. 약간 죄지은 듯한 표정이었다. "어젯밤에도."

"뭐라고요?"

맥박을 재고 혈압계를 황급히 움켜쥐었다. 아니나 다를까, 하늘을 뚫고도 남을 혈압이었다. 이마에 손을 대자 옅은 식은땀이 묻어

나왔다. 의약품 장으로 가서 혈관확장제를 몇 알 빻은 후 물에 타서 마지막 한 방울까지 다 먹였다. 베개를 받치고 그를 일으켜 앉힌 뒤에 다리를 침대 한편에 걸치고 재빨리 튜브를 갈았다. 그러면서 계속 그를 주시했다.

"AD인가요?"

"그래요. 그리 현명한 짓은 못 되네요, 윌."

자율신경반사 이상Autonomic Dysreflexia은 우리에게는 최악의 악몽이었다. 윌의 신체가 통증 또는 불편감, 이를테면 한참 비워내지 않은 카테터 등에 과반응을 일으키면, 손상된 신경계가 통제권을 장악하기 위해 헛되고도 잘못된 시도를 계속하게 된다. AD는 뜬금없이 발생해서 온몸을 붕괴시킬 수도 있었다. 윌은 창백한 안색으로 힘겹게 호흡했다.

"피부는 어때요?"

"약간 따끔거려요."

"눈은?"

"잘 보이고."

"아, 이런, 이게 뭡니까. 도움을 청해야 할 것 같아요?"

"10분만 시간을 줘요, 네이선. 일단 필요한 조치는 다 한 것 같으니까. 10분만 줘요."

눈을 감았다. 재차 혈압을 확인하고 얼마나 더 기다리다가 앰뷸런스를 불러야 할까 생각했다. AD는 어디로 튈지 알 수 없기에 죽도록 겁이 났다. 처음 일을 시작했을 무렵 윌한테 AD가 생긴 적이 있었는데 그때는 이틀이나 병원 신세를 졌다.

"정말로, 네이선. 도저히 안 되겠다 싶으면 내가 말할게요."

그가 한숨을 쉬었다. 나는 그의 몸을 젖혀 침대 헤드 보드에 기대어 앉게 해주었다.

내게 해준 얘기로는, 루이자가 만취해서 도저히 장비를 만지게 할 수가 없었단다. "빌어먹을 튜브를 어디다 꽂을지 알 수가 있어야죠." 그 말을 하며 그는 웃음을 섞었다. "나를 휠체어에서 침대로 옮기는 데만도 30분은 걸렸다니까"라면서. 같이 마룻바닥에 두 번이나 쓰러졌다고도 했다. "다행히 그때쯤엔 둘 다 진탕 취해서 아무 느낌도 없었어요." 그나마 루이자한테 정신머리가 조금은 남아 있었기에 프런트에 전화를 걸어 그를 드는 걸 도와달라고 부탁했던 모양이다. "좋은 친구더라고. 어렴풋하게 기억나는 게, 내가 루이자한테 그 친구 팁을 50파운드 주라고 막 그랬던 것 같은데, 알겠다고 하기에 아, 이 여자 완전히 취했구나, 그때 알았어요."

윌은 우여곡절 끝에 일을 끝내고 루이자가 방에서 나갔을 때 혹시 제 방을 못 찾아가면 어쩌나 걱정이 되더라고 했다. 계단에 빨간색 공처럼 쭈그리고 앉아 자는 모습이 눈에 선하더라고.

그 순간만큼은 루이자 클라크에 대한 내 태도가 그리 우호적이지 못했을 것 같다. "이봐요, 윌. 아무래도 다음에는 몸 걱정을 좀 더 해야 될 것 같습니다. 알았어요?"

"난 진짜 괜찮아요, 네이선. 멀쩡하다니까요. 벌써 기분이 나아지는 것 같은데."

맥박을 재는 나를 유심히 바라보는 그의 눈길이 느껴졌다.

"정말이에요. 루이자 잘못이 아니에요."

혈압이 내려가 있었다. 안색도 내 눈앞에서 정상으로 돌아오고 있었다. 나도 모르게 숨을 토했다. 참고 있는 줄도 몰랐던 숨이었다.

우리는 좀 잡담을 나눴다. 모든 수치가 정상으로 돌아올 때까지 기다리며 전날의 사건들을 이야기했다. 옛 애인은 신경도 안 쓰는 눈치였다. 별말은 안 했지만, 녹초가 되어 나가떨어진 것 말고는 상당히 괜찮아 보였다.

나는 손목을 내려놓았다. "그나저나 타투 멋진데요."

그가 나를 보며 짓궂게 웃었다.

"'유통기한' 졸업하고 '폐기 날짜'로 넘어가지 않도록 조심해야 됩니다. 알았어요?"

식은땀과 통증과 감염에도 불구하고, 이번만큼은 그를 잠식하는 이 처지를 잊고서 뭔가 다른 일에 여념이 없어 보였다. 트레이너 부인도 이걸 알았다면 그리 매몰차게 박차고 나가진 않았겠다는 생각을 하지 않으려 해도 하게 되었다.

우리는 점심 때 있었던 사건에 대해 루에게 한마디도 하지 않았다. 윌은 절대 말하지 말라고 내게 약속까지 받아냈다. 그렇지만 그날 오후 늦게 돌아온 루는 굉장히 말수가 적었다. 안색도 창백했고 얌전하게 보이려는 듯 머리도 깔끔하게 빗어 넘겨 묶었다.

하지만 얼마 후 단순한 숙취 탓이 아니라는 걸 알게 되었다.

윌이 왜 그리 말이 없느냐고 집요하게 따져 묻자 그녀가 대답했다. "네, 뭐. 사실 남자친구와 동거하기 시작한 지 얼마 되지 않아서 외박을 한다는 게 그리 현명한 일은 못 된다는 걸 알았달까요."

그렇게 말하면서 웃긴 했지만 그건 억지웃음이었다. 그래서 윌과 나는 뭔가 심각한 말이 오간 게 틀림없다는 걸 알아차렸다.

사실 그 친구를 탓할 수는 없다. 나라도 여자친구가 밤새 남자와 단둘이 외박하고 왔다면, 아무리 그게 전신마비 환자더라도 달갑지 않았으리라. 하물며 윌이 그녀를 바라보던 그 눈빛을 봤으면 어땠을까.

그날 오후는 별반 할 일이 없었다. 루이자가 윌의 배낭을 비우는데, 닥치는 대로 챙겨온 공짜 호텔 샴푸와 컨디셔너, 미니 반짇고리와 샤워 캡 등등이 끝도 없이 나왔다. "웃지 마세요." 그녀는 말했다. "그 값이면 윌이 빌어먹을 샴푸 공장을 통째로 사고도 남았다고요." 윌이 완벽한 숙취 해소용 영화라고 권한 무슨 일본 만화영화를 다 같이 보았다. 나는 집에 안 가고 계속 어슬렁거렸다. 혈압을 계속 살피고 싶기도 했지만, 솔직히 말해 약간 짓궂은 마음도 없지 않아 있었다. 두 사람과 같이 남아 있겠다고 말하면 윌이 어떤 반응을 할까 보고 싶었던 것이다.

"정말?" 그가 물었다. "만화영화 좋아해요?"

하지만 윌은 금세 정신을 차렸고, 틀림없이 내가 좋아할 거라며 정말 멋진 영화 어쩌고저쩌고 떠들어댔다. 하지만 숨길 수가 없었다. 어떤 면으론 다행이라는 생각이 들었다. 이 남자는 너무나 오랫동안 단 한 가지 생각만 하면서 살아왔으니까.

그래서 우리는 영화를 봤다. 블라인드를 내리고 전화는 무음으로 돌리고 평행우주에 떨어진 소녀에 대한 기괴한 만화를 보았다. 그 평행우주에는 온갖 괴상한 생물들이 살고 있었다. 절반은 선악을 분간할 수도 없었다. 루는 윌 옆에 바짝 붙어 앉아 마실 것을 건네 주기도 하고, 눈에 뭐가 들어가자 닦아주기도 했다. 정말 다정해 보였다. 하지만 내 마음 한편에서는 대체 이게 어떻게 끝날지, 궁금해하지 않을 도리가 없었다.

그러고 나서 루이자가 블라인드를 올리고 홍차를 타 주었다. 두 사람은 둘만의 비밀을 털어놓을까 말까 고민하듯 서로 쳐다보더니, 여행 계획에 대해 말해주었다. 열흘. 어딘지는 아직 확실치 않지만 아마 꽤 오래 떠날 거고 멋진 여행이 될 거라고 했다. 혹시 같이 가서 도와주시겠어요?

곰이 숲에서 오줌을 싸냐고 물어보지, 왜.

그 아가씨에게 모자라도 벗어 경의를 표하고 싶었다. 넉 달 전에 누가 나한테 와서 우리가 윌을 데리고 해외여행을 떠나게 될 거라고 말했다면(아니, 이 망할 집구석 밖으로 데리고 나갈 거라는 얘기만 했더라도) 턱도 없는 소리 말라고 쏘아붙였을 것이다. 물론 떠나기 전에 윌의 의학적 처치에 대해 그녀와 조용히 얘기를 나눠야 할 것이다. 어디로 가게 될지도 모르는데 이번처럼 아찔한 사태가 재발해선 안 되니까.

그들은 잠깐 들른 트레이너 부인에게도 이 얘기를 했다. 막 루이자가 퇴근하려던 참이었다. 윌은 성채를 한 바퀴 돌며 산책을 하고 오겠다는 것처럼 대수롭지 않게 말했다.

이 말은 꼭 해야겠다. 나는 정말로 기뻤다. 망할 온라인 포커 사이트에서 돈을 모조리 잃는 바람에 올해는 휴가 계획도 없었다. 윌이 튜브를 안 갈아도 된다고 했다고 해서 멍청하게 그 말을 믿은 루이자도 다 용서해 줄 수 있었다. 다시 말하지만, 난 사실 그 일 때문에 머리끝까지 화가 나 있었다. 만사가 순조로워 보였다. 코트에 팔을 끼우는데 벌써 하얀 모래사장과 파란 바다가 기대돼서 절로 휘파람이 나왔다. 고향인 오클랜드에 짤막하게 다녀오는 일정을 끼워 넣을 수 있을까 계산까지 하고 있었다.

그때 두 사람을 보았다. 루가 거리로 나서려는데 트레이너 부인이 뒷문에 서 있었다. 이미 오갔을 대화 내용은 모르지만, 둘 다 심각한 표정이었다.

마지막 한 마디만 들었을 뿐이다. 솔직히 말해서 그 한 마디로 충분했다.

"지금 무슨 일을 하려는 건지 알고 있기만을 바랄 뿐이에요, 루이자."

20

"뭘 한다고?"

그에게 말했을 때 우리는 마을 바로 밖에 있는 언덕 위에 있었다. 패트릭은 25킬로미터 코스를 절반쯤 마친 상태였는데, 날 보더니 자전거를 타고 뒤따라오면서 시간을 재달라고 했다. 내 자전거 숙련도를 따지면 사실 입자 물리학 지식보다 나을 게 없는 수준이라, 결국 나는 엄청나게 욕설을 내뱉으며 이리 비틀 저리 비틀 왔다 갔다 했고 패트릭은 패트릭대로 속이 터져서 고래고래 고함을 질러대야 했다.

언덕 꼭대기에 올랐을 때는 숨이 턱에 찼고 두 다리는 납덩이 같았다. 그래서 그냥 거기서 말해버리기로 작정했다. 집까지 12킬로미터나 남아 있으니까 그사이에 패트릭의 기분이 다시 좋아질지도 모른다고 생각했다.

"나 익스트림 바이킹 대회에 따라가지 않을 거야."

그는 달리기를 멈추지는 않았지만 내게 가까이 다가왔다. 날 똑바로 보면서 두 다리를 계속 움직이는데, 얼굴을 보니 엄청난 충격을 받은 표정이라 난 깜짝 놀라 옆 나무에 부딪힐 뻔했다.

"뭐라고? 왜?"

"나…… 일해."

그는 다시 빙글 돌아 길을 바라보며 속도를 냈다. 언덕마루에 다다른지라, 내가 그보다 앞서가지 않으려면 브레이크를 쥔 손가락에 약간 힘을 줘야 했다.

"그러면 언제 그러기로 한 거야?" 패트릭의 이마에 미세한 땀방울이 송글송글 맺혔고 종아리에는 힘줄이 불끈 튀어나왔다. 너무 오랫동안 쳐다보고 있을 수는 없었다. 자전거가 비틀거리고 있었으니까.

"주말에. 그냥 확실해지면 말하려고 했어."

"하지만 자기 비행기 편도 다 미리 예약했잖아."

"기껏해야 저가 항공이잖아. 자기가 그렇게 신경 쓰인다면 39파운드는 내가 낼게."

"비용 문제가 아니잖아. 난 자기가 날 응원하는 줄 알았어. 날 응원하러 따라가는 줄 알았다고."

패트릭은 뾰루퉁하게 새침한 얼굴을 워낙 잘 지었다. 처음 사귀던 시절에는 그걸로 패트릭을 자주 놀렸다. 심술바지 아저씨라고 부르면서. 나는 깔깔 웃어댔지만 그는 완전히 삐쳐서, 순전히 내 입을 다물게 하기 위해 뚱한 얼굴을 풀곤 했다.

"아, 이러지 마. 그렇다고 내가 자길 응원하지 않는 건 아니잖아. 안 그래? 난 자전거 진짜 싫어해, 패트릭. 자기도 알잖아. 그런데 지금 내가 자길 위해서 이러고 있잖아."

패트릭은 2킬로미터는 더 달린 뒤에야 다시 입을 열었다. 그냥 나만의 생각이었는지도 모르지만, 땅바닥을 쿵쿵 밟는 패트릭의 발소리가 음침하고 단호하게 느껴졌다. 우리는 이제 작은 마을을 까마득하게 내려다볼 수 있는 높이까지 와 있었다. 오르막이 길어지자 숨이 차서, 자동차가 지나가는 틈을 타 마구 요동치는 심장을 달래야 했다. 엄마가 옛날에 쓰던 자전거였는데 기어가 없어서 계속 뒤처졌다. 패트릭은 내가 자기 경주용 자전거를 건드리지도 못하게 했다.

패트릭은 뒤를 슬몃 돌아보더니 내가 따라잡도록 미미하게 속도를 늦췄다. "왜 에이전시 같은 데서 사람을 불러서 쓰지 않는 거야?" 그가 말했다.

"에이전시?"

"트레이너가로 오라고 부르는 사람 말이야. 내 말은, 거기서 6개월이나 일했는데 이제 휴가 정도는 줘야 되는 거 아니냐고."

"이게 그렇게 간단한 문제가 아니야."

"안 될 이유가 뭔지 모르겠는데. 어쨌든, 자기도 처음 일을 시작할 때 아는 게 하나도 없었잖아."

나는 숨을 참았다. 자전거를 타느라 숨이 턱에 찬 상태이다 보니 굉장히 어려웠다. "왜냐하면 그가 여행을 가야 해서 그래."

"뭐라고?"

"여행을 가야 한다고. 그래서 나와 네이선이 같이 가서 도와줘야 해."

"네이선? 네이선은 누구야?"

"의료 간병인. 윌이 엄마네 집에 왔을 때 자기도 만났잖아. 자기가 묻기 전에 미리 말해두지만." 내가 덧붙였다. "나 네이선하고 바람피우고 있는 거 아니야."

속도를 늦춘 그는 아스팔트 포장을 물끄러미 내려다보았다. 거의 제자리뛰기를 하는 꼴이 될 때까지. "이게 대체 뭐 하는 거야, 루? 왜냐하면…… 왜냐하면 내가 보기에 지금…… 경계가 불분명해진 거 같아서……. 뭐가 일이고 대체 뭐가……." 그는 어깨를 으쓱했다. "정상인지."

"이건 정상적인 일자리가 아니야. 자기도 그건 알잖아."

"요즘은 세상에서 제일 중요한 게 윌 트레이너처럼 보이는데."

"아, 그럼 자기한테 이건 안 그렇고?" 나는 핸들에서 손을 떼어 제자리에서도 계속 뛰고 있는 그의 두 다리를 가리켰다.

"그건 달라. 그 친구가 전화하면, 자기는 달려가잖아."

"그리고 자기가 달리기하러 가면, 또 이렇게 달려오잖아." 나는 애써 미소를 지었다.

"웃기고 있네." 그는 돌아섰다.

"6개월이야, 팻. 6개월이라고. 나한테 이 일을 하라고 한 건 자기잖아. 안 그래? 열심히 일한다고 해서 자기가 날 몰아붙일 수는 없어."

"난 이게…… 일 때문인 것 같지가 않아……. 그저…… 자기가 나한테 뭔가 숨기는 게 있다는 생각이 들어."

나는 망설였다. 어쩌면 지나치게 오래 뜸을 들였는지 모른다. "그렇지 않아."

"하지만 바이킹 대회는 안 가겠다는 거지."

"말했잖아, 나는……."

그는 내 말이 잘 들리지 않는다는 듯 살짝 고개를 흔들었다. 그러더니 나를 등지고 언덕을 달려 내려가기 시작했다. 그 등짝만 봐도 얼마나 화가 났는지 알 수 있었다.

"아, 이러지 마, 패트릭. 잠깐만 서서 얘기를 좀 하면 안 될까?"

그가 벽창호 같은 말투로 말했다. "안 돼. 그러면 기록을 망치게 돼."

"그럼 시계 잠깐 세우자. 딱 5분만."

"안 돼. 진짜 제대로 된 컨디션으로 뛰어야 해."

그는 새삼스럽게 힘이 샘솟은 듯 오히려 더 빨리 뛰기 시작했다.

"패트릭?" 그를 따라가려고 발버둥을 쳐야 했다. 발이 페달에서 자꾸 미끄러져, 다시 출발하려고 페달을 뒤로 감았다가 다시 돌리고 있자니 입에서 욕설이 마구 튀어나왔다.

"패트릭? 패트릭!"

뒤통수를 노려보다가 내가 무슨 말을 하는지 미처 깨닫기도 전에 입에서 말들이 마구 쏟아져 나왔다. "알았어. 윌은 죽고 싶어 해. 자살하고 싶어 한다고. 그리고 이 여행은 그의 마음을 돌리기 위한 내 마지막 시도야."

패트릭의 보폭이 짧아지더니 서서히 속도가 줄었다. 그는 저 앞의 도로에서 딱 멈추었다. 허리를 꼿꼿이 펴고, 여전히 내게 등을 돌린 채 서 있었다. 천천히 돌아섰다. 제자리뛰기를 하던 발이 이제야 멈추었다.

"다시 말해봐."

"디그니타스 병원에 가길 원해. 8월에. 그래서 내가 마음을 돌리려 노력하고 있어. 이게 내 마지막 기회야."

그는 내 말을 믿어야 할지 모르겠다는 얼굴로 멀뚱히 나를 바라보며 서 있었다.

"미친 소리로 들리는 건 나도 알아. 그렇지만 난 그 사람 마음을 돌려야만 해. 그래서…… 그래서 자길 따라갈 수 없는 거야."

"그런데 왜 이런 얘기를 전에 안 했어?"

"아무에게도 얘기하지 않겠다고 그 집 식구들과 약속을 했어. 그런 얘기가 새어 나가면 그 사람들한테는 끔찍한 일일 테니까. 끔찍할 거야. 심지어 윌도 내가 안다는 사실을 몰라. 전부 굉장히…… 복잡한 일이라서. 미안해." 나는 그에게 한 손을 내밀었다. "할 수 있었다면 얘기했을 거야."

패트릭은 말이 없었다. 내가 엄청나게 끔찍한 일이라도 저지른 듯 참담한 표정이었다. 그는 희미하게 얼굴을 찌푸리려다 두 번쯤 세차게 침을 꿀꺽 삼켰다.

"팻……."

"아니, 그냥…… 그냥 지금 난 좀 뛰어야겠어, 루. 나 혼자서." 그는 한 손으로 머리칼을 쓸었다. "알았어?"

나도 말을 하려다 그만두었다. "알았어."

잠시 그는 우리가 왜 여기 있는지조차 까맣게 잊은 것처럼 보였다. 그러더니 다시 출발했다. 나는 그가 저 앞 도로를 따라 까마득하게 사라져 가는 모습을 지켜보고 있었다. 패트릭의 머리는 단호하게 앞만 바라보았다. 두 다리는 발밑 도로를 잡아먹을 기세였다.

결혼식에 참석했다가 돌아온 다음 날 나는 커뮤니티에 한 가지 부탁을 올려두었다.

전신마비 환자들이 모험을 즐길 수 있는 좋은 장소를 아시는 분 계세요? 정상인들이 할 수 있는 일, 우울증에 빠져 있는 우리 친구가 자기 삶이 약간 제한되어 있다는 사실을 잠시나마 잊을 수 있는 일들을 찾고 있어요. 제가 뭘 기대하는지도 잘 모르겠지만, 어떤 제안이든 감사히 받겠습니다. 시간을 다투는 일이에요.

−바쁜 꿀벌

커뮤니티에 다시 접속한 나는 도저히 믿기지가 않아 멍하니 모니터만 바라보고 있었다. 무려 여든아홉 개의 답변이 올라와 있었다. 설마 이게 다 내 게시물에 대한 답변일까 싶어 위아래로 스크롤을 해봤다. 그러고는 이 얘기를 할 수 있게 제발 날 한 번만 봐달라는 심정으로 도서관 안을 두리번거리며 가까이에서 컴퓨터를 쓰는 사람들을 간절하게 쳐다보았다. 여든아홉 개의 답변이라니! 질문을 딱 하나 올렸는데!

전신마비 환자들을 위한 번지점프, 수영, 카누, 심지어 특별한 틀의 도움을 받으면 승마까지 가능하다는 얘기가 줄줄이 올라와 있었다. 링크되어 있는 온라인 동영상을 보고 나서, 윌이 말이라면 참을 수가 없다고 얘기했던 게 생각나 약간 낙심했다. 승마는 완전 멋져 보였기에.

돌고래들과 수영하기, 그리고 도우미들과 함께하는 스쿠버다이빙도 있었다. 낚시를 할 수 있도록 물에 뜨게 만든 의자도 있었고, 전신마비 환자들이 오프로드로 나갈 수 있게 해주는 특수 개조 바이크도 있었다. 직접 이런 활동에 참가했던 자신의 사진이나 비디오를 올려준 사람들도 있었다. 그리고 리치를 포함해서, 지난번 내가 올린 글을 기억하고 요즘 근황이 어떠냐고 물어봐 준 사람들도 몇 명 있었다.

이거 좋은 소식 같은데요. 친구 기분이 나아졌나요?

나는 재빨리 답변을 타이핑했다.

어쩌면요. 하지만 이 여행이 정말로 판도를 바꾸길 기대하고 있어요.

리치가 답을 달았다.

파이팅! 이런 일을 해낼 수 있는 자금이 있다면야 하늘 끝까지도 갈 수 있지요!

스쿠타걸이라는 사람은 이렇게 썼다.

번지점프 장비를 한 그의 모습을 꼭 올려주세요. 거꾸로 매달려 있는 남자들 얼굴은 진짜 볼만하거든요!

난 그들을 사랑했다. 이 전신마비 환자들과 그들을 돌보는 사람들의 용기와 관용과 상상력을 사랑했다. 그날 저녁 두 시간 동안 그들의 제안을 받아 적고 링크를 따라 그들이 이미 직접 경험해 본 관련 웹사이트에 들어가 보고 심지어 채팅방에서 몇 사람과 이런저런 얘기를 나누기도 했다. 도서관에서 나올 때쯤 목적지는 정해져 있었다. 캘리포니아에 있는 포윈즈 목장으로 갈 것이다. 웹사이트에 따르면 '애초에 도움이 필요했다는 사실 자체를 잊게 만드는' 숙련된 도움을 제공하는 전문 센터였다. 요세미티국립공원 근처의 숲속 공터에 자리잡은 야트막한 목제 건물로, 목장 자체가 경추 부상을 당하고 나서도 행동에 제약을 받기를 거부했던 스턴트맨이 세운 것이었다. 온라인 후기에도 이 휴가 덕분에 자신의 장애와 자기 자신에 대한 생각을 완전히 바꾸었다며 감사하는 마음을 행복해하며 표현하는 사람들이 가득했다. 커뮤니티 사람들 중에서도 최소한 여섯 명이 다녀왔는데, 하나같이 그로 인해 인생의 전환점을 맞았다고 말했다.

휠체어 접근이 용이한 건물이었지만 최고급 호텔에나 기대할 수 있는 시설들이 모두 있었다. 눈에 띄지 않는 호이스트가 설치된 노천탕도 있었고 전문 마사지사도 있었다. 숙련된 의료진도 구내에 대기하고 있으며 보통 좌석 옆에 휠체어 공간이 있는 영화관도 있었다. 앉아서 별을 바라볼 수 있는 야외 욕조도 있었다. 거기서 일주일을 보내고 나머지 며칠은 바닷가의 복합 호텔에서 윌이 수영도 할 수 있게 해주고 거친 해안선도 구경하면 된다. 제일 좋은 건 윌이 결코 잊지 못할 휴가를 장식할 클라이맥스를 찾아냈다는 사실이었다. 전신마비 환자들의 점프를 도와주는 숙련된 낙하산 교관들의 도움을 받아 스카이다이빙을 할 수 있었다. 윌을 교관의 몸에 고정하는 특별 장비를 쓸 것이다. 다리를 고정해 무릎이 날아올라 얼굴을 치지 않도록 하는 점이 제일 중요했다.

호텔 안내 책자는 보여줘도 이 이야기는 하지 않을 생각이었다. 그냥 함께 가서 낙하를 지켜볼 것이다. 그 짧은, 소중한 몇 초 동안 윌은 한없이 가볍고, 자유로워질 것이다. 끔찍한 휠체어에서 자유로워질 것이다. 중력에서 해방될 것이다.

이 모든 정보를 프린트하고 스카이다이빙 정보는 맨 위에 두었다. 그걸 볼 때마다 아주 작은 흥분감이 씨앗처럼 자라나는 느낌이었다. 처음 해외여행을 떠난다는 생각 때문이기도 했지만 이거야말로 내가 찾던 그것일지 모른다는 예감 때문에.

이거야말로 윌의 마음을 바꾸어놓을 계기일지 모른다.

다음 날 아침 네이선에게 계획을 보여주었다. 우리 둘은 부엌에서 커피를 앞에 두고 뭔가 비밀스러운 일을 꾸미기라도 하듯 고개를 잔뜩 숙이고 앉아 머리를 맞댔다. 네이선은 내가 인쇄해 온 문서를 휙휙 넘기며 훑어보았다.

"스카이다이빙 건은 다른 전신마비 환자들과 얘기를 해봤어요. 의학적으로는 못 할 이유가 없대요. 그리고 번지점프도요. 경추에 가해지는 압력을 덜어주는 특수 장비가 준비되어 있대요."

나는 초조하게 그의 표정을 살폈다. 윌의 건강 문제에 있어서는 네이선이 내 능력을 별로 높게 평가하지 않는다는 걸 알고 있었다. 계획은 네이선 마음에 들어야 했다. 내게는 아주 중요한 문제였다.

"이곳은 우리가 필요로 할 만한 것들을 다 갖추고 있어요. 미리 전화를 하고 의사의 처방전을 갖고 오면, 웬만한 일반의약품은 다 구할 수 있대요. 혹시라도 약이 떨어지면 안 되니까요."

그는 미간을 찌푸렸다. "좋아 보이는데." 마침내 네이선이 말했다. "정말 잘했어요."

"윌이 좋아할까요?"

그는 어깨를 으쓱했다. "난 짐작도 못 하겠네요. 하지만……." 내게 문서를 건네주며 말했다. "지금까지 우리를 계속 놀라게 했잖아요, 루." 한쪽 얼굴을 슬며시 일그러뜨린 그 미소가 짓궂게 퍼졌다. "이번에도 못 해낸다는 법이 있겠습니까?"

나는 그날 밤 퇴근하기 전에 그 문서를 트레이너 부인에게도 보여주었다.

"비용이 많이 든다는 건 알고 있습니다만." 내가 말했다. "그래도…… 아주 멋진 곳이에요. 윌이 최고의 시간을 보낼 거라고 믿어 의심치 않아요. 제 말이…… 무슨 뜻인지 아시겠죠?"

그녀는 말없이 휙휙 훑어보다가 내가 정리해 놓은 예산을 찬찬히 들여다보았다.

"괜찮으시다면 제 비용은 제가 대겠습니다. 숙박 말이에요. 누구든 달리 생각……."

"좋네요." 그녀가 내 말허리를 자르며 대답했다. "마음대로 하도록 해요. 윌을 데리고 갈 수 있을 것 같으면 그냥 예약해 버리죠."

부인의 진짜 말뜻을 나는 알아들었다. 달리 뭘 할 수 있는 시간이 없었다.

"그 애를 설득할 수 있겠어요?"

"저…… 그러니까…… 그러니까 그게……." 나는 목청을 가다듬었다. "……저를 위해서이기도 하다는 점을 설명하면 돼요. 월은 제가 삶을 제대로 못 누리고 있다고 생각하거든요. 계속 저보고 여행을 하라고 얘기하니까. 그러니까 제가…… 이것저것 더 해봐야 한다고……."

그녀는 나를 아주 찬찬히 뜯어보았다. 그러더니 고개를 끄덕였다. "그래요. 딱 월다운 얘기네요." 그녀는 내게 서류를 다시 주었다.

"저는……." 깊이 숨을 들이쉬었는데 놀랍게도, 도저히 말이 나오지 않았다. 두 번이나 침을 꿀꺽 소리가 나도록 삼켰다. "지난번에 말씀하신 것, 월의 행복은 제게도 중요해요. 저, 저는……."

부인은 내 말을 굳이 기다려서 들을 만한 기분이 아닌 듯했다. 고개를 푹 숙이더니 가녀린 손가락들로 목에 걸린 목걸이를 만지작거렸다. "그래요. 뭐, 이제 가봐야겠네요. 내일 봐요. 그 애가 뭐라고 하는지 알려주고."

그날 밤에는 패트릭의 집으로 돌아가지 않았다. 왠지 산업단지 쪽으로 가기 싫어서 길을 건너 집으로 가는 버스를 탔다. 우리 집까지 180걸음을 걸어 문을 열고 들어갔다. 따뜻한 저녁이라 환기를 위해 창문을 다 열어두고 있었다. 엄마는 부엌에서 요리를 하면서 목청껏 노래를 부르고 있었다. 아빠는 홍차가 든 머그잔을 들고 소파에 앉아 있었고, 할아버지는 당신 의자에 앉아 고개를 한쪽으로 떨군 채 주무시고 계셨다. 토머스는 까만 사인펜으로 신발에 그림을 그리고 있었다. 나는 안녕, 인사를 하고 식구들을 지나쳐 걸어가며 어쩜 이렇게 금세 집이 낯설어졌을까 생각했다.

트리나는 내 방에서 공부하고 있었다. 노크를 하고 들어갔더니 내가 본 적이 없는 안경을 코에 걸고 산더미처럼 쌓인 교과서들을 붙잡고서 책상에 웅크리고 앉아 있었다. 내가 쓰려고 직접 고른 물건들 사이에 그 애가 있는 걸 보니 기분이 이상했다. 내가 그렇게 조심스레 페인트칠을 한 벽은 벌써 토머스의 사진들이 다 가리고 있었고, 내 블라인드 귀퉁이에는 토머스가 펜으로 끼적거린 낙서가 아직도 그대로 남아 있었다. 억울해지기 전에 생각을 가다듬어야 했다.

트리나는 어깨 너머로 나를 돌아보았다. "엄마가 나 내려오래?" 그러더니 시계를 슬쩍 보았다. "토머스한테 간식을 주신다고 그러던데."

"맞아. 생선튀김 해준다고 하셨어."

그 애는 나를 보더니 안경을 벗었다. "언니 괜찮아? 얼굴이 완전히 엉망인데."

"너도 그래."

"알아. 멍청한 디톡스 다이어트인지 뭔지를 해서 그래. 덕분에 두드러기만 생겼지 뭐야." 그러더니 손으로 얼굴을 만졌다.

"넌 다이어트 필요 없잖아."

"뭐, 아무튼…… 회계2 수업에 마음에 드는 남자가 하나 있거든. 나도 노력을 시작해 볼까 싶었지. 온 얼굴이 두드러기가 잔뜩 났으니 참 얼마나 예쁘겠어. 그치?"

나는 침대에 걸터앉았다. 내 이불보였다. 정신이 산란해지는 기하학적 무늬며. 하여간 패트릭이 지독하게 싫어할 줄 알고 산 거였다. 트리나가 싫어하지 않는 게 놀라웠다.

트리나는 책을 덮고 의자에 기대앉았다. "그래서, 어떻게 되어가고 있어?"

내가 입술만 깨물고 있으니까 그 애가 다시 물었다.

"트리나, 내가 직업 훈련을 다시 받을 수 있을까?"

"직업훈련? 뭘로?"

"아직 몰라. 패션 관련된 걸로. 디자인. 아니면 그냥 재단이라도."

"뭐…… 당연히 강좌들이야 있지. 우리 학교에도 하나 있을걸. 언니가 원하면 내가 찾아봐 줄게."

"하지만 나 같은 사람들도 들어갈 수 있을까? 내가 갖춘 자격 조건이랄 게 별로 없는데."

그 애는 펜을 허공에 던졌다가 다시 받았다. "아냐. 성인 수강생들을 얼마나 좋아하는데. 특히 검증된 직업관을 가진 어른 수강생들. 전환 과정을 들어야 할지도 모르지만 안 될 건 없어 보이는데. 왜? 무슨 일 있어?"

"몰라. 그냥 한참 전에 윌이 했던 말이 있어서. 그러니까…… 내가 앞으로 뭘 하면서 살아가야 할지에 대해서."

"그래서?"

"그래서 계속 생각을 했지…… 아무래도 나도 너처럼 해야 할 것 같아. 아빠도 다시 생활비를 버실 수 있고 하니까. 그리고 자기 진로를 개척할 능력을 가진 사람이 너 하나만은 아닐지도 모르잖아?"

"언니가 비용을 마련해야 할 거야."

"알아. 저축하고 있어."

"언니가 저축해 놓은 돈보다는 좀 더 들 것 같은데."

"장학금 신청을 할 수도 있지. 아니면 대출을 받거나. 그리고 한동안은 혼자 해결할 수 있을 만큼 돈이 있어. 어떤 여자 국회의원을 만났는데 내게 도움을 줄 수 있는 기관에 연결해 주실 수 있대. 명함도 받았어."

"잠깐." 카트리나가 의자를 빙글 돌리며 말했다. "나 이해가 잘 안 돼. 언니가 윌하고 같이 남고 싶어 하는 줄 알았는데. 이 모든 일이 다 그 사람과 계속 같이 일하고 싶어서 그러는 거 아니었어?"

"그래, 하지만……." 나는 천장을 하릴없이 바라보았다.

"하지만 뭐?"

"복잡해."

"양적완화 이론도 마찬가지로 복잡해. 그래도 결국 돈을 팍팍 찍어내는 일이라는 건 알아듣겠더라고."

트리나는 의자에서 일어나더니 방문을 닫았다. 그리고 행여 밖에 누가 있더라도 도저히 들리지 않을 만큼 목소리를 낮추어 말했다.

"언니가 질 것 같은 거야? 그 사람이 결국……."

"아니." 나는 황급히 말했다. "아니, 아니길 바라. 계획도 있어. 거창한 계획이야. 바로 보여줄게."

"하지만……."

나는 깍지를 낀 채 두 팔을 머리 위로 쭉 뻗었다. "내가 윌을 좋아해. 아주 많이."

그 애는 나를 차분하게 살폈다. 생각에 잠긴 그 표정을 하고서. 내 동생이 생각에 잠긴 표정을 하고 물끄러미 나를 보는 것만큼 무서운 일은 세상에 없었다.

"아, 제기랄."

"그러지 마……."

"이거야말로 흥미진진하네."

"알아." 나는 팔을 툭 떨어뜨렸다.

"언니가 직업을 구하고 싶은 건 그러니까……."

"다른 전신마비 환자들이 해준 얘기야. 둘 다 할 수는 없대. 간병인이면서 동시에……." 나는 손을 들어 얼굴을 가렸다.

나를 바라보는 그 애의 눈길이 따가웠다.

"그 사람도 알아?"

"아니, 내가 상황을 제대로 아는 건지도 잘 모르겠어. 난 그냥……." 침대에 풀썩 몸을 던지고 얼굴을 묻었다. 토머스 냄새가 났다.

"내가 무슨 생각인지 나도 몰라. 내가 아는 거라곤 그저 다른 누구보다 그와 함께 있고 싶다는 것뿐이야."

"패트릭을 포함해서."

그랬다. 적나라하게 드러나 버렸다. 나 스스로 차마 인정할 수 없던 진실이. 뺨이 화끈거리며 달아올랐다.

"그래." 이불 홑청에 대고 말했다. "가끔은, 그래."

"젠장." 1분쯤 지나자 동생이 말했다. "인생 복잡하게 꼬는 건 내 전공인 줄 알았지."

트리나는 내 옆에 벌러덩 드러누웠다. 우리는 같이 천장을 바라보았다. 아래층에서 할아버지가 곡조도 맞지 않는 휘파람을 불고 토머스가 원격조종 자동차를 앞뒤로 움직이느라 윙윙거리고 덜거덕거리는 소리가 났다. 설명할 수 없는 이유로 눈물이 왈칵 고였다. 잠시 후 동생의 팔이 슬며시 나를 감싸안았다.

"미친년." 그 애가 말했고, 우리는 둘 다 웃어대기 시작했다.

"걱정 마." 내가 얼굴을 훔치며 말했다. "바보 같은 짓은 안 할 테니까."

"그래. 생각해 볼수록 상황이 워낙 강렬해서 그렇지 싶어. 진짜 감정이 아니라 드라마에 끌리는 거야."

"뭐라고?"

"어쨌든 진짜 목숨이 걸린 일이니까. 그리고 언니는 날마다 이 남자의 삶에, 그 기괴한 비밀에 붙들려 있잖아. 그렇게 되면 허상의 친밀감이 생기게 되는 거지. 그게 아니면 언니한테 좀 괴상한 플로렌스 나이팅게일 콤플렉스가 생겼거나."

"제발 좀 믿어주라. 절대 그런 건 아니야."

우리는 누워서 계속 천장만 빤히 바라보았다.

"하지만 좀 미친 짓이잖아……. 사랑을…… 그러니까 언니에게 사랑을 돌려줄 수 없는 사람을 사랑한다는 건. 어쩌면 언니하고 패트릭이 드디어 동거를 시작했으니 일종의 공황발작이 온 거 아닐까."

"알아, 네 말도 맞아."

"그리고 둘이 너무 오래 사귀었어. 다른 사람한테 연애 감정이 생길 수밖에 없다니까."

"특히나 패트릭이 마라톤 맨 노릇에 집착하고 있으니 더 그렇지."

"그러니까 윌에 대한 감정도 식을 수 있어. 내 말은, 예전에는 언니가 그 사람 성격 진짜 더럽다고 했던 게 기억나는데."

"지금도 가끔 그렇게 생각해."

동생은 휴지를 뽑아 내 눈가를 닦아주었다. 그러더니 내 뺨에 뭐가 묻었는지 엄지로 문질렀다.

"다 그렇다 치고, 대학에 간다는 생각은 좋은 것 같아. 왜냐하면, 대놓고 말할게. 윌하고 파탄이 나든 잘 되든 언니한테는 제대로 된 직업이 필요해. 영원히 간병인으로 살지는 않을 거잖아."

"윌하고는 '파탄'이 나진 않을 거야. 그 사람…… 그 사람은 무사할 거야."

"당연하지."

엄마가 토머스를 부르고 있었다. 우리 바로 밑 부엌에서 노래하듯 토머스의 이름을 부르는 엄마의 목소리가 들렸다. "토머스, 톰톰 톰톰 토머스……."

트리나는 한숨을 쉬며 눈을 비볐다. "오늘 밤에 패트릭네 집으로 돌아갈 거야?"

"그래."

"밖에서 잠깐 한잔하면서 나한테 그 계획 좀 보여줄래? 엄마한테 나 대신 토머스 좀 재워달라고 하지 뭐. 어서. 언니 나 술 좀 사줄 수 있잖아. 대학에 갈 만큼 돈이 두둑하다며."

내가 패트릭의 집으로 돌아갔을 때는 10시 15분 전이었다.

놀랍게도 내가 세운 휴가 계획은 카트리나의 열렬한 찬성을 이끌어냈다. "그래. 하지만 언니, 이러면 더 좋을 것 같아……" 같은 토도 달지 않았다. 혹시 내 기분을 맞춰주려고 이러나 싶을 정도였다. 지금 내가 워낙 제정신이 아니었으니까. 하지만 트리나는 계속해서 "와, 언니가 이런 걸 찾아내다니 믿기지가 않는다! 번지점프하면 사진 엄청 많이 찍어 와야 해" 같은 말만 했다. "언니가 스카이다이빙 얘기를 하면 그 사람이 어떤 표정을 할까 상상해 봐! 진짜 너무 근사할 거야"라든가.

펍에서 우리를 본 사람이 있다면, 아마 우리가 서로를 진심으로 몹시 아끼는 친구 사이인 줄 알았을 것이다.

그런 생각에 몰두한 채 나는 조용히 집 안으로 들어섰다. 밖에서 본 아파트는 어두컴컴해서 패트릭이 집중 훈련의 일환으로 일찍 잠자리에 들었나 생각했다. 거실 바닥에 가방을 떨어뜨리고 들어가면서, 나는 그래도 내 생각을 해서 불을 하나 켜두다니 고맙다는 생각을 했다.

그때 그를 보았다. 패트릭은 차려진 식탁에 앉아 있었다. 테이블 매트가 두 개 깔려 있었고 가운데에 켜둔 촛불이 깜박거리고 있었다. 문을 닫고 들어서는데 그가 일어섰다. 촛불은 절반쯤 타 없어져 있었다.

"미안해." 그가 말했다.

나는 가만히 그를 보았다.

"내가 바보였어. 자기 말이 맞아. 그 일자리는 겨우 6개월 동안 할 일인데, 내가 어린애처럼 굴었어. 그렇게 귀한 일을 이렇게 열심히 하는 자기를 자랑스러워하지는 못할망정. 그냥 좀…… 내팽개쳐진 기분이어서 그랬어. 미안해. 이건 진심이야."

패트릭이 한 손을 내밀었다. 나는 그 손을 잡았다.

"자기가 그 사람을 도와주려고 애쓰는 건 좋은 일이야. 훌륭한 일이고."

"고마워." 나는 그 손을 힘주어 꼭 잡았다.

패트릭이 다시 말을 시작했다. 마치 미리 연습한 연설을 성공적으로 읊는 사람처럼 짧게 숨을 가다듬은 후에. "내가 저녁 차렸어. 미안하지만 또 샐러드야." 그는 나를 지나쳐 냉장고로 가더니 접시 두 개를 꺼냈다. "약속할게. 이번 대회가 끝나기만 하면 어디 환상적인 레스토랑에 가자. 아니면 내가 탄수화물 축적을 시작하면, 그러면 나……." 그는 뺨에 바람을 넣어 부풀렸다. "아무래도 내가 요즘 다른 생각은 미처 할 여유가 없었던 것 같아. 그게 어느 정도 문제였다는 생각이 들어. 그리고 자기 말이 맞아. 자기가 내가 가는 데마다 따라다닐 이유는 없어. 그건 내 일이니까. 자기는 얼마든지 자기 일을 할 권리가 있어."

"패트릭……." 내가 말했다.

"자기하고 싸우고 싶지 않아, 루. 용서해 주겠어?"

그의 눈빛은 초조했고 몸에서는 코롱 향이 났다. 두 가지 사실이 무거운 추처럼 서서히 내 마음속에 가라앉았다.

"아무튼 앉아봐." 패트릭이 말했다. "일단 먹자. 그러고 나서…… 모르겠어. 재미있게 보내자고. 다른 얘기도 하고. 달리기 말고." 그는 억지로 너털웃음을 웃었다.

나는 앉아서 식탁을 바라보았다. 그러고는 미소를 지었다. "자기 정말 다정하다."

패트릭은 정말로 칠면조 가슴살로 101가지 요리를 할 수 있었다.

우리는 그린샐러드와 파스타 샐러드, 그리고 해산물 샐러드를 먹고 그가 푸딩 대신 준비한 열대과일 샐러드를 먹었다. 생수만 고집하는 그를 두고 나는 와인을 마셨다. 시간이 한참 걸리긴 했지만 결국 우리 사이의 어색함도 누그러지기 시작했다. 여기, 내 앞에, 한참 동안 보지 못했던 패트릭이 있었다. 그는 우스갯소리를 하고 주의 깊게 내 말을 들어주었다. 달리기나 마라톤 얘기는 절대 꺼내지 않겠다며 부자연스럽게 자기 검열을 했고 그쪽으로 대화가 흘러간다는 걸 깨달으면 웃음을 터뜨렸다. 나는 식탁 밑에서 그의 발이 내 발에 닿는 걸 느꼈고 우리의 다리가 하나로 얽히도록 했다. 그러자 천천히 가슴에 맺혀 있던 답답하고 불편하던 무언가가 풀려가는 느낌이 들었다.

동생 말이 맞았다. 내 삶이 워낙 이상해져서 내가 알던 모든 이들과의 연결고리가 끊어졌었던 거다. 윌의 곤경과 비밀에 파묻혔던 거다. 남아 있는 내 본연의 모습을 잃지 않도록 해야만 했다.

아까 동생과 나누었던 대화에 죄책감이 느껴지기 시작했다. 패트릭은 나를 일어나지도 못하게 하고 자기가 설거지까지 다 하겠다고 나섰다. 11시 15분쯤 그는 접시와 그릇을 간이부엌으로 옮기더니 식기세척기에 넣기 시작했다. 나는 앉아서 작은 문간으로 들려오는 그의 말소리에 귀를 기울였다. 나는 목과 어깨가 이어지는 부분을 주무르며 이젠 단단하게 뭉쳐버린 근육을 조금이라도 풀어보려

하고 있었다. 눈을 감고 느긋하게 마사지에 몰입하다 보니, 몇 분이
지난 뒤에야 대화가 뚝 끊겼다는 걸 깨달았다.

눈을 떴다. 패트릭이 거실 문간에 서 있었다. 손에는 내 휴가 서
류철이 들려 있었다. 그는 몇 장을 들어 올렸다. "이게 다 뭐야?"

"그게…… 그 여행이야. 내가 말했던 여행."

그는 아까 내가 동생에게 보여줬던 서류를 획획 넘기며 여행 일
정이며 사진들, 캘리포니아 해변을 살펴봤다. 나는 그런 그를 바라
보고 있었다.

"난……." 마침내 나온 그의 목소리는 목이라도 졸린 사람처럼
이상했다. "루르드◇ 성지 같은 데를 말하는 줄 알았지."

"뭐라고?"

"아니면…… 모르겠어…… 스토크 맨더빌◇◇이나…… 아니면 다
른 데? 그 사람을 도와야 해서 못 간다고 했을 때는 그게 진짜 업
무인 줄 알았어. 재활치료나 신앙 치료나, 아무튼 뭐든. 그런데 이
건……." 패트릭은 도저히 믿을 수가 없다는 듯 고개를 저었다.
"이건 일생일대의 휴가처럼 보이는데."

"뭐…… 사실 그렇다고 할 수 있어. 내가 아니라 그 사람한테는."

패트릭이 쓴웃음을 지었다. "그렇겠지……." 그는 고개를 흔들며
말했다. "자기는 이게 전혀 즐겁지가 않겠지. 별빛이 총총한 하늘을
보며 노천탕에서 목욕하고, 돌고래들과 수영하고…… 아, 이것 봐.
'별 다섯 개짜리 호텔만큼의 고급스러움'과 '24시간 룸서비스'라는

◇　프랑스 남서부에 있는 소도시. 병자를 치유하는 성모의 기적으로 유명하다.
◇◇　장애가 있는 운동선수들이 참가하는 패럴림픽의 발원지이다.

데." 그는 눈길을 들어 나를 보았다. "이건 출장이 아니야. 빌어먹을 밀월여행이라고."

"말도 안 돼!"

"이게 아니라고? 자기…… 자기는 정말로 자기가 다른 남자하고 이런 여행을 훌훌 떠나는 걸 내가 그냥 앉아서 보고 있을 거라고 생각해?"

"그 사람 간병인도 동행한다고 했잖아."

"아, 아. 그렇지. 네이선인가. 그래, 그럼 다 괜찮겠다. 그치?"

"패트릭, 제발. 이건 복잡한 문제야."

"그럼 어디 설명을 해봐." 그는 서류를 내 쪽으로 휙 던졌다. "이걸 나한테 설명해 보라고, 루. 내가 좀 알아듣게 설명을 해달란 말이야."

"윌이 살고 싶은 마음을 갖게 되고, 그래서 자기 앞날에 좋은 일들이 일어날 거라는 생각을 하는 게 나한테는 중요한 일이야."

"그 좋은 일들에 자기도 포함돼?"

"너무하네. 내가 언제 자기가 사랑하는 일을 포기하라고 한 적 있어?"

"내 일은 모르는 남자들하고 온천욕을 하는 게 아니잖아."

"뭐, 그렇다고 해도 난 괜찮아. 이제 자기도 모르는 남자들하고 온천에 들어가도 돼! 원한다면 얼마든지! 자, 됐지!" 나는 미소를 띠려고 애쓰면서, 그도 웃어주길 바랐다.

그러나 전혀 통하지 않았다. "자기는 기분이 어떻겠어, 루? 내가 무슨 헬스 컨벤션 같은 데 가면서, 모르겠다, 트라이애슬론 테러즈 모임의 리앤이 상태가 영 좋지 않으니까 기운을 북돋워 주기 위해서 같이 간다고 하면 자기 기분이 어떻겠느냐고?"

"기운을 북돋워 준다고?" 나는 리앤의 포슬포슬한 금발과 완벽한 다리를 떠올리며 어째서 하필이면 그 이름을 제일 먼저 생각했을까 하고 딴생각을 했다.

"그 여자와 내가 내내 같이 외식하고 같이 노천탕에서 온천욕도 하고 며칠 동안 여행할 거라고 하면 말이야. 그 여자가 좀 우울하다고 해서 천 킬로미터 떨어진 관광지로 놀러 간다고 하면 어쩔 건데? 정말로 그래도 기분이 나쁘지 않단 말이야?"

"그 사람은 '좀 우울한' 게 아니야. 팻. 자살을 원한다고. 디그니타스 병원으로 가서 빌어먹을 삶을 끝장내려 한단 말이야." 귓전에서 내 심장이 쿵쿵 뛰는 소리가 들려왔다. "그리고 자기가 이런 식으로 말을 돌릴 수는 없어. 윌을 병신이라고 불렀던 건 자기였어. 그 사람이 남자로서 위협적인 존재가 될 수 없다고 생각했던 게 바로 자기였단 말이야. '완벽한 상사'라고 했지. 걱정할 가치도 없는 사람."

그는 서류철을 식탁 위에 놓았다.

"글쎄, 루…… 지금은 걱정이 되는군."

나는 한참 동안 얼굴을 손에 묻고 있었다. 바깥 복도에서 통로 문을 미는 소리가 들렸는데, 사람들 말소리가 가까워지다 문이 닫히고 철컹 잠기면서 사라졌다.

패트릭은 손으로 식탁 테두리를 앞뒤로 왔다 갔다 쓸고 있었다. 턱의 작은 근육이 꿈틀거렸다. "이게 어떤 기분인지 알아, 루? 마치 달리기를 하는데, 아무리 달려도 약간 뒤처져 있어서 나머지 선수들을 영영 따라잡지 못하는 기분이라고…… 나는 마치……." 패트릭은 마음을 가라앉히려는 듯 심호흡을 했다. "모퉁이를 돌면 뭔가 나쁜 일이 도사리고 있는데, 나를 뺀 모든 사람들이 그게 뭔지 알고 있는 기분이야."

그는 고개를 들어 내 눈을 바라보았다. "내가 말도 안 되는 억지를 부리는 건 아니라고 생각해. 자기가 가지 않았으면 좋겠어. 내 대회에 오든 말든 그건 상관없어. 하지만…… 이…… 이 휴가는 가지 않으면 좋겠어. 그 사람하고."

"그렇지만 내가……."

"거의 7년이야, 우리가 사귄 지. 자기는 이 남자를 알고 이 일을 한 지 다섯 달 됐어. 다섯 달. 지금 그 사람하고 가면 우리 관계에 대해 중요한 선포를 하는 거야. 우리 관계를 자기가 어떻게 생각하는지에 대해."

"그건 너무해. 굳이 우리와 연관 지을 필요가 없단 말이야."

우리를 둘러싼 이 작은 아파트는 너무나도 고요했다. 그는 한 번도 본 적 없는 표정으로 날 바라보고 있었다.

마침내 나온 내 목소리는, 속삭이고 있었다. "하지만 그 사람한테는 내가 필요해."

그 말을 하자마자 그 즉시, 내 귀에 들린 그 말이 허공에서 뒤틀리며 재조립되는 사이, 똑같은 말을 그가 했다면 어떤 느낌이었을지 선명히 깨달았다.

패트릭은 침을 꿀꺽 삼키더니 방금 들은 말이 도저히 실감이 나지 않는다는 듯 살짝 고개를 저었다. 그러고는 손으로 식탁을 짚고 나를 올려다보았다.

"내가 지금 무슨 말을 하든 달라질 건 없는 것 같은데. 안 그래?"

원래 패트릭이 그랬다. 내가 생각하는 것보다는 항상 더 똑똑했다.

"패트릭, 나는……."

그는 아주 잠깐 눈을 감더니, 돌아서서 거실에서 나가버렸다. 마지막 남은 빈 접시들만 싱크대 위에 남겨두고서.

21

스티븐

그 아가씨가 주말에 아예 짐을 싸서 들어왔다. 윌은 커밀라나 내게 아무 말도 하지 않았지만, 토요일 아침에 네이선의 출근이 늦기에 윌한테 뭐 필요한 게 있으려나 보려고 잠옷 바람으로 별채에 들어갔는데 복도에서 그 여자애가 걸어오고 있었다. 한 손에 시리얼을, 다른 손에는 신문을 들고서. 날 보더니 얼굴을 붉혔다. 이유는 모르겠다. 난 드레싱가운을 걸치고 있어서 내 옷차림엔 문제가 없었는데. 단지 그런 생각을 잠깐 했다. 한때는 아침에 윌의 침실에서 예쁜 아가씨들이 살그머니 기어 나오는 모습을 보는 게 하나도 이상한 일이 아니었다는 생각.

"그냥 윌한테 우편물 전하러 왔습니다." 우편물을 흔들어 보였다.

"아직 일어나지 않았어요. 제가 깨워볼까요?" 신문을 든 그 아가씨의 손이 가슴께로 올라가서 몸을 가렸다. 미니마우스가 그려진 티셔츠와 홍콩 여자들이 입을 것 같은 자수가 놓여진 바지를 입고 있었다.

"아니, 아니에요. 자고 있으면 됐어요. 그냥 쉬게 둬요."

커밀라한테 그 얘길 해주면 좋아할 줄 알았다. 어쨌든 그 아가씨가 남자친구와 동거한다고 그토록 삐쳐 있었으니까. 그렇지만 커밀라는 좀 놀란 눈치였다가 특유의 빳빳한 표정으로 돌아갔다. 그 얼굴은 이미 일어날 수 있는 별별 나쁜 일을 상상하고 있다는 뜻이다. 별말은 없었지만 커밀라가 루이자 클라크를 그렇게 좋아하지 않는다는 건 확실히 알 수 있었다. 하긴, 요즘 커밀라가 좋아하는 사람이 있기나 한지 모르겠다. 기본 설정이 아예 '불만'에 맞춰져 있는 것 같다.

우리는 결국 루이자가 별채에 머물게 된 진짜 이유를 알아내지 못했지만, 아무튼 루이자는 분주하기 이를 데 없었다. 윌은 그냥 그녀의 '집안 문제'라고만 말했다. 루이자는 윌을 돌보지 않을 때면 정신없이 돌아다니며 청소와 빨래를 하고 여행사와 도서관을 번개처럼 오갔다. 워낙 눈에 띄기 때문에 시내 어디서든 알아볼 수 있었다. 열대 지역도 아닌데 그렇게 화려한 원색 옷을 입는 사람은 처음 봤다. 보석 빛깔의 원피스를 입고 희한한 모양의 구두를 신고 다녔다.

루이자가 있으면 집 안 분위기가 환해진다고 커밀라에게 말하고 싶었다. 그렇지만 이제 나는 커밀라에게 그런 말을 할 수가 없다.

윌이 루이자에게 자기 컴퓨터를 써도 좋다고 말한 모양이지만 그녀는 도서관 걸 쓰는 편이 좋다면서 거절했다. 윌을 부당하게 이용하는 모양새가 될까 봐 걱정이 되어서 그런 건지, 아니면 뭘 하는지 몰라도 윌에게 보여주기 싫어서 그런 건지는 잘 모르겠다.

어느 쪽이든 윌은 루이자가 근처에 있으면 조금 더 행복해 보였다. 창문을 열어놓으면 두 사람이 나누는 대화가 흘러들어 올 때가 있는데, 분명히 윌이 웃는 소리를 들은 것 같았다. 루이자가 지금 이 상황에 만족하는지 알고 싶어서 버나드 클라크한테도 물어봤는데, 지금은 말하기 좀 까다롭다고 했다. 오래 사귄 남자친구와 방금 헤어진 데다 집에서도 해결되지 않은 문제들이 많다고. 그리고 교육을 다시 받고 싶어 해서 무슨 전환 과정에 지원했다는 얘기도 해주었다. 나는 그 얘기는 일단 커밀라한테는 하지 않기로 했다. 괜히 또 그게 무슨 뜻일까 생각하게 만들고 싶지 않았다. 윌은 루이자가 패션 쪽에 관심이 있다고 했다. 확실히 예쁜 아가씨였고, 몸매도 사랑스러웠다. 하지만 솔직히 말해서 그녀가 입고 다니는 그런 옷을 세상 누가 살까 싶기는 했다.

월요일 저녁, 루이자가 커밀라와 내게 네이선과 함께 별채로 와달라고 부탁했다. 테이블에 여행 브로슈어와 인쇄한 일정표, 보험 서류와 기타 인터넷에서 찾아서 인쇄한 문건들을 쫙 펼쳐놓았다. 서류는 우리 앞으로 각각 내민 서류철에 한 부씩 넣어두었다. 칼같이 정리가 잘되어 있었다.

우리한테 휴가 계획을 설명하고 싶다고 했다. 루이자는 이 여행에서 득을 보는 쪽은 바로 자기라는 논리로 윌을 설득하겠노라고 미리 커밀라에게 언질을 준 것 같았다. 그래도 예약한 것들을 자세하게 설명할 때마다 커밀라의 눈빛이 살짝 서늘해지는 게 보였다.

굉장한 여행이었다. 일상을 벗어난 온갖 활동들로 가득 차 있었는데, 그중에는 심지어 사고를 당하기 전의 윌이라 해도 상상이 가지 않는 것들도 있었다. 그러나 매번 뭔가 설명할 때마다 (화이트워터 래프팅, 번지점프, 기타 별별 것들) 루이자는 윌 앞에서 문서를 들어 장애가 있는 다른 청년들이 참여하는 사진을 보여주고는 이렇게 말했다. "나한테 꼭 해보라고 늘 얘기하는 일들이잖아요. 같이하지 않으면 나도 안 할 거예요."

솔직히 인정해야겠다. 나는 내심 깊은 감명을 받았다. 정말이지 별걸 다 아는 꼬마 아가씨였다.

윌은 그녀의 말을 경청했고, 또 그녀가 내놓는 문서들을 찬찬히 읽어보기도 했다.

"이걸 다 어디서 찾았어요?" 윌이 마침내 말했다.

루이자가 그 녀석을 향해 한쪽 눈썹을 치켜올렸다. "아는 게 힘이잖아요, 윌."

그러자 내 아들이 미소를 지었다. 뭐 대단히 기특한 말이라도 들은 것처럼.

"그러니까……" 질문을 다 받고 나서 루이자가 말했다.

"우리는 8일 뒤에 출발해요. 마음에 드세요, 트레이너 부인?"

그 말을 하는 어조에 희미하게 반항기가 실려 있었다. 어디 싫다는 소리를 한번 해보시라는 듯이.

"다들 하고 싶은 일이 그거라면, 나는 아주 좋아요." 커밀라가 말했다.

"네이선? 마음 바뀐 거 아니죠?"

"두말하면 잔소리."

"그리고…… 윌?"

미 비포 유   451

우리는 모두 그를 바라보았다. 그리 오래지 않은 과거에, 그가 이런 활동들 중 하나라도 한다는 생각조차 할 수 없던 시절이 있었다. 윌이 순전히 제 어미 속을 뒤집기 위해 싫다는 대답을 하며 쾌감을 느끼던 시절이 있었다. 그 애에게는 사실 언제나 그런 구석이 있었다. 우리 아들 녀석은 남한테 순순히 끌려간다는 인상을 주는 게 싫어서, 옳은 일인데도 무조건 정반대로 가고 봤다. 얼마든지 그럴 녀석이었다. 그놈의 반항심이 어디서 나온 건지 나는 모르겠다. 그 덕분에 그 애가 천재적인 협상가가 되었을지도 모르겠지만.

녀석이 속을 읽을 수 없는 눈빛으로 나를 올려다보자, 나도 모르게 입가가 경직되었다. 하지만 이윽고 그 여자애를 보고 미소를 지었다.

"안 될 거 없죠." 윌이 말했다. "클라크가 급류에 몸을 던지는 꼴을 볼 날을 손꼽아 기다려야겠는데요."

안도의 한숨을 내쉬는 루이자의 몸에서 정말로 바람이 푹 빠져나가는 것 같았다. 반쯤은 싫다는 대답을 예상했던 모양이었다.

웃기는 일 아닌가. 솔직히 우리 삶에 어쩌다 그 아가씨가 들어왔을 때는 일말의 의심을 거두기 힘들었다. 윌은 허세덩어리이긴 했지만, 여전히 상처받기 쉬운 입장이었다. 루이자가 불순한 목적으로 그 애를 이용할까 봐 약간 겁이 났다. 어쨌든 윌은 부유한 청년이었고, 가엾은 얼리샤가 친구와 눈이 맞아 윌을 배신한 일도 있어서 무가치한 존재라는 자괴감이 극심했다.

그러나 그때 루이자가 녀석을 보는 눈길을 보고, 순간 떠오른 뿌듯함과 고마움이 희한하게 뒤섞인 그 표정을 보고, 문득 거기 있어

쥐서 한없이 다행이라는 생각이 들었다. 우리는 절대 그런 얘기를 하지 않지만 우리 아들은 세상에서 가장 위태로운 처지였다. 아가씨가 뭘 하는지 몰라도, 그 덕분에 우리 아들은 자기 신세를 잊고서 작은 휴식을 얻는 것 같았다.

며칠 동안 미약하지만 뚜렷하게 축하의 분위기가 감돌았다. 커밀라는 드러내고 인정하지는 않아도 조용한 희망의 분위기를 풍겼다. 함축된 저의를 나는 알았다. '어차피 다 정해진 일인데 우리가 굳이 축하하고 말고가 있겠어요?'라는 것이었다. 밤늦게 커밀라가 조지나와 통화하면서 자기가 동의한 이유를 정당화하려 애쓰던 목소리를 들은 적이 있다. 그 어미에 그 딸이라고, 조지나는 벌써부터 루이자가 윌의 상황을 이용해 제 욕심을 채우려 한다며 어떻게든 까내리려 했다.

"자기 비용은 알아서 대겠다고 했어, 조지나." 커밀라가 말했다. "그건 아니야. 우리한테 선택권이 있다고 생각지 않는다. 시간도 거의 남지 않았고 윌도 동의했어. 그러니까 나는 최선의 결과를 바랄 뿐이야. 엄마는 이제 너도 진심으로 그래야 한다고 생각한다."

루이자를 변호하다니. 심지어 루이자를 친절하게 대하는 행동마저도 커밀라에게는 매우 큰 희생이라는 걸 나는 안다. 나와 마찬가지로, 그 사람 역시 루이자가 우리 아들에게 반쪽짜리 행복이라도 줄 수 있는 단 하나의 기회라는 걸 알기에 참아왔던 거다.

루이자 클라크는, 우리 둘 다 절대 입 밖으로 내어 말하진 않겠지만, 우리 아들을 살려둘 수 있는 단 하나의 기회였다.

어젯밤에는 델라와 술을 마시러 갔다. 커밀라가 언니네 집에 간다고 해서 돌아오는 길에 강가에서 산책도 했다.

"월이 휴가를 가려고 해." 내가 말했다.

"정말 잘된 일이네요." 델라가 대답했다.

불쌍한 델라. 우리의 미래에 대해 묻고 싶은 충동과 애써 싸우고 있다는 걸 나는 알고 있었다. 이 뜻밖의 전개가 어떤 영향을 미칠 것 같느냐고. 하지만 그런 질문은 절대 하지 않을 거라는 것도 잘 알고 있었다. 이 일이 모두 해결될 때까지는 절대로.

우리는 걸으며 백조들을 구경했고, 초저녁 햇살을 받으며 보트를 타고 첨벙거리는 관광객들을 보고 미소를 지어주었다. 그리고 델라는 사실 이 모든 일이 월에게는 굉장히 잘된 일일지 모른다고, 어쩌면 그가 정말로 자기 상황에 적응해 가고 있다는 의미일지도 모른다고 얘기했다. 그런 말을 해주는 게 정말 고마웠다. 차라리 모든 게 끝나길 바란대도 내가 델라를 탓할 수 없는 입장이기 때문이다. 평생 함께하려던 우리의 계획을 어그러뜨린 게 바로 월의 사고였다. 델라는 틀림없이 남몰래 빌었을 것이다. 월에 대한 내 책임이 언젠가는 다 끝나 내가 자유로운 몸이 되기를 빌었을 것이다.

나는 그 곁에서 걸었다. 팔꿈치 안쪽 여린 속살에 닿는 손길을 느끼면서, 노래하는 듯한 목소리를 들으면서. 진실을 털어놓을 수는 없었다. 우리 극소수만 아는 그 진실 말이다. 그 아가씨가 목장이며 번지점프며 온천이며 기타 등등에 다 실패한다면, 역설적이게도 나는 자유의 몸이 될 것이다. 내가 가족을 떠날 길이 하나 있다면, 월이 스위스의 지옥 같은 곳으로 가겠다는 결심을 강행해 주는 것이었다.

나는 진실을 알았다. 그걸 커밀라도 알았다. 우리 둘 다 마음속으로도 인정하려 들지 않을 뿐. 우리 아들이 죽어줘야만 나는 내가 선택한 삶을 살 수 있다.

"그러지 말아요." 델라가 내 표정을 읽고서 말했다.

사랑하는 델라. 그녀는 내 생각을 읽을 수 있었다. 나조차 모르는 생각까지도.

"좋은 소식이에요, 스티븐. 정말이에요. 누가 알아요? 혹시 윌이 완전히 새롭게 독립적인 삶을 사는 계기가 될지."

나는 그 손을 잡았다. 내가 더 용감한 사람이었다면 진심을 털어놓았을 것이다. 내가 더 용감한 사람이었다면 오래전에 놓아주었을 것이다. 그녀도, 어쩌면 아내도.

"당신 말이 맞아요." 나는 억지로 웃음을 띠며 말했다. "번지점프 밧줄인지 뭔지 젊은것들이 서로에게 시키려고 난리를 치는 끔찍한 짓들에 대해 온갖 이야깃거리를 만들어오기를 바랍시다."

델라가 나를 쿡쿡 찔렀다. "성에다 하나 설치해 달라고 할지도 몰라요."

"해자에 뛰어내리게?" 내가 말했다. "내년 여름철 관광객 여흥거리로 당장 서류 작업을 해야겠는데."

이 말도 안 되는 그림에 기운을 얻어, 우리는 계속 걸었다. 가끔씩 킬킬 웃으면서, 저 아래 보트 창고까지 걸어 내려갔다.

그런데 윌이 폐렴에 걸렸다.

22

응급실로 달려 들어갔다. 세 번이나 물어본 뒤에야 간신히 제대로 된 길을 얻어들을 수 있었다. 숨이 턱에 차 헐떡거리며 간신히 C12 병동의 문을 밀어젖히자 복도에 앉아서 신문을 읽고 있는 네이선이 보였다. 내가 다가가자 그가 고개를 들었다.

"어때요?"

"산소마스크 쓰고 있어요. 안정됐고."

"이해가 안 돼요. 금요일 밤만 해도 멀쩡했잖아요. 토요일 아침에 약간 기침을 하긴 했지만…… 입원이라니? 대체 어떻게 된 거예요?"

심장이 미친 듯 뛰었다. 나는 숨을 고르려고 잠깐 앉았다. 한 시간 전 네이선의 문자메시지를 받은 뒤로 계속 쉬지 않고 뛰어왔다. 네이선은 허리를 펴고 일어나 앉더니 신문을 접었다.

"처음은 아니에요, 루. 폐에 박테리아가 들어가면 기침을 하는 기제가 제대로 작동하지 않아서 굉장히 빨리 상태가 악화돼요. 토요일 오후에 기침을 멈추게 하는 진해 처치를 시도해 봤는데 통증이 너무 심했어요. 급격하게 열이 오르더니 가슴에 찌르는 듯한 통증이 온 겁니다. 토요일 밤에는 앰뷸런스를 불러야 했어요."

"제기랄." 나는 허리를 푹 굽히며 말했다. "이런 빌어먹을, 제기랄. 저 들어가 봐도 돼요?"

"지금은 완전히 나가떨어져 있어요. 들어가도 몇 마디 못 들을 겁니다. 그리고 트레이너 부인이 같이 있어요."

나는 네이선에게 가방을 맡기고 소독제로 손을 씻은 뒤 병실 문을 밀고 들어갔다.

윌은 파란 담요를 덮고서 방울방울 떨어지는 링거 주삿바늘을 꽂고 온갖 삑삑 소리 나는 기계들에 에워싸여 병상에 누워 있었다. 얼굴은 산소마스크 때문에 반쯤 가려졌고 눈은 꼭 감고 있었다. 피부는 거의 회색이었다. 간간이 푸른 기가 도는 흰색이 섞여 있었는데, 그걸 보니 내 속의 뭔가가 꽉 죄어들었다. 트레이너 부인이 바로 옆에 앉아 담요를 덮은 윌의 팔에 손을 얹고 있었다. 윌을 보지도 않고 물끄러미 반대편 벽만 응시했다.

"트레이너 부인."

그녀는 소스라치며 눈길을 들었다. "아, 루이자."

"어떻게…… 상태가 어때요?" 들어가서 윌의 다른 손을 잡고 싶었지만, 내가 앉으면 안 될 것 같아 문간에서만 얼쩡거렸다. 부인의 얼굴에 참담한 절망이 떠올라 병실 안에 있는 것마저 결례 같았다.

"좀 나아졌어요. 굉장히 독한 항생제를 투여하고 있어요."

"제가…… 뭐 할 일이 없을까요?"

"없는 거 같네요. 없어요. 우리…… 우리는 그냥 기다려야겠어요.

주치의가 한 시간쯤 뒤에 회진을 올 거예요. 뭔가 더 알게 되길 바라야죠."

세상이 멈춰선 것 같았다. 거기 조금 더 머물러 서서, 꾸준하게 삑삑거리는 기계 소리의 리듬을 내 의식에 새겨 넣었다.

"잠깐 교대해 드릴까요? 잠시 쉬실 수 있게요."

"아니, 그냥 여기 있을까 해요."

내 마음 한 자락은 윌이 내 목소리를 듣기를 바랐다. 투명한 플라스틱 마스크 위로 눈을 뜨고, "클라크. 제발 여기 좀 와서 앉아요. 거기 서 있으니까 병실이 너저분해 보이잖아요"라고 툭툭 내뱉길 바랐다.

하지만 그는 그저 누워 있기만 했다.

난 얼굴을 훔쳤다. "혹시…… 혹시 뭐 마실 거라도 갖다드릴까요?"

트레이너 부인이 올려다보았다. "지금 몇 시예요?"

"10시 15분 전이요."

"정말 그렇게 됐어요?" 부인은 믿기 힘들다는 듯 고개를 저었다. "고마워요, 루이자. 그러면…… 그래주면 정말 고맙겠어요. 여기 내가 좀 오래 있었던 것 같네요."

이번 주 금요일은 휴무였다. 트레이너 가족은 내게 당연히 휴가를 줄 수 있다고 했지만, 사실 여권을 만들려면 런던까지 가야 했다. 윌에게 이 당당한 전리품을 보여주고 그의 여권 유효기간을 확인하기 위해 금요일 밤 런던에서 돌아오는 길에 성에 들렀다. 윌의 말수가 좀 적다는 생각은 했지만 특별히 이상할 건 없었다. 유독 몸이 불편한 날이 있으니까. 하지만 아주 솔직히 말하면, 마음이 여행 계획으로 가득 차 다른 생각이 비집고 들어갈 여유가 없었다.

토요일 아침에는 아빠와 함께 패트릭의 집에서 내 짐을 실어 왔고, 오후에는 엄마와 번화가에 쇼핑을 하러 가서 수영복과 휴가용품을 샀다. 그리고 토요일과 일요일 밤에는 부모님 댁에서 잤다. 트리나와 토머스도 다 와 있어서 잠자리가 빡빡했다. 월요일 아침에는 7시에 일어나 8시에 트레이너가에 도착할 수 있도록 준비를 마쳤다. 그런데 막상 출근해 보니 문이 다 잠겨 있었다. 앞문과 뒷문도 굳게 자물쇠가 채워져 있었다. 쪽지도 없었다. 현관 앞에 서서 네이선에게 세 번이나 전화를 걸었지만 그는 받지 않았다. 트레이너 부인에게 전화를 걸자 음성사서함으로 넘어갔다. 45분째 층계에 앉아 있는데, 드디어 네이선에게서 문자가 왔다.

우리는 카운티 종합병원에 있어요. 윌이 폐렴에 걸렸어요. C12 병동.

네이선이 집에 가고 나서도 나는 한 시간쯤 더 윌의 병실 밖에 앉아 있었다. 누군가가 1982년쯤에 놓고 갔을 잡지들을 뒤적거리다가 가방에서 문고판 소설을 꺼내 읽기 시작했다. 하지만 도저히 집중할 수가 없었다.

주치의가 회진을 왔을 때도 윌의 어머니가 안에 있어서 따라 들어갈 수가 없었다. 15분 뒤 그가 다시 나왔을 때는, 트레이너 부인이 뒤따라 나왔다. 누구라도 붙잡고 말하고 싶은 마음에 그랬는지, 아니면 거기 나밖에 없어서 그랬는지 몰라도 그녀는 깊은 안도감에 푹 잠긴 목소리로 내게 말해주었다. 주치의가 이제 감염이 잡힌 것 같다고 상당히 자신 있게 말해주었다고. 유달리 독한 변종 박테리아였다고 했다. 윌이 곧장 병원으로 온 게 다행이었다고도 했다.

그녀의 "안 그랬으면……"이 우리 사이의 침묵에 걸려 있었다.

"그러면 이제 우리 어떻게 하죠?" 내가 물었다.

그녀는 어깨를 으쓱했다. "기다려야죠."

"제가 가서 점심거리라도 사다 드릴까요? 아니면 잠깐 가서 식사하고 오시는 동안 제가 윌 옆에 있을까요?"

아주 흔치 않게, 이해 비슷한 무언가가 나와 트레이너 부인 사이를 스쳐 갈 때가 있다. 부인의 표정이 짧게 누그러졌다. 의례적인 굳은 표정이 없으니 그녀가 얼마나 절망적인 피로에 지쳐 있는지가 훨씬 선명하게 드러났다. 내가 그들과 함께한 시간 동안 10년은 더 늙어버린 것 같았다.

"고마워요, 루이자. 여기 좀 있어주면 집에 가서 옷을 좀 갈아입고 오려 해요. 지금은 도저히 윌을 혼자 두고 싶지가 않아서요."

부인이 가고 나서 나는 병실에 들어가 문을 닫았다. 윌의 곁에 앉았다. 이상하게 여기 없는 사람처럼 보였다. 내가 아는 윌은 어딘가로 짧은 여행을 떠나고 여기엔 껍데기만 남아 있는 것 같았다. 아주 짧게, 사람이 죽으면 이렇게 되는 걸까 하는 생각이 스쳤다. 하지만 그래도 죽음은 생각하지 말자고 마음을 다잡았다.

그대로 앉아서 똑딱거리는 시계를 보았다. 가끔 밖에서 중얼거리는 말소리와 리놀륨 바닥에 찍찍 끄는 발소리가 들려 왔다. 두 번인가 간호사가 들어와서 몇 가지 수치를 확인하고 버튼 두세 개를 누르고 체온을 쟀지만, 윌은 여전히 꿈쩍도 하지 않았다.

"……괜찮은 거죠?" 내가 물었다.

"잠들어 있어요." 간호사가 날 안심시키듯 말했다. "아마 지금은 환자분한테도 그게 제일 좋을 거예요. 너무 걱정 마세요."

말은 쉬웠다. 그러나 그 병실에 앉아 있자니 생각할 시간이 너무 많았다. 나는 윌을 생각했고 윌이 중태에 빠지는 무시무시하게 빠른 속도를 생각했다. 패트릭을 생각했다. 그 아파트에서 내 소지품들을 챙기고 벽에 붙어 있던 내 달력을 떼어 돌돌 말고 그토록 조심스럽게 그의 서랍장에 정리해 넣었던 옷가지들을 개어 짐을 꾸리면서도, 생각했던 만큼 뼈저리게 쓰라린 슬픔은 느껴지지 않더라는 생각을 했다. 쓸쓸하지도 않았고 감당 못 할 슬픔에 휩싸이지도 않았다. 몇 년간의 연애를 끝장낼 때 응당 느껴야 할 다른 감정들도 전혀 없었다. 몹시 차분했고, 약간은 서글펐고, 조금은 죄책감을 느꼈다. 이별에 내 책임이 크다는 생각도 들었고 이토록 아무 감정이 없다는 것도 죄스러웠다. 나는 두 번인가 문자를 보내 정말, 정말 미안하다고, 익스트림 바이킹 대회에서 좋은 성적을 거두기 바란다고 했다. 답장은 없었다.

한 시간쯤 지났을 때, 나는 허리를 굽히고 윌의 팔을 덮은 담요를 걷어보았다. 하얀 침대 홑청을 배경으로 연한 갈색 손이 드러났다. 손등에는 의료용 반창고로 고정한 주사 튜브가 꽂혀 있었다. 손을 뒤집어 보니 손목의 흉터는 변함없이 선명한 납빛이었다. 문득 과연 그 흉터가 연해질 날이 오기나 할까, 자기가 저지르려 했던 일을 영원히 상기시키며 남아 있을까, 그런 생각이 스쳐 지나갔다.

그의 손가락을 부드럽게 꼭 감싸 쥐었다. 따뜻했다. 멀쩡히 살아 있는 사람의 손가락이었다. 손안에 느껴지는 감촉에 이상하리만큼 마음이 놓여 하염없이 잡고 있었다. 책상머리 샌님처럼 살지 않았다는 증거인 굳은살들과, 평생 다른 사람이 깎아주어야 할 분홍빛 조가비 같은 손톱들을 하염없이 바라보았다.

든든한 남자의 손이었다. 네모반듯한 손톱에 매력적이고 고른 손이었다. 이렇게 보고 있노라면 그 손에 힘이 하나도 없다는 게, 앞으로 영영 테이블에 놓인 물건을 집어 올릴 수 없고, 팔을 어루만지거나 주먹을 쥘 수도 없다는 게 믿기지 않았다.

손가락으로 그의 손등 뼈를 쓸어보았다. 내 안의 작은 일부는 이 순간 월이 눈을 뜨면 민망하지 않을까 생각했을지도 모른다. 하지만 난 개의치 않았다. 이렇게 손을 잡아주는 게 월에게도 좋을 거라는, 확신에 가까운 느낌이 있었다. 약기운에 취한 잠의 장벽 너머에서 그도 알고 있기를 간절히 바라며, 나는 눈을 꼭 감고 기다렸다.

4시가 좀 넘어서 드디어 월이 깨어났다. 복도 대기실 의자에 가로 누워 누가 버리고 간 신문을 읽던 나는 트레이너 부인이 알려주러 나온 걸 보고 벌떡 일어났다. 이제 말도 한다고, 날 보고 싶어 하더라는 말을 전해주는 부인의 얼굴이 조금은 밝아 보였다. 그녀는 아래층에 내려가서 트레이너 씨에게 전화를 하고 와야겠다고 했다.

그러더니 마치 도저히 못 참겠다는 듯 한마디를 덧붙였다. "제발 그 애를 피곤하게 만들지는 말아요."

"당연하죠." 나는 한없이 상냥한 미소로 답했다.

"윌." 문틈으로 고개를 빼꼼 내밀고 말했다.

윌은 천천히 얼굴을 내 쪽으로 돌렸다. "들어와요."

그는 지난 서른여섯 시간 동안 고래고래 악을 쓴 사람처럼 목이 다 쉬어 있었다. 나는 앉아서 그를 바라보았다. 윌은 눈을 깜박이며 시선을 내리깔았다.

"잠깐 마스크 벗겨줄까요?"

그가 고개를 끄덕였다. 마스크를 잡고 조심스럽게 머리 위로 올렸다. 마스크가 닿았던 피부에 희미한 물기가 남아 있어서, 휴지를 뽑아 얼굴을 부드럽게 닦아주었다.

"기분이 좀 어때요?"

"썩 좋진 않네요."

불현듯 묵직한 덩어리가 목구멍으로 치밀어 올라, 꾹 삼키는 데 애를 먹었다.

"난 몰라요. 관심 좀 받겠다고 별짓을 다 한다니까, 윌 트레이너. 이건 전부 다……."

그가 눈을 감는 바람에 나는 말을 중간에서 뚝 그쳤다. 잠시 후 다시 뜬 눈에는 희미하게 미안한 기색이 어려 있었다. "미안해요, 클라크. 오늘은 농담 따먹기는 무리겠는데."

우리는 앉아서 이야기를 나누었다. 연녹색 작은 병실에 내 목소리가 재잘재잘 끝도 없이 울려 퍼졌다. 패트릭네 집에서 짐을 챙겨 나온 얘기. 그렇게 제대로 라벨을 붙여 정리해 놓으라고 잔소리를 하더니 덕분에 내 CD를 따로 챙겨 나오는 게 얼마나 쉬웠는지 모른다는, 그런 시시콜콜한 얘기들.

"그래서 마음은 괜찮아요?" 내가 말을 마치자 윌이 물었다. 눈빛에 안쓰러운 기색이 역력했다. 내가 실제보다 훨씬 상처를 받았을 거라 짐작했나 보다.

"네. 그럼요." 나는 어깨를 으쓱해 보였다. "사실 그렇게 나쁘지도 않아요. 그것 말고도 워낙 생각해야 할 일이 많아서."

윌은 말이 없었다. 한참 뒤에야 그가 말했다. "문제는, 가까운 시일 내로 번지점프를 하러 갈 수 있을 것 같지가 않아요."

알고 있었다. 처음 네이선의 문자를 받았을 때부터 반쯤 예상하고 있었다. 그러나 막상 그 말이 윌의 입에서 나오자 타격이 컸다.

"걱정 말아요." 흔들림 없는 목소리로 말하려 애썼다. "괜찮아요. 나중에 또 가면 되죠."

"미안해요. 정말로 기대하고 있었다는 거 알아요."

나는 그의 이마에 손을 짚고 머리카락을 쓸어 넘겨주었다.

"쉬잇. 정말로 괜찮아요. 중요한 일 아니에요. 그냥 몸이나 나아요."

그는 희미하게 움찔하며 눈을 감았다. 나는 그것이 무엇을 의미하는지 알고 있었다. 눈가의 그 잔주름들. 체념한 표정. 그건 우리에게 나중이란 없을지도 모른다고 말했다. 그가 다시는 건강해지지 못할 거라 생각한다는 뜻이었다.

병원에서 돌아오는 길에 그랜타 하우스에 들렀다. 윌의 아버지가 문을 열어주었는데, 그 역시 트레이너 부인만큼이나 피로에 찌든 기색이 역력했다. 막 외출하려고 한 듯 낡은 방수 재킷을 들고 있었다. 나는 트레이너 부인이 다시 윌 곁을 지키고 있으며, 항생제가 잘 듣는 것 같지만 그래도 하루 더 병원에서 자야 할 것 같다고 전했다. 왜 부인이 그런 말을 직접 하지 않고 내게 부탁하는지는 알수 없었다. 생각이 너무 많아서 머리가 복잡했을지도 모르겠다.

"상태는 어때 보이던가요?"

"오늘 아침보다는 좀 나았어요." 내가 말했다. "제가 있는 동안 뭘 좀 마시기도 했어요. 아, 그리고 간호사에 대해서 굉장히 무례한 소리를 했고요."

"여전히 그렇게 잘나빠졌구만."

"네, 진짜 어찌나 잘나셨는지요."

그 순간 나는 트레이너 씨의 입이 꾹 다물리며 눈가에 물기가 반짝이는 걸 보았다. 그는 고개를 돌려 창밖을 내다보다 다시 날 보았다. 그때 나도 다른 데를 보는 척했다면 좋았을까, 알 수가 없었다.

"세 번째 발병이에요. 2년 동안."

그 말을 이해하는 데 시간이 좀 걸렸다.

"폐렴이요?"

그는 고개를 끄덕였다.

"불쌍한 녀석. 사실 알고 보면 굉장히 용감한 놈이라오. 그렇게 허세로 똘똘 뭉쳐 있지만." 그는 말을 삼키며 자기 말에 스스로 대답하듯 고개를 끄덕였다. "그걸 알아봐 줘서 고마워요, 루이자."

어찌할 바를 모르던 나는 손을 내밀어 그 팔에 얹었다. "네, 잘 알고 있어요."

그는 내게 희미하게 고갯짓을 하더니 복도 옷걸이에 걸려 있던 파나마모자를 집어 들었다. 트레이너 씨는 고맙다는 말인지 잘 가라는 말인지 모를 소리를 중얼거리더니, 내 곁을 지나쳐 현관문으로 나갔다.

윌이 없으니 별채가 이상하리만큼 적막했다. 전동 휠체어가 멀리서 왔다 갔다 하는 소리, 옆방에서 네이선과 나지막하게 대화를 나누는 목소리, 잔잔히 깔리는 라디오 소리에 내가 얼마나 익숙해졌는지 새삼스럽게 깨달았다. 이제 별채는 고요했다. 날 둘러싼 공기는 진공 상태처럼 먹먹했다.

다음 날은 윌에게 필요할지 모르는 물건들을 모두 챙겨 외박용 짐을 꾸렸다. 깨끗한 옷가지, 칫솔, 헤어브러시와 약, 혹시 음악을 들을 만큼 상태가 좋아질 때를 대비해 이어폰도 넣었다. 그러는 내내 뚜렷하게 고조되는 패닉과 싸워야 했다. 고집스러운 작은 목소리가 내 마음속에서 차츰 언성을 높이고 있었다. '그가 죽으면 바로 이런 기분일 거야.' 그 목소리를 묻어버리기 위해 라디오를 켜고 별채에 생기를 불어넣으려 애썼다. 청소를 하고 윌의 침대보를 깨끗하게 갈고 정원에서 생화를 좀 따서 거실에 꽂았다. 모든 준비를 다 마친 뒤, 슬쩍 눈을 들어 테이블에 놓인 휴가 계획 서류철을 보았다.

그다음 날은 하루 종일 우리가 계획했던 모든 활동, 온갖 여행 계획을 다 취소하면서 보낼 것이 분명했다. 윌이 그중 하나라도 할수 있을 만한 체력으로 회복되는 게 언제일지, 기약도 없었다. 주치의는 윌이 절대안정을 취해야 하고 항생제 투약을 끝까지 마쳐야 하며 주변 환경은 따뜻하고 건조하게 유지해야 한다고 거듭 강조해 말했다. 래프팅이나 스쿠버다이빙을 요양으로 봐줄 것 같지는 않았다.

나는 내 서류철을, 그걸 작성하는 데 들어간 내 모든 노력과 수고와 상상력을 물끄러미 바라만 보았다. 런던까지 가서 받아 온 여권을 바라보았다. 런던 시내로 향하는 기차에 앉아 있던 그때 느꼈던 흥분이 기억나 이 계획에 착수한 이래 처음으로, 참담한 절망에 기운이 쭉 빠졌다. 이제 겨우 3주밖에 남지 않았는데 나는 실패했다. 계약 기간이 끝나가는데 윌의 마음을 눈에 띄게 돌리는 일을 하나도 해내지 못했다. 트레이너 부인에게 이제 우리는 어떻게 되는 거냐고 물어볼 용기도 나지 않았다. 갑자기 난 복받치는 감정에 휩쓸려버렸다. 고개를 푹 떨구고 두 손에 얼굴을 묻고, 조용한 별채에서, 그대로 그렇게 서 있었다.

"루이자?"

퍼뜩 고개를 들었다. 네이선이 거기 서 있었다. 작은 주방이 그 든든한 덩치로 꽉 차 보였다. 그는 어깨에 배낭을 둘러메고 있었다.

"퇴원하게 되면 처방약이 필요할 것 같아서 좀 갖다놓으려고 들렀어요. 저기…… 괜찮아요?"

나는 씩씩하게 눈가를 훔쳤다. "그럼요. 죄송해요. 그냥…… 그냥 이걸 다 취소하려니까 막막해서."

네이선이 어깨에 멘 배낭을 내려놓고 내 맞은편에 앉았다. "분통 터지는 일이죠. 그럼요." 그는 서류철을 집어 들더니 휙휙 넘기기 시작했다. "내일 도와줄 사람이 필요해요? 병원에서도 내가 윌 옆에 있을 필요는 없는 것 같으니까 아침에 한 시간 정도는 들를 수 있어요. 전화 돌리는 일은 도와줄 수 있는데."

"정말 고맙지만 괜찮아요. 알아서 할게요. 제가 혼자 하는 게 더 간단할 거 같아요."

네이선이 홍차를 타 왔고, 우리는 마주 보고 앉아서 차를 마셨다. 네이선과 내가 제대로 이야기를 나눈 건 그때가 처음인 것 같다. 내 말은, 윌을 가운데 두지 않고 우리 둘이서만 말이다. 네이선은 전에 돌보던 환자 얘기를 해주었다. C3-4 전신마비 환자로 인공호흡기를 달고 있었는데, 그가 일하는 동안 적어도 한 달에 한 번은 앓아누웠다고 한다. 그리고 예전에 윌이 폐렴에 걸렸던 얘기도 해주었다. 처음에는 정말로 죽을 뻔했고 회복하는 데 여러 주가 걸렸다고 했다.

"그럴 때의 눈빛이 있는데……." 그가 말했다. "진짜로 아플 때 말이에요. 굉장히 섬뜩해요. 마치…… 몸에서 빠져나간 것 같은. 심지어 거기 있는 것 같지도 않은 눈빛인데……."

"알아요. 그 표정 끔찍하게 싫어요."

"그는……." 네이선이 말을 꺼내다가 갑자기 나를 바라보던 눈길을 스르륵 거두며 입을 다물었다.

우리는 머그잔을 잡은 채 앉아 있었다. 곁눈으로 네이선의 눈치를 살폈다. 그 다정하고 활달한 얼굴이 잠깐 봉인된 것처럼 보였다. 그러다 내가 던지려는 질문에 이미 답이 나와 있다는 걸 깨달았다.

"알죠, 그렇죠?"

"뭘 알아요?"

"그러니까…… 그가 무슨 일을 하려는지."

방 안의 침묵이 새삼스럽도록 강렬하게 느껴졌다.

네이선은 어떻게 대답해야 할지 가늠하려는 듯 나를 찬찬히 살폈다.

"전 알아요." 내가 말했다. "원래는 알면 안 되지만 알게 됐어요. 그게…… 그게 휴가를 계획했던 이유예요. 그간의 외출도 다 그래서였어요. 그 사람 마음을 어떻게든 돌려보려고."

네이선은 테이블에 머그잔을 내려놓았다. "그런 것 같다는 생각을 안 한 건 아닙니다." 그는 말했다. "……사명감을 가진 사람처럼 매달리길래."

"그랬어요. 지금도 그렇고."

그는 고개를 가로저었다. 포기하지 말라는 뜻인지, 이제는 할 수 있는 일이 없다는 뜻인지 나로서는 알 수가 없었다.

"우리 이제 어떻게 해요, 네이선?"

네이선이 잠깐 망설이더니 다시 입을 열었다. "이거 알아요, 루? 나는 윌을 정말 좋아해요. 솔직히, 그 친구를 사랑한다고도 얼마든지 말할 수 있습니다. 벌써 2년이나 같이 지냈어요. 최악의 순간도 봤고 컨디션이 좋은 날도 봤지만, 내가 할 수 있는 말은 세상의 돈을 모조리 갖다준대도 그렇게 살고 싶지는 않다는 겁니다."

그는 차를 벌컥벌컥 들이켰다. "여기서 자다 보면 그 친구가 자다가 비명을 지르며 깨어나는 소리를 듣게 될 때가 있어요. 왜냐하면 꿈속에서는 여전히 걸어 다니고 스키를 타고 별별 걸 다 할 수 있으니까요. 그 짧은 몇 분 동안 그 친구의 심리적 방어막이 걷히고 진심이 드러나서, 말 그대로 다시는 그렇게 살 수 없다는 걸 견딜 수가 없는 거예요. 못 견딘다고요. 거기 같이 앉아 있어도, 어차피 아무것도 나아질 리 없는 일에 대해 내가 해줄 말이 하나도 없어요.

상상할 수 있는 최악의 패를 쥐고 사는 친구란 말이에요. 그런데 그 거 압니까? 어젯밤에 그 친구를 보면서 그 인생이 앞으로 어떻게 될까 생각했어요……. 그 친구가 행복하기를 세상 그 무엇보다 바라지만, 나는…… 나는 도저히 그가 하려는 일을 감히 내 잣대로 판단할 수가 없어요. 그 친구가 선택할 일이에요. 자기가 선택해야 된단 말이에요."

목이 메어 숨쉬기가 답답해졌다. "그렇지만…… 그건 예전 이야 기잖아요. 모두들 내가 오고 나서 달라졌다고 했잖아요. 이제는 달라졌다고요. 나와 같이 있을 때는 다르잖아요. 안 그래요?"

"그야 물론이죠. 하지만……."

"우리조차 그가 더 행복해질 수 있다고, 심지어 더 건강해질 수 있다고 믿지 못하면 어떻게 그가 자기 미래에 좋은 일이 일어날지 모른다고 기대할 수 있겠어요?"

네이선은 머그잔을 테이블에 놓았다. 그리고 내 눈을 똑바로 바라보았다.

"루, 그는 좋아질 수 없어요."

"그건 모르잖아요."

"알아요. 하지만 줄기세포 연구에서 획기적인 성과가 난다면 모를까, 윌은 저 휠체어에서 10년은 더 살아야 해요. 그것도 최소한으로 잡은 거예요. 식구들은 인정하기 싫어하지만, 당사자는 잘 알고 있어요. 게다가 이건 문제의 절반에 불과해요. 부인은 어떤 대가를 치러서라도 윌을 살려두고 싶어 하죠. 트레이너 씨는 결국 아들에게 선택을 맡겨야 할 때가 올 거라고 생각하고요."

"당연히 그가 선택하겠죠, 네이선. 하지만 그 선택이 진짜 어떤 의미인지 알아야만 해요."

"머리가 좋은 친구예요. 자기 선택이 무슨 뜻인지 정확하게 알고 있단 말입니다."

내 언성이 그 작은 방 안에서 마구 높아졌다. "아뇨. 그 말은 틀렸어요. 그 말은 그 사람이 내가 오기 전과 똑같은 위치에 있다는 거잖아요. 내가 여기 있다는 사실이 세상을 보는 그 사람의 시각을 하나도, 아주 조금도 바꿔놓지 못했다는 뜻이잖아요."

"내가 그 친구 머릿속을 어떻게 들여다보겠어요, 루."

"저로 인해 그 사람 생각이 달라진 건 아시잖아요."

"아니요. 하지만 당신을 행복하게 하기 위해서라면 그 친구가 아마 뭐든지 할 거라는 건 알아요."

나는 뚫어져라 그를 바라보았다. "그냥 날 행복하게 해주려고 겉으로만 나아진 척한다는 거예요?" 네이선에게 미칠 듯이 화가 났다. 모두에게 미칠 듯 화가 났다. "그러면, 이 모든 일이 어차피 아무 소용도 없다고 생각한다면, 대체 왜 간다고 했던 거예요? 어째서 여행을 같이 가겠다고 했냐고요? 그냥 재밌게 휴가나 즐기려고 했던 거예요?"

"아니요. 나도 그 친구가 살면 좋겠어요."

"하지만……."

"하지만 그 친구가 살고 싶은 마음이 있을 때 살기를 바랍니다. 그렇지 않다면 억지로 살라고 하는 건, 당신도, 나도, 아무리 우리가 그 친구를 사랑한다 해도, 그에게서 선택권을 박탈하는 거지같은 인간 군상의 일원이 되어버리는 거예요."

네이선의 말이 메아리치다가 정적 속으로 사라졌다. 뺨에 흐르는 한 줄기 눈물을 닦고 심장박동을 가라앉히려 노력했다. 네이선은 내 눈물에 당황했는지 멍하니 목덜미를 긁다가 잠시 후 말없이 키친타월을 건네주었다.

"전 도저히 두고 볼 수가 없어요, 네이선."

그는 아무 말도 하지 않았다.

"난 못 해요."

나는 부엌 테이블에 놓여 있는 내 여권을 물끄러미 바라보았다. 사진이 끔찍했다. 완전히 다른 사람처럼 보였다. 그 삶과 존재가 실제의 나와는 하나도 닮지 않은 어떤 사람의 것처럼 보였다. 그걸 물끄러미 바라보며 생각했다.

"네이선?"

"왜요?"

"좀 다른 종류의 여행을, 의사들도 동의할 만한 여행을 제가 계획한다면 그래도 같이 가주실래요? 그래도 날 좀 도와주실래요?"

"당연히 그래야죠." 그는 일어서서 자기가 마신 머그잔을 헹군 뒤 배낭을 어깨에 걸쳤다. 그러더니 부엌에서 나가기 전에 돌아서서 날 보았다. "하지만 솔직히 말할게요, 루. 아무리 당신이라도 이 일을 해낼 수 있을 것 같지는 않아요."

23

그로부터 정확히 열흘 뒤, 윌의 아버지가 개트윅 공항 앞에 차를 세우고 우리를 내려주었다. 네이선은 카트에 우리 짐을 싣느라 씨름을 하고 있었고, 나는 윌의 몸이 불편한지 확인하고 또 확인하는 바람에 결국 짜증을 벌고 있었다.

"다들 몸조심하고. 여행 잘 다녀와라." 트레이너 씨가 윌의 어깨에 손을 얹으며 말했다. "너무 짓궂은 장난은 치지 말고." 그는 이 말을 하며 놀랍게도 내게 한쪽 눈을 찡긋하기까지 했다.

트레이너 부인은 일 때문에 따라오지 못했지만, 실상은 두 시간 동안 남편과 같은 차를 타고 싶지 않아서가 아닐까 짐작했다.

윌은 고개를 끄덕였지만 아무 말도 하지 않았다. 그는 차에서 신경 쓰일 정도로 말이 없었다. 속을 알 수 없는 눈길로 차창 밖을 내다보며 교통이 어쩌니 저쩌니, 벌써 뭘 잊어버리고 안 갖고 왔다느니 하며 계속 수다를 떠는 네이선과 나를 깡그리 무시했다.

공항 청사를 가로질러 걸어가면서도 우리가 옳은 일을 하고 있는 건지 알 수가 없었다. 트레이너 부인은 아들이 아예 가지 않기를 바랐다. 그러나 아들이 내 수정안에 동의한 날부터는, 두려운 마음에 가지 말라는 소리를 차마 하지 못한다는 느낌을 받았다. 그녀는 윌과 같이 있을 때는 말이 없었고, 의료진들에게만 얘기를 했다. 그러다 정원에서 무서우리만큼 효율적인 손길로 화초를 잘라대느라 바빴다.

"항공사에서 마중을 나오기로 했는데. 그쪽에서 나와서 우리를 맞기로 했는데." 체크인 데스크로 가는 길에 서류를 뒤적이며 내가 말했다.

"진정해요. 그 사람들이 문간에서 짐을 부칠 리가 없잖아요." 네이선이 말했다.

"하지만 휠체어는 '파손 요주의 의료기기'로 분류해서 보내야 한단 말이에요. 내가 세 번이나 전화해서 여직원한테 확인을 받았는걸요. 그리고 윌의 기내 의료 장비도 잘못되지 않게 우리가 확인해야 해요."

온라인 전신마비 환자 커뮤니티는 내게 어마어마한 양의 정보와 경고, 합법적 권리와 체크리스트를 제공해 주었다. 그래서 항공사에 비상구 쪽 자리를 요구했다. 그리고 윌을 첫 번째로 탑승시킨 뒤 게이트에 도착할 때까지는 전동 휠체어를 타고 있을 수 있도록 해달라고 두 번 세 번 확인을 했다. 네이선이 마지막까지 남아서 휠체어에서 조이스틱을 빼고 수동으로 돌린 뒤 조심스럽게 휠체어를 묶고 페달을 고정하기로 했다. 휠체어가 파손되지 않도록 비행기에 실릴 때까지 직접 살펴봐야 했고, 분홍 딱지를 붙여서 짐을 다루는 사람들에게 굉장히 예민한 화물이라는 걸 알려야 했다. 우리는 나란히 세 좌석을 예매해 윌이 남의 눈치를 볼 필요 없이 의료 처치를 받을 수 있도록 했다. 항공사에서는 팔걸이를 올려둘 테니 휠체어에서 비행기 좌석으로 옮길 때 윌의 골반이 다치는 일은 없을 거라고 나를 안심시켰다. 우리는 항상 그를 사이에 두기로 했다. 비행기에서 내릴 때도 승객들 중에서 최우선이어야 했다.

이 모든 게 다 내 '공항' 체크리스트에 있었다. '호텔' 체크리스트보다는 한 장 앞에 있지만 '떠나기 전날' 체크리스트와 여행 일정보다는 뒤에 있었다. 이렇게 온갖 안전장치들을 다 갖추어 놓았는데도 걱정스러워 멀미가 날 지경이었다.

윌을 볼 때마다 지금 이게 잘하는 짓인지 알 수가 없었다. 주치의는 바로 전날 밤에야 가도 좋다고 허락을 해주었다. 그는 제대로 먹지도 못하고 날마다 대부분의 시간을 잠으로 소비했다. 단순히 질병에 지친 게 아니라 살아갈 기력 자체가 소진된 것 같았다. 우리의 잔소리도, 신나게 수다를 떨려는 노력도, 상황을 어떻게든 낫게 만들려는 부단함도 다 지긋지긋한 눈치였다. 그가 내 존재를 잘 참아주면서도 혼자 있고 싶어 하는 때가 있다는 걸 난 알았다. 하지만 그는 내가 도저히 그를 혼자 둘 수 없다는 걸, 알지 못했다.

"저기 항공사 직원이 오네요." 환한 미소를 띠고 클립보드를 든 제복 차림의 여자가 씩씩하게 우리 쪽으로 걸어오고 있었다.

"아니, 환승할 때 참 큰 도움이 되겠어요. 새우 하나도 제대로 못 들 것 같은데." 네이선이 퉁명스럽게 한마디 했다.

"어떻게든 되겠죠." 내가 말했다. "우리 둘이서 어떻게든 해볼 수 있을 거예요."

내가 뭘 원하는지 깨달은 뒤로, 그 말이 내 캐치프레이즈가 되었다. 별채에서 네이선과 이야기를 나눈 후 나는 그들 모두의 생각이 틀렸다는 걸 입증해 주겠다는 새로운 의욕에 충만해 있었다. 내가 계획한 휴가를 떠날 수 없다고 해서 윌이 아무것도 못 한다는 뜻은 아니었다.

나는 커뮤니티에 접속해서 온갖 질문들을 따발총처럼 쏘아댔다. 훨씬 쇠약해진 윌이 요양을 할 만한 좋은 장소가 있을까요? 혹시 우리가 갈 만한 곳을 아는 다른 분 혹시 계시나요? 체온이 주요 고려 사항이에요. 영국의 기후는 너무 변덕이 심하니까요. 비가 추적추적 내리는 영국 해안가 리조트보다 우울한 건 세상에 없다. 이탈리아와 그리스, 프랑스 남부와 기타 해안 지역들을 제외하고 나니 유럽의 남은 지역들은 대체로 7월 말에 너무 더웠다. 그때 내 눈앞에 선명히 떠오르는 그림이 하나 있었다. 바닷가에서 편안히 쉬는 윌의 모습이었다. 문제는 계획하고 떠날 시간이 겨우 며칠밖에 되지 않아서, 그 그림을 현실로 이룰 수 있을 가능성이 갈수록 희박해져 간다는 것이었다.

커뮤니티 사람들은 모두들 자기 일처럼 안타까워했다. 폐렴에 대해 숱한 이야기들이 올라왔다. 폐렴이 모두를 괴롭히는 악령 같은 존재인 모양이었다. 우리가 갈 만한 곳에 대한 몇 가지 제안들도 있었지만 내 마음에 확 불을 댕기는 장소는 없었다. 아니, 더 중요하게는 윌의 마음에 영감을 줄 거라 생각되는 장소가 없었다고 해야겠다. 나는 스파를 원치 않았다. 윌이 자기와 같은 입장의 사람들을 보게 될 만한 장소도 싫었다. 윌이 진심으로 원하는 게 뭔지는 잘 몰랐지만, 거꾸로 스크롤하며 나열된 그들의 제안을 살펴보니 적어도 그중에는 적합한 게 하나도 없다는 사실은 확실히 알 수 있었다.

그러다 나를 구원하러 달려와 준 사람은 커뮤니티의 든든한 버팀목 리치였다. 월이 퇴원하던 날 오후, 그는 이런 메시지를 썼다.

이메일 주소 좀 가르쳐줘요. 사촌이 여행사 직원이에요. 그 녀석한테 좀 찾아보라고 시켰습니다.

나는 그가 준 전화번호로 전화를 걸어 걸쭉한 요크셔 억양의 중년 남자와 통화를 했다. 그가 자기 생각을 이야기했을 때, 어디선가 들어본 내용이라는 머릿속 종소리가 딸랑딸랑 울렸다. 그리고 두 시간 뒤 우리는 결국 문제를 해결했다. 나는 그 사람한테 너무 고마운 나머지 하마터면 엉엉 울음을 터뜨릴 뻔했다.

"천만의 말씀." 그가 말했다. "그냥 아가씨 남자친구가 좋은 시간을 보내기만 하면 됩니다."

말은 그렇게 했지만 출발할 무렵에는 나도 월만큼이나 기진맥진해 있었다. 몇날 며칠을 전신마비 환자의 여행에 필요한 세부사항들을 조율하느라고 씨름을 하며 보냈다. 출발 당일 아침까지도 월이 정말 갈 수 있을 만큼 몸이 좋아질지 확신할 수 없어 안달했다. 이제 가방을 들고 자리에 앉은 나는 북적거리는 공항에서 창백한 얼굴로 물러서 있는 그의 모습을 보며 다시 한번 내가 잘못한 걸까 고민했다. 순간적으로 급작스런 패닉이 덮쳤다. 또 아프면 어떻게 하지? 경마장 때처럼 매 순간을 끔찍하게 싫어하면 어떻게 하지?

내가 이 모든 상황을 잘못 읽었다면? 정작 월에게 필요했던 것이 거창한 휴가가 아니라 자기 집 침대에 누워서 열흘을 편안하게 보내는 거라면 어떻게 하지?

그러나 우리에겐 흘려보낼 열흘이 없었다. 이게 끝이었다. 이게 나에게 주어진 유일한 기회였다.

"우리 비행편을 부르는데요." 면세점에 들렀던 네이선이 휘적휘적 걸어오며 말했다. 그가 한쪽 눈썹을 추켜올리자 나는 깊이 숨을 들이쉬었다.

"좋아요." 내가 대답했다. "가요."

하늘에서 기나긴 열두 시간을 보내야 했음에도 비행은 내가 두려워했던 것만큼 끔찍한 시련은 아니었다. 네이선은 담요를 덮고도 능숙한 솜씨를 뽐내며 월의 일과를 해결했다. 항공사 직원은 싹싹하고 눈치가 빨랐으며 휠체어도 조심스럽게 다루었다. 월은 약속대로 제일 먼저 탑승했고 어디 부딪혀 멍드는 일 없이 비행기 좌석으로 옮겨져 우리 두 사람 사이에 자리를 잡았다.

이륙하고 나서 한 시간도 채 되지 않아 깨달았다. 이상한 일이지만, 몸이 흔들리지 않게 안정된 자세를 유지하기만 하면 구름 위 하늘에서 월은 기내의 여느 승객들과 크게 다르지 않았다. 움직일 곳도 없고 할 일도 없이 약 9000미터 상공의 의자에 처박혀 있는 상황은 다른 승객들의 처지도 다를 바 없었다. 그는 식사를 하고 영화를 한 편 봤으며, 대체로는 잠을 잤다.

네이선과 나는 서로 신중한 미소를 지어 보이며 다 괜찮은 것처럼, 다 좋은 것처럼 행동했다. 나는 창밖을 하염없이 바라보았다. 그때는 발밑에 보이던 구름처럼 생각이 마구잡이로 뒤엉켜 있었기 때문에, 나 루이자 클라크가 정말로 세계 반대편으로 날아가고 있다는 사실을 실감하지 못했다. 윌 말고는 아무것도 눈에 보이지 않았다. 처음 토머스를 낳았을 때 동생이 그런 기분이었을까. 그 애가 이런 말을 한 적이 있다. "꼭 깔때기를 통해서 세상을 보는 기분이야." 트리나는 새로 태어난 생명을 바라보며 말했었다. "온 세상이 쪼그라들어서 나와 저 아이만 남은 것 같아."

아까 공항에 도착했을 때 동생의 문자 메시지가 왔었다.

언니는 할 수 있어. 언니가 자랑스러워서 내가 돌아버리겠어. ♥♥♥

그 문자를 다시 보고 있자니 뜬금없이 울컥 감정이 복받쳤다. 아마 그 애가 고른 단어들 때문이었을 것이다. 아니면 지치고 두렵고, 여기까지 윌을 끌고 왔다는 사실이 여전히 믿기지 않아서 그랬을지도 모른다. 괜한 상념을 끊어버리려고 TV를 켜고 웬 미국 코미디를 건성으로 보다 보니 우리를 에워싼 하늘이 어두워졌다.

잠에서 깨어나니 승무원이 아침 식사를 들고 우리를 내려다보고 있었다. 윌은 네이선과 방금 같이 본 영화 이야기를 하고 있었다. 놀랍게도 그 모든 난관을 뚫고 우리 세 사람이 모리셔스 제도에 착륙하기까지 한 시간도 남지 않았다.

시우사구르 람굴람 국제공항에 착륙할 때까지도 난 이 모든 일이 실제로 일어나고 있다는 실감을 못 하고 있었다. 피로에 전 몸을 질질 끌며 '도착' 관문을 나온 우리는 기나긴 비행으로 온몸이 뻣뻣했다. 그때 우리를 기다리는 특별 개조 택시가 보였다. 난 안심이 된 나머지 하마터면 펑펑 울어버릴 뻔했다. 운전사가 우리를 태우고 리조트를 향해 질주하던 그 첫날 아침, 내 눈에는 섬 풍경이 거의 들어오지 않았다. 물론 영국보다 훨씬 채도가 높긴 했다. 하늘은 훨씬 생생했다. 고운 담청 빛깔이 사라지는가 싶더니 점점 깊어져 영원까지 닿아 있었다. 푸르른 녹음이 울창하게 우거진 섬은 수천 평에 달하는 사탕수수밭으로 둘러싸여 있고, 바다는 야트막한 화산들 사이로 한 줄기 수은처럼 반짝거렸다. 대기에는 스모키하고 생강처럼 톡 쏘는 향이 배어 있고 태양은 중천에 아득히 높이 걸려 있어 그 하얀 빛을 보려면 실눈을 떠야 했다. 피로에 찌든 나는 누가 흔들어 깨워서 일어나 보니 반들반들한 잡지 책장 속에 들어와 있는 기분이었다.

그러나 내 감각이 생경한 것들과 씨름하는 사이에도, 시선만은 도돌이표처럼 윌에게로 돌아갔다. 창백하고 파리한 얼굴, 괴상하게 축 늘어져 있는 어깨와 머리로. 종려나무들이 늘어선 진입로로 들어선 우리는 낮은 골조의 건물 밖에 정차했다. 운전사는 벌써 짐을 내리고 있었다.

우리는 아이스티와 함께 호텔 투어를 시켜주겠다는 제의를 거절했다. 객실을 찾아 가방들을 던져놓고 침대에 편안히 눕히자 윌은 커튼을 치기도 전에 다시 잠들어 버렸다. 거기 정말 우리가 와 있었다. 내가 해냈다. 내가 윌의 객실 밖에 서서 마침내 깊은 숨을 토하는 사이 네이선은 창밖 너머 산호초에서 하얗게 일어나는 물거품을 바라보았다. 여행 때문인지, 아니면 내 평생 그토록 아름다운 곳은 처음이었기 때문인지, 갑자기 눈물이 왈칵 쏟아졌다.

"괜찮아요." 내 표정을 놓치지 않은 네이선이 말했다. 그러더니 정말이지 뜻밖에도, 내게 다가오더니 곰처럼 따스하게 꼭 힘주어 껴안아 주었다. "긴장 풀어요, 루. 괜찮을 거예요. 정말로요. 아주 잘했어요."

거의 사흘이 다 지나갈 때쯤에야 그 말이 믿어지기 시작했다. 윌은 처음 마흔여덟 시간 동안은 잠만 자다시피 했다. 그러다가 깜짝 놀랄 정도로 얼굴이 좋아지기 시작했다. 혈색도 돌아오고 눈가의 푸른 그늘도 없어졌다. 경련도 줄고 입맛도 돌아와서 끝없이 펼쳐진 호사스러운 뷔페를 따라 천천히 휠체어를 밀고 다니며 접시에 담고 싶은 음식을 말해주었다. 나한테 한 번도 안 먹어본 무슨 스파이시 크레올 카레와 이름도 모르는 해물을 좀 먹어보라고 윽박지르는 걸 보니 이제 좀 기운을 차리고 본모습을 되찾고 있다는 걸 알 수 있었다. 그는 나보다 훨씬 빨리 이곳 생활에 적응한 것 같았다. 하긴 당연한 일이다. 나는 그가 살아온 대부분의 시간이 이런 세상이었다는 사실을 새삼스럽게 떠올렸다. 성 그림자가 드리운 작은 별채가 아니라 여기 이 지구, 이 드넓은 해변이.

호텔은 약속한 대로 광폭타이어가 달린 휠체어를 제공했고, 매일 아침 네이선이 윌을 옮겨 태워 우리 셋이서 해변으로 산책을 나갔다. 볕이 너무 따가워지면 윌이 고생스러울까 봐 나는 파라솔을 들고 다녔다. 그렇지만 그런 일은 없었다. 섬 남부는 바다에서 불어오는 미풍으로 유명했다. 성수기도 아니라서 리조트의 기온이 웬만해서는 20도 초반을 넘어서는 법이 없었다. 우리는 호텔 본관의 전망을 약간 벗어나는 위태로운 노두 근처 작은 해변에 들러 쉬곤 했다. 종려나무 그늘 아래 접이의자를 펴고 윌 옆자리에 내가 앉았고, 둘이서 그렇게 윈드서핑이나 워터스키를 시도하는 네이선을 구경했다. 가끔씩은 소리쳐 응원도 하고, 가끔씩 신랄한 혹평도 섞어 넣었다.

처음에는 호텔 직원들이 윌에게 지나치게 잘해주려다 의욕이 앞서는 느낌이었다. 휠체어를 밀어주겠다든가, 끝없이 차가운 음료를 권한다든가. 하지만 쓸데없는 호의를 베풀지 않아도 괜찮다고 설명하자 다들 흔쾌히 물러섰다. 내가 잠깐 윌의 곁을 비운 사이에 직원들이 다가와 그와 이야기를 나누거나 가보면 좋을 만한 곳들을 가르쳐주는 모습은 보기 좋았다. 나딜이라는 말라깽이 청년은 비공식적으로 네이선이 없을 때 윌의 간병인 역할을 맡은 것처럼 보였다. 하루는 나와보니 나딜과 또 한 친구가 '우리' 나무 옆에 쿠션이 받쳐진 선 베드를 하나 갖다놓은 뒤 윌을 내려주고 있었다.

"이편이 나으실 거예요." 나딜은 모래사장을 건너 걸어오는 나를 보고 엄지손가락을 치켜들어 보였다. "윌 씨가 다시 휠체어에 앉으셔야 할 때가 되면 그냥 저를 부르세요."

함부로 윌을 옮기면 안 된다고 막 항의하려던 참이었다. 그런데 뜻밖에도 윌이 눈을 감고서 한없이 만족스러운 얼굴로 누워 있는 바람에 그냥 입을 다물고 고개만 끄덕였다.

윌의 건강에 대한 불안감이 희미해질수록 서서히 정말 여기가 천국이 아닐까 의심하게 되었다. 평생 살면서 이런 데서 지내게 될 줄은 꿈에도 생각해 보지 못했다. 아침마다 해변에서 부드럽게 부서지는 파도 소리나 나무에서 서로를 부르는 낯선 새들의 지저귐 소리에 잠을 깼다. 천장을 물끄러미 바라보고 있노라면 잎사귀들 사이로 비치는 햇살이 일렁였고, 옆방에서는 윌과 네이선이 진즉에 일어났음을 알려주는 웅얼거리는 말소리가 들려왔다. 나는 사롱◇과 수영복을 차려입고 어깨와 등에 닿는 따뜻한 태양의 감촉을 즐겼다. 피부에는 주근깨가 생기고 손톱은 탈색되었지만, 여기 이곳에 존재한다는 소박한 기쁨이 주는 귀한 행복감을 느끼게 되었다. 바닷가를 거닐고 생경한 음식을 먹고 화산석 밑에서 까만 물고기들이 수줍게 쳐다보는 가운데 따사롭고 맑은 물에서 수영을 하고 태양이 불타오르는 빨강으로 수평선을 물들이며 저무는 광경을 지켜보고. 지난 몇 달이 스르르 멀어져 갔다. 부끄럽지만 패트릭 생각은 거의 나지 않았다.

우리의 나날에 패턴이 생겼다. 우선 셋이서 다 같이 온화하게 그늘진 풀장 옆 테이블에서 아침을 먹었다. 윌은 과일샐러드를 좋아해서 내가 손으로 먹여주었는데, 입맛이 좋아지면서 가끔은 바나나 팬케이크로 마무리했다. 그다음에는 해변에 가서 네이선이 수상스포츠 기술을 연마하는 동안 기다렸다. 나는 책을 읽고 윌은 음악을 들었다. 윌은 내게 뭘 좀 해보라고 계속 잔소리를 했지만 나는 처음에는 싫다고 했다. 그냥 그 옆에 붙어 있고 싶기만 했다. 하지만 윌

◇ 이슬람교도들이 남녀 구분 없이 허리에 둘러 입는 스커트와 비슷한 옷.

이 고집을 피워서 어떤 날에는 오전에 윈드서핑도 하고 카약도 탔다. 하지만 그냥 월 옆에서 빈둥거리고 앉아 있는 게 제일 행복했다.

가끔 나딜이 근처에 있고 리조트가 한적할 때면, 나딜과 네이선이 좀 작은 수영장의 따뜻한 물속으로 부드럽게 월을 밀어 넣어주기도 했다. 네이선이 월의 뒷머리를 받치고 물에 뜰 수 있게 잡아주었다. 그럴 때 월은 별말을 하지 않았지만, 몸이 오랫동안 잊고 있던 감각을 되살린 듯 조용히 흡족한 표정을 지었다. 오랫동안 창백하기만 하던 긴 상체가 황금빛으로 변했다. 흉터는 은빛이 되다가 희미해지기 시작했다. 이제 셔츠를 벗어도 편안해 보였다.

점심시간이 되면 우리는 휠체어를 밀고 리조트의 레스토랑 세 곳 중 하나를 찾았다. 몇 군데 작은 계단과 경사를 제외하면 건물 전체가 타일 바닥으로 되어 있어 월은 남의 도움을 전혀 받지 않고도 온전히 자기 힘으로 휠체어를 타고 이동할 수 있었다. 작다면 작은 일이겠지만, 누가 따라가지 않아도 혼자 마실 걸 주문할 수 있다는 건 매우 중요했다. 나와 네이선이 손을 덜 수 있어서가 아니라 월이 날마다 느끼는 좌절감(다른 사람에게 전적으로 의존해서 생활해야 한다는 것)을 짧게나마 덜어준다는 의미에서 말이다. 하긴 어디를 가든 우리가 그렇게 바삐 다닐 필요도 별로 없었다. 어디를 가나, 해변이나 수영장이나 심지어 스파에서도 웃음을 띤 직원들이 튀어나와서 우리가 좋아할 만한 음료를 권했다. 향기로운 분홍색 꽃으로 장식까지 해서. 해변에 누워 있을 때도 작은 버기가 곁을 지나쳤다. 미소 띤 웨이터는 물, 과일주스, 아니면 더 독한 음료를 얼마든지 주었다.

오후가 되어 기온이 최고점에 달하면 월은 방으로 돌아가서 두세 시간 낮잠을 잤다. 나는 수영장에서 헤엄을 치거나 책을 읽었고, 그러다 저녁이면 모두 다시 만나 바닷가 식당에서 저녁 식사를 했다. 나는 금세 칵테일에 맛을 들였다. 나딜이 고안한 방법인데, 큰 술잔에 사이즈가 적당한 빨대를 꽂아 윌의 홀더에 놓아두면 네이선과 내가 중간에 끼어들 일이 전혀 없었다. 어스름이 지면 우리 셋은 어린 시절이며 첫 번째 남자친구나 여자친구, 처음 가졌던 직장이며 가족들과 옛날에 갔던 여행 얘기를 나누었다. 그러다 보면 깊이 가라앉았던 윌이 서서히 수면으로 떠오르는 기미가 보였다.

하지만 이번의 윌은 전과 달랐다. 내가 그를 알아왔던 시간 내내 존재하지 않던 평화를, 바로 이곳이 그에게 허락한 것처럼 보였다.

"잘하고 있죠?" 네이선은 뷔페에서 마주치자 그렇게 말했다.

"네, 그런 것 같아요."

"있잖아요……." 네이선이 내 쪽으로 몸을 살짝 기울였다. 우리가 자기 얘기를 하는 걸 윌이 볼까 봐 조심스럽게. "물론 목장과 온갖 모험들도 멋졌을 거 같지만 지금 저 친구를 보고 있으니 이곳에 오길 훨씬 잘했다는 생각이 드네요."

첫날 체크인을 하면서 내가 했던 결심은 그에게 말하지 않았다. 불안으로 딱딱하게 굳은 위장을 부여잡고 벌써부터 집에 돌아갈 날이 며칠이나 남았는지 세면서 나는 결심했다. 그 열흘의 시간 동안 나는 우리가 거기 간 진짜 목적을 잊으려고 안간힘을 써야만 했다. 6개월의 계약, 그토록 꼼꼼하게 구성한 달력, 그전에 있었던 모든 일들. 나는 그저 순간을 살면서 윌 역시 나처럼 순간을 살아갈 수 있도록 이끌어야 했다. 윌이 행복하기를 바란다면, 먼저 내가 행복해져야 했다.

나는 멜론 한 조각을 더 먹고 미소를 지었다. "그러면 이제 나중에 뭐 해요? 노래방에 갈래요? 아니면 어젯밤의 충격에서 귀가 아직 회복되지 못했나요?"

나흘째 밤 네이선은 아주 약간 민망스러워 하며 데이트가 있다고 선언했다. 카렌은 바로 옆 호텔에 묵고 있는 뉴질랜드 여자로 오늘같이 시내로 외출을 하기로 했단다.

"아니, 그냥 탈이 나면 안 되니까요. 그…… 혼자 다녀도 되는 데인지 잘 모르겠어서."

"그럼요." 월이 현자처럼 고개를 끄덕이며 말했다. "네이선, 아주 기사도적인 행동인데요."

"굉장히 책임감 넘치는 일이에요. 정중하기 그지없고." 나도 동의했다.

"네이선이 워낙 자기희생 정신이 강해서 늘 감탄한다니까요. 특히 여성분에게는 더욱 그렇죠."

"두 사람 다 집어치워요." 네이선은 씩 웃더니 바람처럼 사라져버렸다.

카렌은 곧 붙박이가 되었다. 네이선은 밤마다 그녀와 함께 사라졌다. 늦은 시간에 돌아와서 할 일을 다 하긴 했지만 우리는 암묵적으로 그에게 최대한 즐길 시간을 주려 했다.

게다가 나는 은근히 기뻤다. 난 네이선을 좋아했고 그가 와줘서 고마웠지만 그래도 월과 단둘이 있을 때가 더 좋았다. 주위에 다른 사람이 없을 때 우리가 서로의 마음을 순식간에 읽게 되는 것이, 우리 사이에 솟아난 편안한 친근감이 좋았다. 그가 고개를 돌려 재미있다는 듯 나를 보는 눈길이 좋았다. 내가 이젠 자기가 예상한 것보다 훨씬 더 대단한 존재가 되었다고 말하는 것 같아서 좋았다.

떠나기 이틀 전, 나는 네이선에게 카렌을 호텔로 데리고 오고 싶다면 그렇게 하라고 말했다. 그가 그녀의 호텔에서 며칠 밤을 보냈다는 것과 잠들기 직전에 윌을 돌보기 위해 도보로 20분씩 걸어 다니는 일이 쉽지는 않다는 걸 알고 있었다.

"난 괜찮아요. 그래서…… 그쪽이…… 사생활을 좀 존중받을 수 있다면야."

네이선은 벌써부터 뜨거운 밤 생각에 정신이 팔려 기분이 좋은지 두 번 생각도 않고 열렬하게 "고마워요, 친구"라고 말했다.

"잘했네요." 윌에게 말했더니 이렇게 대답했다.

"그쪽이 잘한 거예요." 내가 말했다. "이 고귀한 명분에 기부한 건 내 방이 아니라 그쪽 방이라고요."

그날 밤 우리는 윌을 내 방으로 데려갔다. 네이선이 윌을 침대에 눕혀주고 약을 먹이는 동안 카렌은 옆방에서 기다렸다. 화장실에서 티셔츠와 반바지로 갈아입은 나는 문을 열고 베개를 팔 밑에 끼고 소파로 꾸물꾸물 걸어갔다. 나를 쳐다보는 윌의 눈길을 의식하게 된 나는 지난 주 내내 그 앞에서 비키니 차림으로 돌아다녔으면서도 새삼스럽게 부끄러워졌다. 나는 소파 팔걸이 밑에 베개를 놓고 톡톡 두드렸다.

"클라크?"

"왜요?"

"정말이지 거기서 잘 필요 없어요. 이 침대는 축구팀 하나를 통째로 재우고도 남을 것 같은데."

사실 나는 별로 깊이 생각하지도 않았다. 그때쯤에는, 그런 사이였다. 아마 해변에서 반쯤 나체로 보냈던 나날들 때문에 우리 모두 약간은 풀어졌는지도 모른다. 어쩌면 네이선과 카렌이 벽 저편에서 오롯이 둘이서 고치에 들어간 것처럼 서로 꼭 껴안고 있을 거라는 생각 때문이었는지도 모른다. 어쩌면 그저 그와 가까이 있고 싶었을 뿐인지도 모른다. 침대로 걸어가려던 나는 갑자기 번개가 엄청난 굉음을 내며 떨어지는 바람에 움찔했다. 번갯불이 번쩍거리고 누군가 밖에서 비명을 질렀다. 옆방에서 네이선과 카렌이 깔깔 웃어대는 소리가 들렸다.

나는 창가로 가서 커튼을 젖히고 급작스러운 바람을, 갑작스럽게 떨어지는 기온을 느꼈다. 저 바깥 바다에서 폭풍우가 폭발하듯 태동하고 있었다. 삼지창처럼 생긴 번개의 섬광이 잠시 극적으로 하늘을 밝히더니, 다시 생각해 보니 안 되겠다는 듯 폭우가 묵직한 북소리를 내며 쏟아져 우리 작은 방갈로의 지붕을 때리기 시작했다. 어찌나 기세등등한지 온갖 소리를 다 묻어버릴 듯했다.

"창문을 닫는 게 좋겠어요." 내가 말했다.

"아니, 그러지 말아요."

내가 돌아섰다.

"문을 활짝 열어둬요." 윌은 고개로 바깥을 가리키며 말했다. "보고 싶어요."

나는 망설이다가 천천히 유리문을 테라스로 밀어젖혀서 열었다. 비가 호텔 건물을 때려 부술 기세로 쏟아부었다. 지붕에서 뚝뚝 떨어진 빗물은 테라스 위를 강물처럼 흘러 바다로 멀어져 갔다. 얼굴에 축축한 습기가 느껴지고 공기 중에 짜릿한 전류가 흘렀다. 팔뚝의 솜털이 빳빳하게 일어섰다.

"느껴져요?" 뒤에서 그가 말했다. "세계의 종말 같아요."

나는 거기 서서 전류가 내 몸을 뚫고 흐르고 하얀 섬광이 내 눈꺼풀에 아로새겨지도록 했다. 문득 목이 메더니 숨이 턱 막혔다.

돌아서서 침대로 걸어가 끄트머리에 걸터앉았다. 그가 바라보는 사이, 나는 허리를 굽혀 부드럽게 갈색으로 그을린 그의 목을 내 쪽으로 끌어당겼다. 이제는 어떻게 그를 움직여야 하는지, 어떻게 하면 그 체중과 덩치를 내 뜻대로 옮길 수 있는지 잘 알고 있었다. 나는 그를 꼭 안은 채 허리를 굽혀 통통하고 하얀 베개를 어깨 뒤에 받쳐준 다음, 다시 그를 놓아 베개에 폭 파묻히게 했다. 그에게서는 태양의 향기가 났다. 태양이 피부 깊은 곳까지 흠뻑 스며든 것 같았다. 그래서 나도 모르게, 맛있는 음식인 양 소리 없이 그를 들이마셨다.

그러고는 몸에 촉촉한 물기를 그대로 머금고 그 옆자리로 기어올라갔다. 다리가 맞닿도록 가까이 누워서 우리는 함께 바깥을 하염없이 바라보고 있었다. 번개가 물살을 때릴 때 이는 청백색 불꽃을, 은으로 된 층계 난간처럼 쏟아지는 빗줄기를, 겨우 30미터 거리에서 부드럽게 일렁이는 거대한 터키석 색 바다를.

우리를 에워싼 세상이 점점 작아지더니, 결국에는 폭풍우 소리와 자줏빛 도는 흑청색 바다, 그리고 부드럽게 일렁이는 거즈 커튼밖에 남지 않았다. 나는 밤바람에 흔들리는 연꽃 냄새를 맡았고 멀리서 짤랑거리며 부딪는 유리잔과 황급하게 의자를 미는 소리를 들었으며, 어딘가 먼 축하 파티에서 들려오는 음악 소리에 귀를 기울였고 사정없이 날뛰는 자연의 포화를 느꼈다. 팔을 뻗어 윌의 손을 내 손 안에 꼭 쥐었다. 지금 이 순간처럼 또 다른 인간과 이토록 강렬하게 연결된 느낌을 다시 받지는 못할 거라는 생각이 짧게 스쳤다.

"나쁘지 않네, 응. 클라크?" 윌이 침묵에 대고 말했다. 폭풍 앞에서도 그의 표정은 고요하고 차분했다. 잠시 고개를 돌려 나를 보고 미소를 짓는 그의 눈에 순간 승리감 같은 게 깃들었다.

"그래요." 내가 말했다. "정말 나쁘지 않네요."

나는 가만히 누워서 느려지고 깊어지는 그의 숨소리에, 그 아래 깔리는 빗소리에 귀를 기울이며 그 따뜻한 손가락이 내 손가락을 감고 깍지를 끼는 걸 느꼈다. 집에 가고 싶지 않았다. 도저히 집에 가지 못할 것만 같았다. 여기에서 윌과 나는 꼭 잠근 우리만의 작은 천국의 문 안에서 안전했다. 영국으로 다시 돌아간다는 생각만 하면, 거대한 두려움의 발톱이 내 위장을 움켜쥐고 쥐어짜는 것만 같았다.

'다 잘될 거야.' 나는 네이선의 말을 스스로에게 애써 되뇌어 주었다. '다 괜찮을 거야.'

마침내 나는 바다를 등지고 옆으로 돌아누워 윌을 물끄러미 바라보았다. 어두침침한 불빛 속에서 그도 고개를 돌려 나를 보았다. 그 역시 내게 똑같은 말을 해주고 있다는 걸 느꼈다. '다 괜찮을 거예요'라고. 나는 미래를 생각하지 않으려고 노력했다. 그냥 그대로,

그저 그날 밤의 감각들이 내 몸을 관통해 흐르도록 내버려두려 애썼다. 우리가 얼마나 오래 그렇게 머물렀는지, 얼마나 오래 서로를 바라보고 있었는지는 말할 수가 없다. 하지만 점점 월의 눈꺼풀이 무거워졌다. 그러다 결국 그는 미안한 말투로 "아무래도"라고 중얼거렸다. 숨소리가 깊어지더니 그는 고개를 툭 떨어뜨리고 잠에 빠졌다. 그러자 오롯이 나만 남아 그의 얼굴을 바라보고 있었다. 눈꼬리에서 뾰족하게 점점이 갈라지는 그 속눈썹을, 코끝에 새로 생긴 주근깨를 보고 있었다.

내가 틀림없이 옳았다고 스스로를 타일렀다. 내가 반드시 옳아야만 한다고.

폭풍은 새벽 1시쯤에야 잦아들어 바다 어디쯤에서 사라졌다. 분노의 섬광은 희미해져서 완전히 자취를 감추고는 어디 보이지 않는 다른 곳에서 별똥별처럼 불꽃을 뿌리며 횡포를 부리러 가버렸다. 우리를 에워싼 공기는 서서히 고요해졌다. 흔들리던 커튼이 차분해지고 마지막 빗물이 졸졸 배수관을 타고 흘러갔다. 몇 시쯤일까. 이른 새벽에 나는 잠에서 깨어 부드럽게 잡고 있던 월의 손을 놓고 일어나서 창문을 닫아 온 방을 고요한 정적으로 감쌌다. 월은 잠을 잤다. 집에서는 보기 힘들던 깊고 평화로운 단잠이었다.

나는 잠을 이루지 못했다. 거기 누워서 그를 지켜보며 아무 생각도 떠올리지 않으려 마음을 다잡았다.

마지막 날 두 가지 일이 일어났다. 하나는 월에게 시달리다 못한 내가 결국 스쿠버다이빙을 시도한 일이다. 그는 며칠 동안 나를 들

볶으며 여기까지 와서 물속에 들어가지 않는다니 그럴 수는 없다고
했다. 그간 윈드서핑을 해봤지만 참담하리만치 재주가 없어 파도를
타기는커녕 돛도 제대로 올리지 못했고, 덕분에 매번 만 근처에서
워터스키를 타거나 얼굴을 물에 처박았다. 그러나 그는 계속 고집
을 피웠고, 결국 점심때 와서는 초심자를 위한 하루짜리 다이빙 코
스에 나를 등록했다고 통보했다.

출발이 썩 좋지는 않았다. 윌과 네이선은 수영장 옆에 앉아 있었
다. 강사는 물속에 들어가도 숨을 쉴 수 있다고 나를 설득하려 애썼
다. 그러나 그들이 보고 있다고 생각하니 도저히 제대로 할 수가 없
었다. 나는 멍청한 사람이 아니다. 등에 멘 산소 탱크가 호흡을 유
지해 줄 테고 물에 빠져 죽을 일이 없다는 것도 잘 알았다. 하지만
머리가 물속으로 들어갈 때마다 공포에 빠져 수면으로 튀어 올라왔
다. 모리셔스 제도에서 가장 소독이 잘된 수천 리터의 물속에 들어
가도 숨을 쉴 수 있다는 사실을 절대로 믿을 수 없다고, 내 몸이 고
집을 부리는 느낌이었다.

"나 아무래도 못 할 것 같아요." 나는 일곱 번째로 물을 뱉으며
수면으로 올라와서 말했다.

다이빙 강사 제임스는 내 등 뒤에 있는 윌과 네이선을 보았다.

"저 못 해요." 나는 심통이 나서 말했다. "난 원래 이런 거 못 하
는 사람이라고요."

제임스는 두 남자들에게 등을 돌리고 내 어깨를 톡톡 두드리더니
바다 쪽을 가리켰다. "어떤 사람들은 차라리 저기서 하는 걸 더 쉽
다고 생각하더라고요." 그는 차분하게 말했다.

"바다에서요?"

"차라리 깊은 수심에 던져 넣는 게 더 나은 사람들이 있어요. 어서 와요. 보트를 타고 나갑시다."

45분 뒤 물속에 들어간 나는 땅 위에서는 볼 수 없는 밝은 원색의 풍경을 넋 놓고 바라보고 있었다. 내 산소 탱크가 고장날까 봐, 바닥으로 가라앉아서 물속에서 죽게 될까 봐 두려워하는 것조차 잊었다. 아니, 심지어 두렵다는 사실조차 잊었다. 새로운 세계의 비밀들에 정신이 온통 팔려 있었다. 내 입에서 터져 나오는 호들갑스러운 탄성으로 간간이 깨어지는 정적 속에서 빛나는 작은 물고기 떼를 보고, 똘망똘망 호기심에 찬 눈으로 나를 바라보는 흑백 얼룩무늬 물고기도 보고, 너무 작아 보이지도 않는 그물 같은 촉수로 부드러운 수류를 걸러내는 말미잘도 보았다. 땅에서보다 곱절은 화려한 원색에 곱절은 더 다양하고 아득한 풍경을 보았다. 미지의 생물들이 숨어 있는 동굴과 움푹한 구덩이들을 보았으며, 햇빛을 받아 은은히 빛나는 먼 곳의 형체들을 보았다. 올라오고 싶지 않았다. 영원히 그 소리 없는 세상에 머무르라 해도 좋을 것 같았다. 제임스가 손짓으로 산소 탱크의 다이얼을 가리켜 보였을 때에야 비로소 나는 선택의 여지가 없다는 걸 깨달았다.

월과 네이선을 향해 활짝 웃으며 백사장을 걸어갈 때쯤에는 말도 제대로 나오지 않았다. 내 마음은 아까 본 장면들 덕에 콧노래를 부르고 있었고, 팔다리는 어쩐지 아직까지도 수중에서 자맥질을 하고 있는 듯했다.

"좋았죠, 네?" 네이선이 말했다.

"왜 말해주지 않았어요?" 나는 윌에게 버럭 소리를 치면서 오리발을 그 앞 모래사장에 휙 던졌다. "왜 좀 더 빨리 시켜주지 않았어요? 그 모든 걸! 그 모든 게 늘 거기, 내내 있었는데! 바로 코앞에 있었는데!"

윌은 오랫동안 나를 찬찬히 바라보았다. 아무 말도 하지 않았지만 그 미소는 느리고 환했다. "모르겠어요, 클라크. 아무리 말해줘도 안 듣는 사람들이 있더라고."

마지막 날 밤은 나도 술에 좀 취해도 좋겠다고 생각했다. 단순히 다음 날 떠나기 때문만은 아니었다. 윌이 건강해서 나도 마음을 놓아도 되겠다는 느낌이 든 건 그날이 처음이었다. 내 피부가 이제 좀 그을려서 하얀 옷을 걸쳐도 수의를 걸친 시체 같은 꼴이 되진 않았기에 하얀 면 원피스를 입고 은색 스트랩샌들을 신었다. 나딜이 진홍빛 꽃을 주며 머리에 꽂으라고 했을 때도 코웃음을 치며 거절하지 않았다. 일주일 전이라면 그랬겠지만.

"아니, 이게 누구신가, 카르멘 미란다." 바에서 남자들과 만났을 때 윌이 나를 보고 말했다. "진짜 화려하고 멋진데."

뭔가 꼬인 말투로 대꾸해 주려고 했는데 윌이 진심으로 기분 좋은 얼굴로 나를 보고 있었다.

"고마워요. 그쪽도 행색이 추레하진 않네요."

밤 10시가 되기 직전에 네이선이 카렌을 만나러 갔다. 우리는 바닷가로 내려갔다. 음악 소리가 들리고 칵테일 세 잔의 취기가 기분 좋게 퍼져 내 움직임을 낭창낭창하게 만들었다.

아, 그곳은 너무나 아름다웠다. 밤은 따사로웠고, 산들바람에 실려 어딘가 멀리서 바비큐 파티 냄새, 피부에 바른 따뜻한 향유 향기, 바다의 희미한 짠내가 흘러왔다. 윌과 나는 우리가 제일 좋아하는 나무 근처에서 발길을 멈췄다. 누군가 백사장에서 모닥불을 피웠던 모양인데, 지금은 미처 불씨가 다 꺼지지 않은 숯 더미만 남아 있었다.

"집에 가고 싶지 않아요." 나는 어둠에 대고 말했다.

"떠나기 어려운 곳이지요."

"영화에서나 보던 이런 곳이 진짜로 세상에 존재할 줄은 몰랐어요." 돌아서서 그를 마주 보며 말했다. "덕분에 당신이 해준 온갖 다른 이야기들도 다 사실일지 모른다는 생각이 들었지 뭐예요."

윌은 미소를 띠고 있었다. 온 얼굴이 편안하고 행복해 보였고, 나를 보는 눈가에 잔주름이 져 있었다. 그를 보면서도 위장을 갉아먹는 희미한 두려움이 느껴지지 않는 건 이번이 처음이었다.

"여기 오길 잘했죠?" 나는 떠보듯 말했다.

그는 고개를 끄덕였다. "아, 그럼요."

"하!" 나는 허공에 주먹질을 했다.

그때 누군가 바에서 음악을 틀었다. 나는 구두를 벗어 던지고 춤을 추기 시작했다. 말로 하자니 멍청하게 들리지만(훗날 돌이켜 보면 창피해지는 행동이니까) 그때 그곳에서는, 그 칠흑 같은 어둠 속에서 반쯤은 그간 모자랐던 잠에 취한 채 모닥불과 끝없는 바다와 무한한 하늘과 귓전에 울리는 음악과 웃음 짓는 윌과 꼭 집어 말할 수 없는 어떤 감정으로 터져나갈 것만 같던 심장을 안고서, 춤을 추지 않을 수 없었다. 난 춤을 추었다. 깔깔 웃어대면서. 부끄러움도 모르고. 누군가 우리를 볼까 봐 두려운 마음도 없이. 내게 꽂히는 윌의 시선을 감지한 나는 그가 알고 있음을 느낌으로 알았다. 이것이 지난 열흘에 대해 내가 줄 수 있는 단 하나의 대답이란 걸. 지난 6개월은 다 지옥으로 꺼지라지.

노래가 끝나자 나는 밭은 숨을 몰아쉬며 그의 발치에 풀썩 주저앉았다.

"당신……." 그가 말했다.

"왜요?" 내 미소에 장난기가 서려 있었다. 온몸이 물처럼 흐물흐물했고 감전된 듯 짜릿짜릿했다. 내 자신에 대한 책임까지 다 놓아버려도 좋을 것 같았다.

그는 고개를 저었다.

천천히 맨발로 일어선 나는 곧장 휠체어로 다가가 슬쩍 윌의 허벅지에 올라앉았다. 그의 얼굴을 불과 몇 센티미터 거리에서 바라보았다. 전날 밤 이후로는, 그게 대단히 넘기 어려운 단계로 느껴지지 않았다.

"당신……." 모닥불 빛에 번득이는 푸른 눈이 내 눈길과 단단히 맞물렸다. 그에게서는 태양과, 모닥불과, 뭔가 날카롭고 톡 쏘는 시트러스 향이 났다.

내 안에서, 내 안 깊은 곳에서 무언가 허물어졌다.

"당신은…… 뭔가 달라, 클라크."

나는 생각할 수 있는 단 하나의 일을 했다. 몸을 기울여 그 입술에 내 입술을 포갰다. 그는 짧은 순간 망설이는가 싶더니 키스하기 시작했다. 그리고 나는 모든 걸 잊었다. 수백만하고도 한 가지 더 댈 수 있을, 이래서는 안 되는 이유들. 내 모든 두려움. 우리가 여기 있는 이유. 나는 그에게 키스했다. 그의 살냄새를 맡고 손가락 끝으로 부드러운 머리카락을 훑었다. 그가 내게 키스하자 이 모든 것도 다 사라지고 그저 월과 나만 남았다. 망망대해에 떠 있는 섬에 단둘이, 수천 개의 별이 빛나는 하늘 아래 이렇게 단둘만.

그런데 그가 물러났다. "난…… 미안해요. 안 돼요……."

눈을 떴다. 한 손을 그의 얼굴에 대고 아름다운 골격을 쓸었다. 손가락 끝에 희미하게 소금 알갱이가 서걱거렸다.

"월……." 내가 말을 시작했다. "할 수 있어요. 당신은……."

"아니." 그 단어에 살짝 서늘한 쇳소리가 배어 있었다. "난 못 해요."

"이해가 안 돼요."

"내가 여기 얽혀들 수는 없어요."

"난…… 당신이 얽혀들어야 될 것 같은데요."

"이럴 수는 없어요. 왜냐하면 난……." 그는 말을 삼켰다. "내가 당신과 함께하길 바라는 그런 남자가 될 수 없으니까. 이건……." 그는 눈길을 들고 내 얼굴을 바라봤다. "방금 이건…… 내가 결코 될 수 없는 게 무엇인지 새삼 깨닫게 해줬을 뿐이니까."

나는 그의 얼굴을 붙잡은 손을 떼지 않았다. 이마를 기울여 그의 이마에 맞대고 우리 숨결이 하나로 어우러지게 했다. 그리고 조용히, 오로지 그에게만 들릴 소리로 말했다. "당신이…… 당신이 뭘 할 수 있고 뭘 못 한다고 생각하든 난 개의치 않아요. 그런 건 흑백으로 가를 수 있는 문제가 아니니까. 솔직히 말하자면…… 똑같은 상황에 처한 다른 사람들과도 이야기를 해봤는데…… 가능한 일들이 있대요. 우리 두 사람이 다 행복할 수 있는 길들이…….” 나는 말을 조금 더듬기 시작했다. 눈을 들어 그의 눈을 들여다보았다. “윌 트레이너.” 나는 부드럽게 말했다. “있잖아요, 그게 말이죠, 내 생각에 우리는…….”

“안 돼요, 클라크…….” 그가 말을 꺼냈다.

“내 생각에 우리는 온갖 일들을 함께할 수 있을 것 같아요. 이게 보통 흔하게들 하는 사랑 얘기가 아니라는 건 알아요. 심지어 내가 이런 말을 하고 있어서는 안 될 이유들도 숱하게 많이 알고 있어요. 그렇지만 내가 당신을 사랑해요. 정말로 사랑해요. 패트릭과 헤어지면서 깨달았어요. 그리고 어쩌면 당신도 날 조금은 사랑할지 모른다고 생각해요.”

윌은 말하지 않았다. 내 눈길을 찾아 올라오는 그의 눈빛에 무겁기 짝이 없는 슬픔의 추가 매달려 있었다. 나는 그의 관자놀이에 들러붙은 머리칼을 쓸었다. 그러면 슬픔이 조금 걷힐까 해서. 그러자 그는 고개를 기울여 내 손바닥에 얼굴을 대더니 가만히 그렇게 두었다.

그는 숨을 삼켰다. “당신한테 해줄 말이 있어요.”

“알아요.” 나는 속삭였다. “다 알고 있어요.”

윌의 입이 말을 뱉으려다 꾹 닫혔다. 우리를 에워싼 공기가 쥐 죽은 듯 고요해졌다.

“스위스 얘기 알고 있어요. 알아요……. 어째서 제가 6개월 기한으로 고용된 건지."

그는 내 손에 대고 있던 머리를 홱 떼었다. 그리고 나를 보더니 눈을 들어 하늘을 물끄러미 바라보았다. 어깨가 축 처졌다.

"다 알고 있어요, 윌. 알게 된 지 벌써 몇 달째예요. 그리고 윌, 제발 내 말 좀 들어봐요⋯⋯." 나는 그의 오른손을 꼭 모아 쥐고 내 가슴 가까이로 가져갔다. "난 우리가 해낼 수 있다는 걸 알아요. 당신이 선택했을 만한 길은 아니지만, 내가 당신을 행복하게 해줄 수 있다는 걸 알아요. 그리고 나 이 말만은 할 수 있어요. 당신 덕분에⋯⋯ 덕분에 내가 꿈꿔보지도 못한 사람이 될 수 있었다고. 당신이 아무리 고약하게 굴어도, 당신과 함께 있으면 행복해요. 당신은 자신이 초라하게 쭈그러들었다고 느낄지 몰라도, 난 세상 그 누구보다 그런 당신과 함께 있고 싶어요."

내 손을 쥔 그의 손에 아주 살짝 더 힘이 들어가는 느낌이 들자, 용기가 솟아났다.

"내가 피고용인이라는 상황이 이상하면 그만두고 다른 데 가서 일할게요. 말해주고 싶었어요. 대학 과정에 지원했다고. 인터넷에서 조사도 굉장히 많이 해봤어요. 다른 전신마비 환자들과 간병인들과 얘기도 나누고, 그러면서 굉장히, 굉장히 많이 배웠어요. 어떻게 하면 우리 관계가 잘될 수 있는지를. 난 할 수 있어요. 당신과 함께 있기만 하면 돼요. 알겠어요? 내가 다 생각해 놓고, 다 찾아놨다고요. 이제 내가 이런 사람이 됐다고요. 다 당신 책임이잖아요. 날 딴판으로 바꿔놨으니까." 나는 반쯤 소리 내어 웃고 있었다. "당신이 날 내 동생 같은 여자로 만들어버렸어요. 물론 옷 입는 센스는 내가 훨씬 낫지만요."

그는 눈을 감아버렸다. 나는 양손으로 그의 손을 잡고 손등 뼈에 키스했다. 내 살에 닿는 그의 살을 느끼며, 이대로 그를 보낼 수는 없다는 사실을 그 어느 때보다 강렬하게 실감했다.

"어떻게 할래요?" 내가 속삭였다.

나는 그의 눈을 영원히 들여다볼 수도 있었다.

그 대답이 너무 조용해서, 한순간 제대로 들은 건지 확신이 서질 않았다.

"뭐라고요?"

"안 돼요, 클라크."

"안 된다고요?"

"미안해요. 내겐 충분하지 않아."

나는 그의 손을 내렸다. "무슨 말인지 모르겠어요."

그는 말하기 전에 잠시 기다렸다. 이번에는 꼭 정확한 단어들을 골라야만 하겠다는 듯이. "난 그걸로 안 돼요. 이, 내 세상은, 아무리 당신이 있더라도 모자라. 진심으로 말하지만 클라크, 당신이 오고 나서 내 삶 전체가 좋은 방향으로 달라졌어요. 그렇지만 그건 충분하지 않아요. 내가 원하는 삶이 아니에요."

이제는 내가 몸을 떼고 물러설 차례였다.

"그러니까, 이렇게 되면 괜찮은 삶을 살 수도 있다는 걸 알겠어요. 당신이 곁에 있다면 어쩌면 썩 괜찮은 삶일지도 모르죠. 하지만 그건 '내' 인생이 아니에요. 당신이 얘기를 나누었던 그 사람들과 나는 달라요. 그건 내가 원하는 삶과 전혀 다르단 말입니다. 비슷한

구석도 없다고요."

목이 멘 말소리가, 자꾸만 끊겼다. 그 표정이 겁이 나서 난 죽을 것만 같았다.

숨을 삼키고 고개를 마구 흔들었다. "당신이…… 언젠가 미로에서 있었던 그 밤의 일이 나라는 존재를 규정해서는 안 된다고 했잖아요. 나를 규정하는 게 뭐든 내가 선택할 수 있다고 했잖아요. 그러니까 이…… 이 휠체어가 당신의 존재를 좌우하게 하지 말아요."

"하지만 이 휠체어는 내 존재를 규정해요, 클라크. 당신은 나를 몰라요. 진짜 내 모습을. 이 물건이 있기 전에 날 본 적이 없잖아요. 난 내 삶을 사랑했어요, 클라크. 진심으로 사랑했단 말입니다. 내 일과 여행과 나라는 사람을 만드는 모든 걸 사랑했어요. 신체를 쓰는 사람이라는 사실 자체가 좋았어요. 바이크를 타고 높은 건물에서 몸을 던지는 걸 좋아했어요. 사업 거래에서 무자비하게 승리하는 게 좋았어요. 섹스도 좋아했죠. 섹스도 많이 했어요. 크나큰 삶을 누렸단 말입니다." 이제 그의 언성이 한층 높아져 있었다. "나라는 사람은 이 물건에 갇혀서 살 수 있게 생겨먹질 못했어요. 그런데 의도와 목적에 모두 반해 나를 규정하는 게 이젠 이 물건이 됐단 말입니다. 나를 규정하는 유일한 물건이 됐어요."

"그렇지만 기회도 한번 주지 않으려 하잖아요." 나는 속삭였다. 목소리가 내 가슴에서 나오는 것처럼 들리지 않았다. "나한테 기회 한번 주지 않잖아요."

"당신한테 기회를 주는 문제가 아니에요. 지난 6개월 동안 나는 당신이 전혀 다른 사람으로 변해가는 모습을 지켜봤어요. 이제야 간신히 자기 자신의 잠재성을 깨닫기 시작한 어떤 사람. 그게 날 얼마나 행복하게 만들었는지 당신은 아마 꿈에도 모를 겁니다. 당신이 나한테 얽매이는 건 바라지 않아요. 진료 예약이며 내 삶에 부과된 온갖 제약들에 묶이지 않았으면 좋겠어요. 누군가 당신에게 해줄 수 있는 모든 일을 놓치고 살지 않았으면 좋겠어요. 그리고 이기적이지만, 어느 날 당신이 나를 보고 정말 일말의 후회나 연민을 느낀다면⋯⋯."

"절대 그런 생각 하지 않을 거예요!"

"그건 모르는 일이에요, 클라크. 결국 어떻게 전개될지는 당신이 알 수 없어요. 심지어 지금부터 6개월 뒤에 당신 기분이 어떨지도 몰라요. 그리고 나는 날마다 당신을 보면서, 당신의 벗은 몸을 보면서, 그 정신 나간 옷들을 입고 별채를 돌아다니는 당신을 보면서⋯⋯ 내가 당신과 하고 싶은 것들을 할 수 없다는 게⋯⋯ 그러고 싶지는 않아요. 아, 클라크, 지금 당장 내가 당신을 어떻게 하고 싶은지 꿈에도 모를 겁니다. 그런데 나는⋯⋯ 나는⋯⋯ 그걸 알면서 그렇게 살 수는 없어요. 못 합니다. 난 그런 사람이 아니에요. 나는 그저 순응하는⋯⋯ 그런 부류의 남자가 아니에요."

그는 휠체어를 흘끗 내려다보았다. 목소리가 갈라졌다. "난 이걸⋯⋯ 끝까지 받아들일 수 없어요."

나는 이미 울고 있었다. "제발, 윌. 제발 그런 말 하지 말아요. 나한테 기회를 줘요. 우리에게 기회를 좀 줘요."

"쉬이잇. 그냥 듣고만 있어요. 다른 사람도 아니고, 당신이잖아요. 내가 하는 말을 좀 들어봐요. 이⋯⋯ 오늘 밤은⋯⋯ 당신이 내게 해줄 수 있는 가장 멋진 일이었어요. 내게 해준 말, 그리고 날 여기까지 데리고 오려고 그간 했던 일들…… 처음에 내가 그렇게 구제불능의 머저리였는데도, 그 속에서 어떻게든 사랑할 만한 구석을 찾아내고야 말았다는 게 내겐 경이롭게 느껴져요. 하지만…….” 내 손을 힘주어 꼭 잡는 그의 손길이 느껴졌다. “……난 여기서 끝내야만 해요. 더는 휠체어도 싫고, 폐렴도 싫고, 타는 듯한 팔다리도 싫어요. 통증이나 피로감도, 아침마다 빨리 죽었으면 좋겠다고 바라며 잠을 깨는 것도 이젠 싫어요. 우리가 돌아가면 난 스위스로 갈 겁니다. 그리고 날 사랑한다면, 클라크, 당신 말처럼 날 정말 사랑한다면, 나와 함께 가준다면 나로서는 그보다 더 행복한 일이 없을 거예요.”

난 홱 머리를 젖혔다.

“뭐라고 했어요?”

“나는 지금보다 절대 더 나아지지 못해요. 오히려 점점 악화될 가능성이 훨씬 더 높죠. 그리고 내 삶은, 지금도 이렇게 축소되었는데, 더 작아질 거예요. 의사들이 그 정도 얘기는 해줬어요. 벌써 나를 야금야금 갉아먹기 시작한 병들이 수도 없이 많아요. 다 느껴져요. 이젠 더는 통증을 느끼고 싶지도 않고 이 물건에 묶여 있는 것도 싫고, 남한테 의존하는 것도, 두려워하는 것도 싫습니다. 그러니까 부탁하는 거예요. 당신 말처럼 그런 감정을 느낀다면 그러면 해줘요. 나와 함께 있어요. 내가 바라는 끝을 줘요.”

공포에 질려 그를 바라보았다. 귓전에서 혈관이 쿵쿵 뛰는 소리가 다 들렸다. 도저히 그 말뜻을 받아들이기 어려웠다.

"어떻게 그런 부탁을 나한테 할 수가 있어요?"

"알아요, 내가……."

"내가 사랑한다고 말하는데, 당신하고 미래를 설계하고 싶다는데, 같이 가서 자살하는 꼴을 지켜봐 달라고요?"

"미안해요. 그렇게 직설적으로 말하려는 뜻은 아니었는데. 하지만 내게는 사치를 부릴 시간적 여유가 없어요."

"뭐, 뭐라고요? 아니, 벌써 예약을 다 해놓은 거예요? 어기면 큰일 나는 약속이라도 잡아놨냐고요?"

호텔 사람들이 발길을 멈추고 바라보는 걸 눈치챘지만, 어쩌면 높아진 우리 언성까지 듣고 있는지도 모르겠지만 상관없었다.

"그래요." 윌은 잠시 조용하더니 말했다. "그래요, 예약이 있어요. 진찰을 받았어요. 그 병원에서도 내가 자기네들에게 적합한 환자라고 판정했어요. 그리고 부모님도 8월 13일이라는 날짜에 동의했고요. 우리는 그 전날 비행기를 타고 떠나는 일정을 잡아뒀어요."

머리가 핑핑 돌기 시작했다. 일주일도 채 남지 않은 날짜였다.

"이건 못 믿겠어요."

"루이자……."

"나는…… 내가 당신 마음을 돌리고 있다고 믿었는데."

그는 고개를 갸웃하더니 날 물끄러미 바라보았다. 목소리는 부드럽고, 눈길은 온화했다. "루이자, 어차피 세상 그 무엇도 내 마음을 돌릴 수는 없었어요. 난 부모님께 6개월의 말미를 약속했고, 그 시간을 드렸어요. 당신은 그 시간을 상상도 못 할 만큼 소중하게 만들어줬죠. 당신 덕분에 그 시간이 내 인내력의 시험처럼 느껴지지 않았어요⋯⋯."

"그러지 말아요!"

"뭐라고요?"

"더 이상 한 마디도 하지 말아요." 숨이 잘 쉬어지지 않았다. "당신은 너무 이기적이에요, 윌. 너무나 멍청해요. 정말 만에 하나 내가 당신을 따라 스위스에 간다 해도⋯⋯ 내가 그토록 노력하고 애썼는데, 행여 내가 그럴 수 있는 사람으로 보였더라도, 나한테 그 말밖에 할 말이 없어요? 당신 앞에 내 심장을 갈가리 찢어서 펼쳐 놨는데 그런데 고작 한다는 말이 '아니, 당신은 내게 충분치 못해요. 그러니 이제 나하고 같이 가서 당신 상상 중에서도 최악의 짓거리를 합시다' 그런 거예요?"

나는 이제 미칠 듯한 분노에 날뛰고 있었다. 그 앞에 서서, 미친 여자처럼 악을 쓰고 있었다. "엿이나 처먹어, 윌 트레이너. 엿이나 처먹으란 말이야. 이 병신 같은 일을 애초에 맡는 게 아니었는데. 당신이란 사람을 아예 만나지 말았어야 했는데." 울음을 터뜨리고 눈물을 펑펑 흘리며 바닷가를 달려 내 호텔 방으로, 그를 혼자 두고 돌아가 버렸다.

내 이름을 부르는 그의 목소리가, 문을 닫고도 한참 동안 귓전을 울렸다.

24

지나가는 행인들이 보기에는 휠체어에 탄 남자가 자기를 돌봐야 할 여자에게 간절하게 애원하고 있는 모습만큼 심란한 게 없었으리라. 장애인에게 화를 내는 모습은 사실 그리 보기 좋은 일이 아니다.

특히 그가 약간의 거동조차 못 하는 게 뻔히 보이고, 부드러운 말씨로 "클라크. 제발. 그냥 이리 좀 와봐요. 클라크"라고 말하고 있을 때는 더더욱.

그렇지만 난 할 수가 없었다. 그를 볼 수도 없었다. 네이선이 윌의 짐을 챙겼고, 나는 두 사람 모두를 다음 날 아침 로비에서 만났다. 네이선은 숙취로 녹초가 되어 있었다. 다시 같이 있게 되었을 때도, 난 윌과는 말도 섞지 않으려 했다. 격분해 있었다. 참담한 심경이었다. 머릿속에서 고집스럽게 분노로 날뛰는 목소리가 최대한 윌에게서 멀리 떨어져 있으라고 명령했다. 집에 가. 절대 다시는 그를 보지 마.

"괜찮아요?" 네이선이 내 어깨 쪽에서 나타나 말했다.

공항에 도착하자마자 나는 휘적휘적 먼저 체크인 데스크로 걸어가 버렸다.

"아뇨. 말하고 싶지도 않아요."

"숙취예요?"

"아뇨."

짧은 침묵이 흘렀다.

"내가 생각하는 그런 거예요?" 그는 갑자기 어두워진 말투로 물었다.

말이 나오질 않았다. 나는 고개만 끄덕였고, 네이선의 턱이 딱딱하게 굳는 걸 지켜보았다. 하지만 그는 나보다 강했다. 어쨌든 프로였다. 몇 분 안에 그는 다시 윌에게 돌아가서 자기가 잡지에서 본 뭔가를 보여주고 둘 다 아는 축구팀의 전망을 논했다. 그러고 있는 둘을 보면, 방금 내가 전해준 충격적인 비보는 생각할 수 없었다.

공항에서 대기하는 시간 내내 어떻게든 계속 바삐 움직였다. 수천 가지 잔일거리를 찾아냈다. 짐에 붙일 라벨을 쓰느라, 커피를 사러 가느라, 신문을 훑어보느라, 화장실에 가느라 계속 분주했다. 전부 다 내가 그를 보며 앉아 있을 필요가 없다는 뜻이었다. 그와 말을 섞지 않아도 된다는 뜻이었다. 하지만 이따금 네이선이 어딘가로 사라지면 우리는 단둘이 남아 나란히 앉아 있어야 했다. 우리 사이 그 가까운 간격이 말하지 못한 원망으로 쩔그렁거렸다.

"클라크……." 그는 자꾸 말을 걸었다.

"됐어요." 그러면 난 말을 끊었다. "당신과 말하고 싶지 않아요."

내가 얼마나 차가워질 수 있는지 깨닫고 스스로도 놀랐다. 승무원들도 놀란 게 틀림없다. 이어폰을 끼거나 결연히 창밖만 내다보면서 빳빳하게 윌을 외면하는 나를 보고 기내에서 자기네들끼리 뭐라고 중얼거리는 모습이 보였다.

그렇지만 이번에는 그가 화를 내지 않았다. 그게 제일 나빴다. 윌은 화를 내지도 비꼬지도 않고 그저 차차 조용해지다 말이 없어져버렸다. 대화를 이끌려 애쓰며 홍차나 커피나 땅콩 봉지를 더 받아올지 물어본다든가 잠깐 화장실에 다녀오게 좌석 앞으로 지나가도 되겠느냐고 묻는 건 모조리 불쌍한 네이선이 떠맡아야 했다.

지금은 유치한 소리로 들릴지 몰라도, 단순한 자존심 문제가 아니었다. 난 견딜 수가 없었다. 그를 잃게 된다는 생각을 하면 견딜 수가 없었다. 저렇게 고집만 부리고, 좋았던 것들이나 좋을 수도 있는 것들을 보지도 않기로 작정하고, 끝까지 마음을 돌리지 않겠다니. 난 도저히 견딜 수가 없었다. 무슨 반석에 새겨진 것도 아닌데 부득불 그 날짜 하나에 매달려 기어이 강행하려는 그가 믿어지지 않았다. 100만 가지 말 없는 항변이 머릿속에서 덜컹거렸다. '어째서 이걸로는 충분하지 않은 거예요? 어째서 나로는 안 된다는 거예요? 어째서 나한테 속내를 털어놓지 않았던 거예요? 우리한테 시간이 조금 더 있었다면, 그랬다면 달랐을까요?' 나도 모르는 사이 그의 그을린 손과 끝이 뭉툭한 손가락들을 물끄러미 내려다보다가 정신을 차릴 때도 있었다. 내 손가락과 불과 몇 센티미터를 두고 놓여 있는 손. 보고 있노라면 우리 손가락들이 하나로 어우러졌던 감촉, 그 따스한 온기, 움직임이 없어도 힘이 느껴지는 듯한 착각이 되살아났다. 그러면 뭉클한 덩어리가 치밀어 목구멍을 막아버렸다. 참다 참다 도저히 숨을 쉴 수 없을 지경이 되면 화장실에 뛰어 들어가 세면대 위로 고개를 숙이고 소리 없이 느껴 울었다. 윌이 하려는 일을 생각하다 비명을 지르고 싶은 충동을 간신히 억누른 적도 몇 번 있었다. 뭔가 광기에 휩싸이는 느낌이라, 이러다간 통로에 주저앉아 목 놓아 울부짖을지도 몰랐다. 누군가 다른 사람이 나서줄 때까지. 누구 다른 사람이 나와서 윌이 절대 그런 짓을 못 하게 하겠다고 약속할 때까지.

그래서 내 꼴이 유치하긴 했지만, 기내 승무원들 눈에는 윌과 말도 안 하고 쳐다보지도 않고 음식을 먹여주지도 않는 내가 세상에서 가장 무정한 여자로 보였겠지만, 윌이 거기 없는 것처럼 행동하지 않으면 강제로 그 곁에 붙어 있어야 하는 이 시간을 도저히 견뎌낼 수 없었다. 네이선 혼자 힘으로 충분하다고 판단했다면 정말로 비행편을 바꿨을 것이다. 할 수만 있다면 우리 사이에 터무니없는 몇 센티미터가 아니라 대륙이 하나 통째로 가로놓일 때까지 멀리멀리 사라져 버렸을 것이다.

두 남자가 잠이 들자 안도감 비슷한 게 들었다. 긴장에서 잠시 풀려난 느낌이었다. TV 화면을 뚫어져라 쳐다보며 집에 가까워질수록 더 묵직해지는 심장을, 고조되는 불안감을 어쩌지 못했다. 그때 이건 나만의 실패가 아니라는 실감이 덮쳤다. 윌의 부모님 역시 절망감에 무너질 터였다. 아마도 나를 탓할 것이다. 윌의 동생은 나를 고소하고도 남을 사람이다. 그리고 내 실패는 윌의 실패이기도 했다. 나는 윌을 설득하지 못했다. 나는 줄 수 있는 모든 걸 주었는데, 심지어 나 자신까지 그에게 줘버렸는데, 내가 보여준 그 무엇도 그에게는 계속 살아갈 이유가 되지 못했다.

미 비포 유 509

나보다 더 나은 여자를 만났어야 하는데. 자꾸 그런 생각에 빠졌던 것도 같다. 나보다 똑똑한 다른 사람. 트리나 같은 다른 누군가는 훨씬 좋은 일들을 생각해 냈을지 모른다. 희귀한 의학적 연구처럼 어떻게든 그를 도울 길을 찾아냈을지 모른다. 그 마음을 바꾸었을지 모른다. 내가 이 깨달음을 안고 살아가야 한다니. 아득하다 못해 어지러울 지경이었다.

"뭐 좀 마실래요, 클라크?" 윌의 목소리가 내 생각을 뚫고 들어왔다.

"아뇨. 됐어요."

"내 팔꿈치가 그쪽 팔걸이에 너무 많이 걸쳐 있어요?"

"아뇨. 괜찮아요."

그 마지막 몇 시간에야. 어둠을 틈타 그를 쳐다보아도 좋겠다고 스스로 허락을 내렸다. 내 눈길은 빛나는 TV 화면에서 스르르 옆으로 미끄러져 좁은 기내의 흐릿한 불빛에 비친 그의 모습을 남몰래 훑었다. 그 얼굴을 찬찬히 가슴에 새기는데 쓸쓸한 눈물 한 방울이 뺨을 타고 흘러내렸다. 햇볕에 그을린 저렇게나 잘생긴 얼굴. 잠들어 너무나 평화로워 보이는 그 얼굴. 탐색하는 내 눈길을 잠결에 의식했는지 윌이 약간 뒤척였지만 깨어나지는 않았다. 승무원들과 네이선이 보지 않는 사이. 나는 그의 담요를 천천히 끌어올려 목까지 꼼꼼하게 덮어주었다. 혹시라도 기내의 냉방 때문에 윌이 한기를 느끼는 일이 없도록.

그들은 입국 게이트에서 기다리고 있었다. 나는 그럴 줄 알고 있었다. 윌의 휠체어를 밀고 여권 심사대를 지나치는 순간부터 희미하게 메슥거리는 욕지기가 배 속에서 퍼져나가는 느낌이 들었다. 몇 시간, 아니 며칠이라도 좋다고, 그저 끝없이 줄을 서서 대기하고 또 대기하게 해달라고 그토록 간절히 빌었다. 하지만 우리는 리놀륨이 깔린 넓고 넓은 공항 바닥을 이미 다 지나가 버렸다. 나는 짐 가방이 잔뜩 쌓인 카트를 밀고, 네이선은 윌을 밀었다. 유리문이 열리자 아니나 다를까 거기 그들이 있었다. 펜스에 나란히 선 그 희귀한 모습은 하나로 뭉친 가족 비슷해 보였다. 트레이너 부인의 표정이 윌을 보고 잠시 환히 밝아지는 걸 보고 나는 멍하니 생각했다. '그렇겠지. 정말로 건강해 보이니까.' 부끄럽게도 나는 선글라스를 꺼내 끼었다. 지독한 피로감을 감추려는 게 아니었다. 내가 하게 될 말이 얼굴에 적나라하게 드러나서 부인이 보자마자 알아차릴까 봐 무서웠다.

"세상에!" 부인이 탄성을 올리고 있었다. "윌, 정말 근사해 보인다. 너무나 좋아 보여."

윌의 아버지가 허리를 굽히고 아들의 휠체어를, 무릎을, 얼굴을, 만면에 웃음을 띠고 톡톡 두드리고 있었다. "날마다 네가 바닷가에 나간다는 얘기를 네이선에게 듣고도 믿을 수가 없었지 뭐니. 게다가 수영을 했다니! 물은 어떻든? 따뜻하고 좋았니? 여기는 비가 말도 못 하게 쏟아졌어. 전형적인 8월 날씨였지!"

물론 그랬겠지. 네이선이 문자 메시지를 보내거나 전화 통화를 했겠지. 그렇게 오래 우리를 보내놓고 연락을 취할 길을 마련해 두지 않았을 리가.

"그…… 워낙 멋진 곳이더라고요." 네이선이 말했다. 그 역시 말수가 줄었지만 이제는 애써 미소 짓고 있었다. 평소처럼 보이려 노력하고 있었다.

나는 얼어붙어 버린 기분이었다. 또다시 어디론가 가는 사람처럼 손에 여권을 꽉 움켜쥐고 있었다. 잊지 말고 숨을 쉬어야 한다며 마음속으로 혼자 되뇌었다.

"자, 우리는 다들 특별한 저녁 식사를 하고 싶을 거라고 생각했다오." 월의 아버지가 말했다. "인터콘티넨털 호텔에 기막히게 좋은 레스토랑이 있어요. 샴페인은 우리가 내지. 어떠냐? 네 어머니와 나는 꽤 괜찮은 대접이라고 생각하는데."

"좋죠." 월이 말했다. 그는 어머니를 보며 미소를 짓고 있었고, 그녀는 그 미소를 병에 담아 간직하고 싶은 얼굴로 아들을 바라보고 있었다. '어떻게 그럴 수가 있어요?' 나는 그에게 바락바락 악을 쓰고 싶었다. '자기가 어머니한테 무슨 짓을 하려는지 잘 알면서, 어떻게 그런 눈으로 볼 수가 있어요?'

"그러면 갑시다. 여기서 운전해서 조금만 가면 된다오. 틀림없이 다들 시차 때문에 고생일 텐데. 네이선, 내가 그 가방 좀 들어줄까요?"

내 목소리가 불쑥 그들의 대화를 끊었다. "사실 저는……." 내가 말했다. 나는 벌써 카트에서 내 짐 가방을 내리고 있었다. "저는 아무래도 가봐야겠어요. 아무튼 감사합니다."

일부러 그들을 보지 않고 가방에만 집중했지만, 공항의 북적거리는 소음 속에서도 내 말이 일으킨 짧막한 침묵을 감지할 수 있었다.

트레이너 씨의 목소리가 먼저 그 침묵을 깨뜨렸다. "그러지 말아요, 루이자. 우리 조촐하게 축하 파티를 합시다. 여러분의 모험담을 듣고 싶어요. 섬에 대한 얘기도 다 듣고 싶고. 물론 '전부 다' 말해 주지는 않아도 된다고 약속할게요." 심지어 껄껄 웃기까지 했다.

"그래요." 트레이너 부인의 목소리는 희미하게 날이 서 있었다. "같이 가요, 루이자."

"안 되겠어요." 나는 숨을 삼키고 온화한 미소를 지어 보이려 애썼다. 선글라스가 보호막이 되어주었다. "고맙습니다. 하지만 정말 돌아가고 싶어요."

"어디로?" 윌이 말했다.

그가 무슨 말을 하고 있는지 그제야 깨달았다. 내게는 사실 갈 데가 없었다.

"부모님 댁으로 갈게요. 괜찮을 거예요."

"우리와 같이 가요." 그가 부드러운 목소리로 말했다. "가지 말아요, 클라크. 부탁이에요."

그때 나는 정말이지 울어버리고 싶었다. 하지만 도저히 그와 가까이 있을 수 없다는 걸 나는 알았다. 지독한 확신이 있었다. "아니요, 고맙습니다. 식사 다들 맛있게 드세요." 나는 가방을 어깨에 걸쳐 메고는 누가 뭐라 다른 말을 할 겨를도 주지 않고 획 돌아서 가버렸다. 금세 터미널의 사람들 속에 묻혀버렸다.

버스 정류장에 거의 다 왔을 무렵 그녀의 목소리를 들었다. 커밀라 트레이너가 포장도로를 밟는 하이힐 소리를 또각또각 내면서,

반쯤은 걷고 반쯤은 뛰어오고 있었다.

"잠깐만요, 루이자. 제발 잠깐만 서봐요."

내가 돌아서자 그녀는 버스를 타려고 몰려 있는 사람들을 힘겹게 헤치며 다가왔다. 배낭을 멘 십 대들을 물살을 가르는 모세처럼 밀쳐내고 있었다. 공항 불빛이 그녀의 머리카락을 환히 비추어 구릿빛 비슷하게 바꾸어놓았다. 회색의 고운 파시미나 스카프가 한쪽 어깨 위에 예술적으로 드리워져 있었다. 불과 몇 년 전만 해도 얼마나 아름다운 여자였을까. 멍하니 그렇게 생각했던 기억이 난다.

"제발, 제발 좀 서봐요."

멈춰 선 나는 어깨 너머로 길을 살피며 버스가 당장 나타나주기를, 그래서 날 싣고 떠나버리길 바라고 또 바랐다. 무슨 일이든 제발 일어나 달라고 빌었다. 하다못해 작은 지진이라도.

"루이자?"

"월은 즐겁게 지냈어요." 내 목소리가 쌀쌀맞게 들렸다. 이상하게 저 여자 목소리 같네, 나도 모르게 그런 생각을 했다.

"안색이 좋아 보이네요. 아주 좋아 보여요." 그녀는 도로에 서서 나를 물끄러미 바라보았다. 주변 사람들이 다들 바다처럼 일렁이고 있는데, 그녀 혼자 갑자기 날카로운 적막에 휩싸였다.

우리는 아무 말도 하지 않았다.

그리고 내가 말했다. "트레이너 부인, 사직하고 싶습니다. 저는 도저히…… 마지막 며칠 동안 일할 수가 없어요. 저한테 주실 돈이 있으시면 그냥 받은 걸로 하겠습니다. 사실, 이번 달 급여는 안 주시면 좋겠어요. 아무것도 받고 싶지 않아요. 저는 그냥……."

그러자 그녀의 안색이 창백해졌다. 얼굴의 핏기가 싸악 가시는 그 모습을, 이른 아침 햇살 속에서 그녀가 살짝 휘청거리는 모습을 나는 보았다. 트레이너 씨가 그 뒤로 다가오는 모습도 보았다. 씩씩한 발걸음으로 걸으며 한 손으로는 머리에 쓴 파나마모자를 단단히 붙잡고 있었다. 군중을 헤치고 지나치다 사과를 연발하면서도 몇 미터 떨어져서 굳은 얼굴로 서 있는 나와 아내에게서 눈길을 떼지 않았다.

"마…… 말했잖아요, 나한테. 행복한 것 같았다고. 이 일로 그 애가 마음을 바꿀지도 모른다고 말했잖아요." 절박한 목소리였다. 마치 내게 제발 뭔가 다른 얘기를 해달라고, 다른 결과를 말해달라고 간절히 애원하기라도 하는 것처럼 들렸다.

말이 나오지 않았다. 빤히 바라만 보다가 간신히 내가 할 수 있었던 일이라곤, 작게 고개를 흔드는 것뿐이었다.

"미안해요." 나는 속삭여 말했다. 너무 소리가 작아서 그녀는 듣지 못했을지도 모른다.

부인이 쓰러졌을 때 트레이너 씨는 곁에 거의 다 와 있었다. 다리에 그대로 힘이 풀린 것처럼 풀썩 주저앉는데, 트레이너 씨의 왼팔이 쑥 나와 넘어지는 그녀를 붙들었다. 부인은 커다란 O 자 모양으로 입을 벌린 채 그의 팔에 축 늘어졌다.

그의 모자가 도로에 떨어졌다. 트레이너 씨는 나를 올려다보았다. 방금 대체 무슨 일이 벌어졌는지 제대로 실감하지 못한 혼란스러운 얼굴로.

그런데 나는 볼 수가 없었다. 무감각하게 돌아서서 걷기 시작했다.

한 발 앞에 또 다른 발을 놓았다. 내 두 다리가 내 생각보다 먼저 움직여서 공항에서 멀어지고 있었지만 정작 나는 어디로 가는지도 알지 못했다.

25

카트리나

루이자 언니는 휴가를 떠났다 돌아온 뒤 꼬박 서른여섯 시간 동안 방에 틀어박혀 나오지 않았다. 일요일 저녁 늦게 공항에서 돌아온 언니의 얼굴은, 그을린 피부였는데도 유령처럼 창백했다. 처음에 우리는 무슨 일인지 제대로 파악하지도 못했다. 우선 좀 자고 월요일 아침에 일찍 일어나자마자 식구들과 인사를 하겠다고 말했다. 나 좀 자야겠어. 언니는 이렇게 말하고는 자기 방에 처박히더니 곧장 침대로 들어갔다. 우리는 좀 이상하다고 생각했지만, 아무것도 짐작하지 못했다. 루 언니는 어쨌든 날 때부터 괴짜였으니까.

엄마는 아침에 홍차 한 잔을 가지고 올라갔지만 언니는 꼼짝도 하지 않았다. 저녁 먹을 시간이 되자, 걱정이 된 엄마가 언니를 흔들어 혹시 살아 있나 확인을 했다. 엄마는 좀 과하게 신파조가 될 때가 있다. 물론 생선 파이를 구웠기 때문에 루 언니가 그걸 못 먹을까 봐 걱정이 되기도 했겠지만. 하지만 루 언니는 먹지도 않고 말도 안 하고 아래층으로 내려오지도 않았다. "나 그냥 여기 좀 이렇게 있고 싶어요, 엄마." 베개에 얼굴을 묻고 이렇게 말했다. 그래서 결국 엄마는 언니를 혼자 두고 나왔다.

"애가 제정신이 아니야." 엄마가 말했다. "패트릭과 헤어진 후유증을 뒤늦게 겪는 게 아닐까?"

"패트릭은 그 애 안중에도 없어." 아빠가 말했다. "바이킹인지 뭔지에서 157등을 했다고 패트릭이 전화를 했기에 그 말을 전해줬더니, 그렇게 심드렁할 수가 없더라고." 아빠는 홍차를 홀짝이며 마셨다. "하긴 뭐, 탓할 수는 없는 게, 나라도 157등이라는데 같이 들떠주기가 참 어렵긴 하더라."

"어디 아픈 거 아니니? 저렇게 줄곧 잠만 자고. 우리 루답지가 않아. 뭔가 끔찍한 열대 질병에 걸린 건 아닐까."

"언니는 그냥 시차 때문에 저러는 거예요." 내가 말했다. 그렇게 당당하게 말한 건, 엄마와 아빠가 온갖 문제에 대해서 나를 전문가로 취급해 주는 경향이 있다는 걸 잘 알기 때문이었다.

"시차! 거, 장시간 비행으로 사람이 저렇게 된다면야 난 그냥 텐비 정도로 만족하련다. 여보, 당신은 어때?"

"몰라요……. 휴가 한번 다녀왔다고 애가 저렇게 아플 줄 누가 알았겠어요?" 엄마는 고개를 흔들었다.

나는 저녁을 먹고 위층으로 올라갔다. 노크는 하지 않았다. 그래도 엄밀하게 말하자면 아직 내 방이었으니까. 환기가 되지 않아 공기가 텁텁해서 블라인드를 올리고 창문을 하나 열었다. 그러자 루 언니가 꾸물꾸물 이불 밑에서 돌아눕더니 손으로 빛을 막았다. 언니 주위로 먼지가 오소소 피어났다.

"무슨 일이 생긴 건지 말해줄래?" 나는 홍차 한 잔을 침대맡 협탁 위에 올려놓았다.

언니가 나를 보고 눈을 껌벅거렸다.

"엄마는 언니가 에볼라 바이러스에 걸린 줄 알아. 빙고 클럽에서 단체 여행을 가는데, 예약한 이웃 사람들을 붙잡고 조심하라고 말하고 다니시느라 아주 바쁘셔."

언니는 아무 말도 하지 않았다.

"루 언니?"

"나 그만뒀어." 언니가 조용히 말했다.

"왜?"

"왜일 거 같니?" 언니는 벌떡 몸을 일으켜 앉더니 서툰 손길로 머그잔을 잡고 길게 한 모금을 마셨다.

모리셔스 제도에서 2주를 보내고 온 사람치고는 지독하게 한심한 몰골이었다. 눈은 퉁퉁 부은 데다 잔뜩 충혈되어 있었다. 피부는 태우지 않았다면 전보다 더 허옇고 불어 보였을 것이다. 머리카락은 한쪽으로 곧추서 있었다. 꼭 몇 년 동안 한잠도 못 잔 사람 같았다. 하지만 무엇보다도 언니는 슬퍼 보였다. 우리 언니가 그렇게 슬퍼 보이는 건 생전 처음이었다.

"정말로 그 사람이 결국 할 것 같아?"

언니가 고개를 끄덕였다. 그러더니 꿀꺽, 힘겹게 침을 삼켰다.

"제기랄, 아, 루 언니. 어떡해."

나는 언니한테 옆으로 비키라고 손짓을 한 뒤 침대 옆자리로 올라갔다. 언니는 홍차를 한 모금 더 마시고 머리를 내 어깨에 기댔다. 내 티셔츠를 입고 있었다. 난 아무 말도 하지 않았다. 그 정도로 언니가 안쓰러웠다.

"나 어떻게 해, 트리나?"

언니 목소리가 아주 작았다. 토머스가 다쳤을 때 굉장히 용감한 척하려고 내는 소리와 똑같았다. 바깥에서는 이웃집 개가 정원 울타리를 따라 왔다 갔다 뛰어다니며 동네 고양이들을 쫓는 소리가 들려왔다. 가끔씩 미친 듯이 짖는 소리도 들렸다. 창밖 울타리 꼭대기 너머로 좌절감에 눈이 벌게져서 풀쩍풀쩍 뛰어오르는 이웃집 개의 머리가 흘끗흘끗 보였다.

"언니가 할 수 있는 일이 있기나 한지 모르겠다. 세상에, 언니가 그 모든 일을 해줬는데. 그 모든 노력을……."

"나 그 사람한테 사랑한다고 말했어." 언니의 말소리가 더 작아져 속삭임이 되었다. "그런데 그걸로는 충분하지 않대." 커다랗게 뜬 눈이 쓸쓸하고 황폐했다. "그런데 내가 앞으로 어떻게 살아?"

나는 이 집에서 만물박사로 통한다. 누구보다 많은 책을 읽는다. 대학에도 다닌다. 다들 내게는 모든 해답이 있을 거라 생각한다.

하지만 나는 언니를 바라보며 고개를 저었다. "나도, 정말 아무것도 모르겠어."

언니는 결국 다음 날 방에서 나와서 샤워를 하고 깨끗한 옷으로 갈아입었다. 나는 엄마와 아빠한테 언니더러 뭐라고 한마디도 하지 말라고 단단히 주의를 주었다. 남자친구 문제인 것 같다고 넌지시

흘렸더니, 아빠는 눈썹을 치켜올리며 그걸로 모든 설명이 된다는 듯 괜한 법석을 떨었다는 표정을 지었다. 엄마는 황급히 빙고 클럽에 다시 전화를 걸어 아무래도 비행기 여행의 부작용에 대해 다시 생각해 봐야겠다고 말했다.

루 언니는 점심은 먹기 싫다며 토스트 한 조각만 먹고선 커다랗고 낭창낭창한 챙모자를 쓴 다음 토머스와 성까지 걸어가서 오리들한테 먹이를 줬다. 언니는 외출하고 싶지 않았던 것 같지만 엄마가 다 같이 신선한 바람을 좀 쐴 필요가 있다며 고집을 부렸다. 이 말은 엄마 사전에서 어서 우리 방에 들어가 환기를 하고 침구를 갈고 싶어 죽겠다는 뜻이었다. 토머스는 줄넘기를 하고 빵 껍질이 잔뜩 든 비닐봉지를 꼭 쥔 채 우리 주위를 팔짝팔짝 뛰어다녔다. 우리는 오랜 경험에서 터득한 요령으로 헤매는 관광객들을 손쉽게 이리저리 피해 다녔다. 휘두르는 배낭에 맞지 않게 얼굴을 피하고, 사진을 찍느라 포즈를 잡는 연인들을 사이에 두고 갈라졌다가 지나간 뒤에 다시 모이고. 성은 한여름 중천에서 내리쬐는 뙤약볕에 뜨겁게 달궈져 땅바닥이 갈라져 있었다. 풀들은 대머리 남자의 마지막 머리카락 몇 가닥처럼 시들했다. 화분의 꽃들은 반쯤 패배한 몰골을 하고 이미 가을을 준비하는 듯 보였다.

루 언니와 나는 별 얘기를 나누지 않았다. 무슨 할 말이 있을까?

관광객 주차장을 지나쳐 걸어가는데, 언니가 모자 챙 밑에서 트레이너 저택을 향해 던지는 눈길을 보았다. 우아한 붉은 벽돌 건물의 키 큰 유리창들이 지금 이 순간에도 아마 그 속에서 벌어지고 있을 생사의 드라마를 은폐하고 있었다.

미 비포 유

"가서 얘기해 보든가." 내가 말했다. "난 여기서 기다릴게."

언니는 땅바닥을 바라보더니 가슴 앞에서 팔짱을 꼈다. 우리는 계속 걸었다. "그럼 뭐 해." 언니가 말했다. 나는 남은 말, 언니가 입 밖으로 내지 않은 그 말을 알고 있었다. '그 사람은 이제 거기 없을지도 모르는데.'

천천히 성을 한 바퀴 돌고, 토머스가 가파르게 경사진 언덕 등성이를 데굴데굴 굴러 내려오는 걸 구경하고, 오리에게 먹이를 주었다. 하지만 이맘때쯤이 되면 배 부른 오리들은 고작 빵 조각을 얻어먹겠다며 귀찮게 우리 쪽으로 오려고도 하지 않는다. 나는 산책을 하며 언니를 지켜보았다. 홀터넥 톱 사이로 드러난 갈색 등, 구부정한 어깨. 그리고 나는 깨달았다. 언니는 아직 모를지 몰라도, 언니의 모든 것이 달라져 버렸다. 이제 윌 트레이너에게 무슨 일이 일어나든 언니는 이곳에 머무르지 않을 것이다. 언니에게서는 낯선 분위기가 풍겼다. 언니만의 깨달음과 언니가 본 것들, 언니가 가본 장소들의 향기가 풍겼다. 우리 언니에게 드디어 새로운 지평이 열렸다.

"아." 성의 출구 쪽으로 다시 내려오다가 내가 말했다. "언니한테 편지가 한 장 왔어. 언니가 없는 동안. 대학에서 보낸 거야. 미안해, 내가 열어봤어. 내 건 줄 알고."

"네가 열어봤다고?"

나는 장학금을 좀 더 받을 수 있을까 기대하고 있었다.

"언니 면접 보러 오래."

언니는 까마득하게 먼 옛날에서 온 소식을 받은 것처럼 눈을 껌벅였다.

"그래. 그리고 진짜 중요한 뉴스는 뭐냐 하면, 면접이 내일이야."
내가 말했다. "그래서 오늘 밤에 우리가 예상 문제라도 몇 개 준비
해 보는 게 어떨까 했지."

언니는 고개를 저었다. "난 내일 면접 못 봐."

"그럼 뭐 할 건데?"

"못 해, 트리나." 언니는 서글프게 말했다. "지금 같은 때 내가 어
떻게 다른 생각을 해?"

"내 말 잘 들어, 언니. 대학에서 오리 모이 주듯이 면접을 던져주
는 줄 알아, 이 바보야? 이건 대단한 일이야. 언니가 나이 많은 학
생이라는 것도 알고, 모집 기간이 아닌데 지원한 것도 아는데, 그런
데도 면접을 보겠다잖아. 그런데 언니가 망치고 오면 되겠어?"

"난 상관없어. 면접 생각을 할 여유가 없단 말이야."

"하지만 언니는……."

"제발 날 좀 내버려둬, 트리나. 알았어? 못 한다고 했잖아."

"이봐." 나는 언니 앞길을 막아섰다. 토머스가 몇 발자국 앞에서
비둘기에게 말을 걸고 있었다.

"지금이야말로 언니가 이 생각을 해야 할 때야. 지금이야말로 언
니가 좋든 싫든 드디어 자기 인생에서 뭘 하고 살지 결정해야 할 때
라고."

우리는 길을 막고 있었다. 이제 관광객들이 우리를 사이에 두고
갈라져 지나가야 했다. 그들은 고개를 푹 숙이고 지나가거나 순한
호기심이 어린 눈으로 말다툼하는 자매를 구경했다.

미 비포 유   523

"난 못 해."

"뭐, 대단하시네. 혹시 잊었을까 봐 하는 말인데, 언니는 이제 직장도 없어. 뒤처리를 해줄 패트릭도 없고. 그리고 이 면접을 놓치면 이틀 내로 시내의 구직센터로 다시 가서 빌어먹을 닭고기 처리 공장 일을 할 건지, 폴 댄스를 출 건지, 아니면 또 다른 사람 엉덩이나 닦아주며 먹고살 건지 결정해야 할 거야. 그리고 믿거나 말거나, 이제 언니는 서른이 다 됐으니까 그걸로 언니 인생은 대충 그림이 그려지는 거라고. 그리고 이 모든 게 뜻하는 건, 지난 6개월간 언니가 배운 모든 게 다 시간 낭비가 된다는 거야. 전부 싹 다."

언니는 나를 무섭게 노려보았다. 내 말이 옳다는 걸 잘 알기 때문에 뭐라 대꾸할 말이 없을 때 언니가 말없이 짓는 통분의 표정이었다. 토머스가 이제 우리 옆에 와서 내 손을 잡아당기고 있었다.

"엄마…… 엄마가 '빌어먹을'이라고 했어."

언니는 여전히 나를 이글거리는 눈으로 노려보고 있었다. 하지만 머릿속으로 생각이 많다는 건 알 수 있었다.

나는 고개를 돌려 아들을 보았다. "아냐, 우리 애기. 엄마가 '빌려 먹을'이라고 했어. 이모가 뭘 좀 빌려줬대서. 우리 이제 집에 가서 차 마시고 간식 먹자. 언니, 그럴 거지? 그다음에 할머니가 우리 토머스 목욕시켜 주시면, 엄마는 루 이모 숙제를 좀 도와줘야겠어."

토머스는 엄마가 봐주셨다. 나는 루 언니를 버스에 태워 보냈다. 오후 티타임까지는 다시 보기 힘들 거라고 생각했다. 면접에 큰 기대를 걸지는 않았기에 언니 말고 내 미래 걱정을 하며 도서관에서 하루를 보냈다. 그날 저녁 식사 때 언니의 눈치를 흘긋 보았다. 언니는 접시를 물끄러미 바라보며 로스트치킨을 이리저리 포크로 질질 끌고 있었다. 어, 이런. 내가 생각했다.

"너 배 안 고프니?" 엄마나 내 눈길을 따라가 보더니 말했다.

"별로요." 언니가 말했다.

"날이 더워서 닭고기는 별로지?" 엄마가 한발 양보했다. "그저 네가 기운이 좀 나면 좋겠다 싶었지."

"그럼…… 면접은 어떻게 됐는지 우리한테 말 안 해줄 거냐?" 아빠가 말했다.

"아, 그거요." 언니는 자기가 5년 전에 한 일을 아빠가 들춰내기라도 한 듯, 넋 빠진 얼굴이었다.

"그래, 그거."

언니는 아주 작은 치킨 한 조각을 포크로 찔렀다. "괜찮았어요."

아빠는 나를 흘끔 쳐다보았다.

나는 아주 살짝 어깨를 으쓱했다. "그냥 괜찮았어? 결과가 어떤지 대충 알려줬을 텐데."

"됐어."

"뭐라고?"

언니는 아직도 접시를 내려다보고 있었다. 나는 음식을 씹다 말았다.

"내가 바로 그쪽에서 찾고 있던 지원자래요. 무슨 기초 교양과정을 1년 이수해야 되고, 그다음에 전환할 수 있대요."

아빠가 의자에 푹 기대앉았다. "그거 진짜 멋진 소식이구나."

엄마는 팔을 뻗어 언니의 어깨를 톡톡 두드려주었다.

"아, 잘했다. 우리 딸. 정말 잘됐어."

"별로 잘된 일은 아니에요. 4년 치 학비를 감당할 수 있을 것 같지가 않아요."

"그건 일단 생각하지 마라, 정말로. 트리나가 얼마나 잘해나가고 있는지 봐. 어이……." 아빠가 언니를 쿡쿡 찔렀다. "우리가 방법을 찾아보마. 우리는 어떻게든 길을 찾아내잖니, 안 그래?" 아빠는 우리 둘을 향해 환하게 미소 지었다. "이제 고비가 지나고 좋은 날이 오나 보다, 얘들아. 우리 식구한테 좋은 시절이 온 모양이야."

그런데 그때 뜬금없이 언니가 울음을 터뜨렸다. 진짜 눈물. 언니는 토머스가 우는 것처럼 눈물과 콧물 범벅이 되어 엉엉 울면서 누가 듣든 말든 신경도 쓰지 않았다. 언니의 흐느낌 소리가 칼날처럼 그 작은 식당을 베었다.

토머스가 입을 떡 벌리고 언니를 멀뚱멀뚱 쳐다보고 있어서, 그 애까지 따라 울지 않게 내 무릎에 앉히고 얼러야 했다. 내가 감자 조각을 만지작거리고 완두콩 소리를 내고 웃기는 성대모사를 하는 사이 언니는 부모님에게 사정을 얘기했다.

모든 걸 털어놓았다. 윌에 대해서. 6개월짜리 계약과 모리셔스에서 어떤 일이 일어났는지. 언니의 말을 듣던 엄마는 손으로 입을 가렸다. 할아버지는 심각한 얼굴이 되셨다. 치킨은 차갑게 식었고, 그레이비소스는 그릇에서 굳어갔다.

아빠는 못 믿겠다는 듯 고개를 저었다. 그때, 인도양에서 집으로 돌아오는 비행편에서 있었던 일을 시시콜콜 말해주던 언니의 목소리가 속삭임에 가깝게 뚝 떨어졌다. 언니가 트레이너 부인에게 했던 마지막 말을 들려주자 아빠는 의자를 뒤로 밀고 벌떡 일어났다. 천천히 식탁 주위를 돌아간 아빠는 언니를 품에 꼭 안아주었다. 우리가 어렸을 때처럼 그렇게 서서 언니를 정말로 꼭, 꼭 힘주어 안아주었다.

"이런 맙소사. 가엾은 친구 같으니. 우리 불쌍한 딸내미. 아, 하느님."

그렇게 충격받은 아빠의 모습을 본 적이 또 있나 모르겠다.

"무슨 이런 거지같은 일이."

"이 모든 걸 네가 겪었단 말이니? 아무 말도 안 하고? 우리한테는 달랑 스쿠버다이빙을 했다고 엽서 한 장 보내고?" 엄마는 아직도 실감이 안 나는 모양이었다. "우리는 네가 생애 최고의 휴가를 보내는 줄 알았다."

"혼자는 아니었어요. 트리나는 알고 있었어요." 언니는 나를 보며 말했다. "트리나가 많이 도와줬어요."

"내가 한 일이 뭐 있어야지." 나는 토머스를 꼭 안으며 말했다. 엄마가 과자 깡통을 하나 따서 앞에 놓아줬기 때문에 아이는 이제 오가는 대화에 관심이 없었다. "나는 그냥 들어줬을 뿐이야. 언니가 다 했어. 언니가 온갖 아이디어들을 다 생각해 냈잖아."

"그러게. 결국 쓸데기 없는 아이디어들이었지만." 언니는 세상을 다 잃은 사람처럼 아빠에게 기댔다.

아빠가 언니의 턱을 잡고 돌려서 얼굴을 마주 보았다. "하지만 너는 할 수 있는 모든 걸 다 했어."

"그리고 실패했죠."

"누가 그러디? 실패했다고?" 아빠는 언니 얼굴에 붙은 머리카락을 뒤로 쓸어 넘겨주었다. 다정한 표정이었다. "그냥 내가 아는 윌 트레이너라는 사람을, 내가 아는 그런 남자들 생각을 해보게 되는구나. 그런데 이 말은 해줄 수 있다. 그런 남자들이 일단 단단히 마음을 먹으면 세상 그 누구도 설득할 수가 없단다. 그 사람은 그런 사람인 거야. 네가 사람을 뿌리째 바꿀 수는 없어."

"하지만 그 부모는요? 아들이 자살하는 걸 두고 볼 수는 없지요." 엄마가 말했다. "대체 어떤 인간들이기에 그렇담?"

"평범한 사람들이에요, 엄마. 트레이너 부인은 달리 어떻게 해야 할지 몰라서 그러는 거예요."

"글쎄다. 일단 그 병원인지 뭔지에 안 데리고 가는 것부터 시작해야 할 거 같구나." 엄마는 화가 났다. 광대뼈 양쪽 끝이 빨갛게 물들어 있었다. "너희들 둘하고 토머스를 위해서라면, 내가 마지막 숨을 거둘 때까지 싸우고 또 싸울 거다."

"이미 아들이 자살을 시도했는데도요?" 내가 말했다. "그것도 너무나 참혹한 방법으로?"

"그 사람은 아파, 카트리나. 우울하잖니. 상처받기 쉬운 사람들한테는 그런…… 그런…… 기회를 주면 안 되는 거야……." 엄마는 소리 없는 분노에 휩싸여 말꼬리를 흐리더니 냅킨으로 눈시울을 훔쳤다. "그 여자는 감정이라곤 없는 게 분명해. 무정하기 짝이 없어. 게다가 이런 일에 우리 루를 끌어들이다니. 빌어먹을, 치안판사라면서. 다른 사람도 아니고 치안판사라는 사람이 옳고 그른 것 정도는 알아야 하잖니. 당장 그 집에 가서 그 친구를 데려오고 싶구나."

"복잡한 문제예요, 엄마."

"아니, 그렇지 않아. 그 사람은 마음이 약해질 대로 약해져 있는데, 엄마라는 작자가 그런 생각을 한다는 것 자체가 말이 안 돼. 정말 충격이구나. 그 불쌍한 사람, 불쌍해서 어떡하니." 엄마는 테이블에서 일어나 남은 치킨을 들고 부엌으로 총총 사라져 버렸다.

언니는 엄마의 뒷모습을 바라보았다. 약간 얼떨떨한 얼굴이었다. 엄마는 무슨 일이 있어도 화내지 않았다. 마지막으로 언성을 높였던 때가 아마 1993년이었을 것이다.

아빠는 고개를 절레절레 저었다. 생각이 딴 데 가 있는 게 분명했다. "방금 생각이 난 건데 트레이너 씨를 못 본 게 당연하구나. 어디 갔나 했지. 모두들 무슨 가족 휴가라도 떠난 줄 알았지 뭐냐."

"그 사람들…… 그 사람들…… 어디 갔어요?"

"지난 이틀간 출근하지 않았어."

루 언니가 의자에 털썩 기대앉았다.

"아, 제기랄." 나도 모르게 말하며 토머스의 귀를 손으로 막았다.

"내일이야."

루 언니가 나를 보았고, 나는 벽에 붙은 달력을 쳐다보았다.

"8월 13일. 내일이야."

루 언니는 그 마지막 날 아무것도 하지 않았다. 나보다 먼저 일어나서 부엌 창밖을 멍하니 쳐다보고 앉아 있었다. 비가 내렸다가 개었다가 다시 비가 내렸다. 언니는 할아버지와 소파에 누워 있었고,

엄마가 타 준 홍차를 마셨다. 나는 언니의 눈길이 30분마다 말없이 벽난로 쪽으로 스르르 옮겨가 시계를 보는 걸 알 수 있었다. 지켜보고 있기도 힘들었다. 토머스를 수영장에 데리고 가면서 언니한테 같이 가자고 했다. 나중에 쇼핑이라도 가고 싶으면 토머스는 엄마가 봐줄 거라고 했다. 우리 단둘이 나가서 술이나 마시자고 했지만, 언니는 모조리 다 싫다고 했다.

"실수였다면 어떻게 하지, 트리나?" 목소리가 너무 작아서 나한테밖에 들리지 않았다.

나는 할아버지를 슬쩍 쳐다보았지만 할아버지는 경마에 온 정신이 팔려 계셨다. 엄마한테는 아니라고 하지만, 아빠가 할아버지 대신 몰래 한 번씩 돈을 걸어주고 있는 모양이었다.

"무슨 말이야?"

"내가 따라갔어야 하는 거면 어떡해?"

"하지만…… 언니가 못 한다고 했잖아."

바깥 하늘은 잿빛이었다. 언니는 먼지 하나 없는 유리창 밖으로 펼쳐진 비참한 하루를 바라보았다.

"내가 무슨 말을 했는지는 나도 알아. 그렇지만 지금 무슨 일이 벌어지고 있는지 모른다는 게 참을 수가 없어." 언니의 얼굴이 약간 구겨졌다. "그 사람 기분이 어떤지 알 수가 없다는 게 못 견디게 힘들어. 심지어 작별 인사도 못 했다는 생각에 견딜 수가 없어."

"지금 가면 안 돼? 비행편이라도 구해보면?"

"너무 늦었어." 언니가 말하더니 눈을 꼭 감았다. "절대 시간 맞춰 도착 못 할 거야. 겨우 두 시간밖에 안 남았어…… 그러니까…… 그 병원 근무 시간이 끝날 때까지. 인터넷에서 찾아봤어."

나는 기다렸다.

"그 사람들…… 5시 이후에는…… 그거…… 안 한대." 언니는 깊은 생각에 잠겨 고개를 저었다. "스위스 공무원들이 거기 있어야 되나 봐. 그 사람들이…… 근무시간 외에…… 인증 같은 걸…… 해주기 싫어해서."

나는 하마터면 웃음을 터뜨릴 뻔했다. 하지만 정말로 무슨 말을 해줘야 할지 알 수가 없었다. 언니가 지금 기다리는 것처럼, 아득히 머나먼 곳에서 무슨 일이 벌어지고 있을지 알면서도 하염없이 기다려야만 하는 상황을 상상조차 할 수가 없었다. 나는 언니가 윌을 사랑하는 것처럼 남자를 사랑해 본 적이 한 번도 없다. 물론 남자를 좋아했던 적도 있고 같이 자고 싶었던 적도 있지만, 가끔은 나한테 무슨 감수성이 결여되어 있는 게 아닐까 싶을 정도였다. 사귀던 남자들 때문에 운다는 건 상상도 되지 않았다. 내게 유일하게 그 비슷한 사람은 토머스일 텐데, 그 애가 낯선 나라에서 죽음을 기다리고 있다고 생각하면……. 하지만 그 생각이 떠오르자마자 내 마음속에서 뭔가 펄떡 뒤집어졌다. 섬뜩할 정도로 너무나 끔찍했다. 그래서 나는 마음속 깊은 곳 정신적인 서류철에다가 그 생각을 꽂아 정리해 두고 '생각 불가'라는 딱지를 붙여 닫아버렸다.

나는 언니 옆에 앉아서 함께 말없이 33 메이든 스테이크스 경주와 4시 정각의 핸디캡 경주와 그 뒤로 이어진 경주 네 개를 뚫어져라 쳐다보았다. 어찌나 열심히 눈길 한번 돌리지 않고 쳐다보았던지 세상의 돈을 모조리 경마에 건 사람들 같았다.

그때 초인종이 울렸다.

루이자 언니는 몇 초 만에 소파에서 벌떡 일어나 복도까지 뛰쳐나갔다. 언니가 문을 잡아 뽑듯 열어젖히는 그 모습에 내 심장까지 멎어버릴 것 같았다.

하지만 문간에 있는 사람은 윌이 아니었다. 진한 화장을 완벽하게 하고 뺨까지 내려오는 단정한 단발을 한 젊은 여자였다. 그녀는 우산을 접고 미소를 지으며 팔을 돌려 어깨에 걸친 커다란 가방을 잡았다. 나는 잠시 이 여자가 윌 트레이너의 여동생인가 생각했다.

"루이자 클라크 씨죠?"

"그런데요?"

"저는 「글로브」지에서 나왔습니다. 잠깐 얘기를 나눌 수 있을까요?"

"「글로브」지요?"

루 언니의 목소리에 혼란이 역력했다.

"신문 말씀이세요?" 나는 언니 뒤에 가서 섰다. 그때 여자의 손에 들린 수첩이 보였다.

"들어가도 될까요? 윌리엄 트레이너 씨에 대해서 잠깐 얘기를 나누고 싶습니다. 윌리엄 트레이너 씨를 위해서 일하셨지요?"

"할 말 없습니다." 내가 말했다. 그러고는 여자가 달리 무슨 말을 할 새도 없이 면전에서 문을 쾅 닫아버렸다.

언니는 혼이 나간 표정으로 복도에 서 있다가 초인종이 다시 울리자 움찔했다.

"문 열어주지 마." 내가 씩씩거렸다.

"하지만 어떻게……?"

나는 언니를 밀어 층계 위로 올려 보냈다. 맙소사, 언니는 진짜 황당무계하게 굼떴다. 반쯤 잠든 사람 같았다. "할아버지, 문 절대 열어주지 마세요!" 내가 소리를 질렀다. "누구한테 또 말했어?" 층계참에 다다랐을 때 내가 말했다. "누군가 기자들한테 말했을 거야. 누가 알고 있어?"

"클라크 씨." 여자의 목소리가 편지함을 뚫고 들어왔다.

"10분만 주시면 좋겠습니다……. 우리도 이것이 아주 민감한 문제라는 걸 잘 알고 있습니다. 클라크 씨의 입장에서 기사를 쓰고 싶은데요……."

"그 사람이 죽었다는 뜻일까?" 언니의 눈에 눈물이 가득 고였다.

"아니, 그냥 어떤 병신이 돈을 벌려고 수작을 부린다는 뜻이야." 잠깐 동안 나는 생각에 잠겼다.

"누가 왔니, 얘들아?" 엄마의 목소리가 계단에서 들려왔다.

"아무도 아니에요, 엄마. 그냥 문 열어주지 마세요."

나는 난간 너머로 살펴봤다. 엄마는 손에 행주를 든 채 앞문 유리를 통해 보이는 사람의 그림자를 쳐다보고 있었다.

"문 열어주지 말라고?"

나는 언니 팔꿈치를 붙잡았다. "언니…… 패트릭한테는 아무 말 안 했지, 했어?"

언니한테서 무슨 말을 들을 필요도 없었다. 참담한 그 표정이 모든 걸 말해주고 있었다.

"좋아. 됐어. 그냥 문 근처에도 가지 마. 전화도 받지 말고. 저 사람들한테 한마디도 하지 마, 알았지?"

엄마는 기분이 좋지 못했다. 전화기가 울리기 시작하자 엄마의
기분은 더 나빠졌다. 다섯 통째 전화가 오자 우리는 전부 자동응답
기로 돌려놨지만, 여전히 그들 목소리를 들어야만 했다. 그 목소리
가 작은 복도로 침입해 들어왔다. 기자들은 네다섯 명이었고 다 똑
같은 소리를 했다. 다들 언니에게 그녀 입장에서의 '이야기'를 실
어주겠다고 했다. 윌 트레이너가 무슨 상품이나 되는 것처럼 다들
쟁탈전을 벌이고 있었다. 전화기가 울리고 초인종이 울렸다. 우리
는 커튼을 치고 앉아서 우리 집 현관문 바로 앞 도로에서 자기네들
끼리 이야기를 나누거나 휴대폰으로 통화하는 기자들의 소리를 들
었다.

마치 포위당한 것 같았다. 엄마는 손을 쥐어짜며 누가 현관으로
들어올 때마다 편지함 구멍으로 우리 앞마당에서 당장 나가라고 소
리를 질러댔다. 토머스가 위층 화장실 창문으로 내다보며 왜 우리
집 정원에 사람들이 있느냐고 물었다. 이웃집 사람들 네 명이 전화
를 걸어 대체 무슨 일이냐고 물었다. 아빠는 아이비스트리트에 주
차를 하고 뒤뜰로 들어왔고, 우리는 성채를 지킬 때는 끓는 기름을
붓는다는 둥 그런 얘기를 상당히 심각하게 나눴다.

조금 더 생각을 해본 후에 나는 패트릭에게 전화를 걸어 그 더러
운 제보로 뒷돈을 얼마나 챙겼느냐고 물어봤다. 패트릭이 모든 걸
부정하기 전 찰나의 머뭇거림이 우리가 알아야 할 모든 걸 말해주
었다.

"이 똥덩어리 같은 인간아." 나는 악을 썼다. "마라톤인지 뭔지 하는 그 병신 같은 정강이를 내가 뒤지게 걷어차 주겠어. 그래서 157등인지 뭔지도 과분하게 해주겠다고!"

루 언니는 그냥 부엌에 앉아서 울기만 했다. 제대로 흐느껴 울지도 못하고 소리 없이 눈물이 뺨을 타고 흘러내리면 손바닥으로 닦고 또 닦았다. 언니한테 뭐라고 해줄 말이 하나도 생각나지 않았다.

그래도 괜찮았다. 나머지 사람들한테는 해줄 말들이 차고 넘쳤으니까.

기자들은 7시 반쯤 되자 하나만 남고 다 떠났다. 포기를 했는지, 아니면 자기네가 쪽지를 하나 넣어줄 때마다 레고 조각을 주는 토머스의 버릇에 신물이 난 건지는 모르겠다. 루이자 언니한테 나 대신 토머스 목욕을 좀 시켜달라고 했다. 언니를 그 부엌에서 좀 끌어내고 싶기도 했지만, 자동응답기의 메시지를 언니 몰래 다 들어본다음 기자들만 골라서 지워버릴 생각이기도 했다. 스물여섯 건. 빌어먹을 개새끼들이 스물여섯 번이나 전화를 걸었다. 하나같이 친절한 목소리에 다 이해한다는 듯한 말투였다. 어떤 이들은 심지어 돈을 주겠다고도 했다.

몽땅 삭제 버튼을 눌렀다. 돈을 주겠다는 메시지도 삭제했다. 대체 얼마나 주겠다고 하는지 그 액수가 아주 쪼오금 궁금하지 않았다면 거짓말이지만. 그러는 사이 루 언니가 목욕탕에서 토머스에게 말을 거는 목소리가 내내 들려왔다. 배트모빌을 두툼한 거품 속에 잠수시키고 폭격을 하는 토머스의 찡얼거림과 풍덩거리는 물소리도 들렸다. 아이를 가져보기 전엔 알 수 없는 건 그런 거다. 목욕 시간.

레고와 간식 덕분에 오랫동안 비극에 빠져 허우적거릴 여유도 없다는 것. 그리고 마지막 메시지를 재생했다.

"루이자? 커밀라 트레이너예요. 전화 좀 해주겠어요? 최대한 빨리?"

나는 자동응답기를 멀뚱히 바라보았다. 되감기를 해서 다시 한번 재생했다. 그리고 위층으로 달려 올라가 토머스를 욕조에서 번개같이 꺼냈다. 녀석은 무슨 일이 일어났는지 미처 알아차리지도 못했다. 그저 압박붕대처럼 수건으로 꽁꽁 몸을 감은 채 서 있었다. 그리고 언니는 혼란에 빠져 비틀거리며 층계를 반쯤 내려가고 있었다. 내가 언니의 어깨를 마구 밀었다.

"나를 미워하면 어떻게 해?"

"언니를 미워하는 말투가 아니었어."

"하지만 기자들이 거기까지 가서 그 사람들을 둘러쌌다면? 전부 다 내 잘못이라고 생각하면 어떡해?" 크게 뜬 눈이 잔뜩 겁에 질려 있었다. "그 사람이 벌써 해버렸다고 전화한 거면 어떻게 해?"

"아, 제발, 루 언니. 정신 좀 차려. 전화해 보기 전까지는 아무것도 모르잖아. 전화를 걸어. 그냥 전화를 하라고. 언니한테 빌어먹을 선택권이 있는 것도 아니잖아."

나는 다시 목욕탕으로 가서 토머스를 풀어놓았다. 토머스에게 파자마를 마구 쑤셔 입히고 지금 부엌으로 엄청 빨리 달려가면 할머니가 비스킷을 줄 거라고 했다. 그러고는 화장실 문밖으로 슬며시 고개를 내밀어 아래층 복도에서 통화를 하는 언니를 살폈다.

언니는 내게 등을 돌리고 서서 한 손으로 뒷머리를 매만지고 있었다. 그러더니 손을 뻗어 비틀거리는 몸을 지탱했다.

"네." 언니가 말하고 있었다. "알겠어요." 그리고 "그럴게요."

그리고 또 잠시 쉬고 나서 "네."

언니는 족히 1분쯤 발치만 내려다보다가 수화기를 내려놓았다.

"어떻게 됐어?" 내가 물었다.

언니는 내가 거기 있는 걸 그제야 보았다는 듯 고개를 들더니 머리를 흔들었다.

"신문 기자들 얘기는 아니었어." 언니가 말했다. 충격으로 마비된 무감한 목소리였다. "그 사람 아직 살아 있어." 루 언니는 위태롭게 떨며 웃었다. "나한테 부탁했어. 아니, 애원했어. 스위스로 와달라고. 그리고 오늘 밤 마지막 비행편을 예약해 뒀다고."

26

상황이 달랐다면 나 루이자 클라크가, 20년간 버스 타고 다니는 거리 밖으로 나가본 적이 없는 내가, 일주일도 못 되어 또다시 외국에 비행기를 타고 날아간다는 사실이 이상하게 느껴졌을 것 같다. 하지만 나는 승무원처럼 신속하고도 효율적으로 하루치 짐을 챙겼다. 꼭 필요한 물건 외에는 하나도 넣지 않았다. 트리나는 트리나대로 말없이 주위를 돌아다니며 나한테 필요하다고 생각하는 물건들을 갖다주었다. 우리는 아래층으로 내려갔다. 하지만 계단 중간쯤에서 멈춰서야 했다. 엄마와 아빠가 복도에 나란히 서 있었다. 우리가 밤늦게까지 놀다가 몰래 들어올 때 그랬듯 불길하게 길을 막고 서 있었다.

"무슨 일이니?" 엄마가 내 여행 가방을 보았다.

트리나가 내 앞으로 나섰다.

"루 언니 스위스에 가요." 트리나가 말했다. "그리고 지금 당장 떠나야 해요. 오늘 비행기편이 하나밖에 남지 않았어요."

우리가 움직이려 하는데 엄마가 한 발자국 앞으로 나왔다.

"안 된다." 엄마의 입가에 낯선 주름이 져 있었고, 팔은 어색하게 팔짱을 끼고 있었다. "절대 안 돼. 네가 끼어드는 거 싫다. 이게 내가 생각하는 그거라면, 안 돼."

"하지만⋯⋯." 트리나가 등 뒤로 나를 흘끔 쳐다보며 말머리를 꺼냈다.

"안 돼." 엄마의 목소리에는 여느 때와 달리 단단한 심지가 있었다. "하지만이고 뭐고 안 돼. 나도 계속 생각했다. 네가 해준 얘기들을 다 곱씹어 봤어. 잘못된 일이야. 윤리적으로 잘못된 일이다. 그리고 네가 여기 끼어들면 그 사람의 자살을 도와준 꼴이 될 거고, 나중에 무슨 곤경에 처하게 될지 몰라."

"네 엄마 말이 맞다." 아빠가 말했다.

"우리도 뉴스에서 봤단다. 네 인생 전체에 영향이 미칠 수도 있어, 루. 대학 면접도 그렇고 전부 다. 전과기록이 생기면 절대 대학 졸업도 못 하고 좋은 직업도 가질 수 없어⋯⋯."

"그 사람이 와달라고 부탁했어요. 언니가 그냥 모른 척할 수는 없잖아요." 트리나가 끼어들었다.

"아니, 모른 척해도 돼. 그 집안 식구들을 위해 인생의 6개월을 헌신했잖니. 그러고 나서 지금 이 상황을 봐. 얘한테 대체 뭐 그렇게 잘된 게 있나. 사람들이 문이나 두드리고 이웃들이 다들 우리가 연금 사기나 그런 짓을 저지른 줄 알잖니. 안 돼. 드디어 인생에서 기회를 잡았는데 이제 와서 스위스의 그런 끔찍한 곳에 가서 무슨 짓인지 모를 일에 끼어들다니. 나는 못 본다. 안 돼, 루이자."

"하지만 언니는 가야 해요." 트리나가 말했다.

"안 돼. 안 가도 돼. 이만하면 할 만큼 했다. 어젯밤에 그랬잖니. 할 수 있는 일은 다 했다고." 엄마는 고개를 저었다. "트레이너 가족들이 이…… 아들한테 무슨 짓을 해서…… 자기네 인생을 어떻게 망치든…… 우리 루이자를 끌어들이는 건 싫다. 우리 애가 인생을 다 망치는 건 싫어."

"내 일은 내가 알아서 할 수 있다고 생각해요."

"난 그렇게 생각지 않는다. 이 사람은 네 친구야, 루이자. 앞날이 창창한 젊은이란 말이다. 네가 이 일에 끼어들면 안 돼. 나는…… 나는 네가 그런 생각을 한다는 것만도 충격이구나." 엄마의 목소리에 새로운, 단단한 날이 서 있었다. "다른 사람 인생을 끝내라고 널 키운 줄 아니! 할아버지의 목숨이라면 넌 끝낼 수 있니? 우리가 할아버지도 디그니타스로 보내버려야 할 것 같니?"

"할아버지는 달라요."

"아니, 다르지 않다. 예전처럼 거동을 못 하시잖니. 하지만 할아버지의 목숨은 소중한 거야. 윌의 목숨이 소중한 것처럼."

"내가 결정하는 게 아니에요, 엄마. 윌이 결정한 일이에요. 이 모든 일의 핵심은 윌을 지지해 준다는 거에요."

"윌을 지지해? 그런 쓰레기 같은 소리는 내 평생 처음 들어보는구나. 너는 어린애야, 루이자. 아무것도 본 적이 없고, 아무것도 해 본 적이 없어. 그리고 이 일로 네가 어떻게 될지 전혀 몰라. 그가 이런 짓을 저지르는 걸 도와주고 나서 대체 어떻게 밤에 잠을 편히 잔단 말이냐? 한 사람이 '죽는' 걸 돕겠다는 거야. 정말로 이해하고 하는 말이니? 윌을 돕는다는 거야. 그 사랑스럽고 영특한 젊은이가

'죽는' 걸 돕는다는 거잖아."

"윌은 자기한테 옳은 일이 뭔지 잘 알고 있다고 믿으니까, 나는 밤에 달게 잘 수 있어요. 그리고 그에게 있어 최악의 일이란 단 하나의 결정도 스스로 하지 못하게 되는 거고, 자기 스스로 어떤 일도 못 하게 되는 거니까……." 나는 부모님을 바라보며 이해시키려 애썼다. "나는 어린애가 아니에요. 나는 그 사람을 사랑해요. 사랑하니까, 혼자 두고 떠나오지 말았어야 했어요. 그리고 거기 있어주지 못하고 그 사람이…… 뭘 하는지…… 이렇게 하나도 모르고 있다는 걸 참을 수가 없어요." 나는 말을 삼켰다. "그래서 그래요. 난 갈 거예요. 두 분이 내 앞날을 알아서 챙겨주시거나 이해해 주실 필요 없어요. 내가 다 알아서 감당할 거예요. 하지만 저는 스위스로 가요. 두 분이 뭐라고 말씀하시든."

좁은 복도가 고요해졌다. 엄마는 생판 처음 보는 사람처럼 나를 쳐다보았다. 나는 한 발 엄마에게 다가서며, 제발 이해해 주기를 바랐다. 그러나 엄마는 뒤로 한 발 물러섰다.

"엄마? 내가 윌한테 진 빚이 있어요. 그 빚을 갚으려면 가야만 해요. 누구 때문에 내가 대학에 지원했다고 생각하세요? 누가 내 인생에서 의미를 찾도록, 세상 밖으로 여행을 떠나도록, 야심을 갖도록 용기를 줬다고 생각하세요? 모든 걸 바라보는 내 생각을 바꿔놓은 사람이 누구 같아요? 심지어 나 자신에 대한 생각마저 달라졌는데? 다 윌 덕분이라고요. 내 평생의 27년 세월보다 지난 6개월 동안 더 많은 일을 하고 더 풍요로운 삶을 살았어요. 그러니까 그 사람이 나한테 스위스에 와달라고 하면, 그래요, 난 갈 거예요. 결과가 어떻든."

우리 모두 서로를 빤히 쳐다보며 그렇게 서 있었다. 아빠와 트리
나는 상대방이 무슨 말을 하기를 기다리고 있는 것처럼 매섭게 눈
길을 교환했다.

그러나 엄마가 침묵을 깨뜨렸다. "루이자, 지금 갈 거라면 집으로
돌아올 필요 없다."

엄마의 입에서 나온 그 말은 마치 돌멩이처럼 툭툭 떨어졌다. 나
는 충격을 받아 엄마를 쳐다봤다. 엄마의 시선은 무자비했다. 내 반
응을 살피면서 점점 더 굳어갔다. 내가 전혀 알지 못했던 장벽이 우
리 사이에 세워진 것 같았다.

"엄마?"

"진심이다. 이 일은 살인과 다를 바가 없어."

"조시……."

"그게 사실이에요, 버나드. 나는 이 일에 끼어들 수가 없어요."

그때 이런 생각을 했던 기억이 난다. 먼 거리에서 남들을 보듯이,
'지금처럼 확신이 없는 카트리나는 처음 보네' 하고 생각했던 게.
아빠의 손이 엄마의 팔을 붙들었다. 책망인지 위로인지 알 수 없었
다. 내 마음이 한순간 하얗게 비워졌다. 그러고는 무슨 짓을 하는지
나도 모른 채로 천천히 층계를 내려가 부모님을 지나쳐 앞문으로
갔다. 잠시 후 트리나가 나를 따라왔다.

아빠의 입가가 온갖 감정들을 추스르려는 것처럼 축 처졌다. 엄
마를 쳐다보던 아빠는 한 손으로 엄마의 어깨를 짚었다. 엄마의 시
선이 아빠의 얼굴에 닿았는데, 이미 아빠가 무슨 말을 할지 다 알고

있는 눈치였다.

아빠는 트리나에게 열쇠를 던져주었다. 트리나는 한 손으로 열쇠를 받았다.

"자." 아빠가 말했다. "뒷문으로 나가거라. 도허티 부인네 뜰을 지나서 밴을 타. 밴에 타면 저 사람들한테 안 보일 거다. 길이 그렇게 막히지 않으면 아마 빠듯하게 시간에 맞출 수 있을 거다."

"이 일이 대체 어떻게 돌아갈지 감이 잡히기나 해?" 카트리나가 말했다.

고속도로를 질주하면서 그 애는 흘끔흘끔 나를 보았다.

"아니."

오랫동안 그 애를 쳐다보고 있을 수가 없었다. 핸드백을 뒤지면서 혹시라도 잊은 게 없나 확인하던 참이었다. 전화선을 타고 들려온 트레이너 부인의 목소리가 계속 귓가에 울렸다. "루이자? 제발 와줄래요? 우리 의견이 많이 달랐던 건 알지만, 제발…… 지금 꼭 와줘야만 해요."

"빌어먹을. 엄마 그런 모습은 생전 처음 봤어." 트리나가 말을 이었다.

여권, 지갑, 현관문 열쇠. 문 열쇠는 왜 가져왔지? 어디 쓰려고? 내겐 이제 집이 없는데.

트리나는 곁눈으로 내 기색을 살폈다. "그러니까, 지금 엄마가 정신이 나간 거야. 충격을 받아서. 결국은 다 괜찮아질 거라는 거 알잖아, 그렇지? 내가 집에 가서 애를 가졌다고 말했을 때 진짜 나하고 다시는 말도 안 할 것 같았거든. 그렇지만 겨우 며칠이더라? 맞아, 겨우 이틀 만에 원래대로 돌아왔어."

내 옆에서 횡설수설하는 그 애 말을 들으면서도 듣지 않고 있었다. 집중할 수가 없었다. 내 신경 말단이 다 생생하게 살아난 느낌이었다. 이제 기대감으로 짜릿짜릿했다. 윌을 보게 된다. 다른 건다 없어도 내게는 그 만남이 있다. 우리 둘 사이에 놓인 까마득한 거리가 시시각각 좁혀지는 것만 같았다. 우리가 보이지 않는 고무줄의 양 끄트머리에 서 있는 것 같았다.

"트리나?"

"응?"

나는 침을 꿀꺽 삼켰다. "나 그 비행기 놓치지 않게 해줘."

결단력 빼면 시체인 게 내 동생이다. 새치기를 하고 갓길로 달리고 속도제한을 어기고 라디오를 샅샅이 뒤져 교통정보를 찾아서 달렸다. 마침내 공항이 눈에 들어왔다. 트리나가 끼이익 급정거를 한사이 나는 벌써 차 밖으로 반쯤 나갔는데, 동생 목소리가 들렸다.

"언니! 루 언니!"

"미안." 돌아서서 몇 발 뛰다시피 다가갔다.

그 애가 나를 꼭, 정말로 세게 안아주었다. "언니는 옳은 일을 하는 거야." 그 애가 말했다. 건드리면 울음을 터뜨릴 것 같은 얼굴로. "자, 이제 빨리 꺼져. 내 면허로 벌점을 6점이나 받았는데 언니가 비행기를 놓치면 다시는 언니랑 말 안 할 거야."

뒤도 돌아보지 않았다. 스위스 항공 데스크까지 쉬지도 않고 달려가는 바람에 숨이 차서 데스크에다 내 이름을 또박또박 말하지도

544

못했다. 세 번의 시도 끝에 간신히 비행기 표를 받았다.

자정이 조금 넘은 시간에 취리히에 도착했다. 트레이너 부인은 도착 시간이 워낙 늦으니까 공항 호텔에 객실을 잡아주겠다고, 그리고 다음 날 아침 9시에 차를 보내겠다고 약속했다. 잠을 못 잘 줄 알았는데 잠이 들었다. 기괴하고 묵직하게 몇 시간 동안 질질 끄는, 그런 잠이었다. 다음 날 아침에 깼을 때는 내가 어디 있는지조차 한참 동안 알 수가 없었다.

잠에 취한 채 낯선 방과 외부의 빛을 모두 차단하는 묵직한 암막 커튼과 거대한 평면 TV, 풀지도 않은 내 여행 가방을 둘러보았다. 시계를 확인해 보니 스위스 시간으로 7시가 조금 넘은 시각이었다. 내가 지금 어디 있는지 갑자기 깨달은 나는, 공포에 위장이 뒤틀리는 느낌에 사로잡혔다.

황망하게 침대에서 뛰쳐나와 간신히 화장실에 들어가 변기에 토했다. 타일이 깔린 바닥에 풀썩 쓰러지자 머리카락이 이마에 다 들러붙었다. 뺨이 싸늘한 도자기 타일에 닿았다. 엄마의 목소리가, 엄마의 항변이 귓전에 들려왔다. 시커먼 공포가 내 온몸을 타고 기어올랐다. 나는 이런 일을 감당할 사람이 못 된다. 또 실패하고 싶지 않았다. 윌이 죽는 걸 지켜보기는 싫었다. 끙끙 다 들리게 신음하며, 간신히 기어가서 또 토했다.

뭘 먹을 수가 없었다. 블랙커피를 꾸역꾸역 넘기고 샤워한 뒤 옷을 입자 8시가 되었다. 어젯밤에 가방에 마구 던져 넣은 연녹색 원피스를 물끄러미 바라보며 지금 가는 곳에 어울리는 옷인가 생각했다. 모두들 검은 옷을 입으려나? 윌이 좋아하는 빨간 드레스처럼, 더 활기차고 생생한 옷을 입어야 할까? 어째서 트레이너 부인은 나를 여기로 불렀을까? 휴대폰을 확인했다. 트리나한테 전화를 걸 수 있을까 생각하면서. 이제 거기는 아침 7시가 됐을 것이다. 하지만 트리나는 틀림없이 토머스의 옷을 입혀주고 있을 테고 행여 엄마가 전화를 받게 되면…… 그건 생각만 해도 못 견딜 일이었다. 화장을 좀 하고 창가에 앉아 있는데, 시간이 느릿느릿 똑딱똑딱 흘러갔다.

내 평생 그토록 외로웠던 적이 또 있었을까.

더는 그 작은 방에 못 있겠다는 생각이 들어 짐을 죄다 가방에 쑤셔 넣고 나왔다. 신문을 사서 로비에서 기다릴 생각이었다. 적막이나 위성방송이나 커튼이 쳐진 숨 막히는 어둠과 함께 방 안에 앉아 있는 것보다야 나쁠 리 없다. 프런트를 지나치는데 한쪽 구석에 얌전하게 놓여 있는 컴퓨터가 보였다. '투숙객 전용. 프런트에 문의하시오'라고 쓰여 있었다.

"이 컴퓨터를 써도 될까요?" 프런트 직원에게 물었다.

그녀가 고개를 끄덕였고 나는 한 시간 사용권을 끊었다. 지금 얘기를 나누고 싶은 사람이 누군지, 아주 또렷하게 떠올랐다. 그 사람이라면 틀림없이 이 시간에 접속하고 있을 거라는 걸 육감적으로 확신했다. 채팅방에 접속해서 메시지 보드에 타이핑했다.

리치. 거기 있어요?

안녕, 꿀벌. 오늘은 일찍 들어왔네요?

나는 잠시 망설이다가 키보드를 두드렸다.

내 평생 가장 이상한 하루를 시작하려는 참이에요. 저 지금 스위스에 있어요.

그는 무슨 뜻인지 잘 알았다. 그들은 모두 무슨 뜻인지 잘 알았다. 그 병원을 놓고 여러 번 열띤 논쟁이 오갔기 때문이다. 나는 이렇게 써 넣었다.

나 끔찍하게 겁이 나요.
그런데 왜 거기 있어요?
여기 있지 않을 수가 없으니까요. 그 사람이 부탁했어요. 그를 보러 가려고 호텔에서 기다리고 있어요.

나는 망설이다가 다시 키보드를 쳤다.

오늘이 어떻게 끝날지 정말 모르겠어요.
오, 이런.
그 사람한테 뭐라고 말하죠? 어떻게 그 사람 마음을 돌리죠?

그는 다시 타이핑하기 전에 좀 시간을 끌었다. 한 마디 한 마디가 엄청난 고심 끝에 나오는 듯, 보통 때보다 훨씬 느리게 떠올랐다.

그 사람이 스위스에 있다면 마음을 바꿀 것 같지는 않아요.

목구멍에 어마어마하게 큰 덩어리가 치밀었지만 나는 꾹 삼켰다. 리치는 아직도 타이핑을 하고 있었다.

그건 나의 선택은 아니에요. 이 커뮤니티에 있는 사람들 대부분의 선택도 아니에요. 물론 지금과 다르다면 더 좋았겠지만, 나는 내 삶을 사랑해요. 그러나 친구가 이 정도면 충분하다고 결정한 이유는 충분히 이해합니다. 이렇게 산다는 건 지치는 일이에요. 그 피로감은 AB가 결코 진심으로 이해할 수 없는 겁니다. 그 결심이 확고하다면, 정말로 그가 지금보다 나은 미래를 도저히 볼 수 없다면, 그렇다면 내 생각에 당신이 할 수 있는 최선은 거기 함께 있어주는 거예요. 그 사람이 옳은지 당신이 생각할 필요는 없어요. 하지만 그곳에 꼭 함께 있어주어야 해요.

나는 내가 숨을 참고 있다는 사실을 깨달았다.

행운을 빌어요. 그리고 나중에 나를 찾아와요. 다 끝나고 나면 당신은 더 힘들지 몰라요. 아무튼, 나도 당신 같은 친구가 있으면 좋겠군요.

키보드 위의 내 손가락이 잠시 멈췄다. 나는 이렇게 썼다.

그럴게요.

호텔 직원이 밖에 자동차가 대기하고 있다고 말해주었다.

뭘 기대했던 건지 나도 모르겠다. 호숫가나 만년설이 덮인 산맥에 인접한 하얀 건물이었을까. 아니면 벽에 황금 명판이 붙어 있고 뭔가 병원처럼 보이는 대리석 건물의 전면이었을까. 어쨌든 산업단지 같은 곳을 지나가 너무나 기막히게 평범해 보이는 주택에 다다르리라고는 미처 예상치 못했다. 주변에는 공장단지가 있었고 기괴하게도 축구 경기장도 하나 있었다. 차도를 건넌 나는 금붕어가 노니는 연못을 지나쳐 집 안으로 들어갔다.

문을 열어준 여자는 내가 누구를 찾는지 즉시 알아보았다. "그분은 여기 계세요. 제가 안내해 드릴까요?"

그때 나는 오도 가도 못 하고 우두커니 서버렸다. 내가 한참 뚫어져라 바라보고만 있던 그 문은, 희한하게도 까마득한 몇 달 전 월의 별채 밖에 서 있을 때 바라보던 문과 닮아 있었다. 나는 숨을 깊이 들이쉬었다. 그리고 고개를 끄덕였다.

그 사람보다 침대가 먼저 보였다. 마호가니 목재와 고풍스러운 꽃무늬가 그려진 퀼트며 그 배경에 어울리지 않는 베개들 때문에 방 안 전체를 침대가 장악하고 있는 것처럼 보였다. 트레이너 씨가 한쪽에 걸터앉아 있었고 다른 편에 트레이너 부인이 있었다.

유령처럼 창백한 트레이너 부인이 나를 보자마자 일어섰다. "루이자."

조지나는 한구석의 나무 의자에 앉아 기도하듯 손을 모으고 있었다. 내가 들어가자 조지나가 고개를 들었다. 그러자 그늘진 눈, 비탄으로 핏발이 선 눈이 나타났다. 아주 짧은 순간, 가엾다는 마음이 발작처럼 덮쳐왔다.

카트리나가 똑같은 권리를 행사하겠다고 고집을 피운다면 난 뭘 어떻게 했을까?

방 자체는 고급 별장처럼 밝고 우아했다. 타일로 된 마루에 고급진 깔개가 깔려 있었고 작은 정원을 내다볼 수 있는 소파가 있었다. 뭐라 해야 할지 모르겠다. 그 모습은 말도 안 되게, 진부하고 일상적이었다. 흡사 그 셋은 거기 앉아 그날 어디로 관광을 갈지 행선지를 논의하고 있는 가족처럼 보였다.

침대 쪽으로 고개를 돌렸다. "어때요?" 나는 어깨에 가방을 고쳐 메며 말했다. "룸서비스가 그리 훌륭하진 못한 모양이에요?"

윌의 눈길이 내 시선과 꼭 맞물리자, 그 모든 것들에도, 내 숱한 두려움에도 불구하고, 두 번이나 토했다든가 1년 동안 잠을 못 잔 것 같은 기분이라든가 뭐가 아무리 어떻대도, 갑자기 여기 온 게 기뻐졌다. 기쁘다는 말은 어폐가 있다. 안심이 되었다고 해야겠다. 굉장히 고통스럽고 신경 쓰이는 신체 부위를 절제해 떼어낸 듯 홀가분했다.

그는 웃어주었다. 그 미소는 사랑스러웠다. 반가운 인사로 가득한 느릿느릿한 미소.

이상한 일이지만 나도 모르게 미소로 답하고 있었다. "좋은 방이네요." 이렇게 말하자마자 나는 그 말이 얼마나 바보 같은지 깨달았다. 조지나 트레이너가 눈을 질끈 감는 모습을 본 나는 얼굴을 붉혔다.

윌이 어머니 쪽으로 고개를 돌렸다. "루하고 얘기 좀 하고 싶은데요. 괜찮을까요?"

부인이 미소를 지으려 애썼다. 그때 나를 보던 그 여자의 눈길에서 오만 가지 감정을 보았다. 안도. 감사. 이 몇 분간 배제되는 것에 대한 희미한 원망. 내가 여기 나타났다는 사실이 혹 뭔가 의미가 있지 않을까, 이 운명이 혹시나 궤도를 이탈하지는 않을까 하는 실낱처럼 가냘픈 희망까지도.

"물론이지."

그녀는 내 곁을 스쳐 지나 복도로 나갔다. 그녀가 지나갈 수 있도록 한 발 물러서는데 부인이 한 손을 뻗어 내 팔뚝을 아주 살짝 만지고 지나갔다. 나와 눈길이 마주치자 윌의 눈빛이 누그러졌다. 그러자 한순간 아예 딴사람 같아 보였다. 트레이너 부인은 내게 등을 돌리고 섰다.

"어서 나와, 조지나." 딸이 꿈쩍도 않고 앉아 있자 그녀가 말했다.

조지나는 천천히 일어나서 말없이 밖으로 걸어 나갔다. 뒷모습에 께름칙한 심정이 절절히 묻어났다. 지나치며 트레이너 씨가 딸의 등에 손을 얹었다.

그리고 우리 둘만 남았다.

윌은 침대에 등을 받치고 앉아 있어 왼쪽의 창밖을 바라볼 수 있었다. 작은 뜨락의 분수대에서는 맑은 물 한 줄기가 명랑하게 졸졸 떨어져 흘러가고 있었다. 벽에는 조잡하게 표구한 달리아 꽃 사진이 걸려 있었다. 삶의 마지막 순간 쳐다보는 건데 너무 싸구려 프린트라고 생각한 기억이 난다.

"그러니까……."

"당신 혹시……."

"당신 마음을 돌리려고 애쓰지 않을게요."

"여기 와준 걸 보면, 내 선택을 받아들인 거죠? 사고가 나고 내가 주체가 되어 행동한 건 이번이 처음이에요."

"알아요."

그랬다. 그도 알고, 나도 알았다. 내가 할 일은 이제 아무것도 없었다.

아무 말도 하지 않는 게 얼마나 힘든 일인지 아는가? 온몸의 원자 하나하나가 발버둥 치며 정반대로 가고 싶어 하는데? 공항에서 여기까지 오는 길 내내 아무 말도 하지 않는 연습을 했지만, 여전히 죽도록, 정말로 죽을 만큼 힘들었다. 나는 고개를 끄덕였다. 마침내 입을 열었을 때 내 목소리는 작고 갈라져 초라했다. 입 밖으로 나온 그 말 말고는 내가 안전하게 할 수 있는 얘기는 없었다.

"보고 싶었어요."

그러자 그가 긴장을 푸는 것 같았다. "이리로 와요." 나는 망설였다. "부탁이에요. 어서, 바로 여기, 내 침대 위로, 내 옆으로 와요."

그 순간 나는 정말로 윌의 얼굴에 안도감이 퍼지고 있다는 걸 알았다. 말로 하지는 않겠지만, 나를 보게 되어 마음 깊이 기쁜 듯했다. 나는 이것으로 만족해야 한다고 마음을 다잡았다. 내게 부탁한 그 일을 해주자고. 그것으로 충분해야 한다고.

침대에 올라가 그 옆에 누웠고 한 팔을 그의 몸 위에 얹었다. 그의 가슴에 머리를 가만히 얹고 부드럽게 올라갔다 내려가는 호흡을 내 몸으로 흡수했다. 윌의 손끝이 등에 닿아오는 미약한 압력과 내 머리칼 속으로 스며드는 그 숨결을 느낄 수 있었다. 눈을 감고 그 체취를 들이마셨다. 실내는 밋밋하고 청결한 향과 살짝 마음이 심

552

란해지는 소독약의 잔향이 감돌았지만, 그에게서는 변함없이 값비싼 삼나무 향이 풍겼다. 다른 생각은 아예 머릿속에서 지워버리려고 노력했다. 오로지 그 순간을 살고자, 사랑하는 남자를 삼투압처럼 빨아들이고자, 내게 남아 있는 그를 내 몸에 새기고자 전력을 다했을 뿐이다. 말도 하지 않았다. 그런데 그의 목소리가 들렸다. 너무나 가까워서 그가 말하자 소리가 내 몸을 관통해 진동했다.

"어이, 클라크." 윌이 말했다. "뭐 좋은 얘기 좀 해줘요."

나는 창밖에 펼쳐진 맑은 파란색의 스위스 하늘을 바라보며 두 사람의 이야기를 들려주었다. 애초에 만나지 말았어야 하고, 처음엔 서로를 전혀 좋아하지 않았지만, 끝내는 이 너른 세상에서 진정으로 서로를 이해할 수 있는 단둘이었던 그들의 이야기를 했다. 그리고 나는 그에게 이야기해 주었다. 그들이 함께했던 모험들, 그들이 갔던 장소들, 그들이 상상도 못 했지만 결국은 보게 되었던 것들에 대한 이야기를. 짜릿하게 전류가 통하는 하늘과 형광색으로 빛나는 바다와 웃음소리와 어리석은 농담들로 가득했던 밤들을 생생히 불러내 그에게 그려주었다. 그를 위한 세계를 그림으로 그려 보여주었다. 스위스 산업단지에서 멀리 떨어진 그 세계에서는 그가 지금도 원하는 모습으로 살아가고 있다. 그는 나를 위해 그 세계를 창조해 주었다. 기적과 가능성으로 충만한 그 세계를, 나는 그림으로 그려 보여주었다. 어떤 상처가 그로서는 짐작도 못 할 만큼 놀랍게 치유되었다고, 그것만으로도 내 존재의 일부는 그에게 영원한 빚을 져버렸다고 말하면서 나는 알았다. 이 말들은 내 입에서 이제까지 나왔고 또 앞으로 나올 말들 중에서 가장 중요하다. 반드시 옳은 말들이어야만 했다. 선전이나 선동이 아니라, 마음을 돌리려 애쓰는 게 아니라, 예전에 윌이 해준 말들을 존중하는 말이라야 했다.

나는 뭔가 좋은 얘기를 했다.

시간이 느려지다가 마침내 정지했다. 그저 우리 둘뿐이었다. 햇살이 환한, 휑한 방에서 나 혼자 웅얼거리고 있었다. 윌은 별말을 하지 않았다. 대꾸도 하지 않고, 건조한 말투로 토 달지도 않고, 코웃음을 치지도 않았다. 가끔 고개를 끄덕이고 내 머리에 그의 머리를 꼭 대고 중얼거리다가, 좋은 추억이 떠오르면 작게 만족감의 탄성 같은 소리를 냈다.

"그건……." 나는 그에게 말했다. "내 평생 최고의 여섯 달이었어요."

긴 침묵이 흘렀다.

"웃기는 일이지만, 클라크. 내게도 그랬어요."

그러자 내 마음이 그만 우수수 무너져 내렸다. 얼굴이 종잇장처럼 구겨지고, 평정심은 사라져 버렸다. 그를 꼭 붙잡고 매달려 흐느끼는데, 들썩이는 내 몸의 떨림을 그가 느낄까 걱정하던 마음도 그만 사라졌다. 늪 같은 슬픔에 빠져 나는 가라앉았다. 감당 못 할 슬픔이 내 심장과 위장과 머리를 갈기갈기 찢었고 발목을 잡고서 나를 바닥으로 끌어내렸다. 견딜 수가 없었다. 정말로, 솔직히 정말로 버틸 수가 없다는 생각이 들었다.

"울지 말아요, 클라크." 그가 중얼거렸다. 내 머리칼에 닿는 입술이 느껴졌다. "아, 제발. 부탁이야. 그러지 말아요. 날 봐요."

눈을 꽉 감아버리고 고개를 흔들었다.

"날 봐요. 제발."

그럴 수가 없었다.

"화가 났죠. 제발. 난 당신에게 상처를 주거나 당신을……."

"아니……." 나는 머리를 흔들었다. "그런 게 아니에요. 그저……." 난 뺨을 그 가슴에 묻었다. "당신이 마지막으로 보는 게 한심하게 퉁퉁 부어오른 내 얼굴이 되는 건 싫어요."

"당신 아직도 모르는구나, 클라크. 그렇죠?" 목소리에 웃음기가 배어 있었다. "당신이 맘대로 선택할 수 있는 일이 아니라니까."

다시 평정심을 찾을 때까지는 좀 시간이 걸렸다. 코를 풀고 깊이 심호흡을 했다. 그리고 마침내 나는 팔꿈치로 짚고 몸을 일으켜 다시 윌을 마주 보았다. 오랫동안 긴장과 불행에 젖어 있던 그 눈이 기묘하게 맑고 느긋해 보였다.

"당신 눈부시게 아름다워."

"웃기지 말아요."

"이리 와요." 그가 말했다. "바로 내 눈앞에."

나는 윌의 얼굴을 바라보며 다시 누웠다. 문에 걸린 시계가 보이는 바람에 시간이 점점 없어지고 있다는 실감이 갑작스레 덮쳐왔다. 그의 팔을 내 몸에 꼭 두르고 내 팔다리로 그의 몸을 감아 우리 둘이 단단히 하나로 묶이게 했다. 윌이 움직일 수 있는 손을 손가락으로 감아 깍지 끼고 손등 뼈에 키스하자 그가 손에 힘을 주었다. 난 그 몸이 너무 익숙했다. 패트릭의 몸은 이렇게까지 속속들이 알지 못했다. 나는 그 몸의 힘과 약점, 흉터와 체취를 낱낱이 알았다. 얼굴을 그의 얼굴에 가까이 맞대자 그 눈, 코, 입의 형체가 흐릿해졌다. 그 속에서 난 나를 잊었다. 그의 머리카락, 그의 피부, 그의 미간을 손가락 끝으로 쓸어내리고 그의 코에 내 코를 맞대는데, 봇물처럼 터진 눈물이 뺨을 타고 줄줄 흘러내렸다. 내내 그는 말없이 나를 지켜보았다. 내 몸을 구성하는 분자 하나까지 놓치지 않고 저장하겠다는 듯 강렬한 눈길로 찬찬히, 찬찬히 바라보았다. 윌이 벌써 내게서 떨어져 나가고 있었다. 내가 가닿을 수 없는 어딘가로 후퇴하고 있었다.

나는 그에게 키스했다. 멀어지는 그를 키스로 불러오려 했다. 내입술을 그의 입술에 포개고, 우리의 숨결이 섞이고 흐르는 내 눈물이 그의 뺨에 소금이 되어 맺히도록. 키스하면서 마음속으로 읊조렸다. 어디선가 아주 작은 그의 입자들이 나를 이루는 입자들로 바뀌었으면 좋겠다고. 소화되고, 삼켜져서, 살아 있는 채로, 영원히, 나의 입자들이 되면 좋겠다고. 내 몸을 한 조각도 빠짐없이 그 몸에 밀착하고 싶었다. 내 의지로 뭔가 불어넣고 싶었다. 내가 느낀 생명의 마지막 한 조각까지 그에게 주어 억지로 살게 하고 싶었다.

나는 깨달았다. 그 없이 사는 삶이 너무나 무서웠다. '어쩌다가 당신은 내 인생을 망쳐버릴 권리를 갖게 됐어요?' 따져 묻고 싶었다. '그런데 왜 나는 당신 일에 발언권이 전혀 없는 거냐구요?'

그러나 나는 이미 약속을 해버렸다.

그래서 나는 그를 안아주었다. 윌 트레이너, 젊은 경영의 천재였고, 스카이다이버였고, 스포츠맨, 여행가, 연인이었던 그 남자. 꼭 안고 아무 말도 하지 않았다. 말없이 당신은 사랑받은 사람이라는 말만 했다. 아, 그는 사랑받았다.

얼마나 오래 우리가 그렇게 있었는지 나는 모르겠다. 바깥에서 오가는 나직한 대화, 끌리는 발소리, 먼 데서 울리는 교회 종소리는 어렴풋 알고 있었다. 그러다 드디어, 그가 토하는 커다란 한숨이 내게 느껴졌다. 전율 같은 한숨이었다. 그는 아주 살짝 고개를 젖혀, 우리가 서로의 얼굴을 또렷이 보도록 했다.

나는 그를 보며 눈을 껌벅거렸다.

그는 내게 작은 미소를 지어주었다. 미안하다는 인사 같았다.

"클라크." 그가 조용히 말했다. "우리 부모님 좀 들어오시라고 해줄래요?"

27

왕립검찰청

FAO: 공소 담당관

기밀 유지 권고

Re: 윌리엄 존 트레이너

2009년 9월 4일

상기한 사건에 대해 형사들은 연루된 인물 전원에 대한 면담을 마쳤기에, 이에 따라 관련 문서를 모두 포함한 파일을 첨부하는 바이다.

핵심 조사 대상은 런던시에 본부를 둔 매딩리 르윈스사의 전직 파트너인 35세의 윌리엄 존 트레이너. 트레이너 씨는 2007년 도로 교통사고로 경추 부상을 입었고 한쪽 팔 외에는 움직임이 거의 제한되어 24시간 간병을 요하는 C5-6 전신마비 환자로 진단받았다. 진료 기록은 첨부되어 있다.

서류에 따르면 트레이너 씨는 스위스로 여행을 하기 오래전부터 법률적인 문제를 통제하기 위해 수고를 아끼지 않았다. 우리는 그의 변호사인 마이클 롤러 씨가 서명하고 공증한 의사진술서를 제출했으며, 이와 함께 사전에 병원 측과 상담한 내용과 관련한 문서들의 사본 역시 제출했다.

트레이너 씨의 가족과 친구들은 모두 일찍 생을 마감하겠다고 밝힌 그의 의사에 반대를 표명했으나 진료기록과 이전의 자살 기도(동봉한 병원기록에 상세히 명기되어 있음), 지성과 강인한 성격으로 미루어 볼 때, 설득에 실패한 것으로 사료된다. 심지어 그를 설득하기 위한 목적으로 협상해 특별히 얻어낸 6개월의 말미에도 설득은 불가능했다.

트레이너 씨의 유언장에 명시된 수혜자 한 명은 여성 간병인 피고용자 루이자 클라크 양이라는 사실이 특기 사항이다. 트레이너 씨와 친분을 맺은 기한이 한정적인 관계로 그녀에게 베푼 관용의 정도에 대해 몇 가지 의문점들이 있을 수 있으나 연루된 모든 당사자들이 트레이너 씨가 법률적인 문서를 통해 명시한 사항에 반대하고 싶지 않다는 의사를 표명했다. 클라크 양은 여러 차례 긴 시간에 걸쳐 면담에 응했고 경찰은 트레이너 씨가 뜻하는 바를 시행하지 못하도록 그녀가 할 수 있는 모든 노력을 다했다는 사실에 만족했다. (증거에 포함된 그녀의 '모험 달력'을 참조 바람.)

또한 수년간 존경받는 치안판사로 일해온 모친 커밀라 트레이너가 이 사건을 둘러싼 언론의 관심 속에서 사직서를 제출했음도 특기할 만한 사항이다. 그녀는 아들이 죽은 지 얼마 되지 않아 남편인 스티븐 트레이너와 별거했다고 알려져 있다.

외국 병원에서 시행되는 조력자살의 활용은 왕립검찰청이 권장할 만한 사안이 될 수 없으나, 수집된 증거로 미루어볼 때 트레이너 씨 가족과 간병인들은 조력자살 및 사망자와 가까웠던 사람들의 기소 가능성과 관련된 현행 가이드라인에 무리 없이 부합하는 것이 명백하다.

1. 트레이너 씨는 결정을 내릴 만한 능력이 있었으며 '자발적이고 명료하고 확고하며, 정확한 정보에 근거한' 의사를 밝혔다.
2. 정신적 질병이나 외부적 강제의 증거는 전혀 없다.
3. 트레이너 씨는 자살을 하고 싶다는 의지를 오해의 여지가 없이 명시했다.
4. 트레이너 씨의 장애는 중증이었으며 치료가 불가능했다.
5. 트레이너 씨와 동행한 사람들의 행위는 조력이나 영향력 양면에서 미미했다.
6. 트레이너 씨와 동행한 사람들의 행위는 희생자가 표명한 확고한 의사에 응한 마지못한 조력으로 분류될 수 있다.
7. 연루된 모든 당사자는 이 사건에 관련된 경찰조사에 전심전력으로 협조했다.

상기한 사실들과 연루된 당사자 모두의 선한 인성을 고려할 때, 이 사건에서 검찰 기소를 진행하는 것은 공공의 선에 부합하지 않는다고 권고하는 바이다.

공소담당관 본인은 트레이너 사건이 어떠한 전례도 될 수 없음을 분명히 표명하며 왕립검찰청은 앞으로도 매 사건을 개별적인 정황과 증거에 근거해 판단할 것임을 밝혀두는 바이다.

왕립검찰청
실라흐 매키넌

에필로그

9월 29일

나는 지시한 그대로 따라 했을 뿐이다.

진녹색 카페 차양 그늘에 앉아 끝에서 끝까지 다 보이는 프랑 부르주아 거리를 물끄러미 보고 있자니 파리의 나른한 가을 햇살에 옆얼굴이 따뜻해졌다. 내 앞에서 웨이터는 프랑스인답게 노련한 솜씨로 크루아상 한 접시와 커다란 컵에 담긴 드립커피를 놓아주었다. 길을 따라 100미터 거리쯤 떨어진 곳에서 자전거 여행자 두 명이 신호등에 걸려 정지한 채 이야기를 나누고 있었다. 한 사람이 메고 있는 파란 배낭에서 커다란 바게트 두 개가 희한한 각도로 툭 튀어나와 있었다. 고요하고 후텁지근한 대기에는 커피와 케이크와 누군가의 담배에서 피어난 싸하게 톡 쏘는 향기가 감돌았다.

트리나의 편지를 방금 끝까지 읽은 참이었다. 전화할 수도 있지만 국제전화 요금을 감당할 수 없다고 했다. 회계2 과목에서는 학년 수석으로 올라갔고 선딥이라는 이름의 새 남자친구를 사귀었다고 했다. 선딥은 히스로 외곽에 있는 아버지의 수출입 회사에서 일해야 할지 고민하고 있으며 트리나보다도 음악 취향이 조악하다고 했다. 토머스는 학교에서 한 학년 월반하게 되어 들떠 있었다. 아빠는 여전히 직장에서 잘 지내고 있으며 사랑을 전해달라고 했단다. 그리고 엄마가 머지않아 나를 용서하실 거라고 확신한다고도 했다. '엄마는 언니 편지를 확실히 받으셨어.' 트리나의 말이다. '엄마가 읽으셨다는 걸 난 알아. 엄마에게 시간을 좀 드려.'

나는 커피 한 모금을 마셨다. 내 마음은 잠시 렌프루 로드의, 100만 킬로미터도 넘게 먼 곳처럼 느껴지는 아득한 우리 집으로 날아갔다. 나는 일주일 전 트레이너 부인에게서 받은 편지를 생각했다. "절망감에 앞뒤 가릴 수 없어서 내가 매몰차고 무례한 사람이 되었던 것 같아요. 하지만 알아주면 좋겠어요. 루이자가 해준 노력을 언제까지나 고맙게 여길 거예요. 윌에게 솔직하게 마음을 털어놓을 사람이 있었다는 게 내게 위로가 돼요. 나만큼 절박하게 그 애를 그리워한다는 것도 알아요." 해가 낮아져 눈을 가늘게 뜬 채로, 선글라스를 쓴 여자가 거울처럼 비치는 상점 진열창 앞에서 머리를 매만지는 모습을 보고 있었다. 여자는 유리에 비친 모습을 보며 입을 앙다물더니 똑바로 길을 따라 계속 걸어갔다.

나는 컵을 내려놓고 깊은 심호흡을 한 뒤 또 다른 편지를 집어 들었다. 내가 그 편지를 품고 다닌 지 6주일이 다 되어간다.

봉투 겉면에는 내 이름이 있고, 그 밑에 타이핑한 대문자로 이렇게 쓰여 있었다.

반드시 프랑 부르주아 거리의 카페 마르키스에서 크루아상과 커다란 카페 크렘을 앞에 차려놓은 다음 읽을 것.

처음 이 봉투의 지시를 읽고, 흐느껴 울다 말고 그만 소리내어 웃고 말았다. 전형적인 윌이었다. 끝까지 대장 노릇이나 하려 들고.

웨이터는 앞치마에 종잇조각을 열 장도 넘게 꽂고 다니는, 씩씩하고 훤칠한 남자였다. 돌아보며 내 눈치를 살폈다. '별일 없어요?' 치켜뜬 그 눈썹이 말하고 있었다.

"네"라고 대답했다가 약간 어색하게 "위Oui"라고 고쳐 말했다.

편지는 타이핑되어 있었다. 오래전 그가 보낸 카드에서 그 폰트를 본 기억이 났다. 의자에 편히 기대앉은 뒤 편지를 읽기 시작했다.

클라크,

당신이 이 편지를 읽을 때쯤이면 이미 몇 주쯤 흘렀겠죠. 새롭게 발견한 당신의 추진력을 감안하더라도 9월 초가 되기 전에 파리까지 갔을 것 같지는 않군요. 커피는 맛있고 진하고 크루아상은 신선하며, 왠지 절대로 포장도로 위에서 평형을 이루지 못하는 그 노천의 금속 의자에 앉아 있을 만큼 날씨도 여전히 맑기를 바랍니다. 나쁘지 않아요. 카페 마르키스는요. 점심을 먹으러 다시 와보고 싶은 마음이 든다면, 스테이크도 괜찮아요. 그리고 길 왼쪽으로 쭉 내려다보면 라르티장 파르퓌뫼르라는 가게가 보였으면 좋겠는데, 이 편지 읽고 나면 거기 들러서 파피용 엑스트렘(정확하게 기억이 안 나네)인가 하는 향수를 꼭 시향해 봐요. 당신이 쓰면 굉장히 멋진 향이 날 거라는 생각을 늘 했거든요.

좋아요. 지시는 끝났고. 내가 하고 싶은 말이 몇 가지 있는데, 직접 말했으면 좋

미 비포 유　　563

앗겠지만 첫째, 당신이 감정을 앞세워서 흥분부터 했을 테고 둘째, 내가 이 말들을 다 소리 내 말하게 해주지도 않았을 거예요. 당신은 늘 말이 너무 많았거든요.

그래서 용건은 이렇습니다. 처음에 마이클 롤러한테 받았을 수표는 전체 금액이 아니라 그저 작은 선물일 뿐이에요. 일자리를 잃은 뒤 처음 몇 주 동안 생활비로 쓰고 파리까지 올 수 있도록 도와주기 위해서였죠.

영국으로 돌아가면 이 편지를 가지고 마이클의 런던 사무실로 찾아가요. 그러면 내가 당신 이름으로 개설해 둔 계좌를 쓸 수 있게 나 대신 관련 서류들을 다 챙겨줄 겁니다. 이 계좌에는 당신이 어딘가에 꽤 괜찮은 집을 마련하고 학위과정 등록금을 대고 풀타임으로 공부하는 동안 생활비를 다 대고도 넉넉한 금액이 들어 있어요.

우리 부모님도 설명을 다 들으셨을 겁니다. 이 편지와 마이클 롤러의 법무 처리로 최대한 소란스럽지 않게 진행되면 좋겠군요.

클라크, 당신이 과호흡으로 헐떡거리기 시작하는 소리가 여기까지 다 들리는 것 같아요. 너무 놀라거나 당황하지 말고, 누구 남한테 다 줘버릴 생각도 하지 말아요. 당신이 남은 평생 편하게 엉덩이 깔고 앉아서 놀고먹을 정도로 많은 돈은 아니니까. 하지만 이걸로 당신은 자유를 살 수 있을 겁니다. 우리 둘 다 고향이라고 부르는, 그 폐소공포증을 유발하는 좁은 마을과 지금까지 당신이 해야 한다고 느꼈던 선택들로부터 해방될 자유 말입니다.

내가 이 돈을 주는 건, 당신이 날 애틋하게 그리워하거나, 빚진 기분으로 살거나, 아니면 이게 무슨 빌어먹을 기념품이라고 느끼길 바라서가 아니에요.

내가 이 돈을 주는 건 이제 나를 행복하게 만드는 게 별로 남지 않았는데, 당신만은 날 행복하게 해주기 때문입니다.

나를 알게 되어 당신이 고통스러워하고 있고 또 깊은 슬픔에 빠졌다는 걸 잘 알고 있어요. 언젠가 지금보다 나한테 화를 덜 내게 되고 마음도 좀 가라앉는 날이 오면, 내가 그렇게밖에 할 수 없었다는 걸 알아주면 좋겠어요. 이로써 당신은 나를 만나지 않았던 때보다는 훨씬 더 좋은, 정말 멋진 삶을 살 발판을 갖게 되었다는 것도요.

새로운 세상에서 조금은 편치 않은 느낌이 들지도 몰라요. 사람이 안전지대에서 갑자기 튕겨져 나오면 늘 기분이 이상해지거든요. 하지만 조금은 신나서 기뻐하길 바랍니다. 스쿠버다이빙을 하고 돌아왔던 그때 당신의 얼굴이 내게 전부 다 말해주었어요. 당신 안에는 굶주림이 있어요, 클라크. 두려움을 모르는 갈망이 있어요. 대다수 사람이 그렇듯, 당신도 그저 묻어두고 살았을 뿐이지요.

고층 건물에서 뛰어내리거나 고래들하고 수영하라는 얘기는 아니에요. 물론 당신이 그런다면 내심 무척 좋아하겠지만요. 그게 아니라 대담무쌍하게 살아가라는 말이에요. 스스로를 밀어붙여요. 안주하지 말아요. 줄무늬 타이츠를 당당하게 입고 다녀요. 그리고 누구 턱없는 남자한테 굳이 정착하고 싶다면, 꼭 이 돈 일부를 어딘가에 다람쥐처럼 챙겨둬요. 여전히 다른 가능성이 있음을 알고 살아가는 삶은 얼마나 호사스러운지 모릅니다. 그 가능성을 당신에게 선사한 이가 바로 나라는 사실만으로도 마음에 맺힌 뭔가가 조금 누그러졌어요.

이게 끝입니다. 당신은 내 심장에 깊이 새겨져 있어요, 클라크. 처음 걸어 들어온 그날부터 그랬어요. 그 웃기는 옷들과 거지같은 농담들과 감정을 숨기는 데는 형편없이 젬병이었던 당신이 걸어 들어온 그날부터 말이에요. 이 돈으로 당신 인생이 얼마나 달라질지 몰라도, 당신은 내 인생을 그보다 훨씬 더 많이, 크게 바꾸었어요.

내 생각은 너무 자주 하지 말아요. 당신이 감상에 빠져 질질 짜는 건 생각하기 싫어요. 그냥 잘 살아요.

그냥 살아요.

사랑을 담아서,

윌.

눈물 한 방울이 내 앞에서 위태롭게 흔들거리는 테이블에 툭 떨어졌다. 손바닥으로 뺨을 훔치고 편지를 테이블 위에 내려놓았다. 다시 시야가 선명해질 때까지 몇 분이 흘렀다.

"커피 한 잔 더 하시겠습니까?" 내 앞에 다시 나타난 웨이터가 물었다.

나는 눈을 깜박였다. 웨이터는 내 생각보다 젊었고, 희미하게 풍기던 도도한 태도는 이제 찾아볼 수 없었다. 파리의 웨이터들은 카페에서 우는 여자들한테 친절하게 대해주라는 훈련을 받는지도 모르겠다.

"혹시…… 코냑 한 잔?" 그는 편지를 슬쩍 쳐다보더니 뭔가 알겠다는 듯 미소를 지었다.

"아니에요." 미소로 답하며 내가 말했다. "고맙습니다. 저는…… 해야 할 일이 있어서요."

나는 계산을 하고 편지를 조심스럽게 주머니 깊이 쑤셔 넣었다.

그러고는 카페를 등지고 나서면서 어깨에 걸친 가방을 고쳐 메고 향수 가게를 향해, 그 너머로 펼쳐져 있는 드넓은 파리를 향해 걷기 시작했다.

몰아치는 서사, 침잠하는 질문

10여 년 전 『미 비포 유』가 처음 출간된 당시를 돌아보면 특별한 기억이 있다. 이틀 간격으로 본가와 시가의 아버지 두 분이 책을 읽고 내게 전화를 하셨다. 100여 권의 책을 번역했지만 아버지들에게서 전화를 받은 건 그때가 처음이자 마지막이다. 두 분은 정말 잘 읽었다고 비슷한 말씀을 하시더니 이어 정확히 똑같은 질문을 하셨다. "그런데 스위스의 디그니타스라는 병원은 실제로 있는 곳이냐?" 얼마 후에는 고등학생 조카가 자기와 친구들이 정말 좋아하는 책이라면서 학교 특강과 독서토론을 부탁해 왔다. 함께 이야기를 나누어보았는데, 십 대의 고등학생들은 루와 윌의 사랑에 설렜고 눈물지었으며 루가 넓은 세상으로 나아가 날개를 펼치는 성장의 서사에 공감했다고 말했다. 훗날 조카는 대학생이 되어 처음 떠난 유럽 여행에서 파리에 갔고 소원하던 대로 카페 마르키스를 순례했다. 전 세계의 무수한 『미 비포 유』의 독자들이 그러했듯 말이다. 조력자살을 궁금해하던 아버지도, 사랑과 성장에 설레던 조카도, 내가 만난 이 책의 독자들 모두는 하나같이 말했다. 한번 읽기 시작하면 500페이지에 달하는 이 책을 놓을 수가 없더라고.

내가 수없이 들은 이런 이야기들은 소설 『미 비포 유』의 독특하고 고유한 힘을 증언했다. 마성의 매력을 지닌 사람이 있듯 불가해한 매혹을 지닌 소설이 있다면, 분명 『미 비포 유』는 그런 유의 귀한 책이다. 빤한 대중소설인가 하고 읽기 시작하면 문학성이니 심오한 의미니 따위를 따질 겨를도 없이 휩쓸아치는 이야기에 휩쓸려 버린다. 정신을 차려 보면 어느새 주인공들을 사랑하고 있다. 그들이 운명을 걸고 서사의 고비를 넘을 때쯤엔 시간을 잊고 세상을 잊은 채 심장을 졸이며 응원할 수밖에. 이 비범한 감정 흡인력은 유수 언론의 문학서평가들도 (마지못해) 인정했다. "이 소설을 끝까지 읽고 나서 나는 리뷰를 쓰고 싶지 않았다. 처음부터 다시 읽고 싶었다." 〈뉴욕타임스〉의 리즐 실링거는 "눈물을 질질 쥐어짜는" "이 감정적 태풍"의 힘에 무릎을 꿇었다고 고백했다. 〈가디언〉에서는 "캐릭터들과 연결된 채 언어 속에 완전히 길을 잃고 빠져들었"으며 "이 소설의 감정을 낱낱이 함께 겪어냈다"고 토로했다. 지난 10년에 걸쳐 전 세계에서 누적된 어마어마한 판매 부수와 할리우드 영화의 흥행은 번역과 각색을 거쳐도 꺾일 줄 모르는 이야기의 가공할 기세를 말해준다. 이토록 많은 독자의 사랑을 받은 책은 문학번역가로서 내 경력을 통틀어도 손에 꼽을 정도다. 나의 번역이 훨씬 더 많은 독자에 가닿을 수 있었던 데에도 이 위력적인 페이지터너의 공이 정말 크다.

*

그렇게 생각하고 있었다. 『미 비포 유』는 감정의 힘이 엄청났던 베스트셀러였다고, 나는 대체로 그렇게만 기억하고 있었다. 그런데 이번에 다산북스에서 재출간하며 꼼꼼히 다시 읽는 과정에서 나는 이 소설의 다른 면모에 연결되었고 많이 놀랐다. 정말로 "이런" 이야기였던가? 다시 읽은 이 책은 기억보다 훨씬 낯설고 깊고 무겁고 지혜로웠다. 틀림없이 공들여 번역하고 또 읽고 교정하고 또 교정했던 책인데, 너무나 속속들이 잘 아는 책이라고 생각했는데 10년의 세월을 두고 다시 읽으니 느낌이 달랐다. 문장과 표현을 하나하나 따지며 정독할수록 다른 층위가 새록새록 드러났다. 무엇보다 이 소설이 던지는 질문들이 얼마나 우리 삶에 중요한가를 다시 읽는 동안 비로소 제대로 깨달았다. 이 원고를 다시 읽던 무렵, 때마침 나는 비비언 고닉의 치열한 문학비평 〈끝나지 않은 일〉을 동시에 번역하고 있었다. 공교롭게도 〈끝나지 않은 일〉에서 고닉이 던지는 화두가 『미 비포 유』의 개정판 작업을 관통했다. 비비언 고닉은 세월을 두고 같은 책을 다시 읽는다. 그때마다 완전히 새로운 책의 의미를 만나고 과거의 읽기를 검토하고 반성한다. 이 책에 이런 문장이 있었나? 그때는 어떻게 이걸 놓쳤지? 사랑해 마지않아 내내 "심장에 품고 다닌" 책마저 다시 읽으면 생각지도 못한 새로운 면모를 드러낸다. 고닉의 말에 따르면, "풍요로운 텍스트의 의미에 가닿기 위해 여행을 해야 했던 것은 독자인 나"이기 때문이다. 개정 번역 작업은 정말로 내게 있어서 텍스트의 재발견이었다. 또한 지나온 시간 속에 변화한 나를 체감하는 일이었다. 『미 비포 유』를 번역한 뒤 나 역시 10년간 유한한 삶의 여정을 그만큼 더 걸어왔다. 십 대의 조카와 그 친구들과 그만큼 멀어지고 칠십 대의 아버지들에게 그만큼 다가갔다. 그만큼 죽음에 성큼 다가갔다. 그리하여 그때 알았으나 이해하지는 못했던 것들을 이해하게 되었다. 소설의 휘몰아치는 표면 아래 침잠하는 질문들을 그만큼 더 무겁게 받아들이게 되었다.

이를테면 이 소설이 얼마나 참담하고 철저한 삶의 파괴로부터 시작하는가를 나는 이제 더 입체적으로 안다. 윌이 사고를 당하는 첫 챕터는 소설 전체를 통틀어 유일하게 현재시제다. 펄떡이는 젊은 생이 긴박하게 실시간으로 달려가다 하얗게 폭발한다. 우리의 의지와 상관없이 닥쳐오는 재앙이 이 챕터에서 텍스트에 새겨져 의문부호로 떠오른다. 우리의 삶을 지탱하던, 우리가 잘 알고 있던, 우리가 우리라고 알고 있던 자아가 어느 날 갑자기 철저히 파괴된다면 우리는 그 슬픔을 어떻게 넘어설 수 있을까? 삶이 폭력적으로 궤도를 이탈할 때, 돌이킬 수 없이 죽어버린 과거의 나를 어떻게 애도해야 할까? 예전에는 소설의 출발점인 이 질문들이 오로지 윌 트레이너만의 문제라고 생각했던 것 같다(비비언 고닉처럼 자문한다. 어떻게 그랬을까?). 하지만 알고 보니 외상과 균열은 처음부터 이 세계의 구석구석에 질병처럼, 곰팡이처럼 겹겹으로 퍼져 있다.

별 탈 없이 명랑해 보이는 클라크 가족의 삶은 복합 외상으로 만신창이다. 자식의 혼외 임신, 실업과 사별. 참혹한 한 번의 사고가 아니라 일상적인 재앙들이 철공처럼 꾸준히 밀어닥쳐 안온한 중산층의 삶을 토대부터 무너뜨리고 희망을 삭제했다. 집안의 기대를 한 몸에 받던 천재 트리나는 덜컥 혼외 임신으로 아이를 낳아 가족을 실망시키고 모두의 희생을 요구한다. 든든한 기술자였던 아버지는 기술 발전과 구조조정의 여파에 휩쓸려 무용한 인간이라는 자괴감에 시달린다. 어머니는 사별의 슬픔 속에 바닥없는 우울에 빠져든다. 금 간 일상과 허물어진 자아상은 모두를 께느른한 무기력으로 몰아넣었다. 여기서 루의 실직은 간신히 버티던 가족의 생계가 무너지는 최후의 일격이 된다.

성채의 왕자 윌 트레이너의 삶은 비명과 폭음으로 폭발한다. 세상을 손에 쥔 오만한 인간은 필멸을 만나 꺾이고 무너진다. 삶의 언저리를 탐색하며 신의 자리를 넘보다가 천벌처럼 뜬금없고 부조리한 교통사고로 그리스비극처럼 추락한다. 그러나 높은 성의 그림자가 드리운 노동계급의 응달에서 파멸은 잘 보이지도 않는다. 소리 없이 섬뜩하게 내려앉을 뿐이다. 운명이 아니라 돈에 휘둘리는 일상의 절망은 얼마나 삭막하게 현실적인가. 어쩌면, 과거의 나와 〈가디언〉과 〈뉴욕타임스〉의 서평가들 모두가 꾸밈없는 문장과 거침없는 감상성에 눈이 멀어 이 세계의 숨 막히는 현실성을 간과했을지도 모르겠다.

『미 비포 유』는 전혀 다른 두 세계와 계급이 비극적 사고를 계기로 충돌하듯 조우하는 이야기다. 그리고 그렇게 뒤섞여 새로운 세계의 가능성을 일별하는 이야기다. 세상의 모든 훌륭한 러브 스토리가 그렇다. 에로스는 가장 이질적인 것들을 뒤섞어 창조하는 신이다. 높은 성채의 윌과 응달의 루는, 처음 같은 자리에서 만나 서로를 똑바로 본다. 트라우마에 갇혀 멈춰버린 시간. 자기결정의 능력을 완전히 상실한 부자유. 절대적 단절의 자리에서 둘은 서로를 거울처럼 반영한다. 몸이 꺾인 윌과 마음이 꺾인 루이자가 이 절망의 감옥에서 만나 서로를 '보고' 서로의 멈춘 시계를 수리하고 서로의 삶을 복구하려 작동하기 시작한다. 윌은 사고를 당하지 않았다면 사회적 낙오자의 무기력을 영영 이해하지 못했을 것이다. 루는 윌을 만나지 못했다면 삶에서 자기결정권이 얼마나 중요한지 영영 이해하지 못했을 것이다. 둘 다 유한한 생에서 고통을 누그러뜨리고 기쁨을 증폭하는 진정한 연결의 위로를 몰랐을 것이다. 두 사람이 끝내 터뜨리는 강렬한 희노애락은 감상이 아니라, 외상이 새긴 공포를 극복하고 삶을 온전히 살아내는 경지에 도달한 징표다.

이 이야기가 던지는 질문들은 사회학적·심리학적·철학적으로 묵직하고 막중하다. 삶과 죽음의 진짜 의미, 자유와 공포, 외상과 복구, 자율성과 인간다움, 계급사회와 자본주의의 불평등, 가족이라는 이름의 굴레들, 몸이 아니라도 마음이 마비된 수많은 사람들. 상실을 애도하고 외상을 복구하고 단절을 넘어 연결로 나아가는 이야기는 각자의 감옥에 갇혀 각자의 형태로 불행한, 끔찍하게 생생한 인간군상을 스쳐 간다. 평범해서 더 끔찍한 패트릭의 이기주의, 얼리샤와 커밀라의 자기파괴적 위선, 자가당착적인 스티븐의 욕망, 어디서나 해체되는 가족들······. 이들의 심리적 암흑에 대조되어 주인공들이 투신하는 감정의 진폭은 더 찬란한 생명력으로 빛난다. 과연 무엇이 삶이고 무엇이 죽음일까. 꼬리를 무는 질문이 하나의 선택으로 집중된다. 휘몰아치던 이야기가 끝나면 무수한 중요한 의문이 우리 마음속 깊이 천천히 가라앉는다.

*

10년의 세월을 두고 다시 깊이 읽는 과정에서 나는, 새로운 모습으로 다시 선보이는 이 비범한 이야기를 독자 여러분도 나처럼 다시 발견하리라는 믿음을 갖게 되었다. 그사이 나온 할리우드의 영화는 이 책을 매혹적으로 만드는 이 날선 모서리들을 무디게 감추고 달콤하고 감상적인 사랑의 환상만 남겨두었다. 그 영화의 달달한 인상이 이 책의 진짜 저력을, 그 살벌한 리얼리즘과 용감히 쟁취한 감정의 힘을 우리의 기억에서 지웠을지도 모른다. 이 이야기의 꾸밈없는 서술과 실감 나는 대화를 있는 그대로 다시 만나야 할 때가 왔다.

이번 개정판에서는 그간 원작자가 중쇄를 거듭하며 대대적으로 수정한 내용을 모두 반영했다. 처음 이 소설을 출간했을 때의 조조 모예스는 영국의 무명작가였기에 리얼리즘을 살리는 장치로써 국지적인 세부사항들을 매우 많이 썼고 문체도 훨씬 장황했다. 하지만 이 책이 국제적인 베스트셀러로 발돋움하자, 꾸준한 수정 과정에서 지역색이나 장황한 디테일을 대거 삭제하고 정리해 왔던 모양이다. 그리하여 이번 개정판 원고는 구판본에 비해 훨씬 더 간결하고 가볍고 빠르게 읽히는데, 이 중요한 변화를 담을 수 있어 무척 기쁘다.

번역을 재정비하는 과정에서는 뭐니 뭐니 해도 지난 10년간 소설의 언어가 거쳐온 크나큰 변화를 실감했다. 문학성에 대한 감각도, 호명의 방식도, 젠더 감수성도, 문체의 평가 척도도 그때와는 판이하게 달라졌다. 번역을 되짚을 기회가 올 때마다 요동치는 언어의

지형을 체감하게 된다. 창작도 시대를 넘기는 쉽지 않겠지만 번역
은 정말로 동시대성이 생명이어서 기회가 닿을 때마다 꾸준한 업데
이트가 절실하다.

　마지막으로 개인적인 소회를 하나 덧붙인다. 요즘 나는 무슨 일
을 하든 그 근저에 두려움이 동기로 작용하는지 찬찬히 살펴보는
버릇이 생겼다. 자율적인 선택이라고 착각했던 여러 행동들이 사실
은 상처받거나 실망하거나 실패할까 두려워, 혹은 타인의 눈이 두
려워 공포를 피해 타협한 회피였다는 자각이 어느 날 퍼뜩 충격으
로 다가왔기 때문이다. 삶이 그리 길지 않으며 죽음이 필연이라면
한순간이라도 두려움에 마비되어 허비할 수는 없다. 삶의 고삐를
쥔다는 게 누구에게나 허락된 사치는 아니다. 그러나 적어도 내 삶
을 결정하고 책임질 힘은 내가 내 마음속에서 발견해야만 한다. 『미
비포 유』는 우리 모두에게 필요할, 그런 마음의 결기를 어루만지는
책이다.

2024년 4월

김선형

미 비포 유

초판 1쇄 발행 2024년 4월 25일
초판 3쇄 발행 2024년 10월 2일

지은이 조조 모예스
옮긴이 김선형
펴낸이 김선식

부사장 김은영
콘텐츠사업본부장 임보윤
책임편집 박하빈 **디자인** 윤신혜 **책임마케터** 양지환
콘텐츠사업2팀장 김보람 **콘텐츠사업2팀** 박하빈, 이상화, 채윤지, 윤신혜
마케팅본부장 권장규 **마케팅2팀** 이고은, 배한진, 양지환 **채널2팀** 권오권
미디어홍보본부장 정명찬 **브랜드관리팀** 오수미, 김은지, 이소영, 서가을
뉴미디어팀 김민정, 이지은, 홍수경, 변승주
지식교양팀 이수인, 염아라, 석찬미, 김혜원, 백지은, 박장미, 박주현
편집관리팀 조세현, 김호주, 백설희 **저작권팀** 이슬, 윤제희
재무관리팀 하미선, 김재경, 임혜정, 이슬기, 김주영, 오지수
인사총무팀 강미숙, 지석배, 김혜진, 황종원
제작관리팀 이소현, 김소영, 김진경, 최완규, 이지우, 박예찬
물류관리팀 김형기, 김선민, 주정훈, 김선진, 한유현, 전태연, 양문현, 이민운

펴낸곳 다산북스 **출판등록** 2005년 12월 23일 제313-2005-00277호
주소 경기도 파주시 회동길 490
대표전화 02-704-1724 **팩스** 02-703-2219 **이메일** dasanbooks@dasanbooks.com
홈페이지 www.dasanbooks.com **블로그** blog.naver.com/dasan_books
종이 신승INC **인쇄·제본** 상지사 **후가공** 제이오엘앤피
ISBN 979-11-306-5160-6 (03840)

다산북스(DASANBOOKS)는 책에 관한 독자 여러분의 아이디어와 원고를 기쁜 마음으로 기다리고 있습니다.
출간을 원하는 분은 다산북스 홈페이지 '원고 투고' 항목에 출간 기획서와 원고 샘플 등을 보내주세요.
머뭇거리지 말고 문을 두드리세요.